Le vent va vers le midi,
tourne vers le nord,
tourne, tourne, va
et le vent reprend ses tours.

L'ECCLÉSIASTE I. 6

(Traduction A. Guillaumot)

...ET LE VENT REPREND SES TOURS
(Ma vie de dissident)

Quand il se voit exclure de son école, puis interdire l'entrée de la faculté parce qu'il n'a pas « le profil de l'étudiant soviétique », il y a longtemps que Vladimir Boukovsky a percé à jour les mensonges de la propagande communiste et senti grandir son mépris à l'égard d'un pouvoir autocratique qui entend imposer l'obéissance absolue par tous les moyens, y compris la délation, la prison et les camps.

Il fait partie des jeunes intellectuels qui militent pour la démocratie et se réunissent place Maïakovski où ils discutent et récitent des vers. Contre ce « groupe du Phare », le K.G.B. monte une de ses opérations habituelles et en 1963 Boukovsky entame la ronde de prison en hôpital psychiatrique et en camp de travail qui va durer près de douze ans, avec de brefs interludes de liberté, 1963, 1967, 1971, 1973...

Hors les murs, il étudie la biologie ; dedans, l'anglais ; mais partout il combat pour les droits de l'homme car « il n'y a qu'un moyen de lutter pour se débarrasser de la terreur, pour obtenir la liberté et la sécurité, c'est la résistance morale. » Et il résiste avec ténacité, avec courage jusqu'à ce 18 décembre 1976 où l'U.R.S.S. échangera ce citoyen incommode contre le leader du P.C. chilien Luis Corvalan.

Né à Bélébeï (Oural) en 1942, fils d'un écrivain (mort en 1976) et d'une journaliste de la radio, Vladimir Boukovsky est le plus jeune des « dissidents » russes qui ont osé affronter à découvert l'absolutisme soviétique. Avec « *... et le vent reprend ses tours* », il nous offre mieux encore que des souvenirs : un témoignage objectif et une réflexion sur les réalités de la vie quotidienne en U.R.S.S., précieuse contribution à l'histoire de notre monde qui se double d'une leçon de courage exemplaire.

VLADIMIR BOUKOVSKY

... et le vent reprend ses tours

TRADUIT DU RUSSE PAR
JACQUELINE LAFOND ET RENÉ MARICHAL

ROBERT LAFFONT

Titre original :

I VOZVRACHAL'SJA VETER

COÉDITION ROBERT LAFFONT — OPÉRA MUNDI

On dit que, si l'on tire brusquement un scaphandrier des grandes profondeurs pour le ramener à la surface, il peut en mourir ou, du moins, être atteint de ce mal qui vous fait bouillir le sang dans les veines et vous donne l'impression que tout éclate à l'intérieur. Or, c'est quelque chose de semblable qui m'est arrivé, en cette obscure matinée de décembre, à Vladimir.

Une nouvelle journée commençait qui s'inscrivait, après tant d'autres, dans l'infinie monotonie de la captivité. A six heures, selon l'usage, le surveillant était passé dans le couloir, frappant aux portes avec ses clefs et criant, d'une voix enrouée : « De-bout ! De-bout ! » Dans l'ombre grise des cellules, les zek[1] *s'étaient agités, sortant à contrecœur de leurs sacs de la nuit, se dépêtrant de leurs couvertures, de leurs cabans, de leurs vareuses. Qu'il aille se faire pendre, celui-là, avec son « Debout » !*

Le haut-parleur s'était mis à hurler, entonnant l'hymne de l'Union soviétique, en roulements solennels, comme pour une parade sur la place Rouge. La peste soit de lui ! On a encore oublié de le débrancher, hier soir : « Ici, Moscou ! Bonjour, camarades ! Nous commençons la gymnastique du

1. *Zek*, abréviation de *zaklioutchionny* : détenu. (N.D.T.)

matin par la marche sur place.» Diable! Coupons au plus vite. Dans ce pays, chaque journée débute par une marche sur place.

En liberté aussi, il est de ces sombres matinées d'hiver où l'on se réveille comme avec la gueule de bois, mais en prison, combien plus exécrables encore sont de tels moments! On n'a pas envie de vivre, et ce jour qui vous attend est comme une malédiction. Ce n'est pas pour rien que l'on chante dans une vieille complainte de forçats :

> Le matin, on s'éveille,
> La ville dort encore,
> Mais notre prison, elle,
> Point ne dort, réveillée
> Qu'elle est depuis longtemps...
> Et notre pauvre cœur,
> Brûlé par une flamme,
> Souffre tant, souffre tant...

La «roulante» était sortie des cuisines et avait bringuebalé avec fracas dans la cour enneigée, distribuant dans les différents bâtiments le repas du matin. On entendait que l'on déchargeait les marmites en bas, puis qu'on les traînait dans les étages, en raclant contre le sol. Les guichets claquaient, les écuelles et les gobelets cliquetaient. La kacha d'avoine, encore que trop liquide était bien chaude et l'eau bouillante, notre vieille amie, était la bienvenue, comme toujours. Quelques-uns se querellaient, juraient, sans doute n'avaient-ils pas eu leur ration. Ils frappaient contre la porte avec leurs écuelles. Trop tard, ils avaient raté le coche. Le char du petit déjeuner, dans un bruit de bataille, roulait déjà à l'autre bout du couloir. Qui vérifiera maintenant, qui prouvera que l'on vous a donné ou non de la kacha? Tant pis pour vous, vous n'aviez qu'à fourrer votre écuelle dans le guichet, pendant qu'il était ouvert...

D'habitude, après le petit déjeuner, je répétais les mots anglais que j'avais notés, la veille. Je les répétais deux fois par jour : le matin et avant le couvre-feu. Et cela, au lieu de la gymnastique, au lieu de la marche sur place, pour dégourdir ma cervelle endormie. Ensuite, dans la journée, j'entreprenais quelque chose de plus difficile. Mais ce jour-là, à peine m'étais-je accroupi sur mon lit, en compagnie de mes chers mots, que le guichet s'ouvrait : « Cellule 10. Préparez-vous tous. Prenez vos affaires ! » Il ne nous manquait plus que cela : une bonne petite journée en perspective ! On se rassemble, on se traîne, on s'installe dans un nouvel endroit : autant de perdu pour l'étude. Si seulement on savait où l'on va. Ils ne le disent jamais, ces démons, ils font toujours des mystères.

« Hé ! chef, chef ! Il faut prendre les housses, les matelas et la vaisselle ? »

Ça, c'est déjà du « renseignement » : si l'on prend les matelas, c'est qu'on va quelque part dans ce bâtiment-ci. Si on ne les prend pas, c'est qu'on va dans un autre, mais où ? Si l'on prend les housses, c'est qu'on va dans le premier ou dans le troisième. Dans le deuxième, ils les fournissent, et la vaisselle avec.

« Prenez tout », dit le chef, l'air vague.

Visiblement, il cherche à nous embrouiller. Mes enfants, où est-ce qu'on va nous emmener ? Peut-être au cachot ou, de nouveau, au travail, dans le premier bâtiment ? Nous allons donc encore refuser et on va nous coller au régime sévère, diminuer nos rations. Mais peut-être est-ce tout simplement la fouille ? Cela, Dieu veuille que non, c'est pire que tout. En prévision, j'ai dispersé un peu partout dans ma cellule mes chers livres et toutes les petites choses défendues : un couteau, quelques lames, une alène de ma fabrication. Et maintenant, ils vont tout ramasser d'un coup de balai...

Mais nous, en attendant, quel ballet ! Chacun se soucie

des objets qu'il a cachés. Si on les glissait vite dans la ouate de nos cabans, peut-être qu'ils ne les trouveraient pas. On pourrait aussi les fourrer dans nos bottes. Ah ! non, c'est vrai, ils se sont mis, ces derniers temps, à les passer aux rayons X ! Nous autres, les hommes, on n'obtient pas d'y passer aux rayons X, mais les bottes, elles... Les bottes ! Mon Dieu... Moi qui les ai données à réparer...

« Chef ! Téléphone pour les bottes : les miennes sont à l'atelier. Sans bottes, je n'irai pas, chef ! »

J'avais mis deux mois à obtenir qu'on les donne à réparer. Je m'étais plaint, par écrit. J'avais réclamé, je m'étais démené et ils venaient de les prendre. Si seulement ils pouvaient me les rendre telles quelles. Plus question de réparation, maintenant. Tout est dans le lac. Bon, au moins on a eu le temps de manger quelque chose. Peut-être bien que pour le déjeuner, nous serons déjà dans un autre endroit. Mais, tout de même, où est-ce qu'ils nous emmènent ?

Tout ce que j'avais pu accumuler ! C'était effrayant, un vrai bric-à-brac, de quoi remplir toute ma housse. On peut s'étonner : quelles affaires un homme peut-il bien avoir en prison ? On ne remarque pas soi-même comment on « s'embagage ». Les nôtres étaient libérés peu à peu ou retournaient dans les camps et ils s'efforçaient de léguer à ceux qui restaient ici leurs précieuses richesses. C'est un péché d'emporter d'une prison ce qu'avec tant de peine on est parvenu à soustraire aux fouilles. Chaque chose en trop est une valeur. Par exemple, ces trois lames d'origine étrangère : en échange de chacune d'elles on pouvait s'entendre avec un des porteurs de soupe pour qu'il donne des aliments chauds pendant toute une semaine à ceux des nôtres qui étaient au cachot : trois semaines de vie pour quelqu'un, peut-être pour moi, un jour. Mes gros cahiers, eux aussi, étaient une valeur, essayez donc de vous en procurer ! Et mes trois crayons à bille, avec des recharges, et mes livres, surtout... Ah! oui, Dieu nous préserve d'une fouille! Toute cette richesse s'était accumulée chez moi en trop grande quantité, c'était dangereux, et je n'avais pas pu la transmettre à l'un des nôtres qui resterait plus longtemps que moi dans la prison. Je ne m'étais pas trouvé dans la même cellule qu'eux, je n'avais pas eu cette chance.

Mais tout semblait indiquer qu'on allait simplement nous changer de cellule. C'est pourquoi nous avons pris également nos savons, nos loques et toutes sortes de ficelles. Tout cela est fort utile quand on arrive dans un nouvel endroit, surtout s'il était occupé précédemment par des truands. Après eux, c'est comme après un pogrome : la cellule est sale, tout est cassé, saccagé, il faut deux jours pour réparer et nettoyer, laver et gratter. Et comme ils ne laissent d'habitude ni savon ni chiffon, nous avions emporté même une serpillière.

Bon, apparemment, on avait tout ramassé.

« Vous êtes prêts ? nous crie-t-on du couloir.

— Prêts ! »

La porte s'ouvrit et le chef de bloc, me désignant du doigt, dit d'un ton bref :

« Venez avec moi. »

Bonne mère! Mais où donc ? ce ne peut être ailleurs qu'au cachot et, envisageant toutes les éventualités, je lui demande seulement :

« Il faut prendre mon matelas ?

— Laissez-le dans le couloir. »

Ça y est, c'est le cachot. Mais pour quelle raison ? Je n'ai rien fait. Je vais déclarer que j'entreprends une grève de la faim.

Nous descendons au rez-de-chaussée, mais nous n'allons pas vers la sortie, nous tournons dans le couloir. C'est bien ça, c'est le cachot! Non, nous passons devant et continuons en direction du fouilloir. *Peste soit de ces gens! Ceux-là, ils vont tout me prendre. Comment les dérouter ? Je dis la première chose qui me vient à l'esprit :*

« Chef, rends-moi mes bottes ! Mes bottes sont à réparer.

— On a déjà envoyé quelqu'un. »

Envoyé ? Pourquoi ont-ils déjà envoyé chercher mes bottes s'il ne s'agit que d'une fouille ? Alors, je suis peut-être bon pour le convoi ?

Nous entrons dans la pièce réservée aux fouilles. Toute l'équipe du maître fouilleur Petoukhov est déjà là. Ils m'attendent comme des chacals, ils vont tout m'enlever.

« Bon, disent-ils, posez votre sac ici et veuillez vous déshabiller. »

Moyennant quoi, c'est eux qui me déshabillent, comme c'est toujours le cas. Ils palpent chaque affaire, sous toutes les coutures. J'ai caché une lame dans ma vareuse mais, grâce à Dieu, ils ne la remarquent pas : encore une semaine de vie pour quelqu'un.

« Rhabillez-vous ! »

Ils me font sortir dans le couloir, m'enferment dans la salle aux convois. Diable ! C'est donc ça... Comment vais-je me traîner avec tout ce bric-à-brac dans un convoi ? C'est que moi-même je peux à peine bouger. Et maintenant, tout va être perdu : à chaque étape, il y aura une fouille. J'ai l'impression d'avoir reçu un coup de massue sur la tête... Mais où peut-on bien m'emmener ? Et moi qui, comme un idiot, ai pris une serpillière et du savon... Et mes bottes ! Elles vont filer, mes bottes et, après, je pourrai toujours les chercher.

« Chef, rends-moi mes bottes ! Mes bottes sont à réparer !

— On a déjà envoyé quelqu'un pour les chercher. »

Il faut, au moins, que je mette au courant les nôtres, mes copains. Mais la salle aux convois se trouve à l'extrémité du bâtiment, au-dessus de moi, il n'y a personne, il n'y a pas de cuvette, pas de gobelet, bref, il n'y a pas de « téléphone ». Pff ! J'écris avec un bout de crayon sur le mur, en anglais : « Expédié en convoi. Destination inconnue. » J'ajoute mon nom et la date. Mais c'est peu. Est-ce que seulement quelqu'un le verra, et quand ? Il faudrait pouvoir crier quelque chose. Peut-être qu'on va m'emmener aux bains avant le départ ? Mais voici que, déjà, la porte s'ouvre — si vite ? Et les bains ? Non, nous allons vers la sortie, puis nous tournons, nous nous dirigeons vers le poste de garde. Bon, c'est ici qu'il faut crier. La cellule 15 est juste au-dessus de moi. Et je me mets à hurler de toutes mes forces, si bien que Kisselev, effrayé, s'écarte de moi, d'un bond.

« La 15, Ego-o-or, on m'emmène en convoi ! On m'a pris pour le convoi ! La 15 ! »

Alors, mes gardiens sont revenus à eux et m'ont poussé à l'intérieur du poste de garde :

« Plus bas, qu'as-tu à crier ? Tu veux aller au cachot ?

— Quel cachot ? Raconte des histoires, chef, mais tout de même, ne charrie pas trop. Quel cachot, si je pars en convoi ? »

Dans la grande salle du poste de garde — qui tient à la fois du « coin rouge[1] » et du vestiaire de surveillants — on me fait asseoir sur une chaise :

« Restez assis ! »

Aussitôt notre éducateur, le capitaine Doïnikov, fait son apparition. Il a un air tristement solennel, il ne paraît pas dans son assiette. Je lui dis tout bas, de façon que personne n'entende :

« Citoyen-chef, où m'emmène-t-on ? »

Il tergiverse, il détourne le regard :

1. Pièce (ou partie d'une pièce) située dans un édifice public, où sont accrochés, sous le drapeau rouge, les portraits de Lénine et de Marx ou d'Engels, et où sont exposées sur un stand, recouvert d'une étoffe également rouge, les publications soviétiques récentes. (N.D.T.)

« Je ne sais pas, non, vraiment, je ne sais pas... en convoi.

— Mais cessez donc toutes ces cachotteries, tous ces mystères. Je vous demande : où ?

— Honnêtement, je ne sais pas, ce n'est pas mon affaire. On m'a parlé d'un convoi... à Moscou, probablement. »

Il sait tout, l'animal, je le vois à son visage.

« Mais mes affaires ?

— Elles sont déjà dans la voiture. »

C'est inouï ! Qui a bien pu porter mes affaires à ma place ? Est-il possible que ce soit l'escorte ? Ah ! oui... mes bottes !

« Dites qu'on m'apporte mes bottes, mes bottes sont à réparer.

— On va les apporter.

— Comment : on va les apporter ? On est déjà au poste de garde, on part maintenant ! »

Alors, baissant encore d'un ton la voix, il me dit tout à trac :

« Vous n'avez plus besoin de bottes. »

Qu'est-ce que cela peut bien signifier ? Comment peut-il se faire qu'on n'ait plus besoin de bottes ? Je lui réponds tout bas :

« Comment savez-vous que je n'ai plus besoin de bottes, si vous ne savez pas où je vais ? »

Il se troubla.

Il ne fallait pas dire cela. Il est si clair maintenant qu'il se passe quelque chose de tout à fait inhabituel : jamais on ne fait partir les convois du poste de garde, le fourgon cellulaire entre à l'intérieur de la prison et c'est là qu'on fait le chargement. Et mes affaires qu'ils ont portées eux-mêmes... Et les bottes qui sont devenues inutiles. Alors, c'est peut-être la liberté ? Est-ce qu'ils vont me relâcher ? Mais peut-être est-ce tout le contraire. Dans ce cas aussi, les bottes sont inutiles.

« Eh bien, adieu, ne me gardez pas rancune... », fait le capitaine.

On me mène directement vers la sortie, à l'air libre, on ouvre la porte. Je ne peux rien voir autour de moi, je suis entouré d'hommes en civil. Ah ! mais c'est le K.G.B. ! Eh bien, il est clair maintenant que je ne suis pas en route pour la liberté.

« Venez par ici, montez dans la voiture, s'il vous plaît. »

Un minibus et plusieurs automobiles stationnent juste devant le portail. La neige est noire d'avoir été piétinée. Où est le fourgon cellulaire ? Il n'y en a pas. O miracle ! on me fait monter dans le minibus ! Ma housse à matelas, remplie de mes affaires, est sur le siège arrière. Les fenêtres sont voilées de rideaux soigneusement tirés. Autour de moi, des kaguébistes en civil. On me prévient que je ne dois pas toucher aux rideaux pendant le trajet, que je ne dois pas regarder par la fenêtre. Devant, entre le chauffeur et nous, les rideaux sont aussi tirés, mais ils ne sont pas attachés dans le bas, ils pendent. Donc, ils font flotter pendant le parcours et j'apercevrai bien quelque chose. On attend encore un chef. Il s'assoit à l'avant, avec le chauffeur. La portière claque, les rideaux s'agitent, nous démarrons. Nous faisons une manœuvre, nous tournons encore une fois et nous prenons la route.

Mes copains auront-ils entendu ce que je leur ai crié, ou non ? Ils ont dû entendre, j'ai gueulé si fort... Mais, tout de même, où m'emmène-t-on ? A Moscou ? Doïnikov a dit « à Moscou ». Mais il a pu me raconter des histoires. Oui, où vont-ils m'emmener ? Pourquoi dans un minibus et non dans un fourgon cellulaire ? Pourquoi n'ai-je plus besoin de bottes ?... Mais quoi, ils en sont bien capables. Ils vont m'emmener maintenant à la campagne, dans un bois et, alors, ce sera... « pour tentative d'évasion ».

Notre voiture cependant filait à une vitesse folle. Les rideaux de devant tressaillaient, flottaient au gré du vent et, à ma grande surprise, j'ai aperçu devant nous une voiture de police, surmontée d'un gyrophare et occupée par deux officiers de police. L'un conduisait, tandis que l'autre, le bras passé par la fenêtre, agitait son bâton pour écarter toutes les voitures sur notre passage. Que diable était-ce là ? A moins que ce ne soit qu'une simple coïncidence ? Non, cinq minutes plus tard, les rideaux de devant se sont encore violemment agités et j'ai encore aperçu la même voiture, avec le même phare. Puis, m'étant furtivement retourné, j'ai vu qu'une lumière balayait, à intervalles réguliers, les rideaux arrière, donc une autre voiture de police nous suivait. Et nous filions, nous filions à la vitesse limite, au point que l'on pouvait appréhender de verser car, enfin, l'hiver, la chaussée est glissante. Et, de nouveau, à un virage, les rideaux se soulevèrent : la même voiture de police roulait toujours devant nous, tandis que l'arrière était sans cesse balayé de faisceaux de lumière intermittents. Oui, en voilà des merveilles ! Seuls les membres du gouvernement voyagent ainsi. On ne m'a encore jamais convoyé de la sorte. Mais où, où m'emmènent-ils ?

Mes tchékistes parlaient entre eux et ne jetaient sur moi que de rares coups d'œil. Seuls, les deux qui étaient assis à mes côtés étaient vigilants. Et j'avais beau scruter leurs visages et regarder ce que les interstices des rideaux me laissaient voir de la route, je n'en tirais rien de nouveau. Eh bien, si c'est le bois, va pour le bois ! Si c'est Moscou, va pour Moscou ! Que pouvais-je faire ? Que pouvais-je entreprendre ? Donc, ce n'était même plus la peine d'y penser : advienne que pourra...

1

En décembre 1976, il ne me restait plus que peu de temps à passer en prison — quelque cinq mois, en tout — ensuite, on me renverrait dans la région de Perm, au camp 35, que je serais tenté d'appeler mon camp « natal », pour dix mois, à peu près. Ce serait une vraie fête, j'aurais l'impression de rentrer chez moi. Je me demandais qui des nôtres je retrouverais et qui serait déjà libéré à ce moment-là. Ceux qui revenaient ici nous donnaient quelques nouvelles sur ce que l'on faisait dans la zone, sur les nouveaux règlements, sur les chefs actuels. Ensuite, en mars 1978, je devais être assigné à résidence. Et ces cinq malheureuses années de relégation qui m'attendaient m'irritaient plus que tout mon temps de prison. C'était une rallonge bien inutile : ni chair ni poisson, ni liberté ni prison. Et il fallait savoir encore où l'on vous enverrait, quel serait le travail et quels seraient les chefs. Ce serait peut-être même pire que le camp. On savait que, quand on vous libérait des camps de la région de Perm, on vous assignait à résidence dans la région de Tomsk et on savait aussi ce qui vous y attendait : l'abattage des arbres, les marais. C'était le bout du monde. La taïga faisait la loi et l'ours était roi. Mais quand on sortait de la prison de Vladimir, on vous reléguait dans la république des Komis et, bien que ce ne fût pas du nanan (toujours l'abattage des arbres et les marais), c'était tout de même plus près de Moscou, c'était tout de même l'Europe.

C'est pourquoi je me demandais si je ne pourrais pas, encore une fois, m'arranger pour retourner, en sortant du camp, à la prison de Vladimir. Il y avait peu d'espoir. Le bruit courait que, d'après les nouvelles instructions, on n'envoyait pas en prison ceux auxquels il restait moins d'un an à tirer. Ordre était donné de nous rééduquer sur place, avec les moyens du bord. J'avais établi l'emploi du temps des cinq mois de prison qui me restaient à faire : je savais quels livres je devais lire, et à quel moment. Comment voulez-vous lire dans un camp ? On a toujours quelqu'un sur le dos. Et, en relégation, on n'a pas la tête à cela. Quand donc étudier, si ce n'est en prison ? Là, on n'a pas à plaindre son temps, de toute façon il ne coûte rien.

Il me paraissait évident que je n'aurais pas d'autre université que la prison de Vladimir. Même si on ne me collait pas une autre peine, ma relégation ne prendrait fin qu'en 1983, et j'aurais alors quarante et un ans, ce qui n'est guère un âge pour faire des études. Et, en liberté, rien de bon ne m'attendait. Seuls les nouveaux, ceux qui sont détenus pour la première fois, attendent la liberté et comptent les jours. Et elle leur apparaît, cette liberté, comme quelque chose de lumineux, d'ensoleillé et d'inaccessible. Mais moi, j'étais interné pour la quatrième fois et je savais qu'il n'est point de plus grande déception dans la vie que celle que l'on éprouve quand on sort de prison. Je savais aussi que je n'étais jamais arrivé et que je n'arriverais jamais à la conserver plus d'un an, cette maudite liberté. En effet, les raisons qui m'avaient amené en prison la première fois, m'y avaient ramené une deuxième, puis une troisième fois. Elles étaient immuables ces raisons, comme est immuable la vie soviétique elle-même, et comme vous l'êtes vous-même, qui ne changez point. On ne vous permettra jamais d'être vous-même et vous n'accepterez jamais de mentir et de feindre. Il n'y a pas de troisième voie.

C'est pourquoi, chaque fois que je recouvrais la liberté, je n'avais qu'un souci : réussir à faire le plus de choses possible pour n'avoir pas ensuite, quand je serais de nouveau en prison, à me tourmenter durant des nuits entières, en me remémorant toutes les occasions perdues ; pour n'avoir pas à me repentir, pour n'être pas bourrelé de remords, pour ne pas gémir de fureur contre mon irrésolution. Ces insomnies cruelles auront été le pire tourment de ma vie et mes courts intervalles de liberté ne ressemblaient en aucune façon à une vie normale. C'était une course fiévreuse, l'éternelle attente d'une nouvelle arrestation, les omniprésents agents du K.G.B., qui vous soufflent littéralement dans la nuque, et les gens, ces gens, tous ces gens que l'on n'a même pas le temps de regarder comme il le faudrait.

Je me disais à moi-même : Si tu rencontres un homme une fois et qu'il ne te trahisse pas, tu peux déjà le considérer comme une honnête connaissance, dès la seconde fois, comme un ami intime et, la troisième fois, comme un bon vieux copain avec lequel tu aurais passé la moitié de ta vie. En fait, quand tu vois un homme pour la première fois, tu le considères inévitablement comme le futur témoin de ton futur procès. Et, tout aussi inévitablement, tu te demandes : A quel interrogatoire va-t-il craquer ? Au premier ou au second ? Quel est son point faible, dont le K.G.B. va tenter de jouer ? Manquet-il d'assurance ? On va l'intimider. Est-il vaniteux ? On va l'humilier. Aime-t-il ses enfants ? On va le menacer de lui en retirer la garde. Et tu le regardes dans les yeux, en te demandant s'il tiendra ou s'il ne tiendra pas, quand on le menacera de la maison de fous. Rares sont ceux qui tiennent. Garde-toi donc de surcharger la mémoire de ton prochain d'une information superflue. Ne le place pas dans une situation telle que sa conscience sera nécessairement tourmentée de remords par la suite. Tu es lépreux, tu n'as pas droit à une vie d'homme ! Tous ceux qui te touchent risquent d'être contaminés et si tu aimes réellement quelqu'un, fuis-le, évite-le, fais semblant de ne pas l'avoir reconnu, de ne pas l'avoir remarqué. Sinon, demain, toute la puissance de l'État s'abattra sur sa tête. C'est pourquoi, essayant de faire tenir vingt-cinq heures en un seul jour et une seule nuit, étirant la semaine en un mois, tu dois faire le maximum de ce qu'il est possible et même impossible de faire. Pense que demain tu seras de nouveau dans une cellule de Léfortovo, que tu ne pourras rien faire de longtemps et que, peut-être même, tu ne pourras plus jamais rien faire. Ensuite, tu te remémoreras tout ce que tu auras omis, tout ce que tu aurais pu faire mieux et avec plus d'efficacité, tu te repentiras de ta négligence. Songe à toutes ces décennies durant lesquelles les hommes ne pouvaient rien faire, où ils ne pouvaient même pas cracher au visage, au mufle de ceux qui les assassinaient. Des millions d'entre eux ont disparu en rêvant de se venger, d'une manière ou d'une autre, des souffrances qu'on leur avait infligées. Et toi qui as eu la possibilité de crier la vérité au monde entier, qui as eu des amis sur lesquels tu pouvais compter, qui as eu du temps, qu'as-tu fait ? Et les regards, chargés de questions et de reproches, de millions d'yeux morts seront une brûlure à ton âme...

En Sibérie, on m'a parlé d'une des manières dont on chasse l'ours. Quelque part, près d'un sentier, on cache au sommet d'un pin un appât : habituellement une viande faisandée. Puis on attache, à la plus basse des grosses branches, une bûche massive et lourde qui barre le passage et se balance au bout de la corde qui la supporte. L'ours, flairant l'appât, grimpe au tronc et rencontre sur son chemin la bûche. Conformément à sa nature d'ours, il n'essaie même pas de la contourner, il l'écarte et grimpe plus haut. La bûche ainsi lancée, revient le frapper au flanc. Furieux, il la repousse brutalement, et elle retombe sur lui d'autant plus fort. Et ils redoublent, l'un et l'autre, de violence. Enfin la bûche assomme l'ours qui tombe de l'arbre... Telles sont à peu près les relations qui se sont établies entre les autorités et moi : plus la peine était lourde, plus j'essayais d'agir lorsque je recouvrais la liberté, et plus j'avais agi, plus lourde était la peine suivante. Toutefois, les temps changeaient et mes possibilités augmentaient au point qu'il était difficile de dire qui était l'ours, qui la bûche, et ce qu'il en adviendrait. De toute façon, je n'étais pas disposé à reculer.

Dans ces conditions, ce n'était pas seulement cinq mois qui étaient programmés, mais bien toute ma vie : dix mois de camp, cinq ans de relégation ; ensuite, dans le meilleur des cas, une année de cette fièvre que l'on nomme liberté ; ensuite, encore dix ans de prison et encore cinq ans de relégation. Je crois bien que j'aurai alors cinquante-sept ans. Eh bien, j'aurai peut-être encore le temps de faire un tour et de revenir mourir en prison. Du fait que je ne l'attendais pas, cette liberté, je ne comptais ni les jours ni les mois. Je me faisais penser au djinn des *Mille et Une Nuits* que l'on avait mis dans une bouteille : les cinq premiers millions d'années, il s'était juré de couvrir d'or celui qui le libérerait. Et les cinq millions d'années suivantes, de tuer celui qui le ferait sortir. Dans un cas comme dans l'autre, je pouvais fort bien comprendre les sentiments de ce djinn-là...

Mais il y avait encore une autre raison qui m'incitait à établir un emploi du temps et à consacrer chaque minute à l'étude : c'était la prison elle-même.

L'homme qui ne se discipline pas, qui ne fixe pas son attention sur une occupation suivie, quelle qu'elle soit, risque de perdre l'esprit ou, tout au moins, de ne plus se maîtriser. Le plus total isolement, l'absence de la lumière du jour, la monotonie de la vie, la faim et le froid constants le font tomber dans un état étrange, mi-somnolence, mi-rêverie. Pendant des heures, et même pendant des jours entiers, il contemplera d'un regard absent la photographie de sa femme et de ses enfants, feuilletera les pages d'un livre sans rien comprendre et sans rien retenir, ou engagera soudain avec son voisin une discussion interminable, absurde, sur un sujet tout à fait futile, répétant sans cesse les mêmes choses sans écouter son interlocuteur et sans réfuter ses arguments. Il ne peut absolument plus se concentrer sur une question précise, suivre le fil de la conversation.

La façon dont on perçoit le temps est curieuse, elle aussi. D'une part, il passe à une vitesse qui défie l'imagination. Et tout ce qui constitue ce rituel si banal : lever, petit déjeuner, promenade, déjeuner, dîner, couvre-feu, lever, petit déjeuner, promenade, déjeuner, dîner, couvre-feu, se fond en une sorte de tache brun-jaune qui ne laisse aucun souvenir, rien à quoi l'esprit pourrait se raccrocher. Et, le soir, quand on se couche, on n'arrive pas à se rappeler ce qu'on a fait de toute la journée, ce que l'on a mangé à l'un ou l'autre repas. Qui plus est, les jours eux-mêmes sont indiscernables, ils s'effacent totalement de la mémoire. Brusquement, comme si quelqu'un vous poussait du coude, on découvre : « Comment ? C'est encore le bain ! » Ce qui veut dire que sept et, parfois même, dix jours ont passé en coup de vent. Ainsi vit-on avec le sentiment d'aller chaque jour au bain... Mais, d'autre part, ce même temps chemine, rampe à une lenteur incroyable. On a l'impression qu'une année a passé, mais non, on en est toujours au même mois et on n'en voit pas la fin.

On se montre particulièrement irritable dès que quelque chose vient à rompre la monotonie de la vie. Par exemple, au début d'un nouveau mois, on ne vous emmène plus à la promenade après le repas du matin, mais après le déjeuner. Il semblerait que cela ne fasse aucune différence, toutefois, cela vous rend furieux, presque fou de rage. Ou encore, on s'est querellé avec un surveillant ou disputé avec l'éducateur qui vous avait convoqué à un « entretien » et on ne peut plus ni lire, ni dormir, ni penser à rien d'autre. Les lignes sautent devant vos yeux, votre imagination galope et tout votre être est agité. Mais qu'y a-t-il là d'extraordinaire ? Vous avez eu tant de discussions, tant d'entretiens, tant de querelles avec les surveillants dans votre vie qu'il est impossible d'en faire le compte. Pourtant, vous ressasserez, pendant plusieurs jours et plusieurs nuits, ce que l'on vous a dit, ce que vous avez répondu, ce que vous auriez pu dire et que vous n'avez pas dit parce que vous n'avez pas eu l'esprit d'à-propos. Et vous imaginerez de quelle manière vous auriez pu piper votre interlocuteur ou lui river son clou, lui répondre d'une manière plus caustique ou plus convaincante. Comme un disque rayé, cette conversation continue à tourner, tourner dans votre cervelle, et vous n'avez pas la force de l'arrêter. Ou encore, vous recevez de chez vous une carte postale toute bariolée et vous la regardez, vous la regardez comme un idiot : c'est tellement inattendu de voir toutes ces couleurs insolites que vous ne pouvez en détacher vos yeux.

On ne pouvait pas dire que la sensation de la faim fût vraiment très douloureuse, très aiguë. On souffrait plutôt des effets progressifs d'une sous-alimentation chronique. C'est d'ailleurs pourquoi on cessait très vite de la ressentir trop vivement, mais elle suçait tout votre être, sourde et monotone, comme un mal de dents persistant. Vous cessiez même de comprendre que c'était la faim, mais voilà qu'au bout de quelques mois, vous remarquiez tout à coup que cela vous faisait mal de rester assis sur un banc et, la nuit, de quelque façon que vous vous couchiez, vous sentiez que quelque chose appuyait sur vous, vous gênait. Vous essayiez d'arranger votre matelas, vous vous retourniez d'un côté sur l'autre, mais vous étiez toujours aussi mal à l'aise. Et c'est alors que vous sentiez que c'étaient vos os qui ressortaient. Mais cela même vous était, en quelque sorte, indifférent. Seulement, vous ne pouviez vous lever d'un bond : la tête vous tournait...

Le plus désagréable, c'est le sentiment d'avoir perdu sa personnalité. On a l'impression que l'on vous a pris par les pieds et traîné, la gueule contre l'asphalte, qu'il ne reste plus sur votre visage aucun trait, aucune particularité. Comme si l'on avait repassé votre âme — ses replis, ses sinuosités, ses recoins secrets, ses arabesques — avec un fer géant jusqu'à ce qu'elle devienne plate et unie comme un plastron de chemise. La prison efface. Et tout homme essaie d'échapper à cela, de manifester son individualité, de se montrer supérieur aux autres ou meilleur qu'eux. Dans les cellules des « droit commun », il y a des bagarres perpétuelles, une lutte constante pour le « leadership », il y a même des meurtres. Il n'y a rien de tel chez nous, naturellement. Mais, quand vous restez quatre ou cinq mois dans la même cellule, avec les mêmes gens, vous les comprenez jusqu'à en être écœuré, et réciproquement. A tout moment, on sait ce qu'ils vont faire, à quoi ils pensent, ce qu'ils vont demander. Et, la plupart du temps, on ne parle de rien, car on sait tout les uns des autres. Et vous vous étonnez : si, au bout de six mois, nous n'avons plus aucune question à nous poser, c'est vraiment que nous contenons peu de choses, nous, les hommes...

Il est particulièrement pénible d'avoir un voisin qui a pris inconsciemment une habitude : celle de renifler ou de taper des pieds, par exemple. Au bout de deux mois, vous n'en pouvez plus, vous êtes prêt à le tuer. Mais que l'on vous sépare, soit que l'on vous mette dans des cellules différentes ou que l'on vous envoie, vous, au cachot, vous vous retrouverez, ensuite, comme des membres d'une même famille. Aussitôt les questions, les récits, les nouvelles, les souvenirs fuseront. Et ce sera une vraie fête, qui durera toute une semaine. Il y a aussi quelquefois, naturellement, des incompatibilités d'humeur totales. Il paraît impossible de passer deux jours ensemble dans la même cellule, alors qu'il faudra vivre ainsi durant des années. En somme, toute l'humanité se divise en deux parties : les êtres avec lesquels on pourrait rester enfermé dans une seule et même cellule et les êtres avec lesquels on ne peut pas. Mais personne ne vous demande votre assentiment. Il faut donc être extrêmement tolérant envers ses compagnons d'infortune et, dans le même temps, savoir réprimer ses propres singularités et habitudes. Il faut s'adapter à chacun, s'entendre avec tous. Autrement, la vie devient insupportable.

Multipliez maintenant toutes ces misères par des années et des années, élevez-les au carré, ajoutez-y toutes les autres années où vous avez été enfermé auparavant dans des camps et dans des prisons de détention préventive, et vous comprendrez pourquoi il faut employer chacune de ses minutes à une occupation suivie, la meilleure étant l'étude d'une matière compliquée, difficile, requérant une attention très soutenue. L'électricité étant constamment allumée, vos paupières sont enflammées, elles vous brûlent. Vous lisez la même phrase des dizaines de fois sans pouvoir la comprendre. C'est avec de grands efforts que vous arrivez au bas de la page et, à peine l'avez-vous tournée que vous ne vous souvenez plus d'un seul mot. Alors, vous devez revenir en arrière, lire vingt, trente fois la même chose en vous interdisant de fumer tant que vous n'aurez pas assimilé le chapitre, en vous interdisant de penser, de rêver ou d'avoir des distractions, en vous interdisant même d'aller aux toilettes car, pour vous, il n'y a rien de plus important au monde que d'accomplir la tâche que vous vous êtes assignée pour le jour présent. Et si, le lendemain, vous ne vous souvenez de rien, reprenez votre texte et relisez-le. Quand vous avez terminé un livre, vous pouvez vous accorder un jour de repos, mais un seul, car dès le deuxième jour, votre mémoire faiblirait, votre attention se disperserait et vous vous abîmeriez de nouveau, vous sombreriez lentement sous l'eau, comme l'homme qui se noie : toujours plus profondément, jusqu'à ce que vos oreilles se mettent à tinter et que des cercles colorés dansent devant vos yeux. Et nul ne saurait dire alors si vous émergeriez de nouveau.

Tout cela est manifeste, surtout au cachot où vous n'avez ni livres, ni journaux, ni papier, ni crayon. On ne vous emmène pas à la promenade, on ne vous emmène pas aux bains. On vous nourrit un jour sur deux. Il n'y a pratiquement pas de fenêtre, une ampoule, placée dans une niche contre le plafond, éclaire à peine celui-ci. Le mur présente deux saillies : l'une est votre table, l'autre est votre chaise. (Impossible d'y rester assis plus de dix minutes.) En guise de lit, on vous donne pour la nuit une planche nue. Les vêtements chauds ne sont pas autorisés. Dans un des coins, il y a une tinette ou même, tout simplement, un trou à même le sol, qui dégage durant toute la journée des odeurs fétides. En un mot, le cachot est un sac de béton. Et, en plus, il est interdit de fumer. La saleté est quasi séculaire et les murs sont couverts de crachats sanglants, puisqu'on enferme ici également les tuberculeux. C'est alors que commence votre descente sous l'eau, jusqu'au fond, dans la fange. D'ailleurs, en prison, on dit « descendre » au cachot, « remonter » du cachot.

Les trois premiers jours, vous fouillez les lieux. Vous cherchez si quelqu'un, avant vous, ne serait pas parvenu à introduire ici de la makhorka[1], puis à en cacher les restes ou à planquer quelques mégots. Vous furetez dans tous les creux ; dans toutes les fentes. Le jour et la nuit existent encore pour vous. Le jour, vous marchez surtout, et, la nuit, vous essayez de dormir. Mais le froid, la faim et la monotonie font leur œuvre. Vous ne pouvez sommeiller que de dix à quinze minutes, ensuite vous bondissez et vous courez pendant quarante minutes, à peu près, pour vous réchauffer. Puis vous vous assoupissez de nouveau un petit quart d'heure, couché sur la planche, si c'est la nuit, accroupi sur le sol et adossé au mur, si c'est le jour. Ensuite, vous vous relevez d'un bond et vous courez encore une demi-heure. Vous perdez peu à peu le sentiment de la réalité, votre corps devient comme du bois, et vos mouvements se font mécaniques. Plus le temps passe, plus vous vous transformez en une sorte

1. *Makhorka :* mélange grossier de tiges et de feuilles du *tabac rustique* (N.D.T.).

d'objet inanimé. On vous donne de l'eau bouillante trois fois par jour, et cette eau bouillante vous procure un plaisir inouï. Vous avez l'impression que tout, à l'intérieur de vous, se dégèle et que la vie revient pour un moment. Une douleur délicieuse s'empare de tout votre être, pendant une vingtaine de minutes. Deux fois par jour, avant de faire vos besoins, vous recevez un vieux bout de journal, et vous lisez ce lambeau de la première à la dernière ligne, et même plusieurs fois. Vous vous remémorez tous les livres que vous avez lus, tous les gens que vous avez connus, toutes les chansons que vous avez entendues. Vous vous mettez à faire des calculs mentaux : multiplications, additions, etc. Des bribes de mélodies, de conversations vous reviennent. Le temps ne bouge absolument pas. Tantôt vous tombez dans une espèce de torpeur, tantôt vous bondissez et vous courez, puis vous sommeillez de nouveau, mais rien de tout cela ne met de la diversité dans votre vie. Peu à peu, les taches qui souillent le mur se fondent les unes dans les autres pour former des sortes de visages et, bientôt, le cachot est comme orné des portraits de tous les zeks qui ont été détenus ici avant vous. C'est la galerie de vos ancêtres...

Ces ancêtres, on peut les scruter, les interroger pendant des heures. Vous pouvez discuter, vous disputer et vous réconcilier avec eux. Mais, au bout d'un certain temps, eux non plus ne sont plus une diversion. Vous savez tout d'eux, comme si vous aviez été enfermé, la moitié de votre vie, dans la même cellule. Certains vous irritent, avec d'autres vous pouvez, à la rigueur, échanger un mot. Et il en est qu'il faut remettre à leur place d'emblée, autrement ils deviendraient par trop importuns. Ils vous raconteraient, d'un ton fastidieux et monotone, les insignifiants détails de leur vie insignifiante. Et, s'ils remarquaient que vous ne les écoutez point, ils broderaient, ils enjoliveraient leur existence. Leur complaisance et leur affairement inspirent le dégoût. D'autres se taisent et vous regardent en dessous, d'un air morne. Alors, dressez l'oreille : si vous vous endormez, ils sont capables d'escamoter votre ration de pain. Il y a aussi des garçons sociables, affables, généralement plus jeunes, avec lesquels on peut plaisanter un peu. Ils sont accommodants, ne se laissent jamais abattre et, pour avoir de la compagnie, ils sont prêts à tout. Ils sont là, d'ordinaire, pour houliganisme, détroussement ou viol collectifs. Enfin, dans un coin, au-dessus de la tinette, est tapi un vieux voleur, un « régulier », celui-là. D'entrée de jeu, il commence à intriguer, à dresser les différents groupes les uns contre les autres, puis tous ensemble contre vous. Il chuchote dans les coins, échange avec eux des regards lourds de signification. Avec gravité, avec autorité, sans jamais s'adresser à quelqu'un en particulier, il étale son expérience. Il parle d'étapes, de camps, de meurtres. Il cherche manifestement à provoquer un conflit dans la cellule, il veut instaurer son ordre. Il sait ce qui est permis aux uns et ce qui ne l'est pas aux autres. Vous aurez inévitablement une altercation grave avec lui. Mieux vaut qu'elle se produise tout de suite, avant qu'il ait formé son groupe, avant que son autorité se soit assise... Mais tout cela aussi sombre, s'efface et vous restez seul à seul avec l'éternité, avec le néant.

Il est difficile de comprendre où l'on finit soi-même et où commence cet infini. Votre corps, ce n'est déjà plus vous, vos pensées ne vous appartiennent pas, elles viennent et s'en vont d'elles-mêmes, sans se soumettre à vos désirs. Mais avez-vous même des désirs ? Je suis absolument convaincu que la mort, ce n'est pas le vide cosmique, un bienheureux néant. Non, ce serait trop rassurant, trop simple. La mort, c'est une douloureuse répétition, c'est une seule et même chose, la même toujours, insupportablement. Et c'est ainsi que naissent — monotones et obsessionnels — rêves éveillés, pensées rêvées.

Dans un premier épisode, les événements se déroulent au milieu de machines-outils compliquées, vrombissantes, qui actionnent leurs leviers à un rythme monotone. D'énormes couteaux s'abaissent de tous côtés en cliquetant et sifflant. Des pignons, des roues dentées tournent, de gigantesques cames d'acier tombent. A chaque instant, vous pouvez être coupé en deux, aplati comme une galette ou entraîné dans ces énormes engrenages. Vous êtes dans un mouvement perpétuel : tantôt vous écartant d'un bond, tantôt reculant d'un pas, tantôt vous courbant, vous essayez de sortir de cette jungle mécanique, métallique, rugissante. Ces machines, ces couteaux et ces leviers n'ont aucun rythme, n'obéissent à aucune loi. C'est le chaos le plus total. Et vous devez deviner, par votre seul flair, dans quelle direction sauter pour n'être pas écrasé. Et il ne faut jamais s'arrêter car, là où vous vous teniez un instant plus tôt, s'est déjà abattu un marteau d'acier qui pèse des tonnes et, à ce coup, tout a tressailli alentour. Derrière, d'en haut, de côté, tout siffle, grésille, gronde. Ainsi passent des milliers d'années. Mais ce n'est que le premier épisode.

Dans le second, s'accomplit une sorte de cérémonie ignoble. Un intarissable torrent d'êtres humains se déverse dans les salles et les couloirs innombrables d'un immense édifice. C'est une effroyable cohue. Tous cherchent à se frayer un chemin jusqu'au lieu où se déroule le grand mystère. Une lumière, qui n'est pas naturelle, éclaire ce flot de gens qui se bousculent. Mais tout ce qui se passe ici est marqué du sceau de l'abomination : il y a quelque chose d'infâme, d'intolérablement ignominieux dans cette foule d'hommes nus de tous âges, aux corps monstrueux. Et vous êtes parmi eux... Tout cela s'accompagne d'une mélodie qui est toujours la même, qui ne cesse de se répéter — tantôt choral, tantôt incantations — sur laquelle se règlent tous vos gestes. Ainsi passent encore des milliers d'années.

Dans le troisième épisode, est-ce une salle, est-ce un échiquier ? Sont-ce des personnes ou des figurines ? On ne sait. On est tous liés par des rapports psychologiques très subtils. Ce que feront les autres dépend de chacune de vos paroles, du moindre de vos gestes qui influeront, à leur tour, sur vous, sur tous et sur chacun. C'est pourquoi toute personne présente doit constamment faire en pensée des calculs incroyablement compliqués tenant compte des éventuelles décisions des autres. Et ces calculs sont sans fin, comme est infini le nombre de toutes les combinaisons possibles. Vous êtes tout concentrés et tendus, vous comptez, supputez, admettez, réfutez, recomptez, combinez. Ainsi, jusqu'à l'infini, puisque vous êtes enlacés à jamais par la trame de vos rapports réciproques. Au demeurant, chacun essaie de paraître tout à fait insouciant.

... Alors vous bondissez et recommencez à courir d'un coin à l'autre, de long en large, çà et là, car tout votre corps est lourd et engourdi. Et vous courez ainsi, vous courez jusqu'à ce que l'uniformité des murs et de vos propres mouvements vous ramène au premier épisode, à la machinerie avec ses couteaux, ses marteaux, ses roues et ses leviers... Ainsi passent des époques entières et tout vous devient odieux : tout ce que vous avez en vous et tout ce qui vous est extérieur, tout cela que vous connaissez déjà pour l'avoir usé et sali par vos regards et vos réflexions. L'homme finit par avoir la nausée de soi-même mais, à supposer qu'il puisse sortir de lui-même, il n'est point d'endroit où il pourrait aller. Et cette douloureuse conscience du vide ne guérit pas de longtemps.

Telle une plaie ouverte dans votre âme, elle ne se referme que bien plus tard, en laissant une cicatrice. Rien de ce temps-là ne reste dans votre mémoire : le souvenir s'en est effondré.

Le premier jour s'acheva sans résultat. La nuit, j'adossai ma planche contre le mur, je grimpai jusqu'au plafond et j'allumai de la sorte ma cigarette à l'ampoule, mais cela ne pouvait me calmer. Cette apparente accessibilité ne faisait que m'exciter et, le matin suivant, je renouvelai mon assaut. Ainsi passa encore un jour, puis une nuit, et encore un nouveau jour et une autre nuit. J'avais totalement cessé d'exister. Il ne restait plus en moi qu'un seul désir : grimper au mur. J'avais les ongles cassés, ils saignaient, mes doigts étaient enflés et, le soir, j'étais généralement si éreinté que je n'arrivais plus à me hisser du premier coup, même à l'aide de ma planche. Je dérapais, je tombais, je me relevais et montais de nouveau jusqu'à l'ampoule comme les insectes vont vers la lumière. Je ne sentais plus rien, ni douleur, ni froid, ni faim. Je n'avais plus qu'un désir qui existait en dehors de moi et malgré moi : grimper le long de ce maudit mur jusqu'à cette damnée ampoule ! Je ne me rappelais même plus pourquoi je devais faire cela. Si bien que quand, le quatrième jour, au prix d'efforts incroyables (mouvements des bras, décollements des talons, sauts...) je me retrouvai soudain contre le plafond, après m'être accroché, comme en un spasme, à la grille de la niche, je m'aperçus que mon bout de bois, muni du chiffon, m'avait échappé des dents depuis longtemps, et traînait par terre. J'étais suspendu là, attaché à cette maudite grille, à dix centimètres de l'ampoule et je pleurais.

Naturellement, je ne pus me rappeler quelle combinaison de mouvements m'avait propulsé jusqu'à cette ampoule. L'essentiel, c'était que le but fût accessible. Oui, je pouvais l'atteindre, moi ; avec ma taille, avec mes forces et avec mes dispositions pour l'alpinisme. C'est pourquoi je consacrai encore deux autres jours à l'assaut. Et, à la fin du cinquième jour, je remportai la victoire, une victoire totale et définitive. Et il n'est point dans ma vie de réalisation plus grande, de victoire plus grande dont je pourrais m'enorgueillir autant que de celle-ci. Chaque jour ensuite, et jusqu'à trois fois par jour, je grimpais sur ce mur pour allumer un petit mégot de makhorka. Mais c'était devenu une chose si habituelle qu'elle ne pouvait plus rompre la monotonie de ma vie, de cette lente et régulière immersion dans le néant douloureux, dans ce rien qui se répète sous une seule et même forme.

Instruit par l'expérience, j'essayais d'emporter dans le mitard une mine de crayon que je calais habituellement dans ma joue. Quand j'y parvenais, alors je passais tout mon temps de cachot à dessiner des châteaux forts sur des bouts de journaux ou simplement sur le sol, sur les murs... Je ne traçais pas seulement une vue d'ensemble. Je m'étais donné pour tâche de construire l'édifice en entier, depuis les fondations, les sols, les murs, les escaliers en colimaçon et les passages secrets jusqu'aux toits pointus et aux tourelles. Je taillais chaque pierre, je posais avec soin les dalles ou les lattes de plancher, je meublais les salles, j'accrochais les tapisseries et les tableaux. J'allumais les bougies des chandeliers et les torches, qui fleuraient la résine et fumaient doucement, dans des corridors sans fin... Je dressais les tables et je conviais des hôtes. J'écoutais de la musique avec eux, je buvais du vin dans des coupes anciennes. J'allumais, ensuite, ma pipe, tout en prenant une tasse de café. Nous montions l'escalier, passions de salle en salle ; de la terrasse, nous contemplions le lac ; nous allions aux écuries voir les chevaux ; nous nous promenions dans le jardin qu'il avait fallu aussi dessiner et planter des espèces les plus variées. Nous regagnions la bibliothèque par l'escalier extérieur et là, après avoir fait du feu dans la cheminée, je m'installais dans un fauteuil bien rembourré, profond. Je feuilletais des livres anciens, aux reliures de cuir usées et aux lourds fermoirs de cuivre. Je savais même ce qui était écrit dans ces livres. Je pouvais les lire...

Ce passe-temps suffit à occuper un de mes séjours au cachot et encore restait-il bien des questions à régler jusqu'à la prochaine fois. Il arrivait, en effet, que plusieurs jours fussent nécessaires pour décider quel tableau il convenait d'accrocher dans le salon, quelles armoires il fallait mettre dans la bibliothèque, quelle table dans la salle à manger. Maintenant encore, je peux le dessiner, les yeux fermés, ce château, dans le détail. Un jour ou l'autre, je le trouverai... à moins que je ne le construise.

Oui, un jour ou l'autre, j'inviterai mes amis et nous franchirons ensemble le pont-levis qui enjambe les douves, nous pénétrerons dans ces salles, nous nous attablerons. Les chandelles seront allumées et la musique retentira, tandis que le soleil se couchera sereinement sur le lac. J'ai vécu dans ce château des centaines d'années et j'ai taillé chaque pierre de mes mains. Je l'ai construit alors que j'étais au régime de la prévention, à la prison de Vladimir. Il m'a sauvé de l'indifférence, de cette douleur sourde de l'indifférence envers tout ce qui vit. Il m'a sauvé la vie. Parce que l'on ne peut pas devenir muet, parce que l'on n'a pas le droit d'être indifférent. Parce que c'est précisément à ce moment-là que l'on vous éprouve à la dent. Ce n'est que dans le sport que vos juges et vos adversaires vous permettent d'acquérir votre meilleure forme et, ces records-là, ils ne valent pas un sou. En fait, c'est quand vous êtes malade, quand vous êtes fatigué, quand vous auriez le plus besoin de souffler que l'on cherche à vous imposer la plus lourde épreuve. C'est alors que l'on vous prend et que l'on tente de vous briser, comme un bâton, contre le genou. Et c'est à ce moment-là précisément que le « parrain », ce pêcheur d'âmes, ou que l'éducateur, désireux d'avoir un entretien avec vous, vous tirent, tout hébété, d'une cave.

Oh ! non, ils ne vont pas directement, comme cela, en face, vous proposer une collaboration. Pour le moment, il ne leur en faut pas tant : il suffira de quelques petites concessions. Ils veulent vous y habituer, aux concessions ; à l'idée qu'il faut faire des compromis. Ils vous tâtent avec soin pour voir si vous êtes mûr ou non. Non ? Alors, retournez dans votre cave pour y mûrir un peu. Eux, ils ont des siècles devant eux...

Sottes gens ! Ils ne savaient pas que je retournais chez mes amis, que je reprenais nos causeries interrompues, au coin du feu. Et comment auraient-ils pu savoir que, lorsque je leur parlais de haut, c'est que je me tenais sur le mur de mon château, plus soucieux de l'aménagement de mes écuries que de leurs stupides questions ? Que peuvent-ils contre les murailles épaisses, les tours crénelées et les meurtrières ? Après m'être bien diverti d'eux, j'allais rejoindre mes hôtes, en fermant avec soin derrière moi la massive porte de chêne...

C'est précisément au moment où tout vous est devenu indifférent, où vous n'êtes plus conscient de rien, où votre seul tourment est de compter mélancoliquement les jours que, dans le cachot d'à côté, quelqu'un se trouve mal, s'évanouit et tombe. Alors, il vous faut cogner dans la porte, faire du vacarme et appeler le médecin. Et, pour avoir frappé à la porte et avoir mené tout ce tapage, le citoyen-chef furibond prolongera votre temps de mitard. Donc, taisez-vous, cachez-vous la tête dans les genoux, dites-vous que vous dormiez et que vous n'avez rien entendu. Est-ce que cela vous regarde ? Vous ne connaissez pas ce voisin, il ne vous connaît pas, vous ne vous rencontrerez jamais. De fait, vous auriez pu ne pas entendre... Mais un châtelain peut-il se permettre d'agir ainsi ?

J'abandonne mon livre, je prends une chandelle et je vais au portail pour faire entrer dans le château le voyageur que les intempéries ont surpris. Peu m'importe qui il est. Même si c'est un brigand, il doit se réchauffer près de l'âtre, passer la nuit sous un toit. Que la tempête se déchaîne donc au-delà des portes du château, elle n'arrachera pas le toit, elle ne transpercera pas l'épaisse muraille, elle n'éteindra pas mon foyer. Que peut-elle, la tempête ? Elle ne peut que hurler et sangloter dans ma cheminée...

La prison, en tant qu'institution sociale, est connue de l'homme depuis des temps immémoriaux et on peut dire, sans hésiter, que, dès qu'est née la société, la prison est apparue. Et c'est alors, sans doute, qu'a commencé de fleurir le genre littéraire des souvenirs, mémoires, notes, journaux de captivité. Non que les hommes qui sortent de prison soient particulièrement diserts. Bien au contraire. Le détenu qui vient d'être libéré est plutôt enclin à fuir la société et les conversations. Il aspire à rester tranquille, dans la solitude, le regard perdu. Mais voici que son entourage se met à le harceler. On lui pose des tas de questions et, en règle générale, les plus absurdes. On exige sans cesse de lui de nouveaux récits et, alors, cet homme sent qu'il n'aura pas de vie possible tant qu'il n'aura pas écrit ses souvenirs de captivité. Dans toute l'histoire, des dizaines de millions de gens, au bas mot, ont été en prison et des milliers d'entre eux ont exposé sur le papier leurs impressions. Mais cela n'a pas étanché la soif de l'humanité. Cela n'a pas affaibli l'intérêt si vif et si constant que suscite depuis toujours la prison. Parce que, depuis les temps les plus anciens, l'homme s'est habitué à considérer que ce qu'il y a de plus effrayant au monde, c'est *la mort, la folie et la prison.* Ce qui terrifie nous séduit, nous attire, comme tout ce qui est inconnu. Eh oui, si quelqu'un revenait maintenant de l'autre monde, on le ferait mourir de nouveau, à force de le questionner !

Ces trois réalités qui adviennent indépendamment de notre volonté, au gré du destin, sont comme interdépendantes. Si la folie est une mort spirituelle, une prison spirituelle, la prison, elle, est l'image de la mort. Le plus souvent, elle mène à la mort ou à la folie. L'homme que l'on a jeté en prison, on le pleure comme un mort, on l'évoque comme un défunt, de plus en plus rarement au fil des années, comme si, en réalité, il n'existait pas. Ces trois terreurs qui vivent en l'homme, la société les utilise pour châtier les indociles ou, plus exactement pour intimider les autres car qui, à l'heure actuelle, parle sérieusement de châtiment ?

Il est clair que tous les membres de la société s'intéressent vivement à ce dont on les menace et à ce qui pourrait leur arriver dans la réalité. Et ainsi cette fonction d'intimidation qu'exerce la prison s'est-elle fortement ancrée dans la conscience des hommes, et tous — du législateur au surveillant — trouvent naturel que tout y soit répugnant et pénible. Pour vous, ni feu ni lieu. Pas d'air, pas de lumière, pas de chaleur, pas de nourriture : tout de même, ce n'est pas une station thermale, ce n'est pas votre maison natale ! Autrement, on ne pourrait pas vous remettre en liberté, vous ne voudriez plus en sortir !

Et la société est particulièrement indignée quand un détenu commence à dire deux mots de ses droits ou de la dignité humaine. Voyez-vous cela ? Imaginez un peu ! Et si les pécheurs, en enfer, commençaient à revendiquer leurs droits, à quoi cela ressemblerait-il ?

Et puis on a oublié qu'à l'origine, ce ne sont pas les détenus que l'on se proposait d'effrayer mais ceux qui étaient restés en liberté, c'est-à-dire la société elle-même. Donc, maintenant, plus la société maltraite les prisonniers, plus elle s'effraie elle-même. Par conséquent, elle aspire à avoir peur. Naturellement, comme toute société ordonnée qui se respecte, la population a sa prison intérieure, appelée cachot, et, en outre, divers régimes de détention : moins sévères, plus sévères, particulièrement sévères. En effet, même en prison, l'homme ne doit pas être indifférent à ce qui peut lui arriver. Il doit toujours rester quelque chose que l'on puisse lui enlever et qu'il ne veut pas perdre. Parce que l'homme qui n'a plus rien à perdre est mortellement dangereux pour la société. Il représente pour les honnêtes gens la forme la plus haute de la séduction, à condition naturellement, qu'il ne soit pas un cadavre. Et pour que le reste de l'humanité ne l'envie pas, pour que les oreilles des justes ne soient point séduites, tous ces régimes et châtiments, qui existent à l'intérieur des prisons, sont calculés en sorte que leur dernier stade (quand l'homme n'a réellement plus rien à perdre) le rapproche le plus possible de l'état de la mort naturelle. C'est pourquoi le zek expérimenté ne juge pas une prison à sa façade ou d'après les cellules communes, il la juge à son cachot. De même, il vaut mieux juger un pays sur ses prisons plutôt que sur ses « réalisations ».

Pendant des siècles, l'aménagement intérieur des prisons a été à peu près le même et l'homme de l'extérieur qui vient visiter, disons, la forteresse Pierre et

Paul[1], ne peut absolument pas comprendre ce qu'elle a de particulier. Les lits sont comme tous les lits, les murs comme tous les murs. Certes, il y a des grilles aux fenêtres, mais une prison, c'est fait aussi pour qu'on ne puisse pas s'en évader. Et puis, on leur permettait de lire des livres... Que peut-on désirer de plus ? Ainsi, l'homme de l'extérieur est tout à fait incapable de comprendre ce que c'est qu'un *régime*.

Que vous ayez une heure ou une demi-heure de promenade, que l'on vous donne 400 ou 450 grammes de pain par jour, 60 ou 75 grammes de poisson, au fond, quelle différence cela fait-il ? Il faut être comptable ou cuisinier pour compter une telle profusion de chiffres ! L'homme de l'extérieur ne s'intéresse qu'à une chose : les détenus mouraient-ils de tout cela ou n'en mouraient-ils pas ? Ah ! ils n'en mouraient pas ? Alors, inutile d'en parler. Habituellement, ce sont les murailles épaisses et les voûtes qui produisent le plus d'effet sur le visiteur : quelle obscurité, c'est épouvantable ! C'est ça, la prison, brrr... Et, quel que soit le nombre des récits de captivité qu'ils ont lus, ils ne pourront jamais comprendre toutes ces vétilles, tous ces riens.

Voici un lit aux tiges métalliques soudées. Il est recouvert d'un matelas ouaté. Tout est, comme qui dirait, normal. Mais, il paraît que les détenus qui dormaient dans ces lits ont fait une grève de la faim pour qu'on réduise l'espace qui se trouve entre ces tiges. C'est quand même curieux. Ces lits étaient là depuis une vingtaine d'années déjà et personne n'avait jamais soufflé mot de ces espaces-là. Ces zeks étaient-ils devenus fous ? A moins qu'ils n'aient plus eu envie de manger ou qu'ils

1. Construite à Saint-Pétersbourg au début du XVIIIe siècle pour défendre l'embouchure de la Neva. A ensuite servi de prison pour les détenus politiques. (Les décembristes, Bakounine...). (N.D.T.)

aient voulu tout simplement jouer les fiers-à-bras... Peut-être un archiviste méticuleux découvrira-t-il, en fouillant dans les dossiers de la prison, qu'à peu près à cette époque, le directeur avait donné l'ordre de retirer aux détenus les revues et les vieux journaux. Quoi de plus raisonnable que cette disposition qui visait à ce que les zeks n'encombrent pas leurs cellules de toutes ces paperasses, de toute cette *maculature* ? Oui, c'était fort louable. Et, même l'archiviste n'établira aucun lien entre ces deux faits. Ce lien, seul un zek peut le comprendre : il ne peut dormir sur ce genre de lit qu'après avoir mis sous le matelas un tas de journaux et de magazines. Qu'on les lui enlève, et aussitôt le matelas se transforme en instrument de torture. En une nuit, tout le matelas s'affaisse entre les tiges et on est couché sur une grille de fer.

Autre exemple : tout cachot comporte, selon le règlement, un quelconque support ou tout autre dispositif permettant de s'asseoir. Et, de fait, le mur présente une saillie. Eh bien, asseyez-vous et restez là, la journée entière... Mais on a placé cette saillie un tout petit peu plus haut qu'il n'eût fallu et elle est un rien trop courte, trop étroite aussi, vous ne pouvez vous y asseoir complètement et vos pieds ne reposent pas sur le sol. Il ne manque, semble-t-il, que quelques centimètres, un rien, en somme...

Et ces 50 grammes de pain ou ces 15 grammes de poisson, quelles vétilles ! C'est vrai, on a même honte d'en parler. Mais l'homme oublie qu'il a suffi d'un simple brin de duvet pour rompre l'échine d'un chameau. Il a oublié que la différence entre la vie et la mort est si minuscule, si infime : il suffit de modifier de deux degrés la température du corps pour qu'il soit changé en cadavre. Et tant que la prison, cette institution sociale, existera, la lutte continuera, la grande bataille entre les zeks et la société fera rage. Pour obtenir quelques grammes, pour quelques centimètres, pour quelques degrés, pour quelques minutes. Elle se poursuit avec un succès variable. Quand les zeks feront pression, la société reculera. Que les zeks reconquièrent ici 50 grammes ; là, 5 centimètres ; ailleurs, 5 degrés, et c'est la vie ! Mais la société ne peut admettre la vie dans une prison, voyons, ce n'est pas une station thermale... Et la société recommence à exercer sa pression : ici, 50 grammes en moins ; là, 10 centimètres en moins ; ailleurs, 5 degrés en moins. Et les zeks dépérissent de nouveau. Et c'est la faim, cette faim qui les ronge, qui les suce, la mort, la mort par inanition. Alors réapparaissent le cannibalisme, la folie, les suicides, les meurtres et les évasions...

Pendant de nombreuses années, j'ai observé cette lutte sourde, incompréhensible pour les gens de l'extérieur. Elle a ses lois, ses grandes dates, ses victoires, ses batailles et ses défaites, ses héros et ses capitaines. Dans cette guerre comme, sans doute, dans toutes les autres guerres, la ligne du front se déplace tout le temps. Cette ligne se nomme ici « régime ». Elle dépend de la résolution des zeks, de leur volonté d'aller jusqu'au bout pour gagner un gramme, un centimètre, un degré, une minute. Car, dès que faiblit leur défense, les escadrons aux épaulettes rouges, et aux pattes de col bleues se ruent en avant en poussant un cri de victoire. Ils percent le front, vous prennent en tenaille, frappent par-derrière, et malheur aux vaincus ! Les vainqueurs, eux, on ne les juge jamais.

Et jamais, les zeks de la nouvelle génération ne parviendront à reconquérir les positions antérieures, ils considèrent la situation nouvelle comme fondée, conforme à la tradition normale. Ils peuvent gagner des dizaines de fois leurs batailles, mais perdre, on ne le peut qu'une fois. C'est pourquoi les zeks qui ont déclaré qu'ils allaient faire une grève de la faim, puis ont abandonné sans rien obtenir ont non seulement perdu leur guerre, mais encore aggravé la vie des générations à venir. C'est encore une raison de ne pas sombrer dans l'indifférence, de ne pas tomber dans la torpeur. Elle vous murmurera à l'oreille, cette indifférence : « L'essentiel, c'est de survivre ! Pense au jour d'aujourd'hui. Tu as vécu aujourd'hui. Et grâce à Dieu ! » Mais voici que déjà retentissent les sabots des chevaux et que sonne la trompette. Les escadrons passent à l'attaque.

Donc, j'étais dans ma prison de Vladimir et je lisais des bouquins. En dehors de ma matière principale, la biologie, j'étudiais l'anglais. Dans nos cellules, la plupart d'entre nous apprennent une langue ou une autre : les juifs étudient, en principe, l'hébreu ; les autres, l'anglais, l'allemand, l'espagnol. La méthode est des plus simples. On lit, avec un dictionnaire, le plus grand nombre de livres possible et on note les mots que l'on ne connaît pas. Ensuite, on les répète tout le temps. D'habitude, par commodité, on inscrit le mot sur un bout de papier : d'un côté, le mot lui-même ; de l'autre, sa traduction en russe. Il est facile de reprendre ensuite ces fiches dans un sens ou dans l'autre. Et pour qu'elles ne se mêlent pas et ne se perdent pas, c'était une mode chez nous que de fabriquer des fichiers en collant les unes sur les autres des boîtes d'allumettes vides. Et rien n'était plus pratique que ces sortes de petites commodes à cinq ou six tiroirs mobiles. Par ce procédé, et moyennant un certain effort, on pouvait apprendre deux et même trois mille mots par mois. On les groupait par tiroirs, d'après leur sens ou selon d'autres critères. Nos chefs s'étaient si bien habitués à nos fichiers que, même lors des fouilles, ils ne nous les confisquaient pas. Mais pour ce qui était des livres — surtout les dictionnaires — c'était une tout autre affaire.

On n'avait pas le droit de recevoir des livres de chez soi et la bibliothèque était pauvre, mais on pouvait passer des commandes à des librairies qui nous livraient par la poste, contre remboursement. Tous les livres n'étaient pas autorisés. Il était, en particulier, interdit d'avoir des ouvrages édités hors d'U.R.S.S., même des dictionnaires, fussent-ils publiés à Prague ou à Varsovie. C'est pourquoi tout le monde s'efforçait de se débrouiller d'une manière ou d'une autre, clandestinement.

En ce sens, j'ai eu de la chance. Déjà, lorsque j'étais en détention préventive à Léfortovo, ma mère avait commencé à me faire parvenir, en même temps que les colis, trois ou quatre livres chaque mois... D'ailleurs, parmi les livres « soviétiques », il y en avait qui n'étaient pas du tout soviétiques, mais bel et bien édités en Angleterre et aux États-Unis. Les chefs de Léfortovo ne me les transmettaient pas, bien entendu. Ils les mettaient au dépôt. Ils espéraient que je n'en saurais rien et que je ne les réclamerais pas à ma sortie. Ainsi s'en est-il accumulé là une trentaine. Quand on voulut m'expédier de Léfortovo à Vladimir, il faisait nuit et les chefs étaient absents. Naturellement, je fis un éclat. J'exigeai mes livres et je menaçai de protester auprès des officiers de l'escorte, si la prison ne me rendait pas mes affaires. Non seulement ceux-ci ne dépendent ni de la prison ni du K.G.B., mais, comme tous les officiers du ministère de l'Intérieur, ils sont en mauvais termes avec ce dernier. C'est pourquoi j'avais pensé que l'escorte pourrait fort bien se regimber et ne pas me prendre dans le convoi, arguant que j'avais des « griefs matériels contre la prison », comme on dit. C'est apparemment ce que craignaient aussi les surveillants de Léfortovo. Naturellement, l'officier de service se querella avec moi d'entrée de jeu et, pendant une demi-heure, tenta, pour la forme, de m'intimider en poussant de grands coups de gueule. Mais ils me connaissaient suffisamment (j'étais détenu chez eux pour la troisième fois) pour savoir que je ne me tairais pas et ils me rendirent mes livres. Si bien que j'en apportai à Vladimir tout un sac que je traînais à grand-peine.

Ces livres furent, pour moi, un tracas constant. Tantôt on me les enlevait pour vérification et ensuite on ne me les redonnait pas ; tantôt, au contraire, on me disait qu'il n'y avait personne pour faire le contrôle et qu'ainsi on ne pouvait me les rendre ; tantôt, on fixait une limite : cinq volumes par personne, et on m'enlevait tous les autres. Et, chaque fois, je devais rédiger une plainte ou déclarer que j'allais faire la grève de la faim. Une fois, dans un camp, je suis même allé les voler au dépôt, en les remplaçant par d'autres. En un mot, ce fut toute une épopée. Mais, chose curieuse, personne ne les a jamais regardés et personne n'a su que ce n'étaient pas des livres « soviétiques », autrement les grèves de la faim auraient été sans effet. Mon sac agaçait les chefs, tout simplement : « Nous ne sommes pas une université ! Vous ferez des études quand vous serez libéré... » Et voilà tout.

Quoi qu'il en soit, chacun d'entre nous avait son sac de livres qui, en règle générale, étaient transmis par héritage — d'une génération de zeks à l'autre — et constituaient une sorte de bien commun. Et c'est pourquoi nous avons fait constamment à nos chefs une *guerre des livres* qui, pas plus d'ailleurs que les combats que nous livrions sur d'autres questions touchant au régime, ne cessa jamais. Il fallait les cacher pour qu'ils ne tombent pas sous les yeux des chefs, surtout en cas de fouille. Mais ce n'était pas une petite affaire : un livre, ce n'est pas une aiguille. Où le cacher ? Dans les cellules, cela avait beau être difficile, on se débrouillait toujours. Mais ce que l'on pouvait imaginer de pire, c'est que, tout à coup, la porte s'ouvre et que le chef de bloc crie :

« Préparez-vous ! Prenez vos affaires ! »

Cela pouvait signifier tout ce que l'on voulait : transfert dans une autre cellule, dans un autre bâtiment, au cachot, départ en convoi. Et, dans tous ces cas, une fouille personnelle nous attendait. Où donc les mettre ces diables de livres ?

Il était bon d'arracher le dos de la reliure, la page de titre et même la préface. Ainsi, l'on pouvait soutenir qu'il ne s'agissait nullement d'un livre mais seulement de papier réservé aux toilettes. Ainsi pouvait-on conserver par-devers soi un ou deux ouvrages. Et nos gars avaient encore trouvé le moyen de contrefaire le cachet de la bibliothèque :

« Vous voyez bien que ce livre n'est pas à moi, mais à la prison ! »

Mais on découvrit l'astuce au bout d'un certain temps. Si l'on arrachait le dos d'un livre pour coller soigneusement à sa place la couverture d'une grosse revue, on pouvait le faire passer pour *Novy Mir* ou pour *Oktiabre*, par exemple. Mais bientôt on nous retira même les revues. Le plus sûr était encore de lire très vite, en prenant le plus de notes possible dans un cahier. Ces résumés étaient considérés comme la propriété légale des zeks et se transmettaient aussi par héritage. Mais le K.G.B. les ramassait souvent pour s'assurer que nous n'écrivions pas des romans antisoviétiques ou que nous ne tenions pas notre journal de captivité. Bref, cette *guerre des livres*, c'était une vraie guerre de cent ans !

Les autorités comprirent très vite qu'à la différence des « droit commun », le manque de livres, la cessation des visites ou l'interdiction de correspondre avec notre famille nous affectaient beaucoup plus que la suppression de certaines denrées, la mise au régime sévère ou la diminution des rations. C'est pourquoi ils nous infligeaient aussi ces privations d'ordre spirituel. Ils ne les dédaignaient donc pas, bien que leur moyen favori restât toujours de « frapper à l'estomac », comme disent les « droit commun ». Nous avions, nous aussi, nos armes : plaintes, grèves de la faim, opiniâtreté et ingéniosité. Mais l'essentiel, ce sans quoi aucune ingéniosité ne nous aurait sauvés, c'était la solidarité et la possibilité d'informer le monde extérieur.

Fait surprenant : il y a seulement une trentaine d'années, on menait en troupeau des dizaines de millions de détenus politiques sur les grands chantiers du communisme et des centaines de milliers d'entre eux moururent du scorbut ou de consomption. Or, en ces temps-là, le monde entier, transporté d'enthousiasme, portait aux nues le régime soviétique, régime de *progrès*. Non que ces gens eussent manqué d'informations, mais ils ne désiraient pas savoir, ils ne voulaient pas y croire, tout simplement. Les hommes ont besoin de situer quelque part sur terre leur beau rêve de bonheur et de justice et même les observateurs occidentaux les plus sérieux s'étonnaient du caractère grandiose des réalisations soviétiques, de l'envergure de la construction entreprise, de l'enthousiasme des Soviétiques. Mais des zeks, pas un mot.

De mon temps, dans notre pays, il n'y avait pas plus de vingt mille prisonniers politiques dans les camps, à peu près autant qu'il en mourait autrefois chaque hiver, rien qu'à Norilsk. Mais déjà, en Occident, des gens avaient senti que leur destin, leur avenir personnel se jouait, en partie, à la prison de Vladimir. La presse occidentale se mit à nous accorder une certaine attention, et même à s'intéresser à notre guerre des régimes, à toutes ces histoires de grammes, de degrés, de centimètres. Soudain, l'humanité se demanda s'il pouvait exister une prison à visage humain. La question nous parut fort bien posée : la prison, nous l'avions depuis longtemps, mais c'est justement le visage humain qui faisait grandement défaut. Et parfois nos habituelles grèves de la faim n'étaient pas encore terminées que déjà, en secret, les surveillants nous informaient des commentaires que la B.B.C. ou *Radio-Liberté* leur avaient consacrés. Cette guerre des ondes les passionnait, eux aussi.

Les chefs du Kremlin commençaient à s'inquiéter. La façade du grand édifice se ternissait et cela les préoccupait fort. Ah ! tout vient toujours si mal à propos ! C'est juste au moment où les prolétaires de tous les pays étaient enfin prêts à s'unir pour incarner le rêve séculaire de l'humanité, c'est à l'instant précis où on allait *canaliser* tous les efforts des peuples pour lutter contre la dictature du Chili ou l'apartheid de l'Afrique du Sud que surgissaient ces histoires de zeks, de grèves de la faim, de rations, de grammes et de degrés ! Cela détourne les travailleurs de la lutte, cela aide l'impérialisme mondial et ça éloigne l'avenir radieux.

Mais, d'autre part, l'atmosphère changeait dans la machine gouvernementale aussi. L'ardeur et le zèle révolutionnaires n'existaient plus. Staline les avait fusillés dans les années 30 et 40. L'appareil de l'État se sclérosait de plus en plus, l'apathie des ronds-de-cuir le gagnant : cette peur des responsabilités, cette crainte de déplaire aux chefs, cette épaisse indifférence des bureaucrates. Ils étaient bardés de lois, d'instructions, de décrets et ils ne savaient pas toujours comment les interpréter. Le mieux, naturellement, c'était d'en référer au sommet et d'attendre les ordres. Et, au sommet, on ne se pressait guère. Au sommet, on aimait, par-dessus tout, punir les fonctionnaires pour leur incurie, on ne cessait de donner de nouvelles instructions, de prendre de nouveaux décrets, qu'il fallait de nouveau interpréter tant bien que mal de façon à concilier leurs sempiternelles contradictions. Et le directeur de la prison se cassait la tête.

Il comprenait bien que toute nouvelle instruction devait être utilisée contre les zeks, mais voilà, jusqu'à quel point ? On force un tout petit peu la note, on resserre un peu la vis, et on se retrouve avec une grève de la faim sur les bras... Les radios de Londres, de Munich, de Washington vont se remettre à hurler. Donc, dans trois ou quatre semaines, une nouvelle commission arrivera de Moscou :

« Qu'est-ce que c'est que ça, camarades ? Vous avez cédé à la provocation de l'impérialisme mondial ! »

Naturellement, ils constateront quelques entorses au règlement, des omissions. Ils les noteront, ils les signaleront, ils vous adresseront un blâme et ils peuvent vous déplacer : tout fonctionnaire a une foule d'ennemis qui essaient de l'évincer, de prendre sa place, de lui arracher le pain de la bouche ! C'est pourquoi les officiers et les directeurs des prisons écoutent, eux aussi, les radios occidentales, font marcher leur poste la nuit et s'interrogent les uns les autres, le matin :

« Il y a eu quelque chose, hier ?

— Oui ? Alors on peut s'attendre à une nouvelle commission... »

Les vieux geôliers soupirent :

« On vous a gâtés. Ah ! Si cela s'était passé, il y a vingt ans ! »

Quant à nous, nous sommes loin d'être ces cobayes qui mouraient, silencieux et résignés. Nous avons compris une grande vérité, à savoir que ce n'est pas le fusil, ce ne sont pas les chars, ce n'est pas la bombe atomique qui engendrent le pouvoir, et le pouvoir ne repose pas sur eux. Le pouvoir naît de la docilité de l'homme, du fait qu'il accepte d'obéir. C'est pourquoi tous ceux qui, chez nous, refusent d'obéir à la violence la réduisent exactement d'un 250 millionième. Nous avons participé au mouvement pour le respect des droits. Nous avons été à bonne école dans les camps. Nous savons donc quelle peut être la force foudroyante de l'insoumission de l'homme. Et les puissants le savent aussi. Depuis longtemps, ils négligent dans leurs calculs, les dogmes du communisme. Ils les ont tous rejetés. Ils n'ont plus besoin d'hommes qui croient en un avenir radieux, ils ont besoin d'hommes soumis. Et quand on nous fait mourir de faim dans les camps et qu'on nous laisse pourrir dans les cachots, ce n'est pas un acte de foi dans le communisme que l'on cherche à obtenir de nous, mais notre soumission ou, tout au moins, un compromis.

On avait rassemblé, à la prison de Vladimir, des hommes de tous les camps, les plus indociles, les plus opiniâtres : les grévistes de la faim, les meneurs de grèves, les pétitionnaires. Si, d'aventure quelqu'un d'une autre espèce se trouvait là, il était bien obligé d'entrer dans notre ligne de défense.

Les zeks des cellules voisines étaient au régime spécial, ils étaient inculpés en vertu des mêmes articles que nous. Mais la plupart d'entre eux étaient des « droit commun », des truands qui avaient perdu aux cartes ou qui avaient des comptes à rendre à leurs compagnons de cellule. Pour ne pas avoir à payer, ils avaient collé des tracts dans leur camp ou s'étaient fait un tatouage de caractère nettement antisoviétique. On avait augmenté la durée de leur peine et on les avait envoyés chez nous, au régime spécial, en tant que « récidivistes politiques ». Bien entendu, psychologiquement, ils restaient des truands. Et l'étonnant, c'est que le régime spécial auquel ils étaient soumis ne se distinguait en rien de celui des camps staliniens. Les chefs, les surveillants avaient envers eux une tout autre attitude qu'envers nous : ils les battaient, ils les humiliaient. Quant à eux, ils se colletaient pour une ration de pain, ils se trahissaient les uns les autres. Jolie façon de se défendre, en vérité !

Jusqu'en 1975, on ne nous envoyait pas au travail, nous autres, les politiques : les directeurs des prisons jugeaient que cela n'avait pas de sens. Ils savaient d'expérience que la plupart d'entre nous n'iraient pas et que ceux qui iraient, de toute façon, ne rempliraient pas la norme. Ce n'était pas avantageux pour la prison d'aménager des locaux, de rétribuer des contremaîtres et d'établir un plan supplémentaire pour nous sans obtenir un rendement réel. Mais, au printemps de 1975 — en attendant la conférence d'Helsinki, peut-être ? — ordre fut donné de nous faire travailler.

Le travail forcé est, en soi, humiliant pour l'homme. Dans un régime pénitentiaire où 60 pour 100 du salaire est retenu par la prison pour les besoins de la garde ; où le coût de votre nourriture, de vos vêtements et de votre entretien est déduit de la somme qui reste ; où le travail, moyen de votre « rééducation », vous prend huit heures par jour, six jours par semaine ; où, en outre, les normes de rendement sont artificieusement relevées pour rendre la tâche démesurée, dans un tel régime, je le déclare, le travail est inacceptable pour tout homme qui se respecte.

Nous avons donc refusé, et ce fut le début d'un long siège. Nous tous, les réfractaires enragés, on nous fit passer, et à plusieurs reprises, par toutes les sortes de châtiments possibles et c'est ainsi que je suis resté un an et demi, sur un peu moins de deux ans, au régime sévère ! Les autres écopèrent plutôt du cachot. Certains y ont passé soixante et même soixante-quinze jours. On a coupé toute correspondance avec notre famille, on nous a privés de visites, on nous a interdit tout achat à la boutique de la prison. C'était une guerre impitoyable, une guerre d'usure. Chacun comprenait qu'il ne pouvait pas se permettre de la perdre. C'est pourquoi, en dehors des habituels moyens de défense : grèves de la faim, transmission d'informations à l'extérieur sur les illégalités commises dans la prison, nous avons appliqué une méthode quelque peu inattendue : nous avons littéralement fait crouler les instances officielles sous une avalanche de plaintes.

Il faut connaître le système bureaucratique soviétique pour comprendre quel effet cela pouvait produire. D'après les lois en vigueur en U.R.S.S., tout détenu a le droit de porter plainte auprès de toute institution publique, auprès de tout fonctionnaire. La plainte doit être expédiée de la prison dans un délai de trois jours, à compter du moment où elle a été déposée. La direction dispose du même temps pour rédiger sa propre version des faits, pour fournir un extrait du dossier du plaignant et mettre le tout dans la même enveloppe que la plainte. L'instance qui reçoit celle-ci l'inscrit dans le registre idoine et elle est tenue d'y répondre dans le mois. Si elle n'est pas compétente pour régler la question soulevée, elle la transmet à qui de droit. En cas de plainte réitérée, il faut reprendre toute la procédure. Il existe plusieurs lois et instructions qui régissent l'ordre d'examen des plaintes. En pratique, si vous avez déposé une seule plainte, cela n'a jamais d'effet : on la transmet à la « personne compétente », c'est-à-dire précisément à celui dont vous vous plaignez. Et, naturellement, il jugera votre plainte non fondée. Mais, le plus souvent, personne ne les lit. On se les renvoie du haut en bas de la hiérarchie. Cette pratique a fait naître chez les gens un grand scepticisme quant à l'efficacité des plaintes : les corbeaux, entre eux, ne se crèvent pas les yeux, disent les zeks.

Mais, si l'on observe les règles du jeu, les plaintes sont assez efficaces, même en prison. Il faut seulement connaître les lois et l'ordre d'examen des plaintes ; connaître à fond tous les règlements du régime pénitentiaire ; rédiger la plainte avec une concision et une précision extrêmes, de préférence sur une seule page. Autrement, personne ne la lira. On ne doit indiquer que le fait contrevenant à la loi ou à l'instruction, la date, le nom des coupables et la référence de l'instruction ou de la loi qui a été violée. Il faut écrire en grosses lettres et bien lisiblement, en laissant une marge. Si vous voulez qu'une haute instance examine votre requête, plaignez-vous du chef de l'instance qui est placée juste en dessous d'elle. Par exemple, si vous voulez que la direction générale du ministère de l'Intérieur vous réponde, ne vous plaignez pas du directeur de la prison, mais du chef de la direction régionale. Pour cela, il faut gravir lentement les degrés de l'échelle bureaucratique, et, pour se plaindre de la réponse d'une instance donnée, s'adresser chaque fois à l'échelon auquel elle est immédiatement subordonnée. Ne faites jamais porter votre plainte sur deux questions différentes. Envoyez-la sous pli recommandé, avec accusé de réception. Enfin, condition essentielle : il faut déposer des plaintes en quantité et auprès des instances les plus incompétentes.

Au plus fort de notre guerre, nous écrivions chacun de dix à trente plaintes quotidiennement. C'est difficile de rédiger trente plaintes, en un seul jour. Aussi nous partagions-nous les questions à traiter. Chacun écrivait de son côté, puis donnait son texte à recopier aux autres. S'il y a cinq hommes dans votre cellule et que chacun se charge de six questions, le résultat de cette division du travail, c'est que chacun aura écrit trente plaintes, alors qu'il en aura seulement rédigé six. Recopier en grosses lettres trente pages d'un texte tout prêt, cela ne demande jamais qu'une heure et demie.

Le mieux, c'est de ne pas adresser les plaintes à l'administration, mais aux personnes, aux organismes et aux organisations les plus inattendus. Par exemple, à tous les députés du Soviet suprême, du soviet des républiques ou des régions, du soviet municipal, à tous les journaux et revues, à tous les cosmonautes, à tous les écrivains, peintres, artistes, danseuses, à tous les secrétaires du Comité central, aux généraux, aux amiraux, aux « ouvriers d'avant-garde », aux bergers, aux éleveurs de rennes, aux trayeuses de vache, aux sportifs et *tutti quanti.* Eh oui, en Union soviétique, tous les gens connus sont plus ou moins fonctionnaires !

Ensuite, il arrive ceci : les secrétaires de la prison croulent sous le poids des requêtes et ne parviennent pas à les expédier dans les trois jours puisqu'ils doivent — nous l'avons vu plus haut — rédiger les notes qui accompagnent obligatoirement chaque plainte. Pour n'avoir pas respecté le délai, ils recevront immanquablement un blâme et seront privés de primes de rendement. Aux jours les plus chauds de notre guerre, sur ordre du directeur de la prison, tout le monde fut réquisitionné pour venir en aide au secrétariat : bibliothécaires, comptables, salariés, censeurs, officiers de la section politique, inspecteurs. Mieux encore : comme l'école du ministère de l'Intérieur se trouvait à côté de la prison, on envoya les élèves prêter main-forte au secrétariat !

Il faut enregistrer toutes les réponses et leur date d'expédition dans un cahier spécial et veiller rigoureusement à ce que les délais soient observés. Toutes ces plaintes parcourent un chemin compliqué et sont enregistrées dans toutes les instances où l'on doit constituer de nouveaux dossiers. En fin de compte, elles aboutissent toutes à la fois au parquet du lieu et à la direction régionale du ministère de l'Intérieur. Ces instances, elles non plus, n'arrivent pas à répondre. Elles outrepassent les délais, si bien qu'elles reçoivent, elles aussi, des blâmes et sont privées de primes. Alors, la machine bureaucratique travaille à toute vapeur, et vous faites déferler l'énorme vague des papiers d'une instance à une autre, semant la panique dans les rangs de l'ennemi. Les fonctionnaires sont des fonctionnaires, ils sont éternellement brouillés les uns avec les autres et, très souvent, vos plaintes deviennent une arme dans leurs mains pour la guerre intestine qu'ils mènent de personne à personne et de service à service. Ainsi se passent quelques mois. Enfin, entre en jeu le facteur le plus puissant de la vie soviétique : la statistique.

Et voici qu'une haute instance apprend, dans tout le fatras des chiffres et graphiques, rapports et nouvelles sur la marche de l'édification du communisme, que 75 000 plaintes ont été déposées, au cours du dernier exercice, contre la prison de Vladimir et peut-être même contre l'administration régionale. Ces plaintes, personne ne les a lues, mais ce chiffre est inouï. Il dépare d'un coup toute la statistique du dernier exercice, tels et tels indices d'émulation socialiste de tels ou tels collectifs, des directions et même des régions. C'est mauvais pour tous : toute la région, qui était à l'avant-garde, figure maintenant parmi les retardataires. On lui retire les drapeaux rouges, fanions et autres coupes de challenge. Les travailleurs sont indignés. Le comité de région, pris de panique, forme précipitamment une grande commission, chargée d'inspecter notre prison.

Cette commission ne vous aidera pas personnellement, elle réglera tout au plus quelques-unes des questions mineures qui figurent dans vos plaintes. En revanche, elle doit obligatoirement trouver une masse de défauts et de négligences dans le travail de la direction. C'est pour cela qu'on l'a envoyée, qu'on lui a donné des indemnités de route, de déplacement et des primes de rendement. La direction va en prendre pour son grade. On révoquera l'un, on rétrogradera l'autre, un troisième recevra un blâme. La commission rapporte au sommet les mesures prises et, satisfaite, rentre chez elle. Plus tard, étant donné que vous avez adressé des plaintes à tous ces députés, trayeuses de vaches, ballerines et autres éleveurs de rennes, il faudra bien que l'administration leur réponde à eux aussi, leur fournisse des explications, les rassure, les informe de la décision de la commission et des mesures prises.

Et vous écrivez toujours, vous écrivez encore, vous déparez la statistique d'un nouvel exercice, vous obtenez l'envoi d'une nouvelle commission, et cela pendant des années. Ajoutez-y les commissions et les blâmes provoqués par la fuite des informations hors des frontières, les directives, circulaires, contrordres, plaintes des familles, les campagnes et les pétitions faites à l'étranger et vous comprendrez ce qu'ont enduré nos chefs en nous faisant la guerre pour nous envoyer au travail. Quel directeur de prison, quel procureur, quel secrétaire de comité régional du Parti communiste de l'Union soviétique voudrait avoir une telle vie ? Et si cela n'avait dépendu que d'eux, nous aurions depuis longtemps forcé le blocus, mais c'était un ordre de Moscou.

Mon Dieu, que n'ont-ils pas fait de nos plaintes ! Ils les confisquaient par sacs entiers, ils ne nous vendaient pas d'enveloppes ni de timbres, ils nous interdisaient de les envoyer sous pli recommandé avec accusé de réception, en sorte qu'on puisse les voler plus aisément. Ils ont pris un décret spécial pour nous interdire de les adresser où que ce fût si ce n'est au parquet et au ministère de l'Intérieur. Enfin, pour avoir porté plainte, ils nous mettaient au cachot. Et quelles réponses nous recevions !

C'était fantastique ! Les fonctionnaires affolés, qui n'avaient même pas le temps de nous lire, répondaient à tort et à travers, confondaient les destinataires, confondaient les plaintes. Ils ont tellement tordu et distordu les malheureuses lois qu'on aurait pu les mettre eux-mêmes en prison. Par exemple, un colonel du ministère de l'Intérieur, appartenant à la direction locale, me répondit, tout abruti qu'il était par cette tempête de papiers, que le Congrès du Parti communiste de l'Union soviétique n'était pas un organisme public et que, par conséquent, on ne pouvait porter plainte auprès de lui. Aussitôt, un ouragan de plaintes se déchaîna contre le colonel et il disparut dans ce tourbillon.

Les tribunaux de Vladimir avaient littéralement perdu la tête sous l'accumulation d'actions intentées et de demandes de poursuites judiciaires contre nos chefs. Ils nous répondaient, par exemple, que les officiers du ministère de l'Intérieur n'étaient pas justiciables des tribunaux soviétiques. Enfin, jetant le manche après la cognée, ils se mirent à nous envoyer, en guise de réponses, des récépissés ainsi conçus : « Le mois écoulé, vos 187 plaintes ont été reçues et rejetées... » Suivait une signature. Tout le système bureaucratique de l'Union soviétique se trouva entraîné dans cette guerre. Il n'est pas de service ou d'institution de région ou de république dont nous n'ayons reçu une réponse. Il arrivait que deux instances formulent un avis diamétralement opposé et, alors, nous les dressions l'une contre l'autre. A la fin, nous avons fait entrer dans notre jeu les truands eux-mêmes et l'épidémie des plaintes commença à se répandre dans la prison où il y avait 1 200 hommes.

Je pense que, si la situation s'était prolongée un peu plus et que toute la prison eût participé à cette action, la machine bureaucratique soviétique aurait tout simplement été mise hors service. Toutes les institutions de l'Union soviétique auraient interrompu leur travail pour nous répondre. Mais l'ennemi se rendit et le siège fut levé, après deux ans de lutte. On révoqua notre chef et on le mit à la retraite. Moscou était revenu sur sa décision ! Pauvre colonel Zavialkine... Il avait souffert pour rien, il était tombé victime de l'injustice administrative. Au fond, ce n'était pas un méchant homme, c'était tout simplement un fonctionnaire consciencieux. Il ne comprenait pas bien ce qui se passait et, face à ces innombrables commissions et aux ordres contradictoires qui lui tombaient sur la tête, il se défendait à sa manière : il jouait les niais, les niais consciencieux qui veulent toujours faire pour le mieux. Et, par malheur, c'est le contraire qui arrivait, on l'admonestait, on le réprimandait, on le blâmait, et il acceptait tout, avec l'air d'un homme innocent, mais malchanceux.

La victoire ne fut pas aisée à remporter. Nos gars étaient tout à fait au-dessous d'eux-mêmes. Affaiblis par le jeûne, ils souffraient tous de quelque mal : l'un d'un ulcère, l'autre de tuberculose... En prison, la vie n'est déjà pas facile pour un homme bien portant mais, pour un malade, quel tintouin !

Votre maladie vous expose à un nouveau chantage : « Montre-toi conciliant, et nous te soignerons. On va te nourrir comme il faut. On va te mettre à l'hôpital. » Quand on a un ulcère ou une maladie de foie, il est absolument impossible d'avaler tous ces anchois pourris et cette choucroute avariée. Or, cela représente 60 pour 100 de votre nourriture, alors que faire ? Si vous êtes tuberculeux ou si, ayant un ulcère, vous souffrez des tiraillements de la faim, les chefs aiment fort vous mettre au cachot. De même qu'ils choisissent le jour où vous ne pouvez absorber aucune nourriture pour vous convoquer à un entretien. Dans ce cas, les tuberculeux ont un avantage : eux, du moins, ne ressentent pas les douleurs de la faim.

A vrai dire, pour ce qui est de soigner, ici on ne soigne personne. On atténue légèrement la virulence du mal, on vous traite superficiellement, on fait en sorte que vous ne mouriez pas. En conséquence, les maladies deviennent généralement chroniques et vous ne pouvez plus vous en débarrasser. Apprêtez-vous donc à travailler toute votre vie pour vous payer des médicaments ! Et on considère que c'est tout à fait normal :

« Alors, quoi ? C'est pour vous soigner que vous êtes venu ici ? Nous ne vous avons pas invité à la prison, il ne fallait pas venir ! », disent les médecins.

Quant à l'hôpital, il ne se distingue en rien d'une cellule commune : mêmes sols de béton, mêmes jalousies aux fenêtres. Pas de lumière, pas d'air, on vous nourrit seulement un peu mieux. Il n'y a même pas de cuvette. On vous emmène vous soulager deux fois par jour. Un tel hôpital, ce n'est guère engageant !

En général, l'assistance médicale est considérée comme la récompense d'une bonne conduite. Dans la cellule voisine, chez les « droit commun », il y a un épileptique. Chaque jour, les zeks frappent à la porte, demandent le médecin. Comme s'il y avait un médecin ! Il arrive qu'au bout de quatre heures, un infirmier jette un coup d'œil à travers le guichet :

« Quoi, c'est l'épileptique ? Bah ! il ne va pas mourir ! Ne m'appelez plus. »

Et il referme avec fracas le guichet.

Quand Gunnar Rode se trouva mal dans notre cellule, nous avons tenté d'enfoncer la porte pendant la moitié de la nuit, nous avons hurlé par la fenêtre, arraché du sol un banc dont nous nous sommes servis comme d'un bélier. Nous avons fait voler le guichet en éclats et la porte s'est fendue. Ensuite, on nous a tous mis au cachot mais, tout de même, on a porté Rode à l'hôpital. Une autre fois, on avait remis Souslenski au cachot, or on savait qu'il était cardiaque et que quand on l'y enfermait, il faisait une crise au bout de deux ou trois jours. Et c'est ce qui arriva cette fois encore. Alors, dans tout le bâtiment, dans toutes les cellules, y compris celles des truands, on entreprit de démolir les portes, et le grondement était tel que l'on se serait cru à la canonnade. Tout le bâtiment tremblait. Pensez donc : 66 cellules ! 200 hommes qui cognaient en même temps dans les portes. Mais cela n'eut qu'un seul résultat : on transporta Souslenski sur une civière dans un autre cachot, dans un autre bâtiment. Et voilà tout.

Ainsi, notre victoire ne fut point aisée. En revanche, nous aurons sauvegardé le droit de ne pas travailler en prison, mais pour combien de générations de zeks ? On ne saurait le dire. Et puis nous avons obtenu de nombreuses améliorations. Enfin, l'essentiel, c'est que, maintenant, nos chefs nous craignent comme le feu ! Et quand le nouveau directeur de la prison tenta de nous resserrer la vis (quant aux livres) il a suffi de quelques jours de grève de la faim pour qu'il se rende. Depuis, ils n'osent plus nous toucher. Mais il n'en va pas de même pour les « droit commun ». Presque chaque soir, ils traînent l'un ou l'autre d'entre eux jusqu'aux toilettes et le rossent ou encore ils lui passent les menottes et le piétinent de leurs bottes. Ainsi, presque chaque soir, ce ne sont que cris et gémissements. Et le major Kisselev est particulièrement connu pour cela. Perpétuellement ivre, le regard comme décoloré et absent, il est littéralement malade si l'on ne met pas quelqu'un à mal pendant son service. Quant à nous, il nous évite et il retient sa respiration de peur que nous ne sentions que son haleine pue l'alcool.

Nous sommes tous tombés sur lui à bras raccourcis

lorsque, à la fin de 1974, on tua dans le cachot un truand qu'on appelait « le Sauvage ». Personne ne connaissait le nom de ce malheureux et nous étions fort embarrassés pour le désigner dans nos déclarations. Nous avons fini par écrire : « Un truand, surnommé le Sauvage. » On l'avait battu longtemps, manifestement toute la nuit puisque, toute la nuit, il avait hurlé au cachot. Nous avions appelé, à plusieurs reprises, le chef de bloc pour lui demander ce qu'il se passait.

« On ne sait pas, répondait-il, pour crier comme ça, ce doit être un fou. »

Les « droit commun » nous apprirent, le lendemain matin, ce qui s'était passé. Depuis lors, et durant deux années, le Sauvage fut l'un des thèmes essentiels de nos plaintes constantes. Nous exigions que Kisselev passât en jugement. Nous avons envoyé 1 500 plaintes. Naturellement, elles ne parvenaient pas jusqu'au tribunal. Le parquet répondait invariablement : « La complicité de l'administration dans la mort du condamné Gavriline n'a pas été établie. » C'est seulement ainsi que nous apprîmes son nom.

Du moins Kisselev se calma-t-il un peu et, en tout cas, désormais il nous craignait. Il éprouvait à notre endroit une haine farouche et il ne perdait pas une occasion de rapporter contre nous pour nous faire punir. Toute son équipe était comme lui : triée sur le volet ! Celui que nous appelions « le Quarante et unième[1] », par exemple, le petit adjudant Saraphanov, qui était constamment de service au premier bloc avec lui. Les zeks lui avaient donné ce surnom depuis des années déjà parce qu'il avait trouvé le moyen de faire quarante et un rapports en une seule fois. Comment s'y était-il pris ? Cela dépas-

1. Allusion à un célèbre film soviétique de Grigory Tchoukhraï. (N.D.T.)

sait l'entendement, d'autant plus qu'il savait à peine lire et écrire. Une brute, particulièrement venimeuse ! C'est lui et l'un de ses camarades, surnommé le Tzigane, qui appartenait également à l'équipe de Kisselev, qui nous causèrent le plus de soucis. Ils nous haïssaient ouvertement. Le Tzigane, il est vrai, était plus franc, plus direct. Il nous criait sans vergogne : « Dommage que Hitler ne vous ait pas tous brûlés dans ses fours ! » Il pensait que nous étions tous juifs. Mais nous leur tenions, nous aussi, la bride haute.

Les autres surveillants, surtout les plus jeunes, ne nous traitaient pas mal, ils nous montraient même parfois une sympathie avouée. Comme nous, ils haïssaient le capitaine Obroubov, l'officier du K.G.B. préposé aux prisons. A l'instar des « droit commun », les surveillants l'appelaient « l'amiral Canaris ». Physiquement, Obroubov avait, en effet, un je ne sais quoi de Canaris, mais il était, je pense, infiniment plus bête... Il nous envoyait, mine de rien, les porteurs de soupe et autres « droit commun » de l'économat, avec mission de nous proposer de faire passer des lettres ou des billets à l'extérieur. Pour la peine, il leur apportait en secret du thé, qui était interdit dans la prison. Naturellement, ceux de l'économat nous vendaient la mèche, considérant que c'était la ligne de conduite la plus simple, et nous demandaient d'écrire des petits mots, comme ça, pour la frime. Nous y trouvions notre compte, car ils acceptaient, en échange, de faire passer de la makhorka à ceux des nôtres qui étaient au cachot et, parfois même du pain. C'est pourquoi nous fournissions régulièrement à Obroubov ce genre d'épîtres destinées à l'extérieur et, aussi, des pétitions adressées à l'O.N.U. qu'il pouvait produire auprès de ses chefs pour démontrer son utilité. Les porteurs de soupe vendaient aux truands le thé qu'ils s'étaient procuré de cette façon et, ainsi, tout le monde était content.

On disait que, quelques années auparavant, Obroubov était plus cynique et aussi plus obstiné. Il faisait venir les détenus à tour de rôle et leur proposait de collaborer, d'écrire des dénonciations. En récompense, il promettait aux uns de leur apporter de la nourriture ou encore de la vodka et, aux autres, de les libérer avant terme. A la fin, nos gars en eurent assez et ils furent particulièrement indignés lorsque Obroubov convoqua, exactement de la même façon, Zalivako Boris Borissovitch, ancien prêtre, et lui proposa, en échange de sa collaboration, de l'aider à obtenir une paroisse après sa libération. Il leur fallut quelque temps pour se mettre d'accord, surtout entre les différents bâtiments et, le jour convenu, tous, comme un seul homme, déclarèrent qu'ils allaient faire la grève de la faim pour exiger que l'on cesse ce recrutement éhonté et que l'on démette Obroubov. Et, d'une manière tout à fait inattendue, cette grève provoqua l'allégresse générale, non seulement à la direction de la prison, mais encore au parquet. Le directeur de la prison et le procureur apparurent aussitôt et leur demandèrent, en contenant à grand-peine leur joie, si réellement Obroubov avait tenté de les recruter d'une façon aussi maladroite. Dès lors, Obroubov ne parut plus ouvertement, il ne se risqua plus à embaucher qui que ce soit. Il ne convoquait presque plus personne et errait, çà et là, autour de nous. Les « droit commun » nous racontèrent qu'à maintes reprises, ils l'avaient vu rester debout, des heures entières, à écouter aux portes de nos cellules.

Il faut dire que l'attitude des « droit commun » envers nous est devenue, elle aussi, tout à fait autre. On raconte qu'il y a vingt ans ils ne désignaient les hommes de notre sorte que sous le nom de fascistes, qu'ils nous dévalisaient dans les convois et aux étapes, qu'ils nous brimaient dans les camps, etc. Or, voici que, maintenant, ces mêmes « droit commun » m'avaient spontanément aidé dans le convoi à porter mes sacs de livres et partageaient avec nous le *fumer* et le manger. Ils me demandaient de leur dire pour quelle raison nous étions internés, ce que nous cherchions à obtenir, ils lisaient mon jugement avec un vif intérêt et la seule chose qu'ils n'arrivaient pas à croire, c'est que nous agissions gratuitement, pas pour de l'argent. Ils étaient très frappés du fait que des hommes aillent en prison comme ça, tout simplement, en connaissance de cause et sans en tirer le moindre profit. A Vladimir, il s'est établi entre eux et nous des relations de bon voisinage. Ils s'adressaient constamment à nous pour poser des questions, nous demander des conseils et même de l'aide. Nous arbitrions toutes leurs querelles, nous les aidions à formuler leurs plaintes, nous leur expliquions les lois et, bien entendu, ils nous interrogeaient sur la politique.

En prison, qu'ils le veuillent ou non, même les « droit commun » lisent les journaux, écoutent la radio régionale et, réfléchissant pour la première fois de leur vie peut-être, se demandent : « Pour quelle raison la vie est-elle si mal organisée en Union soviétique ? » L'écrasante majorité d'entre eux est nettement antisoviétique et le mot « communiste » est presque une injure. En raison de leur isolement et de leur analphabétisme, ils ne peuvent pas défendre leurs droits, d'ailleurs, le plus souvent, ils ne croient pas que les détenus aient des droits. L'administration profite de leurs dissensions, les monte les uns contre les autres. Quand un chef voulait briser l'un d'entre eux, il le mettait généralement dans la même cellule que son plus mortel ennemi. Alors on verrait bien lequel tuerait l'autre. Ensuite, on condamnerait l'assassin et on le passerait par les armes.

On avait appris que le nouveau directeur de la prison,

le lieutenant-colonel Ougodine, avait transféré comme ça, un certain Tikhonov dans la cellule de ses ennemis. Ceux-ci avaient mis longtemps à le tuer, le piétinant de leurs bottes, pendant presque deux jours. On percevait ses cris dans tout le bâtiment, mais personne n'était intervenu. Ougodine, à ce que l'on dit, s'approchait souvent de la porte, regardait par le judas, écoutait hurler Tikhonov et s'éloignait ensuite d'un air satisfait. Les zeks de la cellule voisine, que l'on menait à la promenade, le trouvèrent occupé de la sorte dans le couloir. Et ceux de la cellule d'en face pouvaient tout voir à travers une fente. Ce n'est que le troisième jour que les surveillants entrèrent dans la cellule pour emporter le cadavre. On condamna ensuite les coupables à être passés par les armes. Quant à Ougodine, il n'y était, bien entendu, pour rien...

On nous informa aussitôt, et nous avons écrit au procureur général. La réponse vint, comme il se doit, du parquet du lieu : « La responsabilité du personnel administratif n'a pas été établie par l'enquête. » Ainsi fut étouffée l'affaire.

La guerre que nous menions en permanence pour obtenir un meilleur régime nous a amenés à coordonner nos actions, à échanger des informations, à établir des liaisons sûres entre les cellules des prisonniers politiques qui étaient dispersées dans toute la prison. Et c'est alors que nos « droit commun » se montrèrent particulièrement utiles. Ils avaient, surtout les « réguliers », des circuits par lesquels passaient toutes leurs consignes. Des fils invisibles étaient tendus d'une fenêtre à une autre, dans les promenoirs, à travers les étages et les bâtiments. Et nous nous sommes branchés, nous aussi, sur ce réseau.

Je dois dire que, sous ce rapport, les voleurs étaient extrêmement honnêtes : nos billets ne tombaient jamais entre les mains des surveillants et arrivaient tels que nous les leur avions confiés : collés ou cousus, mais toujours intacts. Naturellement, nous avons dû, nous aussi, les aider à acheminer leur courrier, et nous étions alors beaucoup plus nerveux que lorsqu'il s'agissait du nôtre. Ce n'aurait pas été bien de jouer un mauvais tour à ces voisins qui prenaient le risque d'aller pour nous au cachot et avalaient nos billets plutôt que de les livrer aux chefs. N'est-ce pas étonnant que tant de moyens de communication aient existé dans cette prison au régime sévère, où l'isolement était total ? Il n'y avait pas deux points qui ne fussent reliés entre eux. Tout cela était interdit, cela va de soi, et les contrevenants étaient sévèrement punis pour « liaison intercellulaire ». Telle était l'appellation officielle.

Je me souviens que, quand je suis arrivé à la prison pour la première fois — j'étais un novice — on m'a mis seul dans la cellule des convois qui était sombre, sale et froide. En guise de cuvette, il y avait une sorte de trône percé où l'on accédait par des marches de cinquante centimètres de haut. La puanteur était atroce. Le robinet, placé au-dessus du trou, était à tout usage. Cette cellule m'a tellement stupéfié que j'ai dû m'asseoir, un moment, sur le bat-flanc. Je me demandais comment j'allais pouvoir passer trois ans ainsi, quand soudain, j'entendis :

« Hum ! Hum ! »

Était-ce une illusion ou quelqu'un m'avait-il vraiment toussé à l'oreille ? Je regardai de tous les côtés : personne.

« Hum ! Hum ! Frère ! Hum ! Hum ! »

Quel diable était-ce là ? Je répondis, à tout hasard :

« Quoi ?

— Mais approche, approche-toi un peu plus près de la cuvette : on t'entend mal ! »

C'est ainsi que je fus initié au téléphone de la prison.

Dans les cellules où il y a de vraies cuvettes, on pompe l'eau du siphon avec des vieux chiffons et, alors, on peut parler réellement, directement, comme au téléphone. Par la suite, nous avons pris cette habitude, nous aussi. C'est le soir surtout qu'on entendait crier d'une cellule à l'autre, la 31, par exemple : « 31 ! 31 ! Pompez ! » ou encore : « La 31, au téléphone ! »

Cependant, toutes les cellules n'étaient pas reliées ainsi, loin de là. En général, on ne pouvait appeler que de haut en bas et, rarement, dans le sens inverse. Cela dépendait de l'installation des canalisations. Et puis, il n'y avait pas de cuvettes partout. Alors, on utilisait un autre moyen. Le chauffage central passant à travers toutes les cellules, il suffisait d'appliquer contre l'un des tuyaux notre gobelet d'aluminium et de l'emboucher avec soin pour que le son se propage le long des colonnes, dans toutes les directions. Dans la cellule correspondante, on procédait avec autant de précision, mais c'est naturellement l'oreille que l'on appuyait contre le gobelet. Mais que la ligne était donc encombrée ! Toute la journée, des voix bourdonnaient dans les tuyaux. Et que d'inconvénients ! D'abord, il fallait attendre son tour, plusieurs personnes ne pouvant parler en même temps. Quand quelques cellules vous séparaient, on entendait mal, il fallait demander que l'on transmette le message par estafette. Enfin, il est toujours des nouvelles qu'il est préférable de ne pas communiquer ouvertement. Et c'est précisément pour celles-là qu'il existait une poste.

Le courrier était transmis par le « cheval », ainsi que d'autres choses plus volumineuses : aliments, livres, etc. On détricotait des chaussettes et, avec les fils, on tressait un lacet solide, à l'extrémité duquel on attachait la charge. Ensuite, et c'était tout un art, on l'introduisait à travers la fente des jalousies (qui était, au plus, de la largeur d'un doigt) et on la lançait de côté ou encore on la faisait descendre. Dans l'autre cellule, on attrapait le « cheval » au moyen d'un « bras » placé dans la fente, ce « bras » pouvant être un bâton muni d'un crochet ou un journal roulé très serré. Ceux qui recevaient ainsi le « cheval » ramenaient le lacet dans la cellule et y attachaient ce qu'ils voulaient transmettre à leur tour. Votre paquet se déplaçait le long de la prison, d'une fenêtre à l'autre. Naturellement, si les surveillants vous voyaient vous livrer à cette occupation, vous étiez assuré de quinze jours de cachot.

La promenade nous fournissait encore un autre moyen de communiquer. On désigne, en fait, sous ce joyeux nom, un « processus » parfaitement ennuyeux. Il est loin le temps où les détenus se promenaient bien sagement, deux par deux, dans la grande cour de la prison ! Les promenoirs, maintenant, ce sont des cages en béton, à peine plus grandes que les cellules. Leurs murs sont recouverts d'un enduit de ciment rugueux, d'une « pelisse », comme nous disons, de façon que l'on ne puisse y tracer d'inscriptions. Leur porte est, comme celle des cellules, munie d'un judas et renforcée d'une tôle. Leurs murs ont plus de trois mètres de haut, et une grille tient lieu de plafond. On vous emmène cellule par cellule, si bien que cette promenade n'apporte aucune diversité. Ces courettes-promenoirs, construites par dix ou par douze, se répartissent de chaque côté d'un passage, au-dessus duquel se trouve une plate-forme destinée au surveillant. Il y marche de long en large en regardant en bas, à droite comme à gauche. Dès qu'il tourne le dos, on se lance, d'une courette à l'autre, des billets ou des petits paquets. La cellule qui est prise sur le fait est habituellement privée de promenade.

Plus tard, pour essayer d'empêcher toute communication, on étendit au-dessus des grilles un filet très fin, si bien que, l'hiver, quand la neige tombait abondamment, elle ne parvenait pas jusqu'en bas. Mais, même cela n'empêcha rien. Les détenus trouvèrent le moyen de le soulever et de glisser leur courrier dans la courette voisine. Ils essayaient de percer le filet par endroits. Et quand l'un d'eux y parvenait, il se hissait sur les épaules d'un camarade, passait la main à travers le trou et lançait ce qu'il voulait dans le promenoir d'à côté ou dans celui d'en face. Comme nous nous étions incorporés au réseau de communication de la prison, nous étions obligés, nous aussi, de devenir des maillons de la chaîne. Que n'avons-nous pas jeté d'une courette à l'autre, à la demande de nos voisins ! Une fois, un sac de makhorka, qui passa à grand-peine dans la fente pratiquée sous le filet ; une autre fois, quinze morceaux de savon et, pour faire passer chacun d'eux, il fallait profiter d'un moment de distraction du surveillant... Un jour, nous venions à peine d'arriver et nous avions eu tout juste le temps de repérer nos voisins de droite et de gauche, que déjà, du côté droit, on avait fait passer à grand-peine un livre très épais, puis un autre. C'étaient les Mémoires de Joukov ! Nous avons transmis le premier tome à nos voisins de gauche, mais le second est resté en plan. Ni nous ni eux ne pouvions le faire passer par la fente si bien que les surveillants l'ont saisi. Mais, pour transmettre les billets, c'était très commode.

Et il y avait encore un autre moyen, primitif peut-être mais fort efficace. Nous écrivions menu-menu, au crayon, partout ! Et où que l'on nous menât, aux bains, à la promenade, dans les cellules du convoi, nous laissions un autographe ou une liste des détenus de la cellule ou même une courte phrase. Nous savions d'expérience qu'au cours de la semaine ces inscriptions tomberaient immanquablement sous les yeux de la personne intéressée. Nous écrivions, d'habitude, en anglais, de façon que les surveillants ne comprennent pas. Mais ils devinaient, bien entendu, que les auteurs de ces formules lapidaires ne pouvaient être que les « politiques ». L'anglais devint pour nous une sorte de langue chiffrée : nous pouvions crier par la fenêtre ou converser dans les tuyaux, personne d'autre que nous ne nous comprenait.

C'est dans ces conditions que j'ai passé deux ans et demi dans ces lieux (où j'avais déjà séjourné de 1972 à 1973, avant d'être envoyé au camp). Les trois derniers mois, ce fut l'accalmie : on ne nous envoyait plus au travail, on ne nous mettait plus au régime sévère. Cette trêve me paraissait suspecte, ainsi que le fait qu'on nous ait presque tous réunis dans le quatrième bloc, au premier étage. On s'était toujours efforcé, auparavant, de nous disséminer dans des cellules le plus éloignées possible les unes des autres pour qu'il nous soit plus difficile de communiquer entre nous. Or, cette fois, comme par un fait exprès, on nous avait groupés dans le même coin : trois dans la cellule 21, huit dans la 15 ; deux dans la 12 ; quatre dans la 10, où je me trouvais moi-même. Il y en avait encore quatre dans la cellule 17, mais le temps était venu, pour deux d'entre eux, de retourner dans un camp, pour les deux autres de partir en relégation et la cellule fut ainsi dispersée. Une dizaine des nôtres étaient encore au premier bloc, mais, eux non plus, on ne les envoyait pas au travail. Les chefs disaient que l'on nous réunirait tous ici, vers la fin de l'année. Il était difficile de savoir si la direction mijotait quelque chose ou si, au contraire, on avait décidé de nous laisser en paix. Abstraction faite des rituelles incursions contre nos livres, nous n'observions rien qui puisse laisser présager une nouvelle offensive. Il est vrai que nous étions presque tous privés de correspondance et que c'est toujours mauvais signe.

Depuis la fin de l'année précédente déjà, les chefs

confisquaient toutes nos lettres par principe. Si on leur en demandait la raison, ils nous répondaient : « Nous n'avons pas à vous expliquer quoi que ce soit. Écrivez une autre lettre. » On écrivait donc de nouveau, une autre lettre que, de nouveau, ils confisquaient. Cette situation stupide s'éternisait, cela faisait presque un an que je n'avais pu envoyer une seule lettre chez moi. Je ne comprenais pas qui, de ma mère ou de moi, ils voulaient punir. Et tous étaient dans le même cas, certains, depuis six mois, d'autres, depuis huit mois. Qu'on le veuille ou non, il fallait bien recourir aux voies illégales.

Les nouvelles de l'extérieur nous parvenaient à grand-peine et nous attristaient. On arrêtait les uns, on chassait les autres. Les uns partaient vers l'Est, les autres vers l'Ouest, et tous étaient mes amis, des hommes avec qui j'étais lié depuis bien des années déjà. Et, quelque déplorable que fût le sort de ceux que l'on arrêtait, du moins conservait-on l'espoir de les revoir, un jour ou l'autre. Tout de même, ils n'avaient pas disparu pour toujours. Mais ceux que l'on chassait en Occident, c'était, pour nous, comme si on les avait portés en terre, on ne les reverrait jamais. Moscou se vidait, et l'on pensait de moins en moins à la liberté. Le plus pénible, c'était quand l'un des nôtres se reniait ou faisait amende honorable. On avait alors le sentiment qu'il allait falloir oublier pour toujours une partie de notre vie. Les conditions dans lesquelles nous avions fait connaissance, des bribes de conversation nous remontaient à la mémoire, longtemps encore après. On ne pouvait les effacer, et on avait comme le sentiment d'être soi-même coupable de leur trahison...

Autrefois, j'étais un être très sociable, je me liais facilement avec les gens et il suffisait de quelques jours pour que je les considère comme mes amis. Mais le temps les emportait l'un après l'autre et, peu à peu, je me mis à fuir les nouvelles connaissances. Je ne voulais plus de cette douleur, de cette crispation qui vous saisissent lorsqu'un être sur lequel on comptait, que l'on aimait, vous trahit soudain lâchement et qu'il faut le rayer pour toujours de votre mémoire. C'était pénible de reconnaître que l'on venait encore de briser l'un de vos proches. Les vieux zeks qui montent la garde, quand on amène un nouveau convoi dans la zone, prédisent presque infailliblement : « Celui-ci ? Ce sera un délateur. Celui-là ? Il va devenir pédéraste. Cet autre ? Il ira fouiller dans la décharge. Ah ! enfin, voilà un bon gars ! » Avec le temps, je m'étais mis malgré moi, à essayer sur tous les gens la tenue des condamnés, c'est pourquoi le nombre de mes amis avait diminué peu à peu. Il me restait un cercle d'êtres qui m'étaïent particulièrement chers car ils étaient ma seule richesse, tout ce que j'avais gagné, durant ces années et, si l'un d'entre eux venait à se briser, c'était un supplice pour moi. Nous étions de moins en moins nombreux dans mon beau château, il y avait des places vides près de la cheminée, nos entretiens devenaient muets, la musique s'évanouissait, les chandelles s'éteignaient. Il ne restait plus que la nuit sur la terre.

Et maintenant voici que ces êtres chers partaient pour toujours en Occident, tombaient littéralement dans le vide. Les nouvelles que nous avions d'eux provenaient surtout de la presse soviétique, elles parvenaient jusqu'à nous comme des voix d'outre-tombe. Les derniers temps, les journaux soviétiques s'étaient tout à coup souvenus de moi aussi. Pendant presque six ans, ils s'étaient tus, ils avaient tenu bon ! Mais maintenant la *Literatournaya Gazeta* publiait, en pleine page, une interview du premier vice-ministre de la Justice de l'U.R.S.S., Soukharev. En 1972, déjà, aussitôt après le procès, un article minable, intitulé *Biographie de la lâcheté*, avait paru dans un journal de Moscou. Mais ce papier, qui regorgeait de mensonges et d'injures, selon les bonnes habitudes de la propagande soviétique, s'en tenait aux termes du jugement. Je veux dire que le rédacteur n'avait pas ajouté de calomnies de son cru. Alors que, cette fois, le vice-ministre de la Justice battait la campagne, racontait des absurdités qui n'avaient aucun rapport avec les motifs de la condamnation. Selon ses dires, c'est tout juste si je n'avais pas été condamné pour collaboration avec Hitler en personne et incitation à l'insurrection armée. C'était d'autant plus amusant pour moi de lire tout cela (qui était tiré à des millions d'exemplaires et diffusé dans tous les coins du pays) que j'avais une copie de mon jugement, revêtue du sceau d'un tribunal soviétique. J'étais curieux de savoir à qui étaient destinées d'aussi patentes sottises. A notre époque, où presque tout le monde écoute la radio occidentale, où même l'escorte me reconnaissait dans les convois, quel crédit pouvaient avoir toutes ces inepties ?

Bien entendu, j'ai essayé de protester légalement. J'ai écrit une lettre au directeur de la *Literatournaya Gazeta*, au procureur général, au ministre de la Justice. La prison a tout confisqué. On ne m'a pas permis d'envoyer une seule plainte à ce sujet, pas même d'intenter une action pour diffamation auprès du tribunal. J'aurais bien voulu recevoir une réponse, quelle qu'elle soit, fût-ce la plus absurde, mais une réponse officielle. Le comique de la situation résidait en ce que, d'après les lois soviétiques, tout jugement d'un tribunal, s'il n'a pas été cassé, a un caractère définitif pour tout le personnel administratif et pour toutes les organisations. Cela m'intéressait fort de voir comment ils allaient se tirer d'affaire. Aussi ai-je écrit avec retenue et sérénité, en me gardant de tirer des conclusions et de porter des appréciations, constatant seulement le fait que l'article publié ne correspondait pas au jugement. Mais la prison ne laissa rien passer. C'est ainsi qu'ils agissent toujours : les uns mentent à tout le pays, tandis que les autres mettent un bâillon à ceux qui pourraient les démasquer. Cette division du travail est typiquement communiste.

L'éducateur me convoqua pour un entretien et entreprit de me convaincre :

« Laissez cela. N'écrivez pas. A quoi cela vous servira-t-il ? Tout ça, c'est des bêtises, c'est rien.

— Comment ! dis-je, un jugement rendu au nom de la République socialiste fédérative soviétique de Russie ! Mais il s'impose à tous, mais c'est à cause de ce jugement que vous me gardez en prison ! Et, tout d'un coup, on apprend qu'il est faux !

— Mais voyons, me réplique-t-il, ne faites pas attention à cela, les journaux racontent toujours des histoires. Est-ce que cela vaut la peine de s'énerver comme ça ?

— Mais, enfin, c'est le vice-ministre de la Justice qui écrit ! Peut-être qu'ils ont révisé mon premier jugement, qu'ils ont commué ma condamnation ? Et moi, je suis enfermé ici et je ne sais rien !

— Non, non, le jugement est... correct. Ne vous inquiétez pas... On nous l'aurait dit. »

Notre éducateur, le capitaine Doïnikov, n'était pas un méchant homme. De lui-même, il n'aurait jamais commis la moindre turpitude. Au fond, il avait peu d'obligations, personne n'attendait sérieusement de lui qu'il nous « rééduque ». On comprenait que c'était une tâche au-dessus de ses forces. Il devait s'entretenir, de temps à autre, avec nous et nous, nous aurions refusé de parler avec tout autre que lui. C'est ainsi que trois ou quatre de ses prédécesseurs avaient dû être relevés.

Au début, tous les éducateurs se réjouissaient de se voir confier un travail si facile : les politiques étaient calmes, ils ne disaient pas d'obscénités, ils ne se querellaient pas, ils ne jouaient pas aux cartes, ils restaient sagement dans leur coin, ils lisaient des livres. Ce n'était pas un travail, mais une sinécure ! Et trois mois plus tard, ils demandaient à être débarrassés de nous et à retourner près des brigands et autres coupe-jarrets. En effet, d'une part, la direction faisait pression sur eux, exigeait qu'ils fournissent des charges contre nous, qu'ils nous briment. Mais, quand nous résistions, qui était coupable si ce n'était l'éducateur ? Les blâmes pleuvaient sur sa tête. D'autre part, nous leur tenions, nous aussi, la bride haute et nos plaintes, à elles seules, auraient suffi à les rendre fous. Ajoutez à cela que, n'ayant aucun point commun avec nous, ils ne pouvaient s'adapter. Ils étaient habitués aux « droit commun », à leur psychologie : un coup de gueule par-ci, une gifle par-là, et l'ordre était rétabli. Avec nous, il fallait en user autrement. Ces éducateurs avaient été incapables de le comprendre et, pour finir, on avait placé, près de nous, ce Doïnikov.

Il passait pour l'officier le plus sot, le plus borné, le plus soumis de la prison : un uniforme sur un portemanteau. Il ne savait pas s'exprimer, il n'avait pas beaucoup d'instruction. On nous l'avait livré comme une victime, dans l'espoir que nous le mettrions en pièces et qu'il serait ainsi possible de le mettre à la retraite, trois ou quatre mois plus tard, pour incompétence. Mais, contre toute attente, il s'était bien acclimaté chez nous. Il faisait tout à fait notre affaire et nous n'avons jamais porté plainte contre lui. Sa maigre silhouette disloquée, qu'accusait encore ce ridicule uniforme graisseux et élimé, éveillait plutôt la compassion. Il parlait aussi d'une manière disloquée, incohérente, sautant sans cesse d'un sujet à un autre. Au demeurant, il lui arrivait de faire des indiscrétions qui avaient leur importance pour nous. Il avait compris que nous ne le jugions pas insupportable. Aussi parlait-il, lors de nos entretiens, de tout ce que l'on voulait : de pêche, de football... Il pouvait débiter des calembredaines pendant une heure d'horloge. Parfois, il plaçait — avec précipitation, comme s'il se sentait coupable — une ou deux phrases sur la politique du Parti, mais il reprenait aussitôt son discours abracadabrant, comme s'il était pressé de réparer sa gaffe. Il bavardait ainsi pendant une bonne heure. Puis il notait, soucieux de son rapport, qu'il avait eu un entretien. A y regarder de plus près, il n'était pas bête du tout, il se montrait même quelquefois étonnamment astucieux et cette loufoquerie était un caractère acquis. Tout comme les rayures du zèbre, elle était le résultat de la sélection naturelle. Il fallait bien qu'il concilie ses fonctions, qui étaient cruelles, avec sa nature, qui ne l'était pas. Il est étonnant de voir comment tout cela s'allie chez nous autres Russes. J'ai rarement rencontré des sadiques parmi les surveillants. Il y a même dans cette profession fort peu d'hommes d'un naturel vraiment méchant. Ce sont, d'ordinaire, de simples moujiks russes qui ont fui les kolkhozes pour la ville. Mais, que l'on donne l'ordre à ce Doïnikov de nous fusiller et il nous fusillera. Naturellement, il fera tout pour que, compte tenu de sa loufoquerie, on ne le charge pas d'une telle besogne. Et il fera également tout pour nous amadouer, nous aussi, pour que nous ne lui en voulions pas trop... Mais enfin, il nous fusillera.

J'ai honte d'avouer qu'il est assez souvent parvenu à obtenir que nous retirions nos plaintes. Il entrait dans la cellule, en les tenant à la main, et restait planté là, d'un air pitoyable. Puis, il se mettait à débiter ses interminables calembredaines, à raconter ses salades et, mimique à l'appui, il nous suppliait :

« Faudrait retirer, qu'ils disent, les plaintes. Ça rime à rien, vos plaintes. Qu'est-ce qui vous prend encore ? Des plaintes, toujours des plaintes ! Faudrait les retirer... Déjà comme ça, on a une vie de chien... »

C'est incroyable : nous faisons une guerre à mort. On nous a déjà presque écrasés, fait mourir de faim et nous lui reprenons nos plaintes ! Nous n'avons pas le courage de refuser. Doïnikov nous fait pitié...

Je me souviens aussi des filles de salle qui travaillaient au service de l'expertise psychiatrique de l'Institut Serbski : simples femmes de la campagne, presque toutes croyantes, qui portaient en secret une petite croix sous leurs vêtements. Elles nous plaignaient, surtout ceux d'entre nous qui arrivaient d'un camp ou d'une prison, décharnés, minés par la faim. Elles nous apportaient à manger en cachette. Elles glissaient furtivement sous notre oreiller tantôt une pomme, tantôt des bonbons à quatre sous, tantôt une tomate. C'était très amusant de voir comment elles traitaient les vrais fous, ceux qui ne comprennent plus rien, ceux qui ont le regard fixe ou encore ceux qui errent, en ne sachant où ils vont. Elles criaient, de temps à autre, après leurs malades sans aucune méchanceté, comme les paysannes après leurs vaches :

« Hue ! Va-t'en, j'te dis. Ho ! Où vas-tu ? Hue, mon petit ! »

On avait l'impression qu'elles allaient leur donner un coup de houlette. Eh bien, ces mêmes bonnes femmes nous dénonçaient impitoyablement. Elles notaient et rapportaient aux infirmières le moindre détail, chacune de nos paroles, que celles-ci consignaient dans leur cahier. Faisait-on des préparatifs d'évasion, quelqu'un simulait-il la folie pour échapper au châtiment suprême, elles s'en apercevaient immédiatement et allaient aussitôt faire leur rapport. Nous leur demandions :

« Pourquoi faites-vous cela ? Tout de même, vous êtes croyantes ! »

Elles répondaient :

« Justement, c'est ça notre travail. »

Allez donc discuter avec elles ! Peut-être que Brejnev n'est pas un mauvais homme, lui non plus. Seulement, il a un sale travail, le secrétaire général !

C'est curieux qu'étant donné la grande diversité des livres, essais et monographies sur le socialisme (politiques, économiques, sociologiques, statistiques et autres) personne n'ait eu l'idée d'écrire une étude sur le thème suivant : l'âme de l'homme sous le régime socialiste. Or, sans ce guide des labyrinthes de l'âme soviétique, toutes les autres monographies sont tout simplement inutiles. Mieux encore, elles ne font qu'obscurcir davantage la question. Ah ! que c'est difficile, vraiment, de comprendre de l'extérieur cette damnée Russie ! Pays énigmatique, énigmatique âme russe !...

A en juger par leurs journaux, par leurs livres et par leurs films — et par quoi d'autre pourrait-on se faire une opinion sur la vie soviétique ? — les gens de là-bas sont satisfaits. Certes, ils n'ont pas les libertés politiques, le pluralisme, mais ils sont tout de même contents : le peuple et le Parti ne font qu'un ! Certes, ils ont des élections qui ne sont pas des élections, Dieu sait ce que c'est : un seul candidat, il n'y a pas le choix. Mais la participation est de 99,9 pour 100 et, là-dessus 99,89 pour 100 votent oui. Certes, leur niveau de vie est bas, ils manquent, à ce qu'on dit, de biens de consommation, mais enfin, il n'y a pas de grèves ! On dit encore qu'on fait mourir de faim, dans les camps et les prisons, des hommes qui n'ont rien fait de mal, qu'on ne les laisse pas partir pour l'étranger, mais, si vous regardez bien, dans toutes les usines et dans tous les villages, il y a des meetings : « Nous approuvons à l'unanimité la politique du Parti et du gouvernement ! Nous répondrons au souci du Parti par une nouvelle élévation de la productivité du travail ! » Ils votent à l'unanimité, ils lèvent tous la main, que diable ! Les correspondants étrangers viennent, assistent aux meetings et constatent : « C'est vrai, ils approuvent tous la politique du Parti et même, personne ne s'abstient, lors des votes à main levée. »

On parle de pays économiquement arriéré, de travail à la main, etc., mais enfin, ils ont lancé le premier spoutnik, le premier homme dans le cosmos, ils ont devancé les États-Unis. Par surcroît, ils ont une industrie de guerre puissante, si puissante que le monde entier tremble de peur. Et comment est-ce possible ? Eh bien, ils font des découvertes scientifiques, et quelles découvertes ! Et le Bolchoï, et les ballets ! Sont-ce là des esclaves, des hommes asservis ?

Oui, leur littérature est ennuyeuse, admettons-le. Il est toujours question de production, de plans, de réunions, mais enfin ils lisent ces livres, ils les achètent, donc ça leur plaît ! Ils ont leurs défauts, comme tout le monde, ils le reconnaissent et ils se critiquent eux-mêmes. Il y a bien eu quelque chose autrefois, des sortes de répressions injustifiées, mais maintenant c'est fini. Ils ont arrangé cela, ils ont condamné les erreurs, ils ont relâché les innocents. Et puis, tout de même, on les laisse aller à l'étranger. Tous ces touristes, ces sportifs, ces artistes, ces délégations sont satisfaits de leur sort et retournent chez eux. Certes, il arrive que l'un ou l'autre s'enfuie, ne rentre pas, mais peut-être que les choses allaient mal pour eux et qu'elles vont bien pour tous les autres, que tous les autres sont satisfaits ?

Interrogez n'importe quel Soviétique dans la rue :

« Ça va bien ou ça va mal ? »

Tous vous répondent comme un seul homme :

« Bien mieux que chez vous, en Occident. »

Et peut-être que c'est mieux, en effet. L'instruction est gratuite, l'assistance médicale est gratuite, les logements ne sont pas chers, il n'y a pas de chômage, pas d'inflation. Peut-être que la propagande occidentale exagère un peu et que, chez eux, la vie est belle ?

Et voici encore une autre explication : peut-être que, *pour eux*, cette vie est meilleure que la nôtre, que ce sont des gens différents, particuliers, que cette vie-là leur convient et qu'ils n'ont pas besoin de nos biens et de nos libertés ?

Quant à ces dissidents, ils sont tout à fait déconcertants. Si tout va aussi mal qu'ils le disent, s'il y a une telle injustice et un tel arbitraire, comment sont-ils encore en vie ? Certains ne sont même pas en prison ! C'est donc qu'il y a une certaine liberté et certains droits ? Ou alors tout cela est « inspiré » par les autorités soviétiques et avantageux pour elles... A moins que ce ne soit une invention de la C.I.A... Au fait, combien sont-ils ces *hétérodoxes*, ces dissidents ? Il y a une douzaine d'hommes qui ont signé une sorte de pétition pour protester. Dans un pays qui en compte 250 millions, c'est à mourir de rire !

Bon, enfin, même si tout va vraiment mal pour tout le monde, pourquoi n'y a-t-il pas d'insurrections, de protestations de la masse, de manifestations, de grèves ? Mais, au fait, il n'y a plus de terreur de masse. Admettons qu'on mette là-bas dix ou quinze personnes en prison par an, ce n'est pas comme au Chili ou en Corée du Sud !

Bien des gens, qui ne savent pas quoi penser, se posent ainsi des questions qui restent sans réponse...

Et l'observateur occidental, censément doué d'esprit critique, après avoir étudié la question à fond — de son point de vue, du moins — arrive à deux conclusions. S'il professe des opinions de gauche : « L'U.R.S.S. est un pays magnifique, son régime est également magnifique et le plus avancé de tous. Les gens y sont heureux et, en dépit de certaines carences, ils construisent un avenir radieux. La propagande bourgeoise essaie, bien entendu, de s'emparer de ces cas particuliers et de défigurer, de calomnier, de diffamer cette radieuse réalité elle-même. » Et si l'observateur ne professe pas des opinions de gauche : « Les Russes sont des gens tout à fait à part. Ce qui nous paraît mauvais leur plaît. Ils sont tellement fanatiques, ils aspirent tellement à construire leur socialisme qu'ils sont prêts à renoncer aux commodités et au mode de vie auxquels nous sommes habitués. » Dans les deux cas, une seule et même conclusion : il ne faut pas les gêner. On ne peut pas interdire aux gens de souffrir, si cela leur plaît. Il ne faut pas sauver les gens contre leur volonté. Vous savez, ce sont des Russes !

Oui, il est difficile de comprendre ce pays de l'extérieur, presque impossible, mais est-ce plus facile de l'intérieur ? Je veux dire : est-ce plus facile pour des Russes (l'Occident nous appelle tous ainsi, des habitants de la Moldavie jusqu'aux aborigènes de la presqu'île de Tchouktches) qui passent toute leur vie là-bas, de comprendre et d'apprécier ce qui s'y passe ?

Et voici que naît un enfant, un Soviétique en herbe, homme d'un type nouveau. Les premiers temps, on ne peut nullement le considérer comme un dissident. Il n'exige aucune liberté particulière, il ne lit pas les livres défendus, il ne demande pas à aller à l'étranger, il ne proteste pas contre le lieu et la date de sa naissance. Mais il ne sait pas encore tout ce dont il est redevable à l'État soviétique et à notre Parti nourricier. Il ne serait pas actuellement couché dans son landau et ne sucerait pas paisiblement sa tétine sans leurs soins. Mais on lui demandera très tôt de payer sa dette.

Ses parents sont si occupés qu'ils le mettront d'abord à la crèche, puis au jardin d'enfants, et les premiers mots qu'il apprendra seront Papa, Maman et, aussitôt après, obligatoirement, Lénine. Par ses dons, il étonnera ses parents (les jours fériés) en déclamant :

Journée du sept novembre,
Rouge au calendrier.
Regarde par ta fenêtre
Tout est rouge dans la rue

Ensuite, à l'école, son horizon s'élargira encore. Il apprend progressivement que Dieu n'existe pas et n'a jamais existé, que toute l'histoire de l'humanité est un passage des ténèbres vers la lumière, de l'injustice et de l'oppression vers la liberté et le socialisme ; que les hommes de tous les temps ont rêvé de vivre dans un pays comme le nôtre et que c'est pour cela que, durant des millénaires, ils se sont révoltés, ils se sont sacrifiés, ils sont allés au supplice et à la mort ; que tous les grands hommes du passé ont aspiré à la société que nous avons enfin construite, même s'ils ne le comprenaient pas toujours eux-mêmes. Qu'est-ce que Léon Tolstoï, par exemple ? Le miroir de la révolution russe ! Et maintenant, le monde est divisé en deux : d'un côté, chez nous, les forces de la lumière, du bonheur et du progrès ; de l'autre, la réaction, le capitalisme, l'impérialisme qui ne rêvent que de détruire notre bonheur, de nous asservir comme ils ont asservi leurs peuples. Et, pour que cela ne se produise pas, il faut d'abord étudier avec application et, ensuite, travailler avec « inspiration ».

Plus on avance dans la vie, plus on assimile, et on approfondit ces préceptes. Au début, à l'école, ensuite à l'université, à l'armée, au travail. Sous une forme avouée : dans l'enseignement de l'histoire de l'U.R.S.S., de l'histoire du Parti communiste de l'Union soviétique, de l'économie politique, du communisme scientifique, de l'athéisme scientifique, des principes du marxisme-léninisme, du matérialisme dialectique, du matérialisme historique et ainsi de suite, etc. Sous une forme déguisée, chuchotée, propre à vous hypnotiser : dans les films et dans les livres, dans les toiles et les sculptures, à la radio et à la télévision, dans les journaux, dans les cours, dans les manuels de mathématiques, de physique, de logique, de langues étrangères, dans les pancartes et les affiches et même dans les traductions des œuvres étrangères. A supposer que vous ayez à traduire un texte d'un manuel français, allemand ou anglais, il s'agira toujours des mauvaises conditions de vie des ouvriers en France, en Allemagne de l'Ouest, en Angleterre ou aux États-Unis. Ou, au contraire, on vous montrera à quel point il fait bon vivre sous le soleil du socialisme. Ouvrez-vous un manuel de logique ? On vous citera comme exemple de vérité objective : « Le marxisme-léninisme est une doctrine qui triomphe de tout. »

Qu'il s'agisse des actualités cinématographiques ou des nouvelles des journaux, on vous montre ou on vous annonce en vrac : une nouvelle station balnéaire a été créée en Bulgarie ; un nouveau typhon s'est abattu sur le Japon ; les ouvriers de l'Oural ont dépassé le plan ; une grève de milliers et de milliers d'ouvriers en France ; une riche récolte en Ukraine ; une monstrueuse statistique d'accidents de la route en Amérique ; un nouveau quartier de H.L.M. vient d'être achevé à Tachkent ; une manifestation d'étudiants a été dispersée en Italie... Et il apparaît clairement que, là-bas, il n'y a que des cataclysmes, des catastrophes, des manifestations, des grèves, des matraquages, des taudis et une continuelle chute du niveau de vie, tandis que, chez nous, ce ne sont que nouvelles stations balnéaires, usines, récoltes, champs illimités, sourires radieux, pendaisons de crémaillère et accroissement du bien-être. LA-BAS, les forces de la réaction et de l'impérialisme oppriment les travailleurs et nous menacent de la guerre. ICI, les forces radieuses du progrès et du socialisme construisent un avenir resplendissant et luttent pour une paix durable. Et les forces de la paix, du socialisme et du progrès vaincront inévitablement. Et tout cela, chaque jour, à toute heure, dans des milliers de journaux, de revues, de livres, de films, de concerts, d'émissions à la radio, de chansons, de poésies, d'opéras, de ballets et de tableaux. Et, en dehors de cela, il n'y a rien, rien qui aille à l'encontre. Et même quand vous voyagez en train et que vous regardez distraitement défiler les paysages, vos yeux parcourent inconsciemment, tandis que votre cerveau les enregistre, les slogans tracés en mosaïque de pierre ou de brique battue : « Paix au monde ! » « Lénine, toujours vivant ! » « En avant, pour la victoire du communisme ! »

Dès huit ou neuf ans, on vous fait entrer presque de force chez les Pionniers et, dès quatorze ou quinze ans, à l'Union des Jeunesses communistes, au komsomol, c'est-à-dire dans les organisations politiques de jeunes, avec la discipline que cela implique. Cela signifie que vous devez participer activement au travail idéologique. Ce n'est plus vous que l'on gave, c'est vous qui devez inculquer aux autres la doctrine qui triomphe de tout et qui devez exiger d'eux une élévation du rendement scolaire ou de la productivité du travail, au nom de l'avenir radieux. C'est que nous sommes à jamais les débiteurs du Parti et du gouvernement pour le soin qu'ils prennent de nous !

Que peuvent faire les parents ? Essayer, dès le début, d'expliquer aux enfants qu'on les trompe ? C'est dangereux : les enfants le diront à leurs amis et ceux-ci à leurs parents, à leurs maîtres. Et que conseiller aux enfants ? D'exprimer ouvertement leur désaccord ou de se taire, de cacher leurs opinions, de mentir, de vivre d'une double vie ? Mais, les enfants vous croiront-ils, vous, plutôt que ce que leur enseignent l'école et la propagande ? Et, de plus, toute cette idéologie existe non seulement à l'état pur, mais elle imbibe toutes les matières : l'histoire, la littérature, la botanique, la géographie, etc., et l'élève est obligé d'apprendre et de réciter rigoureusement ce qui est écrit dans les manuels. Le plus souvent, les parents abandonnent la partie : Bon, au diable tout cela ! Quand il sera grand, il comprendra de lui-même.

Et il comprend car, dans la vie de presque tous les habitants de l'Union soviétique, l'heure de vérité sonne tôt ou tard. On raconte l'histoire suivante : une jardinière d'enfants s'entretient avec ses petits élèves. Elle a accroché au mur une mappemonde et leur explique :

« Vous voyez, mes enfants, ici, ce sont les États-Unis d'Amérique. Les gens y vivent très mal et, comme ils n'ont pas d'argent, ils ne peuvent pas acheter de bonbons et de glaces à leurs enfants, et ils ne les emmènent pas non plus au cinéma. Et maintenant, voici l'Union soviétique. Tous les hommes sont heureux, ils vivent bien et ils achètent tous les jours des bonbons et des glaces à leurs enfants, et ils les emmènent au cinéma. »

Alors, soudain, une petite fille se met à pleurer :

« Qu'est-ce que tu as, Tania, tu pleures ? demande notre jardinière.

— Je veux aller en Union soviétique ! », répond Tania, au milieu des sanglots.

Mais ce n'est là qu'une première impulsion, un premier malentendu. D'habitude, il éprouve longtemps de la fierté et de la joie à vivre dans un pays si remarquable, unique. De fait, il faut vraiment avoir eu beaucoup de chance pour naître justement ici et maintenant. Dire qu'il aurait suffi qu'il naquît à 3 000 km de là, en Occident, ou cinquante ans plus tôt, pour connaître tous ces malheurs, tous ces chagrins et toutes ces humiliations ! Une seule chose l'intrigue un peu : pourquoi proclame-t-on cela tout le temps ? Bon, ça va, nous le savons déjà, nous avons entendu, et nous sommes heureux et contents : notre pays est à l'avant-garde du progrès, le premier et le meilleur du monde. Nous saurons nous en souvenir, merci ! Est-ce que de pareilles choses s'oublient ? Et se trouverait-il quelqu'un qui ne les aurait pas assimilées ?

Peu à peu, il commence à distinguer que tout n'est pas aussi facile dans la vie que dans les journaux. Tout le monde vit, à l'exception des grands chefs, en attendant le jour de la paie. Et, plusieurs jours avant de la toucher, on ne joint les deux bouts qu'à grand-peine, on emprunte à l'un ou à l'autre. Et, si l'on veut acheter un vêtement, un meuble ou un poste de télévision, il faut se débrouiller, faire des économies ou travailler au noir. Et puis, il y a toujours des choses qui manquent : tantôt il n'y a pas de viande, tantôt le beurre disparaît, tantôt ce sont les pommes de terre qui n'ont pas poussé en suffisance. Il y a des files d'attente partout. On finit par ne plus s'en apercevoir, mais on reste debout pendant des heures.

Ensuite, c'est la mauvaise gestion, l'aspect irrationnel qui l'irrite. Par exemple, on dépose sous sa fenêtre un tas de rondins ou de tuiles qu'on a apporté et déchargé en grande hâte, puis qui restera là une année, deux années, jusqu'à ce qu'il pourrisse : personne n'en a besoin. Ou encore, on défonce la chaussée. Impossible de passer ni à pied ni en voiture. On répare quelque chose pendant six mois. Et, de fait, l'eau a cessé de couler au robinet. Enfin, les travaux sont finis et on rebouche tous les trous. On apporte de l'asphalte, et ce sont des femmes, en général, qui doivent l'étendre au rouleau. A peine le bitume a-t-il eu le temps de refroidir que l'on vient creuser de nouveaux trous et, pendant trois ou quatre mois encore, on ne peut circuler ni à pied ni en voiture. Maintenant, c'est le gaz que l'on répare, dit-on. Et, de fait, le gaz est coupé. Mais pourquoi n'a-t-on pas fait les seconds travaux à la suite des premiers, quand le sol était déjà creusé ? Mais voici encore une autre calamité : le toit de la maison est percé. Et cela, c'est un vrai malheur, car il est à peu près impossible de le faire réparer. Les locataires vont, par délégations entières, au soviet d'arrondissement, au soviet de ville, chez les députés, déposent des plaintes, font des pétitions. Des commissions viennent, inspectent la toiture, constatent que c'est exact : le toit fuit. Mais il n'y a pas d'argent pour le réparer, cela n'a pas été prévu par le plan. Et cela peut durer des années. Et, en attendant, les locataires rassemblent leurs vieilles cuves, leurs vieilles bassines et leurs vieux seaux, les mettent dans le grenier sous la fissure et regardent le ciel avec anxiété : va-t-il pleuvoir ou non ?

Un fait, apparemment tout à fait insignifiant, s'est gravé dans ma mémoire, dès l'enfance. Il y avait tout près de chez nous un magasin où je courais souvent chercher du pain ou du sucre. Il se trouvait de l'autre côté de la rue, à deux cents mètres d'un carrefour où il y avait un passage clouté. Pour parvenir au magasin sans enfreindre le règlement, la plupart des gens devaient donc parcourir deux cents mètres jusqu'à l'angle, puis encore deux cents mètres, de l'autre côté. Naturellement, tout le monde voulait traverser la rue en face du magasin, sans faire de crochet. Mais, à cet endroit précis, un sergent de ville, mis en embuscade, les guettait et leur infligeait des amendes, sans la moindre pitié. Et cela devait rapporter pas mal au gouvernement, étant donné qu'aucun des deux risques encourus (pas plus celui d'être mis à l'amende que celui d'être écrasé par une voiture) ne put jamais obliger les gens à faire quatre cents mètres de trop. Non seulement, nous autres, les garnements, mais encore les grandes personnes, et même les vieilles femmes en bottes de feutre, un cabas de toile cirée à la main, traversaient la rue au petit trot, sous les coups de sifflet du sergent de ville. Il semble qu'il eût été plus simple de permettre à ces gens de traverser là où c'était le plus commode pour eux. Mais non, pendant des dizaines d'années, l'agent de police est resté là, à lever son tribut.

Il est difficile de savoir ce qui poussait les autorités à agir ainsi : le profit économique ou le désir de manifester leur puissance, mais cet épisode est tout à fait typique. Autant qu'il m'en souvienne, les dispositions prises étaient toujours contre nature, en dépit du bon sens et toujours assorties d'une menace. On ne peut pas dire que cela changeait la psychologie des gens ou que cela les forçait à obéir mais, en revanche, tout le monde se trouvait coupable envers le gouvernement et on pouvait punir n'importe qui. Cela cachait aussi une philosophie de l'ordre et du pouvoir très caractéristique : si l'on permet aux gens de faire ce qu'ils veulent, qu'arrivera-t-il ? Il n'y aura plus aucun ordre dans l'État.

Toutes ces petites choses, à force de s'accumuler, assombrissent naturellement le bonheur du Soviétique, sa foi en un avenir radieux. Mais le chœur aux mille voix des journaux et des revues, des films et émissions de radio, des conférenciers et des propagateurs des Lumières est déjà prêt à tout lui expliquer : « Pourquoi généraliser ainsi, camarade ? Certes, il y a chez nous des défauts occasionnels et des difficultés passagères. Les autorités locales travaillent souvent avec une précision encore insuffisante. Nous les critiquons, nous les corrigeons. Il ne faut pas oublier que nous marchons sur un sentier où personne, pour ainsi dire, n'est encore passé. Nous sommes les premiers à construire la nouvelle société, il n'y a personne qui puisse nous faire des suggestions et il arrive que nous nous trompions. Mais, regardez tout ce qui a déjà été réalisé, tout ce qui a été fait depuis 1913 ! Naturellement, au nom de la construction de la société la plus parfaite de l'avenir, nous devons faire certains sacrifices. Si tout n'est pas toujours facile maintenant, plus tard nos enfants nous remercieront. Quelque erreur que nous ayons pu faire dans des cas particuliers, dans l'ensemble nous suivons le bon chemin, nos idées sont radieuses. Il ne faut pas oublier non plus l'encerclement capitaliste qui nous nuit et qui nous nuira encore. On n'attend qu'une chose, c'est que nous nous affaiblissions, que nous doutions de notre bon droit. L'ennemi ne sommeille pas ! Et, pour lutter avec succès contre lui, il faut aussi faire certains sacrifices. » (Et cetera, et ainsi de suite, et cetera.)

Et que répondre à cela ? Non, naturellement, on ne peut pas dire, en effet, que si mon toit fuit, c'est que le communisme est mauvais ou qu'il faut renoncer à l'édifier. Et ce n'est pas parce qu'il y a pénurie de viande maintenant qu'il ne fallait pas faire la révolution.

Et les années passent, s'additionnent en décennies et le Soviétique sait que la chose la plus constante de sa vie, ce sont les difficultés temporaires. Eh bien quoi, même si on peut parler d'incurie, de mauvaise gestion et de duperie dans mon district, dans ma région ou dans la branche où je travaille, cela ne prouve pas que tout aille mal partout et que cela n'ira jamais mieux. Nous lançons des hommes dans le cosmos, nos ballets remportent de grands succès à l'étranger, nous construisons d'énormes usines, des barrages, donc tout ne va pas mal partout et toujours. Pour certaines choses, nous sommes forts, nous aussi. Et, du moins, cela ne va pas aussi mal qu'en Occident. Chez eux, il ne se passe pas un mois sans grève. Il faut vraiment que les choses aillent très mal pour en arriver là. Chez nous, il n'y a pas de chômage, nous ne mourons pas de faim.

Et les années passent, et rien ne change, et un doute

surgit : mais, ce communisme, le construisons-nous vraiment ? Peut-être que nous n'avons pas encore commencé ? Pour ce qui est de 1917 à 1922, la chose est claire : il n'y avait pas de pouvoir soviétique, c'était la guerre civile. Ensuite, jusqu'en 1930, ce fut la NEP, et cela a été, comme on sait, un recul. Puis, jusqu'en 1953, le culte de la personnalité, ce n'était pas non plus le pouvoir soviétique. Plus tard, jusqu'en 1964, Khrouchtchev, à ce qu'on dit, n'a pas agi tout à fait comme il le fallait, mais on s'est repris à temps et on l'a renvoyé. Donc, ce ne serait qu'à partir de 1965 que nous avons commencé à vivre comme il faut ? Il faut attendre encore un peu : peut-être qu'on va enlever aussi celui qui nous dirige actuellement ou qu'après sa mort, on nous expliquera que, cette fois encore, tout n'était pas... comme il faut.

Après avoir connu ces moments d'incertitude, le Soviétique acquiert peu à peu la conviction que la propagande est totalement mensongère. L'information a beau nous parvenir difficilement, tout de même, nous ne sommes pas totalement isolés. Et il apprend ainsi que, dans les autres régions et dans les autres districts, ce n'est guère mieux, et même que c'est quelquefois pis ; que, dans les autres branches de l'économie, c'est le même bordel ; que le cosmos, c'est du bluff et que ces énormes usines et barrages, ce sont les zeks qui les ont construits pour une ration de pain. Il n'y a qu'en ce qui concerne les ballets que nous n'apprenions rien. Comment ces ballets tiennent-ils encore ? Bon, le diable soit des ballets ! On ne vit pas seulement de ballets. De plus, il nous revient qu'en Occident tout n'est pas et même rien n'est tel qu'on nous le chantait. Il paraît qu'on paie les chômeurs parce qu'ils ne travaillent pas. C'est fantastique : chez nous, on les expédierait en Sibérie, mais, chez eux, on leur donne de l'argent. Tout le monde a une automobile, il y a des saucissons de toutes sortes dans les magasins, il n'y a pas de queues : c'est un paradis, un conte de fées. Et, alors, finie la foi en l'avenir radieux !

Un de mes amis a fait une expérience amusante. On était encore dans les années 50, il faisait la queue pour avoir du lait. La file d'attente était illimitée, les vendeurs travaillaient nonchalamment, paresseusement. Les gens se mirent à murmurer, comme toujours, qu'il n'y en aurait pas assez pour tout le monde et que l'on servait trop lentement. Entre deux explosions de la colère populaire, mon ami eut soudain l'idée de dire, à haute et intelligible voix :

« C'est toujours la même pagaille... Ces queues qui vous prennent la moitié de la journée ! C'est tout à fait comme en Amérique ! »

Et l'indignation populaire est tombée sur lui :

« Qu'est-ce que vous dites, citoyen, que vient faire là l'Amérique ? Une chose pareille n'est possible que chez nous. »

Et, longtemps encore, il lui lancèrent des regards de reproche et de commisération.

Plus on avance, plus on découvre de choses. C'est ainsi que l'on apprit peu à peu que, tandis que nous connaissions toutes ces difficultés temporaires, là-bas, dans les comités de région, dans les comités de ville et au Kremlin, le communisme était construit depuis longtemps déjà : *ils* partagent entre eux, et en grand secret, le caviar, le saucisson et toutes sortes de produits importés. *Ils* se sont fait construire des datchas qu'ils ont entourées de clôtures, et *ils* ont aposté des gardes pour que personne ne les voie bâfrer leur caviar. *Ils* se moquent bien de nous, on peut crever...

Mais ce long cheminement des idées, ce tardif dessillement des yeux est surtout le fait des hommes favorisés.

D'habitude, tout se passe beaucoup plus rapidement. Tôt ou tard, on se heurte à une injustice ou à un mensonge si criant qu'on ne peut plus se taire. Et peu importe la nature du heurt pourvu qu'il vous mette directement en rapport avec le pouvoir. Il est très utile que le travailleur ait affaire, en tant que solliciteur ou protestataire, au pouvoir ouvrier et paysan. A propos de permis de séjour, de toiture percée, de mauvaise organisation du travail, de demande de logement ou — et alors tout est encore plus clair — de l'arrestation sans rime ni raison de l'un des siens. Et le travailleur se met en quête de la vérité, il cherche, il dépose des plaintes, il envoie des pétitions, il va aux audiences et des réponses commencent à lui arriver, toutes plus insolentes les unes que les autres. A moins qu'il n'y en ait aucune.

Comment tout cela est-il possible dans mon État ouvrier et paysan ? se demande-t-il, furieux. Eh bien, je vais écrire à la *Pravda* ! Et j'irai jusqu'au Comité central, s'il le faut ! Mais toujours rien. Et aux audiences, s'il en obtient, il se trouve devant un vrai soliveau qui le regarde à travers ses lunettes, en clappant. Mais toujours rien. Il perd complètement la tête, notre travailleur ! Il écrit partout : au Comité des femmes soviétiques, à la Société protectrice des animaux, aux cosmonautes et même à l'O.N.U. Il devient littéralement féroce : il se met à écrire de telles choses sur le pouvoir soviétique qu'il se demande lui-même avec étonnement où il a pris toutes ces idées. Surtout s'il est un ancien combattant de la seconde guerre mondiale ou, s'il a, en quelque façon, bien mérité de la patrie.

(Il y a des zeks qui sont allés jusqu'à adresser des plaintes à Lénine, au Mausolée. Vous nous avez bien dit qu'il était vivant à jamais, alors qu'il se débrouille ! Peu importe ! Et les bureaux du Kremlin leur ont fait savoir le plus régulièrement du monde que leur plainte avait été transmise à qui de droit. C'est l'habituelle réponse : Tout est conforme à la loi et il n'y a pas matière à se plaindre.)

En général, toutes les plaintes affluent justement chez le soliveau, le lourdaud à lunettes dont vous vous êtes plaint, en raison de sa dureté. Et la réponse, des plus apaisantes, vous parvient : Nous compatissons, nous comprenons tout mais, vraiment, nous ne pouvons pas vous aider. Et notre travailleur commence à y voir clair. Il se rappelle alors, avec une rapidité étonnante, tout ce qu'on lui a appris à l'école, toute l'histoire de l'Union soviétique, toute la littérature ainsi que la géographie, toute cette propagande que, dès le berceau, on lui a serinée sur les défauts occasionnels et les difficultés temporaires, sur l'avenir radieux et l'encerclement capitaliste, sur le « miroir de la révolution russe » et, même, des vers de mirliton sur Lénine, appris dès le jardin d'enfants.

Et la propagande continue, comme si de rien n'était : le typhon sur le Japon, la station balnéaire en Bulgarie, la récolte dans les terres vierges, la grève en Angleterre, les lointains lumineux, les forces de la paix et du progrès. De jour et de nuit, de nuit et de jour, de tous les côtés. Et le travailleur devient fou. Tout autour de lui, des gens, des millions de gens marchent, réalisent des plans, prennent de nouveaux engagements dans leur travail, répondent aux bons soins du Parti par une élévation de la productivité du travail, et NE SAVENT RIEN. Dès qu'ils sauront, dès que je leur aurai expliqué, ils s'arrêteront, tout changera, tout deviendra autre. Ohé ! les Hommes ! Halte ! Donnez-moi des microphones ! Laissez-moi aller jusqu'aux micros pour qu'à mon tour, je puisse dire : « Ici Moscou. Toutes les stations de radio de l'Union soviétique vous parlent ! » Mais il ne me faut pas que Moscou, il me faut le monde entier, toute la planète !

Dans cet état, le travailleur accomplit alors quelques actions pour ainsi dire standardisées. Il essaie de prendre la parole dans une réunion pour faire des révélations, de diffuser des tracts, de confier à des étrangers une lettre adressée à l'O.N.U. ou au président des États-Unis. Et, c'est vraiment le minimum, de s'exprimer ouvertement et abondamment dans le cercle de ses relations. Un extraordinaire sentiment de liberté et d'omnipotence l'habite. La simple parole humaine lui paraît une arme puissante, capable de remuer les montagnes et de détourner les cours d'eau. Mais notre travailleur remarque que personne n'a soif de l'entendre. Bien au contraire, un certain vide ou, plus exactement, une atmosphère étouffante se crée tout autour de lui. Dans les réunions, on ne lui donne pas la parole, ses relations évitent de le regarder, essaient de tourner la conversation en plaisanterie et se hâtent d'invoquer des affaires pressantes. Dès le matin, sa femme est en larmes, elle le traite d'égoïste, d'égocentrique, il a brisé sa vie. Et soudain sa belle-mère, dont il n'avait pas entendu parler depuis cinq ans, arrive de Kalouga et tente résolument de convaincre sa fille de rentrer dans sa famille.

Et, au travail, vers l'heure du déjeuner, on le convoque d'urgence, il ne sait trop pourquoi, au service du personnel. Là, un homme courtois mais ferme, d'une quarantaine d'années, vêtu d'un bon costume gris, peigné avec soin et qui s'appelle Nicolas Ivanovitch ou Vladimir Ivanovitch ou, à la rigueur, Serge Pétrovitch, lui propose de faire un saut (tout près d'ici, ce n'est pas loin) jusqu'à son bureau.

« Non, non, ce n'est pas la peine de prendre vos affaires, ce n'est pas la peine non plus d'appeler votre femme, il n'y a pas de raison que vous repassiez chez vous : cela ne durera pas longtemps. Et ce n'est même pas la peine de vous changer. »

Là-dessus, Nicolas Ivanovitch, Vladimir Fedorovitch ou, au pis aller, Pierre Sergueievitch le conduit à sa voiture, et ils partent ensemble. Pas trop loin, c'est vrai. Ils montent l'escalier d'une maison à plusieurs étages, apparemment ordinaire. Ils entrent par une des portes qui donnent sur un couloir où s'aligne une nouvelle rangée de portes. Ils poussent l'une d'elles et trouvent, assis à son bureau, un homme d'une cinquantaine d'années, les cheveux argentés, vêtu d'un costume gris et qui s'appelle Nicolas Petrovitch ou Serge Ivanovitch ou, dans le pire des cas, Vladimir Fedorovitch.

« Veuillez prendre place, lui fait-il poliment. Comment ça va ? Comment marche le travail ? »

Du dehors, de derrière la fenêtre, les ardeurs de l'été ou, au contraire, les bonnes gelées de l'hiver ou encore le rouge vermeil de l'automne mûrissant l'appellent : que ce serait bon de faire un tour maintenant, n'importe où, en forêt, loin, loin, d'aller là où l'on ne perçoit plus la civilisation...

Notre travailleur commence à exposer ses découvertes avec une certaine combativité, certes, mais le feu qui l'habitait semble l'avoir quitté. Il s'efforce bien de se remonter lui-même, mais il ne ressent plus cette tragédie mondiale, ce bouillonnement des passions, cet élan qui le poussait vers les micros. Ses expressions et ses conclusions s'adoucissent en quelque sorte d'elles-mêmes, et ce sont des formules évasives, des adjectifs sous la forme atténuée de leurs diminutifs qui lui viennent à l'esprit. Et Vladimir Nicolaievitch, Serge Petrovitch ou peut-être Ivan Ivanovitch l'écoute sans rien dire, d'une façon toute paternelle, en hochant la tête, de temps à autre, note quelque chose dans son bloc et, après avoir attendu que ce récit confus marquât un temps, dit :

« Et à qui encore avez-vous raconté cela ? Oui... Et qui encore assistait à cela ? Oui, oui. Et la lettre à l'O.N.U., à qui l'avez-vous montrée ? Et vous vous apprêtiez déjà à fuir à l'étranger ? Si, si, si ! Et que conclure de tout cela ? La patrie a pris soin de vous, elle n'a pas ménagé ses forces, elle vous a élevé, éduqué, elle ne vous a rien refusé, et vous ?... Et cela, au moment où nos ennemis cherchent à nous nuire par tous les moyens ! Bon, et si vous vous étiez trouvé à l'étranger ? Les services secrets vous auraient demandé où vous avez travaillé, où vous avez fait votre service militaire, quel était le numéro de votre unité, dans quelle arme... »

Rien qu'à cette idée, notre homme a des sueurs froides. Non, non, tout plutôt que cela ! Alors, Vladimir Ivanovitch, alias Nicolas Petrovitch, alias Serge Mikhaïlovitch, sort de ses tiroirs un dossier assez volumineux, l'ouvre, et notre travailleur voit, à son grand effroi, que toutes ses plaintes, déclarations et protestations, y compris celle à l'O.N.U., y figurent, avec des annotations au crayon bleu.

Seigneur, faut-il donc tant de choses à l'homme ? Bon, quand il n'y a pas de viande, on peut acheter des pommes de terre, et, à la rigueur, du kéfir. Bon, le toit fuit, mettons un seau, cela fera l'affaire. Bon, il y a quelque chose qui ne va pas quelque part, il est même possible qu'il y ait quelque chose qui ne soit pas tout à fait juste, mais peut-on réparer tout le mal qu'il y a dans le monde ? On nous paie peu ? On peut faire un travail supplémentaire le soir ou s'arranger autrement. Quant au fait que l'on mente, on ment partout, on ment et on mentira toujours et on a menti de tous temps. Est-ce que je peux répondre de cela ? Est-ce que je peux y changer quoi que ce soit ?

Le téléphone sonne et Vladimir Nicolaievitch ou Dieu sait qui décroche l'appareil :

« Oui ? »

Et il rectifie aussitôt sa position, il se redresse dans son fauteuil.

« Oui, camarade général. Oui, il est chez moi... Justement, nous avons un entretien... Oh ! je pense que, pour le moment, il ne faut pas, camarade général... Non, je pense que cela ne vaut pas la peine. Oui... il est un peu las de son travail, cela arrive. Bien entendu... Oui. A vos ordres. C'est cela ! »

Et s'adressant au travailleur :

« Bon, eh bien, vous allez signer ici, et là encore. Vous pouvez rentrer chez vous maintenant... Si nous avons besoin de vous, nous vous convoquerons. Au revoir. »

Et si notre travailleur n'a pas fait trop de bêtises, on ne l'arrête pas. Non, si l'on arrêtait tous les hommes comme lui, il faudrait se saisir de la moitié du pays, mais maintenant ce n'est plus la peine. Ces hommes qui ont recouvré la vue, il suffit d'en mettre un sur dix mille à l'ombre, le plus obstiné, pour que tous les autres aient peur. Autrefois, c'était tout autre chose. A peine avaient-ils eu le temps d'ouvrir la bouche qu'on les fourrait dans un convoi. Maintenant, les temps sont différents. Personne n'exige que vous aimiez ce pouvoir-là ou que vous y croyiez. Il suffit que vous le craigniez, que vous soyez soumis, que vous exécutiez le plan, que vous leviez la main aux réunions, que vous approuviez à l'unanimité et que vous condamniez avec indignation.

Et notre travailleur s'élance dans les rues aux couleurs du printemps, de l'automne ou de l'hiver. Il rejoint au grand galop sa femme et sa belle-mère de Kalouga. Pour lui, la lourde porte n'aura fait que s'entrouvrir et, un instant, il aura senti monter des sous-sols les odeurs moites de la pourriture et du désespoir mais, grâce à Dieu, tout s'est à peu près bien passé ! L'Assemblée générale des travailleurs se tiendra dans une semaine ou deux. Le secrétaire de l'organisation de base du Parti, le responsable de l'organisation de base des komsomols et le représentant du comité local du syndicat le condamneront avec colère, le marqueront d'infamie. Le contremaître Petrovitch, un petit vieux, déclarera que, selon lui, il n'y a pas de place pour des types pareils dans le collectif ouvrier. Alors notre homme prendra la parole, fera amende honorable et promettra de se corriger. Nicolas Ivanovitch, Petrovitch, Sergueievitch se tiendra discrètement à l'autre bout de la salle. Non, non, il ne veut pas siéger au praesidium, il n'a pas l'intention de parler, il veut seulement rester là un moment, écouter ce que les camarades disent. A la fin, l'assemblée des travailleurs, rassasiée de discours, de proclamations et autres interventions, se portera garante de sa brebis perdue, promettra collectivement de la corriger, votera et se dispersera. Chacun rentrera chez soi, satisfait. Et, le soir, devant le kiosque aux boissons, le vieux contremaître Petrovitch, qui se sera dépensé plus que tous, dira à notre travailleur, en buvant sa chope de bière :

« C'est comme ça, mon petit : contre hache, fouet ne vaut. »

Regarde tes compagnons, travailleur, regarde-les dans les yeux. Regarde la foule des gens qui s'écoule dans les rues, dans les cinémas, dans les stades ou même au palais des Congrès, et tu verras que l'écrasante majorité d'entre eux sait tout du fouet et de la hache. Alors qu'aurais-tu pu leur dire ? Chacun d'eux a connu ou connaîtra ces convulsions qui accompagnent le recouvrement de la vue. Mais à ces convulsions succède le calme plat. Il n'est pas en ton pouvoir de leur faire perdre de nouveau leur équilibre. Que pourrais-tu leur dire dans un petit tract ou même à la radio, à toutes les radios de l'Union soviétique ? Ils savent bien, ils se souviennent du temps de malheur où les fourgons cellulaires tournoyaient dans les rues comme des corbeaux et prélevaient leur dû. Ils se souviennent aussi de la guerre. Une pression considérable s'est exercée alors, mais même les forces ainsi déchaînées n'ont pas brisé la hache. Ils se taisent parce qu'ils savent, et non parce qu'ils ne savent pas. Peut-on le leur reprocher ?

Dans une de nos stations forestières, près de Tchita, en Sibérie, j'ai attrapé trois fourmis et je les ai jetées dans un gobelet. J'avais envie de voir jusqu'à quel point les fourmis valent mieux que les hommes. Naturellement, elles ont tenté de s'échapper, mais je les ai fait retomber au fond. Et elles ont fait cent quatre-vingts tentatives en tout, sans aucun résultat, bien entendu. Ensuite, elles se sont apaisées, elles sont redescendues au fond et se sont disposées en cercle. C'eût été intéressant de savoir à quoi elles pensaient et de quoi elles parlaient. Je les ai longtemps surveillées, mais elles ne cherchaient plus à s'enfuir. Le gobelet aux fourmis est resté dans l'herbe presque trois jours. Il avait bruiné, à plusieurs reprises, le soleil s'était couché, puis relevé, mais elles étaient toujours là, en cercle, à remuer leurs antennes. Sans doute se racontaient-elles des anecdotes...

Que leur restait-il d'autre à faire ? Elles avaient déjà tout compris, elle n'avaient plus besoin de rien. Elles auraient bien voulu réduire leur monde aux limites d'une famille, d'un appartement, vivre des paisibles joies des fourmis, sortir au soleil par une belle journée printanière, boire à trois leur cher demi-litre de vodka. Elles auraient aimé jouir de chaque minute ensoleillée, s'attarder là-bas, sur les tonneaux, derrière le kiosque à bière. Alors, chaque minute est formée de soixante secondes bénies que la boisson fait durer plus longtemps encore. Mais on ne laisse pas l'homme en paix, on ne lui permet pas de vivre de la vie de son petit monde. Partout, la propagande le rattrape, cette voix criarde, omniprésente, qui étouffe les ramages printaniers. Tout comme l'écho dans la montagne, cette voix retentit de tous côtés, engendrant cette étrange créature qui erre parmi nous : l'anecdote. Après avoir bu, avec deux de ses compagnons, dans un endroit retiré, le Soviétique ne peut savourer le moment présent. Ce qu'il a réprimé durant toute la journée se donne soudain libre cours : l'anecdote surgit par-dessus son épaule pour « faire le quatrième ». Et, tout en mâchant un morceau de fromage fondu, il dit :

« Savez-vous comment vous pouvez parvenir à l'abondance ? Branchez votre réfrigérateur sur votre radio : il sera toujours plein ! »

C'est pourquoi, qu'il le veuille ou non, il dialogue constamment en esprit avec la propagande.

Il ouvre sa télévision en rentrant de son travail : sur l'écran, Brejnev. Il passe sur la deuxième chaîne : encore Brejnev. Sur la troisième chaîne : toujours Brejnev. Alors, il prend la quatrième chaîne, la chaîne scolaire, et de l'écran jaillissent une voix et un poing :

« Tu m'auras cherché, hein ! »

Dans l'imagination du Soviétique, le sempiternel glapissement de la propagande s'incarne dans une gueule insolente qui écarte et disperse les pensées. Cette gueule, on la voit, mais on ne peut ni cracher ni cogner dessus. Et notre homme essaie au moins de lui répondre :

« Mais, regarde un peu autour de toi, fais attention à ce que tu dis, rien de tout cela n'existe ! »

Mais la gueule continue de vociférer, exactement comme si elle ne l'entendait pas. Et on a beau tourner tous les boutons, on a beau fermer le poste de télévision, elle, on ne peut pas la couper.

Nous avions, à l'hôpital psychiatrique de Leningrad, un malade qui passait toutes ses journées à discuter avec la propagande. Il était sur son lit et s'indignait :

« Ah ! les maudites canailles, ils recommencent encore.

Toujours leur même délire : l'électrification, l'industrialisation, la chimisation[1]... toute cette chi-mé-ri-sa-tion ! »

Et, se déchaînant de plus en plus, il en arrivait aux cris :

« Pouah ! Délire que tout cela ! Ah ! les canailles ! Pouah ! »

Dans un moment de répit, il m'avait raconté son incroyable histoire. Il m'avait avoué qu'il était en perpétuelle discussion avec la propagande depuis l'âge de vingt ans (et il en avait alors près de cinquante), seulement, il ne discutait pas à haute voix. Un jour, il avait fini par éclater et, à une réunion, il avait exprimé tout ce qui s'était accumulé en lui. Et on l'avait arrêté.

« Je suis dans ma cellule et, comme d'habitude, je discute. Avec eux, on ne peut pas discuter, ils deviennent aussi insolents, la vie n'est plus possible. On avait parlé jusqu'à minuit passé et on s'était drôlement querellés. C'était quand Nikita avait déclaré que, chez nous, il n'y avait pas de prisonniers politiques. J'en étais arrivé aux pires obscénités. Mais lui, l'autre, il gardait un air imperturbable et répétait toujours la même chose. Le matin, j'étais tout enroué. C'était l'heure du petit déjeuner, on ouvre le guichet et on nous dépose une ration. Une seule ! Comme si on ne voyait pas que nous étions deux. Je cogne dans la porte, je fais du vacarme, le directeur de la prison arrive :

« Quel est votre nom ? »

Je me nomme.

« Et celui du second ? »

Et l'autre, ah ! le salaud ! répète exactement ce que je viens de dire.

« Je ne sais rien, fait le directeur de la prison. Je n'en ai qu'un d'inscrit. Ce n'est pas prévu par le règlement. »

1. *Chimisation :* slogan lancé par *Khrouchtchev.* (N.D.T.)

Quel tapage j'ai fait ! J'en ai appelé au procureur, j'ai écrit à Khrouchtchev en personne. Mais en vain. Et voici que l'autre essaie d'arriver le premier au guichet et de rafler ma ration, et le sucre par-dessus le marché ! J'ai donc dû le nourrir. Et nous mangions la soupe et la kacha dans la même écuelle et nous discutions, nous discutions sur la question de savoir s'il y a ou non des détenus politiques chez nous. Quel culot, ce mufle : nous sommes ensemble en prison, nous couchons sur le même lit de planches, nous nous couvrons du même caban, et il répète toujours la même chose ! Maudite canaille, pouah ! On nous a conduits à l'expertise psychiatrique, tous les deux. Le professeur, un malin à lunettes, un juif au demeurant, demande :

« Quel est votre nom ? Et le vôtre ? »

Nous répondons en chœur.

« Ah ! dit-il d'un air entendu, un dédoublement de la personnalité ? Cela arrive. Et il y a longtemps que cela vous a pris ? »

Nous voyons que c'est un homme compatissant, nous lui parlons de la ration. Il hoche de nouveau la tête, puis prescrit deux rations et un lit pour chacun.

« Ne vous inquiétez pas, dit-il, tout cela ce n'est qu'une impression que vous avez tous les deux, vous allez vous soigner, cela passera. »

Ensuite, il a cherché à connaître nos opinions. L'autre a commencé à débiter ses histoires, le professeur acquiesçait de la tête et ne prenait même pas de notes. Mais moi, à peine avais-je ouvert la bouche qu'il s'est renfrogné et s'est mis à griffonner quelque chose. Il lui a prescrit, à lui, au salopard, des petites pilules de perlimpinpin, et, pour moi, des piqûres : toujours le même délire ! Par miracle, on a entendu parler de nous à l'étranger. Ils ont poussé des cris : Voyez-vous ça ! Le pouvoir soviétique a enfermé deux frères-combattants de la liberté ! Aragon lui-même, à ce qu'on raconte, a écrit un article dans *L'Humanité*, et le *Daily Worker* a exprimé ses regrets. Les camarades de Moscou, qu'ils disent, contreviennent bien inutilement aux normes léninistes. Alors, qu'est-ce que les nôtres ont inventé, ces salauds ? Ils l'ont relâché, lui et pas moi. Ah ! les maudites canailles ! Et il est maintenant à Paris, ce gredin. Et il a la nostalgie des bouleaux. Le soir, il capte Radio-Moscou. Il va à l'ambassade, il supplie qu'on le laisse rentrer, il envoie des déclarations aux journaux soviétiques : « Je ne veux plus vivre dans cet Occident pourri ! » Et pour ce qui est de les publier, on les publie, mais on ne le laisse pas revenir. On emmène nos touristes le voir : regardez comme on est misérable sans la patrie soviétique... Il boit, comme on dit, la coupe jusqu'à la lie. Aussi est-ce avec la gueule de bois qu'il téléphone à Aragon :

« C'est toi qui m'as fait venir ici, que diable ! Et votre métro est sale... Et on n'a même pas de quoi boire un coup pour se faire passer la gueule de bois ! J'aimerais mieux être en taule dans mon pays ! »

L'autre lui envoie aussitôt un chèque pour se dessoûler... Et moi, on m'a oublié. Ah ! quelle canaille, quelle bande de chiens ! Tout leur délire... Pouah !

Et, de nouveau, son mal le reprit...

Voyez ces Soviétiques qui se déversent en une foule silencieuse dans les couloirs du métro, sur les boulevards, devant les kiosques à journaux... A peine ont-ils saisi du regard le titre d'un journal qu'ils montrent les dents. Tous se taisent, mais chacun poursuit, à part soi, son dialogue. Et, durant toute leur vie, de tels ressentiments se sont accumulés en eux qu'on dirait que leur animosité s'étend au monde entier.

Un intellectuel trottine dans le quartier de l'Arbat, il va faire ses achats au Praga[1]. C'est un petit vieux bien paisible, il ne fait de mal à personne. « Ah ! ah ! se dit-il à lui-même. Le soleil brille, le bon soleil s'est mis de la partie. Ils vont encore dire que c'est une réalisation du socialisme ! » Le ciel lui est odieux : il est soviétique. Et ces feuilles vertes ! On dirait qu'elles sortent tout droit, elles aussi, des affiches du 1er mai. Un journal est affiché, dernière édition. Bon, quelles histoires ont-ils encore bien pu inventer ? Il sait que ce sont des mensonges, mais il va tout de même y jeter un coup d'œil pour raviver ses plaies. « Ah ! Ah ! La récolte ! Sans précédent, naturellement et, de nouveau, dans des temps records. Cela veut donc dire qu'on va encore aller chercher du blé au Canada... Les étudiants travaillent dans les kolkhozes. Eh bien, on va entendre comme d'habitude : « Kolkhoziens, aidons les étudiants à remplir les coffres à blé de l'État ! »... Une grève en France. Bon, faites la grève tant que vous voudrez et, un jour, vous verrez... La dispersion d'une manifestation d'étudiants. « Qu'ils viennent donc déterrer ici des pommes de terre, ces étudiants, et ils perdront vite l'habitude de manifester. » Seul, le camarade Pinochet réjouit son cœur : « Ils en poussent des hurlements quand on serre la vis aux leurs ! Continue, mon cher, tu es notre seul espoir. Si cela pouvait être partout comme chez toi ! » Oui, le Soviétique est ainsi fait qu'il ne peut passer à côté de tout cela, se barricader intérieurement. Il a besoin de se tourmenter l'âme avec ce poison qui lui sert à la fois de stimulant et de stupéfiant.

Ce petit vieux a travaillé toute sa vie, jusqu'à la retraite, dans ce journal et, toute sa vie, il a écrit sur ces récoltes sans précédent. Ou s'il n'a pas écrit, il a été

1. Ce restaurant, réputé de longue date, est assorti d'un magasin.

compositeur ou linotypiste ou encore contremaître dans une usine ou maître d'école. Mais, au fait, pourquoi n'est-ce pas un crime de fabriquer des barbelés et pourquoi serait-ce un crime d'être surveillant ? D'une manière ou d'une autre, tout le monde est impliqué dans les crimes du pouvoir, tout le monde travaille dans les entreprises publiques, consolidant ainsi le système, lui créant des valeurs. Tout le monde lève la main aux réunions, vote aux élections et — c'est là l'essentiel — s'abstient de protester. Quoi que l'on fasse, tout est considéré comme une « réalisation » du système. Qu'il s'agisse d'une découverte scientifique, d'une symphonie, d'une victoire aux Jeux Olympiques, tout cela est présenté comme une nouvelle conquête du socialisme qui démontre ainsi qu'il est bien le régime du progrès. Mais pourquoi a-t-on le droit de faire des découvertes, de composer de la musique, de jouer au hockey ou de dépasser les normes du plan à l'usine et pourquoi n'aurait-on pas le droit de travailler à la propagande soviétique ?

Pourquoi ne peut-on pas être membre du Parti ou des Jeunesses communistes ? On n'y fait rien de particulier, on n'exige rien des membres ordinaires, seulement qu'ils paient leur cotisation. Et, ensuite, personne ne vous demandera même votre accord : on vous enverra travailler au K.G.B. ou à la police. Quelle différence cela fait-il ? Si ce n'est pas moi, ce sera un autre. Tous les travaux se valent : il faut toujours exécuter les ordres. Chez nous, tout le monde est fonctionnaire. Nous sommes tous des employés de l'État. Et là, les gens ne sont pas pires que les autres : leur travail est comme ça, c'est tout. Bon, mais ceux qui donnent des ordres, ceux qui sont tout au sommet ? Mais ce ne sont que des fonctionnaires, eux aussi, des esclaves du système, des esclaves de la lutte interne pour le pouvoir. Et si on établissait présentement à Moscou un tribunal comme celui de Nuremberg, aucun juge et aucun procureur ne trouveraient de coupables. Du haut en bas, personne ne croit plus aux dogmes marxistes, mais on continue de s'y conformer, de s'y référer et de se battre en leur nom : c'est une preuve de loyalisme, c'est la carte de pain assurée.

Mais comment cette âme mystérieuse concilie-t-elle le fait de penser d'une façon, de parler d'une autre et d'agir encore autrement ? Ici, on ne se tire pas d'affaire uniquement en racontant des anecdotes et même les fourmis doivent construire toute une théorie pour justifier leur soumission :

« Fouet contre hache ne vaut.

— Que puis-je faire seul ? (Si tout le monde s'y mettait, alors moi aussi...)

— Si ce n'est pas moi, ce sera un autre. (Et moi, cela vaut mieux : je ferai moins de mal.)

— Pour sauvegarder l'essentiel, il faut faire des compromis, des concessions et des sacrifices. » (C'est ainsi que l'Église considère qu'elle doit faire des concessions pour se conserver elle-même — et ces concessions ont été sans fin, à telle enseigne que maintenant c'est le K.G.B. qui nomme les prêtres et que ceux-ci, du haut de l'ambon, font des *suppliques* pour la santé des dirigeants soviétiques. C'est ainsi également que l'écrivain désireux de voir publier son œuvre, si nécessaire aux lecteurs, accepte de rayer une petite ligne par-ci, d'ajouter un paragraphe par-là, de changer la fin, de retirer un personnage, de modifier son titre, moyennant quoi l'essentiel a disparu ! Ça m'est égal, dit fièrement notre écrivain, à telle page, il y a une allusion et mon héros négatif dit TOUT, à peu près ouvertement ; ensuite, c'est vrai, il se rééduque et dit exactement le contraire.)

« Il faut servir la Russie. Les communistes disparaîtront d'eux-mêmes, un jour ou l'autre. (Ces propos sont particulièrement répandus chez les savants et les militaires.)

— Il faut servir les valeurs éternelles, créer les valeurs impérissables de la science et de la culture, et toutes ces protestations (ce remue-ménage de souris) ne font que vous écarter de ce service.

— Il ne faut, en aucun cas, protester ouvertement : c'est de la provocation, cela ne fait qu'irriter les autorités et cela retombe ensuite sur les innocents.

— Les protestations publiques font le jeu des partisans de la ligne dure du Politburo et empêchent les « colombes » de procéder à la libéralisation.

— Les protestations publiques entravent les progrès de la libéralisation que l'on ne peut réaliser qu'à l'aide d'une grande politique et d'une diplomatie secrète.

— Protester pour des vétilles, c'est seulement se démasquer. Il faut se cacher. Quand viendra le moment décisif, alors oui ! Mais, en attendant, camouflons-nous.

— Oui, mais pas maintenant, maintenant, c'est le plus mauvais moment : ma femme est enceinte, mes enfants sont malades, il faut d'abord que je soutienne ma thèse, mon fils doit entrer à l'université... (Et ainsi de suite... jusqu'à la fin de la vie.)

— Plus ça ira mal, mieux ce sera. Il faut pousser sciemment toutes les inepties du régime jusqu'à l'absurde. Tant que la coupe ne débordera pas, le peuple ne comprendra pas ce qui se passe.

— La Russie est un pays d'esclaves. Jamais les Russes n'ont eu de démocratie, et ils n'en auront jamais. Ils n'en sont pas capables. Ce n'est même pas la peine d'essayer. Avec notre peuple, on ne peut pas faire autrement.

— Le peuple garde le silence. De quel droit une poignée de mécontents s'expriment-ils ainsi ? Qui représentent-ils ? Ils expriment l'opinion de qui ? »

J'ai même entendu ce raisonnement : vos protestations

induisent en erreur l'opinion mondiale. Les Occidentaux peuvent penser que nous avons la possibilité de nous exprimer ouvertement ou de changer quoi que ce soit, vous faites donc le jeu de la propagande soviétique.

« Il faut faire carrière tranquillement, parvenir jusqu'au sommet et, de là, d'en haut, tenter de faire quelque chose : d'en bas, on ne fera jamais rien.

— Il faut gagner la confiance des conseillers des dirigeants, les éduquer et les instruire discrètement. C'est seulement ainsi que l'on pourra influer sur la marche de l'État.

— Vous protestez mais, moi, je ne le ferai pas. Il faut bien que quelqu'un reste en vie pour témoigner. (J'ai entendu cela au camp, avant une grève de la faim.)

— S'il y avait une nouvelle théorie, à la place du marxisme, pour entraîner les gens, alors oui... Mais sur le seul refus, on ne construira rien.

— C'est le Ciel qui a envoyé le communisme à la Russie pour la punir de ses péchés, et ce serait pécher que de s'opposer au châtiment divin. »

Et ainsi tout le monde, depuis les membres du Politburo, les académiciens et les écrivains jusqu'aux ouvriers et aux kolkhoziens, se trouve une justification. D'ailleurs, le plus souvent, les gens croient sincèrement exprimer leurs véritables sentiments. Rares sont ceux qui reconnaissent qu'ils ne font qu'alléguer un prétexte pour se justifier et qui avouent honnêtement qu'ils ont tout simplement peur des mesures répressives. Je n'ai rencontré dans ma vie qu'une seule personne qui m'ait dit que l'État communiste faisait parfaitement son affaire : il lui permettait de gagner de l'argent, en écrivant toutes sortes de boniments démagogiques dans les journaux. « Dans un État normal, on ne me permettrait pas d'approcher de la presse, même à une portée de canon ! Alors, qu'est-ce que je ferais ? Je serais débardeur ? »

En fait, seuls les « vrais-orthodoxes » (membres d'une secte qui s'est séparée de l'Église officielle et ne reconnaît pas l'État soviétique qu'elle considère comme une émanation du diable) ne soutiennent en aucune façon notre système d'oppression. Mais ils sont peu nombreux, et ils sont tous en prison parce qu'ils refusent de travailler pour l'État. Ils ne lisent pas les journaux et n'écoutent pas la radio. Ils ne veulent pas toucher de leurs mains les papiers officiels et ils font le signe de la croix quand ils ont affaire à des fonctionnaires, y compris des juges d'instruction : *Vade retro, Satana !* Quand ils sont en liberté, ils vivent de ce qu'ils gagnent en travaillant pour des particuliers.

Il y a peut-être encore des vagabonds, subsistant d'aumônes, qui vivent en dehors du système soviétique — dans les camps, ils travaillent — mais tous les autres, qu'ils le veuillent ou non, construisent le communisme. L'État se moque bien de savoir par quelles théories ils justifient leur participation à cette construction, ce qu'ils pensent et ce qu'ils ressentent. Tant qu'ils ne résistent pas, qu'ils ne protestent pas et n'expriment pas publiquement leur désaccord, ils font parfaitement son affaire. L'État ne demande pas à être aimé. Tout est simple et cynique. Vous voulez un nouvel appartement : prenez la parole à telle réunion. Vous voulez obtenir vingt ou trente roubles de plus, occuper un poste de direction : entrez au Parti. Vous ne voulez pas être privé de certains biens, vous attirer des désagréments : votez aux réunions, travaillez et taisez-vous. Et tout le monde fait ainsi. Qui aurait envie de cracher contre le vent ? Et c'est ainsi que tient cet État qui continue à faire mourir des hommes dans les prisons, à entretenir chez tous la peur, à asservir d'autres peuples, à menacer le monde entier.

Que pouvait-on attendre d'autre du capitaine Doïnikov ? Un jour, il me dit :

« Quand vous serez libéré et qu'il vous arrivera de penser à moi, vous éprouverez de la haine, n'est-ce pas ?

— Pourquoi ? lui ai-je demandé.

— Mais voyons, je suis geôlier, je vous ai gardé en prison, je vous ai fait mourir de faim, je ne vous ai pas remis votre courrier... »

Eh bien non, durant les onze années que j'ai passées dans les camps et les prisons, je n'ai pas éprouvé de haine envers les surveillants, surtout envers ceux qui ne faisaient pas le mal d'eux-mêmes. S'il y a quelqu'un qu'on n'envie pas, c'est bien le surveillant : il est en prison, lui aussi, la plupart du temps, il est lui-même détenu. Essayez donc de marcher toute la journée dans un couloir, surtout si vous êtes de garde la nuit, et vous vous mettrez, vous aussi, à hurler. Ce ne sont qu'obscénités, haine, cruauté... Dans la journée, les zeks vous en font tant entendre par le guichet que vous en aurez votre compte pour toute la vie : les détenus deviennent féroces. Il y a des surveillants qui sont tellement habitués aux insultes qu'ils sont fort mal à l'aise tant que, d'une cellule ou d'une autre, on ne les en a pas abreuvés. Ils marchent comme des âmes en peine, ils cherchent une querelle, ils provoquent l'injure. Un adjudant-chef, vieux déjà, s'ennuyait tellement quand il était dans l'équipe de nuit qu'il devenait comme une bête, il miaulait, il aboyait, il brayait comme un âne. L'idée que les zeks dormaient et que lui n'en avait pas le droit le rongeait littéralement. Un autre surveillant arpentait le couloir, en hurlant :

« Qui est le chef ici, hein ? Je demande : Qui est le chef ici ?

— C'est toi le chef, va te faire voir ! criaient les zeks de leurs cellules.

— Allez vous faire voir vous-mêmes ! »

Et deux ou trois minutes plus tard :

« Qui est le chef ici, hein ? Je vous demande : Qui est le chef ici ? »

Quant aux jeunes surveillants, ils nous marquaient de l'intérêt, si ce n'est de la sympathie. Durant les fouilles, ils regardaient nos livres avec curiosité, ils les feuilletaient et nous demandaient même en cachette quel genre d'ouvrages c'était et de quoi cela parlait. Après la publication de l'article de Soukharev dans la *Literatournaïa Gazeta,* ils ont voulu voir mon jugement, lors de la fouille rituelle. Ils l'ont lu attentivement, se le sont passé de main en main, sans que l'officier s'en aperçoive, et ont ri sous cape. J'aurais bien voulu que le vice-ministre de la Justice pût voir leur air moqueur !

Pourquoi donc les haïr ? S'il faut vraiment haïr quelqu'un, alors ce sont ceux qui, en haut lieu, au sommet, se battent pour obtenir un maroquin, en oubliant tout le reste ; ceux qui, au nom du peuple, vaticinent du haut des tribunes et ceux qui, pour une bonne paie, louent les uns et les autres, en vers et en prose. Ceux sur l'ordre desquels on inonde de sang le pays, depuis bientôt soixante ans. Mais, même eux, je n'ai pas pu les haïr. J'ai seulement pu les mépriser, ainsi que toute leur société, leur idéologie et leur « autojustification », leur mentalité d'esclaves esclavagistes. J'ai méprisé « l'homme soviétique ». Non pas celui qui est représenté sur les affiches ou dans la littérature officielle, mais celui qui existe dans la réalité, celui qui n'a ni honneur ni fierté, celui qui n'a pas le sens de la responsabilité personnelle, celui qui peut affronter un ours avec pour seule arme un épieu, mais qui, s'il vient à passer près de la police, perd tout courage, au point d'avoir une sueur froide. Celui qui trahira et vendra son propre père, pourvu que le chef ne se mette pas en colère, en frappant du poing. La tragédie consistait en ce que cet « homme soviétique » vivait en chacun de nous et que, tant que nous ne l'aurions pas vaincu en nous-mêmes, rien ne changerait dans notre vie. C'est lui qui me retenait en prison. Ainsi, risquais-je fort d'y rester longtemps encore, sans doute jusqu'à la fin de mon existence.

Mais, tout de même, où m'emmenaient-ils ? Mon tchékiste de droite s'était assoupi, il avait même un peu ronflé. Puis, tout à coup, comme sous l'effet d'un choc, il s'était réveillé, en regardant tout autour de lui, d'un air effrayé. Nous roulions toujours à une vitesse folle et les phares des voitures de police qui nous précédaient et nous suivaient, continuaient leurs jeux de lumière. Mais on sentait que nous approchions d'une ville. Moscou, sans doute. Nous nous étions mis à tourner, les virages succédaient aux virages. La vitesse décroissait. Oui, on était bien évidemment dans Moscou. Mais, où allait-on maintenant ? A Léfortovo ? En effet, une vingtaine de minutes plus tard, nous franchissions le portail de la prison, qui m'était si familier.

Arriver dans une prison que l'on connaît, c'est comme si l'on rentrait chez soi. Je suis descendu de la voiture et on m'a dirigé vers les « boxes » réservés à la fouille. Et mes affaires ?

« Ne vous inquiétez pas. »

C'est le lieutenant-colonel Stépanov, une de mes vieilles connaissances, qui m'accueille, et il rit, le diable !

« Vous avez fait bon voyage ? »

(Je retrouve cet accent qui m'avait frappé, il y a dix ans. Je n'étais pas arrivé à savoir s'il était de Kostroma, de Vologda ou de Volodimir, *comme il disait.) A présent, tout est plus ou moins clair. Je suis rassuré. On m'a probablement fait revenir ici pour me persuader d'abjurer mes*

opinions, de me réconcilier avec le pouvoir. Peut-être même que l'on va me faire faire un petit tour dans Moscou...

C'est ainsi que l'on a amené Rode, l'hiver dernier, à Riga. On l'a promené dans la ville, on l'a même conduit chez sa mère. Et on cherchait sans cesse à le convaincre :

« Vous voyez comme il fait bon vivre par ici ! Pendant les quinze années où vous avez été détenu, la vie a progressé chez nous. On a construit le socialisme, tout le monde est content. Faites un recours en grâce et on vous relâchera ! »

Mais ils se sont trompés d'homme. Rode s'est promené, il a vu sa mère, il a regardé sa chère Riga, mais il n'a pas faibli :

« Reconduisez-moi à Vladimir ! »

Et ils l'ont ramené à la prison, sans avoir rien obtenu de lui.

Ils m'ont peut-être amené ici parce qu'ils instruisent une affaire. Il est fort possible que l'on ait encore arrêté l'un des nôtres à Moscou et que leurs filières les aient fait, une fois de plus, remonter jusqu'à moi. Ils m'ont déjà interrogé lors des procès de Khaoustov, de Souperfine, de Iakir et d'Ossipov. Mais les tchékistes ont compris depuis longtemps qu'ils n'obtiendraient rien de moi non plus, ils ont cessé de me faire voiturer. Et ils ont pris l'habitude d'agir à l'inverse : le juge d'instruction venait me voir sur les lieux de ma détention, me posait les questions d'usage, ne recevait pas de réponse et s'en allait. Et ils s'étaient si bien accoutumés à cela que, la dernière fois, pour le procès de Souperfine, le juge d'instruction a commencé son interrogatoire ainsi :

« Bon, naturellement, vous, vous ne... et puis, d'ailleurs, cela ne nous est pas utile... Ce sont des questions de pure forme. Nous allons dresser le procès-verbal et nous nous quitterons. »

Mais qui sait ? Peut-être qu'ils vont encore essayer : ils ont une patience de chien. D'ailleurs, qu'est-ce que j'y perds ? je vais me refaire un peu ici, je vais me reposer, je vais me divertir aux dépens des tchékistes, peut-être même que je trouverai le moyen d'avoir une visite, et puis je retournerai dans mon Vladimir. La seule chose, c'est qu'ils ne me laisseront pas étudier ici. Je vais être obligé de prendre une récréation.

Pendant ce temps-là, la fouille continuait. On m'avait déshabillé, on tâtait mes affaires.

« Alors quoi ? Vous aurez bientôt fini ? Combien de temps dois-je encore rester tout nu ?

— Tout de suite, tout de suite... »

Et on m'apporte des affaires tout à fait différentes des miennes, des affaires toutes neuves. Un costume noir, des chaussures, une chemise de soie. Qu'est-ce encore que cette diablerie ?

« Et les miennes ? dis-je. Rendez-moi mes affaires ! »

Je m'inquiétais tout particulièrement de ma veste matelassée (j'avais pris l'habitude de m'en recouvrir la nuit, et puis j'y avais caché mes lames) et qu'avais-je à faire de tout leur saint-frusquin ?

« Après, après, me dit l'un d'eux, on va désinfecter vos affaires. C'est le règlement.

— Quelle désinfection ? Quel règlement ? Que diable me chantes-tu là ? Tu allais encore à l'école quand moi j'étais déjà dans cette prison. Le règlement de Léfortovo, je le connais. Il n'y a jamais eu aucune désinfection ! »

Je flaire quelque chose d'anormal, j'ai comme un mauvais pressentiment. Et ce sourire doucereux qui s'étale complaisamment sur ce visage ? Je pense de nouveau au petit bois et à la tentative d'évasion : « Vous n'avez plus besoin de vos bottes »...

Je m'insurge en un cri :

« Je n'ai pas besoin des affaires des autres, rendez-moi les miennes. Qu'est-ce que c'est que cette désinfection ? J'arrive d'une autre prison, je ne viens pas du dehors. Il n'y a pas de

quarantaine chez nous, et nous passons au contrôle sanitaire. »

Les drôles s'agitèrent et se mirent à courir partout. Des officiers arrivèrent au galop.

« C'est que, dirent-ils, nous avons un nouveau règlement, la désinfection est une nécessité. Sans désinfection, c'est impossible... Veuillez aller aux bains. »

J'avais beau faire un esclandre, cela ne servait à rien. Que le diable les emporte, mais s'ils en ont reçu l'ordre, qu'ils me fusillent dans mes propres vêtements !

« Et mes affaires, où sont-elles ?

— Ne vous inquiétez pas, nous vous les rendrons demain.

— Bon, je peux, au moins, prendre ma brosse à dents, mon dentifrice, mon savon et ma makhorka ?

— Oui, prenez-les. »

Là-dessus, ils me menèrent dans une cellule. Cela me faisait un drôle d'effet d'être habillé comme un homme libre. Je n'avais pas porté de costume depuis six ans, j'en avais perdu l'habitude, j'étais mal à l'aise. (On vous met en cabane juste à l'heure du dîner, ç'a toujours été comme ça, même quand j'arrivais en convoi. Ils s'occupent de vous, mais ils oublient la pitance. Après, on a beau réclamer, on n'obtient rien, votre tour est passé.) C'était la cellule 40. J'y avais déjà été autrefois. Je connaissais tous les chefs de bloc et aussi les surveillants. C'était vraiment comme si je rentrais chez moi. Ils rient :

« On t'a encore voituré jusque chez nous ! »

Ils sont deux dans la cellule, deux prévenus. Cela aussi, c'est bizarre. Ils ne doivent pas me mettre avec des prévenus. C'est donc que je le suis moi-même, qu'une nouvelle information est ouverte contre moi. Ils fument des cigarettes, m'en offrent. Il y a longtemps que je n'en ai fumé. Ce n'est pas assez fort pour moi, je suis habitué à la makhorka. On a fait connaissance, on a parlé un peu. Mais sur l'essentiel, je tiens ma langue. Je ne sais pas à qui j'ai affaire. On ne m'aura pas mis avec de braves gens. L'un des deux porte une bague en or. C'est étrange. Il a remarqué mon regard et m'explique qu'on n'a pas pu la lui enlever : elle ne voulait pas glisser. C'est encore plus étrange, pense-t-il que je ne connais pas les tchékistes ? Ils la lui enlèveraient, et le doigt avec ! Bon, laissons cela.

Je leur demande s'il est vrai que l'on désinfecte les affaires maintenant, tout de même je n'ai pas été ici depuis plus de trois ans, et le règlement a pu changer.

« On l'a fait pour vous aussi ? demandé-je.

— On l'a fait, disent-ils.

— Et qu'est-ce qu'on vous a donné en échange ?

— Un costume aussi, mais pas comme le tien, plus simple. Ce qu'il est chic, le costume qu'ils t'ont donné ! Montre un peu, déboutonne le veston. Mais regarde, il est français ! »

Il y avait, en effet, une tour Eiffel sur la doublure. Mes voisins se mirent à me considérer avec curiosité : quel gros bonnet, quelle grosse légume pouvais-je bien être ? Pourquoi est-ce qu'on m'avait donné un tel costume ? Mais ils m'aidèrent à passer la soirée tant bien que mal. C'étaient des gens du dehors. Deux mois plus tôt, ils étaient encore en liberté. J'avais donc beaucoup de questions à leur poser. Puis vint le couvre-feu. Après s'être tournés et retournés dans tous les sens, mes gaillards s'endormirent, mais moi, je n'y parvenais pas.

Ce qui m'arrivait là était bien étrange. Toute mon expérience de prisonnier me disait : ce genre de choses n'existe pas, ne peut pas exister. On te prépare un piège, un guet-apens. Peut-être qu'ils vont t'emmener dans le centre de Moscou et qu'ils vont prendre, eux-mêmes, des photographies. Et après, ils diront : « Vous voyez, il n'est pas du tout en prison, il se promène rue Gorki et il porte un costume tout neuf. » Peut-être qu'ils vont me montrer de loin aux correspondants occidentaux : « Regardez : il est bien vivant ! » Peut-être que quelqu'un de l'étranger a reçu l'autorisation de me voir ? Quelles suppositions n'ai-je pas faites ! Et puis, la prison de Léfortovo était pour moi remplie de souvenirs. J'y avais été à quatre reprises : en 1963, 1967, 1971, 1973, plus de deux ans et demi en tout. A différentes époques, aux divers régimes et même sous des dirigeants différents. La prison préventive a l'étonnante propriété de vous soutirer, en quelque sorte, vos souvenirs, de les faire resurgir, et cela, dès que vous y débarquez. Vous avez l'impression que vous venez de passer sur l'Arbat ou boulevard de Tver ou encore de quitter l'un de vos amis.

Peu à peu, vos souvenirs s'approfondissent et vous commencez à passer en revue les scènes de votre enfance. Et, comme au purgatoire où les pécheurs sont tourmentés par leurs propres péchés, tout ce qui vous est désagréable, tout ce que vous vouliez oublier, tout ce dont vous ne vous étiez pas souvenu pendant des années, revient à votre mémoire d'une façon si importune, si obsédante que vous en grincez des dents. Toute la lie, déposée au fond de votre conscience, remonte à la surface. C'est une chose pénible et qui ne se dissipe pas vite. Vous êtes rempli de confusion et de honte, vous voudriez vous débarrasser de tout cela, chasser ces fantômes, mais en vain. Ainsi, bien que je fusse allé à plusieurs reprises à Léfortovo, j'y évoquais chaque fois, immanquablement, mon enfance, notre cour où j'ai grandi, et la sorcière...

2

D'HABITUDE, il m'est impossible de me rappeler mon enfance : c'est un vrai casse-tête ! Tout est trouble, comme dans un vieux film, on dirait que cette vie n'est pas la mienne. Quelques images, des bribes. J'en sais plus sur mes jeunes années par les récits de ma famille.

Je suis né en exode, dans l'Oural et, plus précisément, dans la République socialiste soviétique de Bachkirie où l'on avait évacué de Moscou toute notre famille, lors de l'offensive allemande. La petite ville où j'ai vu le jour m'a donné bien des soucis dans ma vie, bien que je n'y sois jamais retourné. D'abord, on l'a toujours orthographiée de travers et j'ai dû constamment épeler son nom à tous les fonctionnaires : Be-le-beï. Non, pas Pelepeï, et pas Belideï, mais Belebeï ! Mais le diable soit d'eux, ils ne savent pas la géographie et, de toute façon, ils se trompaient toujours. J'ai eu beau m'échiner, ils ont encore inscrit sur mes derniers papiers d'identité : Belebel.

De plus, il me suffisait de prononcer le nom de cette malheureuse Belebeï, de cette République bachkirienne, pour qu'aussitôt un regard interrogateur — scrutateur comme un indicatif d'avion — se pose sur moi : Tu es des nôtres ou tu es étranger ? Bachkir ou russe ? Et, j'ai dû expliquer pendant toute mon existence que je n'étais pas bachkir mais russe, que j'étais tout simplement né lors de l'évacuation, que j'avais passé toute ma vie à Moscou, comme mes parents d'ailleurs. Mais, que vous soyez bachkir ou russe, cela ne laisse pas du tout les gens indifférents et il ne vous est pas indifférent à vous non plus de savoir pour qui ils vous tiennent. Alors, vous vous empressez de vous expliquer. Que cela est donc agaçant ! Qu'est-ce qu'il lui en aurait coûté à ma mère de me mettre au monde à Moscou ? Cela aurait été simple et clair, et il n'y aurait pas eu toutes ces questions. Une gêne momentanée, de l'embarras et, grâce à Dieu, tout s'explique... D'habitude, on oublie aussitôt. Mais la prison est ainsi faite qu'elle vous remet en mémoire tout ce dont vous avez honte : « Ah ! ah ! vous dit la prison, tu as laissé croire toute ta vie que, pour toi, tous étaient égaux : et les Russes et les Bachkirs. »... Souvenir brûlant qui vous tourmente comme si vous aviez exterminé tous ces Bachkirs dans une chambre à gaz.

Naturellement, j'ai appris par la suite que j'étais né au plus fort de la guerre, quand des millions d'hommes s'entre-tuaient pour savoir de quelle couleur devaient être les camps de concentration : bruns ou rouges. Moi, je ne me rappelle rien de ces temps-là. Et mon souvenir le plus lointain, c'est la scène du Salut à la Victoire, à Moscou. Quelqu'un me prit dans ses bras, me mena vers la fenêtre et me dit : « Regarde, souviens-toi de cela toute ta vie. C'est le Salut à la Victoire ! » Et c'est probablement parce qu'on me l'a dit que je m'en suis souvenu. Mais du Salut lui-même, je ne revois que quelques éclairs du feu d'artifice, des taches de couleur, comme quand on plisse les paupières.

On dit que j'ai grandi dans une valise car, en ces temps de guerre, on ne pouvait trouver ni voiture ni lit d'enfant et que je suis resté assez longtemps sans parler, à peu près jusqu'à deux ans et demi. Mes parents s'inquiétèrent de ce que j'étais peut-être muet, mais un ami médecin les rassura en leur disant que cela provenait d'une insuffisance alimentaire et, en particulier, du manque de sucre. J'ignore où ils ont pu ensuite s'en procurer pour moi. En revanche, j'ai appris à lire très tôt, à cinq ans, et surtout dans les journaux. J'aimais beaucoup les caricatures. Je les copiais avec plaisir, puis je lisais les légendes.

Ce grand flandrin d'Oncle Sam, avec ses pantalons rayés, son haut-de-forme et sa barbichette, flanqué du grassouillet John Bull, revêtu de son habit et de ses bottes de cavalier, ne quittaient pas alors les pages des journaux. Et que ne leur arrivait-il pas ?

Tantôt ils s'étalaient dans une mare, tantôt de robustes gaillards les chassaient à coups de pied dans le derrière et parfois même ils se battaient entre eux. Et quand, à leurs côtés, figurait un capitaliste démesurément gros, en haut-de-forme lui aussi, et le cigare aux lèvres, il tenait obligatoirement dans ses bras un énorme sac sur lequel était tracé le chiffre 1, suivi de nombreux zéros, et plus il y en avait, mieux c'était. Quelquefois, à travers les trous du sac se déversaient des pièces d'or ou des billets de banque. Et lorsque le lion britannique faisait son entrée dans l'arène, on n'oubliait jamais de lui dessiner un postérieur tout rapiécé ou marqué de l'empreinte d'une chaussure. J'avais tant de goût pour les aventures de ces personnages que je me mis, à mon tour, à leur inventer de nouveaux malheurs. Apparemment, cette occupation n'enchantait pas mes parents qui essayaient de m'en détourner en me montrant de vieux livres allemands, imprimés en caractères gothiques et ornés de lithographies, qui nous venaient de mon grand-père... Et la prison me remettait tout cela en mémoire, complaisamment, perfidement.

Nous habitions alors près de la place Pouchkine, dans une vieille maison à un étage, en bois crépi, typiquement moscovite. Il y en avait deux autres toutes pareilles dans notre rue, qui se jouxtaient. Déjà, au temps de mon enfance, une commission était venue les visiter et avait constaté qu'elles étaient impropres au logement. A l'angle de chacune, on avait tracé à la peinture bleue les lettres M.A.D. : Maison A Démolir. Pourtant, elles sont restées debout jusqu'en 1970 et elles ont toujours été habitées.

Quatre familles, dont l'une nous était apparentée, vivaient dans le même appartement que nous, à l'étage. La cuisine, la salle de bain, les toilettes et le couloir nous étaient communs. Et on considérait que nous avions eu une rude chance car il y avait des logements où s'entassaient jusqu'à dix ou douze familles et même des baraques où les familles n'étaient séparées les unes des autres que par des rideaux ou des cloisons de contreplaqué. Et puis, nos voisins étaient relativement paisibles.

Pendant la guerre, presque tous les Moscovites avaient été évacués au fin fond du pays et d'autres familles, chassées de la zone du front par les combats, s'étaient réfugiés dans la capitale et s'étaient installées dans les maisons abandonnées. Après la guerre, quand les anciens locataires revinrent, Moscou était bondée. Et personne ne voulait en partir, car la capitale était mieux ravitaillée que la province. On vivait dans les sous-sols, dans les hangars, dans des baraquements et presque tous les appartements abritaient un grand nombre de familles. Avant la guerre, on était déjà entassés dans les logements communautaires, mais après, c'était encore pis. Cette situation se prolongea jusqu'aux années 60 et, maintenant encore, plus du tiers des appartements de Moscou sont partagés.

Ces conditions de vie provoquaient des chamailleries, des querelles et des bagarres sans fin. Les gens ne pouvaient se cacher les moindres détails de leur existence et chacun savait ce qui cuisait dans la casserole de son voisin. Une parole échappée par mégarde dans la cuisine pouvait servir de prétexte, dans cette guerre domestique, à une dénonciation de caractère politique, surtout si quelqu'un nourrissait l'espoir d'obtenir la chambre qui deviendrait ainsi vacante. Cette situation était particulièrement pénible pour les gens instruits, pour les Moscovites de vieille souche, élevés à l'ancienne mode. Ils ne pouvaient s'abaisser à ces querelles de ménagères, à cette lutte de chaque jour pour l'espace vital et, au demeurant, ils n'y étaient pas préparés. Leur éducation leur commandait de se montrer courtois, accommodants, conciliants, alors que la vie quotidienne exigeait que l'on fût constamment sur la défensive. C'est là, si on généralise, un des problèmes majeurs de notre siècle. On a vu que l'esprit et la politesse étaient incapables de l'emporter dans la lutte qui les oppose à la muflerie, à la lâcheté et à la force brutale. Comment contrecarrer ces dernières ? Faut-il user des mêmes moyens qu'elles ? Mais alors une dégénérescence s'opérera, et les deux parties cesseront de se distinguer l'une de l'autre. Faut-il rester soi-même ? On est alors voué à la destruction physique.

N'est-ce pas le problème qui se pose aux sociétés occidentales également, lorsqu'elles tentent de s'opposer au communisme ou au terrorisme interne ? Ma grand-mère, qui ne savait sans doute pas que ce problème était universel, était gênée d'entrer dans la cuisine quand nos voisins y étendaient, pour les faire sécher, les draps qu'ils lui avaient volés. (La vaisselle qu'on avait l'imprudence d'y laisser disparaissait aussi, de la même façon.) Par bonheur, et bien évidemment grâce à notre esprit de conciliation, il n'y avait pas chez nous de bagarre ou de scandale, mais on n'aurait pas pu en dire autant des autres maisons des environs. Tantôt un mari ivre poursuivait son épouse dans la cour avec un couteau, tantôt on se battait dans un appartement et les vitres volaient en éclats ou encore, plus simplement, des femmes se chamaillaient, glapissaient, se lançaient des obscénités durant la moitié du jour. Mais ce n'était là que scènes habituelles.

Nous vivions à cinq dans deux pièces. Mes parents passaient la plus grande partie de la journée sur les lieux de leur travail, ma sœur allait à l'école, mais ma grand-mère et moi, nous restions à la maison. Nous allions ensemble chercher du pétrole (il n'y avait pas encore le gaz et on cuisait les aliments sur des réchauds) et c'est ensemble aussi que nous faisions des queues longues d'un kilomètre pour avoir de la farine. Ces queues duraient plusieurs jours et, pour qu'il n'y ait pas de confusion possible, on inscrivait notre numéro d'ordre au crayon à encre, sur notre paume. On se présentait à l'appel, matin et soir. D'ordinaire, il y avait là des familles entières avec leurs enfants, car on distribuait la farine par rations individuelles. Le soir, ma grand-mère me faisait la lecture : Pouchkine, Joukovski, Nekrassov, les contes d'Andersen ou des frères Grimm avaient sa préférence. Elle était très vieille et elle s'endormait souvent au beau milieu du récit. Ses lunettes glissaient et elle se mettait à ronfler et moi, je la secouais :

« Grand-mère ! Eh bien, qu'est-ce qui se passe ensuite ? Grand-mère, ne dors pas, voyons ! »

Quelquefois, nous allions nous promener très loin, tous les deux. Sans nous presser, nous longions la rivière, nous traversions la place Rouge, nous nous rendions au jardin Alexandrovski. Des camions verts et poussiéreux roulaient avec fracas sur les pavés de la place. Ma grand-mère disait qu'ils avaient encore leur peinture de camouflage. Le Kremlin se dressait comme une citadelle mystérieuse et on ne pouvait y pénétrer. Mais, de derrière la muraille, les coupoles et les tours nous faisaient des signes. Ma grand-mère me racontait toutes sortes d'histoires sur les Tatars, sur Ivan le Terrible, sur la Reine des Cloches et sur le Roi des Canons. Elle parlait des tsars, des boyards, du carillon du Kremlin. Elle disait que, le soir, le tintement des cloches voguait au-dessus de Moscou et que le peuple, paré de ses habits de fête, accourait en foule au Kremlin et, quand nous passions près de la tour du Saint-Sauveur, elle répétait invariablement :

Qui soulèvera la Reine des Cloches
Et qui tournera le Roi des Canons ?
Quel est l'orgueilleux
Qui n'ôtera pas son chapeau
Sur le seuil sacré du Kremlin ?

Je me suis toujours représenté cet orgueilleux : il se tenait devant le portail du Saint-Sauveur, les poings sur les hanches, et il regardait en haut, très haut, la tête renversée, sa chapka sur le point de glisser. Ah ! le hardi garçon !

Mais, normalement, je passais presque toutes mes journées dans la cour. Au milieu de tous les scandales, des torrents d'obscénités et des rixes habituelles, nous vivions, nous les gamins, de notre propre vie, ne prêtant guère attention à ce qui se passait. Les greniers, les sous-sols et les escaliers formaient notre univers. Nous jouions sans cesse à la guerre. D'un côté, il y avait LES NOTRES et, de l'autre, ce ne pouvait être que les

ALLEMANDS. Et comme personne ne voulait faire l'Allemand, chaque camp se considérait comme LES NOTRES, l'adversaire étant ALLEMAND. Notre cour, en raison de la multiplicité des hangars et des appentis, comportait un grand nombre de recoins où il était commode de dresser des embuscades.

Les plus grands s'amusaient à lâcher des pigeons, à les échanger, à intercepter ceux des autres et ils buvaient de la vodka en cachette, dans leurs colombiers. Le soir, ils se rassemblaient en groupes, près du portail, parfois avec des guitares. Presque tous commettaient des larcins et l'atmosphère de cette vie était tout imprégnée de l'esprit truand. Oui, dans la mesure où je puis en juger, tel était le climat de Moscou, dans ces années-là.

L'idole des petits était un gaillard toujours ivre, du nom de Iourka. Ancien lutteur, c'est lui qui provoquait toutes les bagarres. Il aimait à sortir dans la cour en maillot ou même torse nu pour exhiber ses puissants biceps et se rendait ainsi à la brasserie voisine. Là, il se soûlait, puis engageait un combat dont il sortait immanquablement vainqueur. Il restait des heures entières devant le portail à invectiver les passants. Des légendes couraient parmi nous sur sa force et ses exploits.

Les familles les plus nombreuses et les plus tapageuses habitaient dans les sous-sols. Elles se livraient entre elles de véritables batailles et, parfois, toute notre cour, prenant l'un ou l'autre parti, se jetait dans la mêlée. Quand il faisait beau, les vieilles femmes se traînaient dehors pour prendre le bon soleil, les enfants rampaient dans la poussière, le linge séchait sur les cordes, mais la sorcière, qui vivait au fond de la cour, restait tapie dans son sous-sol. C'était une vraie sorcière, très âgée, difforme. Elle avait une verrue toute recouverte de poils sur la joue et un nez crochu. On disait qu'elle ne voyait personne, qu'elle n'allait pas à la cuisine commune et qu'elle préparait ses aliments dans sa chambre, sur un réchaud. Elle n'utilisait même pas le courant électrique pour s'éclairer, elle avait une lampe à pétrole. On disait aussi que, la nuit, elle feuilletait de vieux traités de magie que personne, en dehors d'elle, ne pouvait lire et qu'au-dessus de ces grimoires, elle se livrait à des pratiques magiques.

Et, en effet, maintes fois le soir, lorsqu'on s'était approché de sa fenêtre à pas de loup, on avait pu — à travers les carreaux sales — la voir assise, près de sa lampe à pétrole qui projetait une lueur sur ses livres maléfiques. Elle se montrait rarement dehors et, naturellement, chaque fois qu'elle apparaissait avec son éternel manteau de fourrure tout pelé et son chapeau à l'ancienne mode, elle provoquait une excitation générale. L'hiver, nous lui lancions des boules de neige, et même des glaçons. Nous courions après elle et criions avec frénésie :

« Sorcière ! Sorcière ! Sorcière ! »

D'habitude, elle s'arrêtait à la porte, tournait vers nous son nez crochu et disait d'une voix pleurarde :

« Enfants, enfants, que vous êtes méchants ! Que vous ai-je donc fait ? »

Et elle attisait encore plus notre haine.

Soudain, un soir d'été, les femmes commencèrent à s'agiter dans notre cour, les vieilles étaient tout alarmées :

« La sorcière se meurt ! La sorcière se meurt ! »

Attroupées, surmontant leur peur, elles défoncèrent la porte, se ruèrent dans la chambre, en se poussant l'une l'autre et en trébuchant sur le seuil :

« Elle est morte, elle est morte, la sorcière ! »

Ne pouvant rien voir à travers tous ces dos, je me mis à examiner les murs et le plafond. Il y avait ici la même odeur de poussière et de moisissure qu'au grenier. A l'un des murs était accrochée une grande photographie sous verre : un jeune officier aux moustaches hardies et une jeune fille, en robe de mariée, qui souriait d'un air gêné.

Ce soir-là, l'agitation qui régnait dans la cour fut longue à s'apaiser. On se tenait en groupes, on parlait de la sorcière. Une très vieille femme racontait :

« C'était une dame instruite. On dit qu'elle connaissait dix langues. En 1918, son fiancé a filé aussitôt dans le Midi, chez les Blancs. Il était officier et, alors, il n'est pas revenu. On a dit qu'il avait été tué. Mais, elle, elle ne l'a jamais cru, et elle l'attendait toujours. »

Dans d'autres groupes, on commentait plutôt le fait que la chambre était libre désormais, et on se demandait à qui elle échoirait.

Cette histoire de la sorcière me revenait à la mémoire, comme une obsession, chaque fois que je retournais à Léfortovo. Ah ! que ces souvenirs me tourmentaient ! Et aucune justification ne se présentait à mon esprit. Je la revoyais, comme si elle était là : vêtue de sa pelisse trouée, se retournant sur le pas de la porte et nous disant de sa voix pleurarde :

« Enfants, enfants, que vous êtes méchants ! »

Notre école était perchée sur une butte, au bout de la rue. C'était un bâtiment gris de trois étages, du genre caserne. Il me suffisait de le voir pour éprouver un ennui insurmontable. Tout notre système d'enseignement inspire le dégoût de l'étude. Les programmes, unifiés pour toute l'Union soviétique, sont élaborés et établis au ministère de l'Instruction publique et calculés en fonction des aptitudes les plus moyennes, et mêmes inférieures à la moyenne. Pour les élèves faibles, ils sont beaucoup trop difficiles et, pour les élèves doués, ils sont si ennuyeux et monotones qu'ils ne suscitent aucun intérêt et ne leur apprennent pas à travailler. L'initiative, la réflexion personnelle en sont totalement exclues. On exige que l'élève répète mot pour mot ce qui est écrit dans le manuel. Pour réussir, il suffit d'avoir une mémoire moyenne.

Les élèves vont à l'école de sept à dix-sept ans, c'est-à-dire pendant dix années et, ensuite, certains d'entre eux passent cinq autres années en faculté. On enseigne donc une langue — le plus souvent l'anglais — pendant quinze ans dans toute l'Union soviétique, et personne ne la sait, à moins de l'étudier en dehors. A part une dizaine de phrases ineptes, personne ne peut rien prononcer. On garde en tête de vagues notions de grammaire anglaise, mais même cela disparaît parce que l'on n'a aucune occasion de les appliquer. Plus tard, j'ai vu de mes propres yeux des adultes — qui ne sont pas aussi doués pour les langues que les enfants — apprendre une langue très convenablement en une année de prison ou de camp. Mais, à l'école, on ne faisait que perdre son temps.

Les sciences humaines me rebutaient particulièrement : l'histoire, la littérature et même la géographie. Elles étaient si pénétrées d'idéologie qu'il n'en restait rien. Non que cette idéologie provoquât en moi, à l'époque, des objections sérieuses, mais elle rendait ces matières mortellement ennuyeuses. Et, de fait, qu'y a-t-il d'intéressant dans l'histoire si tout se ramène à une lutte des classes continue et à un passage progressif au socialisme ? Il ne restait plus qu'à retenir les dates de certaines batailles et insurrections et celles qui marquent la vie des révolutionnaires éminents.

Mais la littérature ? J'étais déjà adulte quand j'ai relu Tolstoï en prison, parce que je n'avais rien d'autre à faire, et j'ai découvert que c'était fort intéressant. A l'école, j'avais été obligé de faire des rédactions sur ses œuvres, d'analyser ses « personnages positifs et négatifs », et je le détestais cordialement. Je retenais mécaniquement toutes ces sciences humaines soviétiques, je les récitais mécaniquement et je les oubliais tout aussi mécaniquement, comme la plupart de mes contemporains. Malgré tout cela, j'ai toujours bien travaillé, j'aimais surtout les mathématiques et la chimie. Mais nous ne pouvions supporter ni le dessin, ni la culture physique, ni le chant. Nous sentions tous d'instinct que ces activités exigeaient des dispositions et des dons particuliers ou, tout au moins, qu'on en eût le goût. Et chanter ou sauter simplement parce que c'était au programme, cela nous paraissait affreusement rebutant, ennuyeux à mourir.

On ne laisse aux enfants soviétiques aucune initiative. Ils doivent faire ce qu'on leur dit, et rien d'autre. Quant à la pétulance, à l'espièglerie, à la vivacité — toutes qualités naturelles à un enfant normalement développé — l'école soviétique s'efforce de les extirper, en recourant à des réprimandes fastidieuses, à des punitions et en dressant les parents contre les enfants. On ne permet à personne d'être soi-même. On tente de refaire, de rééduquer tous les êtres, comme dans un établissement pour délinquants mineurs. Et cela provoque une résistance acharnée de la part de ces jeunes organismes, une protestation spontanée contre cette négation de leur personnalité. Et, dans la mesure où tout se fait pratiquement par l'intermédiaire du maître, celui-ci, qui est isolé dans sa position de surveillant, suscite une haine bien naturelle. Il s'établit entre eux à peu près le même genre de relations que dans *Le Séminaire* de Pomialovski[1], où maîtres et élèves sont des ennemis mortels, où la classe persécute son professeur autant qu'elle le peut et où ce

1. Cet ouvrage a paru en 1863. (N.D.T.)

dernier s'efforce de les punir ou de les humilier de toutes les manières.

Ajoutons que, chez nous, les maîtres, comme les médecins, appartiennent aux professions les plus mal payées. C'est pourquoi on entre dans l'enseignement par nécessité, quand on ne sait plus où se caser ; c'est pourquoi aussi on y trouve tant de ratés ou de gens inaptes à un travail plus qualifié. Et puis, il y a les demoiselles naïves qui se représentent ce travail sous un jour idyllique. Mais, en général, elles prennent assez vite la fuite, persécutées qu'elles sont par les élèves, qui flairent leur faiblesse, et par l'administration qui exige des indices de rendement précis et une application aveugle des directives. En un mot, nous retrouvons, là encore, l'habituelle production soviétique, avec toutes ses émulations entre districts et ses « drapeaux de challenge ».

Il convient de dire, pour être juste, qu'il y a aussi un tout petit nombre de vrais pédagogues, d'enthousiastes, d'hommes honnêtes et qui ont du talent. Mais ils sont si rares que cela ne change pas le tableau. Même les élèves sentent que c'est l'exception et ils se conduisent vis-à-vis d'eux d'une façon toute différente. Hélas ! ce n'est pas une vie qu'ont ces professeurs, c'est le bagne : ils sont en perpétuel conflit avec l'administration, ils s'efforcent sans cesse de dispenser un enseignement qui ne soit pas « standard », ils n'appliquent pas telles ou telles directives ou instructions, ils reçoivent constamment des blâmes et restent en permanence, du matin jusqu'au soir, dans leur école chérie. Les enfants les aiment d'instinct, et c'est tout à fait compréhensible. Avec eux, ils ne s'ennuient pas, et puis ce sont aussi des persécutés et non des persécuteurs. Le niveau intellectuel moyen des maîtres en U.R.S.S. est souvent inférieur à celui des élèves.

L'enseignement étant obligatoire, les enfants qui ne veulent pas du tout étudier sont obligés de se traîner à l'école chaque jour pour y faire des heures de présence. On leur met des 2 (sur 5), on les punit, on les fait redoubler, mais ils savent parfaitement qu'en fin de compte, on leur donnera des appréciations satisfaisantes, qu'ils iront jusqu'au bout du cycle et qu'ils recevront leur certificat de fin d'études. Et on a beau les punir, quoi que l'on fasse, de toute manière, ils chahuteront, ils s'ennuient tant ! Quand ils redoublent, comme ils sont les plus âgés et les plus robustes de leur classe, ils imposent leur ordre. Bref, c'est bien *Le Séminaire*.

Nous en avons fait voir à nos professeurs ! J'ai honte, quand j'y pense. Il y avait, entre autres, une femme, surnommée « la Morsesse », qui nous enseignait l'histoire. Plusieurs générations d'écoliers l'avaient déjà appelée ainsi parce qu'elle avait de somptueuses moustaches. Ce n'était apparemment pas une mauvaise personne, mais par malheur, elle était sourde d'une oreille et pour ce qui était de l'histoire... Nous essayions, pendant tout son cours, de faire éclater des amorces sous son oreille morte. Nous les piquions au bout de notre porte-plume et les jetions sur le sol, du côté où elle n'entendait pas. Le bruit était assourdissant, mais elle ne bronchait point : pas le moindre frémissement de la moustache ! Cela nous amusait beaucoup. Un autre de nos professeurs qui nous enseignait les sciences naturelles, la pauvre femme, nous avait raconté qu'elle avait participé à une expédition au cours de laquelle ses compagnons et elle-même avaient été piqués par une tique provoquant l'encéphalite. « Or, l'encéphalite, poursuivait-elle, est une maladie dont on meurt ou qui vous rend fou. Tous les membres de notre expédition sont morts, mais moi, comme vous voyez, j'ai survécu... » Ses cours ressemblaient parfois à des batailles, personne ne prêtait plus la moindre attention ni à elle ni à son encéphalite : on s'ébattait, on hurlait, on jouait, c'était le moment le plus gai de toute notre vie scolaire.

Les leçons de chant étaient une pure idiotie. Une femme, qui tenait un violon, entrait dans la classe et, d'une voix mélodieuse, nous proposait de chanter une chanson. Elle nous exhortait en nous affirmant que nous ne savions pas nous-mêmes à quel point nous étions musiciens. Elle chantait cette chanson trois fois, en promenant son archet sous sa gorge. C'était un supplice pour elle comme pour nous. Essayez donc, sans avoir la moindre disposition pour la musique, de chanter debout devant tous vos camarades ! Tous attendent avec impatience que vous vous couvriez de ridicule. On hésite, on transpire, on rougit, mais on n'a pas la force de chanter : on sait qu'on va être aussitôt l'objet de tous les quolibets ! Et on dit entre les dents, d'un air rageur : « Je ne chanterai pas. » Nous faisions habituellement cesser ce supplice en nous mettant à mugir, à siffler, à glapir, à grogner comme des cochons, à trente gosiers à la fois et sur tous les tons. Alors, elle laissait tomber son violon et se bouchait les oreilles ; ces sons, si peu musicaux, la faisaient souffrir. Les professeurs des classes voisines accouraient à notre concert de chats et emmenaient la pauvre femme toute en pleurs.

Nous avions une attitude tout à fait particulière envers la vieille dame qui nous enseignait le russe. Elle était très âgée, dure d'oreille, sentimentale, et elle adorait les oiseaux. Aussi, dès que son cours commençait, l'un des nôtres se mettait-il à siffler, exactement comme un oiseau.

« Ah ! s'attendrissait-elle, c'est bientôt le printemps, mes enfants, les petits oiseaux chantent.

— Quel printemps, vieille folle ? Dehors, c'est décembre ! »

Mais, ce n'était que le début. Aussitôt quelqu'un d'autre déclarait, sur ce fond sonore :

« Moi, je vais faire un lance-pierres et je vais tirer sur eux ! »

Ainsi prenait fin la leçon de russe et commençait un cours sur les oiseaux : ils sont si utiles et c'est si vilain de les tuer. Et, l'étonnant c'est que cela ne nous ennuyait pas de l'écouter ainsi chaque jour parler de ses chers oiseaux. Et surtout, l'heure passait, elle n'interrogeait personne, elle ne corrigeait pas nos devoirs.

La plupart de nos professeurs étaient cruels. Ces machines sans âme nous opprimaient impitoyablement. Je ne saurais prendre de meilleur exemple que notre directeur lui-même, un solide gaillard de deux mètres de haut. Il allait jusqu'à gifler publiquement les élèves des grandes classes, des garçons de seize à dix-sept ans. Quant aux petits, il les entraînait dans son bureau où il les corrigeait sans pitié. Et tout le monde souffrait cela, les garçons les plus costauds supportaient d'être souffletés aux yeux de tous. Nous avons été les seuls à ne pas le tolérer, et lorsqu'il battit l'un des élèves de notre classe, nous sommes allés, tous les quinze, dans son bureau, après les cours, quand il n'y avait presque plus personne à l'école. Nous avions quatorze ans, certains un peu plus, nous ne connaissions pas la peur et nous avions un air tout à fait imposant. Nous avons tôt fait de débrancher le téléphone quand il a essayé d'appeler la police et nous lui avons expliqué que nous le « décrocherions » prestement, lui aussi, s'il touchait encore l'un des nôtres. Connaissant le climat qui régnait alors à Moscou, il n'eut pas de peine à nous croire. Il s'inclina et, par la suite, nous évita.

Notre professeur d'anglais était, sans doute, le seul à jouir de la considération de tous les garçons. Cet homme de petite taille, qui avait une cicatrice au front, avait un art étonnant d'inspirer la crainte. Il s'habillait on ne peut plus mal et il était visiblement dans le besoin. Il y avait quelque chose de tragique dans toute sa personne. On disait qu'il avait été blessé au combat et qu'il aurait peut-être même été en captivité. En tout cas, sa vue était atteinte. C'était très curieux : il y voyait soit de tout près, en mettant littéralement le nez sur la page, soit de loin : il discernait le fond de la classe. Mais, entre les deux, il ne percevait rien. Nous l'avions constaté maintes fois, mais personne n'osa jamais profiter de cette infirmité. Il entrait précipitamment dans la classe, de profil pour ainsi dire et, tout en continuant de marcher, il ouvrait le registre : « Whom shall I ask ? Whom shall I ask ? Whom shall I ask at first ? » répétait-il d'une voix de mauvais augure, en frottant son nez contre la page. Il se faisait un silence de mort. « Bonne mère ! Pourvu que ce ne soit pas moi ! » priait chacun à part soi. Il ne battait personne et tout le monde travaillait, même les plus paresseux, même ceux qui redoublaient. C'était un homme énigmatique et c'est pour cela qu'il faisait peur.

Ensuite, quand j'ai changé d'école, je me suis procuré son adresse et je suis allé plusieurs fois chez lui. Il vivait, en effet, d'une façon tout à fait misérable, mais cela ne me déçut point, bien au contraire. Je sentais que c'était un être d'exception et j'étais attiré par lui. J'étais frappé par cette façon de traiter d'égal à égal, bien que j'eusse alors quinze ans et lui, quarante-cinq. Cela me surprenait d'autant plus que je savais à quel point il était inaccessible et effrayant en classe. Un jour, je l'ai surpris en train d'écouter la radio, mais il l'a aussitôt fermée et j'ai compris que ce n'était pas Moscou qu'il prenait. Mais nous n'avons pas parlé de cela. Une autre fois, il m'a demandé de reproduire une photographie. Je me servais alors d'un appareil, fort médiocre et qui n'était pas propre à ce genre de travail. Je me suis démené pendant un mois, afin de l'améliorer. J'ai étudié l'optique dans un manuel de la classe terminale. J'ai adapté les lentilles, cassé le limiteur, tourné l'objectif jusqu'à la limite du possible. Et je lui ai fait une photographie meilleure que celles de n'importe lequel de nos ateliers ! Je n'avais pas admis l'idée de ne pouvoir satisfaire à sa demande.

Ensuite, nous nous sommes perdus de vue. De nombreuses années avaient passé, le K.G.B. rassemblait déjà toute une documentation contre moi, et je le savais, quand, un beau jour, il me retrouva, grâce à l'un de mes anciens camarades de classe. Nous nous sommes donné rendez-vous dans la rue et il m'a expliqué que quelqu'un du K.G.B. était venu à l'école, que l'on prenait des renseignements sur moi.

« Je ne sais pas de quoi il s'agit et cela ne m'intéresse pas, dit-il. Je voulais simplement te prévenir pour que tu saches. »

Nous nous sommes séparés et je ne l'ai plus revu. Je le regrette. C'était manifestement un homme à part, un être rare.

Mais maintenant, c'étaient surtout deux épisodes de ma vie scolaire qui me revenaient le plus souvent à la mémoire, les deux épisodes les plus honteux et les plus pénibles. Le premier a trait à mes activités de pionnier.

On nous admettait chez les pionniers presque par classes entières. Nous avions huit ans et on ne nous demandait pas notre avis. On nous avait simplement annoncé qu'à telle date, il y aurait une réunion et que l'on prendrait les plus dignes. Le jour dit, on nous a conduits au musée de la Révolution, à la porte d'à côté, rue Gorki. On nous a fait mettre en rang dans une des salles, on a apporté pompeusement un drapeau devant lequel chacun de nous dut prêter serment : « Moi, jeune pionnier, je jure solennellement, en présence de tous mes camarades, de défendre avec fermeté l'œuvre de Lénine-Staline pour la victoire du communisme », etc. Ensuite, on nous a mis à chacun une cravate rouge, on a battu du tambour, on a sonné du clairon et le maître de cérémonie, debout près du drapeau, a proclamé :

« Jeunes pionniers ! Soyez prêts au combat pour l'œuvre de Lénine-Staline !

— Toujours prêts ! » avons-nous répondu en chœur, et la cérémonie s'est achevée là-dessus.

Au fond, je n'avais rien contre le fait de devenir pionnier. C'était dans l'ordre des choses : quand on en avait l'âge, on entrait chez les pionniers, puis au komsomol, enfin au Parti. Je voyais qu'il en allait ainsi pour tous. En somme, c'était aussi naturel que de passer d'une classe dans l'autre. Mais ensuite, les choses se révélèrent moins agréables. Les réunions avaient lieu régulièrement, on nous passait en revue, on nous rangeait en lignes et, pendant que les veinards qui n'étaient pas pionniers rentraient chez eux, se promenaient et s'amusaient, nous devions aller cuire aux réunions, discuter des questions les plus assommantes comme le rendement scolaire et la conduite, « faire de l'information politique », etc. Les maîtres et les éducateurs nous adressaient des reproches à tout propos : Mais toi, tu es pionnier, tu dois obéir davantage, ne pas faire ceci, ne pas faire cela. Et on nous confiait à tous des missions sociales : nous devions publier un journal mural, faire des exposés, aider à travailler les élèves qui étaient à la traîne et, surtout, nous éduquer mutuellement, soumettre les cancres et les indisciplinés à une constante critique. C'est-à-dire que, sans même le remarquer, nous nous trouvions — dans la lutte traditionnelle des élèves et des maîtres — du côté de ces derniers, ce qui était contre nature, et plutôt lâche. Du point de vue de la classe, c'était une trahison.

Il en résultait une sorte de dédoublement. D'une part, comme toute la classe, nous harcelions nos maîtres et essayions de leur causer toutes sortes de désagréments pendant les cours et, d'autre part, aux réunions, nous devions réprouver ceux qui agissaient ainsi et les dénoncer publiquement. Certains d'entre nous devenaient ainsi des rapporteurs et suscitaient la haine générale. La plupart inventaient des histoires, faisaient les hypocrites, feignaient de ne rien savoir et de ne rien voir. Toutefois, nous devions tous blâmer les perturbateurs.

J'étais fort conscient de tout cela depuis que l'on m'avait nommé, en ma qualité de meilleur élève, président des pionniers de notre classe. Je devais diriger ces damnées réunions, veiller à ce que tous les autres remplissent leurs missions, participer aux séances des chefs pionniers de toute l'école et ainsi de suite. Les professeurs me disaient carrément qui je devais mettre en cause à la réunion, qui je devais proposer d'exclure de notre organisation ou de punir et alors, de quelle façon. Je devais aussi participer à la rééducation personnelle des perturbateurs et des retardataires.

Un jour, notre maîtresse d'école m'avait appelé, une fois de plus pour ce faire. Et, comme à l'accoutumée, nous nous étions isolés à trois, pendant la récréation : je devais sermonner, en sa présence, un de mes condisciples qui avait commis une faute. J'avais commencé par les exhortations d'usage dont j'étais, d'ailleurs moi-même las, je lui avais raconté qu'ils nous déshonorait tous, qu'il devait se corriger pour aider tout le pays à construire le communisme, lorsque tout à coup une idée fort inattendue me vint à l'esprit : ce garçon s'appelait Oulianov, comme Lénine. Je lui dis alors qu'il déshonorait le nom de notre Guide, que, quand on portait un tel nom, on était obligé de travailler comme avait travaillé Lénine et j'ajoutai que Lénine aurait été à coup sûr bouleversé s'il avait eu connaissance de sa conduite. Je parlais apparemment avec une grande éloquence, d'une manière convaincante et même blessante, car il devint subitement écarlate et, le visage convulsé, se mit à pleurer :

« Tu es un salaud ! me dit-il. Une vipère ! »

Il se leva et sortit.

Notre maîtresse d'école était enchantée de l'effet produit, elle me fit des compliments et je sentis soudain que j'étais réellement un salaud, une vipère. Je ne pensais pas du tout que ce garçon déshonorait qui que ce fût et je n'avais rien contre lui. Je m'étais tout simplement habitué à prononcer, pour la forme, les mots que l'on exigeait de moi, et tous ceux auxquels je m'étais adressé jusqu'alors avaient compris que je ne parlais pas sincèrement et que je faisais seulement en sorte qu'on me laissât en paix. Personne ne m'en tenait rigueur et j'avais des relations amicales avec tous. Ils me traitaient même avec respect, précisément parce que je n'avais jamais trahi aucun d'eux et que j'avais toujours fait semblant de ne rien remarquer. Et personne non plus ne m'avait trahi. Mais, cette fois, j'avais fait du mal à ce petit et cela m'a vivement impressionné.

Je compris tout à coup que je ne voulais plus, que je ne pouvais plus jouer ce rôle idiot. Pour quoi faire ? Oui, pour quoi ? Parce que je devais être un instrument dans *leurs* mains ?... Et, dorénavant, je m'y suis refusé. On a cherché à me persuader, à me travailler, on m'a blâmé, mais j'ai tenu bon. Je n'ai pas donné la raison de mon refus puisque, évidemment, je n'aurais pas pu l'expliquer mais, dès lors, je cessai de porter le foulard. Beaucoup des nôtres agissaient de la sorte : ils gardaient leur foulard dans leur poche et, si les grands leur cherchaient noise, ils allaient le mettre en cachette, dans les toilettes. Ils pouvaient toujours dire qu'ils l'avaient taché et que leurs parents n'avaient pas eu le temps de le laver.

J'avais alors dix ans mais, à quatorze ans, à l'âge où l'on vous admet au komsomol, je n'ai pas voulu y entrer :

« Qu'est-ce que tu as ? Tu crois en Dieu ? » m'a-t-on demandé avec curiosité mais, cette fois encore, je n'ai rien expliqué. On insista longtemps auprès de moi parce que je travaillais bien et qu'il était de règle de faire entrer les bons élèves au komsomol, mais il n'y eut rien à faire et on m'a laissé tranquille.

« Fais attention, me disaient mes camarades, pour toi, ce sera plus difficile d'entrer en faculté ! »

Le second épisode, non moins honteux, remonte à peu près à la même époque. L'affaire des médecins-saboteurs a débuté en 1952, au moment même où s'est déclenchée la persécution contre les juifs. On disait partout qu'on allait renvoyer tous les juifs parce que c'étaient des ennemis et qu'ils voulaient tuer Staline. La haine des juifs est devenue de plus en plus grande tout autour de nous. Pour nous, pour tous, Staline était plus que Dieu : il était une réalité dont on ne pouvait douter, il pensait pour nous, il nous sauvait, il nous faisait une enfance heureuse. Dans l'échelle des valeurs humaines, il n'en était point de plus haute. Tout ce qui était bien était attribué à sa volonté ; tout ce que nous voyions de mal n'avait aucun rapport avec lui. C'est pourquoi on ne pouvait imaginer pire atrocité que de tuer Staline.

Je ressentais d'une manière très pénible tout ce qui se passait. J'ai fait, plusieurs fois, un rêve obsédant : j'étais assis dans une salle immense, bondée de gens, tout le monde applaudissait, criait et Staline était à la tribune. Il était en train de prononcer un discours et on l'avait interrompu par des ovations. Il prenait une carafe, versait de l'eau dans son verre et voulait boire. J'étais le seul à savoir que l'eau de la carafe était empoisonnée, mais je ne pouvais rien faire. Je criais : « Ne bois pas, ne bois pas ! » mais, à travers les acclamations et les cris, on ne pouvait entendre ma voix. Je voulais courir à la tribune, mais il y avait tant de monde que je n'arrivais pas à me frayer un passage. La crainte que l'on ne tue Staline me poursuivait comme un cauchemar, j'en suis littéralement tombé malade.

Il n'y avait que deux juifs à notre école. L'un, Joseph, était un garçon plutôt désagréable : obséquieux, servile et, en même temps, collant, sans gêne. Je ne l'aimais pas, et nous n'étions pas liés. Quant à l'autre, comme il avait un nom ukrainien, personne, en dehors de moi, ne savait qu'il était juif. Il habitait près de chez nous et nous allions à l'école ensemble. Je connaissais son père et sa mère et je savais qu'ils étaient juifs. Nous n'étions pas amis et nos relations se limitaient à ces trajets. Une question me tourmentait alors : était-il possible que ses parents veuillent, eux aussi, tuer Staline ?

Enfin, un matin, la coupe de l'indignation populaire ayant débordé, on commença à rouer de coups Joseph. Cela se passa pendant la récréation, dans la cour de l'école. Et, chose remarquable : c'étaient ses amis, ceux qu'il fréquentait, ceux auxquels il se collait le plus qui avaient commencé à le battre. Un grand attroupement se forma et chacun essayait de lui donner qui, un coup de poing, qui, un coup de pied, de le frapper. Il n'y avait pas eu besoin d'explications ou de mots d'ordre : tous avaient simplement compris qu'on pouvait le rosser impunément, que personne ne les punirait pour cela. Le malheureux Joseph, au lieu de s'en aller après les premiers coups, s'était traîné jusqu'à la classe, avait essayé de montrer par toute son attitude qu'il était un brave garçon, qu'il était bien avec tous et qu'il n'était nullement fâché. C'est pourquoi on l'a battu encore à la récréation suivante, puis à celle d'après. Mais, avec son sourire pitoyable, il continuait à se coller à ses amis. Et plus ils le battaient, plus il semblait les inviter à poursuivre.

Il ne pouvait sans doute pas se faire à l'idée qu'il n'avait pas d'amis, qu'il était seul contre tous. Il voulait être avec tous, il était prêt à s'humilier et à rechercher leurs bonnes grâces, à endurer les coups et les outrages plutôt que de rester seul. Et, chaque fois, après la récréation, il se traînait de nouveau dans la classe, tout en sang, les lèvres enflées et il essayait encore de parler avec quelqu'un, comme si de rien n'était. Il croyait qu'alors tout était terminé, que tout était passé, que tout serait comme avant. Mais, à la récréation suivante, tout recommençait. Les professeurs lui disaient seulement, d'un ton sévère :

« Va aux toilettes, lave-toi. »

Et ils ne posaient aucune question.

Moi, je ne l'ai pas battu. Il était si repoussant avec ce sourire pitoyable et obséquieux sur ses lèvres meurtries que j'avais eu tout simplement peur de me trouver à côté de lui. Je ne faisais qu'attendre avec angoisse : Quand donc cela cessera-t-il ? Si seulement il pouvait avoir l'idée de s'en aller ou, alors, qu'ils l'achèvent... En même temps, je comprenais parfaitement que ce Joseph-là n'avait et ne pouvait avoir aucun rapport avec Staline, qu'il n'était pas capable même d'imaginer un quelconque assassinat. Pourquoi le battait-on alors et pourquoi personne ne mettait-il fin à cela ? Pourquoi est-ce que *moi*, je n'essaierais pas d'arrêter cela ?... Mais, à partir du matin suivant, j'ai cessé d'aller à l'école avec mon voisin. J'ai fait en sorte d'être un tout petit peu en retard et, sur le pas de notre porte, j'ai cherché des yeux son dos. Éprouvais-je de la honte, de la répugnance ? Je ne sais.

La mort de Staline bouleversa notre vie jusque dans ses fondements. Il n'y avait pratiquement plus de cours à l'école, nos maîtres sanglotaient et tout le monde avait les yeux bouffis. La radio diffusait, sans arrêt, des marches funèbres et on avait comme le sentiment qu'il n'y avait plus de pouvoir.

Par la fenêtre de la clinique ophtalmologique, un homme criait, avec des larmes dans la voix :

« Staline est mort et, pendant ce temps, je suis ici ! »

On n'entendait plus de scènes ni de bagarres dans la cour, et les gens parlaient très ouvertement :

« Pour qui est-ce qu'on va mourir maintenant ? Pour Malenkov, hein ? Vous croyez ça ? Non, le peuple ne va pas mourir pour Malenkov ! »

Des torrents humains se déversaient spontanément dans les rues, en direction de la Salle à Colonnes où gisait Staline. Cette foule immense, silencieuse et morne avait quelque chose de sinistre. Les autorités ne se décidaient pas à la contenir, on avait seulement barré, par des rangées d'autobus et de camions, quelques rues transversales, et la foule s'écoulait, intarissable. Nous avions trouvé le moyen de nous faufiler, par les toits et par les greniers, jusqu'à l'Hôtel national et c'est, de là-haut, que je vis cet océan de têtes. Comme les vagues qui courent sur la mer, la foule ondulait, poussait, reculait, et soudain, dans l'une des ruelles, un autobus vacilla sous sa pression et s'affala pareil à un éléphant qui se couche sur le côté. Cette procession dura plusieurs jours et des milliers de gens périrent dans la cohue. Longtemps après, des boutons, des sacs à main, des snow-boots, des morceaux de papier traînaient encore dans la rue Gorki. Quelqu'un avait même enfoncé une galoche dans la gueule de chacun des lions du portail du musée de la Révolution.

Le jour des funérailles, les sirènes des fabriques et des usines se mirent à hurler, les automobiles à klaxonner, les locomotives à siffler d'une manière déchirante. Il s'était produit quelque chose d'irréparable, d'effrayant. Comment allions-nous vivre maintenant ? Père bien-aimé, à qui nous laisses-tu ?

Mais voici que deux années étaient passées et que nous

vivions toujours de la même façon, en tout cas pas plus mal, et cela était, en soi, un sacrilège. La vie ne s'était pas arrêtée. Les grandes personnes allaient toujours à leur travail, et nous, à l'école. Les journaux paraissaient, la radio marchait et, dans notre cour, tout était comme par le passé : mêmes scènes, mêmes bagarres. On évoquait Staline de plus en plus rarement et j'étais fort perplexe : Dieu était pourtant mort, ce dieu sans lequel rien ne devait se passer...

A cette époque, comme de gros nuages qui glissent dans le ciel, des bruits persistants sur les exécutions et les tortures, sur les millions de martyrs des camps commencèrent à circuler. On avait libéré les médecins-saboteurs, on avait exécuté Béria en tant qu'ennemi du peuple, et la rumeur se répandait toujours, plainte sourde :

« C'est Staline, le principal ennemi du peuple ! »

L'étonnant, c'est que les gens l'aient cru aussi vite, ces mêmes gens qui, deux ans plus tôt, s'écrasaient à ses funérailles, prêts à mourir pour lui. On avait le sentiment qu'ils l'avaient toujours su, mais qu'ils ne voulaient pas le dire. Enfin, on fit une déclaration à ce sujet au Congrès et tous les journaux, toutes les radios, tous les livres, toutes les revues, tous les films et tous les manuels scolaires, qui avaient si longtemps parlé de son génie, se mirent à blâmer ses « erreurs » et « perversions ». Ceux qui, par métier, l'avaient encensé pendant des années, assuraient maintenant qu'ils ignoraient tout. Ils prétendaient qu'ils ne savaient pas ou bien qu'ils avaient eu peur de parler.

Je ne croyais pas ceux qui « ne savaient pas ». Ils avaient accepté trop facilement la nouvelle version des faits. Et puis, comment pouvait-on ne pas remarquer la disparition de millions de gens, la disparition de ses voisins et de ses camarades ?

Je ne croyais pas non plus ceux qui « avaient eu

peur » : ils avaient obtenu de trop grandes promotions en échange de leur peur. Par peur, on peut se taire, on peut s'enfuir ou se cacher, on peut, enfin, faire chorus avec celui que l'on redoute, mais qui les forçait à composer des odes et des chorals, à devenir général ou membre du Comité central ? Ce n'est pas par peur que l'on reçoit le prix Staline et que l'on se fait construire des datchas ! On a raconté qu'au Congrès, quelqu'un avait fait passer un billet à Khrouchtchev : « Mais où donc étiez-vous alors ? » Et Khrouchtchev, après l'avoir lu, aurait demandé :

« Qui a écrit cela ? Levez-vous ! »

Bien entendu, personne ne se leva.

« Eh bien, fit Khrouchtchev, j'étais exactement là où vous êtes maintenant. »

Cette réponse plut à beaucoup, elle parut à beaucoup convaincante. Quant à moi, je les méprise tous deux : Khrouchtchev et l'auteur du billet. Alors qu'ils savaient la vérité, ni l'un ni l'autre n'ont eu le courage de la dire ouvertement. Mais tous deux auraient pu aussi ne pas être là où il faut du courage, personne ne les avait forcés à être dans cette salle, auprès du pouvoir.

Comment a-t-il pu se faire que les gens, jusqu'à maintenant, aient eu peur de se lever ! Comment un homme ou, à la rigueur, dix hommes ont-ils pu s'emparer du pouvoir et tenir tout le monde soit dans la peur, soit dans l'ignorance ? Et quand tout cela a-t-il commencé ? Khrouchtchev croyait avoir tout expliqué, avoir répondu à toutes les questions. On a tout tiré au clair, a-t-il dit, on a relâché les innocents, on a fait mémoire des morts : on peut continuer à vivre. Mais pour nous et, en particulier, pour les hommes de ma génération, les questions ne font que commencer. Pour nous, qui n'avons pas connu l'avant-guerre, qui n'avons pas eu le temps de nous imprégner du dogme communiste, ce sont les fondements mêmes de cette vie qui sont mis en doute.

On était déjà parvenu à nous faire croire que le communisme était la doctrine la plus avancée et que Staline était l'incarnation de ces idées. Et voici qu'on apprenait soudain que c'était un assassin et un tyran, un avorton sinistre qui ne valait pas mieux que Hitler ! Qu'était-ce alors que ces idées d'avant-garde qui avaient engendré Staline ? Qu'était-ce que le Parti si, après avoir promu Staline, il n'avait pas été capable de le refréner ? Que le Parti ait eu peur ou n'ait pas su, cela ne revenait-il pas au même ? Et, maintenant que tout avait été révélé, ils avaient encore peur de se lever ? La première conclusion qui vient à l'esprit, c'est que tout système construit sur un parti unique engendre inévitablement des Staline, qu'il est incapable d'écarter ensuite, et annihile toute tentative de créer une opposition, condition de l'alternance.

A ce moment-là, beaucoup de gens parlaient d'une « démocratie-au-sein-du-Parti », mais pour nous, cela ne rendait pas un son très convaincant. Pourquoi cette démocratie devait-elle exister seulement à l'intérieur du Parti ? Alors les autres, tous les autres n'étaient donc pas des hommes ? Ce n'est pas nous qui élisons les membres du Parti, ils s'élisent eux-mêmes. Et ces mêmes hommes, qui ont engendré et soutenu Staline, se chargeraient d'établir une justice supérieure, au moyen d'une démocratie *endogène* ? Ils vont parler de nouveau au nom du peuple, qui ne les en a pas chargés ? Ces mêmes vauriens qui, durant trente années, nous ont menti en parlant de Staline, vont continuer à nous mentir en parlant de démocratie au sein du Parti. Mais qui pourrait croire le Parti ? C'est que rien, en fin de compte, rigoureusement rien n'a changé. Si maintenant, temporairement, on ne tue pas des millions de gens, quelle garantie avons-nous que cela ne se reproduira pas demain ? Le système est le même et les hommes sont les mêmes. Personne n'a été puni, on n'a jugé personne.

Et qui juger ? Tous sont coupables : et ceux qui ont tué indirectement, et ceux qui ont donné les ordres, et ceux qui ont approuvé et même ceux qui se sont tus. Chacun, dans cet État artificiel, a tenu le rôle qu'on lui a assigné, et pour lequel on l'a payé : grand spectacle sanglant ! Prenons, par exemple, mes parents. C'étaient des gens modestes, paisibles et honnêtes. Mais ils étaient journalistes, ils faisaient cette même propagande qui m'a si lâchement trompé et qui était destinée à justifier les assassinats ou à les passer sous silence. Un grand reportage de mon père avait plu à Staline et c'est sur son ordre personnel qu'il a été admis à l'Union des Écrivains et qu'il est ainsi devenu homme de lettres. Et cela se passait il n'y a pas si longtemps, hier, pour ainsi dire. Tous se sont réjouis et l'ont félicité. On a lu son reportage à la radio, on l'a publié dans la *Pravda*, on en a fait un livre. Qu'y avait-il là de réjouissant ? Il avait rempli son rôle d'auxiliaire et le grand bourreau l'avait récompensé. Peu m'importe la raison qu'ils donnaient pour justifier leur complicité. Ils l'expliquaient peut-être même par le fait qu'ils devaient me nourrir.

Mais moi, étais-je meilleur qu'eux ? Non seulement, je mangeais leur pain, mais encore j'étais pionnier, je participais au travail de cette effrayante machine à produire soit des cadavres soit des bourreaux. Suis-je soulagé à l'idée que je ne le comprenais pas alors ? Un homme a-t-il le cœur plus léger s'il apprend que, par hasard, il est devenu, sans en avoir l'intention, complice d'un assassinat ? Je me souvenais de Joseph pour lequel je n'étais pas intervenu et d'Oulianov, que j'avais tourmenté en invoquant son homonyme. Et j'aurais certainement continué ainsi à franchir les degrés, des pionniers au komsomol, puis au Parti, comme on passe d'une classe à l'autre. Et peut-être qu'au bout de quarante ans, j'aurais salué d'un geste bienveillant les masses populaires du haut d'une tribune ou que j'aurais signé des mandats d'arrêt. Et alors que déjà j'aurais atteint le seuil de la vieillesse, ce sont mes enfants à moi qui m'auraient dit :

« Où étais-tu ? Pourquoi n'as-tu rien dit ? Comment as-tu pu admettre tout cela ? »

Et mon morceau de pain leur serait resté en travers de la gorge.

Qui donc a fait de nous tous des criminels ? J'avais soif de vérité et naturellement je me suis mis à lire tout ce qui me tombait sous la main. Et, non moins naturellement, Vladimir Ilitch Lénine fut l'un des premiers que j'ai rencontrés quand j'errais dans mes ténèbres intérieures. Ah ! notre cher Ilitch. Combien d'hommes aura-t-il amenés vers ces ténèbres, à combien aura-t-il fourni la justification de leurs crimes ! Mais à moi, il m'a donné la lumière : en vérité la fameuse ampoule de Lénine[1] s'est allumée dans ma nuit désespérée !

Bien des années plus tard, j'allais souvent voir des amis qui avaient une petite fille et qui logeaient, en plus, la grand-mère. Dans cette famille charmante et paisible, on parlait surtout d'art et de peinture. Or, un jour, j'ai eu la surprise de les trouver en train de discuter avec acharnement. Tous, y compris la vieille dame, se querellaient au sujet de Lénine. Chacun avait son idée sur ce que voulait Lénine, sur ce qu'il croyait, sur les principes qu'il professait. Mais ce qui me frappa le plus, c'était qu'ils citaient Lénine et que chaque citation réfutait la

1. Slogan lancé dans les années 20 au moment de l'électrification des campagnes. (N.D.T.)

précédente. Je ne leur supposais pas une telle érudition ! Ils n'aimaient pas Lénine : ils étaient croyants, et je n'avais jamais remarqué auparavant qu'ils prissent quelque intérêt à ses idées. Le lendemain, je suis retourné chez eux et, de nouveau, je les ai trouvés en train de discuter sur Lénine. Que diable était-ce là ? Quelle mouche les avait piqués ? Et il en fut ainsi pendant une semaine.

J'ai commencé à perdre patience : dès que je parlais de quoi que ce soit, ils rapportaient tout à Lénine. J'avais perdu mon havre de paix. On avait bien besoin, pensais-je, que ce Lénine, comme Satan, s'insinue chez ces gens pour les brouiller entre eux !

Soudain, tout s'expliqua d'une manière « anecdotique », si j'ose dire. J'appris que, faute de papier hygiénique, on avait mis dans les toilettes un recueil complet des œuvres de Lénine. Naturellement, chacun d'eux voyait des pages différentes, des textes différents, parfois même écrits à différentes époques. Ils ne pouvaient donc se faire la même idée de ce qu'il avait prêché. Tel est, en effet, Lénine, telle est sa dialectique. Essayez, distribuez ses œuvres à diverses personnes et demandez-leur ensuite leur avis. Dieu veuille que deux d'entre elles parviennent à s'accorder ! Il n'est pas étonnant qu'il existe sur terre des dizaines de partis marxistes-léninistes et que tous soient vrais. Cet homme n'avait tout simplement pas de principes, sauf un : donner toujours une base théorique à toutes ses décisions concrètes. Et c'est cette absence de principes que l'on appelle la dialectique léniniste. La philosophie est prodigieusement commode pour les filous, mais elle ne les a jamais dispensés de rendre des comptes.

Dans la Grèce antique, un des disciples d'Héraclite, le premier dialecticien du monde, devait à son voisin une importante somme d'argent qu'il refusait de rembourser.

Devant le tribunal, il déclara, en citant son maître, que le temps avait passé et qu'il n'était plus du tout l'homme qui avait contracté cet emprunt, que son créancier avait subi, lui aussi, des changements dialectiques et que, dès lors, la question se posait ainsi : qui devait quelque chose à qui ? *Tout s'écoule, tout change.* Le juge, également disciple d'Héraclite, l'acquitta. Alors le créancier, écumant de rage, prit un bâton et les roua de coups. Il fallut l'acquitter, lui aussi, puisque, déjà, il était un tout autre homme et que les victimes n'étaient sans doute plus tout à fait les mêmes que lorsqu'il les avait bastonnées.

Tout de même, j'ai tiré grand profit de la lecture de Lénine. C'est, avant tout, l'histoire vivante des crimes des bolcheviks, cette histoire qu'ils cachent maintenant avec obstination. Dans les bibliothèques, on ne communique pas aux citoyens soviétiques la collection de la *Pravda* d'il y a vingt ans. Mais, dans les œuvres complètes de Lénine, c'est toute la révolution, toute la guerre civile qui revit à travers ses billets et ses notes. Et, quand on connaît la suite de l'histoire, il est facile de voir d'où tout est venu.

J'ai trouvé dans la logique de Lénine le pivot sur lequel repose le mal. Voici ce qu'il dit : « On ne peut vivre en société et être libre vis-à-vis de la société. » Cela paraît juste : tous les membres d'une société sont en corrélation. Mais sa conclusion, c'est qu'il faut, de propos délibéré, implanter et cultiver cette « non-liberté », car, de toute manière, elle est inévitable. Il faut créer une sorte de caution solidaire : et c'est ainsi que nous nous sommes tous retrouvés criminels.

D'après le même schéma, l'État, dit-il, c'est toujours la violence, la violence d'une classe sur une autre. A un plus ou moins haut degré. Il est donc juste et nécessaire de recourir à la violence au nom de la classe du prolétariat.

Il n'y a pas lieu de se gêner. Et voilà pour la justification de la terreur.

La littérature et l'art sont toujours l'expression d'une classe, dit-il, ils sont toujours l'instrument de la classe dominante, de la culture dominante, par conséquent, nous continuerons pleinement les traditions culturelles si, dans notre État ouvrier, nous permettons de créer seulement un art prolétarien. Et voilà pour la censure, introduite sous Lénine comme « mesure temporaire », et son enfant, le réalisme socialiste, infiniment plus durable.

La propriété privée, c'est ce qu'on a volé aux travailleurs, donc : volez ce qui a été volé ! Si l'on raisonne rigoureusement à la Lénine, pourquoi ne pas justifier l'assassinat ? En effet, l'homme est mortel, pourquoi ne pas le tuer maintenant, de toute façon il mourra ? Ce n'est pas sans raison qu'il a eu quatre sur cinq en logique.

Et toute cette tactique est claire comme de l'eau de roche : au début, avec tous, il faut manger les premiers ; ensuite, avec ceux qui restent, il faut manger les seconds, puis les troisièmes, de façon à se retrouver, en fin de compte, en présence de l'adversaire le plus faible. Mais, qui est le juge suprême ? Qui est le seul à savoir où sont les intérêts du peuple ? Lui seul, tous les autres sont des traîtres. Alors, pourquoi en voudrions-nous à Staline ? Il n'a été qu'un élève obéissant. Et regardez avec quelle application ils se sont mangés les uns les autres. Aujourd'hui, tu es le bourreau, demain, tu seras la victime. Et ce fut ainsi jusqu'à Staline. Lui, c'est après sa mort qu'on l'a mangé. Donc, messieurs, lisez, lisez les classiques du marxisme-léninisme ! Fût-ce aux toilettes, si vous êtes ménager de votre temps. Cela vous éclairera.

De Lénine, je suis passé aux penseurs russes du

XIXe siècle et j'ai découvert chez eux une particularité amusante : tous, qu'ils résident dans leurs domaines campagnards ou qu'ils habitent un appartement en ville, aimaient à raisonner sur le peuple. Tant de forces inconnues fermentaient en lui... Il se réveillerait, un jour, ce peuple et il résoudrait tout, il énoncerait une vérité définitive et créerait la vraie culture. Évidemment, ils ne pouvaient savoir ce qui se passerait au début du siècle suivant et comment le peuple se manifesterait, ils jugeaient surtout d'après leur cocher ou leur concierge. Et c'est ainsi qu'est née l'idée d'une culture prolétarienne, qui serait quelque chose de supérieur.

Mais cela nous faisait un drôle d'effet d'entendre l'expression culture prolétarienne, à nous qui avions grandi dans les cours et les appartements communautaires, au milieu de ce même prolétariat, qui avions vécu avec lui d'égal à égal, et pas comme des messieurs ! Pour nous, cela n'était pas un mystère, une mystique. Cela désignait l'ivrognerie, les bagarres, les luttes au couteau, l'accordéon, les obscénités et aussi les graines de tournesol que l'on décortiquait et grignotait. Et pas un seul vrai prolétaire n'aurait appelé tout cela la culture, car l'un des traits distinctifs de ce prolétariat était précisément la haine de la culture, et l'envie, une inexplicable envie. La culture, c'était une sorcière qu'ils chassaient à coups de pierres. « Voyez-vous ça, tous ces gens *cultivés* ! » disaient méchamment nos voisins, en nous persiflant. Et j'ai su, dès l'enfance, qu'il n'y avait rien de plus infamant que d'être un intellectuel. (C'était déjà mauvais de porter un chapeau ou des lunettes.) Et l'étonnant, c'est qu'aucun des hommes de talent, issus du peuple, n'a jamais prêché le socialisme, n'a jamais aspiré à labourer la terre, tandis que le comte Tolstoï n'était pas en paix à l'idée qu'il ne travaillait pas physiquement.

J'ai poursuivi mes lectures avec un grand intérêt et j'ai

repris tous les socialistes-utopistes que je pouvais me procurer. Et j'ai été extrêmement étonné, car toutes leurs utopies se sont, en effet, réalisées chez nous ! C'est-à-dire qu'elles se sont réalisées comme elles pouvaient se réaliser parmi des hommes. Nous avons été les interprètes les plus appliqués et les plus conséquents de ces utopies. Notez bien que toutes ces théories présupposent des hommes particuliers (auxquels l'État idéal plaira, qui seront tous objectifs, soucieux du bien commun, etc.) et il serait intéressant de savoir où sont passés les coquins... Pour réaliser l'utopie, le nouvel État doit se mettre à l'abri des influences extérieures : c'est ainsi qu'est tombé le rideau de fer.

Dans toute utopie, l'État est créé par la volonté d'un sage, d'une sorte de grand-père Lénine, qui donne aux hommes de bonnes lois. Et les hommes, on ne sait trop pourquoi, acceptent d'adopter ces lois. Hier, ils n'en voulaient pas, mais aujourd'hui, ils se réjouissent comme un seul homme. En un mot, hier, c'était trop tôt et demain, il serait trop tard. Et si une partie d'entre eux n'est pas d'accord, alors, c'est la guerre civile ?

Les habitants de l'État utopique doivent oublier complètement leurs habitudes, leurs traditions et les lois antérieures, toute leur histoire, donc il faut établir une censure, interdire certains livres, et ainsi de suite. Pour atteindre à une plus grande objectivité et impartialité, tous les biens de la vie sont distribués en parts égales par des fonctionnaires : et voici la bureaucratie ! Dans *La Cité du soleil*[1], Campanella propose même que l'on confie à des fonctionnaires le soin d'assortir les couples ; en voilà encore une bonne source de profits pour les amateurs de pots-de-vin !

1. Dans cet ouvrage le philosophe italien (1558-1634) préconise un communisme intégral. (N.D.T.)

Rappelons, enfin, la thèse la plus importante de tous les utopistes : ils considèrent qu'il va de soi que tous les hommes qui seront nés et auront grandi sous l'ordre nouveau, seront tout à fait différents et tels que le souhaite le régime. Et c'est là leur erreur fondamentale, c'est de croire sérieusement que l'homme arrive au monde vide comme un vase et malléable comme la cire, ce qui leur permet d'affirmer qu'il n'y aura plus de criminalité, de mécontentement, d'envie et de haine.

La foi surprenante, naïve et inhumaine de tous les socialistes dans la vertu de l'éducation a transformé nos années scolaires en supplice et couvert le pays de camps de concentration. Chez nous, on éduque tout le monde, du plus petit jusqu'au plus grand, et tous doivent s'éduquer mutuellement. D'où les réunions, les meetings, les discussions, l'information politique, la surveillance, les contrôles, les activités organisées, les « samedis communistes » et les « émulations socialistes ». Et, pour les plus difficiles à élever : les travaux physiques les plus pénibles dans les camps, ceux auxquels aspirait le cher Tolstoï. Mais comment construire autrement le socialisme ? Tout cela était très clair pour le gamin de quinze ans que j'étais. Mais, demandez maintenant encore à un socialiste de l'Occident : que faut-il faire, en régime socialiste, des gens qui sont inaptes ? Les éduquer ! répondra-t-il.

On a tenté chez nous, et fort sérieusement, de transformer par l'éducation une pomme en poire, et c'est sur cette foi que l'on a fondé et construit la biologie, pendant cinquante ans. On raconte qu'en Angleterre, un original avait coupé les queues des rats pendant vingt années, il attendait toujours une descendance anoure, sans queue, mais il n'a pas persévéré et il a fini par s'en moquer... Bah ! que pouvait-on attendre d'autre d'un Anglais ? Non ! Ce n'est pas ainsi que l'on construira le socialisme. Il lui manquait le feu sacré, une foi saine en l'avenir radieux. Chez nous, c'est tout autre chose : on a coupé des têtes pendant des dizaines d'années et des hommes sans tête, d'un type nouveau ont fini par naître. L'essentiel, c'est de ne pas se décourager, car on fait tout cela, n'est-ce pas ? pour le bonheur universel.

Ce rêve d'une égalité universelle absolue est étonnant, effrayant et inhumain. Dès qu'il s'empare de l'esprit des hommes, le sang coule à flots et les cadavres s'amoncellent, aussitôt on se met à redresser les bossus et à raccourcir ceux qui dépassent. Je me souviens qu'il y avait à l'expertise psychiatrique, un test destiné à dépister l'idiotie. On posait cette question au patient : « Imaginez le déraillement d'un train. On sait que, dans ce genre de catastrophe, c'est surtout le dernier wagon qui est atteint. Que faut-il faire pour qu'il ne le soit pas ? » On s'attend à ce que normalement l'idiot propose de décrocher le dernier wagon. Cela paraît amusant, mais pensez-vous que les idées et la pratique du socialisme soient beaucoup plus intelligentes ?

Dans la société, disent les socialistes, il y a les riches et les pauvres. Les riches s'enrichissent, tandis que les pauvres s'appauvrissent. Que faire ? Décrocher le dernier wagon, exterminer les plus riches, les priver de leurs richesses et les distribuer aux pauvres. Et ils commencent à décrocher les wagons. Mais, chaque fois, il se trouve qu'il y a toujours un dernier wagon, il y a toujours quelqu'un de plus riche et de plus pauvre, parce que la société est comme un aimant : on a beau le couper, il reste toujours deux pôles. Mais, croyez-vous que cela décourage un vrai socialiste ? L'essentiel, c'est de réaliser un rêve, c'est pourquoi au début, quand la partie la plus riche de la société est exterminée, tout le monde se réjouit, tout le monde a eu sa toute petite part de profits ! Mais voici qu'on a dépensé le butin et, de nouveau, l'inégalité saute aux yeux, de nouveau il y a des riches et des pauvres : on décroche le dernier wagon, puis le précédent, et cela sans fin, et sans que l'égalité absolue soit jamais atteinte. On l'a bien vu : si un paysan avait deux chevaux et une vache, il se trouvait déjà dans le dernier wagon et on le *dékoulakisait*, au nom de l'idéal radieux. N'est-ce pas étonnant que, dès que naît l'aspiration à l'égalité et à la fraternité, la guillotine fasse aussitôt son apparition ?

C'est si facile, si simple et si tentant de prendre et de partager ! De rendre tous les hommes égaux en un tournemain, de résoudre tous les problèmes par un seul effort. C'est si séduisant de se débarrasser, une fois pour toutes, de la misère et de la criminalité, du malheur et des souffrances. Il suffit de le vouloir, il faut seulement corriger ceux qui empêchent le bonheur universel et ce sera le paradis sur terre, la justice parfaite et la bienveillance au cœur de l'homme ! L'homme a du mal à ne pas se laisser aller à ce rêve, à cet élan magnifique, surtout les êtres sincères et impétueux. Ce sont eux qui, les premiers, commencent à couper les têtes :

N'ayez pas peur de la cendre, n'ayez pas peur de la réprobation,
N'ayez pas peur de la fournaise et de l'enfer.
Craignez seulement celui qui vous dira :
Je sais comment il faut faire.
Pour tous ceux qui me suivront,
Le paradis sur terre sera la récompense[1].

Ils seront aussi les premiers à monter sur l'échafaud ou à aller en prison. Ce système est trop commode pour

1. D'une ballade d'Alexandre Galitch, auteur de drames et de chansons satiriques à grand succès. Contraint d'émigrer en 1974, il est mort à Paris en 1978.

les coquins et les démagogues qui décideront, en dernière analyse, de ce qui est le bien et de ce qui est le mal.

Il faut apprendre à respecter le droit qu'a chaque homme — fût-ce le plus dérisoire ou le plus repoussant — de vivre comme il l'entend. Il faut renoncer à jamais à cette foi criminelle en la rééducation de tous sur un seul modèle. Il faut comprendre que l'on peut réellement, et sans recourir à la violence, créer l'égalité des chances, mais pas l'égalité des résultats. Ce n'est qu'au cimetière que les hommes trouvent une égalité absolue et, si vous voulez transformer tout votre pays en un gigantesque cimetière, alors oui, enrôlez-vous chez les socialistes ! Mais l'homme est ainsi fait que l'expérience d'autrui, les explications d'autrui ne le convainquent pas, il veut tout essayer par lui-même, et c'est avec effroi que nous suivons maintenant l'évolution des événements au Viêtnam et au Cambodge, comme c'est avec tristesse que nous écoutons les boniments sur l'eurocommunisme et le socialisme à visage humain. Chose étrange : personne ne parle de fascisme à visage humain, mais pourquoi ?

C'est alors qu'eut lieu la révolution hongroise. Après toutes ces révélations, condamnations et réhabilitations posthumes, après qu'on nous eut assuré que ce qui était arrivé dans le passé ne se reproduirait pas, c'étaient de nouveau les cadavres, les chars, la violence et le mensonge. C'était encore une preuve, et combien convaincante, que rien n'avait changé. C'étaient des garçons de quinze ou seize ans comme nous qui mouraient dans les rues de Budapest, l'arme à la main, en défendant leur liberté. Qui étaient LES NOTRES et qui n'étaient pas LES NOTRES ? Ce n'était plus du cinéma, ce n'était plus le jeu de la guerre où il y avait toujours LES NOTRES et LES ALLE-

MANDS et où nous étions toujours du bon côté. Cette fois, d'un côté, il y avait LES NOTRES, les Russes que l'on expédiait, sans même leur demander leur avis, pour donner la mort. Et, de l'autre côté, c'était aussi LES NOTRES car, à leur place, j'aurais fait exactement la même chose. Le silence que gardait Moscou, cette vie plate et quotidienne nous accablaient. On ne pouvait s'empêcher de penser qu'un camion allait freiner devant notre cour, un camion poussiéreux et peint aux couleurs de camouflage : « C'est le moment ! » nous dirait-on, et on nous lancerait par-dessus bord des mitraillettes toutes neuves. Et nous traverserions, en coup de vent, tous ces greniers, tous ces passages dont nous connaissions chaque poutre, chaque recoin, et nous courrions là-bas, au centre, jusqu'aux étoiles du Kremlin ! Mais les camions poussiéreux roulaient avec fracas sur les pavés, sans s'arrêter, les piétons passaient, d'un air indifférent et les femmes continuaient à se chamailler, çà et là, nonchalamment. On était au royaume des morts. Les jours s'étirèrent péniblement les uns après les autres jusqu'à ce que tout fût fini, jusqu'à ce que l'on eût étranglé la Hongrie. Il était clair qu'on ne pouvait plus attendre, il fallait faire quelque chose. Mais quoi ? J'étais prêt à tout.

Aussi, lorsque des garçons de mon école commencèrent à me parler, avec force précautions oratoires, d'une certaine organisation, je ne les laissai même pas achever leurs propos tant j'étais heureux. Ça y est, ça commence, enfin, enfin ! Maintenant qu'on va avoir des mitraillettes, à l'action ! Et c'est ainsi que je me retrouvai membre d'une organisation illégale. A mon grand regret, il n'y avait pas trace de mitraillettes et personne ne parlait même de ces choses. Au contraire, nos chefs, des garçons un peu plus âgés que moi, nous disaient que l'organisation n'avait pas de buts politiques. Mais on nous disait cela avec des airs de conspirateurs, d'un ton si chargé de sens et de sous-entendus qu'il était clair pour tous qu'il fallait tout simplement parler ainsi pour le cas où l'un de nous viendrait à laisser échapper un secret ou craquerait à un interrogatoire ou, plus simplement, au cas où l'on nous écouterait. C'était, en somme, pour donner le change. Et il allait de soi que nous n'attendions que le signal pour commencer, le jour que le plus haut placé était seul à connaître, et alors...

Si quelqu'un se mettait à parler des communistes, de la Hongrie, on l'interrompait immédiatement : pourquoi parler de cela ? Cela n'a aucun rapport avec nous. Qu'est-ce qui vous prend ? Êtes-vous là pour nous faire de la propagande ? Un homme intelligent doit tout comprendre par lui-même. D'après certaines allusions faites négligemment, en passant, on pouvait deviner que nous étions très nombreux et que tout le pays ou presque était recouvert par notre réseau et attendait le signal. En fait, lors d'un rassemblement en forêt — à 40 kilomètres de Moscou — j'ai aperçu une vingtaine de garçons, sans compter ceux qui montaient la garde, çà et là. A d'autres réunions, j'en ai remarqué de nouveaux, que je ne connaissais pas, mais le règlement voulait que nous nous ignorions les uns les autres et même que nous prenions, à tout hasard, d'autres noms.

En réalité, nous ne faisions rien. Toute notre conspiration consistait à garder le secret et à recruter de nouveaux membres. On ne nous distribuait pas de littérature clandestine et il n'était pas recommandé de s'en procurer. On considérait que nous comprenions tout très bien et qu'il n'était nul besoin de nous endoctriner. En outre, cela aurait pu mettre le K.G.B. sur nos traces. En premier lieu, on nous avait expliqué que tous les téléphones et tous les appartements pouvaient être branchés sur une table d'écoute. Ainsi, au téléphone, il ne fallait parler que par phrases convenues, qui auraient le son de l'innocence et, dans les appartements, il valait mieux ne pas parler du tout. Nous avons appris aussi à détecter une filature et à y échapper. Pour ce faire, un membre inconnu de l'organisation se chargeait de nous pister. On pouvait n'en rien savoir à l'avance et il fallait être toujours sur le qui-vive. Et c'était une bien grande honte que de ne s'en être pas aperçus et de s'entendre raconter ensuite ce que l'on avait fait et où l'on était allé, le jour en question. Et inversement, on pouvait recevoir mission de suivre quelqu'un sans se faire remarquer. Au cas où votre filature était découverte, il fallait n'en rien laisser voir et ne pas laisser échapper celui qui en était l'objet. Si l'on vous suivait et que vous le remarquiez, il fallait trouver le moyen de tromper votre limier et de vous enfuir. Toutes ces techniques étaient très élaborées, soigneusement mises au point.

On nous expliquait comment il fallait se conduire lors des interrogatoires : ne jamais rien avouer, en particulier son appartenance à l'organisation ; ne pas reconnaître les autres membres, si on vous les montrait ; cacher ses opinions et faire semblant d'être *soviétique* ; jouer l'étonnement, la perplexité, l'indignation et recourir encore à toutes sortes d'autres procédés psychologiques. Malheureusement, personne ne nous parlait des aspects juridiques de l'interrogatoire. En général, l'omniscience et l'omnipotence du K.G.B. étaient fort exagérées. On considérait même qu'il y aurait obligatoirement des tortures, des coups et des manœuvres d'intimidation, qu'on nous présenterait de fausses dépositions d'autres membres, etc. Tout cela s'est révélé juste par la suite et ma préparation m'a rendu grand service. A l'époque, toutefois, personne ne nous prêtait la moindre attention.

Nous n'avions pas tous, loin de là, la permission de recruter de nouveaux membres. Il fallait avoir fait auparavant la preuve de ses capacités. Il était catégoriquement interdit de parler politique. Et on nous recommandait d'observer longuement les garçons avant de les approcher. Il fallait choisir le futur membre de l'organisation non pas d'après son état d'esprit ou ses propos, mais selon de tout autres critères. Il devait être peu bavard, plutôt renfermé ; audacieux, bon camarade. Il fallait s'assurer qu'il n'avait aucun vice, qu'il n'entretenait aucune relation avec des criminels, qu'il n'était pas trop crédule, pas trop bête. Enfin, lorsqu'on s'était enquis de l'essentiel, et que l'on avait acquis la certitude qu'il convenait, il fallait le présenter à l'un des chefs et, si celui-ci approuvait votre choix, quelqu'un d'autre était chargé de l'enrôler. Votre tâche consistait seulement à les présenter et, ensuite, à disparaître de la scène.

Il y avait diverses façons d'enrôler les garçons, et toutes avaient été soigneusement mises au point. Le plus souvent, on employait le moyen qui, en fait, a servi pour nous tous. Formellement, je veux dire en paroles, nous entrions non pas dans une organisation politique, mais dans une sorte d'entraide amicale. A moi, par exemple, on m'a expliqué les choses ainsi : maintenant, nous allons encore tous à l'école, nous n'avons pas de problèmes particuliers. Ensuite, nous devrons vivre dans une situation plus compliquée, franchir certains obstacles, faire notre chemin. Seul, c'est très difficile. On a besoin d'amis sûrs et secrets qui vous soutiennent, à l'insu d'autrui, et que l'on soutienne par réciprocité. Si cette organisation devient assez importante, nous serons très forts et, pratiquement, nous pourrons TOUT faire. C'est à peu près tout ce que l'on nous disait. C'était une entreprise tout à fait innocente et, si quelqu'un d'entre nous ne comprenait pas ce que nous pourrions faire, on ne lui en disait pas davantage. Et il continuait à penser qu'on lui avait demandé d'appartenir à une organisation d'entraide pour faire carrière.

Mais nos esprits étaient ainsi faits et il régnait une telle atmosphère dans le pays qu'au seul mot d'*organisation* (et, qui plus est, *secrète*) un éclair de joie brillait dans les yeux de votre interlocuteur et on voyait aussitôt que, tout comme vous, il attendait depuis longtemps le camion chargé de mitraillettes. Naturellement, soucieux de précision, il vous demandait d'emblée, si l'on envisageait une telle éventualité et vous lui expliquiez, d'un air grave et entendu, que les gens intelligents ne parlent pas de ces bêtises et que l'organisation n'avait pas de buts politiques. « Ah ! ah ! », acquiesçait-il d'un signe de tête joyeux, pressé qu'il était de vous faire sentir qu'il était un homme intelligent et qu'il comprenait qu'il ne fallait pas parler de ces choses à haute voix. Ensuite, vous l'ameniez à une réunion où vous deviez le présenter sous un autre nom et le recommander aux assistants. Si personne ne faisait d'objection, il devenait membre de l'organisation et prenait part aux travaux communs.

Une fois seulement, je me suis heurté à un garçon qui paraissait convenir sur tous les points, mais ne comprenait pas les vrais buts de l'organisation. C'était un « radioamateur » et cette passion l'absorbait complètement. Je crois qu'il n'avait même pas entendu parler de la Hongrie et qu'il ne s'était jamais préoccupé de savoir dans quel genre de pays il vivait. Il avait pris l'idée d'entraide pour argent comptant et me demandait sans cesse de lui procurer des pièces pour son poste. Il devait croire qu'il était entré dans un club clandestin de sans-filistes. Si, d'aventure, je lui parlais d'autre chose, il me regardait à travers ses lunettes d'un air perplexe, ne discutait pas, se rangeait à mon avis, mais on sentait qu'il ne comprenait absolument pas de quoi il était question. Il observait tout notre remue-ménage de conspirateurs avec condescendance, comme un mâtin regarde jouer ses chiots.

Je fis part de ma déconvenue, mais il régnait une telle

atmosphère d'ambiguïté et de réticence qu'il me fut impossible d'expliquer pourquoi j'étais mécontent. « Au contraire, tout va très bien ! me répondit-on. C'est un gars sérieux, un bon spécialiste, il respecte l'idée d'entraide, il a accepté d'être membre de l'organisation, il n'est pas bavard, il est sûr, que voulez-vous de plus ? » On l'a donc agréé, et je fus tout à fait découragé. Je me représentais quel serait son embarras si, demain, on nous distribuait des mitraillettes ou si l'on nous traînait à la Loubianka[1]. Mais, en fait, le jeu était mené avec une telle prudence qu'en cas d'arrestation, aucun de nous n'aurait pu rien dire, l'eût-il voulu. En apparence, tout cela se présentait comme un jeu innocent, et l'attente des mitraillettes était le fruit de l'imagination de chacun de nous. Avec la meilleure volonté du monde, personne n'aurait pu expliquer pourquoi, nous considérions cette organisation comme politique. La politique ? On n'en parlait jamais !

Cependant, l'organisation grandissait. Où que j'aille, dans un camp de pionniers ou dans notre maison des environs de Moscou ou encore dans une autre école, on me disait toujours à l'avance qui des nôtres j'y retrouverais, comment nous devrions entrer en relation et ce que je devrais faire. On était constamment en liaison secrète avec les chefs, on recherchait de nouveaux postulants et il y avait une réelle entraide. Il va de soi que l'on n'avait pas plus le droit de refuser d'accomplir une mission ou de participer à une opération d'entraide que de poser des questions sur les buts des tâches que l'on nous assignait. Poser des questions était considéré comme un manque de tact qui vous ravalait aussitôt dans l'estime d'autrui. Il fallait en savoir juste assez pous s'acquitter de sa tâche avec succès, puis oublier totalement tout ce que

1. Siège de la Sûreté soviétique. (N.D.T.)

l'on avait fait. Il existait tout un système de contrôle des indiscrétions et même si les chefs vous demandaient ensuite comment les choses s'étaient passées, il était convenu que l'on ne devait se souvenir de rien ou s'étonner de la question. Inutile de dire que les parents ne soupçonnaient pas nos activités.

Celui qui ne s'était pas bien acquitté de sa mission était couvert de honte et aucune justification ne pouvait le sauver. Même le fait d'arriver en retard à un rendez-vous, fût-ce de cinq minutes, était considéré comme une tache indélébile. On estimait qu'aux âmes bien nées, rien n'est impossible et que si quelque chose vous avait empêché de remplir votre mission, vous en portiez vous-même la responsabilité.

Le sévère avertissement que nous avions donné au directeur de l'école, c'était aussi une opération montée par l'organisation pour porter secours à notre compagnon qu'il s'était permis de battre. Une autre fois, alors que je me reposais dans notre maison, près de Moscou, on me fit savoir que quelqu'un avait volé les affaires des nôtres pendant qu'ils se baignaient. Je soupçonnais les gars du lieu qui avaient pris des bains de soleil toute la journée, dans les parages. Je les connaissais bien et, comme j'avais avec eux des relations amicales, je les ai persuadés sans peine de me rendre les affaires. Mais le fait que je sois si bien informé fut, pour eux, une vraie surprise !

Un jour, pour échapper à une filature d'entraînement, je bondis dans l'entrée d'un immeuble. Ceux qui me poursuivaient n'avaient pas vu où je m'étais caché, mais s'ils avaient bien regardé, ils m'auraient aussitôt découvert, et j'en aurais été pour ma courte honte. Je me demandais avec anxiété ce que j'allais faire. En sautant dans l'entrée, j'avais remarqué par hasard, à la fenêtre du rez-de-chaussée, toute une collection de cactus. Sans perdre de temps, je sonnai à la porte. Une femme âgée m'ouvrit et je me mis à lui raconter que je faisais moi-même collection de cactus, que c'était ma passion et que je venais de voir en passant devant sa fenêtre plusieurs variétés que je ne connaissais pas. J'avais, sans doute, l'air si naïf, si franc et si innocent qu'elle m'introduisit tout de suite dans son logement, me donna du thé, me fit cadeau d'un tas de plantes et me retint longtemps. J'eus grand-peine à prendre congé de cette *cactussière* et de son caquetage. Et quand je sortis dans la rue, il n'y avait plus personne.

Ma réputation allait grandissant, notamment parce que j'avais réussi à faire entrer de nouveaux membres dans l'organisation. En effet, bien avant cela, j'avais déjà tout un petit cercle de garçons qui avaient les mêmes idées que moi et je les avais tout naturellement entraînés à ma suite. En outre, je ne ménageais pas mes forces et j'étais prêt à tout faire en vue de notre réussite.

Nous réfléchissions peu alors aux buts que nous nous proposions d'atteindre et, chose curieuse, nous ne pensions pas du tout aux résultats, aux conséquences. Nous n'essayions pas d'évaluer les forces de l'adversaire ni même de nous représenter ce que nous ferions en cas de succès ou, au contraire, d'échec. Cela ne nous intéressait pas de savoir dans quelle mesure notre projet était réalisable. Il n'entrait pas dans nos plans d'établir un régime nouveau, en remplacement de l'actuel. Ce qu'il nous fallait, c'était l'explosion, le moment où la tension des forces serait telle que l'on pourrait enfin exterminer toute cette canaille, où, soudain, dans tous les coins de Moscou, LES NOTRES se relèveraient de toute leur taille et, dans un élan irrésistible, iraient donner l'assaut à toutes ces Loubianka, à tous ces comités de Parti, tous ces ministères.

N'est-il pas étonnant que, calculateurs et ingénieux jusqu'au cynisme, nous ayons été totalement « irrationnels » et insouciants quant à l'essentiel. Comment cela était-il compatible ? L'explication était follement simple : chacun de nous en secret, peut-être même inconsciemment, aspirait à mourir en combattant. Après que l'abîme de la bassesse humaine se fut entrouvert à nos pieds, après toute cette imposture monstrueusement abjecte, nous avons pris en haine tous ceux qui étaient plus âgés que nous, tous ceux qui y avaient été mêlés. Après que les chars à l'étoile rouge — rêve et fierté de notre enfance — eurent écrasé, dans les rues de Budapest, les garçons de notre âge, nous voyions tout à travers un brouillard de sang. Après que le monde entier nous eut trahis, nous n'avions plus foi en personne. Nous voulions mourir côte à côte avec ceux qui avaient fait preuve d'une confiance sans bornes, sur lesquels nous avions compté comme sur nous-mêmes au milieu de cet océan de trahison. Il apparaissait que nos parents avaient été des délateurs et des provocateurs, nos capitaines, des bourreaux, et que nos jeux et nos imaginations d'enfants avaient été tout imprégnés de la grande imposture. Nous étions cyniques parce que les mots nobles étaient devenus la monnaie de l'imposture. Seul, le cynisme nous paraissait sincère :

Ah ! romantisme, fumée bleue,
Cœur enflammé de Danko[1]*,*
Combien de sang et combien d'eau
Ont coulé dans les souterrains de la Loubianka.

Ah ! romantisme, fumée bleue,
Chars soviétiques à Budapest

1. Héros de Gorki. (N.D.T.)

Combien de sang et combien d'eau
Ont coulé dans les souterrains de la Loubianka.

Ah ! romantisme, fumée bleue,
Ames lacérées en lambeaux,
Combien de sang et combien d'eau
Ont coulé dans les souterrains de la Loubianka.

Nous fumions tous et nous jurions comme des charretiers, nous faisions des plaisanteries ordurières sur les femmes, nous buvions de la vodka et, devant nous, c'était le vide. Nous, les enfants des taudis socialistes, nous nous apprêtions à faire feu, un beau matin, sur l'indifférence, puis à crever. Qui de nous ne sentait inconsciemment qu'on ne pouvait gagner ? Et, au fait, quel pouvait être l'avenir ? Les mots comme liberté, égalité, fraternité, bonheur, démocratie, peuple étaient des mots vils, qui faisaient partie du vocabulaire des chefs les plus abjects et des affiches rouges. Nous préférions les remplacer par des jurons. Et je suis certain que nous aurions chanté jusqu'au bout notre chant sans espoir aux ruines humaines du Kremlin, seulement, comme on dit, Dieu ne l'a pas permis. Se trouvera-t-il un seul être au monde, doué de sens et de raison, pour nous condamner ? Je ne regrette pas ce temps-là et je ne rougis pas de notre déraison. Je me souviendrai toute ma vie avec nostalgie de ces êtres qui, sans poser de questions, étaient toujours prêts à se dresser au coude à doude, à se lever.

On m'a enfin présenté le chef de toute notre « branche ». Nous nous sommes retrouvés plusieurs fois dans la rue, puis je suis allé chez lui. Nous parlions des heures entières, nous avions de longues conversations très approfondies. Je voulais toujours découvrir le fond de l'affaire. Ces entretiens ont fait naître en moi les premiers doutes : tout de même, que faisions-nous au juste ? Il avait alors vingt-sept ans. Il préparait une thèse de doctorat du troisième cycle et il n'avait pas du tout le physique d'un chef d'organisation clandestine. Qu'il fût plus âgé que moi, c'est-à-dire qu'il appartînt à la génération de lépreux que nous méprisions de tout notre être, ne m'importait guère. Mais sa physionomie, cette façon de parler sans se presser et en zézayant légèrement, son regard, plein de sous-entendus, qui vous fixait à travers les lunettes, cette silhouette dégingandée, gauche, son front tout dégarni, en un mot, toute sa personne me mettait en garde, provoquait un pénible sentiment de perplexité : quel besoin avait-il de tout cela ? me demandais-je, et je ne pouvais répondre. En revanche, je savais très précisément que, si on m'avait proposé de faire entrer cet homme dans l'organisation, j'eusse repoussé sa candidature.

« Une société, disait-il de sa voix sans timbre, c'est comme l'organisme : elle doit avoir de la force physique, des muscles, mais elle doit avoir aussi des nerfs, un cerveau, elle doit avoir des yeux et des oreilles. »

Il avait soin de me laisser entendre que nous relevions, lui et moi, du cerveau, et je devais évidemment être transporté d'enthousiasme et de gratitude à l'idée que j'étais au nombre des élus. Il savait insister, convaincre et, pas une fois, il ne se départit de ce style de mystérieuse ambiguïté qui régnait dans notre organisation. Il avait l'art d'esquiver toute question directe et il vous laissait constamment dans l'incertitude quant au sens réel de ses paroles. Je fus frappé de voir qu'il nous connaissait tous, par cœur pour ainsi dire. Il était au courant de toutes nos particularités, de nos qualités et de nos défauts. Mais c'était une connaissance extérieure, il ne sentait pas les êtres. Il ne se rendait certainement pas compte qu'il était devenu le maître absolu de quelques dizaines de garçons qui s'étaient voués à la mort. Et nos aspirations le préoccupaient dans la mesure où elles l'aidaient à nous diriger. J'avais l'impression que rien, en dehors du pouvoir personnel, ne l'intéressait. Et je n'arrivais pas à me le représenter avec une mitraillette, sous les balles ou même à un interrogatoire du K.G.B.

J'étais bien plus proche de son frère cadet. Il n'avait que deux ans de plus que moi, il était plus vivant et plus facile à comprendre. Je sentais qu'il était mû par la même impulsion que nous. Il aimait beaucoup son frère aîné : il l'idéalisait.

De toutes mes observations et impressions, je tirai soudain une conclusion inattendue : je compris qu'il n'y avait personne au-dessus d'eux, qu'ils étaient les chefs de toute l'organisation et pas seulement d'une branche. Toutes ces insinuations qui donnaient à entendre que nous étions fort nombreux dans tout le pays ou presque, étaient indispensables pour nous faire mordre à l'hameçon. Mais, d'une certaine façon, cela ne me déçut pas : quelques dizaines de garçons, de mon point de vue, c'était déjà une force. Bien entendu, il ne pouvait plus être question d'assaut, de ce signal mystérieux que nous attendions tous, mais la cause n'était pas perdue. Il fallait trouver le moyen de croître plus vite, d'attirer des gens et de pénétrer dans les organisations officielles existantes. Il fallait changer de tactique.

Ainsi, notre inaction devenait absurde, il n'y aurait jamais de signal et l'attente prit fin. D'ailleurs, cette inaction avait eu un effet déplorable sur les membres de l'organisation. Il était manifestement beaucoup plus facile de recruter des garçons que de les retenir. Dès que la première ardeur (l'apprentissage de la conspiration, etc.) était retombée, l'ennui venait progressivement. L'homme ne peut vivre dans une perpétuelle attente. Et puis, le recrutement de nouveaux membres parmi nos relations avait ses limites : dans le cercle de chacun de nous, le nombre de garçons convenant à cette entreprise était restreint. Ainsi arrivait-on à la stagnation, puis à la débandade. Toute activité, n'importe laquelle, eût inévitablement mis le K.G.B. sur nos traces.

Une contradiction insurmontable surgissait : notre mouvement ne pouvait devenir une organisation de masse, une organisation agissante qu'en se déclarant ouvertement et en recrutant, d'un coup, tous ceux qui pensaient de la même façon dans le pays, mais alors son activité eût immédiatement pris fin. Le seul fait d'appartenir à une organisation antisoviétique était puni de dix ans de camp. Et il est étonnant que, durant de si nombreuses années, nous n'ayons pas été démasqués, nous ne soyons pas tombés sur le K.G.B.

Mais supposons que nous nous soyons déclarés d'une manière ou d'une autre, supposons qu'il se soit trouvé des milliers d'adhérents, comment aurions-nous pu savoir s'ils ne nous étaient pas envoyés par le K.G.B. ? Comment aurions-nous pu avoir confiance les uns dans les autres ? Et ce sont les nôtres, si nous nous étions déclarés, que nous aurions pris le plus souvent pour des provocateurs.

Plus nous réfléchissions à cela, moins nous croyions en la possibilité d'une action illégale. Et, comble de l'absurdité : notre appartenance à une organisation clandestine nous rendait tout à fait inoffensifs pour le Pouvoir. C'est ainsi, un homme qui conspire vraiment et qui, pour se camoufler, entre, par exemple, au Parti, peut passer toute sa vie le plus paisiblement du monde. Il travaille, il va aux réunions du Parti et, en fait, il soutient le Pouvoir. Pour conspirer plus efficacement encore, on peut même prendre du service au K.G.B. ! Et, inversement, à la moindre action, à la moindre imprudence, toute organisation pouvait se retrouver en prison, sans avoir rien fait. Si un homme veut agir, il n'a nul besoin d'une quelconque organisation ; au contraire, elle ne peut que le gêner.

Bien des années plus tard, quand j'ai connu dans les camps diverses organisations, j'ai compris que la question qui s'était posée à nous était décisive et je me suis réjoui d'avoir éprouvé tous ces doutes, dès l'enfance.

En fait, durant toutes les années 50 et 60, les organisations, les unions, les groupes et même les partis des nuances les plus diverses ont poussé comme des champignons. Que nous ayons cru, nous les gamins, que nous faisions une œuvre, que nous nous soyons entourés de mystère, que nous ayons conspiré avec notre propre ombre, que nous nous soyons leurrés les uns les autres en faisant mine de croire que LES NOTRES étaient partout et que le jour J arriverait bientôt, n'était-ce pas pardonnable ? Mais, quand on rencontre dans un camp des hommes de quarante ans qui ont écopé de dix ans pour la même chose, on ne peut que hausser les épaules. Nous, du moins, nous avions eu assez d'esprit pour comprendre que nous ne réunirions pas tout le pays dans une organisation de ce genre.

D'habitude, la logique de tous les débutants est à peu près la même. Ils ont tous le même point de départ : l'histoire du Parti communiste de l'Union soviétique. Films et livres ont gravé dans notre mémoire, dès l'enfance, que les bolcheviks ont commencé par fonder un parti. Ensuite, dans la clandestinité, en travaillant avec obstination, ils ont diffusé l'*Iskra* et la *Pravda*, rassemblé autour d'eux ceux qui avaient leurs idées et, enfin, fait la révolution. Et, c'est en suivant le sage proverbe *Prends des leçons chez ton ennemi*, que nous devenons, une fois encore, victimes de la propagande.

Nous oublions que les bolcheviks ont travaillé dans des conditions de liberté pour instaurer la tyrannie, et non l'inverse ; que la liberté de la presse était considérable, que l'émigration était libre et que tous les chefs étaient à Zurich ou à Bâden-Baden. Nous oublions qu'il y avait une poignée de révolutionnaires professionnels, bien pourvus d'argent ; que toute la police secrète de l'époque était logée dans une maisonnette à un étage où maintenant même un commissariat de police ne tiendrait pas ; qu'en dépit de tout cela on arrêtait des bolcheviks presque chaque jour. Mais personne ne leur donnait dix ans de prison pour avoir fait de la propagande, on les envoyait en relégation, et seuls les paresseux ne s'échappaient pas.

Leurs livres de propagande fondamentaux, le *Capital* et autres « classiques », étaient imprimés librement et légalement en Russie, et ils se trouvaient même dans les bibliothèques des prisons. Leurs journaux étaient fabriqués à l'étranger et introduits en Russie plus ou moins librement puisque la frontière n'était pratiquement pas gardée. Et leur tirage n'excédait pas deux à trois mille exemplaires. Combien de fois, bernés par la propagande communiste, oublions-nous que les bolcheviks n'ont fait aucune révolution et n'ont exercé leur activité qu'après la révolution de février, dans des conditions de totale liberté. Le gouvernement provisoire n'avait pas de police secrète.

Comment des hommes adultes peuvent-ils croire sérieusement que les révolutions résultent de l'action d'une quelconque organisation clandestine ? Dans un pays où les partis d'opposition avaient une existence légale, où la libre entreprise était florissante et où il n'y avait pas de passeports intérieurs, qu'il était donc difficile d'être dans la clandestinité, surtout si on ne risquait pas d'être envoyé au bagne ! Est-ce difficile de fonder en France ou en Angleterre un parti clandestin ? Mais à quoi bon quand on peut le faire légalement ?

Et c'est à cause de la grande illusion créée par la propagande que des hommes se battent chez nous depuis vingt ans, en copiant la mythique révolution bolchevique, et cette illusion ne s'est pas encore dissipée pour tous. Il suffit que trois personnes ayant les mêmes idées se réunissent pour qu'elles cherchent aussitôt quel nom donner à leur parti. Ensuite, elles rédigent des statuts, un programme, et tout le monde se retrouve en prison.

J'ai connu des partis composés de deux, de cinq, de douze personnes. Le plus grand, l'*Alliance sociale-chrétienne panrusse de libération du peuple*[1], comptait une centaine de membres. Ils avaient juste eu le temps de rédiger un programme stupide et de lire un peu de Berdiaev, et encore pas tous (comme si la moitié du pays n'avait pas lu Berdiaev, sans qu'il soit besoin d'une organisation pour cela). Le plus petit parti que j'aie connu était formé d'un seul homme, nommé Fédorkov, et s'appelait P.D.P., ce qui signifiait le Pouvoir Direct du Peuple. Tout le monde, en prison, y compris les surveillants, désignait son fondateur sous ce sigle. C'était un horloger de Khabarovsk, un quinquagénaire petit, replet, mobile comme un balancier. Au début, il avait protesté sans cesse, cherchant à démontrer la supériorité du Pouvoir Direct du Peuple, puis il s'était habitué à son sobriquet : P.D.P. ? Va pour P.D.P. ! Les gens du K.G.B. se cassaient la tête, ne sachant que faire de lui : on ne pouvait tout de même pas accuser un homme seul d'avoir fondé un parti politique ! Puis, ils s'en sont moqué et l'ont mis dans une maison de fous.

1. Groupement oppositionnel fondé à Leningrad en 1964 et dont le programme politique visait à transformer la société soviétique selon un modèle personnaliste. Son fondateur, Igor Ogourtzov, fut arrêté en février 1967 et condamné, à l'issue du procès intenté à vingt membres du mouvement, à vingt ans de privation de liberté. (N.D.T.)

Quand j'évoque maintenant tous les partis et associations qu'il m'a été donné de connaître, je note avec fierté que c'est nous, les garçons de quinze et seize ans qui avons créé l'organisation non seulement la plus nombreuse, mais encore la plus cachée, que nous avons duré plus longtemps que les autres et que, pas une fois, nous ne nous sommes laissé prendre. Notre secret était fort simple : nous ne recrutions que des garçons de notre âge et, à cet âge, on n'est pas encore agent du K.G.B., et on est plus franc, plus pur. Et, surtout, nous ne faisions rien : nous ne rédigions pas de programmes, nous ne prêtions pas serment, nous ne conservions pas de listes, nous n'établissions pas de procès-verbaux de nos réunions, il était interdit de parler politique et nous n'avions même pas d'appellation. Si les autres organisations illégales avaient existé aussi longtemps que nous, si elles étaient arrivées à terme, elles auraient compris, elles aussi, l'impossibilité et l'inutilité de l'illégalité. Elles seraient venues à cette même conclusion, expérimentalement, pour ainsi dire.

Nous avons eu plus de chance, nous avons vécu cette étape dangereuse dans notre jeune âge. Et ce n'est que bien plus tard, à une tout autre époque, que nous avons compris une autre vérité, encore plus importante : on ne va pas à la démocratie par la voie de la clandestinité. On ne doit pas prendre des leçons chez ses ennemis, si l'on ne veut pas être comme eux. La clandestinité ne peut engendrer que la tyrannie, que les bolcheviks, d'une couleur ou d'une autre. Autrefois, j'avais seulement remarqué que notre chef, qui disposait de la puissance illimitée de la clandestinité, pensait plus à son pouvoir personnel qu'au destin du monde. Mais je n'avais pas encore bien compris que c'était là une loi immuable, et je n'avais fait que penser : « Quel besoin a-t-il de tout cela ? »

3

Ce n'était là qu'un prélude, rien de plus qu'un délassement. Mon compte n'était pas encore ouvert. Et on peut dire que je n'avais fait que grimper à l'arbre, comme le fameux ours, et que la bûche ne s'était pas encore mise en branle. Et alors, à ma grande surprise, je l'ai heurtée, sans en avoir l'intention.

J'étais en classe terminale quand nous avons eu l'idée, mes copains et moi, de faire une « revue littéraire » pour nous amuser. Cette année-là, alors que, jusqu'à présent, on s'était contenté de nous faire étudier d'une manière insipide les personnages « positifs et négatifs » des classiques de la littérature russe, on nous donnait pour la première fois un aperçu des tendances littéraires du début du siècle. On nous expliquait, bien entendu, que ce n'était pas du tout de la littérature, mais une sorte « d'équilibrisme » verbal, mauvais pour le peuple, et que le Parti avait condamné à juste titre. Chemin faisant, on nous donnait quelques exemples de cet équilibrisme nuisible, qui provoquèrent, dans notre classe, une excitation extraordinaire. Tout le monde, imitant ces morceaux choisis, se mit à écrire des pastiches où s'intercalaient, çà et là, des allusions à notre vie scolaire.

Nous étions si passionnés que nous n'avions même pas remarqué que nous étions en train de faire une véritable revue. L'un de nous se procura une machine à écrire, un second se proposa comme illustrateur, tous les autres étant, bien entendu, « auteurs ». L'ennui que nous avions éprouvé, durant dix années, se déversait en une parodie plutôt acerbe de la vie scolaire et de la vie soviétique, en général.

Les derniers temps, on n'avait pas cessé de faire toutes sortes de réformes dans notre système scolaire. Elles n'avaient pas rendu l'enseignement plus intéressant ou plus varié, mais y avaient introduit des inepties et des absurdités supplémentaires, visibles même pour nous. Par exemple, on avait décidé, en haut lieu, que l'école était trop éloignée de la vie et que les élèves qui en sortaient n'étaient pas habitués au travail productif. On nous a donc ajouté des cours de travail manuel et, ensuite, on nous a envoyés sur le terrain. Nous avons dû travailler une année en usine et, l'été suivant, on nous a expédiés dans un sovkhoze des environs de Moscou. Cela a, en effet, élargi notre horizon, mais pas du tout dans le sens que prévoyait le Parti dans sa sagesse.

C'est en travaillant dans une usine de construction d'autobus à Moscou que nous avons vu, pour la première fois, ce qu'était une entreprise soviétique, son bluff, son imposture et ses contraintes. Tout d'abord, nous n'avons découvert aucun « enthousiasme ouvrier ». Personne ne se précipitait au travail, on restait plus volontiers au fumoir et ce n'était que lorsqu'apparaissaient les contremaîtres qu'on rejoignait en hâte les ateliers. « A quoi bon se presser pour un tel salaire ? disaient ces hommes si laborieux. Le travail, ce n'est pas un loup, il ne va pas s'enfuir dans la forêt ! » Dès le matin, presque tous étaient ivres ou avaient la gueule de bois et, tout au long de la journée, ils dépêchaient quelqu'un, à intervalles réguliers, de l'autre côté de la clôture, pour assurer le ravitaillement en vodka.

Dans tout l'atelier, un seul homme, d'une quarantaine d'années, « labourait » sérieusement, sans quitter sa machine-outil. Tous les autres le détestaient et, en le désignant du regard, ils se tapotaient la tempe de l'index, d'un air entendu. Ils s'ingéniaient à lui faire toutes sortes de misères, à détraquer sa machine subrepticement ou à lui voler un instrument. « Alors, tu veux être à l'avant-garde de la production, hein ? Tu la relèves, la norme ? » disaient-ils avec méchanceté. Au vrai, si un seul d'entre eux dépassait la norme, celle-ci était relevée le mois suivant pour tous les autres qui étaient forcés de travailler deux fois plus tout en recevant le même salaire.

Nous nous sommes rapidement faits à ce style de vie et avons appris la chanson si répandue chez eux :

En haut le marteau, en bas la faucille :
Tel est notre blason soviétique.
Si tu veux, moissonne, si tu le veux, forge,
De toute façon, tu recevras des couilles...

L'ouvrier tourneur auquel on m'a donné pour apprenti, un gars à peine plus âgé que moi, remplissait la norme d'une façon très originale. Dès qu'on lui avait assigné sa tâche, il faisait mine de travailler. Puis, saisissant l'instant où le contremaître n'était pas dans les parages, nous nous faufilions tous deux jusqu'au dépôt des produits finis. C'était un vaste hangar, dont le mur arrière comportait deux planches amovibles. Nous plongions littéralement à l'intérieur, nous retrouvions dans l'obscurité les casiers contenant les pièces de machine dont nous avions besoin et nous en bourrions nos poches. Ensuite, nous regagnions l'atelier par une voie détournée et passions le reste de la journée de travail sans guère sortir du fumoir. Je pense que mon « maître » n'était pas le seul à être si rusé.

Comme nous étions, lui et moi, les plus jeunes de l'atelier, c'était naturellement l'un de nous deux que l'on envoyait chercher de la vodka, tandis que l'autre restait près de la machine et faisait semblant de remplir la norme. A la fin de la journée, tous s'animaient, allaient et venaient gaiement, sortant, à tout bout de champ de l'atelier. Ils rentraient avec des colis et des boîtes, ensuite l'un de nous, flanqué d'un coéquipier, franchissait de nouveau la clôture et ils nous passaient les paquets avec précaution. Eux-mêmes sortaient par la porte de l'usine, où ils pointaient, puis venaient nous reprendre leur butin. Ils volaient pratiquement tout ce que l'on pouvait vendre, d'une manière ou d'une autre, au marché aux puces ou utiliser dans son ménage. Un jour, ils ont dérobé un moteur complet ; une autre fois, un rouleau de garniture de sièges d'autobus. On ne pouvait plus compter les pièces usinées ou les pots de peinture et d'émail volés. Cependant, toute l'usine était décorée de panneaux aux couleurs vives (sur lesquels souriaient d'impeccables ouvriers aux manches retroussées), de diagrammes de croissance et de slogans : « Donnons, rattrapons ! Dépassons ! » Sur les affiches du moins, le pays s'élançait irrésistiblement vers les sommets du communisme...

L'initiation aux travaux agricoles fut non moins convaincante. On nous a conduits, un soir, dans un sovkhoze des environs de Moscou et on nous a logés dans un baraquement. Nous avons passé la nuit sur des lits de planches. A peine le jour commençait-il à poindre que nous étions réveillés par un torrent d'obscénités qui surpassait tout ce que l'on est habitué à entendre. Nous sommes sortis précipitamment et nous avons vu une vingtaine de bonnes femmes, armées de pelles, qui chargeaient sur des camions des pommes de terre complètement pourries et traitaient Khrouchtchev de tous les noms, comme ça, tout simplement, pour alléger leur travail :

« Nikita ! Il est toujours en l'air ! braillaient-elles. Il se donne du bon temps avec la Fourtséva[1]. Ah ! le gros porc. Le cochon ! Ah ! il s'en fait pas celui-là ! Et nous, on est des semaines sans voir nos bonshommes ! Jour et nuit cette m... On charge des patates. Qu'elles aillent au diable ! Qu'il vienne donc ici ce Khrouchtchev ! »

Ce sont ces pommes de terre-là que l'on transportait dans les champs et que l'on plantait. Qu'est-ce qu'il pouvait bien en sortir ? Mais, cela n'intéressait personne. Comme nous l'ont expliqué les paysans, on les payait à la tâche, pour chaque tonne de pommes de terre plantée, la récolte ne les concernait pas. Bientôt, il se mit à faire froid, à pleuvoir, on nous envoya sarcler les betteraves à la main, sans outil. Cette occupation nous paraissait tout à fait absurde, et elle l'était en effet : on nous avait envoyés ici seulement pour nous occuper, les résultats n'intéressaient personne. Bien entendu, tout le sovkhoze aussi était tendu d'affiches et de transparents, de diagrammes de croissance et d'images représentant des vaches grasses et d'opulentes trayeuses.

C'était un bourbier et on ne pouvait aller chercher de la vodka qu'en tracteur. Nous avons appris avec étonnement que les ouvriers ne pouvaient pas quitter leur service, s'en aller du sovkhoze : on ne leur remettait pas leur passeport intérieur. Or sans cette pièce d'identité, un homme est hors la loi. S'il va en ville, le premier agent de police venu peut l'arrêter et, s'il cherche du travail, il ne peut en trouver. Les jeunes garçons de notre

1. Catherine Fourtseva, nommée ministre de la Culture par Khrouchtchev, en 1960. (N.D.T.)

âge attendaient qu'on les prenne dans l'armée. C'était leur porte de salut. Après le service, ils avaient une chance de ne pas rentrer chez eux et de s'installer quelque part en ville. Les filles ne rêvaient que d'épouser un citadin et de s'en aller. L'ivrognerie, les bagarres et les rixes étaient chose habituelle.

Aucune de ces impressions ne figurait dans notre revue d'écoliers. Nous estimions tout simplement qu'elles n'avaient aucun rapport avec la littérature. Mais indirectement, à notre insu, notre attitude envers la vie perçait à chaque ligne. Il y avait aussi des plaisanteries à double sens, des parodies et des railleries sur les clichés de la propagande soviétique qui étaient passés dans la langue littéraire. Toutefois, aucun de nous ne se proposait de donner à notre revue une résonance politique. Ce n'était pour nous qu'un divertissement.

Après avoir mis la dernière main à notre œuvre, nous avons fait venir les deux terminales dans une classe libre, après les cours, et nous avons invité deux de nos professeurs, celui de littérature et celui d'histoire. L'un de nous, qui passait pour bon acteur, a lu nos textes à haute voix, dans l'hilarité générale. Tout le monde était très content de notre initiative. Mais, en nous retournant pour regarder nos maîtres, nous avons découvert avec étonnement qu'ils ne riaient pas du tout. Ils étaient pâles et avaient la mine allongée. Et c'est avec un tremblement des lèvres qu'ils ont tenté de nous persuader que notre revue était ratée, que nos plaisanteries étaient plates et que l'ensemble était politiquement faux.

En voyant nos maîtres si effrayés, nous sommes restés cois. Nous étions tous affreusement mal à l'aise et, surtout, nous ne comprenions pas ce qui s'était passé. Et nous sommes rentrés chez nous avec le sentiment que l'on éprouve quand quelqu'un est mort...

J'étais déjà, à l'époque, dans ma seconde école. Deux

ans avant l'histoire de notre revue, mon père s'était vu attribuer un nouvel appartement et nous nous étions installés dans un autre arrondissement, rue Kropotkine. La plupart des élèves appartenaient à des familles d'importants fonctionnaires du Parti et notre établissement était considéré comme une école pilote. Les garçons avaient apparemment parlé de la revue chez eux, les parents s'étaient alarmés et le scandale avait éclaté. D'importantes commissions venaient chaque jour pour enquêter et examiner l'affaire, et cela nous faisait un drôle d'effet de voir que les professeurs sur lesquels nous devions lever les yeux avec respect, nous regardaient maintenant avec crainte, presque avec effroi. Toute l'école filait doux. On chuchotait que l'on instruisait notre affaire, quelque part, au Comité central.

J'ai mesuré alors, pour la première fois, quelle chance j'avais de ne pas être membre des Jeunesses communistes. Les autres qui appartenaient, eux, au komsomol étaient convoqués à des réunions où l'on examinait publiquement leur cas, où on les obligeait à faire amende honorable et j'ai été le seul à n'avoir pas été puni. La direction de l'école considérait, je ne sais vraiment pas pourquoi, que la revue avait été faite à mon instigation. On me regardait comme un malfaiteur qui aurait inventé tout cela afin de causer des ennuis aux honnêtes gens. Pour commencer, on convoqua une assemblée de parents où l'on arracha presque les yeux à mon père et à ma mère ! Ensuite, les Sages du Parti décidèrent que les écoliers eux-mêmes — le collectif — condamneraient les coupables. Hypocrisie typiquement soviétique que de créer artificiellement l'apparence d'une opinion publique, de fabriquer une condamnation, au nom de tous...

Seulement, là, ils se sont rudement trompés dans leurs calculs. L'hypocrisie soviétique n'avait pas encore eu le temps de nous imprégner. Les garçons qui, un mois auparavant, avaient ri gaiement et avaient pris plaisir à la lecture de notre revue, avaient honte maintenant de prononcer des discours idéologiques, et l'assemblée ne nous condamna pas. Quelques garçons, auxquels leurs parents avaient fait la leçon, intervinrent avec prudence, en proposant de dissocier le cas des rédacteurs de celui de la revue elle-même. Ils acceptaient de condamner la revue pour son « manque de maturité politique ». Quant à nous, ils refusaient de nous juger. Mais même cette tendance modérée ne prévalut point. Au fond, tout le monde feignait d'être étonné : qu'y a-t-il là de particulier ? C'est une revue comme une autre, et même une très bonne revue, il faut continuer à la publier. A la fin, on nous a proposé, à nous les coupables, de prendre la parole, mais nous avons refusé, nous aussi, de faire amende honorable. C'était un vrai scandale, inadmissible du point du vue du Parti. Cette tentative de nous faire condamner ayant échoué, les autorités ne pouvaient en rester là. En haut lieu, notre revue fut qualifiée de « diversion idéologique », ce qui nous valut, au directeur de l'école et à moi-même, d'être convoqués au comité municipal du Parti.

Je n'oublierai jamais ce trajet que je fis en compagnie de mon directeur. C'était un homme d'un certain âge : il avait passé et de loin, la cinquantaine. Il était petit et replet, et avait une énorme tête, toute chauve. A l'école, nous l'appelions le « Petit Pain rond ». Nous étions assis côte à côte dans le wagon du métro comme deux gamins pris en faute qui, après avoir bien chahuté ensemble, attendent d'être punis. Nous nous sentions sur un pied d'égalité et une telle intimité s'établit entre nous qu'il me parla, d'une voix attristée, pendant tout le parcours, du village où il était né et où il avait grandi, de ses enfants et de ses soucis domestiques. Il se plaignit aussi de sa santé. Ce n'était pas un méchant homme, et il me faisait terriblement pitié. Nous n'avons pas soufflé mot de toute l'affaire et de ce qui nous attendait, exactement comme si cela avait été convenu entre nous. Il parlait tout le temps, épanchant sa mélancolie, et me regardait, de temps à autre, à la dérobée, de ses yeux tristes. Je ne savais comment le consoler. C'était vraiment la première fois que je regrettais, à cause de lui, d'avoir fait avec mes camarades cette sacrée revue. Je lui dis que j'essaierais de tout prendre sur moi, de le sortir du bain, mais il se contenta de hocher la tête et continua à se plaindre de sa maladie.

Au comité du Parti, on nous attendait déjà, et des jeunes gens, au visage régulier et tout de noir vêtus — comme on en voit sur les affiches — nous firent entrer dans un bureau. Je restai là à attendre, tandis que l'on faisait franchir à mon directeur la grande porte du cabinet principal. Il y demeura lontemps, une quarantaine de minutes et quand on m'y introduisit à mon tour, je le trouvai assis près d'une table, le visage empourpré, essuyant la sueur qui dégoulinait de son crâne chauve.

Une vingtaine d'hommes et de femmes, âgés pour la plupart, siégeaient autour d'une immense table en T. Ils avaient tous l'air soucieux. Ils avaient devant eux des piles de papiers et écrivaient sans discontinuer. Quand je parus, ils se sont tous tournés et m'ont considéré d'un regard sombre et sévère. C'est curieux, je n'avais pas peur, je ne tremblais pas, je ne me sentais même pas nerveux. Une sorte de fureur joyeuse s'était emparée tout à coup de moi. Ces importantes dames du Parti, ces chefs à la chair flasque, aux cheveux blancs, qui s'étaient réunis avec un tel sérieux pour examiner notre petite revue d'écoliers... c'était cela les canailles, les bourreaux sanglants qu'une année plus tôt nous nous préparions à exterminer au prix de notre vie ? C'est eux qui maintenaient dans la peur tout le pays, qui avaient envoyé les chars à Budapest, mutilé nos âmes ?

Je scrutais avec curiosité leurs mufles blafards, dénués d'expression. Je voulais voir la cruauté, l'autoritarisme, l'assurance, la volonté et je ne vis que la sottise. La sottise et la lâcheté. Et c'est pour cela que nous voulions mourir ? Mais, un seul mot suffirait à leur causer une frayeur mortelle ! S'ils avaient pu, fût-ce une fois dans leur vie, entendre les obscénités dont chaque jour, dans chaque village, chaque paysanne les couvre... J'ai dû sourire bien méchamment en les regardant pour qu'ils se soient mis tout à coup à s'agiter, à se trémousser, à parler tous à la fois. Ce n'était pas de leur goût que je me tienne ainsi : pourquoi n'avais-je pas les mains sur la couture ? Et naturellement, pourquoi, pourquoi est-ce que je souriais ? Et puis, qui m'avait appris à écrire cette espèce de... cette chose... enfin, ce... ? Là-dessus, le cochon en chef qui présidait la table souleva avec deux doigts, et par le coin, notre revue-martyre.

« Mais, au fait, pourquoi est-ce que quelqu'un aurait dû m'apprendre ? m'étonnai-je.

— Et comment donc ! (La ménagerie s'agitait de nouveau.) Où auriez-vous pu prendre toutes ces idées ? Vous n'avez encore rien vu de la vie ! »

(Ah ! c'est comme ça ! Vous passez toute une vie, le derrière assis dans vos cabinets ministériels et vous ne lisez rien en dehors des directives, vous ne vous hasardez pas plus loin que les chiottes... et moi, je n'ai rien vu et je n'ai le droit de penser à rien, et maintenant vous vous chargez de me faire la leçon ! C'est donc ça...)

« Si, dis-je, j'ai vu beaucoup de choses. Et je me souviens de tout. »

Ma joyeuse fureur se déversa en un flot de paroles et se mit à frapper à grands coups leurs trognes usées. Je ne remarquais pas moi-même l'effet produit. Je parlais de Staline, de ses funérailles. J'ai rappelé que tous l'avaient pleuré et qu'ensuite, les larmes à peine séchées, on l'avait maudit et couvert d'injures. Je leur ai dit que je ne les croyais pas, eux, ceux qui avaient eu peur et ceux qui ne savaient pas. Je leur parlais comme si j'avais dans les mains la mitraillette si longuement attendue et que je leur expliquais tout simplement pour quelle raison on devait tous les tuer. Les uns essayaient de m'interrompre, les autres prenaient des notes, mais je les ai tous forcés à m'écouter. Je leur ai parlé du servage tel qu'il existe dans nos campagnes, de l'ivrognerie, des vols, de ces mensonges perpétuels... Et je leur ai dit que j'en avais par-dessus la tête, bien que je n'eusse encore que dix-sept ans.

Quand j'eus fini, ils restèrent muets. Enfin, le cochon en chef, en ayant soin de regarder juste à côté de moi, proféra :

« Vous avez des idées très fausses. Vous n'êtes pas mûr politiquement, et on a une mauvaise influence sur vous. »

Alors, toute la table remua, s'agita de nouveau. « C'est ça, c'est ça : pas mûr politiquement. C'est ça, c'est ça : une mauvaise influence ! »

« Nous avons délibéré ici avec les camarades et nous sommes arrivés à la conclusion que vous deviez cuire un peu dans la marmite ouvrière, vivre dans un bon collectif ouvrier pour vous remettre les idées en place.

« C'est ça, c'est ça, dans la marmite ouvrière ! » La table s'agitait une fois de plus.

« Les études, pour vous, pour le moment, c'est... prématuré. Au lieu d'écrire toute cette... tout ce... (De nouveau, il souleva le coin de la revue.) Vous auriez mieux fait de vous réunir tous pour lire le plan septennal. Vous pouvez disposer ! »

C'est ainsi que la bûche oscilla pour la première fois et qu'elle frappa l'ours au côté. On révoqua le directeur, on donna un blâme à mon père, en tant que membre du

Parti, on exclut l'école d'une compétition entre arrondissements. Quant à moi, j'étais destiné à cuire toute ma vie dans la marmite ouvrière, c'est-à-dire à courir chercher de la vodka, à voler des pièces de machine et à m'initier à la sagesse : « En haut le marteau, en bas la faucille... Si tu le veux, moissonne et, si tu le veux, forge... »

Quand on lit ou que l'on écoute des récits sur les camps de concentration, sur les répressions massives et arbitraires, sur les millions de vies absurdement détruites, on a beau être vivement impressionné, sincèrement indigné, révolté, tout cela reste malgré tout en marge de la vie, dans l'abstrait. Cela ne vous change pas personnellement, cela ne modifie pas vos habitudes, votre démarche ou votre écriture, mais vous dispose plutôt aux méditations philosophiques : il y a tant de mal en ce monde, et l'homme est si mal fait ! Mais il en va tout autrement si la bûche pourrie de l'État vous heurte au flanc, fût-ce légèrement. Mon seul malheur, c'était que l'on m'avait interdit de faire des études, que l'on m'avait enjoint d'aller à l'usine. Non, pas en prison, pas à l'échafaud, à l'usine ! J'étais comme une âme en peine. Après ce qui m'était arrivé, je ne pouvais être le même qu'avant.

En sortant du comité du Parti, je savais déjà, à coup sûr, que jamais et pour rien au monde, je n'irais cuire dans la marmite ouvrière, que j'aimerais mieux me faire tuer que d'y aller. Mais est-ce qu'avant déjà je ne savais pas dans quel État je vivais et ce que l'on pouvait en attendre ? Et néanmoins, j'étais stupéfait : où donc était mon droit à l'éducation ? Quel rapport ces vieilles femmes et ces vieillards obtus du comité avaient-ils avec moi ? Pourquoi décidaient-ils à ma place de ce que je devais faire et de ce que je ne devais pas faire, de la manière dont je devais passer toute ma vie et de quoi je devais m'occuper ? Jusque-là, je ne savais pas très bien moi-même ce que je ferais plus tard : je n'y avais tout simplement pas réfléchi. Mais, avant même de rentrer à la maison, j'avais déjà décidé irrévocablement que j'entrerais à la faculté. Dussé-je y laisser ma peau, j'y entrerais ! Je ne suis pas un objet, mais un homme et je ne permettrai à quiconque de disposer de ma personne.

De toute façon, il fallait quitter cette école et il n'y avait pas lieu de le regretter : on ne m'y aurait pas donné l'attestation indispensable pour entrer en faculté. Je décidai, pour achever le semestre, de suivre les cours du soir de la Jeunesse ouvrière. Pour y être admis, il fallait « cuire » quelque part et le prouver en fournissant un certificat de travail. Dans notre État de papier, tout est fantomatique et seul le papier fait foi de votre existence. J'ai fait le certificat moi-même : j'ai demandé à un ami qui travaillait d'en demander un pour lui. J'ai effacé son nom et inscrit le mien à la place. Ce n'est pas pour rien que j'avais toujours 5 sur 5 en chimie. Personne ne vérifia : il y avait un certificat, donc tout était en ordre.

Ensuite, je dus me débrouiller pour obtenir des cours du soir l'attestation exigée par la faculté. Par chance, le professeur principal de notre classe — une femme — qui connaissait mon histoire, eut pitié de moi. Peut-être qu'elle-même ou quelqu'un de sa famille avait souffert, à un moment ou à un autre, du pouvoir, Dieu seul le sait, toujours est-il que je ne fus pas long à la convaincre. Dans ces cours, les relations entre élèves et maîtres étaient plus simples, plus humaines. Les élèves étaient souvent plus âgés que les maîtres, ils étaient parfois même pères de famille et, à la différence de notre école, il n'était plus question ici de toutes les balivernes sur l'éducation. Elle a agi très simplement : dans le tas d'attestations qu'elle donnait à signer au directeur, elle en a glissé une à mon nom. Il n'avait pas le temps de lire ce monceau de papiers et il a signé sans regarder. Cela ne représentait pas un trop grand risque pour elle : personne ne lui avait officiellement ordonné de ne pas me donner d'attestation.

Maintenant, tout dépendait de moi et, pendant que les autres écoliers qui avaient réussi leurs examens de fin d'études se promenaient dans Moscou et chantaient des romances, je me réfugiai à la campagne. Sans parler à quiconque de mes plans, pas même à mes parents, j'ai potassé tous les manuels jour et nuit, comme un fou, si bien que le jour où débutait le concours d'admission à l'université, je les savais par cœur de A à Z. Je suis rentré en cachette à Moscou, le dernier jour des inscriptions. C'était un rude concours : seize candidats pour une place. J'étais très tendu nerveusement car je craignais que quelqu'un ne me reconnaisse et ne me dénonce.

A l'université même, j'avais déjà rencontré une fille de mon ancienne école. Nous nous présentions à la même faculté et nous étions concurrents, si bien que, jusqu'au dernier moment, je m'attendais à être découvert et que je pensais moins aux examens eux-mêmes. Il fallait se présenter à cinq épreuves et chaque fois que j'en avais passé une, je quittais Moscou afin d'être sûr de ne rencontrer personne et en observant toutes les règles de notre « conspiration ». Enfin, on afficha la liste des reçus : j'étais du nombre. Maintenant, personne n'y pouvait plus rien : j'étais officiellement étudiant.

Mais cela me parut peu de chose : c'était mon tour de pousser la bûche. « Ainsi, pensais-je, il a suffi d'une malheureuse petite revue d'écoliers, n'ayant aucun caractère politique, pour que toute la ménagerie, y compris le Comité central, s'alarme. Donc, ils ont peur. Donc, c'est ce qu'il y a de plus dangereux pour eux. Par conséquent, c'est ce qu'il faut faire dès maintenant. » Mais c'est une chose que de savoir théoriquement qu'il n'y a pas de liberté de la presse, de liberté de la parole et c'en est une autre que de s'en être convaincu par la pratique. Quelle garantie avons-nous que l'époque stalinienne ne reviendra pas si, pour avoir fait une petite revue de rien du tout, on vous donne des blâmes, on vous chasse de votre travail, on vous interdit de faire des études ? Et après, on vous dira encore que personne ne savait et que tout le monde avait peur ? C'est comme cela que tout commence.

C'était une curieuse époque et plus elle s'éloigne, plus il est difficile de l'apprécier correctement. On parle maintenant du « dégel de Khrouchtchev ». Mais qu'est-ce que cela signifiait dans la réalité ? Au fond, qu'est-ce que Khrouchtchev a fait ? Après avoir condamné Staline, et un tout petit peu montré la cuisine de l'État, la cuisine des mangeurs d'hommes, il s'est aussitôt fait peur à lui-même et a sonné la retraite. C'est encore une chance qu'on ait eu le temps de relâcher les détenus et, comme je l'ai appris par la suite, ce n'est pas tant Khrouchtchev qu'il faut en remercier que Snégov.

Ami intime de Khrouchtchev, qu'il connaissait de longue date, Snégov avait été lui-même dans un camp de concentration et il fut relâché par Khrouchtchev dès que celui-ci vint au pouvoir. Snégov avait été un communiste convaincu et il l'était resté malgré les camps, malgré la terreur à laquelle il avait survécu, et bien qu'il eût vu les dessous du socialisme. Cela ne m'étonne pas. Les hommes des générations précédentes, surtout ceux qui se souvenaient de l'époque préstalinienne, n'identifiaient pas si facilement que nous les idées du communisme à la personne de Staline. Ils avaient le sentiment que, s'il n'y avait pas eu Staline qui a dénaturé les idées radieuses de

Lénine, tout eût été magnifique. Ils avaient du mal à comprendre à quel point Staline, et toutes ses atrocités, sortait tout droit, organiquement pour ainsi dire, des idées de Lénine, de l'idée même du socialisme. Ce n'est pas un hasard s'il s'est montré si omnipotent et si inhumain. Ce n'est pas un hasard si le Parti l'a promu, lui, justement lui.

De plus, les hommes des générations précédentes, qui condamnaient les crimes évidents de Staline, avaient du mal à douter de la justesse des idées elles-mêmes, de ces idées pour lesquelles ils avaient vécu et au nom desquelles ils avaient participé à la chasse à l'ennemi de classe. Leur désaveu ne pouvait aller aussi loin : une sorte d'instinct de conservation les forçait à croire que Staline était seul coupable, mais pas eux. L'homme parvenu au terme de son existence ne peut reconnaître que toute sa vie, que tout ce à quoi il a cru a été une erreur et, plus encore, un crime.

Même pour nous qui avions quinze ou seize ans lors de la mise à nu de Staline, ces révélations furent difficiles à supporter, il nous en est resté un traumatisme pour toute la vie. Mais les hommes qui avaient dix ou quinze ans de plus que nous, n'ont tout simplement pas pu s'en remettre. Ils n'ont pas pu se suicider psychologiquement, en quelque sorte. C'est pourquoi dans les années 50, que l'on désigne maintenant sous le nom de dégel khrouchtchévien, l'idée dominante restait communiste, mais dans sa variante la plus libérale : Lénine demeurait pour ces hommes une autorité et le socialisme yougoslave était le modèle d'une incarnation exacte d'idées justes. Ces novateurs n'allaient pas plus loin que Tito.

Mais Snégov, malgré sa foi communiste, avait pris dans les camps la mentalité des prisonniers, ainsi que leur éthique. Quand Khrouchtchev en fit son adjoint à la Commission de réhabilitation, il se hâta de libérer le plus d'hommes possible, pendant les deux ans qu'il occupa ses fonctions, car il avait compris la précarité de la situation. Il réussit à faire beaucoup de choses au prix d'efforts surhumains et, quand on le révoqua, il n'y avait pratiquement plus personne dans les camps : pas plus de quelques dizaines de milliers de détenus. C'est sous son administration que fut établi le régime concentrationnaire le plus doux de toute l'histoire de notre pays. Et maintenant encore, de vieux zeks évoquent ce temps-là comme un conte de fées, comme l'âge d'or. Il court des légendes sur les « cantines commerciales » où l'on pouvait manger moyennant finance, tout comme en liberté ; sur le travail qui n'était pas obligatoire, mais presque tout le monde travaillait, puisque l'on vous rétribuait. Maintenant tout cela paraît invraisemblable.

Mais, au début des années 60, tout était déjà fini. L'âge d'or n'avait duré que trois ou quatre ans. Pour Khrouchtchev, ce n'avait été qu'un jeu politique, une lutte contre ses adversaires du Comité central plus impliqués que lui dans les répressions staliniennes. Toute la vieille machine, si bien réglée, de la propagande stalinienne était détraquée. Personne ne savait ce qui serait permis le lendemain, comment il fallait comprendre la critique du culte de la personnalité, où se situaient les limites de cette notion. Quelques livres critiques virent le jour, mais, là encore, il y avait, si l'on peut dire, hémiédrie : on pouvait critiquer la vie durant l'époque stalinienne, mais pas au-delà (et surtout, pas ses fondements !) ; un secrétaire du comité de district pouvait être un personnage négatif, mais le secrétaire du comité régional devait absolument se révéler positif et, instaurer, vers la fin du roman, la justice khrouchtchévienne.

Le pouvoir du K.G.B., bien que rogné, restait immense, les arrestations politiques ne cessaient pas, simplement leur nombre avait diminué. Le mérite en revient-il à

Khrouchtchev et à son « dégel » ? Je pense que cette opinion est erronée. La terreur politique totale a pris fin exactement à la mort de Staline et n'a plus repris. Cela ne tient ni à Staline ni à Khrouchtchev ; la terreur de masse était simplement devenue impossible, l'instinct de conservation des sphères dirigeantes a joué. L'implacable logique de la terreur est telle qu'en s'accroissant elle devient incontrôlable et se retourne, en règle générale, contre ses instigateurs. Personne n'était à l'abri d'une balle : après avoir fusillé, dans les années 20 et 30, tous leurs adversaires politiques et leurs ennemis de classe, les communistes ne pouvaient plus faire cesser la terreur. Elle était devenue l'instrument de leurs luttes internes et de l'oppression totale, elle était devenue nécessaire au Parti pour vivre et gouverner. Les deux tiers des délégués du XVIIe Congrès du Parti se révélaient soudain de dangereux ennemis, on les fusillait... Et vers la fin des années 40, toute la composition du Politburo avait pratiquement changé.

Plus tard, j'ai rencontré un homme dont l'histoire illustre bien la mécanique de cette course éperdue. L'affaire s'était passée en 1947. Cet homme, colonel de blindés, avait été arrêté sur une dénonciation mensongère et accusé d'avoir trahi sa patrie. Il n'existait aucune preuve de sa faute, d'ailleurs personne n'en cherchait. Tout ce que les juges d'instruction voulaient, c'était obtenir de lui de nouveaux noms, de nouvelles victimes. Ils lui demandaient seulement de dire qui l'avait enrôlé dans un service de renseignements étranger et ils le torturaient avec une grande cruauté. Il voulait bien signer n'importe quelle déclaration inepte contre lui-même, mais il n'acceptait pas de calomnier des gens qu'il connaissait et qui ne s'étaient rendus coupables de rien. Enfin, sentant qu'il ne pourrait plus supporter les tortures et craignant de signer, lorsqu'il n'aurait plus toute sa conscience, une dénonciation mensongère contre quelqu'un, il fit une chose qui l'étonna lui-même.

Un juge d'instruction principal du ministère de la Sûreté d'État et deux adjoints étaient chargés de provoquer les dénonciations et de pratiquer les tortures. Un jour qu'ils lui demandaient de nouveau de nommer les ennemis qui l'avaient enrôlé, il pointa soudain l'index sur le juge principal :

« Toi ! dit-il. C'est toi, salaud, qui m'as enrôlé ! Tu te souviens ? Pendant les manœuvres, près de Minsk, en 1933, près du petit bois de bouleaux !

— Il délire, il est fou, emmenez-le ! dit le juge principal.

— Mais non, mais non, pourquoi l'emmener ? firent les deux autres, fort intéressés, c'est très curieux, qu'il continue donc à parler ! »

Il ne revit plus le juge principal, on avait dû le fusiller. L'un des adjoints fut promu à sa place. Tous deux terminèrent l'affaire au plus vite, en expédiant le colonel dans un camp, pour un bon quart de siècle.

On comprend aisément que, dès que la mort de Staline eut mis fin à cette démentielle terreur de masse, il ne se soit pas trouvé de volontaires pour recommencer. Maintenant qu'après tant d'années, et sous l'effet de causes naturelles, les hommes de l'appareil répressif et les dirigeants ont changé, il est impossible de revenir à ces temps-là. Le système s'est bureaucratisé, s'est empâté et on ne peut pas recréer cette atmosphère d'espionnite et de suspicion générales. Comme le processus géologique de formation des continents, qui a commencé par des tremblements de terre et des éruptions volcaniques, ce régime s'est pétrifié, a durci peu à peu et a atteint le stade où les changements ont cessé d'être possibles, car personne ne les souhaite plus. Le peuple ne veut plus de révolutions et de lutte. Il sait d'instinct que la révolution ne lui apporterait rien d'autre que des calamités sans nombre, le sang, la faim et une nouvelle tyrannie. Quant aux dirigeants, ils ne veulent plus de la terreur et des secousses qui les extermineraient inévitablement eux-mêmes. C'est pourquoi je n'aurais pas appelé le début de ce processus « dégel », mais plutôt refroidissement, pétrification.

Et malgré tout, le dégel et la fonte de la fin des années 50 et du début des années 60 ont bien existé, seulement ils n'étaient pas le fait de Khrouchtchev et du sommet, ils n'étaient pas décidés d'en haut, ils se sont produits dans l'esprit des hommes, dans leurs sentiments. Après avoir vécu tout ce cauchemar, les gens avaient besoin d'un répit pour saisir le sens de tout ce qui s'était passé. C'est ce processus qui, en grande partie, a entraîné et conduit Khrouchtchev lui-même, et non l'inverse. Et après la culmination de 1956, il ne s'est plus occupé que d'essayer de l'enrayer, de s'opposer au dégel.

Le destin de cet homme est à la fois tragique et instructif. Naturellement, après le choc que les révélations sur Staline nous a donné à tous, aucun chef communiste ne sera plus jamais aimé du peuple et ne méritera rien d'autre que railleries et quolibets. Mais personne, sans doute, ne suscitera non plus une haine aussi farouche et unanime que Khrouchtchev. Tout en lui irritait les gens. Son incapacité à s'exprimer convenablement, son ignorance — qui est le fait de tous les dirigeants communistes, que ce soit avant ou après lui — sa grosse trogne hilare (la récolte était mauvaise, les produits les plus courants faisaient défaut, mais lui, il souriait, il trouvait le temps de s'amuser), ses voyages à l'étranger, sa réformite fiévreuse et mesquine, en un mot, tout, chacune de ses entreprises provoquait la colère et les railleries. Ce n'est pas difficile à comprendre. Cette même pénurie, cette « non-liberté », cette peur, cette désolation existaient avant lui, mais du moins avait-on foi dans le dieu moustachu qui masquait tout le reste. Or, il a détruit cette foi et, bien que tout ce qu'il a dit fût l'évidence même et n'ait suscité aucun doute chez quiconque, toute l'amertume, toute la haine provoquées par la mort du dieu sont retombées sur lui, Khrouchtchev.

Qui plus est, après avoir privé les gens de leurs illusions, il leur a permis de regarder en arrière, de revoir réellement toute leur vie et, comme si toute cette vie ne s'était pas déroulée avant lui, il leur est soudainement apparu comme coupable de tout. La non-viabilité de tout le système, l'incompétence des gouvernants éclata subitement aux yeux de tous. Et surtout, il n'avait rien changé quant à l'essentiel : il n'a pas extirpé le stalinisme, il n'a pas redressé l'économie, il n'a pas donné une vraie liberté et, à la place de tout cela, il a essayé de nouveau de vendre aux hommes ces mêmes illusions qui venaient d'être dénoncées d'une façon si spectaculaire. Quand il avait la naïveté de promettre le communisme pour 1980, il faisait seulement rire. Je pense qu'il aura été le dernier chef communiste qui ait réellement cru à la possibilité de construire le communisme et qui ait tenté de le réaliser. Mais personne n'avait plus besoin du communisme ; personne, sauf lui, ne croyait plus qu'il fût possible d'y atteindre. L'imposture était si évidente pour tous que même les taupes avaient recouvré la vue.

Enfin, il n'était qu'une mauvaise parodie de Staline. N'ayant pas brisé le vieux système, il en fut la victime et, peu à peu, au lieu du culte de la personnalité d'un Staline adoré, les gens se virent gratifiés du culte de la personnalité d'un Khrouchtchev abhorré. Il était évident que tout système qui ne peut exister sans culte est vicié.

Sa politique extérieure aventureuse qui, au demeurant se distingue fort peu, quant à l'essentiel, de la précédente et de la suivante, ne lui a pas non plus gagné de partisans : sa duplicité et toutes ces initiatives qui tournaient court excluaient toute chance de succès. D'un côté, les crises de Berlin et des Caraïbes qu'il a artificiellement provoquées, ses activités subversives incessantes contre le monde libre, son aspiration manifeste à l'hégémonie. De l'autre côté, ses appels démagogiques à la paix, au désarmement, à la coopération et au commerce auxquels même les Occidentaux les plus naïfs avaient cessé de croire. C'est pourquoi, quand on le destitua enfin, il n'avait plus aucun partisan.

Oui, c'est étonnant qu'un homme ait gouverné dix ans et ne se soit fait aucun partisan. A Moscou, seul un très petit nombre de gens qui voyaient en Khrouchtchev une garantie contre un retour au stalinisme, le regrettèrent. Certains croyaient que le rêve séculaire du peuple russe d'avoir sur son trône le Jeannot le Niais des contes populaires s'était réalisé dans sa personne. Mais d'autres, mieux informés, disaient que l'on pourrait plutôt le comparer à Raspoutine.

Il est amusant, toutefois, que le processus de dégel intérieur des hommes, qui avait commencé sous son règne, se soit poursuivi, apparemment, en lui aussi. Des gens, qui l'ont vu après sa destitution, ont raconté qu'il avait fort changé, qu'il était très éprouvé par l'ingratitude générale et que, n'étant plus au pouvoir, il avait adopté le point de vue de toute notre société.

En 1970, nous nous étions réunis chez Iakir[1] pour

1. Piotr Iakir, déporté à l'âge de quatorze ans après l'exécution de son père, le général Iona Iakir, en 1937 (affaire Toukhatchevsky). Est entré dans la dissidence après le procès Siniavski-Daniel de 1966. Arrêté en 1972 après avoir lancé un appel à l'O.N.U. en faveur de Boukovski (Cf. p. 587).

signer les habituelles pétitions en faveur de Soljenitsyne à qui on venait d'attribuer le prix Nobel. Comme toujours, le maître de maison était au téléphone et appelait tout Moscou pour recueillir les signatures de nos connaissances. Alors quelqu'un proposa, en plaisantant, d'appeler Khrouchtchev car enfin c'était sur ses instructions que l'on avait publié Soljenitsyne pour la première fois. Aussitôt dit, aussitôt fait. C'est son épouse Nina Pétrovna qui répondit, puis Nikita en personne.

« Vous avez appris la nouvelle ? demanda Iakir.

— Quelle nouvelle ?

— Mais, voyons, on a donné le prix Nobel à Soljenitsyne !

— Mais bien sûr, fit Nikita en s'animant, naturellement que je le sais ! Maintenant, j'apprends toutes les nouvelles par la B.B.C.

— Et qu'en pensez-vous ? Car enfin, c'est vous... vous êtes le premier à avoir permis qu'on le publie...

— Oui, je me souviens. Tvardovski m'avait dit que c'était une œuvre d'une haute valeur artistique. Je l'ai cru. » Et, après un silence, il ajouta : « Vous savez, ce n'est pas pour rien qu'on donne le prix Nobel... »

Bien entendu, nous n'avons pas osé lui demander de signer notre pétition, mais je crois que, s'il avait vécu encore une dizaine d'années à l'écart des affaires, il se serait inévitablement retrouvé au nombre des pétitionnaires. Il évoluait manifestement dans cette direction et ses Mémoires ne sont naturellement pas l'effet du hasard.

Quoi qu'il en soit, l'atmosphère de ces années-là était printanière, remplie d'espoirs et d'attentes : le festival de Moscou, puis l'exposition des États-Unis — ces hirondelles venues de l'Occident, les premières de toute notre histoire — firent voler en éclats les mythes que l'on nous avait fourrés dans la tête. Cela devenait ridicule de parler de « capitalisme pourrissant ». Étant donné leur importance, on peut mettre ces événements sur le même plan que le découronnement de Staline. Le rapprochement inattendu avec la Yougoslavie et la querelle naissante avec la Chine ; les touristes étrangers ; les marchandises importées, rares mais tout de même accessibles. Moscou se transformait sous nos yeux. Sur les lieux de la cité de taudis et de repaires, de rues sillonnées de bandes d'adolescents portant bottes, imperméables et casquettes, que j'avais connue dans mon enfance, une nouvelle ville surgissait. Ses habitants se pressaient en foule dans les librairies, remplissaient les salles où déclamaient des poètes, forçaient littéralement les portes du théâtre « Sovremennik » et ce n'était plus Outiossov[1] qu'on entendait par les fenêtres grandes ouvertes le soir, mais des enregistrements de jazz et de rock and roll, achetés en cachette, de la main à la main. On repiquait les émissions de la radio sur des radiogrammes et ces « disques » étaient vendus à des millions d'exemplaires par des personnes entreprenantes. Si on regardait à travers, on voyait apparaître des cages thoraciques. D'où leur nom de « Rock sur thorax » ! Les adolescents commençaient à se procurer des pantalons étroits, si étroits que c'était un exploit que de les enfiler. Et bien qu'au début les membres des Jeunesses communistes et du Service d'ordre volontaire les aient arrêtés, battus et qu'ils aient coupé les vêtements incriminés avec des ciseaux, la mode ne s'en imposa pas moins, et bientôt toute la gent du komsomol les arbora à son tour.

1. Outiossov : né en 1895, chansonnier, acteur, cinéaste et chef d'orchestre de jazz. (N.D.T.)

Sur l'itinéraire du trolleybus « B », qui dessert la Ceinture verte de Moscou, il y avait un mendiant qui gagnait bien sa vie. Il montait dans le trolleybus, ôtait sa casquette et criait à la cantonade : « Cher camarade Tito, tu es maintenant notre ami et notre frère ! Comme l'a dit Khrouchtchev Nikita, tu n'es coupable de rien. Aidez un combattant de la détente internationale ! » Et, naturellement, on lui faisait l'aumône à pleines mains.

Dans tout Moscou, les machines à écrire des administrations et des bureaux étaient littéralement accaparées : on tapait, pour son usage personnel ou pour ses amis, des poèmes de Goumiliev, de Mandelstam, d'Anna Akhmatova, de Pasternak. On avait l'impression que tous les gens étiraient doucement, précautionneusement leurs membres engourdis (ils étaient assis depuis si longtemps...), essayaient de remuer leurs extrémités, de changer de pose et qu'alors ils ressentaient dans tout leur corps le picotement de milliers d'aiguilles. Apparemment, rien ne les retenait plus. Ils auraient pu se lever, mais ils avaient perdu l'habitude de se tenir debout sur leurs deux jambes, ils ne savaient plus.

La renaissance de la culture chez nous, après le demi-siècle qu'a duré la Grande Peste, a connu les mêmes étapes que l'évolution de la culture mondiale : au début, le folklore, les chansons de geste, les légendes, transmises de bouche en bouche, de génération en génération ; ensuite, les chansons des troubadours et des ménestrels, les vers et les poèmes ; enfin, la prose, le roman, les traités, les œuvres philosophiques et les recueils d'articles sur la vie politique et sociale, les lettres ouvertes et les appels, le journalisme. Ainsi le samizdat a-t-il reparcouru toute l'histoire de la culture à un rythme accéléré.

Et il a même, dans les années 70, produit ses premiers films.

Je crois qu'un jour ou l'autre on élèvera chez nous un monument à l'anecdote politique. Cette forme étonnante de création populaire ne se rencontre nulle part au monde que dans les pays socialistes où les gens sont privés de l'information, d'une presse libre, où l'opinion publique, prohibée et réprimée, trouve son expression dans cette forme inhabituelle. Concise et ramassée par nécessité, chargée au maximum d'informations, chaque anecdote soviétique équivaut à plusieurs volumes d'ouvrages philosophiques. L'anecdote, dans sa simplicité, met à nu l'absurdité de toutes les ruses de la propagande. Elle a survécu à toutes les périodes les plus pénibles, elle a tenu tête, elle s'est diversifiée en donnant naissance à de véritables cycles et on peut étudier, d'après elle, toute l'histoire du pouvoir soviétique. Il est aussi important de publier un recueil complet des anecdotes que d'écrire une histoire véridique du socialisme.

On peut trouver dans les anecdotes ce qui n'a pas laissé de trace dans la presse : l'opinion du peuple sur ce qui se passait. A toute question, il y a une réponse.

Comment, par exemple, le peuple a-t-il apprécié la dénonciation du culte de la personnalité ?

Quand on a retiré Staline du mausolée et qu'on l'a enterré au pied de la muraille du Kremlin, on a pu voir sur sa tombe une couronne portant l'inscription : « Au réprimé posthume, de la part des réhabilités posthumes. »

Un jour, Lénine a disparu du mausolée. On a fait des recherches, on a fouillé le monument, on a trouvé un mot : « Je suis parti pour Zurich afin de tout recommencer depuis le début. »

Ou encore : comment nos descendants apprécieront-ils

notre temps ? Dans les futures encyclopédies, on écrira : « HITLER : petit tyran de l'époque stalinienne. KHROUCHTCHEV : critique littéraire de l'époque de Mao Tsé-toung. »

Et, naturellement, les anecdotes sur le K.G.B.

On a trouvé une momie en Égypte. Tous les égyptologues du monde se sont réunis, ils ne peuvent établir de quel pharaon il s'agit. On fait venir les spécialistes soviétiques. Arrivent trois égyptologues, en civil...

« Laissez-nous, disent-ils, seuls à seul avec lui. »

On les laisse. On attend un jour, on attend deux jours, on attend trois jours : rien. Le quatrième, ils sortent :

« Ramsès XXV ! »

Tout le monde est étonné :

« Comment l'avez-vous su ?

— C'est lui-même qui l'a dit. Il a avoué, le salaud. »

Lors d'une parade sur la place Rouge, le ministre de la Défense passe en revue les troupes :

« Salut, camarades tankistes !

— Vive le camarade maréchal et vive l'Union soviétique ! » répondent les blindés, à l'unisson.

Il poursuit :

« Salut, camarades artilleurs !

— Vive le camarade maréchal et vive l'Union soviétique ! »

Enfin, il approche des troupes de la Sûreté d'État :

« Salut, camarades tchékistes !

— Salut, salut, *citoyen* maréchal... », répondent ceux-ci avec un sourire en coin.

Et le problème de la lutte pour la paix et du pacifisme soviétique ? On a tant discuté dans le monde entier, on a écrit tant d'ouvrages pour savoir si l'Union soviétique voulait réellement ou faisait semblant de vouloir la paix. Pour nous, ce n'est pas un problème.

Un juif va chez un rabbin et lui demande :

« Rabbi, tu es un homme sage, dis-moi, y aura-t-il une guerre ou pas ?

— Il n'y aura pas de guerre, répond le rabbin, mais il y aura une telle lutte pour la paix qu'il ne restera pas pierre sur pierre. »

Et que disent les Soviétiques du *capitalisme pourrissant* ? « Pour pourrir, il pourrit, mais quelle odeur ! » et ils hument l'air avec volupté.

Et quand on lit dans les journaux soviétiques que la crise est permanente en Occident et que les partis communistes et ouvriers ne ménagent pas leurs forces pour mener les pauvres travailleurs vers le soleil du socialisme ?

Dans une bourgade juive, un petit garçon malingre vaque au ménage toute la journée. La famille est nombreuse, les parents travaillent dur, ses frérots et ses sœurettes pleurent, il n'y a pas d'argent et il est si fatigué qu'à l'école il s'endort presque à son pupitre. Le maître l'interroge sur la leçon de biologie :

« Dis-moi un peu, Moshé, combien le cafard a-t-il de pattes ?

— Ah ! monsieur l'Instituteur, si je pouvais avoir les mêmes soucis que vous ! »

Il y a des centaines de milliers d'anecdotes semblables, et chacune est un poème.

Ensuite, c'est à la machine à écrire que j'élèverais un monument. Elle a donné le jour à une toute nouvelle forme d'édition, le *samizdat* : je crée moi-même, je rédige moi-même, je censure moi-même, j'édite moi-même, je diffuse moi-même et, enfin, pour le tout, je vais en prison... moi-même ! Le samizdat a commencé par publier des vers et des poèmes d'auteurs interdits, oubliés, poursuivis. Tout ce qui, en raison de la censure, ne pouvait être imprimé officiellement passait dans le samizdat, qui compte maintenant, au nombre de ses auteurs, deux lauréats du prix Nobel.

Et, puisque j'ai déjà parlé de monuments, il faut aussi en élever un à l'Homme à la guitare.

Où, dans quel pays ailleurs que chez nous de mauvais enregistrements, réalisés au magnétophone par des amateurs, pourraient-ils être diffusés à des millions d'exemplaires, en cachette, sous la menace d'une arrestation ?

Je me rappelle que j'ai entendu pour la première fois, à la fin des années 50, une voix qui chantait doucement, en s'accompagnant d'une guitare, les cours de Moscou, l'Arbat si cher à mon cœur et même la guerre, et elle chantait, cette voix, comme aucune voix n'avait encore chanté, sans aucune fausse note de patriotisme officiel. Nous nous sommes regardés avec étonnement, nous avons regardé tout autour de nous et nous avons senti soudain la nostalgie d'une patrie qui n'est plus. Il n'y avait rien de politique dans ces chansons, mais il y avait en elles tant de sincérité, tant de *notre* nostalgie et de *notre* douleur que les autorités ne purent le supporter. Poursuivi par la haine et la sottise, Okoudjava[1] aura sans doute été le premier poète persécuté sous nos yeux.

Un peu plus tard parut Galitch, dont les chansons, maintenant encore, sont recopiées en cachette par les prisonniers qui se les passent de main en main. La première question que l'on pose à tous ceux qui arrivent dans la zone du camp est : « Quelles nouvelles chansons de Galitch nous apportes-tu de l'extérieur ? »

Plus le temps passait, plus il naissait de ces personna-

1. En dehors de ses très belles chansons, Okoudjava, qui est né en Géorgie en 1924, a écrit plusieurs œuvres dont un récit *(La Cuiller)* et un roman *(Pauvre Abrossimov)* qui ont été traduits en français. (N.D.T.)

ges invisibles tenant des guitares. On ne leur donnait pas de salles pour se produire et, pour chacune de leurs chansons, ils risquaient d'aller en taule. C'est pourquoi ceux qui pouvaient se vanter d'avoir eu la chance de les voir étaient si rares. Pour leurs prédécesseurs, à l'aube de l'humanité, tout était plus facile : personne ne mettait les ménestrels en prison, personne n'a traîné Homère dans une maison de fous, ne l'a accusé d'aveuglement et d'étroitesse d'esprit. Pour nous, Galitch n'était pas moins que Homère. Chacune de ses chansons, c'est *L'Odyssée*, un voyage dans les labyrinthes de l'âme du Soviétique.

En ce temps-là, toutefois, notre littérature ne faisait que naître. Personne ne se disposait à lui attribuer des prix Nobel, à lui donner quoi que ce soit d'autre que la prison. Quant à moi, qui l'avais rencontrée par hasard dans les ténèbres, je vis en elle la seule possibilité de vivre, l'unique solution de rechange.

Dans l'été de 1958, on a inauguré le monument de Maïakovsky. A la cérémonie officielle, des poètes soviétiques, non moins officiels, ont déclamé leurs poèmes et quand ils en eurent terminé, ceux des assistants qui le désiraient se mirent, à leur tour, à réciter des vers. Tout le monde fut heureux que l'événement prît une tournure aussi inattendue, imprévue, et l'on convint de se retrouver là régulièrement. Au début, les autorités n'y virent aucun danger. Un journal de Moscou publia même un article sur ces réunions, en en indiquant le jour et l'heure et en y conviant tous les amateurs de poésie. Les gens, surtout des étudiants, se réunissaient presque chaque soir. Ils déclamaient les œuvres de poètes oubliés et persécutés, ils lisaient aussi les leurs. Parfois, il y avait des discussions sur l'art et la littérature. Il se formait ainsi une sorte de club à ciel ouvert, dans le genre de Hyde Park. Les autorités ne purent tolérer plus longtemps une initiative si dangereuse et interdirent assez vite ces rassemblements.

Je n'étais pas alors place Maïakovsky et j'ai appris tout cela par ouï-dire, après l'histoire de notre revue d'écoliers et tous les événements qui s'étaient ensuivis, et je le regrettais bien. Parmi les gens qui se trouvaient là, j'aurais pu trouver des hommes qui pensent comme moi. Ensemble, il eût été plus facile de nous défendre nous, et nôtre droit à être nous-mêmes. Le sentiment humiliant d'être entravé dans ma liberté et l'affront que j'avais subi quand des personnages qui ne m'étaient rien avaient tenté de disposer de mon destin, me brûlaient et m'imposaient de réagir activement. Et, en septembre 1960, alors que j'étais déjà à l'université, nous sommes convenus, deux de mes amis et moi — l'un habitait à côté de la place et l'autre suivait des cours d'art dramatique — de reprendre les soirées poétiques au pied du monument.

Mon calcul était simple : tous ceux qui s'étaient rassemblés là naguère et qui n'avaient pas été trop effrayés par l'interdiction, viendraient après deux ou trois de nos réunions. Et c'est ce qui est arrivé.

Bientôt nos soirées eurent lieu régulièrement, rassemblant un nombre considérable d'auditeurs. Nous avons rapidement fait connaissance avec les « anciens » et avons découvert avec joie que la vie bouillonnait encore en eux, même en dehors de nos rencontres. Ils diffusaient les œuvres de poètes qui avaient été interdits pendant de nombreuses années, sans négliger pour autant les leurs. Leur ami Alexandre Guinzbourg venait d'être arrêté pour avoir publié trois numéros de la revue poétique *Syntaxe* et ils se préparaient à lancer de nouveaux recueils : *Phénix, Boomerang, Cocktail* et d'autres qui avaient des titres aussi fantastiques[1]. Ils essayaient, en outre, d'assister aux conférences et débats officiels, de prendre la parole, de poser des questions, d'engager une vraie discussion, au fond. Ils avaient des relations étendues et fort anciennes avec les hommes les plus divers : des savants, des écrivains, des peintres. Le cercle de mes connaissances s'élargissait à vue d'œil. Ces soirées poétiques place Maïakovsky, au *Phare*[2] (comme nous disions en jouant de l'étymologie du nom du poète) attiraient, ralliaient, en effet, tout ce qu'il y avait alors de meilleur et de plus authentique dans notre pays. C'était exactement ce que j'avais désiré pendant si longtemps.

Il y a une centaine d'années, les hommes de notre âge lisaient avec transport les brochures socialistes, discutaient à leurs réunions d'étudiants sur les utopies également socialistes et ceux qui, à l'époque, ne connaissaient pas Fourier ou Proudhon passaient pour des ignorants. Notre mot d'ordre à nous, c'étaient les poèmes de Goumiliev, de Pasternak, de Mandelstam et, si les limiers de la Russie impériale avaient dû étudier les traités socialis-

1. *Syntaxe*, publiée par Alexandre Guinzbourg en 1959-1960, a été la première revue littéraire du samizdat. *Boomerang* était publié par Alexandre Ossipov et *Phénix-66* par Iouri Galanskov. *Syntaxe* a valu à Guinzbourg un séjour de deux ans dans un camp de travail. C'est lui qui, en 1966, a rassemblé et fait passer à l'Ouest le fameux livre blanc sur le procès Siniavsky-Daniel, ce qui lui a valu une nouvelle détention de cinq ans. Devenu, après sa libération, l'animateur du Fonds de Secours aux Prisonniers politiques d'U.R.S.S. (largement financé par Soljenitsyne) et membre du Groupe de Surveillance des accords d'Helsinki à Moscou, Guinzbourg a de nouveau été arrêté en 1977, jugé et condamné en juillet 1978 à huit ans de camp de travail à régime sévère.

2. Le nom de famille « Maïakovsky » est, grammaticalement parlant, un adjectif formé sur le substantif *maïak* qui signifie « phare ». (N.D.T.)

tes afin de pénétrer dans les milieux de la jeunesse, les agents du K.G.B., quant à eux, durent, bon gré mal gré, se transformer en connaisseurs de poésie.

C'était le temps où la liberté de création, les questions de l'art et de la littérature étaient au centre de la vie de la société et où les peintres non conformistes, les poètes « formalistes », etc., se révélaient de grands révolutionnaires. Cela ne s'est pas fait à notre initiative, mais par la faute des autorités qui n'ont pas voulu reconnaître aux hommes la liberté de création et qui ont essayé d'imposer à tous leur réalisme socialiste. Paradoxalement, en Occident, à la même époque, les artistes d'avant-garde étaient presque tous communistes, alors que, chez nous, ils étaient considérés comme hors la loi.

Nous avions, parmi nous, des gens de tout pelage. Il y avait des hommes qui ne s'intéressaient qu'à l'art pur, et ils se battaient avec acharnement pour le droit de l'art à être tel. Cela les amenait (eux qui, à toutes les époques, s'étaient voulus apolitiques) au cœur même du combat politique, en première ligne. Il y avait ceux, comme moi, pour lesquels le droit de l'art à l'indépendance n'était qu'un prétexte, un des points de désaccord et nous nous trouvions là précisément parce que c'était devenu le centre des passions politiques. Il y en avait d'autres encore comme l'auteur de ces lignes, écrites à l'époque, et dont je me souviens encore :

Non, ce n'est pas à nous de décharger des pistolets
Sur les colonnes aux verts uniformes !
Nous sommes trop poètes pour cela, et notre ennemi est
[trop fort.
Non, ce n'est pas en nous que renaîtra la Vendée.
En cette heure orageuse, décisive !
Notre affaire, c'est l'idée,
Et le gourdin est très peu pour nous.

Non, ce n'est pas à nous de décharger des pistolets,
Mais, pour les dates les plus importantes,
L'époque a créé des poètes,
Et, à leur tour, ils ont créé des soldats.

Parmi les gens qui tournaient alors autour de la place Maïakovsky, autour de notre Phare, il y avait encore beaucoup de néo-marxistes et de néo-communistes de toutes sortes, mais ils ne faisaient déjà plus la pluie et le beau temps. Cette tendance disparaissait, rejoignait le passé. Elle était née dans les années 50, réaction naturelle à l'arbitraire stalinien : s'appuyant sur les classiques du marxisme-léninisme et se réclamant d'eux, ces hommes essayaient d'obliger les dirigeants à suivre leurs principes radieux. Mais ceux-ci, depuis longtemps déjà, ne tenaient aucun compte des Grands Pontifes dont ils apposaient l'effigie sur la façade du Parti, mais agissaient en s'inspirant uniquement de la conjoncture. Quant aux simples gens, plus ils s'efforçaient de définir pour eux-mêmes ces inébranlables principes du marxisme, plus ils acquéraient la conviction qu'ils n'existaient pas et que ce qui constituait la réalité menait directement à Staline.

Un peu plus tard, il y avait encore des gens qui s'abritaient démagogiquement sous le marxisme, estimant qu'il était plus facile et moins dangereux de critiquer le pouvoir à partir de ces positions, en le bombardant, pour ainsi dire, des œuvres de son propre Lénine. Mais cette position, comme on l'a vu, renforçait plutôt qu'elle n'affaiblissait la dictature communiste. La plupart des gens qui réfléchissaient tant soit peu ont connu une évolution politique beaucoup plus poussée et leurs voix ont créé une dissonance. Et la popularité de Lénine et des autres était tombée au point que leurs critiques étaient prises non comme une accusation, mais comme une louange ; les dirigeants apparaissaient ainsi non comme des fanatiques du dogme, mais comme des pragmatistes qui faisaient fi, à juste titre, d'une doctrine périmée.

Il me semble qu'en Occident beaucoup de gens ne surent pas discerner ce qui se passait alors : ils considérèrent le Mouvement pour les droits de l'Homme en U.R.S.S. comme une nouvelle variété du néo-marxisme. Cela s'explique par le fait que les rares membres de ce mouvement qui trouvaient encore le moyen de croire sincèrement au socialisme à visage humain, ne faisaient qu'un avec tous les autres lorsqu'il s'agissait de mener une action, de protester. Nous luttons tous pour le visage humain car, pour ce qui est du socialisme, nous en avons assez comme cela !

Quoi qu'il en soit, il n'y avait pratiquement plus de socialistes chez nous, déjà à ce moment-là. Nous nous battions pour la très concrète liberté de création et ce n'est pas un hasard si, ensuite, beaucoup d'entre nous sont entrés dans le Mouvement pour les droits de l'Homme : Galanskov, Khaoustov, Ossipov, Edouard Kouznetsov et bien d'autres, nous nous étions tous rencontrés au Phare. Sintchagov, l'homme qui allait nous dénoncer, l'homme qui est à l'origine de « l'affaire des maïakovskiens » était, lui, un tenant du socialisme à visage humain...

La déclamation des poèmes sur la place, au cœur de la ville, créait une atmosphère tout à fait extraordinaire. Beaucoup de récitants étaient des acteurs professionnels, d'autres étaient des poètes d'une originalité et d'une distinction certaines : Chtchoukine, Kovchine, Michel Kaplan, Victor Kalouguine, Alexandrovski, Schucht, d'autres encore. Des centaines de personnes se rendaient à ces soirées poétiques qui avaient lieu habituellement le samedi et le dimanche. C'est Anatole Chtchoukine qui a produit sur moi — et, je crois, sur tous — la plus forte impression. Ses poèmes étaient extraordinaires et dénotaient un grand talent. Il les récitait admirablement, et cela avait son importance, car nous n'avions aucun appareil, aucun micro. Il ensorcelait littéralement ses auditeurs. Quand il disait : « Dans l'étroite péninsule arabique, il n'est point resté de place, Seigneur, même pour un cimetière... », il vous conquérait d'emblée par la pureté de sa mélodie. Une vague sonore vous roulait et, au moment où vous alliez vous déprendre de cette hallucination, de cette perception de la poésie à l'état pur, une seconde vague déferlait sur vous et un courant sous-marin vous entraînait dans les profondeurs de la pensée pour ne plus vous lâcher.

Le Manifeste humain de Galanskov[1] était l'une des œuvres que l'on récitait le plus souvent au Phare. C'était l'auteur lui-même ou de jeunes acteurs qui le déclamaient. Je ne sais toujours pas si ces vers sont vraiment bons, je ne puis en juger. Ils sont trop intimement liés à tous les souvenirs que j'ai de ces temps-là. Nous considérions ce poème comme une symphonie de la révolte, un appel à l'insoumission :

Je sortirai
Sur la place
Et là,
A l'oreille de la ville,
Je lancerai
le cri
du désespoir.

1. Manifeste paru en 1966 dans le journal samizdat *Phénix-66* de Galanskov. En 1968, celui-ci a été jugé en même temps que Guinzbourg (et deux autres) et condamné à sept ans de détention dans un camp de travail. Il y est mort en novembre 1972 des suites d'une opération (Cf. p. 427).

Quand ces mots retentissaient, on avait l'impression que Galanskov les trouvait là, sous nos yeux, place Maïakovsky. Ils exprimaient tout ce que nous ressentions, tout ce qui nous faisait vivre :

C'est moi,
J'en appelle à la vérité-justice
A la révolte !
Je suis celui qui ne veut plus servir.
Je romps vos noires entraves
Tissées de mensonge.

Nous sentions comme lui que, dans ce désespoir, dans cette révolte, la personne humaine, libre et indépendante, allait germer, prête à renaître :

Je n'ai que faire de votre pain
Mêlé de nos larmes
Et je tombe et je m'envole
Dans un demi-délire
Dans un demi-sommeil...
Et je sens
éclore en moi
l'humain.

Ce n'était pas, en effet, un manifeste strictement politique, mais bien un manifeste pour l'homme.

Et représentez-vous que tout cela était déclamé en plein centre de Moscou, à ciel ouvert, dans cette ville où, si vous aviez chuchoté les mêmes propos sept ou huit ans plus tôt, on vous eût collé dix ans de réclusion, sans autre forme de procès.

N'ayant plus la même liberté d'action, ce qui les rendait d'autant plus furieuses, les autorités n'étaient pas disposées à tolérer que d'autres en jouissent : dès la première soirée, elles ont organisé des provocations, interpellé les récitants, et noté leurs noms qu'elles ont communiqués à l'université, puisque la plupart d'entre nous étaient étudiants. Les facultés ont pris des mesures, d'exclusion principalement. Théoriquement, c'étaient le comité de ville et l'état-major des commandos du komsomol qui décidaient des sanctions qui devaient nous frapper ; en fait, c'était le K.G.B. On faisait des perquisitions chez les nôtres, on leur confisquait des recueils de poésies et autres samizdats. Les commandos provoquaient des bagarres sur la place, tentaient de nous disperser et cernaient le monument de façon que nous ne puissions y accéder, à l'heure dite. Mais rien ne pouvait nous arrêter. Et la foule était toujours de notre côté.

Simultanément, on lança dans la presse du Parti une campagne de calomnies contre nous. Quelles sottises n'a-t-on point écrites à notre sujet, affirmant le plus souvent que nous étions des parasites, des fainéants, que nous ne travaillions nulle part ! Cette dernière assertion correspondait quelquefois à la réalité puisque, sur ordre du K.G.B., on nous chassait des facultés et que nulle part on ne nous donnait de travail. Mais toutes ces calomnies nous faisaient seulement de la publicité et les gens étaient de plus en plus attirés vers le Phare.

En 1961, il y eut une vraie bataille sur la place. Le vol de Gagarine venant d'avoir lieu, on avait décrété un jour férié et des foules, à moitié ivres, envahissaient les rues. Or, nous avions choisi cette date pour commémorer la mort de Maïakovsky. A l'heure convenue, la place était noire de monde. Beaucoup de flâneurs étaient venus là tout simplement parce qu'ils avaient vu un attroupement et qu'ils ne savaient pas ce qui allait se passer. Quant à nous, nous étions partagés : les uns estimaient qu'il fallait reporter la réunion, les autres qu'il était trop tard pour ce faire. Finalement, on décida qu'elle aurait lieu. L'atmosphère était surchauffée. Les commandos du komsomol étaient prêts à se jeter sur nous, à tout moment. Quand Chtchoukine se mit à déclamer, ils poussèrent des hurlements et s'élancèrent vers le monument, en fendant la foule.

Nous avions l'habitude de former un cercle autour des récitants afin d'empêcher les provocations et, s'il y avait lieu, le public intervenait toujours en notre faveur. Mais, cette fois, les commandos écumaient de rage et il y avait dans la foule les gens les plus inattendus, ivres, par surcroît. Un vrai combat corps à corps s'engagea. La plupart ne comprenaient d'ailleurs pas avec qui ils se battaient, et entraient dans la mêlée pour s'amuser. En un clin d'œil, toute la place fut en ébullition. On se bagarrait, on jouait des coudes, on se frayait un chemin vers les combattants. Les commandos en prirent un coup, mais ils trouvèrent tout de même le moyen d'embarquer Chtchoukine et Ossipov dans le panier à salade. La police est, en général, impopulaire et son apparition, surtout en la circonstance, suscita la colère. J'ai même craint un instant que le peuple ne renverse et ne mette en pièces le car. Chtchoukine fut gratifié de quinze jours de prison pour avoir « déclamé des vers antisoviétiques » et Ossipov, de dix jours, pour avoir « perturbé l'ordre public et proféré des jurons obscènes ». Ce dernier motif était particulièrement savoureux car tout le monde savait qu'Ossipov était un adversaire déclaré des grossièretés et qu'il s'indignait lorsqu'il en entendait.

On peut juger à ce seul fait à quel point notre époque était exceptionnelle. Le manque d'assurance et l'instabilité de la direction politique, la crainte qu'avait Khrouchtchev de produire une mauvaise impression sur l'Occident retinrent longtemps la main vengeresse des organismes de sécurité. Nous agissions ouvertement, légalement et c'est ce qui intriguait les hommes du K.G.B. qui cherchaient obstinément l'organisation illégale qui se serait tenue « derrière nous » et nous aurait dirigés indirectement. Le temps passait, ils ne découvraient toujours rien et se perdaient en conjectures. Mais ils ne procédaient à aucune arrestation, de crainte d'effaroucher l'organisation mythique.

Je connaissais bien alors tous ces détails car, grâce à des relations anciennes qui remontaient aux temps de notre conspiration enfantine, j'avais beaucoup de connaissances au Comité et même à l'état-major des commandos du komsomol qui, théoriquement, devaient disperser nos réunions et travaillaient en contact étroit avec le K.G.B. Je recevais par ces amis une information assez précise sur les actions que l'on préparait contre nous et je pouvais prévenir mes copains. Nous comptions alors parmi les fonctionnaires du komsomol un grand nombre de sympathisants.

Les gars des commandos faisaient constamment des rafles parmi nous, parfois même ils nous retenaient plusieurs heures. Après quoi, ils nous livraient souvent aux agents de police, en leur communiquant des procès-verbaux fictifs sur notre mauvaise conduite. Ceux-ci nous punissaient quelquefois mais, le plus souvent, ils nous relâchaient : ils n'aimaient pas ces policiers bénévoles et leur hostilité envers le K.G.B. était loin de s'être apaisée.

Au printemps, par l'intermédiaire de certains responsables du komsomol que je connaissais bien, j'ai essayé d'obtenir pour nos garçons l'autorisation de former un club se rattachant à l'un des comités d'arrondissement. On nous donna volontiers un local mais, à cette occasion, on tenta aussitôt de nous imposer un contrôle et certaines contraintes. Et la première initiative de notre club —

l'exposition des peintres non conformistes — fut interdite, si bien que le club fut fermé avant d'avoir pu ouvrir ses portes.

Et c'est alors, en ce printemps, que je fus convoqué au K.G.B. pour un interrogatoire. Jusqu'alors, je n'avais pas attiré particulièrement son attention, puisque je n'avais jamais pris la parole au Phare et que mes fonctions consistaient simplement à organiser les soirées poétiques. En dehors de cela, je devais faire en sorte que les récitants pussent quitter la place sans danger. Tant que l'on déclamait, le public les protégeait, mais quand le programme touchait à sa fin, il fallait les faire sortir de la foule prudemment, un à un, pour qu'ils puissent rentrer chez eux ou dans un lieu sûr sans se faire remarquer des membres des commandos. Je devais quelquefois les faire changer de vêtements en cours de route, leur mettre une autre chapka. Il fallait aussi faire venir des voitures ou même retenir tout simplement les activistes, détourner leur attention. Cela demandait de la présence d'esprit et de l'ingéniosité, et tout se terminait toujours de la même façon : la foule restait là à attendre, alors qu'il n'y avait plus personne pour déclamer puis, déconcertée, se dispersait.

Alors se posait le problème le plus difficile, celui de disparaître nous-mêmes. Parfois, l'affaire tournait carrément à la poursuite et nous n'aurions probablement pas réussi à nous échapper si je n'avais pas grandi dans ce quartier et si je n'en avais pas connu tous les passages.

Mais, pour qui voyait les choses de l'extérieur, il était difficile de savoir exactement qui faisait quoi. Bien que l'on m'eût déjà interpellé à plusieurs reprises, ce ne fut qu'après ma tentative de former un club et surtout après que nous y eûmes renoncé, que le K.G.B. s'intéressa à moi. En fait, j'avais, sans le vouloir, éveillé leurs soupçons : je n'avais pas appartenu au komsomol, mais j'avais des relations fort étendues parmi ses dirigeants, je passais littéralement mes jours et mes nuits au comité d'arrondissement (auquel nous avions souhaité nous rattacher en ouvrant un club) et j'assistais à presque toutes les réunions... Au sujet du club, il y avait aussi une certaine confusion : le projet avait été approuvé par le comité de ville et le comité d'arrondissement du komsomol, nous avions apporté une quantité de tableaux de tendances peu recommandables et, bien que l'exposition eût été aussitôt interdite en tant que diversion idéologique, nous l'avions maintenue pendant deux jours. Et nous avions aussi formé le projet de créer une imprimerie, dans un autre endroit, pour éditer des recueils de poésies, et le K.G.B. en avait eu vent. En conséquence, on m'a interrogé deux fois.

Aucune information n'était ouverte contre nous et j'aurais fort bien pu ne pas parler avec eux. Malheureusement, ma préparation aux interrogatoires avait été plus psychologique que juridique et je ne connaissais pas du tout mes droits. C'est pourquoi, au lieu de refuser de leur répondre, j'ai fait le malin, j'ai joué au patriote soviétique, j'ai même fait une déclaration écrite, en pensant que je les avais habilement dupés. Sans mêler quiconque à tout cela naturellement et sans nommer personne, je leur ai donné une image tout à fait fausse de moi. Ils en ont sans doute conclu que j'étais accommodant, malléable. Bref, il était impossible de donner au K.G.B. une plus mauvaise idée de moi. Et ce n'est que par la suite que j'ai compris que je m'étais fait le plus grand tort.

Les événements s'étaient précipités entre-temps. Toujours en ce même printemps, on m'avait chassé de l'université. En fait, l'administration qui avait découvert juste après mon admission qu'il m'était interdit de faire des études, avait aussitôt cherché le moyen de m'exclure.

J'étais tout à fait en règle et on ne pouvait me chercher chicane. Il n'existait aucun ordre écrit m'interdisant de faire des études. Mais le Parti, comme toujours, agissait illégalement, à la façon des voleurs, utilisant en coulisse toutes les méthodes possibles. C'est ainsi qu'à la première session des examens, en hiver, je découvris soudain que je n'avais pas l'autorisation de me présenter.

« De quoi s'agit-il ? » m'étonnai-je.

J'avais passé en temps voulu toutes les épreuves du contrôle continu.

« Nous ne savons pas, me répondit-on au secrétariat : il doit y avoir un malentendu. Revenez demain. »

Mais le lendemain, on n'avait toujours pas tiré les choses au clair. Le temps passait, mes condisciples avaient déjà commencé à se présenter aux examens. Je risquais de laisser passer les délais. Et on pouvait m'exclure pour cette raison, d'une façon tout à fait légale. Il était évident que le rectorat cherchait à utiliser ce truc, sur ordre d'en haut.

Heureusement, j'avais mon carnet de notes entre les mains, je ne l'avais pas rendu. Mettant à profit cette erreur de l'administration, je suis allé trouver directement les professeurs et leur ai demandé de me faire passer les examens sans l'autorisation. Je leur ai expliqué que le secrétariat avait tout embrouillé et que c'était par erreur qu'il ne me l'avait pas remise. Mes deux professeurs, qui enseignaient les matières que j'ai toujours préférées, la chimie et les mathématiques, étaient bien disposés à mon égard. Voyant que j'avais mon carnet de notes à la main et que j'avais subi toutes les épreuves de contrôle continu, ils ont accepté de me faire passer les examens sans l'autorisation, à condition que je la leur apporte plus tard. Nous avons donc procédé ainsi. Et quand le secrétariat me déclara que j'avais raté la session, j'eus le grand plaisir d'ouvrir mon carnet et de leur montrer les notes que j'avais obtenues aux examens. Ils ne pouvaient rien là contre et c'est ainsi que j'ai franchi l'obstacle du premier semestre.

Vers la fin du second semestre, ils se sont conduits avec plus de prudence, ils ont mieux calculé leurs trucs et ils ne m'ont pas permis de me présenter même aux épreuves de contrôle continu. Sentant que, cette fois-ci, je n'arriverais pas à percer la ligne, j'ai fait moi-même une demande de mise en congé, en arguant de ma mauvaise santé. Cette procédure me donnait formellement le droit de me faire réintégrer l'année suivante. On satisfit à ma demande mais, en automne, quand je suis venu me présenter, on a refusé de me reprendre. Comme on me l'a expliqué au rectorat, le comité du komsomol était intervenu pour empêcher ma réintégration.

« Je ne sais pas ce qu'ils ont là-bas, me dit le chef de service, allez les voir et tâchez de savoir. Officiellement, vous êtes refusé parce que vous ne correspondez pas au *profil* de l'étudiant soviétique. »

J'ai trouvé la secrétaire du comité du komsomol de l'université au beau milieu des préparatifs d'une espèce d'expédition touristique. Il y avait par terre des tentes, des sacs de couchage et des gamelles : encore une de ces innombrables activités collectives et organisées ! Lorsqu'elle apprit de quoi il s'agissait, elle fut indignée de mon impudence :

« Et, en plus, il vient poser des questions ! Est-ce qu'on ne vous a pas expliqué qu'il vous était interdit de faire des études ? Ensuite, est-ce que, par hasard, vous ne liriez pas les journaux ? Quelqu'un comme vous n'a pas sa place à l'université ! »

En effet, à cette époque la destruction du Phare avait déjà commencé et nos noms paraissaient souvent dans différents journaux où l'on nous traitait presque d'ennemis du peuple. Cette conversation était bien évidemment dénuée de sens. Quand je mentionnai mon droit à l'éducation, elle se contenta de faire : « Hum ! » Et, dès lors, on ne m'appela plus dans la presse que « l'étudiant manqué », « exclu de l'université en raison de ses mauvaises notes » : autant dire, un niais. Même maintenant, quinze ans plus tard, on ne me désigne pas autrement.

Au vrai, je n'ai pas beaucoup regretté ce qui s'était passé. Il était clair que, de toute façon, ils ne me permettraient pas de faire des études. Et la vie à l'université était si terne, inintéressante qu'elle ne m'inspirait que du dégoût. Le système d'éducation différait peu de celui de l'école. La présence aux cours était obligatoire. Il y avait, entre autres matières au programme, ce que l'on appelle les disciplines du Parti. Elles étaient nombreuses et n'étaient d'aucune utilité pour moi qui étudiais la biophysique. Il y avait encore la préparation militaire et toujours cette maudite culture physique que je ne pouvais supporter. En admettant que la moitié des matières aient eu un certain intérêt, l'autre moitié représentait une perte de temps. Il régnait la même atmosphère que dans les casernes. Certains étudiants étaient spécialement chargés de veiller à l'assiduité et, si quelqu'un manquait, ils faisaient un rapport. Les étudiants étaient dépourvus de tout droit, surtout ceux qui venaient des autres villes et avaient besoin d'une bourse. En échange de ces bourses et du logement dans un foyer universitaire, on exigeait d'eux une soumission totale. Nombreux étaient ceux qui dénonçaient leurs camarades, ne serait-ce que pour ne pas être privés de ces avantages. Les étudiants n'avaient aucun moyen de défense et ils n'en ont toujours pas. On pouvait vous exclure de l'université pour la moindre vétille et sans aucune explication : et allez donc ensuite vous plaindre au ministre des Universités !

C'était pis qu'à l'école où, du moins, on pouvait montrer les dents et, malgré mon désir de faire des études, je ne parvins pas à considérer mon éviction comme une grande perte : ce n'étaient pas des études, mais la servitude. « Qu'ils aillent au diable, décidai-je, de toute façon, maintenant, je n'ai pas le temps... J'ai bien affaire d'eux ! »

Et, de fait, j'avais la tête ailleurs. Mon propre service de renseignements m'informait que la destruction totale du Phare se préparait. On avait enfin reçu d'en haut l'ordre d'en finir avec nous par tous les moyens. Les informations nous concernant commençaient à filtrer à travers la presse étrangère. Comme le XXIIe Congrès du Parti devait se tenir en octobre, il fallait que tout fût paisible pour la circonstance.

En août, on arrêta Ilia Backstein. Il ne s'était jamais produit sur la place et n'avait jamais déclamé de poèmes. Il avait quelquefois pris part aux discussions et il n'y avait aucune raison de l'arrêter, même de ce point de vue. Il était très malade, il avait passé presque toute son enfance à l'hôpital, sa colonne vertébrale étant atteinte de tuberculose. Le fait que l'on ait choisi d'arrêter le plus inadapté, le plus délaissé d'entre nous, celui qui avait pratiquement le moins de rapports avec les récitants, montrait que le K.G.B. essayait de monter une affaire contre le Phare avec des gens de cette sorte et qu'il serait ainsi fondé à interdire nos soirées poétiques.

Le K.G.B. était déchaîné, plus rien ne l'arrêtait. Il faisait venir des chasse-neige sur la place, au moment de nos réunions et les lançait sur la foule. Les engins tournoyaient autour du monument en ne laissant approcher personne.

Un soir, alors que je rentrais chez moi fort tard, après l'une de nos réunions, une voiture m'a rattrapé. Quelques gaillards en sont descendus, se sont emparés de ma personne et m'ont fait monter de force. Nous avons roulé assez longtemps, plus d'une demi-heure. Ils m'ont déposé dans une cour où, en sous-sol, se trouvait une sorte de bureau. On nous avait souvent interpellés, retenus de nombreuses heures, interrogés, si bien qu'au début je ne me suis point trop étonné. Mais, cette fois, en dehors de mon escorte, il n'y avait personne d'autre dans ce local.

On m'a introduit dans une grande pièce sans fenêtre et sans aucun meuble. A peine étions-nous entrés que l'activiste qui marchait à ma droite me frappa brutalement au visage. Aussitôt, un autre essaya de me porter un coup au plexus solaire et de me renverser. Mais j'étais déjà sur mes gardes et j'ai pu l'esquiver. J'ai reculé d'un bond dans un des coins de la pièce, je me suis mis le dos au mur et j'ai essayé de me protéger le visage et le plexus, de mes mains et de mes bras repliés. Ils m'ont battu longtemps, quatre heures. L'un, qui m'avait attrapé par les cheveux, me tirait violemment vers le bas, pour m'écraser le visage avec son genou. Un autre, pendant ce temps-là, me battait de toutes ses forces dans le dos, à hauteur des reins. Je ne pensais qu'à une seule chose : ne pas tomber, car alors ils m'auraient estropié à coups de pied. Je ne me rendais plus très bien compte de ce qui se passait, la tête me tournait, je respirais avec difficulté. Fatigués, ils ont fait une courte pause. L'un d'eux s'est penché vers moi et m'a caressé la joue en souriant avec une sorte de jouissance. Puis ils ont recommencé à me battre.

Il était déjà quatre heures du matin quand ils m'ont jeté dans la rue. « Qu'on ne te voie plus place Maïakovsky. Autrement, on te battra à mort ! » C'est tout ce qu'ils m'ont dit. Les transports ne marchaient pas encore et je me suis traîné à grand-peine jusque chez moi.

Le Phare entrait dans sa phase ultime. Tous les gens qui étaient venus là plus ou moins par hasard s'étaient éliminés d'eux-mêmes, avaient disparu. Et il y avait d'autant plus d'intimité parmi ceux qui restaient. Il était de plus en plus difficile d'organiser nos soirées poétiques et même mon service de renseignements n'était pas de taille à nous aider. Et quand nous parvenions à tenir une réunion, c'était beaucoup plus compliqué qu'avant d'escamoter les récitants un à un, de leur faire quitter la place sans encombre. La plupart n'habitaient plus chez eux, se cachaient chez des amis. Et, malgré tout, nous estimions qu'il était de notre devoir de défendre notre Phare.

Chacune de nos soirées nous laissait une indicible sensation de liberté, de fête et il y avait quelque chose de mystique dans le fait de réciter des poèmes à une ville nocturne, aux rares lumières brillant aux fenêtres, aux trolleybus attardés. Cela ne pouvait disparaître sans laisser de traces, d'autant plus que le jeu avait cessé d'être inoffensif. Et même aujourd'hui, bien des années après, je me sens une intime parenté avec ces êtres aux côtés desquels j'aurai défendu le Phare jusqu'au bout.

Le matin du 6 octobre 1961, trois jours avant le XXIIe Congrès, on nous a tous arrêtés. Je m'étais réveillé subitement avec le sentiment que quelqu'un me regardait fixement. De fait, Nikiphorov, le capitaine du K.G.B. qui m'avait déjà convoqué au printemps, était assis sur mon lit. Comment s'était-il introduit chez moi ? Je ne sais. En bas, à l'entrée, une voiture nous attendait, qui nous emmena à la Petite Loubianka.

Des bureaux, des couloirs, des escaliers et partout des

gens qui vont, viennent, font la navette avec des papiers, des dossiers, des serviettes. Dans un premier bureau, on vous soumet à un interrogatoire croisé ; dans le second, on vous fait peur, on fait allusion aux conséquences, aux suites possibles ; dans le troisième, plus trace de kaguébistes : vous vous trouvez en présence de véritables pères, d'amis intimes ! On vous raconte des anecdotes, on vous régale de thé. Puis, de nouveau, des cris, un poing qui s'abat sur la table : « Suffit ! Inutile de nier : nous savons tout ! » Pour ce qui est de vous battre, ils ne vous battent pas. Pas de tortures non plus. C'est sans doute pour plus tard. On vous fait passer du cabinet d'un chef dans un autre. Partout, une nuée de gens.

L'essentiel, c'est d'avoir de la patience et de la tenue. Que savent-ils ? Que veulent-ils ?

« Voici une feuille de papier et un porte-plume. Écrivez tout ce que vous savez. »

Voyez-vous cela, comme on est expéditif ! Tout ce que je sais ne tiendra pas sur cette feuille.

Deux choses se dégagent peu à peu de leurs exhortations, cris et autres menaces. Ce qui les intéresse, c'est, premièrement, ce que je sais sur l'attentat qui se prépare contre Khrouchtchev, deuxièmement, un papier que j'ai écrit et dont j'ai discuté avec nos gars.

En effet, peu de temps auparavant, le bruit s'était répandu que l'un des nôtres préparerait un attentat contre Nikita. C'eût été là une sottise monstrueuse, une pure provocation, et nous nous sommes alarmés. Après avoir longuement questionné et enquêté autour de nous, nous sommes arrivés à savoir qu'un soir on avait discuté dans un de nos groupes de la terreur politique comme moyen de lutte. On avait discuté d'un point de vue théorique, sans plus et, par surcroît, les garçons présents avaient condamné ce moyen comme insensé et nuisible. Une question préoccupait tout le monde : que faudrait-il faire si un nouveau Staline surgissait ? Serait-il légitime ou non de le tuer ?

La plupart furent d'avis que l'assassinat de Staline n'aurait amené aucun changement. Le Parti en aurait promu un autre, il n'en manquait pas dans son sein. Il était clair, depuis longtemps déjà, qu'étant donné notre système, la mort fortuite d'un führer n'entraîne pas de modifications dans la politique. C'est plutôt le contraire : quand la nécessité de tels changements s'affirme, une mort énigmatique ou une exécution surviennent d'elles-mêmes. Quant à l'assassinat de Khrouchtchev, il ne pourrait rien donner qu'une aggravation des persécutions. Quelque profonde qu'ait été notre inimitié à son endroit, cela était fort clair, même pour nous.

Mais le K.G.B. avait décidé d'utiliser cette conversation comme prétexte pour arrêter même ceux qui n'y avaient pas assisté. De plus, les bruits sur l'attentat en préparation redoublaient. Cela devait leur permettre d'obtenir plus facilement que le Parti sanctionne notre arrestation et les mesures décisives qui mettraient fin aux soirées poétiques du Phare.

L'autre question avait surgi également par hasard et ne présentait aucun caractère criminel, elle non plus. Mes amis du komsomol ne comprenaient pas pourquoi nous, les fidèles du Phare, nous ne voulions pas agir dans le cadre des Jeunesses communistes, pourquoi nous n'y adhérions pas, pourquoi nous n'avions pas confiance dans leur « démocratie-au-sein-du-Parti ». Pour leur expliquer, j'avais donc écrit, à leur demande, deux pages dans lesquelles je démontrais en quoi le komsomol était inacceptable. Mon objection essentielle, c'était sa totale dépendance du Parti, son *bureaucratisme*, ses ukases, et autres attributs essentiels du Parti. Si le komsomol pouvait conquérir son indépendance et avoir une existence propre, s'il permettait à ses membres de débattre ouvertement des questions politiques, s'il se manifestait en tant que force sociale alors, estimais-je, notre collaboration deviendrait possible.

Mes amis du comité d'arrondissement ont tapé ces quelques réflexions sur la machine à écrire de leur organisme et s'apprêtaient à en débattre largement. Quant à moi, je les ai proposées comme thème de discussion à mes amis du Phare, à l'une de nos réunions chez Iouri Galanskov. Aucun ne considérait cela comme une infraction à la loi et quand Edouard Kouznetsov[1] m'a demandé un exemplaire de mon texte pour le lire attentivement chez lui, je le lui ai donné bien volontiers.

J'apprenais maintenant qu'on avait trouvé ces papiers chez lui, lors d'une perquisition, et qu'il avait déclaré qu'il les tenait de moi. Naturellement, je confirmai ses dires, sans hésiter. Comment Kouznetsov, Galanskov et tous ceux qui avaient assisté à la réunion auraient-ils pu savoir que le K.G.B. baptiserait, le plus sérieusement du monde, ce malheureux papier : « Thèses sur la désorganisation du komsomol » et le déclarerait « document antisoviétique » ? Nous avions discuté de tant d'autres textes, les mois précédents !

Le fait que le K.G.B. s'obstinât à m'interroger sur nos rencontres et conversations m'avait mis sur mes gardes, et je ne fis plus aucune déclaration. Je n'ai même pas dit qui avait dactylographié ces fameuses « thèses », afin de ne pas donner de nouveaux noms. Et même sur mes relations — combien évidentes ! — avec un grand nombre de zélateurs du Phare, j'ai répondu évasivement, en

1. Condamné en 1962 à sept ans de travaux forcés pour agitation et propagande antisoviétique, Kouznetsov fut, en 1970, l'organisateur du fameux détournement d'avion dont il sera question p. 522. Il a écrit le *Journal d'un condamné à mort.* (Ed. Gallimard.)

arguant de ma mauvaise mémoire. Mais ma préparation, elle, n'avait pas été mauvaise !

On nous a gardés toute la journée à la Loubianka, en nous interrogeant, sans cesse, dans différents bureaux. Le soir, on me ramena chez moi pour faire une perquisition. Naturellement, ces fameuses « thèses » se trouvaient dans le tiroir de ma table. Il ne m'était même pas venu à l'idée de les cacher. On ne trouva rien de plus substantiel. Ils ont confisqué aussi quelques poèmes et certains de mes récits. La fouille se termina tard, vers minuit, mais je n'étais pas en état d'arrestation et je suis resté chez moi.

Mes parents étaient épouvantés et tout cela n'améliorait évidemment pas mes relations avec mon père qui étaient déjà fort compliquées. Je ne peux pas dire que nous étions en guerre, mais il y avait entre nous une sorte d'animadversion. C'était, à sa manière, un homme honnête et dévoué à sa cause, le sort des campagnes. Il était né et avait grandi dans un village de la région de Tambov et avait écrit toute sa vie sur ce thème de la terre. Il croyait aux kolkhozes et il justifiait la dékoulakisation, peut-être parce qu'il y avait participé lui-même dans sa jeunesse. Lénine était, pour lui, l'autorité suprême et il attribuait l'appauvrissement et la ruine ultérieurs des kolkhozes, si chers à son cœur, aux dénaturations staliniennes. Par la suite, nous nous sommes trouvés dans des situations, au fond, très proches : on avait pratiquement cessé de l'éditer et ceux de ses articles que l'on acceptait encore étaient réduits de moitié.

Notre inimitié était plutôt d'ordre personnel. C'était un homme difficile et despotique. Il ne m'aimait pas, sans doute parce que je n'étais pas tel qu'il l'eût souhaité. Il est bien étrange que le destin se soit vengé sur lui de cette inimitié : même après qu'il eut cessé de vivre avec nous et jusqu'à sa mort, il a reçu régulièrement des blâmes et des remontrances du Parti pour m'avoir « mal élevé ». On le convoquait sans cesse, on le sermonnait, on le punissait chaque fois que j'allais en prison ou qu'il venait à l'idée de la propagande soviétique de m'invectiver dans la presse. Et cela aura duré seize années, si l'on tient compte du fait que tout a commencé par l'histoire de notre revue d'écoliers, ma première affaire.

Mais cette fois, contre toute attente, il avait fait preuve de dignité et avait marqué son mépris au K.G.B. Au beau milieu de la perquisition, il était entré à l'improviste dans la chambre où nous vivions, ma mère et moi, et avait demandé aux tchékistes sur un ton dur et méfiant :

« Alors quoi, vous allez aussi fouiller chez moi ?

— Non, non, qu'est-ce que vous croyez ! Qu'est-ce que vous croyez ! »

Les tchékistes montrèrent une certaine nervosité et se débinèrent assez vite. Alors, il claqua la porte sur eux, puis s'enferma de nouveau dans sa chambre. Il y restait parfois toute une semaine sans parler à personne, n'en sortant que de temps à autre pour aller manger dans la cuisine.

Dès le lendemain, nous fûmes convoqués régulièrement au K.G.B. Nous étions tous interrogés — Galanskov, Khaoustov, moi et une vingtaine d'autres — en qualité de témoins. Nous nous retrouvions après les interrogatoires, nous faisions le point. Nous convenions des meilleures réponses à donner. De fait, aucun d'entre nous n'a ajouté quoi que ce soit aux témoignages du premier jour, en dépit des ruses dont usaient les juges d'instruction.

C'est là que j'appris, pour la première fois, quelle était la situation juridique du témoin. Alexandre Sergueievitch

Essénine-Volpine[1], qui venait d'être libéré de l'hôpital psychiatrique spécial de Leningrad, nous avait fait tout un cours sur cette question. Il était venu une fois au Phare, il avait écouté, regardé. Lors de cette première rencontre, cet étrange bonhomme, coiffé d'une chapka toute déchirée, qui trouvait le moyen, au sortir d'un asile, de nous entretenir, toute une soirée, du respect des lois, ne m'avait guère impressionné. Mais son cours nous a été d'une grande utilité pratique. Aucun de nous ne s'est laissé confondre et n'a trop parlé.

Nous avions tout de même décidé de leur gâcher le jour de l'inauguration du Congrès ! Et le 9 octobre, le Phare livra son dernier combat : le soir, nous avons déclamé des poèmes dans tout Moscou. Non seulement devant les statues de Maïakovsky et de Pouchkine, mais encore devant d'autres monuments et, en particulier, la Bibliothèque Lénine. Nous considérions ce dernier endroit comme le plus important, les autres étant plutôt destinés à créer une diversion. Le soir, les délégués du XXIIe Congrès, qui avaient un peu trop bu dans les couloirs du Palais, commencèrent à sortir du portail du Kremlin. Apercevant une foule près de la Bibliothèque, ils se sont approchés, ont écouté les poèmes, ont applaudi et, quand on a essayé de nous disperser, ils sont même intervenus en notre faveur. Un des délégués, fortement éméché, prit à part quelques-uns d'entre nous et les remercia chaleureusement, assurant que nous

1. Mathématicien, fils du célèbre poète révolutionnaire des années 20, Serge Essénine. Dissident de la première heure, a fait plusieurs séjours dans des hôpitaux psychiatriques depuis 1949. En 1965, il a organisé une manifestation pour le respect de la Constitution, qui a lieu, depuis lors, chaque année. Collaborateur régulier du Samizdat, de nouveau interné en 1968 pour avoir protesté contre le procès Guinzbourg-Galanskov, il fut le conseiller juridique de la Commission des Droits de l'Homme (présidée par le physicien-académicien Andreï Sakharov) jusqu'à son exil en 1972. Il travaille actuellement au Massachusetts Institute of Technology.

faisions une œuvre grande et utile. Naturellement, nous nous sommes aussitôt plaints, auprès d'eux, des persécutions, dispersions, voies de fait et autres illégalités commises par le K.G.B. Certains d'entre eux nous promirent d'intervenir afin qu'on ne nous touche plus. Je ne pense pas, toutefois, qu'ils aient fait quoi que ce soit, car cette manifestation fut la dernière. Nos soirées poétiques furent officiellement interdites et ceux qui auraient eu l'envie de continuer se seraient retrouvés derrière des barreaux.

De nouveau, la presse du Parti déversa sur nous des torrents de calomnies. On disait de moi que j'étais « un étudiant raté qui avait eu la tête tournée par les biens que son père avait mis à sa disposition » ! Comment auraient-ils pu connaître nos véritables relations ? Un correspondant de presse avait tout simplement vu que mon père était membre de l'Union des écrivains et tout le reste était le fruit de son imagination. Cela eut un effet inattendu : mon père se sentit tout à coup gêné de l'attitude hostile qu'il avait eue envers moi et, quelque peu confus, il m'offrit un costume, le premier de ma vie, je crois. Comme on dit, *il n'y a pas de mal sans bien.*

Le sort de ceux des nôtres qui avaient été arrêtés fut tranché quatre mois plus tard, de la façon la plus cruelle. Ilia Backstein, le bossu, fut condamné à cinq ans ; Kouznetsov et Ossipov, à sept ans de camp. Naturellement, il n'avait plus été question de cet attentat imaginaire. On les a jugés pour « agitation et propagande antisoviétiques » c'est-à-dire pour le Phare, pour les discussions et les soirées poétiques, pour nos recueils de poèmes. Le tribunal de Moscou avait encore essayé de les inculper de « création d'une organisation antisoviétique », mais cette accusation, elle aussi, tomba. Les juges d'instruction n'avaient pas pu en inventer une qui fût plausible. Ils n'avaient même pas pris la peine de lui trouver un nom ! Mais mes prétendues thèses étaient retenues comme un des chefs d'inculpation contre Kouznetsov : « Conservation et diffusion de littérature antisoviétique. »

On les jugea, bien entendu, à huis clos. Même pour la lecture du jugement, on s'efforça de ne laisser entrer personne. Mais Essénine-Volpine, notre légiste enragé, démontra à la garde, code à l'appui, que la sentence devait, dans tous les cas, être prononcée publiquement. Il avait été le premier à parler sérieusement des lois soviétiques, mais nous nous étions toujours moqués de lui :

« Tu es vraiment timbré, lui disions-nous. Voyons, pense un peu à ce que tu dis. Quelles lois peut-il y avoir dans ce pays ? Qui est-ce qui y pense ?

— C'est ça le malheur, c'est que personne n'y pense », répondait-il habituellement, sans se laisser troubler le moins du monde par nos moqueries.

Le code à la main, il produisit sur les soldats de l'escorte une impression inattendue et ils laissèrent entrer les nôtres pour écouter le jugement.

« Vous voyez, disait-il en jubilant, nous sommes nous-mêmes coupables de ne pas exiger l'application des lois. »

Mais tous se contentaient de hausser les épaules.

Nous ne savions pas alors que c'est par cette image saugrenue de notre Essénine-Volpine, usant du code comme d'une baguette magique pour ouvrir les portes du tribunal, qu'allait débuter notre mouvement pour les droits civiques, le Mouvement pour les Droits de l'Homme en Union soviétique.

L'étape poétique du lent réveil de notre société prenait ainsi fin. C'étaient des poètes et des récitants que l'on emmenait, pour crime de poésie, dans le plus réel des camps de concentration. Non, ce n'étaient pas des soldats, ce n'étaient pas des conjurés, mais bien des poètes que l'on déportait :

« Non, ce n'est pas à nous de décharger des pistolets... Mais, pour les dates les plus importantes, l'époque a créé des poètes et, à leur tour, ils ont créé des soldats... »

L'époque était telle qu'elle ne pouvait supporter même les poètes. Ils furent donc bien obligés de se faire soldats.

Je ne suis pas allé au procès, bien que j'eusse figuré sur la liste des témoins cités. Je me trouvais dans une situation absurde et humiliante. Kouznetsov qui m'avait seulement emprunté, pour les lire, ces malencontreuses « Thèses », était inculpé, tandis que moi, qui les avais écrites et les lui avais données à lire, je n'étais que témoin. J'avais honte, dans ces conditions, d'être resté en liberté et d'aller au procès. Mais on ne m'avait pas du tout oublié et je me faisais du souci bien à tort. Les nôtres m'ont rapporté qu'après le verdict, on avait donné lecture d'un arrêt dans lequel il était dit qu'il convenait d'intenter une action contre moi aussi.

Nous nous voyions souvent comme naguère, mais nous n'allions plus place Maïakovsky. Chacun s'attendait à des mesures de répression et nos réunions n'avaient plus la gaieté d'antan. On avait déjà escamoté quelques-uns des nôtres dans des maisons de fous et il n'y avait plus qu'à attendre son tour. Or, cette attente m'était insupportable. En me promenant le soir dans Moscou, j'essayais de trouver ce que je pourrais encore faire. De toute façon, mon arrestation était inévitable, il n'y avait donc rien à perdre. Mon impuissance me tourmentait plus que tout. Je ne pouvais rigoureusement rien faire contre ces ordures pour me venger de leurs outrages et de leurs offenses, et c'était particulièrement intolérable. Faire quelque chose, n'importe quoi, fût-ce leur cracher au visage... Le seul fait de me souvenir de la manière dont ils m'avaient battu m'empêchait de dormir. Et la faculté, et la dispersion de nos réunions du Phare et Ilya Backstein, le bossu, en prison... De tous côtés, on continuait à répandre les mensonges les plus éhontés, comme si rien ne s'était passé. Et cela me mettait en fureur.

Enfin, n'ayant rien trouvé de mieux, j'ai organisé dans un appartement privé une exposition des tableaux de deux de mes amis, peintres non conformistes. Elle eut un grand succès, beaucoup de gens vinrent. On respira un court moment l'air de l'ancien temps et ce fut, à sa façon, une manifestation contre la dictature du Parti dans l'art. Mais les hommes du K.G.B. ne dormaient pas, eux non plus : trois d'entre eux vinrent à l'exposition, examinèrent longuement les tableaux, en silence, et s'en furent, toujours en silence. Ensuite, ils convoquèrent le propriétaire de l'appartement, le menacèrent de le priver de travail, de lui retirer son logement et de le mettre en prison ou presque. L'exposition a duré plus de dix jours. Je m'attendais à être arrêté à tout moment. Le K.G.B. me talonnait impudemment, sans guère se cacher.

La colère s'empara soudain de moi : pourquoi devrais-je attendre cette arrestation avec résignation, leur permettre de me déguster lentement, tranquillement, avec appétit, comme le serpent mange le lapin ? Serais-je un trop gros morceau pour eux ? Échappant à leur filature au moment où ils s'y attendaient le moins, je me suis évadé de Moscou. Ils sont restés à monter la garde près d'un passage et, pendant ce temps, je roulais déjà en train. Les roues cliquetaient, des bosquets rabougris et des hameaux miséreux surgissaient pour disparaître aussitôt et parfois, vers le matin, je me réveillais dans une des gares d'évitement. J'écoutais avec volupté les locomotives s'appeler dans le silence, j'entendais que l'on attelait de nouveaux wagons. En tapant lourdement les rails de ses talons de cuivre, notre locomotive arrivait et sifflait quelque part en avant, comme si elle bâillait. Notre wagon tressaillait, vacillait, grinçait et nous roulions de nouveau en avant, en avant, vers la Sibérie... L'étouffante Moscou, où chaque fenêtre vous épie soupçonneusement, restait derrière, dans le passé. Et maintenant, que les tchékistes me cherchent donc sur tout notre sixième de globe terrestre !

A Novossibirsk, grâce à des amis, je me suis facilement fait engager dans une expédition géologique et, une semaine plus tard, nous étions déjà cahotés sur les routes défoncées de la taïga, vers l'est. Tomsk, Krasnoiarsk, Irkoutsk, le lac Baïkal, Tchita... 10 000 km sur les roues. Le soir, près d'un feu, une bouilloire noircie par la fumée, un bon thé, des récits, des chansons... Nouvelles impressions, nouveaux visages, aucun pouvoir qui pèse sur vous... Dans la taïga, il n'y a pas d'autre citoyen-chef que l'ours pataud. De temps à autre seulement, on voit de nouveau la misère et le désespoir de la vie soviétique. Mais, plus loin, c'est de nouveau la taïga, les chemins impraticables, les moustiques, comme des nuages de poussière qui vous empêchent de respirer.

Tout à coup, d'Irkoutsk au Baïkal, s'étale sur 100 km une magnifique chaussée d'asphalte. Tous les villages qui la bordent sont soignés, proprets, peints comme des œufs de Pâques. Au bord du lac surgissent deux somptueux cottages modernes, des allées, un terrain de golf. Quelle est cette merveille ? A quoi sert-elle ? Tout s'explique très simplement : Eisenhower devait, paraît-il, venir ici avec Nikita, en 1960. Mais l'affaire a raté et maintenant ces deux cottages se dressent là comme le monument de l'amitié soviéto-américaine, petit morceau d'Amérique au milieu de l'impénétrable taïga soviétique.

Quelque part en Transbaïkalie, il y a une autre merveille : une route de marbre. Et l'explication est simple aussi : une carrière de marbre se trouve dans les parages, mais il n'y a rien pour le transporter. Il ne faut pas laisser se perdre les biens : on pourrait, au moins, paver le chemin de cailloutis de marbre pour que les voitures ne patinent pas ! Dans un autre endroit, le cailloutis de la route attira de nouveau l'attention de mes géologues. Ils sont descendus, ont donné quelques petits coups de marteau et ont découvert avec étonnement que c'était du minerai de zinc. Deux kilomètres plus loin, c'était du plomb : il y avait côte à côte deux combinats. L'un extrayait le plomb, l'autre le zinc. Mais, comme ils relevaient de deux directions différentes et se trouvaient dans des secteurs voisins, le premier déchargeait sur le terril du minerai de zinc et le second, du minerai de plomb.

Et plus loin encore, c'étaient de nouveau la taïga et les marais. Même les tracteurs ne pouvaient pas passer, ils s'enlisaient. Les rares villages étaient si inhospitaliers que l'on n'avait aucune envie d'y faire halte. Les isbas en rondins étaient recouvertes de planches. Sous le vent et la pluie tout prenait une teinte grise, orpheline, pour ainsi dire. Les Sibériens sont des gens moroses, descendants de bagnards. Ils vous regardent du coin de l'œil, avec méfiance, vous répondent avec réserve, de mauvais gré.

Nous avons passé une nuit chez un paysan. Son isba était vide, ses six enfants couchaient sur des bancs et ils n'avaient qu'une seule paire de bottes pour eux tous quand il leur fallait sortir l'hiver pour un besoin pressant.

« Mais comment fais-tu pour vivre ? lui avons-nous demandé.

— Eh bien, je vis comme ça. »

Nous nous sommes regardés et lui avons laissé la

moitié de nos conserves. Nous arriverions bien à nous nourrir, grâce à la chasse et à la pêche.

On nous a raconté que, deux ans auparavant, des topographes avaient découvert, du haut de leur hélicoptère, un village que personne ne connaissait. Des vieux-croyants schismatiques s'étaient établis là, au début du siècle, et n'avaient eu, depuis lors, aucune relation avec personne. Heureuses gens : ils n'avaient entendu parler ni de la révolution, ni de la seconde guerre mondiale, ni les kolkhozes. C'était un village riche, populeux, comme on n'en rencontre plus. On leur a appris les nouvelles, puis on les a parqués dans un kolkhoze et leur vie de liberté et d'abondance a aussitôt pris fin.

Plus j'allais vers l'est, plus je comprenais qu'il n'était pas difficile de se cacher du K.G.B. Mais essayez donc d'échapper à la vie soviétique ! C'était partout la même chose, la même vie, un peu plus grise seulement, qu'à Moscou.

La nuit tombait déjà quand nous avons atteint la frontière chinoise. L'étrange sensation qu'une frontière ! Ici, de ce côté, les steppes et les monts sont à nous ; là-bas, de l'autre côté de l'Argoun, ils sont à la Chine. La frontière passant par cette rivière, il n'existait aucune séparation visible : ni bornes ni barbelés. Et elle n'était pratiquement pas gardée. Il y avait juste de petits postes, situés à 5 ou 6 kilomètres les uns des autres et occupés par des officiers et des soldats perpétuellement ivres. Sur le territoire chinois, on ne voyait rien de tel. On nous avait prévenus au poste frontière qu'il ne fallait pas allumer de grands feux, nager en direction de l'autre rive, tirer de ce côté. J'avais le cœur un peu inquiet. Je n'étais jamais allé si loin de chez moi. Et tout ici me paraissait étranger : je ne reconnaissais pas leurs étoiles,

les trop grandes fleurs des steppes et les contours des monts, du côté chinois, ne m'étaient pas du tout familiers. Il n'y avait pas de frontière et, pourtant, elle existait. Il suffisait de traverser l'Argoun à la nage (70 à 80 mètres seulement) et c'était un autre monde, d'autres lois. Personne ne me poursuivrait plus, ne m'attraperait plus, ne me traînerait en prison. Mais, est-ce bien sûr ? Sont-ils tellement différents de nous ?

Nous nous moquons souvent des étrangers qui ne comprennent pas notre pays, qui prennent pour argent comptant tout notre bluff, nos slogans et nos réunions. C'est amusant de lire leurs réflexions sur notre fanatisme, sur notre aspiration sincère à construire le socialisme. Mais valons-nous mieux qu'eux quand nous jugeons de la Chine ? Ets-ce que cela peut sérieusement attirer quelqu'un toutes ces communes, ces bonds en avant, ces campagnes contre les moineaux et les mouches ? Bon, admettons, un an, trois ans et même cinq ans, à l'extrême rigueur, mais pas toute une vie ! Peut-être est-ce même drôle de chasser les moineaux, de courir après les mouches, de coller des journaux muraux une année ou deux, si l'on peut revenir ensuite à une vie raisonnable, retrouver des gens normaux. Mais c'est qu'on ne vous lâche pas ! Avec le socialisme, c'est bien là toute la question : on peut commencer, mais on ne vous permet pas de cesser. Vous ne vous appartenez plus et *ils* savent mieux que vous ce qui est bon pour vous et ce qui ne l'est pas. Et apprêtez-vous ensuite à apprendre toute votre vie les citations de Mao Tsé-toung...

Il était tard. Tout le monde était déjà couché. Mon feu s'élevait en grandes flammes dont les rouges reflets dansaient sur la rive chinoise. Oui, en Chine ! Mais il n'y avait personne pour les arrêter. Les garde-frontières devaient cuver leur vin. J'étais seul, à l'extrême pointe du pays, avec pour seule compagnie les moucherons et les phalènes, surgis de la nuit par curiosité. Ils volaient vers les flammes et tombaient aussitôt en éclatant. Bruit de chiquenaude, pluie d'insectes. L'eau clapotait doucement le long de l'une et l'autre rives.

Finalement, cette frontière, malgré tout, elle n'existait pas.

Tôt le matin, au point du jour, alors que nous prenions notre petit déjeuner, un cavalier chinois parut sur l'autre berge. Il menait un petit troupeau de chevaux. Arrivé à notre hauteur, il ôta sa chapka et nous dit en russe :

« Bonjour !

— Bonjour ! » lui avons-nous répondu, par-dessus la rivière. Puis il cria après ses bêtes :

« Hue ! Hue ! Putain de mère ! »

Et il les mena plus loin.

Je suis rentré à Moscou en automne, le cœur gros : je savais qu'on allait m'arrêter. Mais que faire d'autre ? Je ne pouvais pas me cacher toute ma vie. J'avais couru la Sibérie, pendant la moitié de l'année. Je n'avais plus nulle part où aller, il n'y avait pas de place pour moi dans tout cet immense pays. Et un soupçon m'était venu : peut-être que cette situation *les* arrangeait. Peut-être qu'*ils* ne s'étaient pas donné beaucoup de mal pour me chercher ? En effet, que je sois en prison ou que je me cache quelque part en Sibérie, quelle différence pour eux ? Dans l'un et l'autre cas, je ne les gênais pas. Il leur suffisait que je sois hors de leur vue.

Je passais de nouveau mes soirées à flâner dans Moscou, dans ses ruelles tortueuses, à m'entretenir avec les maisons anciennes, les hôtels particuliers de l'Arbat. Que ce soit en automne, quand les arbres jaunissent et que le vent dépose sur les pavés les feuilles ridées et que, de toutes les cours et de tous les boulevards où on les râtelle et où on les brûle, monte une odeur douce-amère ; en hiver, où le givre dessine chaque corniche, chaque grille ; ou au printemps, quand ces mêmes corniches se couvrent de glaçons et que tous les sons se mettent à retentir comme sous les voûtes d'une cathédrale, ces vieilles demeures étaient mes uniques amies. Chacune avait sa personnalité inimitable, son histoire. Elles avaient comme gardé l'empreinte d'une autre vie, d'une vie révolue, et je savais littéralement tout de leurs anciens propriétaires. Un fronton écaillé ou la forme d'une fenêtre, une porte sculptée, des moulures, des perrons usés par les pas, ainsi que les grilles des jardins me racontaient les secrets intimes de familles depuis longtemps disparues, histoires qui ne pouvaient être considérées comme des tragédies que dans la sereine quiétude du siècle passé. Et je les écoutais avec condescendance, souriant de la naïveté de leurs drames :

« Heureux mortels... »

On a beau attendre une arrestation, elle arrive toujours inopinément et au mauvais moment. On m'a arrêté sept mois après mon retour à Moscou, c'est-à-dire quand j'avais déjà cessé d'y penser. J'avais fait la connaissance, par l'un de mes amis, de la femme d'un correspondant américain. Invité chez elle, j'avais tout à coup aperçu, sur un rayon de sa bibliothèque, le livre de Djilas, *La Nouvelle Classe*. J'en avais entendu parler depuis longtemps, mais je n'avais jamais pu le lire. Voyant mon regard de convoitise, elle me fit comprendre par des gestes que je ne devais rien dire : nous étions écoutés. Elle prit le livre elle-même et me le tendit. Puis, parlant de tout autre chose, elle me donna à entendre que je devais le lui rendre deux jours plus tard. Je restai encore une demi-heure, puis je m'en fus.

C'était bête de le lire à toute vitesse, en sautant des pages, pour le rendre à temps. J'ai décidé de le photocopier rapidement pour le lire ensuite, tout à loisir, sans me presser. Et c'est ce que j'ai fait : j'ai photographié le livre, je l'ai rendu sans mot dire à sa propriétaire et je me suis mis à développer les pellicules. Toute la nuit, dans l'obscurité, j'ai tiré les photographies et je ne me suis endormi qu'au matin. Vers le soir, le K.G.B. est arrivé sans crier gare. Toujours ce même capitaine Nikiphorov et quatre autres. Naturellement, je n'avais pas eu le temps de cacher quoi que ce fût : le travail n'était pas fini, il restait encore à tirer quelques pages. Ils n'ont rien cherché d'autre. Ils savaient ce qu'ils étaient venus prendre. Comme toujours en pareil cas, ils ont essayé de persuader ma mère qu'ils me relâcheraient tout de suite, qu'ils m'emmenaient chez leur chef pour un simple entretien. Quant à moi, je m'étais depuis longtemps déjà fait à l'idée d'être arrêté et ce qui m'inquiétait le plus c'était de savoir comment ma mère prendrait cela. C'est pourquoi je me suis efforcé à mon tour de la convaincre que j'allais revenir tout de suite et qu'il fallait donc que je me dépêche d'y aller. J'ai pris un air très désinvolte, ce qui apparemment n'a fait que l'effrayer davantage. La voiture nous attendait depuis longtemps en bas et on m'a conduit directement à la Loubianka, dans une cellule individuelle.

La cellule 102, je la revois encore, était petite et située juste sous le toit, si bien que le plafond s'inclinait jusqu'à la fenêtre, à la hauteur de ma taille. Elle ne contenait qu'un lit, une table de nuit et une tinette. La porte était si étroite qu'elle n'avait pas de guichet. On l'ouvrait donc pour nous passer la nourriture. On faisait la promenade sur le toit, au sixième étage, où l'on nous menait en ascenseur. Les courettes ressemblaient à des puits profonds, leurs parois étaient recouvertes de tôle et le haut était tendu de barbelés. La lucarne de la cellule se trouvait au niveau de ma poitrine et sa partie supérieure s'entrouvait légèrement. On ne pouvait absolument rien voir à travers. On entendait seulement relever la garde : « Points d'observation : fenêtre de l'*isolateur* des prévenus et porte n° 2. »

La première nuit, aussi étrange que cela puisse paraître, j'ai dormi profondément. Je n'étais pourtant pas habitué à coucher sans draps, la couverture me piquait et la lumière me gênait également. Aussi ai-je, comme tous les « nouveaux », lors de leur première nuit de prison, frappé à la porte et demandé naïvement qu'on éteigne.

« Cela ne se fait pas », me répondit-on du couloir.

Le quatrième ou le cinquième jour, on me mena chez le général Svietlitchny, alors chef du K.G.B. de Moscou. Il résidait dans un somptueux hôtel particulier (ancienne demeure du comte Rostopchine, gouverneur de la ville au temps des guerres napoléoniennes), relié au siège du K.G.B. par un passage couvert spécial ; hauts plafonds moulurés, parquets marquetés, innombrables tapis, portes lambrissées menant d'un bureau à l'autre, gens s'affairant de tous côtés. Après ces quatre jours passés en cellule, j'étais, à proprement parler, ébloui par toute cette splendeur. Je m'attendais à voir surgir des dames en crinolines et des messieurs aux perruques poudrées, s'entretenant cérémonieusement.

Le général, petit homme à grosse tête, tout comme le méchant nain des contes, siégeait derrière une table trop haute pour lui. Deux autres personnes, le colonel Ivanov, chef du Service des enquêtes, et le capitaine Mikhaïlov, mon juge d'instruction, étaient assises près de lui, à une certaine distance. Tous trois étaient en civil. L'interrogatoire fut bref et, comme je refusais, d'un ton bourru, de répondre aux questions, le général vint au fait. Prenant sur la table un mandat d'arrêt, il dit d'un air grave :

« Si tu ne nous donnes pas le nom de la personne chez

laquelle tu as pris le livre et si tu ne nous dis pas qui est-ce qui t'a aidé, je signerai cela et tu seras en état d'arrestation. Si tu nous le dis, alors tu rentreras tout de suite chez toi. »

C'est intéressant de penser au nombre de gens qui, au sortir de ce cabinet aux lambris dorés, sont devenus diplomates, écrivains, ou académiciens, interviennent dans les forums internationaux et éduquent le sens moral de leurs enfants. Hommes sérieux, considérés : *nos* dames en crinolines, *nos* messieurs à perruques poudrées... Seul ce méchant nain connaît le secret de leur succès. Il suffit de lui donner sa signature, ou même de tracer une petite croix ou encore de laisser l'empreinte de son doigt, dans les meilleures traditions du Moyen Age. Cela n'a rien d'effrayant. Et il enferme le « reçu » dans son coffre-fort.

Ce n'est que beaucoup plus tard que j'ai eu la confirmation qu'ils savaient fort bien chez qui j'avais pris le livre. Mes déclarations n'avaient aucun intérêt pour eux. Il entrait tout simplement dans leurs « plans » de faire de moi un délateur, et c'est pourquoi ils m'avaient arrêté. Ma première conversation avec le K.G.B., au printemps de 1961, était à l'origine de tout. Je m'étais conduit comme on me l'avait appris, avec complaisance, j'avais feint d'être un patriote soviétique et, dans ma naïveté, j'avais cru les avoir tous joués. Sans doute avaient-ils mis alors dans mon dossier une note idoine. C'était aussi la raison pour laquelle on ne m'avait pas arrêté avec mes copains, à l'automne, et que, même maintenant, on ne comptait pas me garder.

Mais il leur avait suffi apparemment d'un regard pour comprendre leur erreur. Je respirais tellement la haine, j'avais manifestement une telle soif de les mettre en pièces qu'ils m'interrogèrent surtout pour la forme. Je ne me rappelle pas précisément ce que j'ai répondu au général, mais c'était quelque chose de très blessant au sujet de leurs activités sous Staline. Et, à défaut d'autres moyens de destruction plus efficaces, je me suis exprimé dans un russe si choisi qu'il s'est contenté de faire un signe affirmatif de la tête et de signer le mandat d'arrêt. Je me rappelle que, lorsque je fus rentré dans ma cellule, j'étais fort mécontent de moi. L'occasion était unique : un général du K.G.B. en chair et en os ! J'aurais pu lui en dire tant qu'il s'en serait souvenu toute sa vie... Quand le juge d'instruction me convoqua pour un nouvel interrogatoire, j'avais tellement revécu cette scène pendant trois jours et j'étais si bien entré dans le rôle que je lui en servis la meilleure variante. Et, cependant, quand je rentrai dans ma cellule, j'étais, cette fois encore, mécontent de moi.

Environ un mois plus tard, on m'emmenait à Léfortovo.

En dehors de la vieille affaire du Phare, on m'accusait de « conservation et fabrication de littérature antisoviétique dans un but de diffusion ». Il s'agissait, bien entendu, des deux photocopies incomplètes du livre de Djilas. Quant « au but de diffusion », son existence était établie par le fait que j'avais essayé de faire deux exemplaires au lieu d'un seul !

J'ai catégoriquement refusé de parler avec eux et, durant tout ce temps, je n'ai gagné qu'un procès-verbal concernant mon attitude envers le pouvoir communiste et le K.G.B. Par la même occasion, j'ai écrit que je ne les avais pas chargés de décider des livres que je devais lire ou ne pas lire. Ensuite, les juges d'instruction ont eu beau chercher à me persuader, crier, taper du poing sur la table, je n'ai rien signé. Ils m'ont montré des procès-verbaux fictifs, de prétendus témoignages d'on ne sait qui contre moi, ils m'ont promis de me laisser moisir en prison, de m'envoyer « là où même Macaire ne pouvait mener paître ses veaux », je me suis tu. Ils ne m'ont pas battu, c'est vrai, mais je pense que cela n'aurait rien donné. J'étais trop furieux contre eux.

« Peu importe, pensais-je, laissez-moi seulement arriver jusqu'au tribunal, je m'expliquerai et vous regretterez d'avoir engagé l'affaire. »

On cessa pratiquement de me convoquer à des interrogatoires, cela n'avait pas de sens.

« Tu comprends, me dit tristement le juge d'instruction vers la fin, ce n'est pas agréable pour moi que rien ne colle dans notre affaire. Je suis dans la situation d'un peintre qui n'arrive pas à achever un de ses tableaux. »

J'ai l'impression d'avoir passé toute ma vie à Léfortovo. Quand je m'endormais, je faisais toujours le même rêve : j'étais en liberté, à la maison. Et, quand je me réveillais, je retrouvais les murs de la prison. Ici, toutes les initiatives et tous les espoirs, tous les dégels et tous les regels ont trouvé leur fin et leur recommencement. Tous les trois ans, ou à peu près, j'étais rejeté là comme par les oscillations d'un pendule : 1963, 1967, 1971, 1973 et, maintenant, 1976 ! C'était toujours l'histoire de l'ours et de la bûche.

On m'arrachait à la liberté, on m'amenait là, alors que je venais d'être capturé, encore tout chaud, tout rempli d'impressions. Et, chaque fois, je faisais le bilan, je me tourmentais la nuit à l'idée que, de nouveau, je n'étais arrivé à rien. J'évoquais mon enfance, je reprenais des forces en dormant, après la fiévreuse vie que j'avais menée en « liberté ». J'ai vu ici le tout dernier degré de la lâcheté humaine et l'honnêteté la plus audacieuse. C'est ici que, pour la première fois, j'ai commencé à construire mon château, que j'en ai jeté les fondements. C'est encore ici qu'en 1973, on m'a amené de Vladimir, tout affaibli par la faim et tout hébété, dans l'espoir que je ferais amende honorable, que j'abjurerais.

Le directeur de la prison, le colonel Petrenko, venait me voir le soir, comme un vieil ami et, tout éméché, me demandait :

« Eh bien, dites, vous qui connaissez maintenant toutes les prisons et tous les camps, vous pouvez comparer. Dites-leur, à eux, comment je les nourris ! Hein ? »

Et, après m'avoir entendu faire l'éloge de la cuisine de Léfortovo, il s'épanouissait en un sourire :

« Vous savez, disait-il, j'ai envie de vous prendre par la main et de vous emmener dans toutes les cellules pour que vous leur répétiez cela à tous. J'ai même des procureurs ici maintenant... pour des histoires de pots-de-vin. Hier, quand ils étaient libres, ils mangeaient des brochettes à la mode de Kars, et encore ils faisaient la fine bouche, alors maintenant ils ne veulent pas de ma kacha d'avoine : Ils se plaignent ! Non, la prison de Léfortovo, ce n'est plus cela, c'est pas comme dans le temps. Lui, par exemple (il frappait du doigt la poitrine d'un chef de bloc maussade qui se tenait à côté de nous, au garde-à-vous) il se souvient encore de ce qui se passait autrefois. Mais maintenant, ce n'est plus cela ! »

En effet, sous Staline, Léfortovo était la prison des supplices. « Alors, tu as envie d'aller à Léfortovo ? » disait d'une voix lugubre le juge d'instruction au détenu récalcitrant qui se sentait aussitôt défaillir : tout ce qu'on voulait, mais pas Léfortovo ! C'est ici, dans les caves, que l'on a tué Iéjov[1] et, pour un temps, les tortures ont cessé. Mais seulement pour un temps.

Ici, on n'exigeait qu'une chose : la contrition, c'est pourquoi les murs mêmes de Léfortovo sont imprégnés de confessions. Les détenus gémissent, se tournent et se retournent, ils ne peuvent s'endormir, la prison leur rappelle tout ce qu'ils ont fait de honteux dans leur vie.

Je me suis toujours repenti à Léfortovo, mais pas de ce pour quoi on m'avait arrêté, pas comme le voulaient les juges d'instruction ; et pas devant eux.

1. Probablement en 1939. Rappelons qu'il avait été chef du N.K.V.D. de 1936 à 1938.

Tout ce que je pouvais me reprocher me revenait toujours à l'esprit.

La première fois, en 1963, je m'étais souvenu, je ne sais pourquoi, d'un lièvre que nous avions tué en Sibérie, lors de notre expédition. C'était la nuit, notre voiture descendait une côte. Il venait de pleuvoir, le sol était détrempé, limoneux. Soudain, un lièvre surgit, parcourut une dizaine de mètres dans la lumière des phares, et s'arrêta sur la route. Il s'assit, se recroquevilla, recouvrit sa tête de ses pattes et, affolé, ferma les yeux :

« Vas-y ! Écrase-le, le lièvre ! Écrase-le ! avons-nous tous crié. On aura de la viande au dîner ! »

Une seconde plus tard, quelque chose a heurté le dessous de notre voiture. Après avoir descendu la côte, nous sommes retournés le chercher. On le fit aussitôt cuire dans un seau. Les garçons se moquaient de moi, je ne pouvais pas le manger... Et c'est à ce moment précis que je compris que ma vie allait changer. Jusqu'ici, je m'étais toujours tiré d'affaire, il n'en irait plus ainsi dorénavant.

C'est peut-être à cause de ce lièvre que j'étais maintenant à Léfortovo, puisque c'est le souvenir qui me revenait le plus souvent et je ne m'étais encore trouvé aucune justification. Je ne l'avais pas tué, la pente était raide et le sol argileux. Après la pluie, on ne pouvait freiner. Mais j'avais voulu sa mort, ne fût-ce qu'une seconde, je l'avais voulue, et cela suffisait. Il m'est arrivé par la suite de tuer des oiseaux à la chasse, et même des lièvres. Mais de ceux-là, je n'ai pas gardé le souvenir.

L'aspect de la prison de Léfortovo, sa forme en K, les filets disposés entre les étages, en sorte que le chef de bloc, de sa table placée au centre, puisse constamment voir tous les surveillants et tous les couloirs, les mystérieux clappements, signal convenu des gardiens qui accompagnent un détenu, tout cela m'avait frappé, dès la première fois.

Le régime n'était pas alors ce qu'il est maintenant. Le

prévenu n'avait le droit d'avoir ni crayon ni papier et on ne lui donnait pas de journaux. Il n'y avait pas de calendrier dans la cellule et, s'il ne voulait pas perdre toute notion du temps, il devait compter les jours d'une façon très particulière. On avait accroché aux murs le « Règlement intérieur des isolateurs *du K.G.B. ». Le mot RÈGLEMENT était imprimé en gros caractères, tout en haut, juste sous la corde au bout de laquelle il pendait. C'est ce mot —* pravilo, *dans notre langue, en russe — qui, comptant exactement sept lettres, nous servait de calendrier. On attachait un bout de papier sous la corde et, ensuite, on le déplaçait chaque jour de façon qu'il recouvre une des lettres. On pouvait ainsi compter les jours de la semaine : la première indiquant, bien entendu, le lundi ; la seconde, le mardi, la troisième, le mercredi, etc. Le plus pénible, c'était que l'on ne nous permettait pas de dormir le jour. On nous faisait lever à six heures du matin et on nous obligeait à rester assis toute la journée sur un tabouret. A peine commençait-on à s'assoupir que le surveillant frappait à la porte :*

« Ne dormez pas ! Interdit par le règlement ! »

Maintenant, il n'y a plus rien de tout cela. Le régime s'est adouci peu à peu. A partir de 1965, on s'est mis à distribuer la Pravda *; en 1967, on pouvait se coucher un moment sur son lit dans la journée et il y avait des calendriers dans chaque cellule. Les zeks pouvaient se procurer, en vente libre, des crayons et des cahiers, à la boutique de la prison. Et, à partir de 1970, ce fut la grande aubaine : chaque mois, un colis familial, pouvant peser jusqu'à cinq kilos ! Maintenant, c'est un vrai plaisir que d'être dans une maison d'arrêt, on vous permet même de vous raser deux fois par semaine !*

Autrefois, un adjudant-chef travaillait ici comme barbier. Son prénom était Iachka, autrement dit Petit Jacques, et personne ne l'appelait autrement, bien qu'il eût dépassé la cinquantaine. Cet homme maigre, toujours pris de boisson, était un véritable collectionneur d'anecdotes. Il accourait dans les cellules avec son éternelle mallette dont il sortait prestement tous ses accessoires, il lançait des plaisanteries à tout venant et se mettait au travail avec une rare impétuosité. Raser toute une prison en une journée, c'est facile à dire, encore faut-il le faire ! Sa conversation tournait habituellement autour de deux sujets : les beuveries — il était expert en la matière et vous donnait les dernières nouvelles de ce front-là — et Staline. Dans sa jeunesse, Iachka avait appartenu à sa garde personnelle et il avait même reçu une attestation de bons et loyaux services, signée de lui. Il parlait de son maître avec vénération et ne l'appelait jamais autrement que le Petit Père. Plus tard, quand on permit aux zeks de se raser eux-mêmes, Iachka ne nous prodiguait plus ses soins. Il se contentait d'apporter les outils, puis de les ramasser. Et, bien qu'il s'attardât alors beaucoup moins dans les cellules, il ne perdait pas une occasion de bavarder.

En dépit de sa sociabilité, il était fort prudent et ne parlait jamais trop. Quand il y avait un « mouton » dans une cellule, il affectait une grande réserve. D'après son attitude, on pouvait dire à coup sûr qui on avait pour voisin. Ce serait intéressant de savoir s'il est déjà à la retraite ou s'il travaille encore. Dans ce cas, il va falloir que j'observe comment il va se conduire, cette fois, en présence de mes voisins.

4

A L'ÉPOQUE, en 1963, on m'avait naturellement mis aussi en cellule avec un mouton, un certain Alexandre Sinis. C'était un jeune homme de vingt-cinq ans environ, fort désinvolte, qui avait déjà écopé de huit ans pour trafic de devises. Un journal lui avait même consacré un article qu'il montrait à tout le monde pour prouver ses dires. Il cherchait par quel côté il pourrait bien me prendre, et il m'incitait à casser le morceau : de toute façon, disait-il, ils savent tout. Autant se mettre à table tout de suite, on trinque d'autant moins. J'avais déjà entendu parler des moutons par Essénine-Volpine et par d'autres garçons, aussi le payais-je en monnaie de singe. On l'appelait de temps à autre, sans doute pour lui reprocher de ne pas me *travailler* suffisamment et quand il rentrait dans la cellule, il inventait toujours un nouveau truc pour m'amener aux confidences. Enfin, il me dit qu'il devait partir pour la prison d'étape de Krasnaia Presnia où il pourrait entrevoir sa femme. Il s'étendait longuement sur la liberté qui régnait là-bas, sur le règlement. Il lui serait facile, lors de la visite, de transmettre une requête à son épouse... Voyant que cela non plus ne m'intéressait pas, il me proposa carrément de faire passer à l'extérieur une lettre que j'écrirais à mes copains. Je lui ai donné une adresse qui n'existe pas et il a décampé avec cela.

Maintenant tous ces trucs me paraissent bien rudimentaires, presque enfantins, mais alors je balançais. Peut-être que ce gaillard avait tout simplement un caractère indiscret, peut-être qu'il se souciait vraiment du genre humain comme de soi-même ? Et si j'ai été sur la réserve, c'est plutôt par crainte d'être écouté. Dès mon enfance, j'ai été habitué à ne jamais parler de certaines choses à qui que ce soit. Autrement, qui sait ? Peut-être aurais-je partagé mes soucis avec mon sympathique voisin.

Je pense que les moutons existent depuis qu'il existe des prisons. Ils ont été dépeints des centaines de fois dans la littérature et, théoriquement, tout le monde les connaît. Mais c'est une chose que le savoir théorique et c'en est une autre que de croire que le garçon avec lequel on partage son pain, avec lequel on plaisante et on bavarde, fait seulement semblant d'être votre ami. Et il est bien difficile de vivre des mois aux côtés d'un être dont on sait qu'il est votre ennemi, de lui cacher ses états d'âme, ses pensées. Vous n'êtes que deux, n'est-ce pas ! et vous n'avez personne d'autre avec qui communiquer. Quoi qu'il en soit, à Léfortovo, on met toujours les prévenus avec les moutons, et c'est très souvent efficace.

Contrairement à une opinion répandue, les moutons ne sont pas des fonctionnaires du K.G.B., mais des détenus comme les autres. Après avoir reçu une lourde peine, en général pour trafic de devises ou délits d'ordre économique, ils doivent aller dans un camp. Mais alors, un des « parrains » de la prison les convoque et leur explique les avantages du métier de mouton, leur promet d'obtenir leur grâce ou leur mise en liberté conditionnelle lorsqu'ils auront purgé la moitié de leur peine, plus toutes sortes de faveurs et d'exemptions. Rares sont ceux qui refusent, les avantages sont trop évidents. On leur fait signer un engagement de collaboration et on leur donne un nom de guerre sous lequel ils feront leurs communications et leurs rapports. On place le nouvel agent dans une cellule, près d'un prévenu. Au préalable, on a forgé une *légende*, une version de son affaire qu'il doit raconter à son voisin. Le plus souvent, cette légende présente certains points communs avec l'affaire du détenu, de façon à faciliter un rapprochement et à inspirer confiance. Mais une instruction sur les activités de renseignement interdit de donner au mouton une légende de prisonnier politique.

La tâche des moutons ne se limite pas obligatoirement à soutirer les secrets. Il doit pousser son compagnon au repentir, le convaincre de tout révéler spontanément au juge d'instruction. Il doit ensuite observer ses états d'âme, voir quel est le procédé du juge qui a produit sur lui la plus grande impression, savoir ce qu'il redoute le plus, quels sont ses points faibles, et ainsi de suite. Cela paraîtra très fruste et c'était cependant fort efficace. Cela agissait à coup sûr sur les êtres dénués d'expérience.

A partir de 1961, le K.G.B. commença à instruire de très nombreuses affaires de déprédation des biens de l'État, de prévarication, de concussion, de trafic de devises, si bien que des directeurs d'usines, de fabriques et de sovkhozes, de hauts fonctionnaires, des directeurs de coopératives, c'est-à-dire des messieurs qui n'y étaient pas du tout préparés, ayant une mentalité absolument soviétique, se retrouvèrent sous les verrous en état de prévention. Tous, en règle générale, avaient des trésors cachés : de l'or ou des obligations. La tâche principale du K.G.B. était de trouver ces magots. Et le mouton de chuchoter à la victime :

« Rends-les ! Pourquoi te cramponnes-tu à cet or ? On va te fusiller, tu ne l'emporteras pas dans ta tombe.

Réfléchis : est-ce qu'ils ont besoin de *toi* et de toutes tes histoires ? Non, c'est l'or qu'il leur faut, les pierres précieuses... Rends-les toi-même et ils te relâcheront... ou ils te condamneront à moins. »

Le juge d'instruction tient à peu près le même langage. Et alors là, comment ne pas y croire ? C'est un fait, l'État nous pille, la seule chose qu'il veuille de nous, c'est nous pressurer le plus possible. Et nos gens commencent à avoir l'impression qu'ils peuvent marchander avec le pouvoir soviétique.

Je me souviens qu'en 1967, on a amené dans ma cellule un homme âgé — il avait plus de soixante ans — qui était à la tête d'une fabrique de textiles. Il passait des journées entières assis, sans bouger, sur son lit, à regarder toujours dans la même direction, ou alors il se levait brusquement, se frappait la tête à coups de poing, courait dans la cellule et hurlait : « Idiot ! Que je suis idiot ! Qu'est-ce que j'ai fait là ? »... A force de lui poser des questions, je suis arrivé à savoir peu à peu ce qui lui était arrivé. Il avait passé neuf mois dans les locaux du K.G.B. et, pendant neuf mois, il s'était tu. Il n'y avait pratiquement pas d'accusation contre lui. On ne lui reprochait que des vétilles qui ne valaient pas plus de trois ans. L'instruction touchait à sa fin lorsque le mouton le persuada de donner ses richesses enfouies : la peine serait moindre, disait-il. Et ce vieux niais a obéi, il a remis de l'or et des diamants, pour plus de trois millions et demi de roubles[1]. Alors on l'a inculpé, en vertu d'un nouvel article, pour conservation illégale de valeurs monétaires, puis il a dû expliquer où il s'était procuré lesdites valeurs. En conséquence de quoi, il fut condamné à quinze ans, et neuf autres personnes furent arrêtées à cause de lui.

1. En gros l'équivalent de 20 millions de francs. (N.D.T.)

Autre histoire très typique : le fameux Roïfman, qui eut son heure de célébrité car c'est par son affaire que débutèrent les procès dits « du textile », avait, lui aussi, gardé le silence, les moutons eux-mêmes n'avaient pu le convaincre. Alors Sémitchastny, patron de tout le K.G.B. à l'époque, et Maliarov, substitut du procureur général, le convoquèrent et lui donnèrent leur parole d'honneur de communistes qu'ils ne le fusilleraient pas s'il leur remettait, de lui-même, ses objets précieux. Roïfman les a crus, les leur a donnés et... a été fusillé.

Ce marchandage revêt souvent un aspect anecdotique. Les millionnaires clandestins sont attachés aux richesses qu'ils ont accumulées, mais ils ont tout de même envie de vivre et ils commencent à les remettre par lots, affirmant chaque fois que c'est tout, que c'est le dernier. Mais les juges et les moutons, comprenant admirablement qu'il doit y en avoir d'autres, continuent de faire pression sur eux.

« Écoute, conseillent-ils au millionnaire, les fêtes d'octobre approchent, l'anniversaire du pouvoir soviétique. Donne encore un petit quelque chose à cette occasion et tu verras, on t'enlèvera encore deux ans. »

Ainsi, ils livrent leurs richesses, si l'on peut dire, à tempérament : pour le 7 novembre, pour le 1er Mai, pour le Jour de la Constitution soviétique et même pour le 8 mars, le Jour de la Femme. Et chacun reçoit son dû, le juge d'instruction : des primes à la production ; les moutons : une libération anticipée ; et eux, une balle dans la nuque.

Ces millionnaires sont pour la plupart des gens déplaisants, vénaux, qui donnent facilement leurs complices et c'est avec eux ou avec des moutons que j'ai été détenu le plus souvent. (Il n'est pas dans les usages de mettre ensemble des politiques en état de prévention car ils peuvent se faire part de leur expérience.) Il y a cependant, parmi eux, des hommes intéressants. En 1963, j'ai passé quelque temps avec Joseph Klempert, directeur d'une usine de teinture de Moscou. Son cas était très grave. Il s'agissait de millions. Un journal lui avait consacré un article satirique intitulé : « Le millionnaire de l'Arbat. » Il savait qu'on allait le fusiller, mais ne se laissait pas aller pour autant :

« J'ai fait mon temps, disait-il gaillardement, et j'ai vécu comme aucun d'eux ne vivra jamais ! »

Il ne regrettait qu'une chose : il aurait bien voulu du cognac, surtout le soir.

Il s'était fait prendre d'une façon fort édifiante. Tant qu'il volait, qu'il se livrait à toutes sortes de manigances et de transactions et qu'il se remplissait les poches, personne ne s'intéressait à lui, il se tirait toujours d'affaire. Mais voici qu'il avait eu l'idée de faire construire une maison pour ses ouvriers. Ils avaient vécu jusqu'alors dans des baraquements et, tout à coup, il en avait eu honte : « Tout de même, que CHEZ MOI les ouvriers vivent si mal ! » Officiellement, l'État ne donne pas d'argent pour les maisons d'ouvriers. Il se décarcassa, courut dans tous les sens. Peine perdue.

« Eh bien, quoi ! Je ne suis pas pauvre, hein ? De toute façon, mon argent dort dans la terre. Je ne sais pas où le mettre... » Et il construisit la maison, entièrement à ses frais. Une maison du tonnerre, comme pour le gouvernement...

« Tenez, vivez comme il faut, et souvenez-vous de Joseph Klempert ! »

Mais les ouvriers n'ont pas eu le temps d'emménager. Inspecteurs et contrôleurs étaient déjà sur les lieux : d'où vient l'argent ? Qui a accordé les crédits ? C'est ainsi qu'ils lui ont mis la main au collet. Ensuite, à l'instruction, on a découvert toutes ses autres combinaisons.

Il avait eu une attitude ferme, s'était obstiné à nier et n'avait remis aucune somme d'argent. Mais, après la condamnation et le rejet du recours en grâce, il craqua, lui aussi. Il se mit à donner sa fortune peu à peu, s'achetant ainsi, chaque fois, un mois ou deux de vie. Et quand il fut à bout de ressources, il commença à évoquer toutes sortes de faits encore ignorés, à charger d'autres personnes et, de nouveau, il obtenait un sursis. Au total, il s'est acheté ainsi deux ans de vie puis, tout de même, on l'a fusillé. Étant donné ces marchandages entre les déprédateurs et le K.G.B., comment s'étonner que les exhortations des moutons aient un accent aussi convaincant ?

Quant à moi, avec le temps, je m'étais si bien habitué à eux que je me suis mis à les utiliser à mes fins propres. Si on réfléchit bien, le mouton dépend plus de vous que du K.G.B. D'ordinaire, au bout de trois jours, je pouvais dire avec précision si mon compagnon de cellule en était un, ou pas. Et, dans l'affirmative, je lui adressais un ultimatum : ou il travaillerait pour moi ou je le démasquerais, et alors c'en serait fait de sa mise en liberté anticipée, il ne la verrait pas plus qu'il ne pouvait voir le bout de ses oreilles ! Et, en aucun cas, ils ne se sont obstinés. Au contraire, il y en avait qui avouaient d'eux-mêmes et me proposaient de duper le K.G.B. avec leur aide. C'est par ceux-là que j'ai appris le mode de recrutement et de travail. J'exigeais, d'entrée de jeu, qu'ils me donnent leur nom de guerre et la date de leur engagement, afin d'éviter un éventuel retournement.

La conséquence de cette opération, c'est que les juges d'instruction et moi, nous avions pratiquement changé de rôle. Je savais tout d'eux, mais ils ne savaient rien de moi. En effet, d'après la nature des questions que me posait le mouton, il était très facile de voir comment s'orientait l'enquête et ce qu'ils savaient. Et en les « désinformant », toujours par le truchement des moutons, je pouvais mener l'instruction dans l'impasse où les juges se passeraient, eux-mêmes, la corde au cou.

J'ai vraiment vu défiler toutes les variétés de mouton, ces dernières années : ceux qui sont impudents, ceux qui sont timides, ceux qui sont intelligents et ceux qui sont sots. Il y en avait aussi de si roublards qu'il semblait impossible de les percer. En revanche, j'avais avec moi, en 1967, un certain Prissovski qui était un si pauvre type qu'il était incapable de raconter convenablement sa « légende ». Il s'embrouillait. Après quoi, il perdait contenance et se taisait. Il ne posait pas de questions et il était incapable de parler de quoi que ce fût. Un doute s'empara de moi : peut-être que ce n'était pas un mouton, mais tout simplement un garçon timide. C'est juste à ce moment-là que l'on destitua Sémitchastny et qu'Andropov devint président du K.G.B. Nous avions vu cela dans le journal. Alors, je lui ai dit :

« Pas possible ! Comme c'est intéressant ! Vous savez, j'ai bien connu sa fille... »

Une semaine plus tard environ, mon juge d'instruction me demanda : « Ainsi, vous avez connu Tania Andropov ? » Il n'avait pas pu se retenir. Ce n'était qu'un tout petit fonctionnaire et il s'agissait de la fille du maître. Et si quelque chose allait changer, que le nouveau balai balaie d'une nouvelle façon ? Bien entendu, je ne la connaissais pas du tout, j'avais seulement entendu dire qu'Andropov avait une fille.

Un autre mouton, en 1971, m'a vraiment fait pitié. Il n'était pas du tout fait pour ce rôle. Il avait entrepris une tâche qui ne lui convenait pas. Le bonhomme n'était pas bête, mais il était totalement dépourvu d'expérience. Il était incarcéré pour la première fois et la vie en prison était une nouveauté pour lui. Il avait mordu, dès le premier jour, à l'hameçon.

D'après sa légende, c'était un prévenu qui était ici depuis deux mois déjà. Mais on voyait qu'il ne connaissait absolument pas la prison. Je lui ai seulement demandé si l'on avait pris ses empreintes digitales ou pas. Il répondit par l'affirmative. D'ordinaire, on les prend dans la semaine qui suit l'arrestation.

« Mais où, fis-je, où les prend-on maintenant ? Toujours là où il y a les bains, dans le même bâtiment ?

— C'est ça », dit-il en inclinant la tête.

Jamais on ne les avait prises là et s'il avait été un vrai prévenu, il n'aurait pu oublier cet important détail. Ainsi l'ai-je aussitôt démonté.

Il m'avoua qu'il avait été détenu jusqu'ici à la prison de Boutyrki, qu'il avait écopé de sept ans pour infraction à la législation économique, mais qu'il avait eu peur d'aller dans un camp. Il avait une très mauvaise santé et il avait craint de ne pas survivre. Il avait une jambe en moins. Il l'avait perdue à la guerre. Il était directeur d'un service de travaux publics, et s'appelait Ivan Ivanovitch Trophimov.

Quand je l'ai mis au pied du mur, il a rougi, il a cherché à se justifier, il m'a assuré qu'il n'avait pas l'intention de dire du mal de moi. Je lui ai longtemps fait honte par la suite :

« Comment est-ce possible, Ivan Ivanovitch ? Tu as fait la guerre, tu as été au front, tu as perdu une jambe. Je crois que là-bas c'était tout de même plus effrayant ! Je ne m'attendais pas à ce qu'un ancien combattant accepte une telle infamie : dénoncer ses compagnons de cellule ! »

Il était au bord des larmes :

« Tu vois, dit-il, je n'aurais jamais pensé que je pourrais en arriver là. J'ai une fichue santé, je ne survivrais pas au camp. J'ai des enfants, c'est uniquement pour eux que j'ai accepté. Mon aîné est entré en faculté, cette année. On m'a menacé de l'expulser si je refusais. »

On voyait qu'il avait vraiment honte. Il faisait tout ce que je lui demandais avec beaucoup d'application, comme un écolier. Non par peur, mais par conscience. Et, quand nous avons dû nous séparer pour aller dans des cellules différentes, il me supplia :

« Aide-moi ! J'ai peur de leur dire non. Ils vont chasser mon garçon de la faculté et moi, de toute manière, ils me feront mourir. Tu sais mieux que moi ce qu'il faut faire pour qu'ils m'expédient dans un camp, je n'en peux plus d'être ici. »

A l'accoutumée, quand je démasquais leurs agents, je ne le révélais jamais. Il n'était point de mon intérêt qu'ils me croient soupçonneux. Il valait mieux qu'ils pensent que j'étais benêt, crédule. Et puis, tout le travail que nous avions fait ensemble, mes moutons et moi, aurait été dans le lac. Mais, cette fois, j'eus pitié de ce vieil homme. J'ai envoyé une déclaration écrite à Andropov et porté plainte, sous pli fermé, auprès du procureur. On l'a pris aussitôt et j'ai pu établir, une semaine plus tard, qu'il n'était plus à Léfortovo. Dieu veuille qu'il survive dans son camp...

Peu de temps après, j'ai rencontré l'agent de cellule le plus rusé qu'il m'ait été donné de connaître. L'homme avait une quarantaine d'années, de la robustesse, de l'énergie. C'était un ancien officier parachutiste. Il avait été chassé de l'armée pour avoir participé à une bagarre, puis avait travaillé, comme salarié libre au camp de Kolyma où il extrayait de l'or. Et c'est pour cet or qu'il était en prison. Il était venu en congé à Moscou où il écoulait tranquillement sa marchandise jusqu'au jour où il s'était fait prendre. On l'avait mis, comme prévenu, à la prison de Boutyrky où on l'avait jugé et condamné à cinq ans. Il aurait dû avoir plus, mais il était arrivé à prouver que l'or n'avait pas été volé, ne provenait pas des mines de l'État. Il avait trouvé lui-même, assurait-il, une pépite. Il disait qu'il était déjà dans un camp lorsqu'on l'avait expédié à Moscou. On aurait découvert, prétendait-il, des faits nouveaux et on le menaçait de quinze ans, et même du châtiment suprême. C'était un vieux routier et je n'arrivais pas à l'attraper, aucun de mes procédés favoris n'agissait. Pourtant Iachka, notre barbier, demeurait bouche cousue en sa présence.

J'avais commencé à lui parler sur le ton habituel :

« Eh bien, Iachka, on a cuvé son vin ? »

Mais il pinçait les lèvres et regardait ailleurs :

« Pour les uns, je suis Iachka, mais pour les autres, je suis Jacques Mitritch, citoyen-chef. »

C'était fort mauvais signe...

Ce mouton rusé, natif de Galitch, en Ukraine, s'appelait Gritsaï. Depuis le début, il s'était conduit comme si c'était lui qui me soupçonnait, pensant qu'ainsi je ne serais nullement sur mes gardes. Je ne pouvais qu'admirer son jeu et, comme je n'étais pas parvenu à le confondre, j'étais convaincu à cent pour cent que c'était un mouton. Nous sommes restés ensemble jusqu'à mon départ pour la prison de Vladimir. Quand il était arrivé, l'instruction, pour moi, était pratiquement terminée. Mais le K.G.B. espérait qu'après le jugement, je deviendrais un peu plus bavard et un peu moins prudent. Cela arrive souvent : les gens se disent qu'ils n'ont plus rien à perdre, que tout cela, c'est déjà du passé. Et il était aussi curieux de savoir ce que je préparais pour mon procès. Naturellement, je n'ai pas laissé voir à Gritsaï que je l'avais percé. Au contraire ! Ne lui parlais-je pas à cœur ouvert ? N'étais-je pas son meilleur ami ? Et, de la sorte, j'ai tout de même fait beaucoup de choses par son intermédiaire.

Ce qui l'intéressait, c'était de savoir pourquoi j'étais sûr que l'on saurait à l'étranger tout ce qui se passerait lors du procès. Mais enfin, par qui ? Pas par des parents à toi ?

« Qu'est-ce que tu racontes ? disais-je en riant. De quels parents parles-tu ? Les miens sont bêtes et pas du tout au courant. Ils vont assister à tout le procès et Dieu sait s'ils comprendront seulement à combien d'années on me condamne. Ce sont des pauvres femmes, que pourrait-on tirer d'elles ? Mais, vois-tu, le K.G.B. a voulu jouer au plus fin, il a cité comme témoins au procès deux correspondants étrangers et... »

Ces paroles eurent l'effet prévu : on laissa ma mère et ma sœur assister au procès et l'on refoula les deux témoins que le K.G.B. avait pourtant cités lui-même. Et je lui ai encore fait faire plusieurs petites choses de ce genre.

Avant de quitter ma cellule, et peu de temps avant mon propre départ pour la prison de Vladimir, il m'avait déclaré que sa nouvelle affaire était classée, que l'on n'avait pas pu lui mettre d'autres choses sur le dos et qu'on allait le réembarquer dans un convoi. En effet, on vint le chercher deux jours plus tard. Seulement, la porte franchie, ce n'est pas vers la sortie qu'on le mena, mais au fin fond de la prison, dans une autre cellule. Ses chefs avaient commis une bévue, sans doute estimaient-ils que j'étais sans importance maintenant : de toute façon, je m'en allais. Mais, un an plus tard, quand on me ramena pour le procès de Iakir, j'appris par hasard la suite de l'histoire.

A ce moment-là avait lieu le grand « procès des diamantaires », plus de 40 personnes impliquées. Ils remplissaient la prison. Il y en avait dans presque chaque cellule. Ils se retrouvaient au tribunal où ils pouvaient échanger un mot ou deux, lors des suspensions d'audience. Ils assuraient pratiquement la liaison entre toutes les cellules. J'ai pu savoir par eux lesquels d'entre nous avaient été emprisonnés, où ils se trouvaient, et le nom de Gritsaï est venu dans la conversation. Il était toujours là, et toujours avec la même légende ! Je vis que presque tous les diamantaires le connaissaient, que presque tous avaient été quelque temps avec lui. Ils en parlaient avec enthousiasme.

« Ça, c'est un homme ! disaient-ils. S'être sorti d'une pareille affaire ! C'était la condamnation à mort, à coup sûr ! Mais non ! Il a intimidé tous les témoins et il s'en est drôlement bien tiré. Maintenant, l'affaire est classée et il va retourner dans son camp terminer ses cinq ans. »

Quand je leur ai expliqué que c'était un mouton, ils ont mis longtemps à me croire. Il leur avait fait une si forte impression. Mais le fait qu'il fût déjà à Léfortovo en 1971 n'étant pas du tout conforme à sa légende, ils ont dû, bon gré, mal gré, se ranger à mon avis.

L'affaire des diamantaires étant la plus importante du moment, il n'était pas étonnant que l'on eût mis Gritsaï avec eux. Toute l'usine de diamants de Moscou se trouvait dans la prison : sur les 50 personnes qui y travaillaient, 48 avaient été arrêtées pour détournement. Combien d'acheteurs n'avait-on pas aussi attrapés ! Or, depuis cinq ans déjà, le K.G.B. était parfaitement au courant de ces vols, mais il n'avait inquiété personne, car ce qui l'intéressait c'était de savoir chez qui ces pierres allaient, qui les achetait et où on les cachait. Et il ratissait périodiquement toutes ces réserves. Il aurait pu continuer longtemps encore à tondre ces béliers à la toison de diamant, ce n'était pas un travail trop salissant. Mais voici que Kossyguine était venu visiter l'usine et s'était fait photographier avec les ouvriers de l'avant-garde de la production, avec les contremaîtres, qu'il avait décorés de quelque hochet, et aussitôt le K.G.B. avait pris l'affaire en main pour démontrer son utilité et pour prouver que l'on ne pouvait faire un pas sans lui. Les calculs politiques avaient, comme d'habitude, prévalu sur les considérations économiques et c'est ainsi qu'est née la gigantesque « affaire des diamantaires ». Quant à l'usine, elle avait cessé de tourner.

Les méthodes et les tâches du K.G.B. ont peu changé depuis les temps staliniens. A l'époque, il leur fallait découvrir partout des conspirateurs et des ennemis du peuple, précisément pour effrayer le peuple, maintenant il leur faut voir partout des filous et des déprédateurs. La seule différence, c'est que des trafiquants, il y en a vraiment partout : eux, on n'a pas besoin de les inventer. L'esprit d'entreprise est inextinguible chez l'homme. Joseph Klempert m'avait raconté comment il avait commencé sa carrière de millionnaire clandestin :

« Ça me faisait mal au cœur de voir tous ces biens qui se perdaient et qui, de toute façon, ne servaient à personne. J'ai commencé par utiliser pour la production parallèle, « hors plan », les sous-produits que l'on jetait. Puis, nous avons perfectionné l'équipement, la technologie, la productivité s'est accrue et nous avons partagé les bénéfices entre nous. Et c'est alors que tout à commencé... Nous avons vu que nous n'étions pas les seuls, que tout le monde économique travaillait comme ça. »

Vraiment, à Léfortovo, dans les années 60, on ne comptait plus les affaires bizarres. D'habitude, c'est moi qui rédigeais, pour ce genre de prévenus, leurs pourvois en cassation et ils me donnaient à lire leurs jugements qui avaient parfois les dimensions d'un volume, relié avec soin, comme un vrai livre. A elle seule, la fastidieuse énumération des valeurs confisquées occupait des dizaines de pages : innombrables bagues, bracelets, diadèmes, pièces d'or frappées du temps des tsars, lingots, vaisselle précieuse, tableaux, icônes, bref, un tas d'or et de diamants. Des entreprises entières travaillaient avec les Comités du Parti, les comités des syndicats et autres *émulations socialistes*, tandis que les profits allaient dans les poches des particuliers, vice-ministres ou directeurs de départements ministériels. Et, inversement, des complexes industriels entiers figuraient sur le papier, étaient mentionnés dans les plans, recevaient des crédits de l'État, alors qu'à l'endroit où ils étaient censés exister croissaient les forêts de la Russie centrale, s'étendait à perte de vue la steppe. Tous les contrôleurs et inspecteurs recevaient de ces trafiquants un salaire régulier et ces entreprises mythiques étaient florissantes. Elles appointaient même la « Section de lutte contre les déprédations de la propriété socialiste ». Qu'étaient, en comparaison, le Tchitchikov de Gogol et ses pauvres *âmes mortes* ? Même le maire de Moscou, Bobrovnikov, est allé en prison pour trafic d'appartements. Et le secrétaire du comité du Parti de la région de Riazan, Larionov, s'est brûlé la cervelle quand ses machinations ont été découvertes.

Khrouchtchev n'était pas loin de la vérité quand il disait, dans l'un de ses discours : « Si l'on cessait de voler chez nous, fût-ce une journée, le communisme serait construit depuis longtemps. » Mais il n'avait pas compris que sans cette « volerie », le système économique soviétique n'eût point du tout fonctionné.

Sans frais fictifs et autres combinaisons, aucun plan n'aurait été réalisé et sans cette initiative privée, fût-elle illégale, on n'aurait rien produit dans le pays. Tous ces kolkhozes et sovkhozes, qui sont devenus des « spécimens-exemplaires d'exploitations-modèles-millionnaires », n'ont survécu que parce qu'ils ont été dirigés par des filous avisés. Le plus souvent, d'ailleurs, il est difficile de les appeler ainsi. Du point de vue humain, ces millionnaires n'ont commis aucun crime. Mais la justice soviétique considère comme criminelle toute gestion raisonnable de l'économie.

J'ai eu pour compagnon de cellule un bonhomme dont tout le crime se réduisait à une très normale entremise commerciale qui n'avait fait de tort à personne. Il était allé dans une mine de charbon et avait proposé, pour un prix modéré, d'enlever les crassiers. Le directeur était tout heureux : ces montagnes lui avaient valu plusieurs blâmes de l'administration, et puis, enfin, elles gênaient le travail... Ensuite, il était allé dans les kolkhozes et avait proposé aux présidents du mâchefer à bon marché, pour les étables. Ceux-ci aussi étaient contents. Alors, il prit les camions des kolkhozes, emmena les paysans et alla débarrasser la mine de ses scories. C'était bien pour tout le monde. Les parties intéressées étaient enthousiasmées, une masse de problèmes économiques étaient réglés en un tournemain mais, pour récompense, mon entreprenant voisin reçut six ans de prison.

Ivan Ivanovitch Trophimov, le timide mouton que l'on sait, m'avait déjà parlé de son travail de directeur d'un service des travaux publics, comme d'un vrai cauchemar :

« Au début, c'est eux-mêmes qui te poussent au crime et, ensuite, ils te mettent en prison. Chaque mois, on demandait au comité régional du Parti de livrer, avant la date prévue, tantôt une chose, tantôt une autre, tout en sachant parfaitement que je n'avais ni les crédits ni les matériaux de construction voulus. Débrouille-toi comme tu peux, Ivan Ivanovitch : leur affaire, c'est seulement de donner des ordres. Ça, c'est une chose mais, en plus, il faut que l'on construise « hors plan », pour eux personnellement, un garage, une villa ou encore un chemin privé. Et, bien entendu, personne ne passe de telles commandes par écrit, on décroche tout simplement son téléphone : « Ivan Ivanovitch, fais une bonne action, tu comprends... » Et c'est tout. Comme si Ivan Ivanovitch avait sa propre usine ou sa propre maison de commerce ! Comment faire ? Si l'on ne s'exécute pas, on vous trouve immédiatement tous les défauts : Ivan Ivanovitch ? Mais voyons, c'est un escroc, un trafiquant ! Et les ouvriers ? Dans mon service, rien qu'en pots de peinture, ils volent pour 500 roubles par jour. Ils sont bien obligés, eux aussi, de se faire un petit supplément, ce n'est pas sur son seul salaire qu'on peut vivre... Et qui doit en répondre ? Mais Ivan Ivanovitch, voyons ! Et bon gré, mal gré, nous volons tous... »

Notre système d'éducation le mettait hors de lui :

« On leur enseigne toutes sortes de balivernes qui ne leur serviront à rien plus tard — les mathématiques supérieures, la résistance des matériaux — au lieu de leur apprendre tout de suite à se procurer des matériaux, à distribuer des pots-de-vin et à comptabiliser les commandes fictives. Ils arrivent de leurs facultés (on appelle ça des ingénieurs...) et ils courent partout avec leurs règles à calcul, mais pour ce qui est d'obtenir d'une usine qu'elle leur livre du ciment, ça ils ne le savent pas. »

Il avait pris, par hasard, à la bibliothèque de la prison, les *Mémoires* de Guicciardini[1] que les éditions *Academia* avaient publiés dans les années 30.

« Ça, c'était un homme d'affaires ! disait-il en s'extasiant. Il comprenait la vie ! Qu'est-ce qu'il faut, avant tout, pour être un homme d'affaires ? Savoir bien choisir son chauffeur particulier, pour qu'il soit dévoué et qu'il ne parle pas trop. Les secrétaires aussi, ça a son importance. Il faut faire en sorte que les intérêts particuliers se confondent avec les intérêts généraux. »

1. Précisons que ce grand historiographe de la Renaissance (1483-1540), connu en France sous le nom de François Guichardin, a publié ses *Ricordi Politici et Civili* en 1525. (N.D.T.)

Trophimov prenait tout le temps des notes, et il finit par recopier presque la moitié du livre.

« Quand je serai libéré, j'écrirai le manuel de l'homme d'affaires. Mais *ils* ne l'éditeront pas naturellement, ces salauds, ces hypocrites. Tout le monde sait que cela se passe comme ça, mais personne ne le dira tout haut. »

Que de manœuvriers habiles et de combinards de haut vol elle aura vus la prison de Léfortovo ! Toute la fleur de la pensée économique aura péri ici dans les années 60. Un de mes compagnons, celui qui avait offert trois millions et demi de roubles à l'État, me disait avec tristesse :

« J'ai eu bien tort de me mêler de ces affaires. Mon défunt beau-père m'avait bien dit, à plusieurs reprises : « Mon petit Michel, laisse cela. Quel besoin as-tu de « toutes ces bricoles ? Moi, je vole, et il y en aura assez « pour nous tous, il en restera même pour mes petits-« enfants ! » Eh bien, je ne l'ai pas écouté. Cela me faisait mal de voir toutes ces choses se perdre. »

Son beau-père, soit dit en passant, avait aussi été fusillé, mais pour une autre affaire.

Chose étonnante, tout occupés que nous étions du problème des libertés intellectuelles, nous n'avions pas remarqué que, dans les années 60, 70, le pouvoir avait effectivement essayé d'anéantir l'opposition économique, le capitalisme qui renaissait clandestinement dans tout le pays. Il existait alors au sommet une opposition formée par ceux que l'on appelait les économistes ou encore les *managers*. Ils n'avaient pas de théorie particulière et toutes leurs propositions se ramenaient à une seule idée très simple : pour que l'économie se développe, il faut rétribuer le travail des hommes, en bonne et vraie monnaie, ne pas paralyser toutes les initiatives économiques de l'appareil de gestion. Même du point de vue marxiste, la primauté revient à l'économie et non à l'idéologie.

Au début des années 60, l'économie du pays se trouvait dans un tel délabrement que l'on envisageait sérieusement l'éventualité d'une seconde NEP. Et, en tout cas, la nécessité de vastes réformes économiques apparaissait clairement. On fit quelques expériences dont se gargarisèrent les journaux. Mais les premiers enthousiasmes provoqués par leurs résultats spectaculaires furent de courte durée : la supériorité du principe capitaliste sur le principe socialiste de gestion ressortait par trop. Il était clair que la poursuite de ces expériences économiques à l'échelle du pays provoquerait une croissance accélérée, nous tirerait d'un demi-siècle de marasme, mais engendrerait aussitôt toutes ces « plaies » du capitalisme que la propagande soviétique présente comme un épouvantail aux petits enfants, dès le berceau. On verrait immédiatement apparaître le chômage, l'inflation et « l'anarchie de la production », c'est-à-dire l'économie de marché, et l'État ne pourrait plus exercer son contrôle rigoureux. La direction de l'économie par le Parti deviendrait absolument inutile et impossible, et les hommes seraient plus indépendants. L'État ne pourrait plus les faire chanter pour un kopeck.

Cela provoqua une lutte secrète, mais acharnée, entre « économistes » et « idéologues ». Ceux-ci brossaient, naturellement, le sombre tableau d'une économie qui cesserait d'être contrôlée et où le pillage et la dilapidation seraient générales : en perdant le contrôle de l'économie, le Parti eût perdu le contrôle de toute la vie du pays. Quant aux économistes, leurs plans excluaient en effet le Parti de la gestion, mais ils ne pouvaient pas le dire ouvertement. L'appareil du Parti et l'appareil de l'État se livraient donc une lutte sourde, sous le drapeau de la réforme économique, dont personne ne niait la nécessité. Même Brejnev, dans sa lettre confidentielle de décembre 1969 au Comité central, reconnaissait que la situation de l'industrie était désespérée.

Et c'est pour les besoins de cette lutte que furent intentés tous ces procès économiques. C'était l'équivalent de la terreur des années 30. On sait que, de novembre 1962 à juin 1963, il y a eu plus de 85 procès économiques, dans des dizaines de villes de l'Union soviétique et que 163 condamnations à mort ont été prononcées. Il est étonnant que l'Occident, qui compte tant d'instituts de recherche et de soviétologie, n'ait absolument pas compris le sens de ce qui se passait. La protestation de Lord Russel, qui n'a vu dans ces condamnations rien d'autre que de l'antisémitisme, prête à rire. A ce compte, pourquoi ne pas expliquer de la même façon les persécutions contre l'opposition trotskiste ?

Naturellement, la répression judiciaire n'eût pas suffi à assurer la victoire des « idéologues », l'Occident y a aidé d'une manière décisive. Comme solution de rechange aux grandes réformes intérieures, les « idéologues » ont proposé un plan d'« offensive pacifique », de détente. Ils ont misé sur l'obtention d'une importante aide économique et sur l'accroissement du commerce avec l'Occident. Pourquoi ces dangereuses réformes seraient-elles nécessaires si l'on peut tout recevoir dans un « package » étranger ? On peut même semer du blé au Kazakhstan et le récolter au Canada !... Toutes les expériences furent arrêtées et les « expérimentateurs » se retrouvèrent, pour la plupart, en prison.

Le destin d'Ivan Nikiphorovitch Khoudenko a une valeur de symbole. Haut fonctionnaire de la section financière du Conseil des ministres, et vice-ministre lui-même, Khoudenko avait accepté volontiers, en 1960, de tenter une expérience dans les sovkhozes du Kazakhstan. Son projet était fort simple : il proposait d'instaurer un système fondé uniquement sur le rendement commercial et une gestion indépendante, un système de stimulation matérielle. On payait selon les résultats acquis et non selon les efforts fournis. Cette expérience réussit au-delà de toute mesure. L'emploi des hommes et des machines fut réduit de dix à douze fois ; le prix de revient du blé, de quatre fois ; le revenu par travailleur s'accrut de sept fois et son salaire de quatre fois. Chiffres en main, Khoudenko démontra que si l'on appliquait son système à toute l'agriculture de notre pays, on pourrait accroître de quatre fois le volume de la production. En outre, le nombre de personnes employées dans l'agriculture serait de cinq millions au lieu de trente, comme actuellement.

Les journaux ont parlé avec enthousiasme de l'expérience de Khoudenko. On a même tourné quelques films. Toutefois, personne ne s'est empressé d'appliquer son système à l'ensemble du pays. Et, qui plus est, en 1970, son sovkhoze « Aktchi » a été fermé par ordre d'en haut. Oui, on l'a fermé au plus fort de la saison, sans avoir payé les ouvriers et sans leur avoir rendu les investissements qu'ils y avaient faits. Khoudenko et ses ouvriers ont continué la lutte par tous les moyens légaux, en s'adressant aux tribunaux. Les péripéties de cette lutte reflétaient le combat qui se livrait à l'intérieur de la direction soviétique. Les décisions des tribunaux ont été plusieurs fois cassées et remplacées par d'autres. On a continué, çà et là dans la presse, à parler de la valeur de cette expérience. Et enfin, en août 1973, Khoudenko et son adjoint ont été condamnés, pour « déprédation de la propriété d'État », à six et à quatre ans. Même après leur condamnation, d'importantes personnalités du monde économique ont continué de protester. Le 12 novembre 1974, Khoudenko mourait à l'hôpital de la prison.

Ce n'est pas — et de loin — le seul cas de répression judiciaire des nouvelles tendances économiques. Ce qu'on autorisait, en haut lieu, dans les années 60, était considéré, toujours en haut lieu, dans les années 70, comme un crime. Au milieu des années 60, des clubs « Fakel » (le Flambeau) ont surgi dans tout le pays. Ces associations bénévoles, formées par notre intelligentsia technique, exécutaient, sur contrats, des commandes pour des projets techniques, introduisaient la rationalisation industrielle et les méthodes nouvelles. Ces mêmes ingénieurs et chercheurs qui, dans la journée, ne pouvaient réaliser leurs projets dans les instituts de la Recherche scientifique et les bureaux d'études où ils étaient pourtant rétribués, les exécutaient à la perfection et dans des temps records, pendant leurs loisirs, indépendamment des comités de Parti et de syndicat et pour un très bon salaire. Et ils rapportaient à l'État des millions de bénéfice. Dans les années 70, aux plus beaux jours de la détente, quand l'importation de la technologie et des capitaux occidentaux culmina, on ferma tous ces clubs, tous, jusqu'au dernier, et on mit leurs directeurs en prison.

Mais tout cela ne se serait pas passé aussi aisément s'il n'y avait pas eu cette préparation psychologique que furent les procès des millionnaires clandestins. Il avait fallu reprendre la direction économique du pays en main ; faire peur, en intentant des poursuites ; montrer l'essence monstrueuse et rapace du capitalisme toujours renaissant. Presque comme dans les années 30, il avait fallu faire de ces hommes des ennemis, des criminels et rejeter sur eux la responsabilité de tous les échecs économiques. Pour le peuple aussi, cela rendait un son convaincant : « Si l'on ne volait pas, fût-ce un seul jour, depuis longtemps il y aurait le communisme ! » L'ennemi, c'étaient eux. Au voleur ! Et c'est ainsi qu'à peine Kossyguine avait-il fait l'éloge de l'usine de diamants, que déjà on arrêtait tout le monde.

Pendant un temps, on a atteint les limites de l'absurde, l'accusation de concussion ou de dilapidation est devenue un moyen de terreur aussi aberrant que, dans les années 30, l'accusation de contre-révolution. Il n'y avait plus aucune justice possible dans ces affaires. Je me rappelle ce qu'un vieux « droit commun » m'a raconté dans un convoi :

« J'ai été libéré, je suis rentré chez moi. Je vais au commissariat avec mes papiers, ils ne m'enregistrent pas, les salauds ! J'avais beau aller voir le chef de bureau de l'état civil, rien n'y faisait. Il se butait, ce fils de chienne : « Je t'enregistrerai pas, c'est tout. » Eh bien, que je me dis, je vais te préparer un petit plat de ma fabrication ! Je vais chez la voisine, je lui dis : « Mère Macha, donne-moi « 30 roubles ! » Elle m'a connu tout gamin. « Pour quoi « faire ? » qu'elle me dit. « Bah ! voilà, tu comprends, le « chef de bureau, il exige ça, ce fils de chienne. Si tu me « graisses pas la patte, je t'enregistre pas. » Bon, elle m'a donné les 30 roubles : deux billets de dix et deux de cinq. Je vais boire de la bière avec un copain, et je lui fais : « Tu sais, le salaud, il exige 30 roubles, il va falloir « lui donner, je les ai empruntés à la mère Macha. » On est allés ensemble au commissariat. Moi, je monte au bureau, lui il reste en bas. Le chef, dès qu'il m'a vu, m'a chassé avec de grands gestes : « Va-t'en, j'ai dit que je « t'enregistrerais pas ! » Pendant qu'on se disputait tous les deux, j'ai fourré les 30 roubles sur la table, sous des papiers, sans qu'il s'en aperçoive. Je sors et je dis à mon copain : « Ah ! la canaille : il a pris l'argent et il a encore « refusé de m'enregistrer. Mais, je vais lui régler tout de « suite son compte ! » Et j'ai téléphoné à l'officier de service : « Voilà, que je lui dis, votre collaborateur m'a « demandé un pot-de-vin, il l'a pris et, maintenant, il ne

« veut pas m'enregistrer ! » Les inspecteurs ont accouru à l'instant, ils ont fouillé son bureau. Et ils ont trouvé mes 30 roubles, tout comme je les avais décrits : deux billets de dix et deux de cinq. La mère Macha a reconnu son argent, mon copain a servi de témoin et ils ont collé six ans à cette canaille. Une autre fois, il sera peut-être plus accommodant ! »

Eh bien, quelle différence avec la Grande Terreur ? En 1937, l'extermination des communistes, prétendument innocents de tout crime, n'aurait pas pu avoir lieu si, auparavant, on n'avait liquidé successivement les « contre-révolutionnaires », puis les membres des partis socialistes, puis l'opposition-au-sein-du-Parti, élargissant toujours davantage la notion d'*ennemi du peuple*. Et, à notre époque, c'est exactement de cette manière que la notion de *crime économique* s'est étendue.

Donc, on a écrasé l'opposition économique et, vers le milieu des années 70, les procès des dilapidateurs ont pris fin, comme si on avait cessé de voler en Russie. Ils étaient devenus inutiles. On autorisa même la *Literatournaya Gazeta* à publier une polémique sur des questions d'économie et de droit. Des académiciens, des Héros du Travail socialiste, des directeurs d'entreprises, des économistes chevronnés ont écrit qu'en économie les normes du droit étaient si embrouillées et contradictoires que, pratiquement, n'importe lequel d'entre eux commettait, chaque jour, des crimes. Et, comme tout cela avait déjà perdu sa signification politique, même Brejnev a dit son mot, il a promis d'améliorer la législation. C'est là-dessus que la polémique prit fin.

Mais l'éternelle guerre économique des citoyens avec les autorités n'a pas cessé pour autant. Dès que les gens trouvent le moyen de gagner un peu plus que leur misérable salaire, l'État déclare ce moyen illégal. Un homme achète une voiture, il semblerait que cela ne doive intéresser personne. Mais la police survient aussitôt : d'où vient l'argent ? Passe encore pour la voiture, mais le même homme est allé une fois de trop au restaurant. Et aussitôt on commence à le filer. Ils savent, ces démons, que le Soviétique ordinaire ne peut pas acheter une voiture sur son salaire et qu'il ne peut pas non plus courir les restaurants.

Elle n'est pas grande la prison de Léfortovo, mais combien de gens s'y seront succédé ! Chaque été, on y fait des travaux : on repeint les murs. En 1963, ils étaient vert foncé ; en 1967, vert-olive ; en 1971, gris-vert et maintenant il est impossible de comprendre de quelle couleur ils sont. Et si vous enlevez, couche par couche, ces stratifications du temps, tout comme les archéologues, vous découvrirez le grand édifice du socialisme, et les restes pétrifiés des êtres nuisibles, qu'à une époque donnée, il avait fallu éliminer, paraîtront au grand jour. Je me rappelle que, lorsque je l'ai vue pour la première fois, en 1963, j'ai été frappé du fait que seulement deux étages sur quatre étaient remplis, les autres étaient vides. Il y avait, en tout, quelque quatre-vingts cellules en service. On vous y enfermait à deux ou trois, si bien qu'il n'y a jamais eu plus de deux cents personnes à la fois, et encore la moitié d'entre elles étaient-elles des moutons. Serait-il possible que le K.G.B. ait si peu besoin d'arrêter les gens maintenant pour entretenir la peur dans le pays ? Après avoir bien réfléchi, j'ai compris qu'en effet, ce n'était peut-être plus nécessaire. Imaginons que Hitler soit resté au pouvoir non pas treize années, mais des dizaines d'années. Quel besoin aurait-il eu alors des chambres à gaz ? Pour brûler qui ? S'il avait agi avec esprit, une seule prison comme Léfortovo lui eût suffi.

Naturellement, à l'époque, en 1963, je ne pouvais pas connaître toutes les subtilités du travail de cette machine. Ma carrière de prisonnier ne faisait que commencer, et je suis resté peu de temps à Léfortovo, on m'a expédié à l'expertise psychiatrique. L'affaire ne collait pas, mes peintres, comme l'un d'eux me l'avait dit, n'arrivaient pas à composer leur tableau. Même le mouton n'avait pu les aider ! Que leur restait-il d'autre à faire ?

Cela m'amuse à présent de penser à quel point je me suis réjoui quand j'ai appris que l'expertise m'avait reconnu irresponsable. J'avais déjà pas mal entendu parler de l'hôpital spécial de Leningrad, qui se trouve rue de l'Arsenal, surtout par Essénine-Volpine. Et il ressortait de tous ces récits qu'il valait beaucoup mieux s'y trouver que d'aller en camp de concentration. On ne vous forçait pas à travailler, on vous nourrissait tout de même mieux que dans les camps. Et pour ce qui était de vous soigner, on ne vous soignait pas ! Il n'y avait pas de cachots, on pouvait dormir toute la journée, on recevait des visites chaque mois et on pouvait même faire venir des livres de chez soi. Essénine-Volpine disait que, de son temps, il n'y avait à peu près que des politiques, gens tout à fait normaux. Il m'avait fait connaître, en 1961, un grand nombre de ses compagnons d'infortune qui racontaient tous la même chose.

Dans les temps staliniens, si l'on était placé dans un hôpital psychiatrique au lieu d'être envoyé dans un camp, on considérait cela comme le salut, ou presque, et plusieurs médecins-psychiatres ont sauvé ainsi des gens, en connaissance de cause. A toutes les époques, certes, il fallait se repentir, avouer sa faute et accepter le diagnostic. Il fallait reconnaître que l'on avait commis un crime, sous l'empire de la maladie, mais que, grâce au séjour à l'hôpital, on était sorti de cet état morbide. Sans cet aveu, les médecins ne pouvaient donner l'*exeat* ni le tribunal vous libérer : rien d'autre, en effet, en permettait de prouver que le malade n'était plus dangereux. Mais, au temps de Staline, ce détail troublait fort peu de personnes, à l'instruction, ce n'étaient pas des aveux de cette nature que l'on extorquait aux gens ! Et l'appellation de fou n'inquiétait pas davantage. En effet, pendant la terreur, c'était tout simplement le salut : un fou, au moins, on ne le fusille pas. Seul, Essénine-Volpine, qui était pathologiquement incapable de mentir, avait inventé une formule d'une logique fort compliquée qui lui permettait, tout en avouant quelque chose d'une façon purement formelle, de ne rien avouer en fait. Bref, un compromis logique qui le satisfaisait.

S'obstiner ouvertement était considéré comme dangereux. On risquait alors d'être porté sur la liste des malades chroniques et expédié dans une colonie spéciale, à Sytchevka, d'où l'on ne sortait plus. En dehors de cet endroit, il n'y avait que trois hôpitaux psychiatriques dans tout le pays : à Leningrad, à Kazan et à Rybinsk. Ce dernier étant réservé à ceux qui étaient tombés malades dans un camp.

Peu de temps avant mon arrestation, Khrouchtchev avait déclaré que chez nous, en U.R.S.S., il n'y avait plus de prisonniers politiques, que personne n'était mécontent du régime et que ceux, très peu nombreux, qui manifestaient leur insatisfaction, étaient tout simplement des malades mentaux. Fort peu de gens, à l'époque, prenaient au sérieux les propos de Khrouchtchev : quelles balivernes n'avait-il pas dites... Mais on s'est aperçu que, cette fois, il ne s'agissait pas de l'une des habituelles plaisanteries de notre Numéro un, mais bien d'une directive qui devait marquer un tournant dans la politique répressive. Khrouchtchev, qui avait révélé les crimes de

Staline, ne pouvait pas revenir aux temps de la terreur, aux procès exemplaires et aux arrestations massives. Cela eût suscité à l'intérieur du pays, et surtout à l'étranger, une réaction trop vive. En même temps, il avait une peur panique de ce dégel qui, par une méchante ironie de l'Histoire, porte, jusqu'à maintenant encore, son nom. La discipline du Parti se relâchait, des espèces de néo-marxistes faisaient leur apparition. Essayez un peu de les faire passer en jugement : quels cris ! quelles clameurs ! Et puis, comment organiser leurs procès sans recourir à la torture ? Khrouchtchev ne pouvait pas restaurer l'époque stalinienne, grandeur nature, et il ne le voulait pas...

Mais il était mû aussi par une autre considération d'importance : il avait sérieusement l'intention de construire le communisme, ce qui signifiait que l'Église disparaîtrait totalement ; que l'unité idéologique, réalisée par Staline au moyen de la terreur, serait rétablie ; que l'abondance naîtrait d'elle-même, sans dépenses particulières ; que la criminalité cesserait d'exister ; que l'État dépérirait progressivement. En ce qui concernait l'Église, c'était relativement simple : il suffisait de la fermer. Pour ce qui était de l'abondance, il espérait sérieusement y atteindre par la *chimisation*, par l'extension de la culture du maïs et par l'aide économique de l'Occident. Mais la criminalité lui donnait du fil à retordre. Non seulement elle ne diminuait pas mais, au contraire, elle s'accroissait. Quant à l'unité, mieux valait ne pas en parler au moment où venaient d'éclater les révoltes d'Alexandrov, de Mourom, de Novotcherkassk. Et l'intelligentsia se relâchait, elle aussi, se mettait à jaser. Comment faire ?

En suivant rigoureusement la doctrine marxiste-léniniste, Khrouchtchev conclut que, dans un régime socialiste, il ne peut exister de conscience antisocialiste. *La conscience est déterminée par l'existence* et, logiquement, il ne peut pas y avoir de criminalité dans cette société d'abondance qu'est la société du maïs. Il ne peut pas y avoir non plus une quelconque divergence de pensée. La conclusion qui s'impose est des plus simples, ces phénomènes, qui ne peuvent s'expliquer ni par l'héritage du passé ni par une diversion de l'impérialisme mondial, sont tout simplement les manifestations d'une maladie mentale que l'*existence* communiste, à elle seule, ne peut pas guérir, c'est bien connu. Après avoir fait tous ses calculs, Khrouchtchev avait trouvé le résultat suivant : vers 1980, il pourrait, réellement, montrer le dernier criminel. Il ne promettait pas de montrer le dernier fou...

On a même expliqué, dans des cours, à des étudiants en droit, que leur future profession était en voie de disparition, et on a réduit les quotas d'admission. L'État n'aurait bientôt plus besoin du service des juristes. Ils exerceraient leurs fonctions en partie auprès des tribunaux du personnel, en partie chez les psychiatres. On ferma quelques prisons, çà et là, dans le pays : (c'était un legs des sombres temps du tsarisme) et les hôpitaux psychiatriques se mirent à pousser comme des champignons. Le Comité central prit une résolution sur les églises qui prévoyait leur destruction dans les dix années à venir, et son plénum idéologique resserra quelque peu la bride à l'intelligentsia. Quant au K.G.B., au lieu de la thèse stalinienne de l'aggravation de la lutte des classes, il reçut de nouvelles directives idéologiques sur l'aggravation des maladies psychiques, au fur et à mesure de la construction du communisme.

Les hommes du K.G.B. connaissaient, eux aussi, des difficultés. A toutes les époques, même au plus fort de l'arbitraire stalinien, on avait exigé d'eux que les détenus avouent leurs fautes, se repentent, soient « idéologiquement désarmés » et condamnent leurs erreurs. Tout cela s'obtenait alors assez facilement, par les coups, les interrogatoires de nuit, les tortures. Mais maintenant le temps de l'humanisme poststalinien était venu, il n'était plus permis de battre et de torturer les prévenus. Et si l'on ne parvenait pas à les effrayer, à les convaincre ou à exercer auprès d'eux quelque chantage, on en déduisait que le juge d'instruction ne s'était pas bien acquitté de sa tâche, n'avait pas été capable de désarmer idéologiquement l'adversaire. Il suffisait d'échouer dans deux ou trois affaires pour être flanqué à la porte du K.G.B., pour incapacité. Et si un homme connu ou un néo-marxiste ou un croyant n'avait pas voulu avouer, on se trouvait dans un très mauvais cas. Comment le faire passer en jugement ? Le tableau était raté... Les exigences quantitatives avaient changé, elles aussi. Si, autrefois, il fallait prendre le plus grand nombre possible de contre-révolutionnaires, d'espions, de saboteurs et autres ennemis du peuple, maintenant chaque affaire était considérée en haut lieu comme une preuve de l'insuffisance du travail d'éducation des masses, et la direction locale du Parti, K.G.B. compris, pouvait recevoir un blâme pour incurie. Mais s'il s'agissait d'un fou, c'était une tout autre affaire : personne n'était responsable !

Si tout s'était déroulé selon le plan général du Parti, la criminalité aurait totalement disparu chez nous et, à la place de la terreur de masse, de l'espionnite et autres erreurs inhérentes au culte de la personnalité, sans doute nous serions-nous regardés les uns les autres avec circonspection, en nous demandant cette fois : Est-ce un fou ou non ? Des dizaines de millions de citoyens temporairement malades, y compris quelques membres du Politburo, auraient été réincorporés après un traitement de courte durée, dans les rangs sains des constructeurs du communisme. Et qui sait ? Peut-être que le temps serait venu où il aurait fallu soigner, très légèrement, les deux tiers d'un quelconque XXVIIe Congrès pour schizophrénie larvée...

En attendant, tout le monde était content : le K.G.B., la direction du Parti, Khrouchtchev, les psychiatres et nous. Quelques dizaines d'hommes — presque tous ceux qui avaient été arrêtés, à l'époque, pour des motifs politiques — étaient déclarés fous et se réjouissaient à l'idée qu'ils ne seraient pas envoyés en camp de concentration. Il y avait, il est vrai, quelques exceptions. Un certain Kovalski, médecin-psychiatre de Mourmansk, qui avait été arrêté pour propagande antisoviétique comme la plupart d'entre nous, n'était pas du tout content :

« Pauvres nigauds ! disait-il, de quoi vous réjouissez-vous ? Vous, vous ne savez pas ce que c'est qu'un hôpital psychiatrique... »

Et peut-être pour nous montrer concrètement ce que c'était ou peut-être tout simplement pour s'amuser, il commença à nous prouver que nous étions réellement fous : d'abord, parce que nous étions en conflit avec la société — l'homme normal s'adapte — ensuite, parce que, pour des idées bêtes, nous avions risqué notre liberté, nous avions négligé les intérêts de notre famille, fait fi de notre carrière.

« Cela s'appelle, expliquait-il, une idée surévaluée. C'est le tout premier signe d'une évolution paranoïde de la personnalité.

— Mais toi, tu es aussi un fou ? demandions-nous.

— Naturellement que je suis fou, affirmait-il avec une sorte de joie. Seulement, il y a longtemps que j'en ai pris conscience et c'est pour ça que je suis presque guéri, tandis que vous, vous ne l'êtes pas encore, il va falloir qu'on vous soigne. »

Nos experts raisonnaient exactement d'après le même schéma. J'ai vu mon médecin traitant deux fois — pas plus, et elle m'a dit à peu près la même chose. Ensuite, on m'a fait passer devant une commission qui m'a posé toujours les mêmes questions : pourquoi est-ce que je me trouvais en conflit avec la société, avec les règles de conduite en usage chez nous, pourquoi mes convictions me paraissent-elles plus importantes que tout, plus importantes que la liberté, que les études, que la tranquillité de ma mère ? Par exemple, pourquoi étais-je allé à la place Maïakovsky, alors que je savais que c'était interdit ? On nous avait prévenus. Pourquoi avais-je continué à y aller ? Pourquoi n'avais-je pas été à l'université ?

Ce n'était pas si facile de répondre à ces questions. Si je disais, à propos de mon conflit avec la société, que c'est cette dernière qui avait tort, il en résultait que tous les gens qui m'entouraient étaient dans l'erreur et que j'étais le seul à avoir raison. Et il était clair alors que j'étais fou. Et que dire de mes convictions ? L'un des nôtres a cité l'exemple de Lénine qui était en conflit, lui aussi, avec la société et qui avait été assigné à résidence, en raison de ses convictions. Mais, pour le psychiatre, ce n'était pas une explication et tout ce que l'on pouvait attendre après une telle réponse, c'était qu'il inscrive dans le dossier médical : « Souffre de mégalomanie, se compare à Lénine. » On avait beau faire, toute réponse sincère, normale, ne faisait qu'apporter une preuve de votre maladie. Et, si l'on en venait à parler des agissements du K.G.B., on était inévitablement considéré comme atteint de la maladie de la persécution. Et même quand on m'a demandé, à la fin, si je me considérais comme malade, ma dénégation ne prouvait rien, elle non plus : quel est le fou qui se considère comme tel ?

Quant à nous, nous avons grandement facilité la tâche des médecins, sans du tout le comprendre, en menant la vie la plus gaie qui soit dans notre *isolateur* politique de la quatrième section de l'Institut Serbski. Après avoir passé tant de mois en cellule, après avoir vécu comme des reclus à Léfortovo, quelle fête c'était de retrouver tous ces hommes, venus de tous les coins du pays, qui étaient en totale communion de pensée avec vous, d'échanger avec eux des nouvelles, des plaisanteries et, bien sûr, des anecdotes... Chacun parlait de son cas, de ses amis, de ses projets et il ne leur venait pas en général à l'idée que les aides-soignantes, les vieilles, notaient tout ce qu'elles entendaient pour le rapporter aux médecins. Pour m'amuser, j'avais parlé longuement à mes copains d'un livre sur la chiromancie que j'avais lu avant mon arrestation, et ce n'est que plus tard que j'ai appris que cela aussi avait été considéré comme un des symptômes de ma maladie. Ensuite, l'un des nôtres, Serge Klimov, a fait une grève de la faim pour des raisons personnelles. Pendant plusieurs jours, on ne l'a pas isolé, il continuait à être alité dans la cellule où nous mangions tous à table. Enfin, nous nous sommes indignés et, au grand complet, nous avons commencé, nous aussi, une grève de la faim. Nous exigions qu'on l'isole, en sorte qu'il ne souffre pas en nous voyant manger. Et notre grève de la faim fut, elle aussi, considérée comme un symptôme de notre maladie.

Au demeurant, le fait d'être tenus pour des fous ne nous faisait pas du tout peur. Bien au contraire, nous en étions fort aises : que ces idiots nous considèrent donc comme des malades mentaux ou, plus exactement, que ces malades mentaux nous considèrent donc comme des idiots, à leur guise ! Nous évoquions tous les livres sur les fous, ceux de Tchékhov, de Gogol, d'Akoutavaga et, naturellement, le « brave soldat Chveik ». Nous riions de bon cœur des médecins et de nous-mêmes.

Seul, l'un de nous, Arcady Sing, prenait tout cela au tragique. Il était d'origine hindoue, mais il avait vécu en U.R.S.S., à Sverdlovsk, dès l'enfance. Il était ingénieur. Pendant une vingtaine d'années, il n'avait pas pu obtenir d'appartement et sa femme et lui avaient niché quelque part dans une cave. Enfin, ayant perdu toute patience et tout espoir, il avait fait une pancarte « de contenu antisoviétique » et était allé se poster, en la brandissant bien haut, devant le comité régional du Parti. Une foule de gens s'étaient rassemblés autour de lui : les uns, compatissants, les autres, tout simplement curieux de voir comment l'affaire allait tourner. La foule grandissait et cela prenait l'allure d'une manifestation. Les autorités s'en étaient émues, avaient poliment invité Arcady à entrer dans leurs bureaux, s'étaient entretenus amicalement avec lui, lui avaient promis de lui donner un appartement. Puis on l'avait fait sortir par la porte de service et monter dans une voiture (soi-disant pour ne pas exciter la foule) qui l'avait conduit directement à la prison du K.G.B.

Quand ce même Sing apprit qu'on l'avait reconnu fou, il faillit le devenir pour de bon. Il raisonnait sans cesse : « Comment cela se fait-il ? Ce sont des médecins, des spécialistes, qui m'ont examiné. Eux, ils savent mieux... Et, s'ils ont établi que j'étais fou, c'est que ça doit être vrai. Soi-même, on ne peut pas le remarquer. » Il nous demandait constamment si nous ne voyions pas en lui quelques bizarreries, il nous ennuyait en nous racontant tous les symptômes qu'il s'était découvert et il était dans un tel état nerveux que tout son corps se couvrit d'eczéma.

Il n'est pas sans intérêt de noter que plusieurs détenus, accusés de délits économiques et de déprédations, subirent en même temps que nous une expertise psychiatrique et qu'aucun d'eux n'a été reconnu malade...

Vers l'automne, on transporta toute notre joyeuse compagnie de *politicopathes* à la prison de Léfortovo. Là, nous avons appris une première chose, très désagréable : aucun de nous ne comparaîtrait devant un tribunal, on nous avait jugés *in absentia !* Tous mes espoirs de voir mes juges, de leur exprimer ce que j'avais sur le cœur, s'effondraient. Je n'avais pas l'intention de me justifier, j'avais l'intention d'accuser. Et je m'étais préparé à faire en sorte que ce procès leur coutât cher. Or, voici que maintenant ils avaient encore sévi contre moi impunément. Le sentiment que j'avais de mon impuissance était pire que tout.

Bien que formellement, d'après la loi, notre procès eût dû se dérouler normalement, dans toutes ses phases (interrogatoire, témoignages, examen des preuves) en fait, la procédure n'avait pas pris plus d'une heure. On a lu l'acte d'accusation, puis la conclusion des experts et on a prononcé un arrêt aux termes duquel nous devions être soumis à un traitement forcé, de durée illimitée. Je n'ai appris cela que plus tard, par ma mère, quand on l'a laissé venir à la visite, en septembre. Notre entrevue a été fort courte, une heure en tout, et cela en présence d'un surveillant qui interrompait tout le temps la conversation. Elle a eu lieu dans une pièce que divisait une large table. D'un côté, ma mère ; de l'autre, moi. Il était rigoureusement interdit de se transmettre quoi que ce fût et même de se toucher. Ma mère était épouvantée par toute cette ambiance et elle osait à peine parler. Je l'ai rassurée du mieux que j'ai pu, non sans mal. Quant à moi, furieux de me sentir impuissant à agir, je me tordais littéralement de fureur.

Ainsi, officiellement, j'étais déjà considéré comme un malade irresponsable de ses actes et, cependant, personne ne se pressait de m'envoyer à l'hôpital. Nous restions tous à Léfortovo. On disait que les ordres n'étaient pas encore arrivés et que, d'ailleurs, il n'y avait plus de place dans les hôpitaux. Ce n'est qu'à la fin de l'année, en décembre, que l'on nous a tous expédiés, les uns à Leningrad, les autres à Kazan. En prison, c'est une chose bien pénible que de devoir quitter ceux avec lesquels on a pu se lier d'amitié. Comment savoir si l'on se reverrait...

On nous a amenés à Leningrad vers le soir et aussitôt expédiés aux bains. Là, le premier soin des infirmiers a été de nous raser cheveux et poils. Tout y a passé : la tête, les aisselles, le pubis. Et tout cela avec la même tondeuse. Serge Klimov avait de somptueuses moustaches, elles aussi on les a coupées. Il voulait résister : « Changez au moins de tondeuse ! » Qu'allait-il chercher là ? Que de lubies traversent l'esprit des fous ! On l'a attaché, on lui a caressé les côtes : ne fais pas l'idiot ! Nous voyons que cela ne va pas être drôle. Les garçons d'étage sont des « droit commun » que l'on a envoyés purger leur peine ici, au lieu de les expédier dans un camp. Ils sont méchants comme des chiens, vu qu'ils ont quelqu'un sur qui passer leurs nerfs. On nous a parés de l'habituelle tenue des prisonniers, on nous a retiré toutes nos affaires, puis dispersés dans différentes cellules. Les arrivants devaient être logés, d'abord, dans le premier bâtiment, placés sous surveillance.

Ici, autrefois, avant 1948, c'était tout simplement une prison. Les bâtiments sont vieux, les cellules humides et froides — où l'on vous enferme à trois — sont de type courant, comme à Léfortovo : un judas, un guichet, une grille à la fenêtre. Il n'y a pas de toilette et on ne vous donne même pas de tinette : les « mentaux » ne doivent pas avoir sous la main d'objets lourds. Pour se soulager, il faut frapper à la porte, demander au surveillant de vous emmener au bout du couloir. Mais lui, il n'a pas le temps, et puis ça le fatigue :

« Pourquoi frappes-tu ? hurle-t-il de loin.

— Aux toilettes !

— Tu attendras ! »

Comment peut-on « attendre » ? Vous frappez de nouveau.

« Cogne, cogne toujours. Après, c'est moi qui cognerai ! Gare à tes côtes !

— Mais j'ai besoin d'aller aux toilettes, chef ! J'y tiens plus !

— Pisse par terre ! »

Et c'est ainsi toute la journée. Si on l'ennuie trop, il lâche sur vous les garçons d'étage et vous n'aurez pas à vous en réjouir.

Il y avait deux malades dans ma cellule. Au matin, l'un d'eux se mit à crier des slogans : « Assez d'esclavage bolchevique ! Les gars veulent la liberté et l'amnistie ! Il faut organiser un État ukrainien libre, indépendant et souverain ! Les gars veulent des casaques, des chalvars, des bancals ! » Il criait toute la journée, sans cesse, jusqu'au couvre-feu. J'ai appris, par la suite, qu'il avait passé dix-sept ans à la prison de Vladimir pour « nationalisme bourgeois » ukrainien et qu'il avait perdu l'esprit. On le battait chaque jour, sans pitié : les surveillants étaient las d'entendre ses cris. La porte s'ouvrait et six garçons d'étage se jetaient sur lui comme des chiens. Le premier jour, j'ai essayé de m'interposer, mais j'ai reçu une telle torgnole sur l'oreille que j'ai été projeté sous le lit, et je suis sorti de là ensuite à grand-peine. Je ne pouvais l'aider, mais je n'étais pas non plus disposé à regarder sans rien dire.

Notre autre voisin ne se mêlait de rien et souriait comme un bienheureux, toute la sainte journée. Il était là pour avoir assassiné ses enfants. Il avait la manie de tout avaler. Aussitôt après le meurtre de ses enfants, il s'est coupé les oreilles et les a mangées. Alors qu'il était déjà à l'hôpital, il avait ingurgité tout un jeu d'échecs et on ne lui donnait plus de cuiller, de peur qu'il ne l'avale.

J'ai pensé que je ne sortirais pas vivant de cette cellule. Chaque fois qu'ils faisaient irruption pour battre mon voisin, comme un idiot, je tentais de les arrêter et, naturellement, j'en recevais ma part. Je n'en pouvais plus de les voir l'étriper, parfois même le piétiner. Conformément au règlement en vigueur ici, les infirmières consignaient chaque jour leurs observations dans un cahier spécial. Pour expliquer les bleus, les écorchures et autres traces de coups, elles inscrivaient que le malade s'était « excité » lui-même et s'était jeté sur les garçons d'étage. Le lendemain, le médecin, en voyant cette note dans le cahier, prescrivait au malade des piqûres de sulfasine ou d'aminasine. Et, c'est ainsi qu'en plus de tout le reste, on piquait mon voisin impitoyablement ! Il essayait de s'y opposer et on le battait de nouveau. C'était un cercle vicieux. Ni les coups ni les piqûres ne pouvaient naturellement le changer et il continuait à crier ses sempiternels slogans, mais sa voix se faisait de jour en jour plus faible, comme s'il s'éteignait. Par mes sottes interventions, j'avais risqué, moi aussi, de tomber dans ce cercle vicieux et de ne plus pouvoir en sortir.

En fait, dans un hôpital psychiatrique, c'est le petit personnel qui est le maître : garçons d'étage, infirmières, surveillants. C'est une sorte de clan et, si l'on ne s'entend pas avec eux, ils vous tourmentent jusqu'à ce que mort s'ensuive. Les médecins ne se mêlent jamais de ces affaires et s'en remettent totalement aux rapports des infirmières. Les deux premiers mois que l'on passe dans un hôpital psychiatrique sont décisifs. On se fait alors une réputation qu'il est difficile de modifier plus tard. Les infirmières, trop paresseuses pour observer les malades, notent ensuite d'un jour sur l'autre à peu près la même chose, se contentant de recopier leurs remarques antérieures. Il faut donc savoir les convaincre, dès le début, que l'on est sain d'esprit, il faut s'entendre avec tous. Si l'on y parvient, tout devient plus aisé.

Je ne sais pas comment tout cela aurait fini si l'on ne m'avait pas mis dans une autre cellule. Sans doute, les garçons en avaient-ils assez que je tente chaque fois de les empêcher de faire leur « travail ». Mais il y avait une autre raison : j'avais reçu une lettre de ma mère qui m'annonçait qu'elle allait venir me voir un jour prochain. En me la remettant avec un sourire aimable, l'infirmière, à ma grande surprise, me posa quelques questions sur ma mère : qui était-elle ? Où travaillait-elle ? Qui était mon père ? Etc. D'ordinaire, les médecins lisent les lettres puis, sans les recacheter, les font remettre aux malades. J'ai aussitôt compris de quoi il s'agissait. J'avais remarqué depuis longtemps déjà que, pour les gens qui n'habitent pas Moscou, tout Moscovite est membre du gouvernement ou quelque chose de ce genre. De loin, ils ont l'impression que nous sommes sur place, dans la place, et que, si nous le voulons, nous pouvons tout obtenir. Quand j'étais en expédition en Sibérie, il me suffisait de dire aux gens du pays que j'étais de Moscou pour qu'ils se mettent à me regarder avec circonspection et me marquent un respect incompréhensible, comme si j'étais inspecteur général !

Il y avait encore deux assassins dans ma nouvelle cellule.

Le premier — un gros bonhomme d'une cinquantaine d'années qui avait tué sa mère — souffrait d'accès de rire. Il commençait par un sourire moqueur, par des petits rires sans aucune cause apparente et se déchaînait progressivement, il ne pouvait plus s'arrêter. Son visage était cramoisi, ses yeux lui sortaient des orbites, il haletait, suffoquait et tout son gros corps était secoué par ce rire incoercible. Entre les crises, il restait étendu sur son lit, sans rien dire, ne parlait jamais à personne, ne répondait pas aux questions et ne faisait que me regarder de ses yeux larmoyants et mauvais. Ensuite, comme s'il avait aperçu en moi quelque chose d'irrésistiblement drôle, il repartait de plus belle et son rire le menait au bord de la syncope. Le second bonhomme, qui s'appelait Kostia, avait tué sa femme et tenté de s'égorger. Il avait une large cicatrice rouge sur le sein gauche. Ce Kostia m'assommait littéralement avec toutes ses histoires sur son épouse. Il me racontait comment elle le trompait, comment il la suivait. Il était impossible de faire la part de la vérité et du délire. Ses récits étaient peut-être pires que les cris et le rire.

Des hurlements nous parvenaient constamment, de tous côtés. La prison avait été si mal construite que si l'on battait quelqu'un, fût-ce aux autres étages, on l'entendait. Dans une des cellules d'en face, un jeune garçon s'écriait de temps à autre : « Les premiers sur la lune, ce seront les cosmonautes... soviétiques ! Les premiers sur la lune, ce seront les cosmonautes... soviétiques ! » Sans doute ses compagnons le taquinaient-ils car, chaque fois, il criait plus fort jusqu'à ce que, enfin, les garçons d'étage se ruent sur lui et se mettent à le battre. Je l'ai vu un peu plus tard. Et, en effet, en réponse à sa lassante prophétie, ses compagnons répétaient à voix basse : « ... américains ! » ce qui le mettait au comble de la fureur. Les infirmières notaient qu'il s'était « excité » et, chaque fois, sans pitié, on le piquait à l'aminasine. Vers la fin de mon séjour dans ce service, je l'ai rencontré à la promenade. Il se traînait, d'un air sombre, le long de la clôture et il y avait tant de désenchantement dans toute sa physionomie, tant de mépris pour l'humanité que, malgré moi, je lui ai demandé :

« Alors, quels sont les cosmonautes qui seront les premiers sur la lune ?

— Les Américains », grommela-t-il manifestement à contrecœur, sans me regarder.

Une fois par jour, on nous emmenait à la promenade, nous, les détenus de tous les étages du premier bâtiment. Un sinistre cortège de déments loqueteux, affublés des bonnets, des cabans et des godasses qu'on leur distribuait pour la circonstance, se déversait dans une cour spéciale, entourée d'une clôture. La plupart étaient des assassins. Il n'y avait pas plus de 10 % de politiques. Mes amis de Léfortovo étaient fort abattus et il ne restait pas trace de la joie avec laquelle nous avions appris que nous étions reconnus malades mentaux. En fait, l'hôpital spécial de Leningrad était une prison ordinaire avec des cellules, des restrictions portant sur la correspondance et la nourriture, des grilles, des barbelés, une clôture et une garde armée. Cette garde, théoriquement, ne doit pas tirer lorsqu'un malade s'enfuit. Mais, comment distinguer un malade mental d'un « droit commun », planqué à l'intendance ? Naturellement, à tout hasard, la garde tire : cela arrive...

Aux habituelles contraintes de la prison s'ajoutaient toutes les misères des hôpitaux psychiatriques : l'internement illimité, le traitement obligatoire, les coups et la privation de tout droit. On ne pouvait se plaindre à personne : la moindre plainte restait dans votre dossier médical, était considérée comme une preuve de votre folie. Aucun d'entre nous n'était sûr de sortir de là vivant. Plusieurs de mes copains avaient déjà été bien plus éprouvés que moi, on avait commencé à les piquer ou à leur administrer des comprimés. Ce n'était pas si simple de démontrer que l'on était sain d'esprit ou, du moins, que l'on était en voie de guérison. Quel médecin se serait risqué à réfuter le diagnostic de ses collègues ou à prendre la responsabilité de vous rayer des contrôles ? C'était tellement plus facile de suivre les sentiers battus ! On savait qu'il s'agissait, en principe, d'un internement à vie mais, en pratique, on gardait habituellement les assassins cinq ou six ans et les nôtres, deux ou trois ans. A condition naturellement que l'on fasse preuve d'une soumission totale, que ne surgisse aucun conflit et qu'aucune mauvaise note ne figure dans le cahier des infirmières.

Une commission centrale venait de Moscou deux fois par an. On lui montrait tous les malades, mais elle ne pouvait donner l'*exeat* qu'à ceux que lui proposait l'hôpital. Il arrivait, d'ailleurs, qu'elle ne tienne aucun compte de ces recommandations. Pour libérer un détenu, les médecins exigeaient qu'il reconnaisse le bien-fondé du diagnostic et qu'il condamne ses propres actes. Cela s'appelait la *critique* (l'attitude du malade envers ses manifestations morbides) et servait de preuve de guérison.

Nicolas Nicolaïévitch Samsonov, géophysicien, lauréat du prix Staline, était ici depuis 1956. On l'avait emprisonné pour avoir adressé au Comité central une lettre dans laquelle il demandait que l'on continue à dévoiler les crimes de Staline et que l'on en tire les conséquences. Il avait catégoriquement refusé de faire ladite *critique* et il était ici depuis huit ans. Et que ne lui avait-on pas fait ? On l'avait piqué, on l'avait battu, on l'avait enfermé avec les fous furieux. On lui avait définitivement ruiné la santé : son cœur, son foie, son estomac, tout s'était détraqué, en raison surtout des effets secondaires des drogues qu'on lui avait administrées. On s'était particulièrement acharné sur lui, la dernière année. On disait que de nouvelles instructions avaient été données.

En guise de « traitement des excités », ou, plus exactement, de punition, on employait principalement trois « remèdes ». Le premier, c'était l'aminasine. Sous son effet, le patient tombait en léthargie, dans une sorte d'hébétude et il cessait d'être conscient de ce qui lui arrivait. Le second, c'était la sulfasine, autrement dit du soufre. Cette substance provoquait des douleurs extrêmement violentes, des tremblements et des frissons, la température s'élevait jusqu'à 40 ou 41 degrés et persistait deux ou trois jours. Le troisième, c'était l'*enveloppement*. On le considérait comme le plus pénible. A la moindre faute, on emmaillotait le détenu — des pieds jusqu'aux aisselles — dans un drap mouillé et torsadé en garrot ou dans des bandes de grosse toile. En séchant, le tissu se resserrait et provoquait une douleur atroce, une sensation de brûlure dans tout le corps. Il perdait rapidement connaissance, alors les infirmières, chargées de surveiller les opérations, faisaient relâcher légèrement les liens de façon à le laisser revenir à lui et souffler un peu, ensuite on resserrait l'étau. Et ce jeu pouvait se répéter plusieurs fois.

Étant donné la terreur et l'arbitraire qui régnaient ouvertement à l'hôpital et compte tenu du fait que nous n'avions aucun droit et que les infirmiers n'étaient soumis à aucun contrôle, nous marchions tous littéralement au bord d'un précipice au fond duquel nous pouvions tomber à chaque instant.

Pour échapper à l'ennui, deux des nôtres, qui étaient dans la même cellule, se mirent à lutter. Dans un faux mouvement, l'un se fendit le sourcil en tombant sur le radiateur et demanda de l'iode à l'infirmière. Celle-ci nota immédiatement dans le cahier des observations qu'ils s'étaient « excités » et on leur fit à tous deux des piqûres de soufre. Il fallait être à chaque instant sur ses gardes, entretenir de bonnes relations avec le petit personnel et avec les infirmières.

Au dernier étage du premier bâtiment, dans le cinquième service, il y avait des cellules qu'on appelait les *élastiques*, car on les avait matelassées en sorte que les fous furieux ne puissent se casser la tête contre les murs. On les y enfermait seuls, nus, et on les battait, dit-on, sans merci. Peu de temps avant notre arrivée, on avait tué là un de ces fous, en lui brisant la colonne vertébrale. Un autre avait été asphyxié au cours d'un *enveloppement.* Naturellement, on n'avait pas découvert les coupables. Et on avait « radié » les morts : les fous ont toujours tort...

Le second bâtiment était considéré comme un établissement de soins. Il était équipé il est vrai, de salles spéciales pour les chocs provoqués par l'insuline mais, en réalité, on vous traitait partout de la même façon. L'aide-médecin Victor Valerianovitch, que l'on appelait Valerianytch, sévissait au Service nº 7. C'était un vrai sadique qui était littéralement malade s'il ne soumettait pas quelqu'un à l'*enveloppement* quand il était de garde. C'est ainsi qu'il s'en prit à l'un des nôtres. Anatole Beliaev (condamné pour avoir raconté des anecdotes sur Khrouchtchev) qui avait lu jusque tard dans la nuit, car il n'avait pas entendu le signal du couvre-feu. Valerianytch lui fit donc subir son traitement favori, puis nota que Beliaev s'était « excité ».

La menace pesait constamment sur chacun de nous. A la moindre chose, les garçons d'étage et les surveillants criaient méchamment : « Alors ? C'est un *enveloppement* que tu veux ? Tu as envie de soufre ? » Et dès lors que les piqûres d'aminasine avaient été prescrites, on les faisait ensuite automatiquement, les médecins oubliant souvent d'arrêter le traitement. On faisait tellement de piqûres dans les fesses que l'on ne savait plus où planter l'aiguille des seringues. On m'a emmené un jour au service de physiothérapie pour me cautériser les amygdales, car l'humidité de Leningrad avait aggravé mon catarrhe chronique et j'avais constamment de la fièvre. En entrant dans la grande salle, j'ai vu tout à coup un spectacle fantastique : une dizaine d'hommes, couchés à plat ventre sur des châlits, exposaient leur postérieur nu au rayonnement des lampes à infra-rouges. On les avait tellement piqués à l'aminasine que les aiguilles ne pouvaient plus transpercer les muscles et qu'il fallait ramollir les chairs, résorber les infiltrats pour reprendre le « traitement ».

Mais on rencontrait rarement des Valerianytch. En fait, l'indifférence, l'insensibilité, le cynisme régnaient partout. De même que la vue du sang n'émeut pas le chirurgien, que la vue des cadavres n'affecte pas l'employé de la morgue, la cruauté, elle aussi, était devenue une habitude pour les aides-soignantes, les garçons d'étage et les médecins d'ici. Il allait de soi que le malade n'était pas un homme, qu'il ne pouvait et ne devait pas avoir de désirs ou de sentiments humains, et certains médecins appelaient ouvertement l'hôpital « notre petit Auschwitz ».

L'homme sain qui tombe dans un tel endroit essaie de se dissocier des malades mentaux, de se distinguer, de convaincre son entourage, et aussi lui-même, que lui, il est différent. Dans tous les services se forme ainsi un petit groupe de bien-portants, une sorte de club de gens normaux au milieu des marais de la folie. Habituellement, leurs rapports avec leurs voisins fous sont marqués d'une haine qui n'est pas moindre que celle de Valerianytch et, pour affirmer leur supériorité, ils traitent souvent les malades plus cruellement que les infirmiers ne le font. Peut-être cela les aide-t-il à ne pas devenir fous ou peut-être l'homme a-t-il tout simplement besoin de croire qu'il n'est pas le dernier des derniers.

Les moqueries et les plaisanteries les plus cruelles sur les malades deviennent presque un besoin. Dans l'autre bâtiment, dans une cellule plus grande, aménagée pour une dizaine de personnes, il y avait un jeune gars de dix-neuf ans qui s'appelait Sapronovitch. Sa marotte, c'était qu'il devait détruire tout le monde occidental et, avant tout, l'Amérique. Il appuyait sans arrêt sur des boutons imaginaires, convaincu qu'il lançait ainsi des fusées, chargées de bombes atomiques.

« Il faut faire sauter l'Amérique ! L'anéantir ! Tuer Kennedy ! », criait-il en pressant sur ses boutons.

Il avait, on ne sait pourquoi, une haine particulière pour le président.

« Sapronovitch !, lui criaient des détenus plus sains d'esprit. Viens ici ! Voici un vrai bouton, appuie sur celui-là ! »

Et ils lui montraient le bouton qui était près de la porte et qui servait à appeler les garçons d'étage et les surveillants. Et on l'avait si bien habitué à cela qu'il restait des journées entières près de la porte, à appuyer dessus. Les garçons, excédés par ces fausses alertes, le battaient, lui faisaient des piqûres et des *enveloppements*, mais rien n'agissait.

Or, à l'automne, on tua réellement Kennedy. Les tortionnaires de Sapronovitch ne pouvaient laisser passer une si magnifique occasion de se payer sa tête. Ils lui apportèrent un journal qui annonçait l'assassinat.

« Alors, Sapronovitch, à force de jouer, tu as gagné ! Tu pensais que c'était une plaisanterie d'appuyer sur les boutons ? Fais attention maintenant : on n'a pas encore trouvé l'assassin, on le cherche, mais tu ne te cacheras pas longtemps ici, ils vont finir par te trouver. Tout le monde sait que c'est toi qui as appuyé sur tous les boutons. »

Sapronovitch était épouvanté, littéralement bouleversé. Il resta toute une semaine au lit, la tête enfouie sous sa couverture. Il ne se levait même pas pour manger : il avait peur de montrer le bout de son nez. Le résultat fut tout à fait inattendu : Sapronovitch était presque guéri : il n'appuyait plus sur aucun bouton !

Parfois, au contraire, quelqu'un du groupe des « normaux » craquait, se mettait à délirer, à divaguer, à extravaguer et cessait d'être un homme. Était-ce une rechute ou s'agissait-il des premières atteintes du mal ? Toujours est-il que c'était fort pénible pour tous les autres. Quelques jours plus tôt, on pouvait parler avec lui, évoquer ensemble notre libération, ironiser sur les fous et voici qu'il ne se différenciait plus d'eux, que la limite entre eux et nous, entre les anormaux et les normaux s'effaçait et nous ressentions cela comme la pire des trahisons. C'est pourquoi, avec le temps, on devient terriblement soupçonneux, on observe longuement ses interlocuteurs, à leur insu : tout est-il bien normal chez eux ou s'agit-il d'un rétablissement qui n'est qu'apparent, d'une amélioration temporaire ? Ne cachent-ils pas leur folie ?

C'est ainsi qu'un Letton, très grand et fort maigre, m'a longtemps intrigué. Il était venu vers moi et, avec un léger accent, m'avait demandé le plus poliment du monde si je m'intéressais à la zoologie. Il avait entendu dire que j'avais fait des études de biologie à l'université, mais il ne savait pas qu'elle était ma spécialité. Il s'intéressait surtout aux animaux rares, en voie de disparition, et essayait de rassembler les renseignements que l'on pouvait trouver, à ce sujet, dans les livres et les revues. Il gardait sous son oreiller tout un dossier de coupures de presse et de notes. Après les avoir étalées avec soin sur son lit, il m'avait parlé de la bernache au plumage rouge et du tigre de l'Oussouri. Et il m'apparaissait, lui-même, comme un animal rare, dont l'espèce s'éteignait, comme un mystérieux oiseau.

Par la suite, nous avons souvent parlé ensemble, tant dans les cellules qu'à la promenade, et je ne remarquais rien d'étrange en lui en dehors de ses bernaches. En fin de compte, chacun de nous s'intéressait à une chose saugrenue. Moi, par exemple, j'apprenais l'anglais et, aux yeux d'autrui, cela devait paraître assez bizarre. Tout de même, je ne pouvais me défaire d'une certaine inquiétude quand je parlais avec lui. Sa prodigieuse silhouette d'oiseau décharné, qu'un ouragan aurait ravi à ses îles lointaines pour le poser en terre étrangère, était par trop extravagante, surtout en hiver, à la promenade quand, de crainte de se refroidir, il s'enroulait dans toutes sortes d'effets, y compris une couverture. Personne ne savait pour quelle raison il était interné et c'était gênant de le lui demander. On disait qu'il avait déjà passé ici sept ans et qu'auparavant il avait fait dix ans de camp. Pourtant, il raisonnait très sainement, très sensément, et je n'ai pas surpris en lui la moindre incohérence.

Un soir, avant le couvre-feu, j'étais si absorbé par la lecture de mes livres anglais que j'en avais complètement oublié l'hôpital, les malades, etc. Mais une discussion bruyante, presque une querelle, me ramena à la réalité. Mon Letton, agitant ses bras comme l'oiseau bat des ailes, parlait à haute et intelligible voix :

« Vous ne comprenez pas, il y a vraiment un problème. En Lettonie maintenant, les Lettons représentent moins de la moitié de la population. Plus de l'autre moitié vient de Russie. Des enfants naissent de ces mariages mixtes, et ils ne savent même pas qui ils sont. Nous oublions notre langue, notre culture. Nous sommes un peuple en voie de disparition. Bientôt, il ne restera plus du tout de Lettons... Je vous prie de fermer la fenêtre. Il ne faut surtout pas que je prenne froid... »

J'ai cru le voir soudain déployer ses ailes et s'envoler dans le ciel nocturne pour rejoindre ses bernaches au plumage rouge, ses tigres de l'Oussouri et ses hérons gris.

Il arrivait aussi que, dans toute une cellule, il n'y eût personne avec qui l'on puisse non pas parler à cœur ouvert, mais tout bêtement jouer aux dominos. Alors on ne sait plus soi-même qui est fou, d'eux ou de vous. Même les garçons d'étage commencent à vous apparaître comme des anges. Et on se souvenait, sans avoir envie de rire, du pauvre Sing qui avait cru sérieusement à sa folie.

Qui sait où se situe la limite ? Qui me préviendra que CELA a déjà commencé ? Je continuerai à me réveiller, au petit matin, dans la grisaille de Leningrad, à arpenter ma cellule, à écouter hurler pendant des heures le fou à la voix enrouée de la cellule d'en face, je continuerai à sortir dans la cour, une fois par jour, avec le cortège des déments en guenilles et à déambuler le long de la clôture... Qu'y aura-t-il de changé ? Les couleurs, les sons, les odeurs ? La clôture sera-t-elle plus blanche, le ciel plus lourd ? Mais peut-être que tout a déjà changé. Peut-être que c'est moi qui hurle d'une voix enrouée, peut-être ai-je seulement l'impression que le son vient de la cellule d'en face ? Je suis assis sur mon lit, je me balance et je crie en me prenant la tête dans les mains... Tout ce que nous faisons nous paraît toujours logique, justifié. Alors, comment savoir ? A qui demander ?

Essayant de me retrancher de tout, je me suis concentré sur mes livres anglais. Toute la journée, du lever jusqu'au couvre-feu, je me frayais un chemin à travers des débris de phrases de Dickens ou de Cooper, j'essayais de ne pas regarder à côté, de ne rien écouter et de vivre de la vie imaginaire du héros du roman. Et un mois plus tard, je m'aperçus avec effroi que je m'étais mis à penser en anglais. J'avais même de la peine à parler russe et, quand ma mère est venue à la visite, je me suis pris à traduire les réponses que je lui faisais de l'anglais en russe. Ça y est, ça commence ! me dis-je, terrifié... Je crois que ce que chacun de nous redoutait le plus, c'est qu'au moment de sa libération, si libération il y avait, tout ne lui soit devenu étranger, de ne plus pouvoir faire la différence entre la liberté et son contraire.

Il y eut un temps avec nous, dans une cellule, un ancien interprète de l'*Intourist* qui portait le triste nom de *Karaoulov* (qui évoque à la fois les appels au secours et les arrêts de rigueur). Apparemment, il était tout à fait équilibré et, si on ne le connaissait pas, on pouvait le prendre pour un homme bien portant. Mais il avait une marotte : il avait peur qu'on ne le mange. Considérait-il que sa chair était particulièrement appétissante ou avait-il quelque autre raison, je ne sais. Toujours est-il qu'il suffisait de le regarder fixement pour qu'il commence à s'agiter, l'œil inquiet, et tente de se rapprocher le plus près possible de la porte. Et, naturellement, on se gaussait de lui autant qu'on le pouvait. Vers le soir, un détenu lançait d'une voix tonitruante à ses amis, qui se tenaient à l'autre bout de la cellule :

« Les gars, auriez-vous un peu de sel ?

— Y en a un peu, mais qu'est-ce que tu veux en faire ? », lui répondait-on avec empressement.

Karaoulov était littéralement figé de peur, ses yeux affolés roulaient de tous côtés, cherchant désespérément une issue.

« Et un couteau, vous en avez un ? », reprenaient ces tortionnaires insatiables.

Alors, Karaoulov n'y tenait plus, bondissait de sa place et hagard, criant comme une bête traquée, il se jetait sur la porte pour appeler au secours les garçons d'étage. Il a séjourné trois ans ici et il semble qu'à la fin il se soit guéri. On lui a donné son *exeat*. Bien des années plus tard, je l'ai rencontré par hasard, rue Gorki, à Moscou. Il paraissait tout à fait normal, mais j'étais curieux de savoir s'il se souvenait de sa phobie. Après quelques minutes de conversation, je lui ai demandé abruptement :

« Eh bien, Karaoulov, tu n'as pas peur qu'on te bouffe ? »

Aussitôt, l'œil fureteur et inquiet, il regarda tout autour de lui.

« Quoi ? Même ici, en plein Moscou ? fis-je, étonné.

— Sait-on jamais... », marmonna-t-il.

Et il se perdit dans la foule.

Il m'est arrivé de rencontrer des êtres téméraires, prêts à risquer leur vie pour une bêtise, mais je ne connais pas un seul homme qui eût accepté de risquer sa raison. Je crois que tous eussent préféré la mort. Il faut donc discerner les premières atteintes de la folie pendant qu'on peut encore se contrôler, pour mettre à temps le point final... Ensuite, il sera trop tard, tout vous sera devenu indifférent.

Ils comprenaient parfaitement que nous gardions tous en réserve une échappatoire, une porte de sortie, c'est pourquoi l'on ne pouvait trouver dans les promenoirs aucun morceau de verre ou de fer. Les allumettes n'étaient même pas autorisées, de crainte que nous ne nous immolions par le feu. Il fallait étendre notre serviette, la nuit, sur le montant du lit, de façon qu'on puisse la voir par le judas. Il était interdit de dormir la tête recouverte. On devait avoir les mains toute la nuit sur la couverture. Les garçons, qui étaient de garde, regardaient sans cesse dans la cellule. Mais il y avait un *moyen* qu'ils ne connaissaient pas, un *moyen* que l'on s'indiquait les uns aux autres, à voix basse.

Fuir, c'était pure folie, on nous surveillait de trop près et j'avais tout fait pour l'en dissuader. Les garçons, les surveillants, les infirmières, les médecins, tous nous observaient, et s'épiaient les uns les autres. Mais il avait été impossible de l'arrêter : on allait commencer son traitement le lendemain. Peu importait le résultat, il n'y avait pas d'autre issue. C'est alors que je lui ai parlé du *moyen*, pour le cas où on le reprendrait.

On dit qu'il a raté son coup quand il a sauté du haut de la clôture : il comptait tomber sur un camion chargé de planches qui passait par là, mais il a manqué sa cible. Nous avons seulement entendu retentir trois coups de feu, ou bien le gardien n'a pas visé juste ou bien il a tiré en l'air. Et les surveillants ont accouru et se sont mis à nous compter, cellule par cellule.

On l'a enfermé dans le premier bâtiment. On l'a longtemps battu, on lui a fait un *enveloppement*, puis des piqûres de soufre, pendant tout un mois. Ce n'est que deux mois plus tard que je suis tombé sur lui par hasard, quand on me menait à la visite, et j'ai eu du mal à le reconnaître : c'était maintenant un vieillard décharné. Il était devenu tout jaune et ses yeux, enfoncés dans la tête, brillaient d'un éclat fiévreux. Je suis passé près de lui et il ne m'a pas remis. Il ne se souvenait certainement pas de ce dont nous avions parlé.

L'homme s'habitue à tout et, peu à peu, sa peau se transforme en un cuir épais, insensible. Il faut apprendre à ne rien voir autour de soi, à ne pas penser à sa maison, à ne pas attendre la liberté. Il faut faire en sorte que cette vie se déroule à côté de vous, parallèlement, comme si elle ne vous concernait pas. Tout ce qui se passe devient alors irréel comme un spectacle, et s'oublie aussitôt. J'étais arrivé peu à peu à cette indifférence. Il n'y avait qu'une seule chose à laquelle je ne pouvais m'habituer : le soir, on entendait distinctement les pneus des trolleybus de Leningrad crisser sur l'asphalte, là-bas, de l'autre côté de la clôture, et ce son m'électrisait littéralement : autour de moi, tout redevenait précis et réel, douloureusement réel. Non, il n'est pas vrai que toute vie vaille mieux que la mort !

Je n'ai pas été obligé de recourir au *moyen*, car j'ai tout simplement eu de la chance, on ne m'a pas fait une seule piqûre, on ne m'a pas donné un seul comprimé. On m'a rapidement transféré dans le service le meilleur, au 10. Les cellules restaient ouvertes toute la journée et nous pouvions nous promener dans le couloir. C'était le seul service où les garçons d'étage ne faisaient pas régner la terreur. Le lieutenant-colonel Kalinine le dirigeait et ce vieillard de près de quatre-vingts ans ne croyait pas à l'agressivité immotivée des malades.

« Je suis psychiatre depuis cinquante ans, disait-il aux garçons d'étage qui essayaient de lui faire accroire que le malade s'était « excité » et s'était jeté sur eux, mais pas une seule fois, je n'ai vu un malade attaquer. Vous avez dû lui faire quelque chose. »

Et il avait tout à fait raison, moi non plus, je n'ai jamais vu un malade se lancer sur quelqu'un sans avoir un motif. Mais lequel ? Ce n'était pas toujours facile à deviner. Un jour, j'ai échappé de justesse à un solide gaillard qui s'était rué sur moi quand je passais près de son lit. La raison en était qu'il considérait comme son territoire toute la partie du plancher qui entourait sa couche et qu'il était prêt à abattre quiconque y pénétrerait. Il est important de saisir d'emblée quelles sont les lubies de ses voisins. Ensuite, on peut vivre en sécurité. Mais l'essentiel, c'est de ne jamais avoir peur d'eux. A l'instar des fauves, ils sentent la peur ou l'hostilité qu'ils inspirent.

Léonide Alexeïévitch Kalinine était un personnage légendaire. Il ne reconnaissait pas du tout l'École psychiatrique de Moscou et il faisait de tous les schizophrènes qu'on lui envoyait des psychopathes, des alcooliques ou des « paludéens ».

« Dites-moi, vous n'auriez pas été piqué par des moustiques ? », demandait-il d'une voix sénile et insinuante à un quelconque sexagénaire.

Celui-ci, après s'être gratté la nuque, était bien obligé d'avouer que cela avait dû arriver. Et cet aveu lui suffisait pour diagnostiquer chez le patient les séquelles pathologiques du paludisme.

« Vous buvez de la vodka ? demandait-il d'un air suave à un robuste assassin.

— J'en consomme, répondait l'homme, légèrement embarrassé.

— Et beaucoup ? »

Comme lui-même n'avait jamais bu ni fumé de toute sa vie, il considérait que tout le mal sur terre venait de la vodka et du tabac.

« Il m'est arrivé de boire un rien, aux fêtes ou le jour de la paie. »

Notre coupeur de têtes ne tenait plus en place.

« Et vous rebuviez un coup pour faire passer la gueule de bois ? demandait Kalinine avec compassion.

— C'est arrivé. »

Qui ne boit pas de nos jours et qui n'a pas la gueule de bois ?

La dénégation paraissait absurde et invraisemblable, et c'est ainsi qu'ils se retrouvaient tous transformés, par les soins du bon docteur, en alcooliques.

N'ayant que trop entendu parler de ses lubies, je lui ai déclaré, dès notre premier entretien, en le regardant effrontément dans les yeux que je n'avais jamais vu un moustique de ma vie, étant donné qu'il n'y en a pas dans la capitale de notre patrie. Quant à l'alcool, bien entendu, je n'en consommais pas. Même la bière, je la dédaignais.

« Peut-être êtes-vous allé à la campagne ? Quelque part ? reprenait l'inlassable Kalinine. Avec des camarades, en excursion ? Vous savez, on peut ne pas les remarquer, les moustiques... »

Il sentait que je lui échappais irrémédiablement. Mais je fus implacable. Même les excursions, je les ai niées. Que n'avait-il vu les nuées de moustiques nous assiéger en Sibérie ! Il m'observa pendant un mois environ, mais j'étais déjà assez averti ; j'entretenais les relations les plus amicales avec les infirmières et les garçons d'étage, je jouais aux échecs, le soir, avec l'infirmier, je faisais des grâces à l'infirmière-major et j'offrais des cigarettes à tous les surveillants. Les appréciations sur moi, qui figuraient dans le cahier des observations, devaient ressembler plutôt à une recommandation d'admission au Parti qu'à un rapport sur la conduite d'un malade mental car, au bout d'un mois, il me convoqua de nouveau :

« Il me semble qu'on vous a envoyé chez nous par erreur. Je ne vous trouve aucune maladie. »

Je l'assurai que ce point de vue avait toujours été le mien mais que, je ne sais trop pourquoi, on ne m'avait pas cru et que je serais trop content s'il dissipait ce malentendu. Nous nous sommes quittés, fort satisfaits l'un de l'autre. Mais j'avais tort de me réjouir car ce vieil âne, ne me trouvant pas de maladie, s'imagina que j'étais un simulateur. Il s'adressa, le plus sérieusement du monde, à l'administration, en la priant d'annuler tous les diagnostics me concernant et de me renvoyer à l'instruction, chez nos artistes qui n'étaient pas arrivés à brosser leur tableau... Il comptait que sa découverte leur ferait plaisir. On imagine aisément quel élan il donnait ainsi à l'inspiration créatrice de mes peintres à l'uniforme bleu.

Quant à moi, je risquais de m'éterniser entre Moscou et Leningrad. La lutte entre les écoles de psychiatrie des deux capitales atteignait alors son paroxysme. Leningrad ne reconnaissait ni l'autorité de Snejnevski ni sa schizophrénie larvée. Et, comme par un fait exprès, l'Institut Serbski avait posé deux diagnostics sur mon cas : évolution psychopathique de la personnalité et schizophrénie larvée. J'étais devenu, bien malgré moi, l'objet de leur querelle scientifique et, tant que celle-ci durerait, je devais rester enfermé.

Je ne crois pas que Snejnevski ait créé sa théorie de la schizophrénie larvée spécialement pour les besoins du K.G.B., mais elle répondait extraordinairement bien aux nécessités du communisme khrouchtchévien. Selon cette théorie, cette affection socialement dangereuse pouvait évoluer avec une extrême lenteur, sans se manifester en aucune façon et sans affaiblir l'intellect du malade, et seuls Snejnevski et ses élèves étaient capables de la diagnostiquer. Naturellement, le K.G.B. essayait de faire en sorte que les disciples du maître figurent le plus souvent possible au nombre des experts commis aux affaires politiques et, progressivement, vers les années 70, Snejnevski avait pratiquement assujetti toute la psychiatrie soviétique. Mais, en 1964, on le considérait, à Leningrad, comme un simple charlatan, et tous ses « schizophrènes », lorsqu'ils arrivaient de Moscou, étaient instantanément guéris !...

Traditionnellement, quand un diagnostic était contesté, une décision ne pouvait être prise qu'après un débat scientifique de toutes les parties intéressées, et personne ne savait combien de temps cela durerait.

Naturellement, au service 10, il y avait surtout des politiques, à peu près 35 à 40 personnes sur 55. La plus grande partie d'entre eux étaient des « fuyards », des gars qui avaient tenté de s'échapper de l'U.R.S.S. Et on peut dire qu'ils auront usé de tous les moyens pour sortir de leur patrie bien-aimée : traversées à la nage ou dans des canots pneumatiques ou en scaphandres, sous l'eau ; vols en hélicoptères, en planeurs et en fusées de leur façon ; franchissement de la frontière à pied, au fond des cales des bateaux ou encore sous des wagons de marchandises ! On ne saurait imaginer aucun moyen qu'ils n'aient déjà expérimenté.

Et tous, cela va de soi, étaient « irresponsables » car quel être normal voudrait fuir maintenant, alors qu'enfin, après toutes ces erreurs, les contours du communisme ont commencé de se dessiner ? Quelques-uns étaient parvenus à franchir la frontière sans encombre, mais ils avaient été extradés, l'un, par les Finnois ; l'autre, par les Polonais ; un troisième, par les Roumains. J'avais comme voisin de lit un gaillard, nommé la Houppe, un vieux truand qui avait passé la moitié de sa vie dans les camps. A toutes les questions que lui posait le juge d'instruction sur les raisons qui l'avaient poussé à fuir son pays, il répondait :

« Quelle différence cela fait-il pour vous, citoyen-chef ? Je suis mauvais, vous savez bien, je suis un criminel, un récidiviste. Pourquoi me gardez-vous ? Pourquoi ne me relâchez-vous pas ? Ici, je dépare notre belle vie, je fais tache. A quoi est-ce que je vous sers ? Laissez donc ces sales capitalistes en découdre avec moi ! »

Bien entendu, on ne pouvait le guérir d'un délire aussi dangereux que par la force.

Les gens qui avaient essayé de pénétrer dans une ambassade constituaient un autre groupe fort nombreux. Le Soviétique moyen a la naïveté de croire que, de n'importe quelle ambassade, on peut le faire passer à l'étranger secrètement. Le tout est d'y entrer. Leur cas était encore plus compliqué car, enfin, il n'existe aucune loi qui interdise d'entrer dans une ambassade ! Alors, comment les juger ?

Un Letton, du nom de Pintan, avait fui son pays, bien des années auparavant, lors de l'invasion des troupes soviétiques. Il avait vécu tout ce temps en Australie où il travaillait comme débardeur et élevait une famille. Enfin, des bruits sur le « dégel khrouchtchévien » parvinrent jusqu'en ces terres lointaines, et il eut grande envie de retourner chez lui pour voir un peu comment ses compatriotes vivaient au pays. Il est donc arrivé avec toute sa famille. On les a laissé entrer de bonne grâce. Mais lorsque, n'ayant vu aucun dégel, il décida de rentrer en Australie, il apprit que tout retour était impossible : le cas n'était pas prévu. Il ne s'était pas soucié d'obtenir, en son temps, la nationalité australienne. Il vivait là-bas en tant que citoyen letton et il avait conservé son vieux passeport, personne en Australie ne se préoccupant de savoir quelle sorte de papiers vous avez. Mais ici, il en allait tout différemment : l'Union soviétique ne reconnaît pas de Lettonie indépendante. Et l'on a expliqué au citoyen Pintan que, toutes ces dernières années, il avait été sujet soviétique, sans le savoir lui-même. Pintan ne put se faire à cette idée pourtant si simple : il fit du tapage, il essaya de s'introduire dans sa chère ambassade australienne, et voilà pourquoi on le soignait maintenant à l'aminasine.

Un très jeune garçon, Vorobiov, avait trouvé le moyen d'entrer à l'ambassade des États-Unis, en se maquillant en nègre. Il y était resté deux heures. On lui avait expliqué, selon l'usage, qu'il n'y avait pas de passage souterrain reliant directement l'ambassade à l'autre côté du globe terrestre. Pour sortir du pays, il fallait la permission des autorités soviétiques. Et il dut s'en retourner. Alors, comme par un fait exprès, il avait plu, et notre nègre s'était mis aussitôt à déteindre sous les yeux des agents de police. Tout son bronzage ruisselait. Ce phénomène naturel intéressa vivement les quelques civils qui faisaient nonchalamment les cent pas devant l'entrée de l'ambassade, et ils l'envoyèrent aussitôt se faire examiner chez les médecins. La psychiatrie soviétique légale conclut, à juste titre, que seul un fou pouvait vouloir, de son plein gré, se transformer de Blanc en Noir, puis demander à aller chez les Américains qui, comme chacun le sait par les journaux, lynchent leurs propres nègres ! Et maintenant, on s'employait à détruire en lui ces caprices raciaux et, ma foi, il se rétablissait rapidement.

Que d'originaux n'ai-je point rencontrés ici ! Un communiste français, d'origine roumaine, Nicolas Guéorguiévitch Prissacarou, ne pouvait plus supporter le poids des chaînes du capitalisme. Il étouffait à Marseille, sa ville natale : en France, depuis l'époque de la prise de la Bastille, il ne restait plus ni égalité ni fraternité. Et il n'avait plus dans la vie qu'un seul rêve, un seul espoir, l'Union soviétique. Et c'est ainsi qu'il était venu chez nous.

Il trouva du travail en Moldavie, dans une fabrique de chaussures — c'était sa spécialité — et il fut très étonné de voir que son salaire ne lui permettait pas d'acheter même une paire de ces chaussures qu'il faisait. Il était en présence d'un « défaut occasionnel manifeste » qu'il fallait corriger, en complète conformité avec la seule doctrine vraie. Il réunit les ouvriers et tenta de leur expliquer les tâches actuelles du prolétariat et leur proposa de faire la grève.

« Je suis sûr que le Comité central de *notre* parti nous soutiendra ! C'est dans l'intérêt des ouvriers », disait-il pour persuader ses auditeurs maussades.

Et sans doute ont-ils compris qu'il s'agissait du Parti communiste français, autrement je ne pourrais m'expliquer qu'ils aient accepté de faire la grève.

Quelques jours plus tard, les représentants de l'avant-garde des travailleurs — habillés en civil — l'emmenaient à l'expertise : même les communistes français ne sont pas assurés contre la maladie mentale ! A l'hôpital spécial de Leningrad, il se conduisait modestement, il avalait mélancoliquement l'aminasine et supportait patiemment les moqueries de tous. Au début, il avait essayé d'expliquer dans son drôle de charabia que chez nous, en Union soviétique, le communisme n'était pas tout à fait « correct » : ce n'était pas le même qu'en France. Quant à son échec personnel, il l'attribuait aux intrigues du Vatican. Mais son vocabulaire était par trop pauvre. Il ne connaissait vraiment en russe que les trois mots qui signifient « le gruau » (il prononçait *kacha*, à la française, en accentuant la dernière syllabe), « à moi » et « j'aime ». Et quand nos distributeurs de nourriture raclaient dans le fond de la marmite, en criant : « A qui, la kacha ? Il en reste la moitié d'une écuelle ! », il bondissait de sa place et s'élançait plus vite que les autres vers l'embrasure : « Kacha, à moi, j'aime ! »

En dehors des fuyards et de ceux qui avaient essayé de pénétrer dans les ambassades, il y avait encore ici une dizaine d'hommes qui avaient été arrêtés pour « propagande antisoviétique » (c'est-à-dire pour avoir raconté des anecdotes, diffusé de la littérature et des tracts), et quelques personnes accusées d'« espionnage » pour avoir été en relation avec des étrangers. C'est ainsi que se trouvait parmi nous Michel Alexandrovitch Naritsa, le premier écrivain à avoir transmis son manuscrit à l'étranger, pour publication. Par la suite, c'est devenu, comme on sait, une maladie mentale fort répandue en U.R.S.S., mais alors, c'était encore une nouveauté et nous le regardions avec envie : lui, du moins, il était là pour quelque chose.

Le matin, on allait dans les ateliers et, bien que formellement le travail ne fût pas obligatoire, le désir d'exercer une activité était considéré comme un symptôme de guérison. La plupart travaillaient à l'atelier de confection, et cinq d'entre nous à la reliure, où je m'étais casé, moi aussi. Je n'avais pas besoin de faire la preuve de ma guérison : même sans cela, j'étais considéré comme bien portant, mais j'allais là parce qu'on y donnait à réparer les traités de psychiatrie et qu'on pouvait les lire en cachette. En outre, c'est par ces ateliers que se faisait la liaison avec les autres bâtiments où se trouvaient encore beaucoup des nôtres.

Avant le déjeuner, il y avait une heure de promenade, puis on travaillait de nouveau. Au fond, nous vivions principalement dans l'attente de la Commission centrale. Elle venait de Moscou à peu près tous les huit mois et nos espoirs reposaient sur elle.

Les anecdotes sur les maisons de fous commencent, on le sait, par l'arrivée de la commission. Et, de fait, notre commission était vraiment « anecdotique ». Elle travaillait seulement deux ou trois jours et, durant ce temps, elle devait examiner un millier de malades, consacrant à chacun une minute et demie, deux minutes tout au plus. Elle nous posait deux questions stéréotypées : « Quelle attitude avez-vous envers votre maladie et envers votre *affaire* ? (C'est-à-dire : faites-vous la *critique* ?) et : « Qu'avez-vous l'intention de faire après votre libération ? » Il lui était impossible, dans ces conditions, de connaître exactement l'état d'un patient et elle donnait l'*exeat* tout simplement à ceux que l'hôpital avait recommandés.

Une écrasante majorité de *politmentaux* et autres *politicopathes* faisaient cette fameuse critique avec empressement. Il était absurde de s'obstiner, nous avions tous, sous les yeux, l'exemple de Samsonov. On raisonnait à peu près ainsi : il vaut mieux que je sorte et que je fasse encore quelque chose, au risque d'être arrêté de nouveau, plutôt que de passer toute ma vie inutilement dans une maison d'idiots. Et puis, devant qui pouvions-nous défendre des principes ? Devant les psychiatres ? On n'y gagnait que des piqûres de sulfasine. Et, au bout de quelques années, on expédiait les plus obstinés à Sytchevka, en tant que malades chroniques, incurables. Et personne, à l'époque, n'en était jamais ressorti vivant.

Jouer ainsi le repentir, admettre qu'on était malade, semblait à tous si justifié, si judicieux, que personne ne songeait à en rougir, ni à s'en cacher devant ses compagnons de cellule. Revenant de la commission, on prenait plaisir à tout raconter, avec force détails ; on rejouait même la scène. Un enragé de l'évasion écrivit des vers pour le président de la commission, le Pr Taroubarov, et les lui remit à la séance :

Taroubarov bien-aimé,
Renvoie-moi dans mes foyers
A l'ambassade ne mettrai le pied
Ni le deuxième à l'étranger.
Taroubarov bien-aimé
Renvoie-moi dans mes foyers !

Pour les psychiatres, c'était encore trop peu que ce repentir purement formel ; il leur fallait la certitude. C'est pourquoi, quelque cinq mois avant que se réunisse la commission, ceux pour qui approchait le temps d'être rayés des contrôles se voyaient soumis à des provocations. Infirmières, surveillants, médecins commençaient à leur chercher noise, s'efforçaient de les faire sortir de leurs gonds, de les vexer, et si le malade ne se contenait pas, s'il réagissait comme n'importe quel être humain normal, on consignait sur-le-champ dans son dossier que « son état s'était modifié » et qu'il n'était absolument pas question pour lui d'être porté sortant à la prochaine commission.

Les politiques n'étaient pas les seuls visés par ces provocations ; c'était pratique courante. Le médecin qui proposait de remettre un malade en liberté prenait par le fait même une responsabilité et si ce malade, remis en liberté, faisait une rechute, on demandait des comptes au médecin. Tout naturellement celui-ci voulait s'assurer que son protégé, mis dans une situation proche de la normale — entendez : chargée d'agressivité — ne répéterait pas ses agissements passés. Mettons, par exemple, que le garçon d'étage vous ait flanqué une gifle ou enlevé votre pitance, là-dessus, vous vous êtes « excité ». Qu'est-ce qui garantit que vous ne rechuterez pas ? Là-bas, en liberté, dans la vie de tous les jours, c'est encore bien autre chose qui vous attend. Si vous n'avez pas atteint le niveau de soumission requis, si vous n'arrivez pas à maîtriser vos réactions, alors il vaut mieux, pour le moment, que vous restiez encore ici, derrière les murs. Vous n'êtes pas encore bon pour vivre au milieu des Soviétiques normaux.

Force était de se tenir toujours sur le qui-vive, tendu ; ne jamais se permettre de se laisser aller, fût-ce une seconde, et contrôler chacun de ses gestes. Et il ne fallait jamais ajouter foi à un seul mot des médecins ou des infirmières.

Les malades n'avaient pas le droit de connaître les résultats de la commission. Aux sortants, c'est généralement entre quatre yeux que le médecin faisait entendre qu'ils étaient rayés des contrôles. Et on exploitait encore la chose pour des provocations. A l'issue de la commission on faisait savoir au malade, sous le sceau du secret, qu'il était pour ainsi dire porté sortant et que d'ici deux, trois mois, après le jugement, il serait libéré. Le jugement était une simple formalité, vu qu'en règle générale, il ne récusait pas les décisions de la commission. C'est alors que se faisaient jour, chez l'intéressé, tous les penchants qu'il avait camouflés jusqu'à la commission, et c'est alors qu'on l'avait à l'œil, qu'on le provoquait, qu'on lui cherchait querelle. Lui se voyait déjà un pied au large ; l'affaire passait au tribunal et les médecins ne pouvaient pas le retenir. Il y avait de ces cas ! On allait jusqu'à vous conduire au poste, apparemment on allait vous libérer pour de bon. Le type faisait ses adieux à la ronde, rassemblait ses affaires et s'en allait, pleinement convaincu qu'il partait pour le large. Mais en chemin, dans ces cinquante derniers mètres, l'infirmière tente tout pour le provoquer, pour l'amener à la franchise et là, juste devant le portail, on le fait revenir sur ses pas. Effectivement, il arrivait que les gens devinssent fous devant pareilles provocations.

Je n'eus pas à me repentir ni à craindre un tour de cochon. M'ayant déclaré simulateur, Kalinine exigeait que l'affaire fût renvoyée à l'instruction. Le K.G.B. prit la frousse et, à la commission, il se créa une situation absolument inepte. Les membres de la commission démontraient que j'étais déjà malade auparavant ; quant à Kalinine, c'est tout juste s'il ne les accusait pas de soustraire un criminel au juste châtiment. Et plus normalement je me comportais, plus je donnais à la commission de preuves de ma « maladie ». Faire ma critique, me repentir n'eussent fait au contraire que renforcer les positions de Kalinine. Il perdit la partie et je fus porté sortant avec le diagnostic de « psychopathie de type paranoïaque au stade compensatoire ».

Quel truc bizarre que la vie : je lui aurais fait des aveux sur le compte des moustiques, que je restais planté trois ans, pendant qu'il ergotait sur mon diagnostic et me faisait attraper le paludisme. Le rôle décisif, c'est bien entendu le K.G.B. qui le joua. Dans notre division il y avait encore un détenu que les moustiques n'avaient pas piqué ; un vulgaire assassin du nom de Lavrov. Était-il effectivement malade au moment du meurtre ou simulait-il, Dieu le sait ; allez donc voir, passé trois ans ! Toujours est-il que notre bon pépé Kalinine le déclara simulateur. Pour Lavrov, cela signifiait neuf grammes de plomb. Que ne fit-il pas ! Il essayait de se couper les veines avec les dents, il se jetait sur les garçons d'étage, il mangeait même ses déjections : nul succès. Kalinine lui disait invariablement, de sa petite voix bien calme :

« Écoutez, Lavrov, vous mangez vos excréments, mais vous perdez votre temps ; de toute façon, je vous déclarerai sain d'esprit... »

C'est ainsi qu'il envoya le gaillard au poteau.

On peut aisément s'imaginer le désappointement et la rancœur de Kalinine quand il se vit impuissant à me « démasquer ». De toute évidence, il considérait sérieusement la conduite de ses collègues comme un complot contre le pouvoir ; porté par la force d'inertie, il vivait encore en ces temps où les maisons de fous permettaient de sauver les détenus politiques de la balle dans la nuque ou du camp d'extermination, et où le devoir d'un patriote était de faire tomber les masques. Plus tard, des amis psychiatres me racontèrent que, dans les années 30, Kalinine était un délateur notoire ; mais voilà, il n'avait pas senti tourner le vent, il n'avait pas saisi les objectifs de la psychiatrie au stade avancé de la construction du communisme... et bientôt on l'avait expédié à la retraite.

Le 26 février 1965, je fus porté sortant et confié à la tutelle de ma mère, en tant que paranoïaque ayant achevé sa cure. Je n'avais pas lieu de craindre de provocations et j'allais vers le portail, gai et insouciant. Je fis mes adieux aux gars, je ne tenais plus en place : à deux pas, c'était la liberté. Plus de garçons d'étage, ni de piqûres, ni de barreaux — vive la vie, vive la joie ! En guise d'adieu, un gars me dit :

« Et voilà, tu vas passer le portail et tu oublieras tout, tu n'écriras même pas. C'est toujours comme ça que ça se passe. Quand ils partent, ils vous promettent tous monts et merveilles et après... si seulement ils envoyaient une carte !

— Que veux-tu ? enchaîna un autre : c'est tout de suite le boulot, les études. Après ça, tu te maries, point final. On se rencontrera dans la rue, on ne se reconnaîtra pas... »

Au fond, peut-être cela se passe-t-il ainsi pour tel ou tel ; peut-être bien... Moi, en tout cas, même après dix ans, je me rappelle notre *moyen*, auquel nous n'eûmes pas, en fait, à recourir, et je me rappelle aussi le crissement des pneus du trolleybus s'éloignant dans la nuit de Leningrad.

5

PEUT-IL exister une nostalgie de l'asile, un spleen de la prison ? Hier encore, suffocant dans l'atmosphère de folie qui imprègne tout, tel le bitume sur le pont d'un navire, vous ne rêviez que d'une chose : Seigneur, rien que cela, en sortir ! Vous en faut-il donc tant ! Pourquoi êtes-vous éternellement insatisfait, cherchez-vous éternellement quelque chose de meilleur et empoisonnez-vous ces moments de joie, simples et sans prix, qui sont toujours à portée de la main, il suffit de vouloir... A quoi bon les richesses, les palais luxueux et la course éternelle aux plaisirs, quand un simple craquelin, acheté à la gare pour une pièce de cinq kopecks et que vous mastiquerez sans hâte, en allant par les rues, est plus précieux que tout au monde.

Grisé par le tohu-bohu de la rue, la profusion de visages humains normaux et de vêtements colorés, vous allez vous installer dans le tramway et descendre le boulevard à grand fracas. Pas besoin de jeter un coup d'œil méfiant sur les gens, ni de vous contracter intérieurement quand on vous pose une question. Et chaque nouveau carrefour, chaque rue nouvelle débordent de vie, comme chaque mot, de sens. Et à n'importe quelle station vous pouvez descendre, vous mêler à la foule, abasourdi par les couleurs et les sons. Vous pouvez même sauter en marche.

L'essentiel : ne rien vouloir, ne rien désirer, n'aspirer à rien. Alors le tiède crépuscule du soir, les lumières aux fenêtres et le frottement de milliers de pieds viendront à vous comme un présent inattendu. Et l'odeur des champs, le capiteux parfum de résine des conifères ou le murmure de l'eau... Traînez par les chemins poussiéreux traversant les hameaux désertés, dormez dans les meules et, réveillé par le froid du matin, repartez fouler les champs enveloppés de brume. Il faut simplement ne pas penser au lendemain, ne pas attendre ; alors, chaque rayon de soleil est une surprise, chaque matin une découverte.

Mais il suffit d'avoir franchi le seuil de la prison et tout s'envole au diable. Et le premier passant que vous apercevez, la clôture en bois malpropre, là en face, le tramway écaillé, les foules fiévreuses et les blocs de maisons gris et morts, tout cela n'est rien de plus qu'un décor et n'a absolument rien à voir avec vous.

Le mouvement, les visages, les couleurs, les sons éveillent une douleur insoutenable et tandis que le tramway grimpe la côte en grinçant, vous regardez sous vos pieds le plancher souillé et vous attendez. Si quelqu'un s'approche de vous d'un peu près, chaque fois il vous fait tressaillir de toutes vos entrailles — qu'il passe donc au plus vite. Ce monde bruyant ne supporte pas ceux qui restent en marge : il vous pousse, vous tire, vous contraint, exige, menace et vous rappelle à la raison.

Je ne vous ai rien demandé ! Laissez-moi en paix, laissez-moi un peu seul. Ne me remuez pas. J'ai envie de m'asseoir, tenez, ici, tout seul ; de regarder l'espace, sans rien voir. J'ai besoin d'aller m'enfouir quelque part, dans un trou où il fasse sombre et humide, parce qu'il faut que ma vieille peau se détache et qu'une nouvelle repousse. La vieille me fait mal. Plus bas, ne criez pas : en écho à vos cris tout ricane à l'intérieur. Écho sourd, comme dans un bâtiment vide, et nulle parole n'engendre en retour une pensée.

Mais ce monde, qu'il est gentil ! Quel féroce désir il porte en lui de vous sauver. Il prend le visage des amis et des proches, avec leur affairement empressé, leurs conseils et leur aide assommante. On vous trimballe par la peau du cou, d'un endroit à l'autre, comme fait la chienne avec ses chiots, et il ne vous reste plus qu'à sourir bêtement : il faut bien montrer de la gratitude. De quoi parler, avec eux ; que répondre, pour n'avoir pas l'air d'un parfait crétin... Ils sont tous devenus si intelligents ; ils attendent de vous des remarques lourdes de sens et vous, vous n'avez absolument rien à dire, c'est le vide. Nous ne sommes pas dans la même dimension, dans le même rythme. Je me sentais tellement à l'aise avec mes jeunes idiots tout simples. Pourquoi m'avoir éjecté par ici ? Je comprends à présent mon voisin de cellule. Il avait abattu sa femme, sa belle-mère, son beau-père et la voisine. Tournant la tête à droite et à gauche, il vit soudain le chat et il tira aussi sur lui. Pour qu'il ne le regarde pas d'un air interrogateur.

Qu'est-ce que j'ai à faire d'un craquelin : au diable ! Dès le premier jour je pris une cuite carabinée. Et, sortant la tête par la fenêtre du wagon, à la rencontre du vent, de l'odeur de brûlé et des poteaux qui surgissaient de la pénombre, je regardais vers l'avant la lueur d'incendie de Moscou qui s'approchait. Et je ne comprenais pas encore ce que j'allais faire, ni comment. Mais je le savais fermement, il n'y aurait plus de quartiers, ni de mon côté ni du leur. Dans cette guerre, il n'y avait plus de coups interdits.

Lentement, comme après une opération, lorsque l'anesthésie se dissipe, que revient l'usage des sens et, avec lui, une vague de douleur confuse et insupportable, et que cette douleur se mêle dans la conscience avec l'odeur des pansements, de l'iode, du phénol, avec les murs blancs de la chambre d'hôpital, ainsi la vie revenait à moi. Qui a dit : « Je pense, donc je suis » ? Mais non : j'ai mal, donc je vis !

De nouveau, j'allais errer par les ruelles moscovites, je conversais avec les maisons de l'Arbat ; mais ils n'étaient plus, les bons fantômes du siècle passé, avec leurs naïves tragédies. J'avais à présent mes fantômes à moi.

Mes pas vagabonds me menaient à notre vieille courée, où se dressaient encore les maisons avec l'inscription peinte en bleu : Maison A Démolir. Comme jadis, d'antiques mémères étaient assises au soleil, des enfants grouillaient dans la poussière, le linge séchait, exactement comme si rien ne s'était passé dans le monde tout ce temps-là. Comme jadis, un peu en hauteur, s'élevait le gris bâtiment de l'école. Mais même lui n'éveillait plus de souvenirs torturants, tous les spectres qui hantent la conscience étaient restés à Léfortovo.

De nouveau, nous nous promenions, ma grand-mère et moi, le long du fleuve, suivant les quais, traversant la place Rouge et jusqu'au Jardin Alexandre.

Qui soulèvera la Reine des Cloches
Et qui tournera le Roi des Canons ?
Quel est l'orgueilleux
Qui n'enlèvera son chapeau
Sur le seuil sacré du Kremlin ?

Personne n'ôtait son bonnet et les flots de la foule passaient, s'affairant, se bousculant — de vraies fourmis. Des fourmis au fond d'un gobelet. Pourquoi ? Vers quoi ?

Et moi, happé par leur sarabande, je courais, je jouais des coudes, je m'affairais, m'efforçant d'entrer dans leur rythme, dans leur sens, comme un copeau que l'eau emporte. Où donc, pourquoi ? J'avais l'impression, en croisant chaque passant, de retrouver une connaissance, un fantomatique rescapé DE LA-BAS ; échangeant silencieusement avec lui un bref regard d'intelligence, je me hâtais plus loin, vers l'embouchure de ce torrent, vers son aboutissement.

Oh ! ce monde. Si sérieux, si soucieux. Il est si lourd de secrètes significations que jamais je ne pourrai le comprendre ; plus jamais il ne me sera familier. Je hais son savoir-faire qui ne va nulle part. Je passe à travers lui, portant ma nostalgie, mais les hautes bâtisses modernes de verre et de béton se rient de moi dans leur suffisance :

« LES PREMIERS SUR LA LUNE CE SERONT LES COSMONAUTES SOVIÉTIQUES. »

Je cours comme une fourmi folle coupant les sentiers frayés par les autres. Je veux m'arracher de la ville, partir vers les bois, mais le lourd bâtiment gris de la gare me poursuit d'un cri :

« PISSE PAR TERRE ! »

Et jusqu'à la vieille maisonnette moscovite, débonnaire, toute fendillée par le temps — on la dirait couverte de rides — qui me regarde à travers les lunettes de ses fenêtres et m'interroge d'une petite voix furtive, tandis que je m'approche d'elle, tout confiant :

« VOUS N'AURIEZ PAS ÉTÉ PIQUÉ PAR DES MOUSTIQUES ? »

Il fut un temps où je voulais faire de la biologie. C'était passionnant de comprendre quel ressort poussait vers le haut la tigelle sortie de la graine, tournait les feuilles vers la lumière et coloriait les papillons. En cet instant, regardant les boulevards qui verdissaient, je me ressouvins d'un petit gars que je ne voyais qu'à la promenade ; il était dans une autre division. Je ne lui posais aucune question, je ne voulais pas savoir s'il était normal ou non, je ne connaissais même pas son nom. Et nous allions tout bonnement sans mot dire le long de la clôture. Il avait les yeux d'un outremer pénétrant : pas bleus, outremer. Une fois, d'un sourire énigmatique, il m'attira dans un coin où, par-dessous la clôture, de l'herbe s'était faufilée et là il me montra une fleur — sa fleur, qu'il cachait à tout le monde. Une fleur difforme, avec deux corolles poussant sur le même calice...

J'achète un craquelin pour cinq kopecks et lentement je le mâche ; mais je n'y trouve ni goût ni joie.

Quand j'étais las, j'allais faire un tour chez l'un ou l'autre de mes vieux amis — le plus souvent chez Iouri Titov. Nous nous connaissions depuis les temps du Phare et il était l'un des peintres pour lesquels j'avais organisé des expositions avant d'être arrêté. C'était le seul endroit, je pense, où je me sentais libre et je pouvais le regarder des heures durant peindre ses toiles. Était-ce la pièce, croulant sous les livres et les icônes et qui m'était familière jusqu'au moindre détail ; était-ce sa manière de parler sans hâte, ses gestes posés, l'odeur de la peinture, la pénombre ? Mais là seulement j'avais ce sentiment que le temps ne bouge pas. Pas besoin de courir après lui. Et puis les tableaux — des toiles immenses, avec un Dieu de braises, incandescent, la terre dévastée, consumée — exerçaient sur moi un effet apaisant. La plupart du temps nous nous taisions tout simplement. Mais quand la nuit venait, ayant copieusement bu, nous regardions dans le feu se tordre Dieu et noircir la terre morte.

On n'entendait derrière la fenêtre que le crissement

des pneus sur l'asphalte, les trolleybus qui s'éloignaient.

Comme pour me faire enrager, Moscou sentait les langes et l'on eût dit que toute la population mâle poussait sur le boulevard des voitures d'enfant. Mes amis s'étaient mariés les uns après les autres, s'étaient fournis d'enfants et avaient disparu. De loin en loin vous rencontrez quelqu'un, il fonce du travail à la maison, il ne lève pas les yeux du trottoir.

« Excuse, mon petit vieux, pas le temps. La femme, les gosses, le boulot... »

Il avait été un homme, mais c'était fini. Restait une unité humaine de reproduction qui n'avait même pas appris à marcher sur deux extrémités sans un appui supplémentaire en forme de poussette.

Une partie des copains du Phare, surtout grâce à Iouri Galanskov, continuait à faire des recueils de poèmes. Mais là encore, il n'y avait plus de vie — ce n'était plus de saison. Il y avait dans l'air quelque chose de neuf, de nouveaux fantômes s'installaient dans Moscou. De plus en plus souvent on se mettait à parler d'une réhabilitation de Staline et nos pires craintes menaçaient de se faire réalité. Peu après le limogeage de Khrouchtchev on commença à entendre parler de listes de personnes — deux mille ? cinq mille ? — qui devaient être l'objet d'une première vague de répression. On désignait ouvertement Chélépine comme candidat au rôle de Staline.

Vous parlez de faire des vers !

Telles des colonnes de blindés, des files de poussettes avec des bébés évoluaient à travers la ville. Leurs parents espéraient ne pas se retrouver parmi ces cinq mille. Noirs éclairs, des limousines fonçaient au Kremlin, mettre au point les listes.

D'où vient que les gens de Leningrad sont toujours à conspirer ? D'où leur vient cette psychose de la clandestinité ? A Moscou, comme dans un grand hôtel, vous trouvez toujours qui vous cherchez, on vous présente séance tenante ; il n'y a pas besoin de prier. Le monde s'entasse sans trêve dans les appartements, c'est un tel boucan qu'on n'entend pas sa propre voix. On siège encore passé minuit dans les cuisines moscovites et on discute, on discute sans arrêt. A Moscou on peut débarquer à toute une bande chez un ami à minuit et personne ne s'étonnera. Et si c'est avec une bouteille, on s'en fera même une fête. Et invariablement, sur le matin la dispute revient au sempiternel sujet : quand donc tout cela a-t-il commencé ? En 1914 ? En 1905 ? Ou bien est-ce avec les Décembristes que tout est parti de travers ? D'aucuns vont encore plus loin, ils rejettent la malédiction sur Pierre : c'est bien lui le criminel principal. Il a violé la malheureuse terre russe intouchée depuis ses origines et elle a accouché d'un avorton, pour notre malheur.

Un de ses méfaits est tout au moins visible, il a construit Pétersbourg, ville des complots. Il l'a construite dans de noirs desseins, un lendemain de cuite, ça se voit, et c'est pour cela que traîne éternellement par la ville le brouillard pétersbourgeois, qu'il infecte tout un chacun de la passion de conspirer. Les Pétersbourgeois restent chacun chez soi, ils thésaurisent les pensées secrètes et se lier avec quiconque leur fait l'effet d'une alliance illégale.

Débarquant à Piter[1] par la gare de Moscou un petit matin de l'été, je déambulais par ses avenues aveuglantes et désertes, j'admirais les façades luxueuses. Chaque maison est un grand seigneur, elle vous regarde de haut,

1. Désignation familière de Saint-Pétersbourg, en usage bien avant que la ville de Pierre fût rebaptisée Leningrad. (N.D.T.)

mi-dédaigneuse. Mais il suffit de pénétrer à l'intérieur, dans l'enfilade de ces cours — de ces puits ténébreux et humides — et l'on comprend : voilà où elle s'enracine, la psychose pétersbourgeoise du secret. Parler avec eux ? On ne le peut qu'entre quatre yeux, en chuchotant ; et jamais ils ne vous feront faire la connaissance de quiconque : « Mais qu'est-ce que vous croyez ? Je vis dans mon trou, je n'ai pas de relations... »

« P'tit-père », mon compagnon de cellule à l'hôpital spécial, éveillait le soupçon chez le Soviétique tout-venant dès le premier coup d'œil ; il ressemblait par trop à l'espion étranger des films soviétiques. De taille médiocre, replet, chauve, un regard méfiant derrière les verres épais de ses lunettes, c'était la copie conforme de l'agent de l'impérialisme mondial. Même les écoliers dans la rue s'arrêtaient et le suivaient fixement du regard : appeler la police ou quoi ? Il leur revenait instantanément à la mémoire le film où les pionniers vigilants avaient attrapé un espion américain.

Me frayant un chemin jusque chez lui à travers les cours de Piter et les escaliers noirs, je repérais immanquablement les regards alarmés des voisins : « Encore de la visite pour notre espion... »

Il vivait avec deux tantes antiques et bien qu'il eût près de cinquante ans, il ne pouvait se débarrasser de leur tutelle incessante.

« Boris chéri, tu n'as encore pas déjeuné comme il faut ce matin, disait l'une.

— Mets ton chandail chaud ; il fait froid aujourd'hui, reprenait l'autre.

— Ça va, la tante, ça va comme ça. C'est tout de même impossible, à la fin, nasillait P'tit-père. Je vous en prie, arrêtez, ça suffit. »

Et avec tout cela, c'était un conspirateur acharné ; il avait déjà fait trois séjours en hôpital spécial et il était si accoutumé à sa vie double qu'il complotait, aurait-on dit, contre lui-même. Chaque fois qu'il recouvrait la liberté, il se faisait invariablement réintégrer dans le parti, se casait dans le travail idéologique : il écrivait des articles pour la presse du Parti, donnait des cours, bref « il regagnait subrepticement la confiance », il « revêtait le masque ». Tombant je ne sais comment sur moi dans le tintamarre habituel d'un appartement moscovite, il fut pris d'une terreur indescriptible.

« Nous sommes flambés, me chuinta-t-il à l'oreille, ils nous ont tous couchés sur leurs tablettes. Il faut partir immédiatement. »

Et jamais plus je ne pus l'entraîner à Moscou.

Tous les détails sur les listes et sur la réhabilitation supposée de Staline, il les tenait déjà des sources du Parti et bien entendu ne restait pas les bras croisés. Il était lancé à toute vapeur dans un nouveau complot. Dans le brouillard de Leningrad vous ne trouverez pas d'amis ; mais des conjurés, toujours, soyez tranquille !

Rajeuni littéralement de vingt ans, il furetait à travers Leningrad : rencontres clandestines, contacts, pourparlers sans fin.

« Boris chéri, mets ta chapka ; aujourd'hui, il fait froid. Et ne rentre pas trop tard.

— C'est bon, la tante, ça suffit, arrêtez donc, à la fin », nasillait-il en fermant derrière lui la porte.

C'est ainsi, pour sûr, qu'ils s'en allaient dans le brouillard pétersbourgeois, au mois de mars 1881, emportant les petits paquets soigneusement enveloppés. Et, une heure plus tard, à hauteur du Jardin d'été, là où le carrosse du tsar tourne pour suivre la Moïka, on eût dit qu'un poing de fonte s'abattait sur la chaussée ; une flamme jaillit comme un éclair, une colonne s'éleva en tourbillonnant, les chevaux de la garde cosaque, blessés, se mirent à hennir... Que par la suite les balayeurs de cours, mis en fureur, aient rossé par toute la ville les étudiants suspects et que le nouveau tsar ait pris des mesures pour faire arrêter les fauteurs de trouble, là n'est pas l'important. Mais, à partir de cette heure, inexorablement, elle commençait à se balancer, l'écrasante bûche de notre histoire. Allez résoudre l'énigme, à présent ! Quand cela a-t-il débuté ? En 5, en 14 ou en 17... Et, de génération en génération, aveuglés par cette explosion, ils ont amorcé toujours de nouvelles bombes et de nouveau s'en sont allés dans les brumes pétersbourgeoises.

Bien sûr, c'est toujours si tentant, si simple et justifié : n'est-il pas équitable de rendre aux scélérats la monnaie de leur pièce ? Répondre à la terreur rouge par la terreur blanche, et à la blanche par la rouge. Voyez, ils nous torturent, ce sont des bêtes et non des hommes ! Pourquoi n'a-t-on pas le droit de les torturer ? Regardez, ils nous volent : qu'est-ce que nous attendons ? L'impunité ne fait que les stimuler, elle leur délie les mains. Et puisque le gouvernement, de toute façon, c'est la violence, pourquoi ne pas recourir à la violence au nom de la justice, et pour leur propre salut.

Au fond, peut-être, pour eux, qui s'en allaient avec leurs petits paquets soigneusement enveloppés vers le Jardin d'été, cela semblait-il incontestable. Pour moi je suis venu au monde en une année où l'humanité entière, qu'elle le voulût ou non, exterminait ses semblables pour cet enjeu : comment seront-ils sur la terre, les camps de concentration, rouges ou bruns ? Les gens n'avaient pas d'autre choix. Et tout portait à croire qu'on n'avait pas jusqu'à ce jour trouvé la solution ; à l'époque, précisément, les Américains commençaient à bombarder le Nord-Viet-nam.

Une seule chose était claire pour moi : ce n'est pas de l'extérieur que la libération vient à l'homme. Elle doit venir de l'intérieur ; et tant que la majorité d'entre nous ne se sera pas libérée de la psychose de la clandestinité, de la soif de justice, ils siégeront comme devant dans les cuisines, nos descendants, et ils disputeront : quand donc tout cela a-t-il commencé ? Exactement comme les fourmis sur le fond du gobelet.

Serge Pétrovitch Pissarev était absolument l'opposé du P'tit-père. Gamin de quatorze ans au plus fort de la première guerre mondiale, il s'enfuit de la maison combattre pour le tsar et la patrie. Il était déjà sur le front quand on l'attrapa et, pour qu'il ne s'échappât pas une nouvelle fois, on le convoya jusqu'à la maison en compagnie de prisonniers. En cours de route, à la prison de Rostov, il fit la connaissance de détenus bolcheviques et depuis lors, il fut communiste jusqu'à la moelle des os. Où n'a-t-il pas été détenu ! Pendant la guerre civile, s'attendant à être fusillé par le service de contre-espionnage de Denikine ; en 1937, à la prison Léfortovo ; en 1953, à l'hôpital spécial de Leningrad. Mais rien ne put ébranler sa foi communiste. Et, malgré tout cela, il combattait, se chamaillait sans relâche avec son pouvoir du prolétariat.

En 1935, quand on arrêta l'un de ses amis, il fit tout pour obtenir sa libération, il écrivit des protestations et recueillit même des signatures. Naturellement, en 1937, il se retrouva « ennemi du peuple ». On le tortura cruellement et à Léfortovo, dans le supplice dit de l'estrapade[1], on lui brisa la colonne vertébrale ; il ne signa rien.

Avec son épine dorsale brisée, on l'envoya crever, comme un chien, sur les planches de la prison des Boutyrki et on l'oublia là. Une année entière il resta gisant, impuissant à se mouvoir ; ses compagnons de cellule le faisaient manger et le portaient faire ses besoins. Et une année entière il rédigea des plaintes, menu menu, sur des lambeaux de papier de toilette. Pas sur son compte, sur celui de son camarade illégalement arrêté. Ses compagnons de cellule se contentaient de rire :

« A qui écris-tu ? Tes plaintes n'iront pas plus loin que le surveillant. Gâche pas le papier, on n'en a déjà pas de trop comme ça. »

Et au bout d'un an, en 1938, on le convoqua soudain. Où ? Aucune idée. A grand-peine ses surveillants le traînèrent jusqu'à un bureau. L'adjoint au procureur général ouvrit son dossier et demanda :

« C'est vous qui avez écrit ? (Et Pissarev vit alors tous ses lambeaux de papiers, soigneusement arrangés, numérotés.) Votre camarade, dit le procureur, était effectivement un honnête communiste, arrêté sans être coupable par une bande d'ennemis, des nuiseurs, qui s'étaient infiltrés parmi les Organes. Ils sont à présent démasqués et subiront leur châtiment. Malheureusement votre camarade n'a pas survécu jusqu'à ce jour, il est mort au cours de l'instruction. »

Voici ce qu'il en était : en l'espace d'un an, tout avait changé. Iejov avait été passé par les armes et, en même temps que lui, les gens de son entourage s'étaient révélés être, eux aussi, des ennemis du peuple. Béria fut désigné

1. Le patient est en réalité suspendu par les poignets liés derrière son dos. (N.D.T.)

comme nouveau chef du N.K.V.D.[1] et la torture fut suspendue.

Libéré d'une manière aussi miraculeuse, Pissarev se traîna illico au Comité central et entreprit de démontrer que tous les détenus qui partageaient sa cellule à la prison des Boutyrki n'étaient en rien coupables, mais qu'ils s'étaient chargés eux-mêmes sous la torture. Et il réussit à libérer malgré tout pas mal de gens. C'était alors ce « dégel de Béria », dont bien peu se souviennent.

Pendant la guerre, Pissarev fut commissaire politique au front. Par quel tour de force put-il faire la guerre, avec sa colonne vertébrale brisée, cela passe l'entendement ; on sait seulement de source authentique qu'il traîna sur son dos un blessé pour le soustraire à l'encerclement.

Et en 1953, au plus fort de l'affaire « des médecins-saboteurs[2] », il remit une note à Staline dans laquelle il affirmait que le dossier était falsifié et que l'appareil du M.G.B.[3] « mentait du haut en bas ». Apparemment, son audace frappa si fort Staline qu'on expédia immédiatement Pissarev à l'hôpital psychiatrique de Leningrad. Mais, dans cette nouvelle réclusion, il écrivit encore ses éternelles plaintes, les faisant passer en douce lors des visites. Après la mort de Staline, Pissarev obtint non seulement sa pleine réhabilitation, mais le rejet du diagnostic. Mieux encore, jouant de ses relations avec le Comité central, il réussit à faire nommer une commission spéciale qui enquêta sur l'Institut Serbski, les hôpitaux psychiatriques spéciaux de Leningrad et de Kazan et établit qu'on y détenait nombre de gens sains d'esprit

1. Commissariat du peuple aux affaires intérieures. De 1934 à 1946, le sigle désigne les organes de la Sûreté d'État. (N.D.T.)

2. Allusion au « complot des blouses blanches ». (N.D.T.)

3. Sûreté d'État. (N.D.T.)

et innocents, enfermés là pour des motifs politiques. Beaucoup furent élargis séance tenante : on en était au « dégel de Khrouchtchev ».

Comme bien on pense, chaque fois qu'il était libéré Pissarev se faisait réintégrer dans le Parti ; point du tout pour donner le change, comme P'tit-père, mais parce qu'il continuait sincèrement à croire aux doctrines communistes. Il se considérait comme le disciple de Lénine. Quant à Staline, il le haïssait à tel point que jamais il ne prononçait ce nom ; il ne l'appelait jamais autrement que Djougachvili.

Bien entendu, le coupable de tous les malheurs était pour lui Staline, lequel, selon ses propres termes, avait, dans les années 30, fait un coup d'État, après avoir liquidé les authentiques léninistes.

« Le Parti s'est complètement abâtardi, disait-il lentement, s'arrêtant souvent pour reprendre souffle dans son fauteuil spécial au haut dossier. Dans ces conditions, nous avons tous le devoir d'entrer au Parti pour l'assainir. Tenez, vous, vous êtes un homme honnête. Votre place est au Parti, pour lutter de l'intérieur contre ces bâtards. »

Pareille logique m'était incompréhensible. Pour moi, je ne crois pas au communisme, quel qu'il soit, léniniste ou stalinien. Comment voulez-vous que j'entre au Parti ?

(Un de nos amis eut cette méchante plaisanterie en réponse à ces objurgations : « C'est comme si on me proposait d'épouser une syphilitique et de lui faire des enfants bien portants : elle ne guérira pas, les enfants seront malades et moi, je serai contaminé. »)

Mais mon incrédulité envers le communisme ne troublait pas Pissarev et il se mit en devoir de démontrer qu'en fait j'y croyais ; simplement, je n'en avais pas conscience. Lénine, selon ses dires, voulait précisément ce que je voulais, moi ; et il cherchait par tous les moyens à me convaincre de relire Lénine.

Il habitait une chambrette minuscule, bourrée à craquer de volumes des classiques du marxisme et de liasses de la *Pravda*, depuis le premier numéro ou presque. Réhabilité une fois de plus, il commença à toucher je ne sais quelle pension ridiculement basse ; elle aussi passait entièrement en achats de livres. Et lui se nourrissait de lait concentré. Souvent, ses amis, connaissant sa situation, laissaient chez lui à son insu des boîtes de ce lait, les fourrant discrètement n'importe où.

Parfois, à telle phase particulièrement aiguë de sa lutte incessante contre les bâtards, il était contraint de disparaître et il logeait alors chez tel ou tel de ses amis. Lui aussi était au courant des listes, du projet de réhabilitation de « Djougachvili » et, bien entendu, menait sa lutte : il écrivait sans fin des pétitions à toutes les instances du Parti.

Je l'écoutais avec intérêt ; quant à adopter cette attitude, je ne le pouvais en aucune manière. Non seulement lutter à l'intérieur du Parti pour la pureté du léninisme était pour moi chose inadmissible, mais même en appeler aux autorités, je ne le pouvais, c'eût été de ma part les reconnaître *de facto*. Et rien que le fait de travailler dans une entreprise d'État signifiait pratiquement soutenir ce pouvoir bâti sur la violence.

Je me mis à fréquenter de plus en plus souvent Alexandre Essénine-Volpine. Depuis que nous avions fait connaissance vers le mois de septembre 1961, avant le démantèlement du Phare, et par la suite au temps des interrogatoires relatifs à l'affaire des maïakovistes, nous nous voyions assez souvent ; à un moment nous travaillâmes même ensemble à l'Institut de Recherche scientifique. Il y dirigeait un séminaire de sémantique et j'allais l'écouter. Quand j'étais sous les verrous, il allait voir ma mère. C'était d'ailleurs sa règle : aller rendre visite aux familles des détenus, même quand il s'agissait d'inconnus. Et son premier soin était évidemment de leur donner à tous des éclaircissements sur la législation.

J'étais sidéré du sérieux avec lequel il dissertait sur les droits, dans ce pays de l'arbitraire légalisé. Comme s'il n'était pas évident que les lois n'existent chez nous que sur le papier, pour la propagande, et que partout elles se retournent contre vous. Est-ce qu'ils ne nous disaient pas au K.G.B., tout à fait ouvertement : « Donnez-nous seulement quelqu'un, on trouvera bien un article. » *La loi, c'est comme un timon ;* et on maniait ce timon pour le tourner toujours contre nous. Ce qui décidait, par conséquent, ce n'était pas la loi, mais celui qui la manierait.

Il y a dix ans, pas plus, qu'on l'a dévoilé : ces lois-là s'étaient parfaitement accommodées du meurtre de près de vingt millions de personnes totalement innocentes. Le propre auteur de notre Constitution, Boukharine y avait à peine mis la dernière main qu'on le fusillait. A quoi cela rime-t-il de disserter sur les lois ? Autant disserter sur les sentiments humanitaires avec un cannibale.

D'ailleurs, Alexandre lui-même s'était déjà retrouvé deux fois à l'asile psychiatrique pénitentiaire et tout cela simplement pour avoir récité ses vers. Et même pas sur une place publique ; à la maison, devant ses amis. Cela ne l'avait donc pas convaincu ? Pour tout dire, il m'apparaissait par un certain côté comme la réplique de ces marxistes invétérés, auxquels la prison même ne peut plus apporter la lumière. Perpétuellement ébouriffé, totalement dénué de sens pratique, incapable de s'adapter à la vie, se moquant éperdument de l'air qu'il pouvait avoir : tout cela ne faisait qu'achever le tableau, qu'apporter la dernière retouche au portrait quasi classique du savant loufoque. Et c'était bien un savant : mathématicien, logicien.

Étonnamment séduisante était en lui cette spontanéité sans défense, proprement enfantine, et qu'on n'attendait pas d'un homme de quarante ans. Je pense que la majorité de ses amis — qui presque tous étaient passés par les camps staliniens — aimaient justement en lui ces qualités-là. Quant à ses dissertations sur la légalité, ils les considéraient, bons princes, comme une loufoquerie pardonnable et se contentaient de hocher la tête avec un sourire lorsque, une fois de plus, il déployait ses constructions logiques.

Est-ce l'étude assidue de la logique qui l'avait ainsi marqué, ou bien au contraire, avait-il choisi cette discipline à cause des affinités de sa pensée avec la logique formelle, toujours est-il que tous ses raisonnements étaient bâtis selon les canons des schèmes logiques. Toute affirmation, de son point de vue, ne pouvait être que vraie ou fausse. Il n'admettait d'aucune façon que ces concepts pussent être relatifs et s'emportait très fort contre l'imprécision des expressions, monnaie courante dans le langage de la conversation ; c'est tout juste s'il n'y voyait pas la cause principale des malheurs de l'humanité. Pour tout dire, ses raisonnements découlaient tous de ce principe simple, d'une ingénuité enfantine : « Je ne veux pas mentir. » En fin de compte, c'est nous qui, pour avoir introduit dans notre vie le mensonge, l'ambiguïté et le flou, en souffrons par la suite. Mais comme la véracité d'un jugement est toujours conditionnelle dans la vie concrète, tous ses raisonnements, surtout dans les discussions, bourgeonnaient instantanément d'innombrables concessions, réserves, renvois, exceptions, correctifs, conduisaient immanquablement au problème de la concordance du mot avec ce qu'il désigne, et aboutissaient à un tel labyrinthe sémantique que personne n'arrivait plus en fin de compte à y comprendre goutte. Seul Alexandre, illuminant ses interlocuteurs de son bleu regard, trouvait que tout était extrêmement simple. Seulement voilà, les gens n'ont pas assez de patience pour creuser jusqu'à atteindre la vérité.

Il est facile de s'imaginer ce que donnaient les affrontements entre Alexandre et la machine répressive soviétique. Je m'en souviens, quelques années plus tard, il fut convoqué au K.G.B. pour un interrogatoire sur une affaire. Sa femme, sachant par expérience comment cela pouvait finir, avertit à l'avance le juge d'instruction de renoncer de bonne grâce à cette entreprise. Mais l'autre ne l'entendit point. J'ignore par où commença l'interrogatoire. Mais on sait de bonne source qu'au bout de deux heures Alexandre dessinait déjà au juge d'instruction, sur le formulaire vierge du procès-verbal, Dieu sait quels schémas, cercles et triangles, s'efforçant de lui faire comprendre une de ses idées, une seule et la plus simple de toutes. Lorsque, au bout de quatre heures, ayant passé en revue un cours accéléré sur la théorie des ensembles, ils parvinrent enfin au problème du dénotat[1], le juge d'instruction, suant à grosses gouttes et dans un état voisin de la pâmoison, appela la femme d'Alexandre au téléphone et la supplia de venir reprendre son mari. Naturellement, elle refusa, estimant avec justice que c'était la faute du juge, qui ne l'avait pas écoutée tout de suite.

« Maintenant, débrouillez-vous comme vous l'entendez », répondit-elle.

1. Selon la terminologie du logicien américain Alonso Church, le *dénotat* est l'objet réel ou la classe d'objets réels désignés par le nom. C'est l'un des trois éléments du « triangle sémantique » : nom — dénotat (ou objet du nom) — sens du nom. (N.D.T.)

Encore une chance que cette fois-là Alexandre ait été convoqué comme témoin et non comme accusé. Autrement, en toute logique, l'instruction se serait muée pour lui en expertise psychiatrique. Au reste, les psychiatres ne sont pas non plus grands mathématiciens ni logiciens. « Véracité » et « fausseté » ne sont point objets d'investigation psychiatrique. C'est ainsi que toutes les instructions judiciaires s'achevaient pour Alexandre de la même manière : l'hôpital psychiatrique de type spécial, pour individus particulièrement dangereux.

Et que pouvait-il se produire d'autre ? Imaginez une minute que le K.G.B. se mette soudain en tête de procéder à l'arrestation d'un ordinateur. D'un côté, un ordinateur, impossible de l'intimider ou de l'embobiner, de l'aiguiller sur un compromis, un aveu mensonger ou même un mensonge partiel. Par ailleurs, l'ordinateur ne comprendra tout simplement pas la langue à double sens des questions du juge d'instruction, la langue des lois soviétiques. Ses schèmes logiques ou bien donneront une réponse du genre « vrai-faux », ou bien, si l'on tente d'obtenir une réponse développée, alors on verra jaillir une longue bande perforée avec je ne sais quelle interminable série de un et de zéros. Dites un peu ; que voulez-vous qu'on en fasse ? L'épingler au procès-verbal ? J'en mets ma main au feu, l'affaire se soldera, comme pour Alexandre, par l'hôpital spécial. Car vous pouvez taper du poing sur la table tant que vous voudrez, rien ne se passera, sauf peut-être que vous ferez griller le voyant.

Je disputais désespérément avec Alexandre, parfois jusqu'au matin ou presque. Et pas seulement parce qu'à dix-neuf ou vingt ans on éprouve le besoin de s'en prendre à tout le monde. Non, c'était simplement le fil entier de ses raisonnements, tous ses points de départ qui pour moi étaient inacceptables et tout ce qu'il disait me paraissait n'avoir aucun rapport avec la vie. Mais lorsque je rentrais à la maison au petit matin, dans un état de véritable délire, je découvrais soudain avec effroi que j'avais entièrement assimilé sa démonstration de ce jour-là. La réalité, c'est que la psychiatrie soviétique n'était pas la seule à s'enrichir de ses affrontements avec Essénine-Volpine ; en retour il s'enrichissait lui aussi à se mesurer avec elle et avec les lois soviétiques. C'était peut-être bien la première fois, en cinquante ans, qu'elles se trouvaient ainsi passées à l'ordinateur et avaient subi le test « vrai-faux ». Et moi, j'obtenais déjà le produit fini.

Le pivot de ses raisonnements était *la position de citoyen.* C'est elle qui devait offrir une issue, d'une simplicité risible, à toutes mes difficultés.

Ces difficultés commencèrent quand on exigea de moi que je fusse un Soviétique. Ce concept est tellement fuyant et démagogique, que vous ne savez jamais quelles obligations il implique. Un Soviétique, cela veut dire quelqu'un qui construit le communisme dans l'enthousiasme, qui approuve en chœur la politique du Parti et du gouvernement, qui condamne avec courroux l'impérialisme mondial. Sait-on jamais ce que demain la propagande inventera ? L'idéologie officielle a créé une certaine image mythique de l'homme soviétique et sa dernière invention devient chaque fois une sorte de consigne valable pour tous.

C'est avec le concept de « Soviétique » qu'a commencé tout l'arbitraire dans le pays. Sous ce concept, de même que sous celui de « socialisme », chaque nouveau dirigeant mettait ce qu'il voulait. Et allez donc ensuite disputer avec eux aux réunions du Parti, comme Pissarev : il n'y avait pas le moindre critère. Le juge suprême en cette matière, c'est le Comité central du Parti. Et toute autre interprétation, c'est déjà un crime.

« Enfin, vous êtes un Soviétique, dit en insistant le fonctionnaire du K.G.B. ; par conséquent, vous avez le devoir de nous aider. »

Et qu'allez-vous lui dire ? Si ce n'est pas soviétique, alors c'est quoi ? Antisoviétique ? Mais cela fait d'entrée de jeu sept ans de camp et cinq de déportation. Le Soviétique, lui, est tenu de collaborer avec nos glorieux Organes ; c'est clair comme le jour. Pourquoi, par exemple, m'a-t-on chassé de l'université ? Pour la raison que je ne correspondais pas au « profil de l'étudiant soviétique ».

En fait, démontrait Essénine-Volpine, aucune loi ne nous oblige à être des « Soviétiques ». Des citoyens de l'U.R.S.S., c'est une autre affaire. Citoyens de l'U.R.S.S., nous le sommes tous en raison du fait même de notre naissance sur le territoire de ce pays. Toutefois nulle *loi* n'oblige la totalité des citoyens de l'U.R.S.S. à croire au communisme ou à le construire, à collaborer avec les Organes ou à correspondre à je ne sais quelle image mythique. Les citoyens de l'U.R.S.S. sont tenus à observer les lois écrites, mais non pas les orientations idéologiques.

Continuons. Le concept de pouvoir soviétique. Vous êtes contre le pouvoir soviétique ou pour ? Je peux penser ce que je veux, mais si je déclare officiellement que je suis contre, c'est déjà de la propagande antisoviétique. Et là encore, c'est sept plus cinq. Alors quoi, vais-je mentir ? Ou consciemment enfreindre les lois ? Mais cela, on ne l'exigeait pas. Aux termes de la Constitution, le fondement du pouvoir soviétique est constitué par le pouvoir des soviets des députés des travailleurs, cet organe de mascarade qui, en réalité, a moins de pouvoir qu'un agent de police de deuxième classe. Dans ce chapitre de la Constitution, pas la moindre mention d'un quelconque parti.

« Est-ce que je proteste contre un certain parlement qui s'appelle soviet des députés des travailleurs ? argumentait Essénine-Volpine. Non, je ne proteste pas. D'autant plus qu'il n'est dit absolument nulle part qu'il doive être d'un seul parti. Pour le nom, évidemment, on aurait pu inventer quelque chose d'un peu mieux. »

Cette argumentation était extraordinairement importante, étant donné que, dans la pratique, les autorités déclaraient automatiquement antisoviétique tout ce qui ne leur plaisait pas. Mais, à raisonner en termes strictement juridiques, nul d'entre nous ne commettait de crime, tant qu'il n'allait pas directement contre le pouvoir des soviets des députés des travailleurs. Et qui dérange-t-il, ce pouvoir ?

En établissant des lois essentiellement pour la propagande et non point pour leur mise en application, nos idéologues sont allés trop loin dans l'astuce. Il ne leur coûtait rien, au fond, d'écrire en guise de Constitution : « En U.R.S.S., tout est défendu, sauf ce qui est permis par décision spéciale du Comité central du P.C.U.S. » Mais cela, à n'en pas douter, eût fait surgir des difficultés supplémentaires et quelque peu choqué les États voisins. Ils auraient eu plus de mal à répandre leur socialisme à l'étranger, parmi les gens crédules. Et c'est pourquoi ils ont truffé les textes législatifs d'une masse de libertés et de droits qu'ils n'auraient jamais dû laisser passer ; ils escomptaient à juste titre qu'il ne se trouverait pas de gens assez téméraires pour exiger d'eux l'observation de ces lois.

Ainsi l'idée d'Essénine-Volpine, traduite du machinien en langue humaine, se ramenait à ceci :

Nous réprouvons ce régime, non point parce qu'il se donne le nom de socialiste : ce qu'est le socialisme, aucune loi ne le définit et, par conséquent, les citoyens ne sont pas tenus de savoir ce que c'est. Nous le réprouvons parce qu'il est bâti sur l'arbitraire et le déni du droit, qu'il essaie d'imposer de force son idéologie débile et oblige tout le monde à mentir et à faire l'hypocrite. Nous désirons vivre dans un État régi par le droit, où la loi sont intangible et où les droits de tous les citoyens soient sauvegardés, où, sans risquer de perdre la liberté, on puisse ne pas mentir. Alors oui, vivre dans un État comme cela, d'accord. L'État, c'est nous, les hommes. Tels nous serons, tel sera l'État. Les lois qui nous sont données, si on les examine attentivement, autorisent parfaitement cette interprétation. Allez, en bons citoyens de ce pays, observons les lois telles que nous les comprenons, c'est-à-dire telles qu'elles sont écrites. Nous ne sommes tenus de nous soumettre à rien, hormis la loi. Défendons notre loi contre les atteintes que lui font subir les autorités. Nous sommes, nous, du côté de la loi. Elles, contre. Bien entendu, dans les lois soviétiques, il y a beaucoup de choses absolument inacceptables. Mais les citoyens des autres pays, des pays libres, sont-ils par hasard satisfaits de toutes leurs lois ? Quand la loi ne plaît pas aux citoyens, ils obtiennent par les voies légales qu'on la révise.

« Mais EUX, ils ne peuvent pas se passer de l'arbitraire, objectait-on à Alexandre. S'ils se mettaient à observer strictement les lois, ils cesseraient tout simplement d'être un État communiste.

— En fait, c'est aussi cela que je pense », concédait Alexandre dans un chuchotement complice.

Et tous riaient.

« Quel loufoque tu fais, Alexandre, lui disait-on. Enfin, qui va bien t'écouter, avec tes lois ? Ils ont coffré les gens, ils les coffreront tout pareil. Qu'est-ce que ça change ?

— Eh bien, si quelqu'un viole les lois, lèse mes droits légaux, moi, en tant que citoyen, je suis tenu de protester.

Peu m'importe de savoir quelle bande de criminels piétine la loi ; cela ne signifie pas que je cesse d'être un citoyen. Je suis tenu de lutter par tous les moyens légaux. Et avant tout, par la publicité. »

Tout le monde recommençait à rire :

« Tu veux la publicité maintenant ! Mais où aller la chercher, la publicité ? C'est la *Pravda*, peut-être, qui va t'aider ? »

Mais, après avoir bien ri, force était de convenir qu'en répondant à l'illégalité par l'illégalité, jamais on n'obtiendrait la légalité. C'était simple : il n'y avait pas d'autre voie. De même, en répondant par la violence à la violence, on ne peut qu'accroître la violence, et en répondant par le mensonge au mensonge, jamais vous n'obtiendrez la vérité. Une fois de plus notre ordinateur ébouriffé avait raison.

L'idée d'Alexandre était géniale et démente à la fois. A des citoyens las de la terreur et de l'arbitraire, on proposait simplement de ne plus les admettre. On aurait pu assimiler cela à de l'insoumission civique, n'eût été l'ambiguïté des lois, qui faisait d'un tel comportement le modèle de l'héroïsme civique.

Imaginez que vous vous retrouvez en compagnie de bandits et que vous essayez de vous conduire avec eux comme avec des gens de bonne éducation, des personnes convenables. L'idée revient pratiquement à ne pas admettre la réalité, mais, à la manière d'un schizophrène, à vivre dans votre univers imaginé, dans le monde que vous auriez voulu voir. Folle entreprise, semblerait-il.

Mais voilà justement toute l'affaire avec les communistes : admettre la réalité de la vie qu'ils ont créée, adopter leurs représentations, signifie devenir à son tour des bandits, des délateurs, des bourreaux ou de muets complices. Le pouvoir vient uniquement du consentement à se soumettre et tout homme qui refuse de se soumettre à l'arbitraire le diminue d'un deux cent cinquante millionième, tandis que tout compromis le renforce.

Et la réalité soviétique vécue, n'est-elle pas un monde schizophrène imaginé, peuplé de Soviétiques inventés, bâtisseurs d'un communisme mythique ? N'est-il pas vrai non plus que tous mènent une vie double, sinon triple. Le génial, en cette idée, c'est qu'elle liquidait ce dédoublement, qu'elle réduisait en miettes toutes les autojustifications intérieures qui nous font complices du crime. Elle présupposait en chaque homme un brin de liberté, la conscience de sa « capacité juridique », comme s'exprimait Essénine-Volpine. En d'autres termes, la responsabilité personnelle. Et c'est cela, la libération intérieure.

Supposons qu'un tel point de vue soit adopté par un nombre important de personnes. Où se retrouvera alors le Comité central avec ses orientations idéologiques ? Que fera le K.G.B. de son armée de mouchards ? Le citoyen n'a rien à cacher, il n'a à se justifier en rien ; il ne fait que respecter les lois. Et plus ouvertement il le fait, mieux c'est.

« Dis donc, et qu'est-ce que tu feras, Alex, si demain ils changent si bien les lois qu'il n'y ait plus moyen de les interpréter à ta manière ? demandai-je à Alexandre.

— A ce moment-là, vraisemblablement, je cesserai d'être citoyen de ce pays. »

Voilà pour le coup, qui était incompréhensible aux simples mortels. Quoi donc, passer la frontière et s'enfuir ? Mais Alexandre s'enfonçait dans de longues dissertations sur le droit du citoyen à sortir de son pays et, naturellement, à y revenir, alléguant à ce propos une certaine Déclaration des Droits de l'Homme. Tous se contentaient de hausser les épaules : « Tiens, il en rabat ! » Intéressant de savoir combien d'entre eux, qui haussaient alors les épaules, se sont retrouvés au bout de sept ou dix ans à Vienne, à Rome, à Tel-Aviv, à New

York ? Il n'y eut que Essénine-Volpine fidèle à lui-même jusqu'au bout, pour prononcer, de la fenêtre du wagon qui partait pour Vienne, un discours prônant la lutte pour la liberté de revenir...

Et tandis que dans les cuisines moscovites se poursuivaient ces disputes juridico-sémantiques, l'événement venait frapper aux portes, confirmant d'une manière inattendue la justesse des élucubrations volpiniennes. Peu après ma libération de l'hôpital spécial de Leningrad, je fis la connaissance de Valéry Iakovlevitch Tarsis.

Il y avait juste quelques mois que Khrouchtchev avait été limogé et qu'était arrivé au pouvoir le triumvirat Brejnev-Kossyguine-Podgorny. A en juger par tous les indices, on préparait la réhabilitation de Staline, au Kremlin on dressait des listes noires ; et Valéry Iakovlevitch, entouré de correspondants étrangers, donnait chez lui, dans son appartement, en plein Moscou, une conférence de presse.

« Mister Tarsis, l'interrogeait-on, comment voyez-vous les changements dans la direction des affaires soviétiques ?

— Voici ce que dit le grand fabuliste russe Krylov, répondit-il :

Pour vous, amis, vous pouvez bien
Vous asseoir comme bon vous semble ;
Vous ne serez jamais que piètres musiciens.

Qu'est-ce que c'est ? Des hallucinations ?

A peine deux ou trois mois plus tôt, j'avais vu un homme qui avait purgé sept ans, uniquement pour avoir adressé une lettre de critique au Comité central ; un autre était encore à l'ombre pour de bonnes histoires sur Khrouchtchev, racontées à un ami dans le creux de l'oreille. Un troisième, pour avoir simplement fréquenté des étrangers, s'était vu inculper d'espionnage. Et, à moins que je ne sois effectivement devenu fou et que, pour l'heure, je sois en plein délire, alors non seulement Tarsis, mais tous ceux qui étaient réunis chez lui, tous leurs parents et voisins devaient se retrouver avant ce soir à la Loubianka. Nous laisseront-ils déguerpir de l'appartement ?

En fait, Tarsis organisait chaque jour ou presque ce genre de conférences de presse, et rien ne bougeait. Vous parlez d'un miracle ! Quel homme était-ce donc que cet invulnérable Tarsis ?

« Tout cela n'est qu'une gigantesque provocation du K.G.B., commentaient les penseurs souterrains. Ils veulent seulement nous appâter, nous faire sortir au jour. Tarsis n'est qu'un leurre, un piège ; et ils s'enfouissaient plus profond dans leurs terriers. »

Fameuse invention que ce Tarsis ! Ils ont trouvé de quoi surprendre l'homme soviétique, qui en a pourtant vu d'autres. Grâce à Dieu, ils ont vécu la NEP, le complot trotskiste, l'opposition boukharinienne, les cosmopolites et les médecins-saboteurs. Ils ont appris un petit quelque chose, ils ne sont pas tombés de la dernière pluie. Arrangeons-nous plutôt pour ne pas mordre à l'hameçon de Tarsis ; trouvez quelqu'un d'un peu plus bête. Le plus important, en régime socialiste, c'est de survivre. Veiller sur soi ! Et si quelque provocateur commence à déblatérer contre le pouvoir, première tâche : le contrer à haute et intelligible voix, pour que tout le monde entende. Après quoi, vite, vite, courir au K.G.B., afin que personne ne vous devance. Vous savez, comme dans cette histoire :

On demande à un détenu pourquoi il est en taule.

« Eh bien voilà, comprends-tu, j'ai un peu lambiné. J'étais à une soirée. Un original a raconté une petite histoire, à propos du communisme. Je me suis dit : « Oh ! il est déjà tard aujourd'hui. J'irai rapporter cela demain. »

Et le lendemain, j'ai découvert qu'ils étaient tous venus la veille : j'étais le dernier à me présenter.

Quelque vingt ans plus tôt, Tarsis devait sans doute raisonner à peu près de la même manière. Il avait fait ses études à l'université, était entré au Parti, avait été au front, était devenu écrivain soviétique. Cependant la vie passait, la sixième décennie du siècle tirait sur sa fin, mais pas la moindre éclaircie. Tarsis se « découvrit » un peu plus que les gens circonspects, les gens bien assis, et vers 1960, on cessa complètement de le publier. C'est alors qu'il commença à faire passer en cachette ses manuscrits à l'étranger.

Ce moyen de se faire éditer, qui deviendrait classique par la suite, venait d'être inauguré par Boris Pasternak et parut singulièrement séduisant dès qu'on lui eut décerné le prix Nobel. Et qu'ils gardassent le silence ou qu'ils joignissent leur voix au concert universel de réprobation courroucée, tous les écrivains souterrains fronçaient le sourcil de dépit :

« Ouais ! Le voilà parti à la dérive, le vieux ! Il a manqué de cran, il a refusé. Moi, ce prix... alors là, pour rien au monde ! Et qu'ils me fusillent donc, si cela leur chante. Il est beau de mourir en pleine arène. »

Aussi lorsque, en octobre 1962, des éditeurs anglais précautionneux firent paraître le premier livre de Tarsis sous un pseudonyme, l'auteur leva immédiatement le voile et exigea qu'à l'avenir on ne l'éditât que sous son véritable nom. (M.A. Naritza, dont un manuscrit était publié au même moment en Allemagne sous le pseudonyme de Narymov, ne put se démasquer à temps et échoua pour trois ans à l'hôpital spécial.)

Khrouchtchev se trouvait justement quelque part à l'étranger et quelqu'un de son entourage lui apporta le livre ; Khrouchtchev en personne y figurait sous un autre nom. Naturellement Khrouchtchev devint fou de rage et donna l'ordre de fourrer Tarsis dans un asile d'aliénés. L'affaire pressait : l'arrêter, l'inculper, l'envoyer à l'expertise, puis l'expédier dans un hôpital de type spécial, on n'en avait pas le temps, et puis on était gêné aux entournures : le scandale prenait de l'ampleur. Et Tarsis fut enfermé à l'hôpital Kachtchenko, l'asile municipal ordinaire. Et bien que, mesuré à l'aune actuelle, le scandale fût alors relativement peu retentissant, au bout de trois mois on fut obligé de le relâcher. Snejnevski en personne revint en avion, écumant de rage, d'un symposium international où l'on avait eu l'audace de l'interroger sur Tarsis et il le fit libérer en le gratifiant de mille obséquiosités.

Pour tenter d'étouffer cette embarrassante affaire, l'on convoqua Tarsis au K.G.B., chez le général Pérépélitsyne, second de Sémitchastny.

« Valéry Iakovlévitch, ronronna suavement le général, nous savons bien quel grand écrivain, quel beau talent vous êtes. Vous pourriez rendre tant de services à notre peuple. Pour quelle raison ne décririez-vous pas les beaux côtés de notre vie ? Il y en a tant chez nous, n'est-ce pas, de choses belles, tant de réussites ? »

Tarsis était inflexible.

Alors le général changea de tactique.

« Vous savez, Valéry Iakovlévitch, dit-il, d'un ton toujours aussi suave, au fond, vous êtes un simple mortel. Vous aussi, une voiture peut vous écraser par hasard. Personne n'est assuré tous risques... (Et il hochait la tête avec commisération.)

— Et alors ? répondit Tarsis ; la couronne d'épines me va très bien. Dites-vous bien que personne ne vous croira, même si c'est effectivement par accident qu'une voiture m'écrase ou qu'une brique me tombe sur la tête. A l'étranger, vous aurez beau faire, tout le monde estimera que ce sont les tchékistes sanguinaires qui auront tué Tarsis. Si bien que, premièrement, vous ne me tuerez pas et qu'en plus vous veillerez sur moi : à Dieu ne plaise qu'il arrive quelque chose. »

En 1964, peu avant qu'on ne fasse sauter Khrouchtchev, Tarsis publia un nouveau livre intitulé *Salle nº 7*, dans lequel il décrivait toutes ses aventures à l'hôpital Kachtchenko. Le livre eut un énorme succès et devint en peu de temps un best-seller. Et Tarsis, depuis lors, vécut absolument comme si alentour n'existait pas le moindre pouvoir soviétique ; il donnait des interviews, des conférences de presse, expédiait quasi ouvertement à l'étranger ses nouveaux manuscrits. Il s'acheta même une voiture, rendant jalouse toute la maison des écrivains, où il continuait à résider.

Et le peuple affluait chez lui en masse, surtout les correspondants de presse et les touristes étrangers, pour contempler la huitième merveille du monde. Tous, littéralement, attendaient, retenant leur souffle : quand donc vont-ils arrêter ce Tarsis, le faire renverser par une voiture, le mettre en croix, peut-être...

Quelle histoire de fous ! A quoi bon surveiller les frontières, fouiller à la douane, maintenir la censure, filer les étrangers et entretenir une armée d'agents du K.G.B., s'il y a quelqu'un en plein cœur de Moscou qui dit tout haut tout ce qu'il pense, qui donne des interviews et publie ses livres en Angleterre ? Et le soir, tout ce qu'il a dit, on peut l'entendre à la B.B.C. ! Où est-il donc, le rideau de fer ? Pour la première fois on voyait apparaître en Union soviétique un homme impossible à coffrer.

Et si les gens un peu plus âgés, un peu plus expérimentés, faisaient un détour pour éviter Tarsis, la jeunesse ne lâchait pas ses basques. A peu près à la même époque, au début de 1965, apparut une nouvelle vague de jeunes poètes, qui essayaient de ressusciter le groupe du Phare. Ils firent quelques réunions place Maïakovsky, se remirent à diffuser leurs recueils en samizdat, à organiser des disputes, etc. Ils se donnaient l'étrange nom de SMOG[1], qu'ils décryptaient ainsi : « Audace, Pensée, Image, Profondeur » ou encore la « Plus Jeune Société de Génies ». J'ignore ce qu'il en était du reste, mais de l'audace, ils en avaient. Ils prenaient la parole partout où ils le pouvaient et, comme de bien entendu, par l'intermédiaire de Tarsis presque tous se faisaient publier à l'étranger. Le nombre de personnes qui avaient impunément publié des œuvres à l'étranger s'élevait ainsi à quelques dizaines, ce qui était d'un grand poids.

On le comprend aisément, la littérature soviétique officielle ne les reconnaissait pas, ne les publiait pas ; on leur interdisait de se produire en public, mais on ne se décidait pourtant pas à coffrer d'un coup tout ce monde. Ils avaient leur large réseau de relations, et en comptant le cercle qui s'était constitué au temps du premier Pharc, nous représentions une force appréciable. Nous nous demandions déjà sérieusement s'il ne fallait pas organiser au grand jour une section russe du Pen Club et solliciter l'admission au Pen international, lorsqu'il se produisit un événement qui devait avoir des conséquences incalculables : en septembre, on arrêta deux écrivains, Siniavsky et Daniel.

Il était alors difficile de dire exactement ce qui avait pu pousser les autorités à faire le pas : voulaient-ils par là effrayer tous ceux qui voulaient eux aussi se faire éditer à l'étranger et briser net cette tradition naissante, ou bien estimaient-ils qu'il était temps, somme toute, de mettre au pas une intelligentsia qui se laissait aller ; espéraient-ils prendre leur revanche après l'échec essuyé avec Tarsis ou tout simplement, pris au jeu de la chasse

1. Ce sigle se refuse à un décryptage adéquat en français. Nous nous en tenons à la traduction des termes des deux variantes. (N.D.T.)

aux mystérieux inconnus, avaient-ils été incapables de se retenir, après les avoir découverts ; il y avait, en tout cas, toutes les apparences que les plans de restauration du stalinisme commençaient à se faire réalité : Siniavsky et Daniel n'étaient que les premiers des cinq mille présumés.

A mon avis, le fait qu'ils aient été publiés à l'étranger sous des pseudonymes et non sous leurs propres noms, joua d'une façon déterminante. Tout d'abord parce que, selon la logique du K.G.B., pareille conduite équivalait presque à une preuve de culpabilité : du moment qu'ils se cachaient, qu'ils complotaient, ils reconnaissaient donc qu'ils commettaient un crime. Pour un Soviétique, cela pouvait sonner d'une façon convaincante et, ma foi, pas seulement pour un Soviétique.

Du point de vue de la propagande, l'affaire semblait payante, elle avait un petit relent de roman policier. Hein, ces ennemis cachés, ils se sont infiltrés parmi les écrivains, ils se sont camouflés et ils sabotaient en tapinois. Ici, ils écrivent une chose et là-bas, une autre ! Autrement dit, peu leur importe d'écrire ceci ou cela, pourvu qu'on leur verse de l'argent. Sans compter tout ce qu'on peut broder autour de ces pseudonymes[1].

En plus de cela, cette position insuffisamment franche, cette attitude indécise autorisaient le K.G.B. à prêter aux détenus un manque de courage ou carrément une absence de principes ; elles lui laissaient espérer que les deux hommes reconnaîtraient leurs torts et l'aideraient à monter le spectacle d'un grand procès public de propagande.

Bien entendu, on estimait au K.G.B. que cette confusion née des pseudonymes retarderait et affaiblirait quel-

1. Le pseudonyme de Siniavsky (Abram Tertz) sonne juif et celui de Daniel (Nicolas Arjak) fait ukrainien. (N.D.T.)

que peu les réactions de l'étranger ; qu'en tout cas, elle rendrait toute protestation impossible d'ici le procès. En un mot, comme dans le cas de Naritza, les pseudonymes rendirent à Siniavsky et à Daniel un très mauvais service. Leur manie de la clandestinité les fourvoya.

Au début, les calculs du K.G.B. se vérifièrent et les premières réactions de l'Occident à la nouvelle de leur arrestation furent tardives et floues. Ce n'est qu'au bout d'un mois qu'on commença confusément à parler dans la presse étrangère d'arrestations, tantôt de trois, tantôt de deux écrivains ; on mélangeait les noms et les pseudonymes et tout cela ne paraissait guère digne de foi.

Les autorités, comme de bien entendu, réussissaient à ajouter encore à cet imbroglio et apaisaient habilement « l'opinion publique progressiste », démentant le fait des arrestations, autorisant de temps à autre des poètes soi-disant « controversés » à se rendre à l'étranger, publiant certains articles « controversés » sur la littérature, etc. L'impression générale à l'étranger était que « la nouvelle équipe dirigeante adoptait une attitude de tolérance » à l'égard de l'intelligentsia créatrice.

Comme on pouvait s'y attendre, les éditeurs et autres gens bien informés craignirent longtemps de dévoiler les pseudonymes des prévenus, estimant qu'ils leur nuiraient. Par la suite, il y eut même des démentis officiels de la part de certains éditeurs.

Assez vite, cependant, les milieux littéraires d'Occident comprirent que ces arrestations visaient toute « l'intelligentsia libérale », selon leur expression, et qu'elles étaient, pour la nouvelle clique soviétique, une sorte de pierre de touche. Les événements en cours prenaient un certain piquant du fait que cette année-là le prix Nobel de littérature avait été attribué au fontionnaire soviétique du Parti qu'était Cholokhov. La possibilité s'offrait — et elle semblait à tous très ingénieuse — de s'adresser à lui au nom des principes humanitaires. Lui, naturellement, accomplissant son devoir de membre du Parti, sortit quelques balourdises en recevant le prix. Toute la confrérie mondiale des écrivains se mit en branle, on vit pleuvoir protestations, lettres, adresses, télégrammes et même les organes de presse notoirement communistes furent obligés de réagir. Bref, le scandale prit des proportions si sérieuses que la grinçante machine soviétique se fût arrêtée, si elle avait su le faire. Mais ce système est si peu habitué à corriger son fonctionnement, il est tellement incapable de reconnaître à temps une erreur, il est doué d'une telle arrogance et d'une morgue si stupide, que seule la menace d'une rupture totale avec le monde civilisé pouvait le forcer à se ressaisir en un pareil moment.

Il va sans dire qu'ils ne s'attendaient pas à une telle réaction et que s'ils avaient pu la prévoir à l'avance, ils n'auraient sans doute pas déclenché l'affaire. Mais, à présent qu'ils y étaient bien empêtrés, ils faisaient contre mauvaise fortune bon cœur, ignorant totalement l'opinion publique.

Par la suite, nous fûmes maintes fois abasourdis par l'entêtement imbécile de nos dirigeants, leur refus de voir des faits évidents, ce qui leur causait un tort catastrophique. On a parfois l'impression qu'ils font vraiment exprès de choisir la solution la plus idiote et qu'ensuite, pour rien au monde ils ne veulent en démordre.

Je m'en souviens, il se produisit en 1970-1971, un épisode de ce genre. Un de mes amis, Léonide Rigerman, né aux U.S.A. et amené encore enfant en U.R.S.S., demanda au consul américain de faire la lumière sur ses droits à la citoyenneté américaine. Pour étudier la question, celui-ci l'invita à se rendre au consulat. Il considérait le cas comme embrouillé et était persuadé qu'il faudrait beaucoup de temps et d'efforts pour que Rigerman obtînt la citoyenneté américaine.

Nos dirigeants ne permettent sous aucun prétexte aux citoyens soviétiques d'entrer dans un consulat étranger, bien que cela ne soit pas interdit par la loi. Sachant cela, Rigerman prévint le consul qu'il avait peu de chances d'arriver jusqu'à lui. Le consul ne parvenait pas à y croire : l'U.R.S.S. et les U.S.A. venaient juste de signer une convention consulaire dont l'article 12 prévoyait formellement le droit pour les citoyens de l'un des pays à se rendre au consulat de l'autre pour élucider les questions de citoyenneté. Cependant, à tout hasard, il envoya un fonctionnaire du consulat pour accueillir Rigerman et le faire entrer.

Bien entendu, on saisit Rigerman devant l'entrée et sous les yeux de ce fonctionnaire, on l'emmena au poste de police. Une fois là, on le fouilla, on lui prit tous ses papiers et il eut droit à un entretien « éducatif » interminable... sur la situation au Proche-Orient.

Indigné, le consul demanda des explications au ministère des Affaires étrangères soviétique, désirant savoir s'il devait considérer l'épisode en question comme une intention délibérée de la partie soviétique de dénoncer la convention consulaire. Au ministère des Affaires étrangères on l'assura, avec un sourire radieux, qu'il n'y avait pas la moindre intention de ce genre et qu'au contraire, l'amitié soviéto-américaine se renforçait de jour en jour. Quant à l'incident, ils l'expliquèrent par un regrettable malentendu.

Ragaillardi, le consul invita de nouveau Rigerman. Cette fois, il sortit en personne à la rencontre de Léonide, la convention consulaire en main et tenta de l'expliquer aux fonctionnaires en bas. Mais cette fois encore on entraîna Rigerman dans une voiture sous les yeux du consul épouvanté. On le traîna de nouveau à la police, on le fouilla et on le contraignit à écouter toute une nouvelle causerie... sur la politique du Parti en matière d'émigration.

En sortant du poste, Rigerman rappela le consul au téléphone et se rendit de nouveau chez lui. Et, de nouveau, on l'arrêta. Mais, cette fois, il fut condamné à huit jours pour « refus prémédité d'obtempérer aux injonctions légales de représentants de l'autorité ».

A chaque fois le consulat des U.S.A. et le Département d'État adressaient aux autorités soviétiques une protestation contre la violation de la convention et chaque fois ils recevaient l'assurance que du côté soviétique, la convention était rigoureusement observée. Pour finir, le gouvernement américain, perdant complètement patience, passa outre à toute la procédure bureaucratique et déclara qu'il octroyait à Rigerman et à sa mère la citoyenneté américaine.

A la veille du Jour de l'An, il passa me voir et je lui demandai si maintenant du moins ils le laisseraient entrer au consulat pour prendre les papiers et les visas.

« Je ne sais pas, répondit-il tristement. Vraisemblablement ils me feront prendre par une voiture du consulat, avec le fanion. »

En février 1971, il partit avec sa mère pour les États-Unis.

Par moments, cette obstination autodestructrice des autorités semble littéralement incroyable ; mais nous oublions qu'un pouvoir terroriste ne peut être autre. Ce qui le différencie d'un pouvoir démocratique consiste en ceci qu'il n'est pas fonction de l'opinion publique. Or, dans un tel État, l'homme ne peut avoir aucun droit ; quel qu'il soit, tout droit inaliénable de l'homme pris individuellement enlève instantanément à l'État une miette de pouvoir. Chacun est tenu d'admettre dès l'enfance, comme un axiome, que jamais, en aucune circonstance, d'aucune manière il ne pourra influer sur le pouvoir. Nulle décision ne peut émaner que d'une initiative venant d'en haut. Le pouvoir est inébranlable, infaillible, inflexible et il ne reste au monde entier qu'une chose à faire : s'accommoder à lui. Vous pouvez lui demander humblement une faveur, mais non point exiger de lui votre dû. Il n'a pas besoin de citoyens conscients, qui réclament le respect de la légalité, il a besoin d'esclaves. De la même manière, il n'a pas besoin de partenaires, il a besoin de satellites. A la façon d'un paranoïaque obsédé par son idée fantasmagorique, il ne peut ni ne veut reconnaître la réalité, il met son délire à exécution et impose à tous ses propres critères.

Jamais nous ne nous débarrasserons de la terreur, jamais nous n'obtiendrons la liberté et la sécurité, tant que nous ne refuserons pas catégoriquement d'admettre ces réalités paranoïaques, tant que nous ne leur opposerons pas nos réalités, nos valeurs.

Des milliers de livres ont été écrits en Occident, des centaines de doctrines diverses ont été élaborées par les plus éminents politiciens pour trouver une voie de compromis. Et ils essaient tous d'éluder l'unique véritable solution : la résistance morale. Les démocraties occidentales, amollies, ont oublié leur passé, leur essence : la démocratie ce n'est pas la maison douillette, la belle voiture ou l'indemnité de chômage, mais avant tout le droit de lutter et la volonté de lutter.

Toutes ces théories subtilement naïves ne font que renforcer la servitude, attiser les appétits des carnassiers ; elles introduisent un double système de références, sapent les bases morales des sociétés occidentales elles-mêmes, engendrent des illusions et des espoirs insensés. C'est cette politique à courte vue, faite de concessions et de compromis sans fin, qui a créé cet État monstrueux, qui l'a nourri et armé. Après quoi, n'ayant rien trouvé de mieux, elle nourrit et arma Hitler et mit l'humanité entière dans l'obligation de faire la guerre pour savoir de quelle couleur seraient dans le monde les camps de concentration : rouges ou bruns. A vous de choisir à présent : l'esclavage ou la mort. Vos théoriciens ne vous ont pas laissé d'autre issue.

Non, ni les bombes atomiques, ni les dictatures sanguinaires, ni les théories de la « modération » ou de la « convergence » ne sauveront les démocraties. Pour nous, qui sommes nés et avons grandi dans une atmosphère de terreur, nous ne connaissons qu'un moyen : la position de citoyen.

Dans une situation extrême, il y a une différence qualitative entre la conduite d'un homme seul et celle d'un groupe. Un peuple, une nation, une classe, un parti ou simplement une foule, dans une situation exceptionnelle ne peuvent aller au-delà d'un point déterminé : l'instinct de conservation se révèle le plus fort. Ils peuvent sacrifier une partie, dans l'espoir de sauver le reste, ils peuvent s'éparpiller en groupuscules et chercher ainsi le salut. Et voilà ce qui les perd.

Être seul, c'est une énorme responsabilité. Acculé au mur, l'homme réalise : « C'est moi, le peuple ; c'est moi, la nation ; c'est moi, le Parti ; c'est moi, la classe ; et il n'y a rien d'autre. » Il ne peut pas sacrifier une partie de lui-même, il ne peut se diviser, se dissoudre et continuer à vivre malgré tout. Il n'a désormais plus où reculer et l'instinct de conservation le pousse aux extrêmes : il préfère la mort physique à la mort spirituelle.

Et, chose frappante, en sauvegardant son intégrité, il sauvegarde du même coup son peuple, sa classe ou son parti. Ce sont les hommes de cette trempe qui conquièrent le droit à la vie pour leur groupe social, quand bien même peut-être ils ne songeraient pas à lui.

« Pourquoi justement moi ? s'interroge tout un chacun dans une foule. A moi seul, je ne ferai rien. »

Et les voilà tous perdus.

« Si ce n'est pas moi, qui sera-ce donc ? » s'interroge l'homme acculé au mur.

Et il les sauve tous.

Voilà comment l'homme commence à bâtir son château-fort.

Ainsi advint-il qu'en novembre 1965 quelques personnes commencèrent à diffuser parmi leurs amis des feuillets dactylographiés contenant un « Appel civique ». Le texte avait été composé, évidemment, par Essénine-Volpine.

> « Il y a quelques mois, les organes du K.G.B. ont arrêté deux citoyens, les écrivains A. Siniavsky et Iou. Daniel. Dans le cas présent, il y a lieu de redouter une violation de la loi sur la publicité des débats en justice. Il n'échappe à personne que le huis clos rend possibles toutes les illégalités et que la violation de la loi sur la publicité (art. 111 de la Constitution et art. 18 du Code pénal de la R.S.F.S.R.) est déjà en elle-même une illégalité. On ne peut pas croire que l'activité littéraire d'écrivains puisse constituer un crime contre l'État.
>
> Dans le passé, les illégalités commises par les autorités ont coûté la vie ou la liberté à des millions de citoyens soviétiques. Le passé sanglant nous invite à la vigilance dans le présent. Mieux vaut sacrifier un jour de repos que de supporter des années durant les conséquences d'un arbitraire que l'on n'aura pas fait cesser à temps.
>
> Les citoyens disposent de moyens pour lutter contre l'arbitraire judiciaire. Ce sont les « meetings pour la publicité », au cours desquels les personnes

rassemblées scandent un seul et unique slogan : « Nous e-xi-geons la pu-bli-ci-té du pro-cès... » (suivent les noms des inculpés) ou exhibent des pancartes avec le même texte. Tout cri ou slogan qui outrepasserait la revendication d'un strict respect de la légalité est incontestablement nuisible dans la circonstance, et peut même constituer une provocation, il revient à ceux qui participent au meeting d'y mettre fin par eux-mêmes.

Durant le meeting, il est indispensable de respecter rigoureusement l'ordre public. A la première injonction des autorités d'avoir à se disperser, il faut se disperser, après avoir indiqué aux autorités le but du meeting.

Tu es invité au meeting de publicité du 5 décembre, à six heures du soir, au square de la place Pouchkine, près du monument du poète.

Invite deux autres citoyens en te servant du texte de cet Appel. »

Évidemment, l'entreprise rencontra beaucoup d'opposants. Comme d'ordinaire, on racontait que c'était une provocation du K.G.B. pour « démasquer » tout le monde, etc. La majorité, néanmoins, appuyait l'idée et même ce grand pessimiste de Iouri Titov me dit :

« Eh bien, tu vois, ces intellectuels, ils ont fini par inventer quelque chose de sensé. »

L'Appel se répandait par les canaux déjà en place du samizdat, par lesquels hier encore circulaient les vers de Mandelstam, de Pasternak, ainsi que les recueils littéraires. Ces « canaux de toute confiance » furent notre plus grande réussite en dix ans et grâce à eux, quand vint décembre, pratiquement tout Moscou avait connaissance du meeting organisé pour le Jour de la Constitution.

Me remémorant l'expérience de nos réunions sur la

place Maïakovsky, j'étais convaincu que scander des slogans était chose à la fois vaine et dangereuse. Allez prouver ensuite ce que vous avez crié. Des pancartes portant le slogan auraient été préférables à tous égards. C'est pourquoi je m'entendis avec quelques gars pour qu'ils en fabriquent à tout hasard.

On commença avec un entrain inaccoutumé ; dans les conversations par tout Moscou, il n'était question que de cette manifestation. Mais plus on approchait du Jour de la Constitution, plus se trahissaient le pessimisme et même la peur ; personne ne savait comment tournerait cette entreprise. Ce pouvoir, il est capable de tout. Ils expédieront tout le monde dans des maisons de fous ou pire encore. Car enfin, ce qui allait se produire, c'était la première manifestation libre dans le pays depuis 1927.

Le 2 décembre, j'avais juste réussi à passer le dernier paquet d'Appels à l'un des membres du Smog au cinéma Moskva, place Maïakovsky, quand, à la sortie, dans la rue, je fus entouré par toute une foule d'agents du K.G.B. Ils s'imaginaient, je ne sais pourquoi, que j'étais armé et ils tremblaient littéralement de frayeur. Me pressant étroitement de toutes parts, de sorte que je ne puisse même pas remuer le bras, ils m'installèrent dans une Volga qui attendait déjà. Deux types sur mes flancs ; devant, à côté du chauffeur, le chef de la brigade d'intervention.

« Les mains en avant, sur le dossier du siège. Défense de bouger, défense de tourner la tête.

— On peut fumer ?

— Défendu. »

Ils me conduisirent au poste de police le plus proche. Me fouillèrent. Comme par un fait exprès, j'avais gardé pour moi un exemplaire de l'Appel, pour en faire encore des copies. Ils ne trouvèrent rien d'autre. Ils m'emmenèrent dans la salle de garde de la police : « Asseyez-vous un peu. » C'était suspect qu'ils ne m'aient pas conduit illico à la Loubianka ou à Léfortovo. Qu'est-ce qu'ils attendent ? Un mandat, ou quoi ?

J'engageai la conversation avec les agents.

« Raflé par le K.G.B. ? Comme de juste, sans motifs ni raison ? interrogeaient-ils, compatissants. Encore ces limiers à la manque. »

La haine de la police pour le K.G.B., ce n'est pas un truc nouveau ; bien des fois, elle nous a tirés d'affaire. Je la mis à profit cette fois-là encore : je sortis mon tout petit agenda qui contenait certaines adresses et je le détruisis. Mes agents ne bronchèrent pas d'un cil. Qui sait quelles adresses il y avait là ; peut-être celles de leur fils...

« Où m'emmène-t-on ? »

Ils hochent la tête ; ils ne savent pas, c'est clair.

Au bout d'une vingtaine de minutes, on me convoque au bureau. Derrière la table, une femme en manteau. Devant elle des papiers quelconques et mon exemplaire de l'Appel.

« Bonjour. Asseyez-vous. Comment vous sentez-vous ? »

Ah ! compris : une psychiatre. D'emblée on peut le déterminer au sourire : seuls les psychiatres sourient avec cette condescendance compréhensive. Et ces yeux : on dirait qu'elle regarde une bestiole : « Eh bien, où est-ce que tu te traînes, petite sotte !... »

Comme si je venais de siffler un verre de vodka, je vis fondre sur moi l'asile de Leningrad avec sa foule de déments en haillons. « Notre petit Auschwitz. » L'odeur de l'hôpital m'envahissait déjà.

Tout ce que je vais dire à présent, chacun de mes gestes, elle va tout déformer et l'inscrire dans le dossier médical. Et c'est irréparable. Disputer avec un psychiatre, peine perdue. Ils n'écoutent jamais *ce que* vous dites. Ils écoutent *comment* vous le dites. Inutile de s'emporter, il y aura la mention : « Excité, maladivement fixé sur les thèmes revêtant pour lui une tonalité émotionnelle. » Vous ne couperez pas à l'aminasine. Si vous êtes trop abattu, renfrogné, elle inscrira : dépression. Il ne faut pas être enjoué non plus : « réaction inadéquate ». L'indifférence, c'est le comble ; elle inscrira « tassement de l'émotivité », « langueur », symptômes de schizophrénie.

Ne pas paraître méfiant, soupçonneux, dissimulé. Ne pas raisonner d'une manière trop assurée, trop tranchante (« surévaluation de la personnalité »). Et surtout, ne pas traîner, répondre vite, le plus naturellement possible. Tout ce qu'elle va inscrire maintenant, vous aurez beau faire, vous ne pourrez le réfuter ensuite. Elle est la première à me voir ; c'est elle qu'on croira. Priorité en psychiatrie à celui qui voit le malade en premier. D'ici à une dizaine de minutes, les choses peuvent aller mieux. Allons, que Dieu m'aide et Stanislavsky[1] en personne.

Et je dis du même ton cordial, guilleret, comme si je parlais à ma mère :

« Bonjour. Merci, je n'ai pas à me plaindre de ma santé. »

Deux, trois questions de routine : nom, adresse, année de naissance. Un test pour voir comment le bonhomme s'oriente. Quelle indigente ressemblance entre eux tous. Maintenant, elle va demander quel jour on est. Quel jour au fait ? Mais oui, le 2 décembre. La manifestation est dans trois jours. Non, elle ne me l'a pas demandé. Ouf, le premier round, semble-t-il, est pour moi. Pour me coffrer, de toute façon ils vont me coffrer. Mais qu'au moins

1. Pseudonyme de Constantin Serguéiévitch Alexéiev. Très célèbre acteur, metteur en scène et théoricien de théâtre. Fondateur du Théâtre d'Art de Moscou (1863-1938). (N.D.T.)

elle n'écrive pas un mot de trop, la vieille bique.

« Nous vous hospitalisons sur décision du psychiatre en chef de la ville de Moscou.

— Mais pour quelle raison, fais-je, avec une stupéfaction tout à fait naturelle, comme si, de ma vie, je n'avais été en hôpital psychiatrique. Je ne fais apparemment de mal à personne. Je ne me jette pas sur les gens, je ne mords pas. »

Mais plus question de l'entraîner sur ce terrain-là.

« Et ça, qu'est-ce que c'est ? » dit-elle, montrant mon maudit tract.

Et son regard a repris une note de supériorité. C'est que je vous connais, vous autres, les dingues. Il court à travers la ville avec des tracts dans sa poche et il s'étonne encore de s'être fait embarquer. Un homme normal ne s'occupe pas de cela. Et là, inutile de protester. C'est même dangereux. Un psychiatre doit toujours avoir raison.

« Mais je viens juste de le trouver. Et je n'ai même pas eu le temps de le lire », dis-je plutôt pour la forme, pour ne pas rester bouche close.

Tout cela est désormais sans importance. L'essentiel, c'est qu'elle n'inscrira rien sur mon compte. J'enlève encore le dernier round. Mais, là-bas, à l'hôpital, tout va recommencer. Et ce tract, on n'a pas fini d'en parler et d'en reparler.

Ce n'est qu'en chemin, dans le fourgon asilaire, reprenant mon souffle après l'entretien, que je me mis à songer avec regret : « Hélas ! la balade a été courte. En tout, neuf mois. C'est maintenant qu'on pourrait agir et s'en donner, c'est maintenant que ça commence pour de bon. »

Il y avait une chose de bien : j'étais tombé sur des infirmiers de bonne humeur et tout au long de la route, on s'en raconta de bien bonnes. Sur Lénine. Et c'est ainsi qu'on débarqua chez les fous, à l'hôpital psychiatrique municipal n° 13 de Lublino.

« Allez, le politique, saute ! On est arrivés. »

L'hôpital municipal classique — un vrai paradis en comparaison de l'hôpital spécial — et, bien qu'on m'ait collé dans la section des agités, avec des verrous un peu plus sûrs, un régime un peu plus sévère, au bout de quelques jours, je m'y étais déjà acclimaté. Ma meilleure recommandation, c'était d'avoir été ramassé sur ordre du K.G.B. ; personne après cela ne doutait que je fusse normal. Médecins, auxiliaires, garçons d'étage étaient tous de jeunes gars de mon âge, ou à peine plus vieux ; nous trouvâmes immédiatement une langue commune et parfois même des amis communs.

Dès le premier entretien avec mon médecin, le docteur Arkous, j'acquis la certitude que non seulement il n'entreprendrait pas de me « soigner » mais qu'il me considérait comme parfaitement sain d'esprit et qu'il s'efforcerait de faire tout ce qui était en son pouvoir pour me rendre la liberté. Mais c'était loin d'être simple. Comme partout en U.R.S.S., coffrer, c'est facile, mais pour relâcher, c'est tout un problème. Il faut l'accord du médecin-chef, sinon celui de toute la commission. Et ce n'est pas encore tout : ils ne pouvaient que communiquer leur avis au psychiatre en chef de Moscou et lui seul pouvait prendre la décision définitive. Quant aux intentions des autorités, nul ne les connaissait ; on leur prêtait seulement le dessein de me faire retourner à Leningrad en tant que malade « insuffisamment traité » et « prématurément rayé des contrôles ».

Dès le lendemain, les amis avaient déjà flairé où j'étais fourré et ils arrivèrent à toute une bande. Comme de juste, toute la conversation tourna autour de la manifestation imminente et de ses possibles conséquences. Le moral flanchait perceptiblement. L'histoire que j'avais eue faisait craindre encore davantage qu'on les remette tous en taule sans façon. L'enthousiasme tombait à une allure vertigineuse ; et si, tout d'un coup, personne ne se décide à venir ? Je craignais fort que cet état d'esprit ne l'emporte ; aussi, lorsque vers la fin, Iouri Titov posa la question sans ambages : monter la manifestation ou ne pas la monter, je répondis que si rien ne se passait maintenant, cela aurait des retentissements sur mon sort. On aboutirait à ceci : moi disparu, tout s'est effondré, et c'est moi qui ferai figure de principal instigateur. En réalité, la chose ne pouvait pas se retourner contre moi ; cela aurait été plutôt l'inverse, mais je craignais terriblement que le pessimisme ne l'emporte et je voulais tous les lier par quelque obligation morale. Assurément, ce n'était pas très honnête de ma part et, en agissant ainsi, je les poussais à aller un peu contre leur gré. Mais, cela contribua certainement à décider l'affaire.

Toute la journée du 5 décembre je la passai sur des charbons ardents. Je me demandais même si je n'allais pas tenter de m'évader de l'hôpital. Le temps s'étirait interminablement. Ce n'est que le lendemain que les gars vinrent me voir et me racontèrent les détails.

Vers six heures, la place Pouchkine offrait un spectacle réjouissant. Le gros des curieux se tenait en mur dense tout autour de la place et même de l'autre côté de la ruc. Près du monument allaient et venaient, en groupes ou isolés, jouant les passants tombés là par hasard, manifestants, fonctionnaires du K.G.B. et journalistes étrangers. Quelqu'un était même venu, une paire de skis sous le bras, pour avoir — on ne sait jamais — une explication plausible de sa présence en ces lieux : eh bien voilà, je revenais des environs de la ville, d'une promenade à skis, je me suis arrêté par hasard sur la place, voir pourquoi la foule s'était rassemblée. Quant à Essénine-Volpine, un de ses amis, amputé des jambes, le conduisit jusque sur la place dans sa voiture de mutilé ; autrement, on l'aurait intercepté en route.

Comme je m'y attendais, personne n'osa crier et nul ne savait au juste que faire ensuite. Voyant cependant qu'il ne se passait rien de terrible, la foule s'enhardissait peu à peu, s'étirait vers le monument et quelque deux cents personnes formaient déjà un groupe dense au centre. C'est Iouri Titov qui sauva la situation. En effet, après notre conversation à l'hôpital, sans dire mot à personne, il avait fabriqué chez lui des pancartes de papier avec des inscriptions : « Respectez la Constitution », « Nous exigeons la publicité du procès Siniavsky-Daniel », « Liberté pour Boukovsky et les autres personnes arrêtées pour avoir préparé la manifestation ». (Dans l'après-midi, juste avant la manifestation, on en avait encore embarqué deux pour l'hôpital psychiatrique : Vichnievskaïa et Goubanov.) Iouri avait apporté ces pancartes sur la place, sous son manteau, et à présent, au milieu de la presse, il avait entrepris de les extraire, de les dérouler et de les faire passer à d'autres. A un moment donné les pancartes se déployèrent au-dessus de la foule et sur-le-champ les agents du K.G.B. et les inspecteurs se ruèrent pour les arracher, les déchirer et les froisser. Quant à ceux qui tenaient ces pancartes, on les conduisit prestement vers les voitures.

On embarqua, en gros, une vingtaine de personnes. A ce moment-là, profitant de la confusion, Galanskov se hissa sur le socle du monument et s'écria :

« Citoyens de la libre Russie, approchez de moi... »

Des citoyens en civil de la libre Russie se précipitèrent instantanément sur lui, le firent tomber et l'entraînèrent dans une voiture.

Au poste de police, où l'on avait regroupé toutes les

personnes appréhendées, les inspecteurs du K.G.B. faisaient les maîtres, interrogeaient, inspectaient les pancartes.

« Qu'est-ce que vous voulez donc dire avec le slogan : « Respectez la Constitution » ? Contre qui est-il dirigé ?

— Sans doute contre ceux qui ne la respectent pas.

— Et qui donc ne la respecte pas ?

— Eh bien, par exemple, ceux qui dispersent les manifestations pacifiques... »

On avait pris à Alex Volpine une pancarte exigeant la publicité du procès contre Siniavsky et Daniel. Mais l'inspecteur qui avait saisi la pancarte sur la place en avait déchiré un morceau au beau milieu, avec un tel bonheur que lorsqu'on rapprocha les deux moitiés, on obtint : « Nous exigeons un procès contre Siniavsky et Daniel. » C'est clair, le mot « publicité » avait tellement révolté l'inspecteur qu'il l'avait empoigné d'une étreinte mortelle.

Toutes les personnes arrêtées furent gardées à vue environ deux heures, puis relâchées.

J'appris plus tard que la dislocation de la manifestation ne s'était pas déroulée non plus comme le désiraient les autorités. Au départ, elles avaient l'intention d'utiliser pour ce faire non point le K.G.B., mais des komsomols des sections d'intervention. Mais elles se heurtèrent à une résistance inattendue. Au cours de la réunion pendant laquelle des représentants du K.G.B. et des autorités du Parti donnaient les instructions, les komsomols, contre toute attente, se rebellèrent. C'étaient, en écrasante majorité, des étudiants, et ils s'indignèrent qu'on s'apprêtât à les utiliser comme une vulgaire force de police, sans tenir compte de leur opinion.

« Laissez-nous d'abord lire ce que ces écrivains ont écrit et ensuite nous déciderons bien comment agir », déclarèrent-ils.

Force fut au K.G.B. de changer d'urgence ses plans, mais tel ou tel des insoumis, entre autres mon camarade d'école Ivatchkine, furent ensuite chassés du komsomol.

Tout laissait percevoir que pour ce meeting de protestation le moment avait été choisi avec un rare bonheur. Ils avaient quand même commencé à bouger, les concitoyens. Et même si les manifestants continuaient à être en butte à des tracasseries d'ordre extra-judiciaire — exclusion des facultés, licenciements, l'opinion publique se révéla être du côté de Siniavsky et Daniel.

Finalement, la propagande soviétique ne put plus supporter cette double pression, de l'extérieur et de l'intérieur, et au début de janvier parut un grand article dans les *Izvestia,* première mention de l'affaire dans la presse soviétique. Bien entendu, l'article essayait de spéculer sur les pseudonymes, présentait Siniavsky et Daniel comme des hypocrites qui, soi-disant, dans la presse soviétique célébraient les louanges du pouvoir et à l'étranger le noircissaient en tapinois. Et on n'arrivait pas à comprendre ce qui indignait le plus l'auteur de l'article : qu'on célébrât le pouvoir ou qu'on le noircît. On tablait sur les sentiments antisoviétiques des gens d'U.R.S.S. ; au bout du compte, si cette dualité n'avait pas existé, il n'y aurait pas eu lieu de parler. L'article s'intitulait bien « Les retourne-veste », mais là encore, malgré tout, la propagande n'avait pas réussi à garder le ton ; comme toujours, cela manquait de finesse. Le ton glapissant et vulgaire de l'article, la manière arbitraire de faire des citations en les détachant de leur contexte et surtout le fait d'anticiper purement et simplement sur la décision du tribunal, l'accusation de propagande antisoviétique, voire de trahison, tout cela souleva un flot de protestation, tant à l'intérieur du pays qu'à l'étranger.

Les autorités durent inspirer d'urgence des lettres de

travailleurs appuyant l'article. Selon le scénario unique pour toutes les circonstances de la vie on commença à voir paraître des lettres indignées d'agronomes, de vachères, de fondeurs et d'éleveurs de rennes. Il ne restait plus qu'à tenir des meetings dans les usines et les kolkhozes pour achever le tableau de la condamnation populaire unanime. La *Gazette littéraire* ne put se retenir, elle non plus : elle tonna également d'un article courroucé. Bref, c'était le début du tintamarre habituel de la propagande soviétique, dont le principe est très simple : pousse des hurlements aussi assourdissants que tu peux, pour qu'on n'entende plus rien d'autre. Comme dans le couplet enfantin :

Celui qui crie le plus fort « ouah, ouah ! »
Sera toujours dans son bon droit.

Et tout cela, naturellement, aboutit au résultat contraire : au moment où s'ouvrit le procès de Siniavsky et Daniel, le scandale avait pris des proportions planétaires. Alors, ne fût-ce que pour estomper tant soit peu l'impression produite, les autorités laissèrent subitement Tarsis partir pour l'étranger. Nous autres, voyez-vous, nous ne jugeons que ceux qui « retournent leur veste » ; mais ceux qui agissent ouvertement, nous allons jusqu'à les laisser partir pour l'étranger. Du même coup, ils se débarrassèrent très habilement de Tarsis, dont ils ne savaient pas non plus que faire.

Il faut quand même rendre hommage à l'« inventivité » de nos dirigeants. Les deux événements que constituaient le départ de Tarsis et le procès de Siniavsky et Daniel s'escamotaient et se démentaient inévitablement l'un l'autre ; ils gâtaient le tableau — d'une clarté journalistique — qu'on se faisait de la situation en U.R.S.S.

« Mister Tarsis, comment se fait-il qu'on vous ait laissé

partir pour l'Angleterre, et qu'on fasse passer Siniavsky et Daniel en jugement ? »

Que répondre ? Notre bon fabuliste Krylov n'avait rien dit à ce propos. Résultat : ou bien Siniavsky et Daniel étaient réellement des criminels, ou bien Tarsis tout bonnement fou. Comment voulez-vous qu'un Occidental aille comprendre que tout, dans notre État, est soumis aux impératifs de la propagande et de la désinformation. On n'est plus au temps de Krylov.

Ce n'est pourtant pas cela qui pouvait désormais les sauver.

Le 10 février 1966 s'ouvrit le procès — premier procès exemplaire de l'ère post-stalinienne, préfiguration de toute la série des procès futurs. Les autorités avaient à résoudre un problème insoluble : comment, par les moyens légaux, régler leur compte à des gens pour leur œuvre et leurs convictions. Battre en retraite ? Les chemins étaient coupés. La moindre hésitation, le moindre signe de mollesse les eussent mis pour toujours sous la coupe de l'opinion publique.

Le procès se déroula, bien entendu, à huis clos, bien qu'il fût réputé public. On n'admit dans la salle qu'une assistance triée sur le volet et munie de sauf-conduits spéciaux. Les correspondants de la presse étrangère ne purent évidemment pas se procurer de ces sauf-conduits. Par contre, la presse soviétique était littéralement enragée ; chaque jour ou presque, dans tous les journaux, des articles « De la salle d'audience ». Vous voulez la publicité ? Tenez, bouffez-en à la louche, de notre publicité soviétique. Vous voulez la légalité ? La voilà, la légalité soviétique.

Mais déjà déferlait un flot de protestations, de pétitions, de lettres ouvertes. Les écrivaient ceux qui se souvenaient de Vorkouta, de Norilsk et de Karaganda, de la Kolyma et de Djezkazgan et ceux qui n'avaient pas envie plus tard de retrouver des souvenirs de lieux pareils. Il était risqué de « ne pas savoir », il devenait dangereux de « redouter ».

Et de main en main passaient des dizaines de milliers de minces feuilles de papier pelure couvertes d'un texte dactylographié à peine déchiffrable : les déclarations finales de Siniavsky et de Daniel. Pour la première fois, au cours d'un procès politique destiné à servir d'exemple, les inculpés ne s'étaient pas repentis, n'avaient pas imploré clémence. Et cela, c'était *notre publicité, notre victoire.*

Pendant ce temps-là, mes propres affaires s'embrouillaient de plus en plus. Les médecins du 13e hôpital psychiatrique municipal, jeunes gars consciencieux, refusèrent de me reconnaître malade et envoyèrent leurs conclusions au psychiatre en chef de Moscou, Ianouchevsky. Ils ne pouvaient pas me libérer purement et simplement, étant donné que j'avais été interné sur décision du psychiatre municipal comme « malade socialement dangereux ». Mais dans leurs conclusions ils suggérèrent d'une manière transparente que, pour autant qu'on ne relevait pas de preuves médicales, ils éprouvaient de l'embarras à me garder plus longtemps dans leur hôpital. N'étant pas un lieu de réclusion, celui-ci n'était malheureusement pas équipé d'une façon idoine et ils ne prenaient pas sur eux de garantir mon isolement. En d'autre termes, ils laissaient entendre que je pouvais fort bien m'évader et qu'eux, pour leur part, ne pouvaient guère trouver de motifs suffisants pour m'en empêcher.

Effectivement, cela ne me coûtait rien de m'évader. Garçons d'étage, infirmières, auxiliaires et médecins me manifestaient une telle sympathie, une telle compréhension, qu'ils auraient ouvert les portes d'eux-mêmes : je n'avais qu'à demander. Ils auraient même fait venir un taxi pour me ramener à la maison. Mais une fugue eût été immédiatement interprétée par les autorités comme la preuve que j'étais « socialement dangereux ». C'était Leningrad garanti. Alors quoi, fuir encore une fois en Sibérie ? Et je décidai de me battre jusqu'au bout. Tout au moins, les conclusions favorables de l'hôpital, où l'on m'avait gardé en observation un mois entier, me donnaient-elles une chance de prouver que je jouissais de mes facultés mentales.

Le plus sage, pour les autorités, eût été de me relâcher sans plus ; mais leur entêtement imbécile et leur certitude d'être tout-puissants les fourvoya une fois de plus. En fin de compte, pour notre manifestation effrontée, personne pratiquement n'avait été châtié (les autres gars avaient déjà été relâchés à ce moment-là). Aussi, fidèles à leur tradition de cogner sur un seul pour effrayer les autres, les autorités décidèrent-elles de ne me relâcher pour rien au monde. De me faire pourrir dans les maisons de fous.

A la mi-janvier, on me transféra d'urgence dans un autre hôpital : n° 5, au village de Troïtskoïé, à quelque soixante-dix kilomètres de Moscou. Ils espéraient que, dans un autre hôpital, les médecins se montreraient plus accommodants. Mais les autorités avaient encore autre chose en tête. Mon affaire avait alors déjà filtré dans la presse étrangère et ils craignaient que les correspondants étrangers ne se missent à me rendre visite. Or, le nouvel hôpital, la fameuse « Stolbovaïa », se trouvait au-delà des limites de la zone permise aux étrangers.

Cet hôpital, construit tout au début du siècle, fut affecté au traitement forcé qu'exigeaient toutes sortes de délits mineurs : vol, prostitution, spéculation, vagabondage et autres agissements « non typiques » des sujets soviétiques. On y gardait au moins 12 000 à 15 000 patients. C'étaient pour la plupart de véritables malades, souffrant d'affection chronique. Beaucoup étaient enfermés ici pour toute la vie ou presque, surtout ceux qui n'avaient pas de famille ou que leur famille refusait de reprendre.

Aveugle, avec une grosse tête disproportionnée, pareil à un énorme embryon, Egor avait passé toute sa vie enfermé là, depuis sa naissance. Il avait déjà la quarantaine.

« Eh bien, comment vont les affaires, Egor ? lui demandait-on gaiement, savourant d'avance une réponse cocasse.

— Elles ne vont pas mal les affaires ; la tête est encore entière », répondait-il d'une voix grinçante, comme un robot.

Des paralytiques sans âge, la langue pendante, des idiots traînards, lents comme des phoques, des schizophrènes épuisés, des épileptiques avec leur crise toutes les heures et, bien entendu, dans chaque section, une petite confrérie de gens en bonne santé, absolument normaux, pour l'essentiel des voleurs moscovites : pickpockets, cambrioleurs, détrousseurs.

Ils m'avaient expédié là-bas au « pourrissoir », pardon, en « isolement », pour confirmer mon aliénation mentale et m'envoyer ensuite à Leningrad. Mais, comme on dit, l'homme propose et Dieu dispose.

Mon compagnon de voyage, dans le fourgon asilaire, se trouvait être un vieux voleur moscovite, une vieille ficelle, Sania Kachirov. Une minute, il me dévisagea d'un regard expert et soudain me demanda tout bas :

« T'as du flouss ?

— Un petit peu, répondis-je, tout aussi bas.

— Envoie ; sans ça, ils vont te le piquer à la fouille. Ça suffira pour aujourd'hui et demain, on trouvera bien moyen de se dépatouiller, dit-il, très affairé, en fourrant mes dix roubles dans une boîte d'allumettes. Je suis bon cordonnier ; là-bas tout le monde me connaît. Nous ne serons pas sans le sou. »

Effectivement, on ne nous avait pas plutôt conduits à la doctoresse, dans le pavillon des admissions, qu'elle joignit les mains :

« Sania ! Te revoilà des nôtres ! Écoute, j'aurai des talons à réparer. Des souliers tout neufs, je viens de les acheter. Tu viens pour longtemps chez nous ? Dis donc, où vas-tu aller ; encore à la 4 B ? »

Ce n'est qu'alors qu'elle prêta attention à moi. Mais Sania, devançant le questionnaire dit simplement :

« Celui-ci, avec moi. Également à la 4 B. »

Et sans même regarder mon dossier, sans lire toutes les menaçantes instructions du K.G.B. ni les prescriptions du psychiatre en chef, elle me dirigea sur la quatrième division « B ». Ni examen, ni questionnaire, ni fouille. Voilà ce que c'est que d'être l'ami d'un bon cordonnier.

« Alors je passe ce soir, après le service. J'apporte mes souliers, hein, Sania ? cria-t-elle quand nous eûmes déjà le dos tourné.

— D'accord », jeta Sania, sans entrain.

A la division aussi, ils nous avaient à peine amenés que les infirmières entouraient déjà mon Sania, tel un hôte longuement attendu, et entreprenaient à qui mieux mieux de lui expliquer des histoires de bottes, de souliers, de talons-aiguilles et de pièces. On s'arrachait Sania. Un bon cordonnier est, de toute façon, un oiseau rare, de nos jours ; et ici, à plus de soixante-dix kilomètres de Moscou, à plus forte raison. On ne va tout de même pas aller chaque fois à Moscou pour faire réparer les souliers ou donner à recoudre les bottes de feutre des gamins.

La division était bondée ; quelque chose comme deux

cents personnes. On dormait sur le sol, sur les bancs et les tables des réfectoires. On attendait un lit des mois, en prenant son tour dans la queue. En guise de punition pour quelque incartade, le médecin pouvait priver le délinquant de son lit, comme du bien suprême, et le transférait sur le plancher. Pour se hisser jusqu'à ce lit, on graissait la patte aux garçons. Mais pour nous, on libéra séance tenante deux lits, côte à côte, avec un petit bahut, s'il vous plaît ; on envoya des dingues quelconques dormir sur le plancher de la salle à manger. La patronne fit même des largesses, elle nous donna des pyjamas de pilou tout neufs, des robes de chambre marron bien chaudes, des pantoufles. Bref, on nous installa royalement, comme les touristes étrangers au National. Tandis que dans le monde de la science se déroulaient les discussions sur la schizophrénie larvée, que les recherches se poursuivaient et que les thèses se rédigeaient, les filous moscovites faisaient rapidement le tour de ses avantages. Plutôt que de se faire suer des cinq années à travers les camps, de trimbaler des troncs ou de moisir au cachot, il valait autrement mieux faire six ou huit mois dans une maison de dingues. Rien au casier judiciaire, on garde son permis de séjour, pas besoin de travailler. C'est du gâteau. Ils avaient tous été une fois ou l'autre dans les camps et ils n'étaient pas pressés d'y retourner ; que les imbéciles scient donc le bois, le travail aime les imbéciles. Il suffisait à un homme sensé d'être passé une fois à l'expertise à l'hôpital Kachtchenko pour se munir ensuite pour toute la vie d'un diagnostic à toute épreuve. Certains d'entre eux avaient déjà séjourné ici à dix ou douze reprises (au camp, pour le même motif, ils auraient dû purger une cinquantaine d'années) ; remis en liberté, ils avaient recommencé à voler, s'étaient fait recoffrer et à chaque fois ils revenaient, pour tout dire, au logis dans leur chère division 4 B.

La division faisait penser ni plus ni moins à un bouge de voleurs. Prier les garçons d'étage d'apporter de la vodka, ce n'était pas la peine — c'est eux qui demandaient s'il ne fallait pas y courir. Pourvu qu'on eût de l'argent. Un verre au garçon, le reste pour soi. Dès le premier soir, Sania et moi lâchâmes dans le circuit mon billet de 10 roubles, et moi, faute d'accoutumance, au bout de deux verres de vodka, je piquai du nez. Les garçons d'étage m'étendirent sur mon lit avec sollicitude, pour que le médecin de garde ne le remarquât pas au moment de sa ronde et coururent eux-mêmes au magasin chercher une nouvelle ration. Et c'est ainsi que cela se passait chez eux chaque jour. Le matin, ils se faisaient passer le mal aux cheveux, à midi, ils buvaient et le soir, ils étaient soûls. Et voilà le manège !

Une fois, ils s'étaient soûlés à mort. Il ne restait pas un kopeck, même aux garçons. Et plus personne ne prête. Que faire ? A ce moment-là, un pickpocket proposa aux garçons :

« Laissez-moi filer une petite heure. Je fais simplement l'aller et retour en autobus de l'hôpital jusqu'à la gare et nous serons en fonds. »

Aussitôt dit, aussitôt fait. On le fit se changer et prendre des habits normaux et l'un des infirmiers partit avec lui à tout hasard, pour donner le change, s'il se faisait pincer : comprenez-vous, c'est un fou que j'emmène à l'hôpital, ne faites pas attention à lui. Effectivement, au bout d'une petite heure, ils revenaient tous deux, avec 25 roubles. Et la ripaille reprit à tout casser.

Mon compagnon de route, le cordonnier-voleur Sania, se lamentait un peu devant moi de ne trouver nulle part le moyen de se débarrasser de l'ivrognerie. Quand on est cordonnier, c'est difficile de ne pas boire. En liberté, où que tu te cases pour travailler, partout les gens boivent comme des trous. Va donc te retenir ! Il espérait souffler au moins ici ; je t'en fiche ! Et justement, il s'était fait pincer, un verre dans le nez, pour vol à la tire ; il en était fort honteux. Sa véritable spécialité était le vol en appartement.

S'évader d'ici ne coûtait rien — ou plus exactement coûtait 30 roubles net. Payez le garçon et il vous déverrouillera la porte et par-dessus le marché vous conduira à l'autobus. Même un amputé des jambes s'est évadé une fois, avec ses béquilles.

Évidemment, les médecins ne pouvaient pas ne pas savoir ce qui se fabriquait. De temps à autre, quelqu'un se faisait prendre en flagrant délit d'ivresse par le médecin de garde et alors, en guise de punition, on le transférait à la « division folle-furieuse », chez le docteur Pozdniakov, connu pour son sadisme. Il avait deux techniques favorites : le « trois fois cinq » et la « culotte de cheval ». Le « trois fois cinq », c'est trois piqûres de sulfazine, de 5 cm^3 chacune, deux dans les fesses et une sous l'omoplate. Après pareil traitement, le supplicié avait absolument la sensation d'être cloué en croix : impossible de mouvoir la main ni la jambe, tant on souffre. Et 41° de fièvre. La « culotte de cheval » c'était l'opération qui consistait à injecter du sérum physiologique dans les cuisses, ce qui effectivement, les faisait bouffer comme une culotte de cheval. Douleur infernale et impossible de marcher. Quel rapport cela pouvait-il avoir avec la psychiatrie, je ne sais. Les enveloppements, Pozdniakov n'en faisait pas ; il trouvait sans doute que cela donnait trop de tintouin.

Mais même la menace d'un châtiment aussi féroce ne pouvait retenir mes filous de s'enivrer. D'ailleurs, ils se faisaient rarement pincer. Personne parmi les garçons ni les infirmières n'y trouvait intérêt et ils cachaient toujours les ivrognes.

Au reste, les médecins essayaient de faire semblant de ne rien savoir. Tous étaient liés par caution solidaire. Le personnel de service dérobait de l'hôpital tout ce qui pouvait s'emporter, principalement les denrées de l'intendance. Pratiquement, tous les médecins, infirmières et garçons d'étage se nourrissaient sur l'hôpital. Tout le village de Troïtskoïé vivait de lui. On volait les denrées dans de telles proportions qu'il était impossible de se nourrir avec l'ordinaire de l'hôpital ; nous le donnions à ceux qui n'avaient pas de famille. Et on mangeait soi-même ce qu'on vous apportait de la maison, vu qu'il n'y avait pas de restrictions pour les colis. Le village de Troïtskoïé considérait l'hôpital comme son exploitation auxiliaire.

Dans la journée les « normaux » se rassemblaient d'ordinaire au réfectoire et on chassait les dingues dans le corridor, pour qu'ils n'embêtent pas les gens. Dans le réfectoire, il y avait la télévision. On y tapait aussi le carton, on y buvait. Les cinglés, d'une manière générale, on n'y faisait presque pas attention, sauf quand on tombait sur un fou amusant qu'il était intéressant d'asticoter.

Moi, bien sûr, je me mis tout de suite à m'informer : n'y aurait-il pas moyen de se procurer un poste de radio ? Il se révéla que c'était très facile. Dans une autre division, il y avait un combiné téléviseur-récepteur radio et les garçons d'étage s'arrangèrent en vitesse pour l'échanger contre notre téléviseur.

Chaque matin, quand nous prenions place pour déjeuner au réfectoire, j'attrapais la B.B.C. et, tandis que les idiots avalaient leur kacha, que les épileptiques se démenaient dans leurs transes et que les schizophrènes se tenaient immobiles au-dessus de leurs écuelles, braquant sur l'espace un regard vide, nous écoutions les nouvelles de Londres. Les lettres et les protestations concernant l'affaire Siniavsky et Daniel, le compte rendu sténographique du procès, les interviews et les déclarations de Tarsis à Londres... Mes filous se contentaient de hocher la tête ; hein, quelle affaire ! Ils commencèrent surtout à prêter l'oreille après que, à plusieurs reprises eut fusé mon propre nom. A présent, je n'avais même plus besoin de me faire du souci pour ouvrir la radio à temps : c'étaient les garçons qui la branchaient et tous faisaient silence.

Ouais, quelle image symbolique de notre glorieuse patrie ! Une immense maison de fous, où l'on vole tout, jusqu'à la dernière pomme de terre, où tout est soumis à la discrétion d'une poignée de gens « sains », qui, au reste, sont des filous complètement imbibés, mais qui préfèrent jouer les schizophrènes. Nous sommes assis là et nous écoutons ce qu'on nous raconte de Londres sur notre existence.

« Comment vont les affaires, Egor ?

— Elles ne vont pas mal, les affaires. La tête est encore entière. »

Mon médecin, Bologov, n'était pas un homme intrépide, ni à cheval sur les principes. Simplement, après les conclusions émises au précédent hôpital, selon lesquelles si j'étais sain d'esprit, il lui était plus aisé de confirmer que de récuser ces conclusions. Durant trois semaines environ, il m'observa, me fit venir deux ou trois fois pour un entretien. Évidemment, il savait que je buvais avec les garçons d'étage, que je vivais en bonne intelligence avec les filous et c'était pour lui la meilleure preuve de ma santé mentale : ni les uns ni les autres n'auraient frayé avec moi si j'avais donné le moindre signe de dérangement. Au fond, jamais il n'avait eu le moindre doute sur ma santé mentale, et cela, dès le départ. Or, l'expérience de l'hôpital n° 13 le démontrait, rendre pareilles conclusions ne comportait nul danger, ne risquait pas de briser une carrière. Et il consigna dans ses conclusions qu'il ne me considérait pas comme malade. Une fois de plus les autorités avaient la possibilité de me remettre en liberté sans plus de bruit ; mais là encore, elles la laissèrent échapper et, au lieu de cela, brusquement, à la mi-février, elles me firent transférer à l'Institut Serbski.

Mais désormais, même l'Institut Serbski ne pouvait plus rien faire : deux hôpitaux, coup sur coup, m'avaient reconnu sain d'esprit. En outre, grâce aux interventions de Tarsis, mon affaire avait commencé à trouver un large écho à l'étranger et l'Institut Serbski préféra « se réserver ». Il y avait dans mon affaire une complication juridique qu'ils mirent à profit. Formellement, je n'étais pas en état d'arrestation, ni inculpé, ni même suspect ; on n'avait point engagé de procédure criminelle à mon encontre. Pour cette raison, d'un point de vue juridique, l'Institut de psychiatrie judiciaire ne pouvait pas me soumettre à expertise. Il ne pouvait étudier la question de ma « santé mentale », dans la mesure où je n'étais inculpé d'aucun grief. C'est ainsi que, sans refuser formellement son expertise, l'Institut Serbski demanda simplement au K.G.B. les éléments d'accusation qui pesaient sur moi, afin d'étudier et de trancher la question de savoir si j'étais responsable de mes actes. Mais, au K.G.B., ils avaient beau se démener, ils n'avaient rien à présenter ; ils ne s'attendaient pas à voir les événements prendre cette tournure. Ils avaient trop compté sur leur toute-puissance et mon évidente aliénation.

Le litige, au fond, se ramenait à nouveau à la question du diagnostic. En 1963, on en avait établi deux sur mon cas : psychopathie et schizophrénie, avec un point d'interrogation. L'hôpital de Leningrad avait récusé celui de schizophrénie et m'avait rayé des contrôles en tant que psychopathe. A présent deux hôpitaux niaient l'existence de schizophrénie dans mon cas. L'Institut Serbski penchait dans le même sens, ce qui lui permettait pratiquement de ne pas se trouver en contradiction avec son précédent diagnostic : pour la psychopathie, personne, à cette heure, ne la contestait ; elle n'intéressait personne. Quant à la schizophrénie, eux-mêmes, à l'époque, lui avaient mis un point d'interrogation. Si, cependant, l'on était parvenu à récuser les conclusions de l'hôpital de Leningrad et à me remettre sur le dos le diagnostic « schizophrénie », cela aurait signifié, en fin de compte, que ceux de Leningrad avaient eu tort de me donner l'*exeat*. Cela eût donné un motif de me renvoyer à l'hôpital spécial à raison d'une affaire antécédente, sans en mettre en route une nouvelle, en tant que malade qu'on n'a tout simplement pas soumis au traitement idoine et qui, par conséquent, n'a pas été mené jusqu'à totale guérison. C'eût été la seule manière pour le K.G.B. de se dépêtrer de cette désagréable affaire et de justifier ses agissements illégaux.

C'est alors que ma mère, à son tour, commença à s'inquiéter sérieusement. Dominant sa timidité, elle se mit à adresser des plaintes de tous les côtés. De toutes les instances du Parquet on lui répondait, sur un ton serein, que tout était légal et que ses plaintes étaient sans fondement. Au vrai, c'est pour fournir pareilles réponses qu'il existe dans notre pays un Parquet.

C'est à ce moment précis, je pense, que se produisit chez ma mère ce déclic impétueux, le même qui surgit chez les travailleurs quand ils se heurtent directement au pouvoir bien-aimé. Apparemment, elle n'avait jamais cru en un quelconque communisme, même avant ce jour, comme d'ailleurs la plupart des gens ; mais ce n'est pas là uniquement affaire d'idéologie. Ma mère, qui en cela n'était guère différente de tous ceux qui avaient connu, durant des décennies, la terreur soviétique, avait tout simplement forgé en elle une résignation salvatrice et l'habitude de ne pas se faire remarquer. Et même l'habitude de ne pas s'avouer à soi-même son attitude réelle face au monde environnant. Boulot-maison, maison-boulot. L'essentiel : ne pas tourner la tête à droite, à gauche, ne pas regarder d'un air perplexe, sinon soudain on vous convoque et on vous interroge : qu'est-ce que vous avez à tourner la tête ? Cela ne vous plaît pas ? Et alors, que répondre ? Progressivement vous êtes si bien embarqué dans cette vie-là que vous ne vous y retrouvez plus vous-même. Quelles pensées ai-je mis de côté dans ma tête pour l'usage externe et quelles pensées pour l'usage interne ? Et si vous vous astreignez pendant longtemps à vous réjouir de tout, alors vous vous habituez peu à peu à trouver tout normal autour de vous et les slogans répétés des millions de fois par la propagande, deviennent une partie de votre conscience.

L'homme s'habitue à tout, il s'accoutume à toutes les privations, à toutes les absurdités. Mais il y a dans l'homme je ne sais quel ressort, quelle limite de tolérance à l'étirement, au-delà de laquelle tout s'envole au diable. L'homme cesse de croire à ce qui se passe.

Une de mes amies, dont on persécutait le mari depuis des années, sans le moindre grief, l'enfermant en camp de concentration, l'empêchant de trouver du travail, reçut l'avis d'avoir à se présenter à la police.

« N'emporte pas tes papiers, lui disent les amis.

— Pourquoi ?

— Eh bien, ils vont te les prendre et annuler ton permis de résidence. Et tu te retrouveras sans feu ni lieu, lui expliquent-ils.

— Comment ? dit-elle, abasourdie. Alors, il n'y a plus de justice ? »

Quelque chose d'analogue se produisit avec ma mère. Alors, il n'y a plus de justice ? Pour l'arrêter, ils ne l'arrêtent pas ; pour l'inculper, ils ne l'inculpent pas ; ils ne trouvent pas de maladie ; pour soigner, ils ne le soignent pas, mais ils le gardent enfermé depuis bientôt six mois. Et par-dessus le marché, ils écrivent qu'il n'y a pas lieu de se plaindre !

Peu à peu mise en rage par les réponses impudentes à ses plaintes, elle grimpa jusqu'aux plus hautes instances, commença à demander audience aux autorités supérieures et littéralement à leur hurler au visage. Non, mais c'est vrai, il y a des limites ! Ce qui est noir, c'est blanc : nous sommes déjà habitués. Ce qui est rouge, c'est vert : on nous en a convaincus. Ce qui est bleu, c'est violet : nous l'avons reconnu de nous-mêmes, la belle affaire ! Mais voilà maintenant que l'outremer, c'est pas l'outremer, c'est le jaune ? Assez !

Mais en fait elle n'était pas la seule à entrer en fureur à cette musique des couleurs. Mon vieil ami, le général Svetlitchny, chef du K.G.B. de Moscou, enrageait, lui aussi. Et en effet, où était donc la logique ? Ce qui est noir, c'est blanc : on l'avait déjà prouvé en 1917. Ce qui est rouge, c'est vert : c'était devenu évident dès 1937. Ce qui est bleu, c'est violet : tous s'en étaient convaincus sous Khrouchtchev. Et après tout cela, ils ne veulent pas comprendre que ce qui est outremer, c'est jaune ! Alors, il n'y a plus de justice ?

Le hasard voulut que ce fut justement sur lui que tomba ma mère en venant à l'audience. C'est dans l'hôtel luxueux du comte Rostoptchine, avec ses hauts plafonds sculptés, ses tapis et ses portes dorées, où me hantaient naguère des visions d'élégantes dames à crinoline et de messieurs à perruques poudrées, qu'eut lieu cette conversation entre ces deux assoiffés de justice.

« Terminé, il ne sortira plus ! rugissait le venimeux nabot à grosse tête, tapant furieusement du pied sur le parquet comtal. Je l'enverrai pourrir dans les maisons de fous ! Ça suffit ! »

Et ce fut la seule réponse sincère de toute cette période. Après cela, recommencèrent à venir interminablement les billets : « Tout est légal. Les plaintes sont sans aucun fondement. »

Pendant ce temps-là j'étais toujours enfermé à l'Institut Serbski et j'attendais de voir comment finirait cette étrange affaire. Le professeur Lountz lui-même, le tout-puissant Lountz — qui n'en était pas à son premier millier de gens sains d'esprit expédiés dans des maisons de fous sur l'ordre du K.G.B. — était perplexe et c'est à moi qu'il demandait avec curiosité :

« Dites, qu'allez-vous donc devenir maintenant ? »

Depuis qu'il pratiquait, c'était aussi la première fois qu'il lui arrivait de ne pouvoir être d'aucun secours à ses patrons et la situation ainsi créée l'amusait.

Daniel Romanovitch Lountz aimait s'entretenir un peu avec les malades cultivés, de philosophie, de littérature, surtout si la conversation se déroulait en présence de collègues. Il était agréable de faire des étincelles d'érudition, en citant de mémoire de ces auteurs dont le Soviétique contemporain n'a absolument jamais entendu parler, ou alors, dans le meilleur des cas, sur lesquels il a pu lire, dans le *Dictionnaire philosophique* : « Idéaliste bourgeois, penseur réactionnaire de tel siècle. Dans ses œuvres, il reflète les intérêts des classes exploitantes. » Pour ses jeunes collègues, pareille érudition confinait au fantastique, lui conférait une autorité péremptoire.

D'ailleurs, cela ne lui demandait aucune peine. Né dans une famille de professeurs, de grands intellectuels, il avait reçu son éducation dans ces livres. Sa jeunesse avait coïncidé avec cette époque démente où n'importe quel prolétaire presque illettré, venu tout juste à bout du

« Manifeste communiste » se retrouvait « professeur rouge[1] ». Les connaissances de ce rejeton de race professorale n'étaient utiles à personne et lui, du fond de son âme, méprisait ces « fils de cuisinière » venus prendre la direction de l'État et obsédés d'idées « surévaluées ». C'était comme si quelque plaisantin avait soudain ouvert les portes des asiles et laissé des paranoïaques disposer du pays. Et ceux-ci, affublés de manteaux de cuir carnavalesques, brandissaient à présent des mausers sous le nez des bonnes gens.

Au reste, il ne comprenait que trop bien combien il est dangereux de contredire un paranoïaque, surtout armé. Aussi, fidèle aux meilleures traditions de l'école psychiatrique russe, il « enchaînait » habilement sur ce délire et prenait des dehors si orthodoxes que ses propres parents redoutaient de parler ouvertement devant lui.

Plus on allait, plus les temps changeaient, les têtes chaudes disparaissaient dans le tourbillon des événements et voilà que les « professeurs rouges » d'hier se retrouvaient en Sibérie en train de trimbaler des troncs et de construire des routes. Mais lui poussait et continuait à pousser et il se considérait déjà sans doute comme absolument invulnérable, quand brusquement, en un éclair, il se trouva au bord de l'abîme. On était en 1953 et l'on s'aperçut soudain qu'il n'était qu'un juif, qu'un rejeton de la tribu pestiférée des ennemis et des saboteurs, lequel il convenait, en vertu de l'ordonnance altissime, de transférer au pays des glaces éternelles. Il est clair qu'ensuite jamais il ne put oublier ces quelques mois d'angoisse mortelle où, écarté de son emploi, désho-

1. Fondé en 1921, l'Institut du professorat rouge était destiné à assurer la formation des professeurs de sciences sociales (économie, histoire, philosophie) des universités et celle des cadres supérieurs du Parti et de l'État. (N.D.T.)

noré et maudit, il tremblait dans son appartement, attendant les coups inexorables qu'on frapperait à sa porte en pleine nuit.

Le danger s'éloigna ; on le réintégra dans ses fonctions et ses grades. Il lui redevint même possible d'étaler sans risque ses vastes connaissances philosophiques, mais jusqu'à la fin de sa vie il serait impuissant à se défaire de je ne sais quel affairement obséquieux, d'un tremblement moite aux mains lorsqu'on le convoquait *là-haut*. La nature de son travail voulait qu'on le convoquât souvent, sans façon — il était de leur bord ; on soulignait ainsi la confiance, l'estime, et cela procurait même une certaine jouissance secrète, cela stimulait le désir irrépressible de briller, de deviner à demi-mot et même sans mot du tout, et pour ce qui est d'agir, d'agir comme il fallait ; il n'y avait rien à redire.

Effectivement, ils l'appréciaient pour sa finesse, sa culture. Elle pouvait ondoyer à sa guise, la ligne générale du Parti : hier les léninistes coffraient les staliniens, demain, ce serait l'inverse ; et, à chaque fois, on pouvait s'attendre à des commissions, à des enquêtes. Avec Lountz, on pouvait du moins dormir tranquille. Il ne bâclait jamais la besogne, lui ; tandis que les autres... Quoi de plus simple : on se choisissait « sa » commission et hop, un coup de tampon sur n'importe quel diagnostic, ce n'était pas sorcier. Et voilà que le commissaire politique de la veille se voyait gratifié du diagnostic d'idiotie congénitale, tandis que le responsable du Parti au passé irréprochable se retrouvait éthylique du troisième degré. On pouvait s'attendre à tous les malheurs. Lountz, lui, était si habile à choisir le diagnostic en fonction des particularités de l'individu, à exhumer des faits minuscules, il mettait une telle psychologie à styler son protégé, qu'une commission internationale pouvait venir voir si elle voulait.

Comme bien l'on pense, il n'admettait pas la théorie de Snejnevski, pour lequel il n'y avait que des schizophrènes, larvés, à la rigueur, c'est-à-dire tels que seul Snejnevski pouvait déceler en eux la schizophrénie. Dans cette théorie, Lountz voyait très justement une menace pour son métier « d'orfèvre ». A qui pouvait-il être utile, avec toutes ses ciselures, si n'importe quel individu était schizophrène, pourvu qu'on le fît voir à Snejnevski ?

Comme bien l'on pense, je ne connaissais pas alors tous ces détails ; mais il faut dire que bien des fois, le soir, discutant avec lui de Bergson, de Nietzsche ou de Freud dans son bureau, sous une gravure représentant le grand savant humanitaire français Pinel en train de libérer de leurs chaînes des malades mentaux, je me perdais en conjectures : pourquoi gaspille-t-il son temps avec moi ? Car il le dit lui-même, il n'a pas été désigné cette fois-ci pour être mon expert : je n'ai pas d'affaire judiciaire sur le dos. Par ennui, alors ? Extérieurement, avec ses épaisses lunettes bombées et sa bouche d'une largeur démesurée, il faisait penser à un gros crapaud, surtout lorsque, à la fin de nos entretiens philosophiques, d'un ton pensif, soudain il coassait :

« On aimerait savoir ce que vous allez devenir maintenant. »

Absolument comme si nous n'avions parlé que de cela toute la soirée. Mais, au fond de lui-même, il pensait sûrement : « Comment peuvent-ils compter se débrouiller sans moi ? Peut-être me feront-ils encore signe ? »

Au printemps, enfin, l'on envoya sur décision du Comité central une commission « neutre » de quatre professeurs, trancher mon cas inextricable. Pas de mystère : le K.G.B. avait pris la voie la plus simple et obtenu qu'on inclût dans la commission deux partisans de Snejnevski — Morozov et Rotchtein. Bien qu'il ne fît pas partie de la commission, Lountz assistait à la séance et il exprima son avis. On ne me fit venir que l'espace de cinq minutes et je m'efforçai, bien sûr, de ne leur fournir aucun « symptôme ». Mais cela ne les intéressait pour ainsi dire pas ; le débat central qu'ils poursuivaient portait sur des questions théoriques qui ne me concernaient qu'indirectement.

Comme il fallait s'y attendre, les voix se partagèrent à égalité. Deux professeurs décelèrent en moi une « schizophrénie larvée » ; deux n'en décelèrent point.

C'était à nouveau l'incertitude totale pour l'avenir. Lountz se reprenait à me considérer avec curiosité. Qu'allais-je donc devenir à présent ? Je restai ainsi enfermé jusqu'à l'été.

Je ne sais réellement pas comment tout cela aurait pu se terminer. Je serais peut-être encore sous les verrous de l'Institut Serbski à l'heure qu'il est. Le plus probable, évidemment, c'est qu'ils auraient envoyé une nouvelle commission, composée entièrement cette fois de partisans de la « schizophrénie larvée » et dans ce cas-là, ce qui resterait de moi se trouverait quelque part à Leningrad ou, plus loin des regards, dans l'un des hôpitaux spéciaux, ouverts entre-temps en province. Mais l'affaire avait réussi à trouver un écho par trop large.

Sur mandat d'« Amnesty International » arriva à Moscou le juriste britannique M. Ellman ; il s'adressa au directeur de l'Institut Serbski, Morozov, le priant de lui accorder une entrevue. Il demanda également à me rencontrer. Je ne sais pas ce que pensa durant cette visite M. Ellman ; pour Morozov, il est aisé de s'imaginer le tour que prirent ses réflexions.

Allez savoir pourquoi, il ne s'étonna pas le moins du monde qu'un étranger lui demandât des comptes et ne considéra même pas la chose comme une « ingérence dans les affaires intérieures ».

« Boukovsky ? redemanda-t-il, plissant le front. Je n'ai pas souvenir. Il faut voir si nous avons un malade sous ce nom. (Et il se mit à compulser des paperasses sur son bureau.) Ah ! mais oui ! C'est exact. On a trouvé chez lui de la schizophrénie, mais le traitement l'a beaucoup soulagé. Nous allons bientôt lui donner son bulletin de sortie. »

Voilà avec quelle soudaineté prirent fin huit mois de dispute savante sur mon état psychologique. Ni attestation, ni explications, ni excuses. Permettez ! Qui vous tenait enfermé ? Vous avez eu la berlue, voilà tout !

Toujours est-il qu'après ma remise en liberté, ma mère continua, durant près de trois mois, à voir venir, des diverses instances du parquet, des réponses attardées : « On n'a pas relevé d'éléments justifiant de plaintes. L'enquête se poursuit dans le respect de toutes les normes juridiques. Votre fils est maintenu dans l'isolement, conformément à la loi. »

Et regardant Moscou dans son affairement coutumier, je ne pouvais me défaire d'une impression d'irréalité. En vérité, il était écrit que nous ferions de Kafka une histoire vécue.

Mais, six mois plus tard, je me retrouvais en prison, dans mon cher Léfortovo, avec ses spectres qui vous hantent la conscience et ses tourments nocturnes interminables. En tout et pour tout, j'avais réussi à tenir six petits mois en liberté ; six mois de course effrénée : plus vite, plus vite, réussir à en faire le plus possible, avant qu'ils me prennent. Et, une fois de plus, repassant dans ma tête ces six mois, je me dépitais de ma lenteur et de ma gaucherie.

6

En 1966, après l'histoire de Tarsis et l'affaire Siniavsky-Daniel, l'Occident avait commencé pour la première fois à s'intéresser à la situation réelle dans notre pays. Seul, un tout petit coin du rideau s'était entrouvert, mais déjà ce petit peu suscitait un ouragan d'indignation. Alors, que sera-ce, quand ils verront tout ?

Il ne fallait pas laisser s'émousser cet intérêt, s'apaiser cette indignation, il ne fallait pas permettre que tombe à nouveau le rideau de fer de la surdité. Pour la première fois, de nos propres yeux, nous avions pu nous convaincre de la force de la publicité, nous voyions la peur et le désarroi des autorités. Et peu importait que la morgue et l'entêtement eussent encore le dessus, le préjudice porté aux autorités était colossal. En auront-ils encore longtemps en réserve, de cette impudence autodestructrice ?

Pour la première fois, chez nous aussi, dans notre société morte, on vit surgir un embryon d'opinion publique. Sous nos yeux s'ébauchait le mouvement pour la défense des droits du citoyen. Et il fallait faire vite, ne pas laisser sa voix mourir.

Mais les autorités n'avaient pas renoncé non plus à leur intention de restaurer ce qu'il est convenu d'appeler le stalinisme. Cherchant de toute évidence à gagner la revanche après leur échec et surtout à intimider les citoyens qui relevaient la tête, ils préparaient en hâte de nouvelles répressions.

Notre meeting de décembre les avait pris au dépourvu : le Code pénal ne prévoyait pas de sanction pour ce genre de manifestations. Il n'y avait pas de précédent depuis 1927 et ils ne parvenaient pas à découvrir le moyen de faire passer en jugement qui que ce soit des manifestants. Il y avait bien l'article sur les désordres de masse, en vertu duquel on jugeait ceux qui prenaient part à des soulèvements ; mais l'appliquer à cette manifestation eût été trop fort, même pour notre justice, pour qui « la loi c'est un timon ». Pour rattraper leur gaffe, les autorités, par un décret spécial du Praesidium du soviet suprême d'U.R.S.S., en date du 16 septembre 1966, introduisirent l'article 190-3.

Tout à fait dans la note de l'hypocrisie soviétique, l'article ne comportait même pas le mot « manifestation » ; on y parlait « d'organisation d'actions de groupe (ou de participation active à des actions de groupe) violant grossièrement l'ordre public, ou assorties d'insoumission flagrante aux injonctions légales des représentants de l'autorité, ou entraînant des perturbations dans le fonctionnement des moyens de transport, des services ou des entreprises de l'État ou des collectivités ». Allez prouver maintenant qu'en U.R.S.S. les manifestations libres sont interdites ! Mensonge, calomnie ! Sont interdites uniquement les actions de groupe violant grossièrement l'ordre. En attendant, le premier Soviétique venu, habitué aux coups de barre de la loi-timon, comprenait parfaitement ce que visait l'article. Selon ses termes, devenaient délits non seulement les manifestations, mais également les grèves (« perturbations causées au fonctionnement des services ou des entreprises de l'État et des collectivités »). Et pour tout cela, vous aviez droit à trois ans de réclusion.

Simultanément, par le même décret était introduit l'article 190-1 ; qui prévoyait trois ans de camp pour la « diffusion systématique, sous forme orale, d'inventions sciemment mensongères dénigrant le système étatique et social soviétique, aussi bien que la confection ou la diffusion, sous forme écrite, imprimée ou autre, d'œuvres de même teneur ».

Du point de vue formel, entre le nouvel article et l'article 70 — « l'agitation ou la propagande menées dans le but de saper ou d'affaiblir le pouvoir soviétique, la diffusion aux mêmes fins d'inventions calomnieuses dénigrant le système étatique et social soviétique, de même que la diffusion, la confection ou la conservation, aux mêmes fins, de littérature de teneur analogue » — toute la différence tenait dans la *préméditation*. Aux termes de l'article 70, il fallait qu'il y eût intention préméditée de saper ou d'affaiblir le pouvoir soviétique ; pour le 190-1, la préméditation n'était pas requise et le champ des possibilités de poursuite s'élargissait. Et, de l'extérieur, tout était de nouveau parfaitement respectable : était interdite non point la liberté de parole ou de presse, mais uniquement la calomnie. Et dans quel pays est-il permis de calomnier ?

Mais en cela aussi, accoutumé à l'arbitraire et à l'hypocrisie, le Soviétique voyait à très juste titre une réaction devant la poussée du samizdat et le débridement des langues. Alors on baptisera calomnie tout ce qui déplaira aux autorités. Allez donc discuter avec elles après cela !

La législation de l'U.R.S.S. ne reconnaît pas la catégorie de délit politique (« chez nous, il n'y a pas de détenus politiques ! ») ; les délits tels que trahison, agitation, subversion, etc., sont inclus dans la section « crimes d'État particulièrement dangereux ». Ceux qui sont condamnés en vertu de ces articles sont néanmoins détenus à part des condamnés de droit commun, dans des camps de concentration spéciaux. Quant à ceux qui tomberaient sous le coup des articles nouveaux, on se proposait de les garder dans des camps ordinaires, de droit commun ; l'enquête relative à ces affaires devait même être menée par le parquet et non par le K.G.B. Par toutes ces dispositions, on soulignait une fois de plus que les articles ne contenaient en soi rien de « politique ».

Toute cette hypocrisie, bien caractéristique, mettait un obstacle fondamental à la campagne de protestation contre les nouveaux articles. On se trouvait dans un cercle vicieux. Portant clairement atteinte aux libertés constitutionnelles, formellement, les articles ne contredisaient pas la Constitution ; affirmer sans ambages qu'ils étaient anticonstitutionnels était chose malaisée. Pareille affirmation eût déjà été considérée comme de la calomnie. Démontrer qu'en introduisant ces articles, les autorités avaient une visée contraire à la Constitution, on ne pourrait le faire qu'après avoir vu comment, dans la pratique, ils seraient mis en application. Et encore, les autorités garderaient la possibilité d'affirmer à chaque fois qu'on n'avait pas le droit de généraliser les cas particuliers.

Mais ces articles firent naître une inquiétude si générale qu'un groupe d'écrivains, d'académiciens et de vieux bolcheviks s'adressa au Soviet suprême pour lui demander de ne pas faire subir cette retouche au Code pénal. Parmi les signataires de cette lettre, il y avait même des personnalités aussi célèbres que le compositeur Chostakovitch, les académiciens Astaourov, Engelgardt, Tamm, Léontovitch, le cinéaste Romm, les écrivains Kavérine et Voïnovitch. C'est également alors qu'apparut pour la première fois la signature de A.D. Sakharov.

La lettre était rédigée en termes circonspects et indiquait seulement que ces nouveaux articles « contredisaient les principes léninistes de la démocratie socialiste », qu'ils « ouvraient la porte à une appréciation subjective, à une qualification arbitraire des opinions émises », qu'ils pouvaient être « un obstacle à l'exercice des libertés garanties par la Constitution ». Aucun des signataires ne reçut de réponse et, à la fin du mois de décembre 1966, le décret fut ratifié par le Soviet suprême.

Le 5 décembre, pour l'anniversaire de la première manifestation, un nouveau « meeting de publicité » eut lieu place Pouchkine. Quelques dizaines de personnes s'y retrouvèrent à six heures du soir ; elles se contentèrent de se découvrir et d'observer cinq minutes de silence. L'on décida de se réunir ainsi chaque année, pour honorer la mémoire des victimes de l'arbitraire. Les autorités réagirent avec nervosité, tentèrent de disperser le rassemblement, mais personne ne fut arrêté.

Il est difficile à présent de se remémorer tout ce que nous faisions alors. C'était la venue au monde de cette étonnante fraternité, plus tard baptisée « mouvement », dans laquelle il n'y avait ni dirigeants ni dirigés, où l'on ne répartissait pas les rôles, où l'on ne cherchait pas à enrôler, ni à endoctriner quiconque. Mais, en l'absence totale de structures d'organisation, l'activité de cette fraternité était réglée d'une manière stupéfiante. Du dehors, impossible de saisir comment cela fonctionne. Le K.G.B., suivant sa vieille routine, recherchait toujours les leaders et les complots, les cachettes et les appartements où se réunissaient les conspirateurs et chaque fois qu'on avait arrêté le « leader » de service, on découvrait avec étonnement que le mouvement n'en était pas affaibli, qu'il y trouvait même souvent un regain de vigueur.

C'est comme ceux qui étudient le cerveau : ils ont longtemps cru que le cerveau comportait des centres de commande bien déterminés, une structure hiérarchique dans la transmission des ordres, mais à chaque fois qu'ils avaient fait l'ablation d'un nouveau « centre », ils constataient avec surprise qu'un tout autre « centre » soudain « prenait sur lui » la fonction de l'autre et que rien d'essentiel n'était changé. Il semble au profane que les cellules du cerveau sont occupées à un travail absolument vain, absurde et qu'elle se doublent pour accomplir une seule et même fonction. Spécialisation, subordination, commandements et directives sembleraient autrement plus rationnels. Il y aurait apparemment plus d'ordre. Mais non, pareil principe ne vaut pas pour un organisme vivant. Et chacun d'entre nous, tel une cellule nerveuse, jouait sa partie dans cet ensemble sans chef d'orchestre, tenu seulement par le sens de sa propre dignité et de sa responsabilité personnelle à l'égard de tout ce qui advenait.

Nous ne jouions pas à la politique, nous ne rédigions pas de programme de « libération du peuple, nous ne fondions pas d'alliance « du glaive et de la charrue[1] ». Notre arme unique était la publicité. Pas la propagande, la *publicité*, afin que personne ne pût dire ensuite « je ne savais pas ». Le reste était l'affaire de la conscience de chacun. Et nous n'attendions pas de victoire — il ne pouvait y avoir le moindre espoir de victoire. Mais chacun voulait avoir le droit de dire à ses descendants : « J'ai fait tout ce que j'ai pu. J'ai été un citoyen, j'ai essayé

1. Dans le roman satirique d'Ilf et Pétrov *Les Douze Chaises*, l'« Alliance du glaive et de la charrue » est le nom donné par l'aventurier Ostap Bender à une organisation clandestine mythique. Sous couleur de recueillir des fonds au profit de l'enfance abandonnée, victime de la Révolution, Bender soutire 500 roubles à une poignée de « conspirateurs involontaires ».

d'obtenir la légalité et jamais je ne suis allé contre ma conscience. » Ce n'était pas un combat politique qui était en cours ; c'était le combat du *vivant* contre le *mort*, du *naturel* contre l'*artificiel*.

Nul n'avait « donné la consigne » à Guinzbourg de rassembler des documents sur le procès de Siniavsky (ce qu'on a appelé le *Livre blanc*), ni à Galanskov de constituer le recueil littéraire *Phénix-66* ; personne n'avait forcé Lachkova à dactylographier tout cela, pas plus que Victor Khaoustov[1] et moi-même à organiser une manifestation quand on les arrêta.

Maeterlinck décrit cela d'une façon absolument merveilleuse dans sa *Vie des abeilles*, où toute la vie complexe d'une ruche semble, de l'extérieur, soumise à quelque règle. Mais on n'y trouve ni ordres ni règlements ; chaque abeille, obéissant à une impulsion intérieure, tantôt vole chercher le miel, tantôt construit des alvéoles, tantôt garde l'entrée. Le profane qui observe s'imagine que c'est la reine qui dirige tout, mais qu'on la tue, les abeilles commencent immédiatement à en nourrir une autre, sans lâcher leur besogne. Voici qu'une abeille a signalé des champs nouveaux, riches en nectar et, aussitôt, des dizaines de voisines volent sur le nectar. Comment ont-elles décidé qui prendrait l'envol et qui resterait ?

Les arrestations se succédaient, prenant toujours plus d'ampleur. C'est Radzievski[2] qui fut pris le premier ; ensuite, le 17 janvier, Lachkova et Galanskov ; le 19,

1. Ouvrier jugé en février 1967 et condamné à trois ans de travaux forcés pour avoir pris part à l'organisation de la manifestation.

2. Arrêté pour avoir aidé Galanskov à diffuser des documents pour la revue *Phénix-66*.

Dobrovolski et, quelques jours plus tard, Guinzbourg. Et cela n'était pas le fait du hasard. On cherchait à faire peur ; que chacun se demande s'il ne serait pas le suivant. Qu'ils se tiennent tapis dans les coins, enfermés à double tour et qu'ils chuchotent cette imploration : « Seigneur, vivement que cela passe ! »

C'est peut-être justement pour cela qu'il vous prenait une envie irrésistible de foncer en avant et de crier :

« Voilà : c'est moi ! Prenez-moi ; c'est moi le suivant. Vous ne faites peur à personne ! »

Mais ce n'était pas le principal. Le principal, c'est lorsqu'on embarque vos amis et que vous, vous ne pouvez rien faire. On perd littéralement la raison quand on saisit son impuissance. Ils l'avaient autrement plus facile, tous ces révolutionnaires ; dans des minutes pareilles, ils avaient une issue : faire le coup de feu ou jeter des bombes. Cela fait mal au cœur de rester en liberté quand vos amis sont en prison.

Et il y avait encore un amer sentiment : la honte pour les copains. Soyez tranquille, quand on arrêtait des écrivains en renom, le monde entier en était tourneboulé. Pour l'heure, il ne fallait pas s'y attendre. Qui cela bouleverse-t-il, l'arrestation d'une dactylo ou d'ouvriers surnuméraires ? Louis Aragon peut ne pas s'en indigner.

Allons, nous arriverons bien à vous faire parler !

Il restait en tout deux jours pour organiser la manifestation et on n'avait pas le temps de diffuser un appel, comme la dernière fois. Nous nous contentâmes, Victor et moi, de faire le tour de nos amis, une trentaine de personnes. Nous décidâmes que nous n'avions pas besoin d'être plus nombreux. En revanche, nous préparâmes les slogans soigneusement, sur du tissu. Et nous les fixâmes même à des baguettes. Le jour de la manifestation, le 22 janvier, une vingtaine de gars se rassemblèrent chez moi. Deux autres groupes devaient partir d'endroits différents.

On ne parlait guère, tout se passait en silence. Chacun comprenait que nous ne nous en tirerions pas aussi facilement que la fois précédente. L'un ou l'autre avait toutes les chances d'aller en prison. Khaoustov et moi prenions tout sous notre bonnet en tant qu'organisateurs, mais qui pouvait le dire à l'avance : ils étaient capables de nous embarquer tous. L'article était nouveau ; personne encore n'avait été sous les verrous à cause de lui.

Le seul à parler, à vrai dire, était Essénine-Volpine. Il était, cette fois, contre la manifestation. Surtout contre les slogans. Nous exigions pour l'heure non pas la publicité du jugement, mais simplement la liberté pour les gars arrêtés. Et puis il y avait ce slogan : « Nous exigeons la révision du décret anticonstitutionnel et de l'article 70 du Code pénal. » Évidemment, Alex protestait contre le mot « anticonstitutionnel » : formellement, le texte des articles introduits par le récent décret n'était pas en contradiction avec la Constitution.

« Eh bien, dis-je, comme cela nous verrons dans quelle intention le décret a été pris. Nous allons faire une expérimentation juridique. S'il n'est pas anticonstitutionnel, ils ne nous arrêteront pas non plus. »

Une fois encore, on relut le texte de l'article 190-3. Tout était clair : ne pas troubler l'ordre public, ne pas opposer de résistance aux représentants de l'ordre ; s'ils exigent qu'on leur remette les banderoles, les remettre aussitôt ; s'ils nous embarquent, y aller paisiblement. Quant au fonctionnement des moyens de transport ou des services, nous ne pouvions en aucune manière le perturber : la place Pouchkine était à cet égard un endroit idéal. Nous décidâmes de ne rien crier : il suffisait des banderoles. Essénine-Volpine essayait encore d'écrire je ne sais quoi, des instructions en cas d'arrestation, mais plus personne n'en avait besoin.

« Ça va bien ; tout est assez clair, dit André.

— Ne te fais pas de bile, mon vieux », dit Juliette.

A vrai dire, ce « briefing » m'était nécessaire en vue d'un procès. Toutes les personnes présentes pourraient témoigner que nous n'avions pas le *dessein* de violer l'article 190-3 et cela fournissait un argument juridique supplémentaire : absence de préméditation.

Vers six heures, nous partîmes pour la place, de trois points différents. De chez moi, il faut une dizaine de minutes par le trolleybus. Nous roulions en silence. On sentait en chacun une sombre détermination, exactement comme chez le pilote qui va faire un éperonnage. Derrière nous, à quelque distance, des kaguébistes. De toute la journée, ils ne nous avaient pas lâchés d'une semelle.

Il gelait terriblement — moins 30° au bas mot — et l'éclat des réverbères, le monument de Pouchkine et les lumières aux fenêtres en paraissaient encore plus distincts, plus nets, plus décoratifs. Peu de passants.

Nous portions nos banderoles sous nos manteaux ; il y en avait trois, et ce que nous redoutions le plus, c'était de ne pas avoir le temps de les déployer. Mais personne ne nous dérangea. Autour, c'était le vide : tout semblait anéanti par le gel.

André et moi saisîmes une banderole, Victor Khaoustov une autre, avec Vadim Delaunay[1] ; Boris avec Juliette Vichnevskaïa, la troisième. Et toute la foule — une quarantaine de personnes — fit instantanément mouvement en avant face à nous, s'étirant en demi-cercle.

« Plus haut, ça ne se voit pas », fit quelqu'un, pas trop fort.

1. Ce jeune poète avait adressé, en mars 1968, une importante lettre à la *Literatournaïa Gazeta* (cf. *Samizdat 1*, Éditions du Seuil). (N.D.T.)

Et nous soulevâmes à bout de bras les trois grandes bandes blanches qui se détachaient parfaitement avec leurs lettres bleues dans l'air gelé.

Une haute silhouette, emmitouflée de la tête aux pieds, s'approcha de la foule et prit place sur un côté.

« Tiens, un mouchard..., dit Juliette avec une joie mauvaise.

— Mais non, c'est Boris Efimov... »

Et, l'espace d'une seconde, la frayeur m'envahit ; et s'il n'allait rien se passer ? Nous avions calculé qu'ils saisiraient les banderoles et qu'ils nous embarqueraient. Les banderoles, pas question de les remporter à la maison. De toute façon, je n'escomptais pas rentrer à la maison.

Mais à cet instant, enfin, comme s'ils se fussent rendus à l'appel de mes terreurs, quatre ou cinq hommes surgirent de l'obscurité, sur notre droite et, s'élançant avec des cris, ils se jetèrent sur nous. Ni uniformes ni brassards. La trogne rougie par le gel.

« Ils ont étalé toutes sortes de saloperies !

— Je vais te coller un œil au beurre noir, fumier !... »

... Les représentants du pouvoir, avec leurs injonctions légales...

L'un d'eux empoigna par le milieu la banderole que nous tenions, André et moi, et nous lâchâmes aussitôt les baguettes. Mais, sur la gauche, là où se tenaient Victor et Vadim, on entendit un bruit d'étoffe déchirée et tout un remue-ménage. Vadim avait lâché le bout qu'il tenait, mais Victor continuait à tenir et le « représentant de l'autorité » n'arrivait pas à bout d'arracher le tissu de la baguette. Nous avions confectionné cette banderole de nos propres mains, avec Victor. Et nous l'avions clouée consciencieusement, comme des gens du métier. Victor était tapissier d'ameublement, et il avait des petits clous d'un genre spécial. Menus, la pointe formant des arêtes, avec une large tête. Tandis qu'il fixait la toile, il les tenait dans la bouche et il les plantait adroitement en deux coups de marteau.

Pour finir, trois types le jetèrent au sol et commencèrent à lui tordre les bras.

« Victor, ne résiste pas, lui criai-je ; du calme, ne résiste pas ! »

Il s'apaisa et on l'entraîna rapidement hors de la place.

La foule s'ébroua, tout le monde commençait à parler, à s'agiter et c'est à ce moment-là seulement que je vis qu'il restait encore un type ; une banderole sous l'aisselle, il tenait par la main Boris et Juliette. Les copains restaient là, très calmes, prêts à aller où on le leur commanderait ; mais le type se retrouvait seul et il était plongé dans la perplexité. Jeune, plus jeune que moi. Il était décontenancé, déboussolé et on le sentait horriblement mal à l'aise. Il attendait que nous le séparions de nos amis et alors il s'en irait, la conscience tranquille. Mais les gens le prirent au contraire pour un gars de notre bord et quelqu'un dans la foule lui conseilla :

« Camoufle la banderole sous ton manteau, autrement ils ne vont pas tarder à revenir...

— Va-t'en, va-t'en, pendant qu'il n'y a personne. »

Il hésita une seconde, puis lâcha nos amis et prestement, sans se retourner, il prit le large.

Tout était fini. Une sensation de froid et d'inconfort s'abattit soudain.

« Partons, dis-je. Nous avons fait notre possible. Partons, allons nous réchauffer quelque part. »

Et une dizaine de personnes avec moi s'étirèrent lentement en direction de la station du trolleybus. La foule s'était morcelée par petits paquets, tous commentaient l'événement avec animation.

« Qu'est-ce qui s'est passé, qu'est-ce qu'il y a eu là ? », demandaient les passants.

Nettement plus tard, après mon départ, les inspecteurs revinrent et embarquèrent Vadim Delaunay et Eugène Kouchev qui prit soudain l'idée de crier : « A bas la dictature ! Libérez Dobrovolski ! » Ils laissèrent filer Delaunay, mais emmenèrent Kouchev à Léfortovo. Deux agents de police retinrent Ilia Gabaï[1], sur l'ordre du K.G.B., mais ils le lâchèrent également, après avoir relevé son identité.

Par la suite, tous ces détails furent répétés des milliers de fois par les témoins, les juges d'instruction, les procureurs, les juges, les avocats ; on les altérait sciemment, on les dénaturait fortuitement, jusqu'à ce que, enfin, se fussent décantées au filtre de la procédure judiciaire, les phrases balourdes des sentences.

Les autorités, de toute évidence, ne savaient pas elles-mêmes que faire de nous. Vadim ne fut arrêté qu'au bout de trois jours ; Gabaï et moi, au bout de quatre. Et de nouveau s'allongèrent les journées à Léfortovo ; interrogatoires, moutons. Lever, petit déjeuner, promenade, déjeuner, dîner, couvre-feu, lever, petit déjeuner, promenade, déjeuner, dîner, couver-feu...

« Prenez vos affaires pour les bains.

— Comment, déjà le bain ? Pas possible : déjà une semaine de passée ? »

L'instruction d'une affaire politique en U.R.S.S. est une procédure tout à fait *sui generis,* qui n'est couchée dans nul code. Ce n'est pas un hasard si le meilleur juge d'instruction du K.G.B. est professionnellement incapable de mener une affaire criminelle ordinaire et ne peut même pas démêler convenablement une insignifiante

1. Enseignant arrêté puis libéré quatre mois après son procès. S'est suicidé en 1973 après de nombreux interrogatoires du K.G.B.

histoire de vol à la tire. Dans la pratique des affaires criminelles on ouvre un dossier quand un délit est commis. Supposons qu'il y ait eu meurtre : c'est un motif pour déclencher une affaire. Et cela s'appelle effectivement : affaire du meurtre du citoyen Un Tel. L'instruction étudie les circonstances du meurtre, la personnalité de la victime, ses liens et ses rapports avec l'entourage, passe en revue les meurtriers possibles, examine leurs relations avec la victime. Pour finir, si on en a la chance, on découvre le meurtrier, on réunit les preuves de son implication dans le crime, empreintes digitales, traces de sang, etc. Si l'on manque de preuves, on le laisse tranquille, on cherche un autre meurtrier possible. On n'en trouve pas : dans ce cas l'affaire d'assassinat demeure une affaire non élucidée, sans plus. Mais dans une affaire de ce genre, tout reste à sa place : les témoins ne sont que des témoins, la personne suspectée de meurtre n'est suspectée que de meurtre, le juge d'instruction est simplement un juge d'instruction, l'avocat, simplement un avocat.

Dans l'instruction d'une cause politique, l'affaire est menée contre un *homme*, parce que, de l'avis du K.G.B. et de la direction du Parti, *il est temps de le mettre sous les verrous*. On a déjà une bonne pile de dénonciations variées sur les propos qu'il a tenus, sur ses intentions, ses contacts, sur l'influence qu'il exerce sur l'entourage, sur le fait qu'il dérange telle personne ou au contraire lui procure de l'aide, qu'il en sait trop long et ne sait pas tenir sa langue ou qu'à l'inverse, il ne veut rien savoir. Bref, il est temps de coffrer le bonhomme, il est mûr. Ou plus souvent encore, c'est tout un cercle de gens qui sont mûrs pour la taule, il faut les mettre au pas : arrêter celui-ci, tendre l'hameçon à celui-là. Alors, pour commencer, on choisit dans ce groupe une personne, soit la plus vulnérable, qui soit susceptible de craquer, capable de compromission, ou au contraire quelqu'un de tel que son arrestation produise sur tout le cercle la plus forte impression possible. Ou même quelqu'un qui en fait moins que les autres, pour pouvoir rejeter la responsabilité sur tous : « Hein, vous ne vous bilez pas, mais lui (elle) est sous les verrous... » « Vous avez entraîné un homme dans vos histoires, maintenant c'est lui qui va payer pour vous. » Ou bien on en prend un *autour* de quelqu'un de très actif, espérant faire naître le soupçon que lui, celui qui est resté en liberté, collabore avec le K.G.B.

Il y a, bien sûr, des cas exceptionnels, où l'arrestation est commandée par un événement inattendu, dans le genre de notre manifestation ; mais l'instruction, même dans ces cas-là, se déroule selon les lois habituelles, que formule la phrase célèbre : « Donnez-nous seulement quelqu'un ; on trouvera bien un article. » Justement, à propos d'article : si on arrête un homme pour une affaire criminelle, on ne l'inculpe pas d'homicide en général, ou de vol en général ou d'escroquerie en tant que telle, mais d'homicide sur la personne d'un tel, du vol de telle chose ou de faits concrets d'escroquerie. L'inculpation en vertu d'un article politique est signifiée tout simplement en reprenant la formulation de l'article : ce que l'on parviendra à confirmer par les dépositions, les aveux, les matériaux saisis dans les perquisitions, tout cela entrera ensuite dans l'acte d'accusation. Il arrive même qu'on procède à l'arrestation ou qu'on fasse une perquisition avant une arrestation sous les prétextes les plus inattendus : préparatifs d'attentat contre le secrétaire général du Comité central du P.C.U.S., non-paiement de la pension alimentaire après abandon de famille, tentative de fuite à l'étranger ou préparatifs de hold-up d'une banque. Ils se contentent de choisir la plus pittoresque des dénonciations portées sur le cher homme et la présentent aux instances du Parti (aucune arrestation n'a lieu sans leur aval) :

« Voyez l'homme que c'est ! Jusqu'où est-il allé rouler ! Il y a longtemps qu'on aurait dû l'arrêter. Et il fait de la propagande, et il se fait graisser la patte, et il s'est battu avec sa femme. Tenez, pour le moment, nous allons le prendre pour bagarre avec sa femme et là-bas, on verra de quoi il retourne. »

Et l'affaire du citoyen N. démarre. Ce n'est pas un unique juge d'instruction qui la mène, c'est toute une équipe et, jour après jour, heure après heure, ils passent en revue toute la vie du citoyen N. Il ne peut pas se faire que ce citoyen n'ait jamais rien commis « de ce genre » ; il n'y en a pas, chez nous, des petites âmes blanches comme ça. Bon, il n'a peut-être pas voulu tuer le secrétaire général, mais il a déblatéré sur lui entre deux verres, ou bien il a vanté l'Amérique, ou donné des pots-de-vin, ou vendu quelque chose « de la main gauche ». Comme chez Kafka : la faute doit se manifester d'elle-même. Ils suivent notre affaire de manifestation ; il y a cinq personnes d'arrêtées, sur la place il y en avait, tout au plus, cinquante, ils perquisitionnent chez une centaine et ils vont coffrer, naturellement, tout le samizdat. C'est à la fois un moyen d'intimidation et l'espoir de « pêcher » quelque chose.

Mais ce qui intéresse drôlement plus l'équipe des juges d'instruction, c'est la vie intime du citoyen N. : avec qui il couchait, où, quand et de quelle manière ? Qui est sans péché ? Avouez. Et si, fichtre, on découvre le péché en question, on a déjà plusieurs lièvres à son tableau de chasse. Primo, le citoyen N. a une femme, et il n'a pas du tout envie qu'elle apprenne tous ses péchés. Secundo, la citoyenne avec laquelle il a fauté a un mari, lequel s'intéressera fort aux circonstances de la chose. Il est un allié tout trouvé pour l'instruction, il s'en rappellera de telles sur le compte du citoyen N., que vous ne saurez plus où donner de la tête. Tertio, la citoyenne, de son côté, signera n'importe quoi, pourvu que son mari n'en apprenne pas trop. Est-ce que cela ne vous donne pas assez de combinaisons ? Fais vite, inscris. Et au bout du compte on voit sortir très distinctement la figure amorale du citoyen N., autrement dit, son authentique visage et ce sera très précieux pour le tribunal et pour les journaux.

Car l'instruction d'une affaire politique ne cherche pas à débrouiller un crime ; avant tout, elle rassemble des matériaux compromettants. Elle est tenue de montrer au grand jour pourquoi le citoyen N., parfaitement soviétique, à voir de l'extérieur, élevé dans une famille soviétique, éduqué par l'école soviétique, s'est soudain révélé non soviétique à ce point. Il importe de l'établir et de le communiquer en haut lieu, aux organes du Parti, pour qu'on tire des conclusions générales et qu'on prenne des mesures.

Dans l'idée du Parti, l'homme est incapable de se forger une opinion quelconque, comme cela, tout seul. Il faut nécessairement qu'il y ait là quelque « influence » : soit de la propagande bourgeoise (montrer comment elle s'est infiltrée), soit de quelque type animé de sentiments antisoviétiques (le repérer et prendre bonne note !). Au pire des cas, l'instruction devra constater l'insuffisance du travail éducatif sur la personne du citoyen N. C'est extrêmement mauvais, et tel ou tel camarade du Parti, sur son lieu de travail ou à la faculté, sera gratifié d'un blâme. On préfère ne pas en venir là et l'on insiste : « Allons, réfléchissez un peu, quelqu'un a influé sur vous, pour sûr ?... Qui ? »

Évidemment, au terme de l'instruction, sous le poids des preuves, le citoyen N. est tenu de se repentir, de reconnaître ses fautes ou tout au moins de regretter ses actes. Sinon, c'est aux juges d'instruction qu'il va en cuire : instruire une affaire politique, c'est, au premier chef, éduquer un égaré. Le juge d'instruction est un éducateur et un maître politique.

L'arme principale du juge d'instruction, c'est l'analphabétisme juridique de l'homme soviétique. Dès le jour de son arrestation et jusqu'à la fin de l'instruction, le citoyen N. est totalement isolé du monde extérieur ; il ne verra son avocat que lorsque l'affaire sera réglée. On ne lui communique pas les codes — et qu'est-ce qu'il y dénicherait, dans ces codes ? Essayez donc de vous y retrouver : de quoi faut-il parler, de quoi ne pas parler ; à quoi vous avez droit, à quoi, non ?

Celui qui est arrêté pour la première fois croit généralement dur comme fer qu'on va le soumettre à la torture, ou au minimum, le battre. Le juge d'instruction se garde de le détromper sur ce point. Au contraire.

« Bon ; eh bien, lâche-t-il sur un ton qui ne présage rien de bon, vous ne voulez pas avouer de bon gré ; tant pis pour vous. Vous le regretterez ensuite. »

En quoi ce sera « pis », on ne l'explique pas.

En règle générale l'intéressé décide que le mieux est de confirmer ce que les juges d'instruction savent déjà. Qu'est-ce que ça change ? De toute façon, ils savent. Pourvu au moins qu'on ne communique pas de faits nouveaux, qu'on ne mette pas dans le bain de nouvelles personnes. D'autant plus que, si vous ne répondez pas, ils commencent à vous ressasser : « Vous n'êtes pas sincère. » Alors, justement, il y a certains faits grâce auxquels vous pouvez confirmer votre « sincérité » et en même temps, on ne peut pas dire que vous ayez craqué. Et c'est l'erreur la plus répandue. Confirmer dans ses dépositions ce qui est « connu » de l'instruction, cela revient exactement à changer pour eux des roubles soviétiques en dollars au cours officiel. Leur « savoir », acquis auprès des agents, par l'écoute des conversations téléphoniques, si ce n'est tout bonnement à partir de suppositions, pas question de le coucher sur le procès-verbal, d'en faire état au tribunal. En confirmant un « connu » douteux, vous en faites un fait juridique, une preuve.

Même quand on vous donne lecture de la déposition de quelque « repenti », il ne faut en aucun cas la confirmer. La déposition d'une seule personne (surtout d'un accusé, dont la responsabilité n'est pas engagée pour avoir porté des faux témoignages) est une chose : il peut encore la modifier ; à la rigueur il la désavouera lors du procès. Le témoignage de deux personnes est nettement plus grave et, pour le « repenti » en question, il sera plus difficile de désavouer les dépositions contrites faites antérieurement.

Les faits les plus insignifiants, les détails, les broutilles, qui, à vue de nez, n'ont rien à voir avec l'affaire, là encore, il est dangereux de les confirmer (ou d'en parler). On les exhibera devant quelqu'un avec votre signature au bas du procès-verbal et l'on dira :

« Tenez, vous voyez, il a tout reconnu. Ce sont des riens, mais il a tout raconté. »

Et puis, en plus, le juge d'instruction, en rédigeant le procès-verbal, va immanquablement déformer tout ce que vous dites. Au lieu de « réunion » il va inscrire « attroupement », au lieu de « opinions » ce sera « opinions antisoviétiques », au lieu de « donnait à lire » — « diffusait ». Et refuser de signer, c'est gênant : le type a travaillé, malgré tout, il a écrit.

C'est étonnant de voir quel mal ont les Soviétiques à apprendre à dire « non », « je ne veux pas répondre », « je n'ai rien à dire ». Il préfèrent dire au conditionnel : « il semblerait », « on dirait que », « il se pourrait ». Mais le juge d'instruction consigne « oui » et puis il ajoute toute une phrase de son cru, un « oui » développé.

Et il y a encore le mouton, dans la cellule ; et puis le juge d'instruction suggère qu'il pourrait en cuire à la famille, à votre femme, à vos enfants.

Et lorsque finalement ils referment le dossier et qu'il est loisible de rencontrer son avocat, il est trop tard. Qu'est-ce que les gens ne vont pas raconter sur leur compte, par ignorance ! Sur leur compte et sur celui d'autrui...

La seconde arme de l'instruction, ce sont les témoins. Tout ce qui a été dit plus haut vaut pour eux, à ceci près que le témoin a la partie encore plus rude. Le témoin, dans une affaire politique, ce n'est pas un témoin, c'est un suspect. Aujourd'hui témoin, demain en prison ; et le trait fondamental du témoin, c'est le désir de ne pas se voir transformer en accusé. Dans certaines affaires, on ne comprend même pas très bien pourquoi l'un se retrouve témoin et l'autre accusé. « Coupables », ils le sont autant l'un que l'autre ; mais voilà, pour l'instruction, c'est plus commode ainsi.

On explique d'entrée de jeu au témoin : refus de déposer, tel article ; déposition mensongère, tel autre.

« Ainsi donc, le citoyen N. vous a-t-il dit ou non, que dans notre pays il n'y avait pas de démocratie ? »

Ma foi, qui ne le dit pas ! Nier fera invraisemblable. Ils vont épingler au dossier « déposition mensongère ».

« Vous savez, je ne me souviens pas. Peut-être...

— Oui, c'est ça, vous rassure le juge : nous savons bien. Tenez, par exemple, jeudi, chez vous, à table. Vous avez encore raconté une histoire sur Nadejda Konstantinovna Kroupskaïa. C'est bien ainsi que cela s'est passé, non ?

— Cela se pourrait, sort enfin le témoin, je m'en souviens mal. »

Ce dont il se souvient particulièrement mal, c'est d'avoir lui-même raconté l'anecdote. Et le juge inscrit au procès-verbal : « Oui, jeudi, chez moi, le citoyen N. a entretenu une conversation antisoviétique, affirmant qu'en U.R.S.S. il n'y avait pas de démocratie. » Calomnie des plus odieuses contre notre régime, le plus démocratique du monde : il ne coupera pas à l'article 70. De quel secours pourra vous être un avocat maintenant ?

Au reste, l'avocat est un appui uniquement dans les affaires de droit commun. Dans les causes politiques, en règle générale, l'avocat est un auxiliaire du K.G.B., désigné ou, selon la terminologie officielle, agréé par lui. Et si les juges d'instruction, les moutons, les témoins et l'analphabétisme juridique n'ont pas réussi, en conjuguant leurs efforts, à amener le citoyen N. au repentir, c'est l'avocat qui se met à la tâche. Il ne se contentera pas d'ouvrir le code ; s'appuyant sur les cas rencontrés dans sa clientèle, il vous prouvera que le repentir d'un cœur sincère constitue une circonstance atténuante :

« Faites amende honorable, au moins formellement, ils vous en donneront un peu moins. Pas sept ans, rien que cinq. Autrement, pas moyen d'assurer votre défense. »

Et voilà pourquoi au K.G.B. il n'existe pas d'« affaires non élucidées ». Et si force est bien d'admettre qu'on a arrêté pour rien le citoyen N., qu'on l'a détenu pour rien à Léfortovo, c'est tout simplement un scandale grandiose. On devra dégrader celui-ci, mettre celui-là à la retraite et muter le troisième chez les Tchouktches, en qualité de juge d'instruction en chef pour des affaires de particulière importance, extirper le chiendent de l'antisoviétisme chez les ours blancs.

Permettez ! Qu'est-ce donc là : « on a dû relâcher » ? Alors quoi, il existe quand même une légalité, un tribunal impartial, des juges sans préventions ? Et ils acquittent des politiques !

Calmez-vous, camarades ; pas de précipitation. Qu'un tribunal acquitte une personne inculpée en vertu d'un article politique, cela ne s'est jamais vu chez nous. A la rigueur ils infligeront une peine avec sursis, si le repentir est vraiment de toute beauté. C'est que nos juges, les juges soviétiques, accomplissent avant tout une tâche d'éducation des masses. Et quelle belle éducation, ma parole, si même les imbéciles se rendent compte que le procès monté contre le citoyen N. n'a, pour tout dire, ni rime ni raison. Il n'y a même pas la moindre affaire douteuse de gros sous ou de « mœurs dissolues ». Comment donc un ennemi du pouvoir des prolétaires peut-il être moralement propre ? Et en plus on n'a pas découvert la moindre influence de la propagande bourgeoise.

Alors on le relâche, sans avoir mené l'affaire jusqu'au procès, sans avoir non plus prononcé « l'acquittement », mais plutôt après l'avoir « gracié » (pas condamné, pas même déféré au tribunal, mais gracié !) ou, à la rigueur « pour insuffisance de preuve de culpabilité » : va te promener, mon chéri, pendant que nous entassons sur ton dos quelque chose de pas mal ; tu ne risques pas de filer. C'est ainsi que, dans notre affaire, ils relâchèrent Ilia Gabaï pour l'arrêter deux ans plus tard pour tout de bon ; et là, pas question d'insuffisance de preuves.

Mon attitude à l'instruction fut simple et claire :

« Je suis citoyen de ce pays et j'ai agi dans le cadre de sa Constitution. Oui, je suis l'organisateur de la manifestation et j'y ai pris part activement. Aux termes de la Constitution, c'est mon droit, et j'en ai usé. J'ai invité des personnes de ma connaissance à participer à la manifestation, j'ai confectionné des banderoles, je les ai apportées sur la place et j'en ai tenu une. Qui ai-je nommément invité, avec qui ai-je fabriqué les banderoles et qui était sur le place, je refuse de le dire, étant donné que la chose est sans rapport avec ma mise en accusation. Je ne réponds que de mes agissements. Avant de me rendre sur la place j'ai donné des instructions à mes amis. J'ai lu à voix haute le texte de l'article 190-3 et averti toutes les personnes réunies de ne pas troubler l'ordre public, de se soumettre aux injonctions des autorités, de ne pas leur opposer de résistance, de ne pas perturber le fonctionnement des moyens de transport ni des entreprises. Durant la manifestation, nul d'entre nous n'a enfreint ces consignes. Mais ceux qui nous ont interpellés et nous ont arraché les banderoles, ceux-là ont pour le coup grossièrement troublé l'ordre public. J'exige qu'on les recherche et qu'on engage contre eux des poursuites judiciaires. Et j'écrivis des centaines de plaintes, exigeant, en bon citoyen, qu'on châtie sans retard les violateurs de l'ordre.

Le dixième jour, on me signifia mon inculpation en vertu de l'article 190-3. Dans l'acte d'accusation, il était dit de moi que, « ayant appris l'arrestation de mes amis, Lachkova, Dobrovolski, Galanskov, etc., et dans le but de les faire libérer, en violation de la procédure prévue par la loi pour s'adresser aux organes compétents dans l'affaire présente, je m'étais engagé dans la voie de l'expression illégale de mes requêtes et de mon désaccord sur l'article 70 et sur les articles 190-1 et 190-3 du Code pénal de la R.S.F.S.R. ; que je me trouvais être l'un des organisateurs des actions qui avaient grossièrement troublé l'ordre public sur la place Pouchkine à Moscou, le 22 janvier 1967, et que j'avais pris une part active à cette opération ».

« Est-ce que vous saisissez le sens de l'accusation ? demande le juge d'instruction.

— Non, je ne saisis pas. »

Ici, nous échangeons les rôles et c'est à lui à présent de fournir des explications. Mais que saurait-il expliquer ? Le pouvoir soviétique n'a pas appris à expliquer, il ne sait faire qu'une chose : exiger.

« Je ne saisis pas où l'on est allé chercher le « but de faire libérer » les personnes arrêtées, ni ce que peut bien être la « procédure prévue par la loi pour s'adresser » aux organes, comment j'ai pu violer cette procédure, attendu que je n'y ai pas recouru, pourquoi la manière dont j'ai exprimé mes exigences est illégale, puisqu'elle est parfaitement constitutionnelle, et surtout, comment s'est traduite la « violation grossière de l'ordre public » ?

On voyait venir des procureurs, des responsables de département, je ne sais quels personnages en civil, ils essayaient d'expliquer telle ou telle chose, ils faisaient de grands gestes, plissaient le front, mais l'affaire n'avançait pas d'un pouce. Comment voulez-vous expliquer cela : exiger la libération des détenus politiques grecs, on a le droit ; des soviétiques, interdit ! Où, dans quelle loi est-il dit que la manifestation du 1er mai sur la place Rouge ne perturbe pas l'ordre public, tandis que la nôtre, sur la place Pouchkine, le trouble ? Et nul d'entre eux ne pouvait venir à bout de l'article de la Constitution où il est imprimé noir sur blanc qu'aux citoyens de l'U.R.S.S. est garantie la liberté de défiler et de manifester sur la voie publique.

Et moi, je les écrasais à coups de lois, je les acculais à coups d'articles, je les assourdissais de paragraphes ; avouez honnêtement et sincèrement, dites à la face du monde entier qu'en U.R.S.S. il n'y a pas de liberté de manifestation, que chez vous, tout est interdit de ce qui ne vous plaît pas. Et ils tombaient déjà dans l'indéfini, dans le conditionnel : « il se pourrait », « il semblerait », « on dirait que ».

« Mais enfin, vous, vous êtes un Soviétique...

— Non, je suis citoyen de l'U.R.S.S.

— Quelles sont vos opinions ?

— Mais quel rapport cela a-t-il avec mon affaire ?

J'espère que ce n'est pas pour mes opinions qu'on me garde en prison ?

— Vous vous reconnaissez coupable ?

— Comment puis-je répondre à cette question, si je ne saisis pas le sens de l'acte d'accusation ? Expliquez-le moi. »

Légalement, ils sont obligés de l'expliquer. Vous ne pouvez pas ? Et voilà partie toute une volée de plaintes : ils ne veulent pas expliquer l'acte d'accusation au pauvre détenu ! Cela fait six mois que je suis à l'ombre et je ne sais pas pourquoi ! Et, venues d'en haut, les réponses : « Donner des éclaircissements à l'accusé. » La machine tourne à vide. Cela arrive parfois avec les ordinateurs : les voyants clignotent, quelque chose cliquette, la machine ronfle, mais nulle réponse ne sort. La position de citoyen se révéla invulnérable.

Au début, évidemment, ils ne me donnèrent pas les codes. Le colonel Petrenko, directeur de la prison, se présenta, les sourcils touffus émergeant de sa papakha en peau de mouton.

« Pas prévu par le règlement. »

Qu'à cela ne tienne, j'écrivis un monceau de plaintes, menaçai de faire la grève de la faim. Il ne s'était pas passé deux jours que le même colonel Pétrenko se mettait déjà en quatre ; c'est tout juste s'il n'avait pas des sanglots dans la voix :

« Il n'y a pas de codes chez nous, on a retourné toute la bibliothèque. J'en ai bien un à moi, avec une dédicace de Sémitchastny ; alors, qu'est-ce que je fais ? Je vous le passe, ou quoi ? »

Je fis main basse sur son code dédicacé par le président du K.G.B. de l'époque, sur un code de droit pénal accompagné de commentaires et sur une masse de littérature juridique de toute espèce. Il n'y avait que la Constitution qu'ils n'arrivaient pas à trouver. Mais je fus inflexible et, au bout de quatre jours, accourut hors d'haleine, le lieutenant-colonel Stépanov, directeur-adjoint de la prison.

« Voilà, je vous apporte la Constitution, dit-il, appuyant sur le « O ». Rien que de la R.S.F.S.R. ; de l'U.R.S.S., il n'y en a pas. Mais enfin, ils sont pareils. C'est moi qui l'ai achetée. Ça coûte trois kopecks. Mais ça ne fait rien ; nous ferons les comptes ensuite. »

Et avec Pétrenko, nous devînmes après cela les meilleurs amis du monde. Il venait dans ma cellule, faisant exprès de froncer sévèrement le sourcil sous sa papakha et regardant d'un air pensif l'étagère vide, il demandait :

« Comment se fait-il qu'on ne voie pas de provisions ?

— On a tout mangé ; elles sont finies, les provisions.

— Quand est-ce que vous avez droit à un colis ?

— Ce n'est pas pour tout de suite ; d'ici un mois.

— Rédigez une demande. J'en autoriserai une supplémentaire. »

Et il partait.

Il avait été lui aussi juge d'instruction à un moment donné ; et à présent, lisant mes plaintes sans fin, il voyait clairement que l'instruction était engagée dans une impasse. Il n'y avait pas matière à procès.

Et moi, pendant ce temps-là, je m'enivrai à la lecture des codes, exactement comme à celle d'un roman policier, je les connaissais par cœur, comme ma table de multiplication et je découvrais avec stupéfaction combien j'avais de droits, à bien y regarder. Et ma foi, j'exploitais ces droits à fond.

Je me payais ouvertement la tête des juges d'instruction, je déversais sur eux des montagnes de plaintes, je les obligeais à recopier les procès-verbaux jusqu'à dix fois. Essaie un peu de refuser : je ne signerai pas et tout ton boulot ira au panier.

C'était l'été, il faisait une chaleur d'enfer et les juges suaient, soupirant après la fraîcheur des bois.

« Vladimir Konstantinovitch ! Ça va peut-être suffire, non ? Combien de fois va-t-il falloir recopier ? »

Écris, mon poulet ! Écris ce que je te dicte. Tresse de tes blanches mains la corde pour te pendre. Tu n'as pas affaire à des lapins naïfs et affolés qu'on rabat sur les pièges. Combien d'âmes tu as fait périr, combien de vies tu as gâchées ; je vais tout te faire payer. Et il écrivait, ruisselant de sueur.

Vers le milieu de l'été, définitivement engagés dans l'impasse, ils entamèrent l'instruction touchant l'article 70. Mais ils l'entamèrent comme des voleurs, sur le qui-vive, sans m'avoir donné lecture du nouvel acte d'accusation. Hé ! là. La loi, c'est la loi. Lisez d'abord l'acte d'accusation ; vous interrogerez ensuite. Et, derechef, une montagne de plaintes. Instruction illégale ! Criminels ! J'intente un procès !

Mes copains Kouchev et Delaunay (Khaoustov avait déjà été condamné séparément, à ce moment-là ; ils lui avaient collé trois ans), se repentaient, écrivaient des lettres larmoyantes aux juges d'instruction. Pour eux, tout était horrible : la prison, les barreaux, les surveillants. Six mois sans famille et devant eux, l'inconnu. Pour moi, tout ce qui se passait était une fête et jamais par la suite je ne ressentis plaisir plus grand. Je me faisais l'impression d'être un tank qui aurait poussé une pointe jusqu'aux quartiers d'une compagnie d'intendance, quelque part, très loin, à l'arrière du front. Débandade générale, écrabouille qui tu veux. Ils ne me colleront pas plus de trois ans ; en attendant, quelle partie de plaisir !

Quant à l'affaire, elle lâchait par tous les bouts de nouvelles misères pour le K.G.B. La déposition de deux agents de police révéla brusquement qu'ils avaient arrêté

Gabaï sur l'injonction directe d'Abramov, colonel du K.G.B., qui commandait sur la place la dispersion de la manifestation. Le voilà, le perturbateur de l'ordre ! Au voleur ! Je sollicite la comparution du colonel Abramov pour interrogatoire !

Pour finir, l'affaire s'enlisa complètement : on ne voyait absolument plus de quoi parler. Et mon juge d'instruction me faisait venir comme ça, tout simplement pour discuter le coup. Durant toute cette bataille, nous n'avions même pas remarqué combien nous nous étions pris d'amitié ; et l'ennui l'envahissait maintenant de voir passer la journée sans avoir disputé avec moi sur un point quelconque. Il vivait en province, quelque part à Iaroslavl et, bien entendu, comme tous les provinciaux, il avait honte de ne pas être à la page.

« Allez, raconte-moi un bouquin. Tiens, par exemple, en 1963, Djilas a eu des histoires pour une vieille affaire. Qu'est-ce que c'est que ce machin-là ?

— Pas possible ! Même vous, on ne vous le laisse pas lire ? Ils n'ont pas confiance non plus ?

— Mais où veux-tu... On ne lit que ce qu'on saisit en faisant les perquisitions. Et, chez nous, à Iaroslavl, il n'y a rien à confisquer. C'est la cambrousse... »

Il écoutait avec une attention tendue, comme aux conférences du Planétarium : « La vie existe-t-elle sur Mars ? » Il s'imbibait comme une éponge. Et je lui racontais tout ce que je me rappelais des livres lus en samizdat ; qu'il emmène donc cela dans son Iaroslavl, qu'il le raconte à ses amis. Après tout, ce sont aussi des hommes ; ils étaient à l'affût des nouvelles.

Par certains côtés, il me plaisait même ; grand, le front bombé, le visage ouvert. Notre affaire ne l'enchantait guère, ni le rôle qu'il était astreint d'y tenir. Nos adieux eurent quelque chose de touchant. Pendant la guerre, il était artilleur ; et il se mit à me raconter comment les petits gars de leur division enlevèrent une hauteur et comment ils se firent descendre jusqu'au dernier. Tous y restèrent, mais ils ne se rendirent pas.

« Alors les Allemands, racontait-il, les enterrèrent avec les honneurs de la guerre. Leur général vint, il assista à l'enterrement, ôta sa casquette et donna l'ordre de tirer une salve. Il a eu raison, il faut respecter l'adversaire, quand il le mérite : Eh bien, moi, c'est un peu comme cela... »

Il eut alors une hésitation, esquissa le geste de me tendre la main, mais ne se décida pas : et si j'allais ne pas lui rendre la pareille ?

On me raconta par la suite qu'il quitta bientôt le K.G.B. Je ne sais pas si c'est vrai, mais ce n'était pas, à mon avis, un mauvais type. Mais voilà, c'est sa besogne qui était vilaine.

C'est le procureur général adjoint Maliarov qui mit fin à l'instruction. Il fut pris de compassion pour les tchékistes, il ne prorogea pas l'instruction, mais sur l'une de mes plaintes il inscrivit en travers : « Clore l'instruction, déférer l'affaire au tribunal. » Les grandes fêtes approchaient — le Cinquantenaire du pouvoir soviétique — et un procès aussi ignominieux n'était pas le plus beau cadeau que les ardents tchékistes pouvaient faire à leur bien-aimé Comité central.

Aussi, juste avant le procès, firent-ils une tentative désespérée pour écarter le scandale : par l'intermédiaire des avocats qui défendaient mes coinculpés, on me proposa d'introduire une requête pour être soumis à expertise psychiatrique.

« L'important, c'est de laisser passer les fêtes, m'assuraient-ils ; il y aura une amnistie et on vous relâchera sans plus. Quand les loups ont le ventre plein, les brebis ne craignent rien. »

Cela ne faisait guère mon affaire. Pratiquement, je tenais le K.G.B. à la gorge ; cela aurait été une stupidité impardonnable de les laisser filer à présent. De toute façon, vous parlez d'une idée de fou d'aller demander moi-même de passer à l'expertise ! Autant se mettre la corde au cou ! Et puis jamais les amnisties ne s'étendent aux dingues.

« Mettons que vous n'ayez pas pitié de vous-même, mais songez à Delaunay et à Kouchev. Ces gamins, pourquoi leur gâchez-vous la vie ? On ne leur en donnera pas lourd, sans doute, mais ils auront malgré tout une condamnation à leur casier... »

Mais je refusai catégoriquement et ils partirent désappointés. Mon avocate, Dina Issakovna Kaminskaïa, n'entra pas dans ce marchandage ; elle se contenta de dire « décidez vous-même » et suivit notre conversation sans mot dire. C'est sûrement cela qui me donna soudain la certitude qu'un miracle s'était produit : j'avais un avocat honnête.

Habituellement, dans les affaires politiques, la famille ou l'inculpé lui-même ne peuvent faire choix que d'un avocat ayant « accès aux écritures secrètes ». Et comme c'est le K.G.B. qui réglemente cet « accès », n'y ont droit naturellement que ses hommes de confiance. Avant le procès, ces « défenseurs » travaillent leur client, le conjurent de se reconnaître coupable, de faire les dépositions nécessaires : ils essaient même de leur extirper des informations qui pourraient intéresser le K.G.B. Au tribunal, avant toute chose, ils déclarent condamner, en tant que Soviétiques honnêtes, les opinions de leur client ; ils sont remplis d'effroi devant l'abîme où il est tombé et n'osent humblement solliciter du Haut Tribunal qu'une atténuation de la peine, en considération de la jeunesse de l'accusé (ou, au contraire, de son grand âge), de son inexpérience, de l'absence de condamnations antérieures, de sa santé fragile, de son enfance difficile, de ses enfants en bas âge, de son repentir et de sa détermination à réparer, par un travail honnête, tant sa faute que le préjudice causé à la société. Il y avait de ces cas piquants où l'avocat entrait si bien dans le rôle du Soviétique indigné, que le juge se voyait contraint de l'arrêter :

« Camarade avocat, vous défendez ou vous accusez ? »

Je m'attendais naturellement à un avocat de cette espèce et je m'apprêtais à renoncer purement et simplement à prendre un défenseur, attendu que la loi prévoit cette solution. Je fis à Kaminskaïa un accueil très réservé. C'est ma mère qui l'avait choisie, bon, très bien ! Mais qu'est-ce que ma mère entendait à ces affaires ? Elle alléguait l'amitié entre Kaminskaïa et Kallistratova, mais je n'en étais pas plus avancé : bouclé dans ma cellule de Léfortovo, je ne savais rien du procès de Victor Khaoustov, ni du courage et du brio avec lesquels Kallistratova avait plaidé pour lui. Et ce n'est que plus tard, au cours de cette conversation à propos de l'expertise, que se brisa la glace de ma défiance.

Il fallait en convenir, les temps avaient changé, et le climat qui régnait sur le pays : à telle enseigne que, même parmi les avocats qui avaient « accès », il se trouvait des gens intègres, prêts à défendre la position du citoyen au regard du droit, obéissant au même instinct réflexe que nous. Et bientôt, à travers le monde entier résonnèrent les noms de nos intrépides avocats : Kallistratova, Kaminskaïa, Zolotoukhine, Zalesski, Aria, Monakhov et les autres. C'était la première fois que des défenseurs demandaient l'acquittement dans un procès politique, démontrant sur pièces que l'accusation était dénuée de fondement, et cela fit l'effet d'une bombe. La position de la défense ne pourrait influer sur la conclusion du procès. Eh bien, soit ! Était-ce par hasard sur ce point que nous escomptions la victoire ?

Toujours est-il qu'au moment de notre procès, on pouvait voir à l'œil nu à quelle déconfiture aboutissait l'action engagée contre nous. Gabaï avait été relâché après cinq mois d'une instruction stérile. Ils essayèrent encore un certain temps de lui « épingler » une affaire de droit commun, mais cela ne donna rien. Parmi les copains dont l'arrestation nous avait conduits à monter la manifestation, Radzievski avait été libéré. L'effet était franchement comique : on allait nous faire passer en jugement pour avoir « illégalement » exigé la libération des détenus ; or, l'un d'eux avait été relaxé. Il en résultait donc que le K.G.B. avait satisfait à notre requête. On n'avait pas encore engagé de procès contre les autres et qui donc, anticipant sur la décision du tribunal, pouvait affirmer qu'on ne les relâcherait pas à leur tour ? L'instruction de notre affaire traîna sept mois et fut close sur décision du procureur. Ils n'avaient donc pas pu davantage nous inculper en vertu de l'article 70.

Aucun des témoins cités à la barre, inspecteurs et policiers compris, ne voyait dans nos agissements d'atteinte à l'ordre public. Ceux qui avaient dispersé la manifestation reconnaissaient qu'ils avaient agi sur l'instigation du K.G.B. Ceux qui avaient pris part à la manifestation témoignèrent unanimement que je leur avais donné la consigne de ne pas perturber l'ordre public et d'obtempérer aux injonctions des autorités. Mieux encore, sur la place même, j'avais pressé Khaoustov de ne pas opposer de résistance et la chose fut relevée dans toutes les dépositions. Il ne restait plus qu'à consommer au tribunal la défaite du K.G.B. ; aussi m'apprêtais-je à conduire le procès activement, à ne pas les laisser reprendre leur souffle et à m'efforcer, dans ma déclaration finale, de démasquer le K.G.B. au maximum.

On pouvait escompter qu'ils n'admettraient personne dans la salle d'audience, comme ce fut le cas au procès de Siniavski et Daniel. Leur déclaration finale était néanmoins tombée, je ne sais comment, dans le domaine de la publicité et j'espérais que mes amis trouveraient à leur tour un moyen de consigner mon intervention. Et même dans le cas contraire, j'étais décidé à me conduire néanmoins comme si je m'adressais au pays tout entier. Pour ma simple satisfaction morale. Je désirais que le procès apparût pour ce qu'il était : une illégalité criante. Et qu'on vînt à l'apprendre ou non, quelle importance ?

Faire tomber le masque du K.G.B., démontrer l'inconsistance du procès qu'on nous faisait : outre ces deux objectifs, j'avais encore à exposer le but de notre manifestation, à prouver le caractère anticonstitutionnel des articles politiques du Code pénal et tout cela dans la stricte conformité à ma position de citoyen. Cette position-là, j'avais l'intention de lui donner pour la première fois une expression publique et, mettant à profit l'intérêt soulevé par le procès et la tension du moment, de concentrer ainsi l'attention sur elle. Bref, je vous préparais un de ces discours d'une heure et demie, ce qui, pour sûr, était une erreur ; qui pourrait se le rappeler, long comme il l'était ?

Connaissant le déroulement du procès contre Siniavsky et Daniel, je pouvais prévoir que le juge et le procureur s'efforceraient de m'empêcher de parler, qu'ils interrompraient les témoins et que, d'une manière générale, ils essaieraient de tout mener à leur guise. Pour cette raison, j'étudiai soigneusement le Code de procédure et je méditai toutes les astuces juridiques qui me permettraient de mener le procès à ma convenance. Je m'attendais en particulier à des prises de bec avec le juge et j'élaborai tout un programme d'action. L'expérience acquise au contact des juges d'instruction et des procureurs m'avait appris combien les juristes soviétiques connaissent mal leur Code de procédure et j'étais persuadé que la référence à quelque article rare, oublié, mettrait le juge dans l'embarras : il serait mal à l'aise, au beau milieu du procès, d'aller fouiller dans le Code et d'administrer la preuve de son incompétence.

J'avais relevé dans le Code, entre autres, que j'avais le droit de faire des remarques sur les actes du juge et d'exiger que mes remarques fussent portées dans la minute. Je doute que quiconque ait usé de ce droit depuis l'établissement du Code ; bien entendu, le juge ne se rappelle pas cet article. On ne peut recourir indéfiniment à ce procédé, il cesserait de faire impression ; mais je décidai de l'utiliser cinq ou six fois ; après quoi, sans crier gare, en plein procès, j'introduirais une requête en récusation du juge : je ferais part de toutes mes observations et je déclarerais que les actes du juge manifestent qu'il est partial et intéressé. La procédure de récusation du juge promettait d'être réjouissante. D'après la loi, le juge ne peut prendre part à l'examen de cette requête : c'est lui que vise cette manifestation de défiance. Les assesseurs doivent se rendre tous les deux, sans le juge, dans la salle de délibération et inventer tout seuls la formule : la décision doit être motivée. Or, les assesseurs sont, pour l'ordinaire, gens complètement analphabètes en matière de droit, dépourvus d'initiative et soumis ; on pouvait prévoir d'avance quel galimatias ils allaient concocter dans leur déclaration, vu que le juge n'était pas là pour la leur dicter. Et pendant ce temps-là, le juge devait quitter le fauteuil de présidence et descendre dans la salle. En un mot, la procédure était assez humiliante pour faire passer sa morgue à un juge, fût-il le plus effronté du monde.

Et je me munis d'avance de toute une série de trucs du même genre, dont jamais, de mémoire d'homme, on n'avait entendu parler. Mais je n'eus pas le loisir d'y recourir et tout glissa bien mieux que je ne m'y attendais.

Nous allions être trois à passer en jugement : Delaunay, Kouchev et moi. (Ils avaient jugé Khaoustov bien avant nous et les autorités y avaient trouvé leur compte : on pouvait s'arranger pour l'accuser de « résistance aux représentants de l'autorité ». Ils lui collèrent trois ans. Pour nous, en dehors du fait brut de la manifestation, il n'y avait absolument pas matière à nous inculper ; c'est la raison pour laquelle ils faisaient traîner l'ouverture du procès autant qu'ils pouvaient. Ils espéraient toujours trouver quand même quelque chose !)

Le 30 août au matin on nous conduisit au tribunal municipal de Moscou, place Kalantchovka et on nous enferma au sous-sol, dans des cellules spéciales. Vers dix heures les gardes nous conduisirent dans la salle, au banc des accusés.

J'étais affreusement nerveux et je craignais de ne pouvoir mener le procès comme je l'aurais voulu : je vais perdre le nord, je ne vais pas formuler assez nettement mon intervention. C'est que j'attendais ce procès comme une fête : qu'au moins une fois dans sa vie on puisse exprimer son opinion à haute voix.

Mais il suffisait de se retrouver dans cette salle — avec cette odeur incertaine et banale, si caractéristique des lieux publics, la couleur saugrenue des murs, les chaises du modèle réglementaire, les plafonds malpropres — pour que toute la tension s'apaisât. Rien de solennel, de tragique, l'ordinaire grisaille administrative, l'ennui de la paperasserie et l'indifférence. Ce qui me fit surtout rigoler, c'est que sur la haute tribune des magistrats, juste en dessous du massif emblème de l'Union soviétique, un plaisantin avait gravé en gros caractères le mot de trois lettres qui orne toutes les palissades, les cabinets publics et les pupitres des écoliers. C'est sous ce signe du zodiaque que se déroula notre procès.

Le juge, une femme qui pouvait avoir quarante-cinq ans, n'était nullement méchante ni effrontée — plutôt courtoise même — rendait la justice avec le même automatisme routinier que met un prêtre à dire sa messe. Pour elle, c'était tout bonnement un jour de travail comme un autre. Les assesseurs somnolaient ouvertement, soutenant leur tête entre leurs mains, les gardes bâillaient et dans les salles des tchékistes en civil occupaient les sièges, figurant le public.

Des milliers d'hommes tondus au triple zéro étaient passés par cette salle, en grise procession, sous les yeux de ces juges, de ces assesseurs et de ces gardes, avaient reçu leurs fastidieuses condamnations, qui à cinq ans, qui à quinze, qui à dix, qui aux neuf grammes de plomb, puis avaient disparu. Ils l'avaient belle, les poètes d'antan, à composer leurs odes sur les captifs en haillons pittoresques faisant sonner leurs chaînes, sur les geôles ténébreuses et les bourreaux couverts de sang. Aujourd'hui, on n'exécute même plus les gens sur l'échafaud, où l'on pouvait du moins, se tournant vers la foule et s'inclinant bien bas aux quatre horizons, s'exclamer :

« Bonnes gens ! Par la sainte croix, je ne suis en rien coupable ! — et puis présenter son cou au bourreau — Vas-y, frappe, mécréant ! »

Aujourd'hui, c'est un peu comme quand on sort des marchandises de l'entrepôt :

« Signez ici, là et encore là. Mettez-vous contre le mur.

Terminé. Au suivant. » Il bâille et regarde sa montre : « Est-ce bientôt la pause du déjeuner ? »

Il est bien question d'odes ou de ballades ! Tenez, le mot de trois lettres. Voilà le poème de circonstance.

Et à voir ce misérable tribunal, l'envie me passa — je ne dis pas de prononcer des discours — mais même tout simplement d'ouvrir la bouche. Enfin, n'est-ce pas répugnant de faire semblant de prendre cette comédie pour argent comptant ?

« Citoyens juges... Citoyen procureur... Citoyens témoins... »

Ils avaient déjà la sentence en poche, toute prête, il ne restait plus qu'à la signer. Monotones questions, monotones réponses, le tout connu d'avance, préparé d'avance : « Je ne saisis pas le sens de l'accusation. Je ne me reconnais pas coupable. » Mortel ennui.

C'est le procureur qui me sauva. Il avait une gueule de crapule qui faisait mal à voir et, lorsqu'il commença à dire, avec un ignoble petit sourire de malice, qu'en sept mois de prison on devait pouvoir, ne croyez-vous pas, remettre à cuver ses opinions, je fus soudain saisi d'une froide rage. Va donc, petit esprit, minable, tronche à procès-verbal. Il mesure tout le monde à son aune. Je suis tranquille, il te suffirait d'un seul jour de prison pour vendre père et mère ! Attends, je vais te faire prendre une suée.

Après quoi tout alla comme sur des roulettes. Mme le juge essaya de m'interrompre à plusieurs reprises, mais j'avais ma parade et je lui décochais l'article que je tenais en réserve. Elle resta effectivement quelque peu interdite et ensuite, tout au long des trois jours du procès, elle ne m'interrompit pour ainsi dire plus, si ce n'est comme cela, pour la forme, pour ne pas recevoir un blâme de ses patrons. Il n'y eut pas lieu de solliciter la récusation.

Puis ce fut l'interrogatoire des témoins, de ces « représentants de l'autorité » justement, qui nous avaient arraché les banderoles et nous, avec les avocats, nous tombâmes sur eux à bras raccourcis ; on fit voler les plumes. Le K.G.B. avait eu beau leur faire la leçon, ils faisaient piètre figure. Tous les « droujinniki » avouèrent qu'ils n'avaient pas leur brassard. Ils n'arrivaient pas à décrire la moindre « perturbation de l'ordre public » et certains lâchèrent même le morceau : on les avait avertis à l'avance de la manifestation qui se préparait et on les avait envoyés la disperser. Tout cela faisait grotesque.

« Mais alors, pourquoi donc êtes-vous intervenus ? interrogeaient les avocats. Uniquement parce que vous avez vu qu'ils brandissaient des banderoles ?

— Oui.

— Et qu'y avait-il sur ces banderoles ?

— Des noms... »

Ils n'avaient pas vu le texte. Et, de fait, ils ne pouvaient pas le voir : ils s'étaient jetés sur nous de flanc.

Même les agents de police, on avait eu peur de les citer au tribunal ; elles étaient fameusement désagréables pour le K.G.B., les dépositions qu'ils avaient faites lors de l'instruction.

Le second jour, ce fut le tour de l'interrogatoire de nos amis qui avaient pris part à la manifestation. Tous eurent une attitude remarquable et mes copains en furent ragaillardis. Cela va quand même mieux, quand on voit des visages connus. Le plus stupéfiant, c'est qu'après l'interrogatoire des témoins, on ne les fit pas sortir de la salle. Ils restèrent à leurs sièges et naturellement, s'efforcèrent de tout retenir.

Le troisième jour eurent lieu les débats. On poussa si bien le procureur dans ses retranchements qu'il fut obligé de déclarer : c'est le fait même de la manifestation qui a constitué une violation de l'ordre public. Et les avocats de se mettre à hurler : alors, et la Constitution !

S'empêtrant définitivement, le procureur déclara :

« Il est interdit de réclamer la libération de personnes arrêtées par le K.G.B. Cela sape l'autorité des Organes.

— Il est interdit de réclamer la révision des lois.

— Il n'est pas permis d'exprimer son désaccord avec les agissements des autorités que « selon la procédure établie » (quelle est cette procédure, il ne l'expliqua pas davantage). Toute autre manière constituera une violation de l'ordre public. »

D'un point de vue juridique, tout ce qu'il venait de dire n'avait absolument ni queue ni tête et il faisait pitié à voir. Kaminskaïa ne laissa pas pierre sur pierre de cette argumentation balourde et les autres avocats demandèrent à leur tour l'acquittement de leurs clients.

Mes copains en furent tellement réjouis que, dans leur déclaration finale, tout en exprimant des regrets pour ce qui s'était produit, ils ne se reconnurent pourtant point coupables. Je parlai longtemps, trop longtemps pour un procès comme celui-ci. Mais je dis tout ce que j'avais à dire. J'agitai sous le nez du procureur la Constitution à trois kopecks, je jetai éclairs et tonnerre et pour finir je leur promis, après ma libération, d'organiser une nouvelle manifestation.

Je dus parler sur un ton fort vif, car promenant de temps à autre mon regard sur la salle, je remarquai avec étonnement les visages effarés de mes amis et celui de ma mère, devenu littéralement gris, absolument comme si une catastrophe était en train de se produire sous leurs yeux. Seul, Essénine-Volpine approuvait de la tête avec satisfaction, comme si rien ne se passait.

Comme il fallait s'y attendre, les formules de la sentence ne se distinguaient en rien de l'acte d'accusation, comme si cet absurde procès de trois jours n'avait jamais eu lieu. On m'octroya les trois ans prévus et on laissa mes copains quitter la salle : ils avaient écopé d'un an avec sursis. Nous nous étreignîmes en signe d'adieu. Je savais qu'ils l'auraient plus rude que moi. La liberté est parfois plus pesante que la prison et après le repentir qu'ils avaient manifesté au tribunal, ils auraient encore et pour longtemps à se battre la poitrine, mais pour de bon cette fois. Dieu veuille qu'ils trouvent en eux la force de surmonter l'épreuve et de rester des hommes.

Je retournais désormais seul à la prison. Tandis que j'allais de la salle d'audience au panier à salade (dans la cour couverte intérieure) quelqu'un de mes amis, du haut d'une fenêtre, m'envoya sur la tête une pleine brassée de bleuets ; les gardes aussi en récoltèrent. C'est ainsi que j'arrivai à ma cellule avec mes bleuets.

« Qu'est-ce que c'est ? fit Pétrenko, fronçant le sourcil. Des fleurs ? Hum... »

Et il ne dit rien de plus, tourna le dos, bien qu'en prison les fleurs « ne soient pas prévues ».

Et deux mois plus tard on décréta l'amnistie pour le cinquantenaire du pouvoir soviétique ; mais dans le décret du Praesidium du Soviet suprême il était dit que l'amnistie ne s'étendait pas aux personnes condamnées pour « avoir organisé des actions de groupe violant grossièrement l'ordre public ou y avoir pris une part active ». Trois lignes entières de plus dans un décret, et nous n'étions alors que deux à être détenus en vertu de cet article pour tout l'ensemble du pays : Khaoustov et moi.

Et il y eut encore un contrecoup étrange : on mit soudain à la retraite mon très vieil ami, le général Svetlitchny, chef du K.G.B. de Moscou, ce méchant nabot à grosse tête. Et dans le luxueux hôtel du comte Rostoptchine les dames à crinoline se contentèrent de chuchoter avec les messieurs à perruques poudrées, le regardant partir avec un sourire mi-dédaigneux.

J'étais déjà au camp lorsque, en janvier 1968 se déroula le procès de Galanskov, Guinzbourg, Lachkova et Dobrovolski, nouvelle tentative désespérée des autorités pour effrayer l'intelligentsia et la rallier à leurs vues. Et tandis que la propagande officielle avait préféré passer notre procès sous silence — juste une toute petite note dans *Moscou-Soir* — le « procès des quatre », pour le coup, se déroula sous les hurlements assourdissants de la presse soviétique. De nouveau, comme pour l'affaire Siniavski et Daniel, on téléguida une campagne de condamnation nationale : lettres courroucées de « travailleurs » : trayeuses, tisserands, éleveur de rennes et soldats de l'Armée Rouge.

Les autorités essayèrent une fois de plus de présenter la chose comme si, censément, on ne jugeait pas ces gens pour leurs convictions, mais pour des « complots », « intelligence avec des centres de subversion » et « calomnie ». Mais cela, c'était pour l'exportation. Tandis que pour les leurs, c'était la menace ouverte : voyez ce qui vous attend !

Une fois encore, comme lors du procès de Siniavski et Daniel, deux points de vue s'affrontèrent, deux façons de comprendre les choses, deux styles de vie : l'un caché, clandestin, à double visage ; l'autre déclaré, invoquant la loi, défendant pied à pied les droits du citoyen. Ce procès démontra avec une luminosité extraordinaire l'alliance de la psychose de la clandestinité et de l'arbitraire officiel : ils ne peuvent pas exister l'un sans l'autre. Ce n'est pas par hasard si l'accusation allait chercher et trouvait précisément dans cette psychologie son point d'appui. Qu'est-ce, au juste, que la « littérature antisoviétique » ? Qu'est-ce, au juste, que le pouvoir soviétique lui-même ? Que peut-on lire et que ne peut-on pas ? Où est la frontière entre la « critique » et le « crime », le droit garanti par la Constitution et la « sape du pouvoir soviétique » ? Bref, tout ce que j'avais essayé de dire au procès se retrouvait inéluctablement au centre du débat.

Il y avait, dans ce procès, quelque chose qui évoquait le théâtre de l'absurde. C'étaient les mêmes articles de loi, les mêmes termes, les mêmes expressions, mais les concepts qu'ils recouvraient différaient du tout au tout d'une personne à l'autre.

L'accusation, le tribunal, la propagande cherchaient à faire prévaloir leur point de vue, celui de l'*idéologie* : les accusés, leurs défenseurs, leurs témoins, le leur, qui reposait sur le droit. Et parmi ceux qui étaient impliqués dans le procès quiconque n'était pas prêt à défendre la position du citoyen, avec les droits qui en découlent, se retrouvait inévitablement du côté de l'accusation.

Cela explique que des personnes différentes, après avoir lu le même livre, trouvaient qu'il était antisoviétique ou qu'il ne l'était pas et que des gens auxquels on reprochait les mêmes actions se déclaraient coupables ou non coupables.

Le procès se déroula dans des conditions d'illégalité si criantes, qu'il souleva une tempête d'indignation. Instruites par notre procès, les autorités ne permirent pas aux témoins de rester dans la salle ; ils les expulsaient de force. Ils refusaient la parole aux accusés, ne permettaient pas à la défense de poser des questions. Ils interrompaient les témoins dès qu'il commençaient à faire des dépositions par trop défavorables aux autorités. Le juge et le procureur rivalisaient d'esprit pour bafouer la loi.

Que tenons-nous pour l'essentiel : l'idéologie ou le droit ? Telle est la question que posaient nos procès. Et de sa solution dépendait non point le sort des accusés, mais toute notre vie à venir.

Le sort des accusés était scellé d'avance. Un État idéologique ne pouvait admettre que lui fût imposé le point de vue du droit. Et Iouri Galanskov, qui durant les cinq jours du procès, gris de douleur sous la morsure de ses ulcères, dominant sa souffrance, rendit coup pour coup au juge et au procureur acharnés contre lui ; la mort l'attendait dans un camp ; il ne vécut pas assez pour voir la fin de ses sept ans.

Mais l'avenir, c'est nous qui en décidâmes et la sentence inhumaine souleva une vague de protestation jamais vue jusqu'alors.

« Nous nous adressons à l'opinion mondiale et tout d'abord soviétique. Nous nous adressons à tous ceux qui ont en eux une conscience vivante et assez d'audace.

« Exigez la condamnation publique de ce procès déshonorant et le châtiment des coupables.

« Exigez la libération des accusés détenus.

« Exigez la révision du procès dans le respect de toutes les normes du droit et en présence d'observateurs internationaux.

« Citoyens de notre pays ! Ce procès est une flétrissure à l'honneur de notre État et à la conscience de chacun d'entre nous. C'est vous qui avez élu ce tribunal et ces juges ; exigez qu'ils soient privés du pouvoir dont ils ont abusé. Aujourd'hui, ce qui est menacé, ce n'est pas seulement le destin des accusés. Le procès qu'on leur a fait ne le cède en rien aux fameux procès des années 30, qui nous ont coûté à tous tant de honte et de sang, que nous n'arrivons pas encore, à l'heure présente, à nous en remettre », écrivaient dans leur adresse à l'opinion mondiale L. Bogoraz et P. Litvinov.

Les lettres de protestation se déversaient en un flot ininterrompu : lettre des habitants de Novossibirsk, lettre des Ukrainiens, lettre des témoins, lettre des 79, des 13, des 224, des 121, des 25, des 8, des 46, des 139... On s'y mettait à toute une famille, on écrivait à soi tout seul. Un matelot d'Odessa, un président de Kolkhoze de Lettonie, une prêtre de Pskov, un ingénieur de Moscou... Écrivains, savants, ouvriers, étudiants, de tous les coins du pays.

On les chassait de leur emploi, de leur faculté, on les privait de leurs titres, on les vilipendait dans la presse et dans les réunions. Tel ou tel se prit de repentir, les autres n'en devenaient que plus fermes et plus inflexibles et leur nombre ne cessait de croître. Examinez les signatures au bas de ces premières lettres et vous verrez le nom de gens qui, cette même année ou quelques années plus tard, se retrouvèrent sur le banc des accusés. Nouvelles arrestations, nouveaux procès ; nouvelles protestations. La répression devenait un élément familier de la vie et les procès, répétant par tout le pays ceux que nous avions connus les premiers, prenaient la forme d'un rite : à l'entrée du tribunal, la foule, qu'on ne laisse pas entrer pour un « procès public » — comme le disait Ilia Gabaï « devant l'huis clos d'un procès public » — la poignée de correspondants étrangers (si c'était à Moscou), les articles braillards des journaux, les plaidoiries des avocats, les déclarations finales des accusés et l'invariable cruauté des sentences. Là-dessus, derechef, protestations sur protestations... Il n'y avait que Leningrad à ne pas pouvoir sortir une bonne fois du souterrain : en 1965, tandis que l'affaire de Siniavski et Daniel battait son plein, on y fit passer en jugement des marxistes clandestins (le « Kolokol »), dans les années 1965-1968, lors des procès et des manifestations de Moscou, les chrétiens-sociaux clandestins (A.S.C.P.L.P.).

C'est étonnant de voir comment, dès la première poussée de la publicité, dans notre État, le plus serein du monde, se révéla soudain une telle masse de problèmes : juridiques, nationalistes, sociaux, religieux. Ils se passait chaque jour tant d'événements — poursuites, arrestations, règlements de comptes — que la nécessité se fit jour de publier en samizdat, tous les deux mois, un bulletin d'information : la *Chronique des événements en cours*. D'ailleurs, le samizdat avait déjà cessé d'être une entreprise purement littéraire : lettres ouvertes, articles, pamphlets, traités, études, monographies. Et bien sûr, comptes rendus sténographiques de procès. Plus montait la fureur du pouvoir, plus le mouvement s'amplifiait et s'affermissait : allez savoir après cela qui est l'ours et qui est la bûche et qu'est-ce qui va sortir de tout cela.

Ce qu'il pouvait être vexant, juste en ce moment, au plus fort de la bataille, d'être planqué dans un camp ! Une seule chose m'apaisait : entre autres documents du samizdat se répandait dans le pays le compte rendu de notre procès, rédigé par Pavel Litvinov[1]. Ce n'était quand même pas peine perdue que de rester bouclé trois ans : tout ce qui avait été dit n'était pas allé se perdre au fond d'un puits.

1. Petit-fils de Maxime Litvinov qui fut commissaire du peuple aux Affaires étrangères de 1930 à 1939. Auteur d'ouvrages sur la manifestation et le procès de Boukovsky et de ses amis et sur le procès de Guinzbourg-Galanskov, condamné à cinq ans de déportation pour sa participation à la manifestation de la place Rouge.

7

« DIS donc, mon petit pote, tu viens, on joue ? Tu as un joli petit chandail... »

Pour m'être trimbalé d'étapes en transferts, je connaissais déjà un peu le milieu, ses us et coutumes. Jouer avec eux était de la folie : les cartes étaient biseautées et ils connaissent une masse innombrable de trucs de toutes sortes. Il y a de ces spécialistes qui vous sortent à la demande n'importe quelle carte, les yeux fermés. Ils vivent de cartes : à longueur de journée ils les manipulent, les battent, les trient, pour ne pas perdre le coup de main et s'ils ont fait choix d'une victime, ils la déshabillent des pieds à la tête. Mais refuser à présent, c'était faire preuve de faiblesse. Nos relations ne seraient plus les mêmes ; or, j'avais près de trois ans à vivre avec eux.

« Allons-y, dis-je, mais à la préférence, uniquement. On est assez nombreux. On inscrit les enjeux : il y en a assez pour toute la nuit. »

A ce moment-là, il perdit contenance. La préférence, ce n'est pas un jeu de voleurs. On voyait tout de suite qu'il n'y avait jamais joué. Mais comment refuser : c'était la honte. Quel beau voleur, qui refuserait de jouer ?

« Eh bien, mon pote, explique voir ce que c'est comme jeu, comment ça se joue ? »

Je l'expliquai. Ils s'assirent de mauvais gré : où s'étaient-ils fourrés ? Naturellement, au bout d'une petite heure je les avais complètement plumés. La préférence est un jeu complexe, presque autant que les échecs, il faut longtemps l'étudier pour le saisir. Ils essayèrent chemin faisait de tricher ; je ne levai même pas le sourcil. Triche ou ne triche pas ; si tu ne connais pas le jeu, tu ne gagneras pas. Surtout à la préférence.

« Eh voilà, fis-je. Reprenez vos affaires, je n'en ai pas besoin. Et maintenant, tenez, je vais vous apprendre pour de bon comment cela se joue. »

Ils furent si captivés que toute la nuit y passa. Nous devînmes les meilleurs amis du monde.

Jadis, surtout juste après la guerre, les « droit commun » se montraient extrêmement hostiles aux politiques ; ils les dépouillaient et les tuaient même. Au début des années 50, il n'était pas rare que les politiques se soulevassent contre le pouvoir des voleurs au camp. Il est difficile de dire ce qui a changé : les « droit commun » ou bien les politiques. C'est plutôt qu'une autre atmosphère règne à présent dans le pays ; toujours est-il que cette hostilité n'existe plus. On manifeste même à l'égard des politiques un respect inaccoutumé ; et si vous vous conduisez envers eux avec loyauté et fermeté, sans transgresser l'éthique du détenu, ils vous aident et vous dépannent toujours.

Mais alors, en retour, ils vous assassinent de questions ! C'est comme une espèce d'évidence : puisque c'est un politique, c'est quelqu'un qui a « étudié », il doit tout savoir. Du jour au lendemain, vous vous retrouvez transformé en encyclopédie ambulante pour tout le camp. Il s'agit de trancher d'interminables discussions : combien y a-t-il eu sous le soleil de généralissimes, combien y a-t-il de kilomètres de Toula à Tambov et qu'est-ce qui est le plus au sud, New York ou Kiev ? Je ne sais pourquoi, l'opinion était fermement établie parmi eux, qu'il n'y avait eu en tout que trois généralissimes : Souvorov, Staline et Franco. Mais ils écoutent attentivement, avec déférence et ne disputent jamais. Ce que j'ai dit, c'est la loi et les prophètes. Bien entendu, tous venaient me trouver pour rédiger leurs plaintes ; pensez : j'étais l'unique politique de tout le camp.

J'étais toujours surpris de voir avec quelle rapidité ils se faisaient leur idée sur les hommes, découvraient leur point faible et pouvaient prédire d'entrée de jeu ce qu'ils deviendraient au camp. D'un côté un flair, une rouerie fantastiques et de l'autre une naïveté, une crédulité et une cruauté stupéfiantes : de vrais enfants.

Par le même convoi qui m'amenait de Moscou était arrivé un jeune gaillard qui pouvait avoir vingt-deux ans. Le gars n'avait rien de particulièrement remarquable, mais dès le départ, je ne sais pourquoi, il se les mit à dos. Nous étions encore au centre de transfert de Voronej, où nous avions atterri ensemble et où j'avais battu les voleurs à la préférence, quand ceux-ci parvinrent à découvrir qu'il planquait des cigarettes. Or, dans la cellule, question tabac, les choses n'allaient pas fort. Sans mot dire, ils lui subtilisèrent ses cigarettes et les déposèrent sur la table, à l'usage commun. Quelques instants plus tard je saisis au vol dans leur conversation qu'ils s'apprêtaient à le violer. Usant de mon influence, naturellement, je les en dissuadai. Ils furent très mécontents de me voir intervenir.

« Pourquoi te mêles-tu de ses oignons ? marmonnèrent-ils. Cette charogne de bouc, au camp, il va courir trouver le parrain. Tu as vu, il voulait planquer ses cigarettes.

— Qu'est-ce que ça peut faire ? fis-je, sans bien saisir.

— Comment, qu'est-ce que ça peut faire ? Tiens, toi, tu es arrivé, tu as partagé toute ta bouffe ; tu ne l'as pas cachée, quoi ! »

C'est un fait que je m'étais trouvé le seul à avoir des provisions ; ma mère avait réussi le coup, avant mon transfert, de me faire parvenir un colis supplémentaire. Oui, durant une semaine, toute la cellule avait vécu sur ces provisions. Mais je n'arrivais pas mieux à comprendre le rapport entre les cigarettes et le parrain.

Il fallut pourtant reconnaître qu'ils avaient raison : au camp, le gaillard devint très vite indicateur, il me mouchardait même auprès de l'inspecteur du K.G.B. qui venait périodiquement au camp, alors qu'il savait pertinemment de quel mauvais pas je l'avais tiré.

Au camp, vous ne pouvez rien cacher ; très vite tout le monde fut au courant. Mais personne ne me fit la leçon, personne ne me dit : « Tu vois bien que nous avions raison. » Ils s'approchaient, compatissaient avec beaucoup de tact ; mais pas un mot sur le passé. Ma foi, pour moi, même si j'avais su ce qu'il adviendrait par la suite, je les aurais tout de même dissuadés alors de lui faire son affaire. Mais la justesse de leur flair me stupéfia.

Le monde des « truands » ou des « voleurs » est extrêmement intéressant en tant que spécimen d'un type de justice purement populaire. Sans doute, à l'heure présente, ne reste-t-il pratiquement plus de « voleurs en règle », mais leur idéologie est incroyablement vivace ; aujourd'hui encore, elle traverse toutes les couches de la population, elle est particulièrement en honneur parmi les jeunes et tout porte à croire qu'elle ne mourra jamais. Les surveillants eux-mêmes vivent de ces concepts. Tout ce qu'il y a de vaillance et de témérité dans les élans et les représentations qui portent les gens vers une vie véritable et indépendante s'est investi dans cette « idéologie truande ». Il est normal que les natures héroïques, hors du commun, surtout parmi les jeunes, soient attirées par elle.

Je crois qu'on peut retrouver les sources de cette idéologie à travers les chansons de gestes et les légendes des preux, des paladins et des chefs de brigands justiciers. Je vois peu de différence entre l'idéologie d'un quelconque prince entouré de sa compagnie, dévastant la contrée et levant le tribut sur les populations soumises et l'idéologie du « caïd » d'aujourd'hui avec sa bande. Car eux non plus ne considèrent pas leur affaire comme déshonorante. Au contraire, l'idée de base chez les voleurs coïncide parfaitement avec l'image que se faisait de la justice n'importe quel paladin des chansons de gestes et se résume à ceci : ils sont les meilleurs des hommes et tout le reste de la population n'a qu'à payer tribut, ce sont leurs « gens ». Ils ne volent pas le moins du monde ; ils prennent « leur dû » ; c'est littéralement leur expression. Dans leurs relations mutuelles, ils sont d'une honnêteté rare ; voler l'un des siens, comme d'une façon générale, voler au camp, est le pire des crimes.

Au reste, je connais mal l'histoire en question. Une chose est connue du moins, c'est que dans les années 30 et 40 et même dans les années 50 le « Mouvement des Voleurs » était dans le pays extraordinairement puissant. Leur idée première, leur idée fondamentale, était le refus de reconnaître l'État, la pleine indépendance à son égard. L'authentique « voleur en règle » n'avait pas le droit de travailler, sous quelque forme que ce fût et quelque pression qu'il pût subir. Il ne devait pas avoir de demeure : en dehors de la prison il séjournait dans divers « bouges » ou, comme on dit aujourd'hui, dans une « truanderie », chez quelque truande de ses copines. Ils devaient vivre du vol ; et il faut ajouter que tout véritable voleur s'en tient scrupuleusement à son étroite « spécialisation », il ne peut en changer. Le tribut ainsi levé ne devait jamais être partagé également entre tous ; il allait au chef, au « caïd » et c'était alors lui qui le répartissait comme il le jugeait bon, « en bonne justice ». Fait curieux, les caïds n'étaient jamais élus. Ils étaient reconnus tels en vertu de leur autorité en matière de vol (exactement comme au Politburo). Il existe, dans le monde du vol, une hiérarchie complexe qui n'est pas déterminée, elle non plus, par voie d'élection, mais par voie de « reconnaissance » de l'autorité. Et c'est en fonction de cette hiérarchie que se fait la répartition, qu'est déterminé ce qui « est dû » à chacun.

Il existe une masse de lois non écrites et il n'est loisible qu'aux voleurs revêtus de l'autorité la plus haute d'interpréter ces lois, d'être juges dans les conflits. Les procès entre voleurs, les « jugeries », sont également un exemple très antique et tout à fait caractéristique de justice populaire. Je les ai observés maintes fois au camp ; jouissant d'une certaine confiance, j'y ai même assisté, mais évidemment sans y prendre part. Ils reposent sur une requête du plaignant, si l'on peut s'exprimer ainsi. Il ne peut y avoir, à l'encontre d'un voleur, de procès intenté par l'ensemble de la corporation ; il ne peut y avoir que requête personnelle formulée par la victime, accusation portée devant le confrère jouissant de la plus haute autorité ou même devant toute l'assemblée. Le litige n'est presque jamais résolu par la conciliation des parties : l'une d'elles est réputée coupable et la partie gagnante doit obtenir personnellement son dû de la partie perdante (le dédommagement peut être de toute nature, depuis la mise à mort ou le viol jusqu'à la simple rossée ou l'obtention d'une compensation matérielle). Au seul cas où la partie perdante refuse de se soumettre à la décision, le juge en personne, agissant de sa propre autorité, la met à exécution. Jusque-là personne ne peut s'immiscer dans l'affaire.

La loi des voleurs ne défend que ceux qui l'observent. Quiconque l'enfreint sérieusement se trouve hors la loi (ce qui se tranche aussi par une « jugerie ») et par la suite, n'importe quel voleur peut en agir à sa guise avec l'homme, sans avoir à craindre de conséquences. Quelqu'un qui a eu partie liée avec les autorités, à quelque moment que ce soit (qui aurait par exemple porté le brassard[1] ou dénoncé un frère) ne sera jamais plus « en règle » et il n'a même plus le droit d'assister à un rassemblement de voleurs. On ne peut pas davantage se référer à son témoignage. Le serment existe aussi ; on dit le « jurement ». Parole de voleur fait foi. C'est dit, c'est fait. Il y a aussi la simple réunion des voleurs, qui tranche des questions importantes pour tous. Bref, tout un système de lois.

Dans la légende, le voleur, le brigand est toujours le gaillard brave et crâne, le beau garçon, adroit et insaisissable, cruel, mais juste, jouissant de la considération générale. Il existe toute une masse de chansons et de récits dans lesquels le voleur fait figure de héros romantique. Selon la tradition, les voleurs vivent « en famille » et se considèrent mutuellement comme des « frères ».

Conformément à leur qualité de grands seigneurs, dans les camps ou dans les prisons, il faut qu'ils soient les maîtres. La prison, pour le voleur, c'est la chère maison. Il doit y vivre dans le luxe, avoir ses larbins, un pédéraste en guise d'amie, et tous les non-voleurs sont obligés de lui verser un tribut volontaire. En prison, le voleur n'a pas le droit de prendre de force ou de dérober : les gens doivent lui apporter d'eux-mêmes leurs dons. Il peut

1. En qualité de « droujinnik » (auxiliaire bénévole de la police) ou plus probablement en tant que membre de la Section de Maintien de l'Ordre intérieur, corps recruté parmi les détenus et en particulier parmi les « collabos ». (N.D.T.)

gagner aux cartes, et tricher, et « rouler » les gens. Mais en même temps il doit venir en aide à son confrère tombé dans le malheur, faire montre de munificence et de magnanimité. Car voilà : ceux qui se sont fait battre au jeu ou rouler (les demi-truands de tout poil) se mettent à leur tour à rançonner ou à voler. C'est un devoir pour le voleur, à l'égard de ses « gens », de ceux qui lui paient tribut, de les défendre, de ne pas laisser les autres voleurs les outrager et d'assurer l'équité entre eux. En vertu de la tradition, le voleur ne doit pas admettre qu'on le libère de prison : il doit s'évader. Travailler, il n'en avait évidemment pas le droit ; mais il était porté sur la liste d'une équipe qui accomplissait sa norme à sa place.

Le « Mouvement des Voleurs » poursuivit son existence sous cette forme jusqu'au milieu des années 50. Il continua longtemps à s'élargir et à s'affermir, du fait que les autorités voyaient en lui un soutien et le mettaient à profit en les montant contre les politiques, avec lesquels les voleurs étaient alors détenus dans les mêmes camps. Mais, vers le début des années 50, la criminalité professionnelle avait cru dans de telles proportions que les autorités décidèrent d'en finir avec elle. On lança le slogan : « Le monde du crime se supprimera de lui-même. »

Les autorités réussirent à provoquer les hostilités en créant une variété de voleurs d'un autre acabit : celle des « chiens », ou, comme ils se dénommaient eux-mêmes, des « voleurs polonais ». La différence n'était pas grande. Les chiens étaient en fait des voleurs que les autorités avaient réussi à contraindre au travail pour les avoir poussés par toutes sortes de mesures féroces à deux doigts de la fosse. Après quoi, dans certains camps, on avait fait d'eux des « chefs » — brigadiers, contremaîtres, etc. — et on s'était déjà mis en devoir d'expédier de force les autres au travail. La célèbre « guerre des chiens » éclatait lorsque voleur et chien ne pouvaient coexister dans un même camp ou une même cellule ; il fallait que l'un des deux tue l'autre. L'administration expédiait d'autorité les voleurs dans les camps à chiens, et les chiens dans les camps à voleurs : c'était le signal d'une vraie boucherie. Bref, de nos jours, il ne reste pratiquement plus de « voleur en règle », en tout quelques dizaines, peut-être, qui achèvent leurs jours dans une prison ou l'autre (j'en ai encore rencontré tel ou tel à Vladimir).

Mais leur idéologie n'est pas morte et, avec quelques changements, elle continue de prospérer à l'heure présente (compte tenu de la sévérité accrue des conditions de la vie en liberté comme du régime des camps, on leur concède le droit de travailler, d'habiter chez eux, de ne pas s'évader de prison, etc.). Une version quelque peu mitigée de leur code d'honneur, une espèce de psychologie du bouge, survit encore. Il y a même plus : leurs principes, leurs critères de base sont à ce point répandus, que l'on peut tenir cette idéologie comme beaucoup plus populaire que l'idéologie communiste. Si l'on va au fond des choses, elle se distingue fort peu de l'idéologie réelle de la direction du Parti et ces deux mondes se ressemblent étonnamment.

Les pépinières de l'idéologie du voleur sont, pour l'essentiel, les « minorats », ces colonies pour mineurs délinquants. Le régime de détention, à en juger par les récits, y est d'une sauvagerie extrême. Tout repose sur les coups, on dresse les adolescents les uns contre les autres, on en place certains au-dessus du lot d'une manière artificielle, on fait jouer la responsabilité collective : pour la faute d'un seul on punit tout le monde et l'on suscite ainsi la haine mutuelle. Naturellement, les plus énergiques et les plus opiniâtres prennent le dessus, tous s'accoutument à vivre selon la loi du plus fort et l'auréole héroïque des légendes orales sur la fraternité des voleurs donne à cette vie sa justification et son sens. Revenus à la liberté, ils répandent partout cette mythologie et lui recrutent de nouveaux adeptes. Élevés dans cette mentalité, ils ne s'en débarrasseront certes pas de sitôt. Et le monde qu'ils ont créé dans les camps est d'une extraordinaire cruauté ; il est morcelé en castes, en niveaux de privilèges, bardé de règles de fer dont l'ignorance peut coûter très cher au novice.

Tenez, le voilà, le camp. Agglomération de Bor, à quelque 40 km de Voronej. Zone d'habitation : 9 baraques, 7 pour le logement, le réfectoire, la salle de classe, les bains. Entassement épouvantable. La baraque est divisée en 4 sections, de 60 à 80 hommes chacune. On dort sur des couchettes superposées à deux, voire trois étages. Le matin, on n'a pas où se retourner. En tout dans le camp, il y a environ 2 000 personnes. La zone d'habitation comme la zone de travail sont entourées de plusieurs rangées de barbelés, d'une bande interdite labourée, de miradors avec des sentinelles en armes.

La zone est décorée de devises incitant à produire, de graphiques indiquant l'exécution des plans et surtout de panneaux et de placards de caractère « éducatif ». Sur le flanc de la baraque, un énorme panneau. Sur le coup, vous ne saisissez pas ce qu'y a dessiné l'artiste amateur, un « planqué » du camp. En regardant bien, vous devinez l'image d'une femme en pleurs, la joue appuyée contre la main, pleine de chagrin, et en dessous l'inscription : « MON PETIT ! MÉRITE D'ÊTRE LIBÉRÉ AVANT TERME ! » Plus loin est représentée toute une famille — des petits enfants avec leur mère — « TA FAMILLE T'ATTEND ».

Sur toutes les clôtures et les murs disponibles, des maximes de grands hommes : « L'HOMME : VOILA QUI SONNE FIÈREMENT. Gorki » ; « EN L'HOMME, TOUT DOIT ÊTRE BEAU : ET LE VISAGE, ET LE VÊTEMENT, ET L'AME, ET LE CORPS. Tchékhov ».

Juste sur le réfectoire : « CELUI QUI NE TRAVAILLE PAS NE MANGE PAS. » De fait, ceux qui ne travaillent pas, on les fourre au cachot où on leur apporte comme pitance, tous les deux jours, du pain et de l'eau.

Et aux portes donnant sur le large : « VERS LA LIBERTÉ AVEC UNE CONSCIENCE PURE. » Mais là, c'est le parrain qui a tendu ses filets. Il mène sa campagne pour l'aveu spontané des crimes tenus cachés. Si vous le dites vous-même, ils vous en colleront moins. Il n'y a évidemment pas de gens assez bêtes pour avouer ; mais ceux qui sont tant soit peu malins parlementent avec le parrain. Pour recevoir de chez eux un colis supplémentaire, ils avouent quelque délit insignifiant, pour lequel on ne leur rajoutera rien. Les photographies de ces roublards sont aussitôt accrochées au portail sous la mention : « ILS ONT FAIT AMENDE HONORABLE. » A eux le colis ; au parrain, les félicitations.

Ce maquignonnage arrange parfaitement les autorités. Il commence déjà pendant l'instruction. Les juges poussent les détenus à endosser quelque affaire restée à l'état d'énigme, afin de pouvoir la clore :

« Prends encore deux vols sous ton bonnet. Pour toi, quelle différence ? Tu en as quatre, cela t'en fera six. »

En échange, on lui promet de lui faire une fleur ou on lui apporte froidement de la vodka. Vous ne consentez pas de bonne grâce : alors ils vont entreprendre de vous extorquer l'aveu de force. L'instruction au poste de police est une féroce affaire. On exige de ces gens qu'ils élucident les crimes à 100 p. 100 : comment voulez-vous qu'ils s'y prennent autrement ?

Chaque baraque a aussi son panneau avec des photos : « TABLEAU DES CHAMPIONS DE LA PRODUCTION. » Simplement, à la différence d'une usine ordinaire, ces photos qui vous regardent ne sont pas des ouvrières de choc du travail communiste coiffées du fichu, mais des gueules crapuleuses tondues à zéro.

« RAPPELLE-TOI, DIS A L'AUTRE, QUE LE TRAVAIL HONNÊTE EST LE CHEMIN VERS LE FOYER », est-il écrit en lettres d'une toise, comme dans n'importe quel autre camp. Et une immense planche rouge, au centre de la zone : « NOUS, CONDAMNÉS, COMME LE PEUPLE SOVIÉTIQUE TOUT ENTIER, NOUS ENGAGEONS... » — à accomplir, à dépasser, à rattraper, à devancer. Et chaque baraque a également, protégé par un verre, son propre journal mural, réalisé par les efforts de ceux qui « ont pris le chemin de l'amendement » :

« Les condamnés Ivanov et Petrov travaillent bien, ils dépassent la norme. Ils ont pris le chemin de l'amendement et font partie de la section du service d'ordre intérieur. Mais les condamnés Sidorov et Fiodorov se soustraient au travail, ne remplissent pas la norme et enfreignent le régime de détention. Pour cette raison, ils ont été conduits à l'isolateur disciplinaire pour dix jours. » Et ici, une caricature : Sidorov et Fiodorov derrière les barreaux.

Au reste, ceux qui se sont « amendés » pour de bon ne travaillent jamais. La direction les affecte à des travaux dans lesquels les pourcentages vous arrivent sans le moindre effort. C'est que le travail est réglé de telle façon au camp qu'à un poste donné l'on peut ne rien faire et avoir ses 150 p. 100 garantis. A un autre, on se crève la paillasse tout le jour ; plaise à Dieu qu'on ait 70 p. 100.

La première chose qui me sauta aux yeux quand on m'amena au camp, c'est la pléthore des gens portant brassards rouges, galons, triangles, losanges, etc. Un sur deux, sinon plus. (Lorsque j'atterris en 1973 dans un camp politique, il n'y avait pas de types à brassards. Même les « polizei », c'est-à-dire les hommes condamnés pour collaboration avec les Allemands et qui, à présent, collaboraient avec la direction du camp et faisaient partie de je ne sais trop quel soviet de la collectivité, préféraient le cacher, rasaient les murs et ne se hasardaient pas à mettre leurs brassards.)

C'est la C.M.O., la Compagnie de Maintien de l'Ordre. Au camp, on dit : « Le Chien Mendie son Os. » « Ont fermement pris le chemin de l'amendement », « participent activement à la vie collective » — c'est ce que la direction inscrit sur les demandes de libération anticipée, à l'expiration de la moitié ou des deux tiers de la peine (en fonction de l'article du Code). En fait, ils collaborent avec l'administration, réglementent les choses dans le sens qui l'arrange, dénoncent leurs compagnons de camp et tout cela est enregistré comme une organisation spontanée des détenus, une manière d'« autogestion ». A vrai dire, il n'est pourtant pas question d'une quelconque autogestion. Ce sont tout simplement des factotums de l'administration qui travaillent pour leur libération anticipée. Et, bien entendu, tout leur est permis. Il te frappe, c'est zéro. Tu le frappes : article 77-1 « acte de terrorisme contre des détenus engagés sur la voie de l'amendement » (huit à quinze ans ou une balle dans la nuque). Naturellement, ce sont eux, ceux qui « ont pris le chemin de l'amendement », qui terrorisent la population concentrationnaire, avec la bénédiction des chefs.

La terreur grandit, elle atteint un point tel que la situation devient insupportable. Il se produit alors un soulèvement du camp, la mutinerie éclate. Quelqu'un des « amendés » se fait assassiner, tel autre estropier ou matraquer à coups de pieu, larder de coups de couteau ;

pour échapper, ils bondissent dans la bande interdite, sous la protection des mitrailleuses, ou courent au poste de garde, chercher refuge chez leurs patrons. Parfois les mutins mettent le feu aux baraques et aux autres installations du camp (la tradition des camps n'interdit d'incendier que le réfectoire et l'infirmerie). Pendant un certain temps le camp est en état de siège, on renforce la garde aux miradors ; après quoi, des soldats appelés en renfort pénètrent dans la zone et écrasent la rébellion. L'enquête commence, on recherche les « instigateurs » et les principaux coupables, on les juge en un procès exemplaire, la plupart du temps sur place, au camp, et on les condamne à être fusillés (ou bien on leur octroie un supplément de peine qui peut aller jusqu'à quinze ans). Pour quelque temps, ce sera le calme au camp, « ceux qui ont pris le chemin de l'amendement » ne s'avisent pas de crâner, les images de la mutinerie sont encore trop fraîches dans les mémoires. Mais passent quelques années, le personnel change, le passé tombe dans l'oubli et tout recommence à zéro. Dans les années 60, pareilles mutineries étaient chose fréquente.

L'objectif fondamental des camps, c'est le profit économique ; c'est pourquoi l'administration se soucie avant tout de l'exécution du plan. C'est de cela que dépend la carrière personnelle, les primes et autres avantages. Par ailleurs, la législation et l'idéologie régnante considèrent le travail au bagne comme « le moyen de base de la rééducation ». Tout, dans la vie du camp, dépend du travail et est soumis à ses intérêts.

De l'autre côté de la clôture, c'est le lieu de production, la zone de travail, un combinat de meubles.

Il n'y a rien de plus répugnant au camp que le rassemblement, lorsque, dans le noir matin d'hiver, réveillé par la voix éraillée d'une sirène d'usine, la tête encore embarbouillée d'un reste de sommeil, vous courez d'abord au réfectoire puant dont les portes déversent autant de vapeur qu'un bain, puis avalant à la hâte une lavasse agrémentée d'arêtes de poisson gluantes, vous vous précipitez, toujours à la course, vers le portail, serrant votre caban sans vous arrêter. Et là, frissonnant de froid, vous attendez que le surveillant, dans sa demi-pelisse de mouton et botté de feutre, ait fini de compter par escouades de cinq la grise masse des zeks courbant le dos. Pour ce qui est de moi, j'arrivai au camp à la fin de 1967, alors qu'il gelait à pierre fendre, et fus libéré en 1970 après avoir passé plus de la moitié de l'hiver derrière les barbelés. Et comme par un fait exprès, ces trois hivers furent tous d'une exceptionnelle rigueur.

« Quatrième équipe. Première escouade, deuxième escouade, troisième, quatrième, cinquième. Marche.

— Dix-septième équipe. Première escouade, deuxième, troisième... »

Les mains fourrées dans les manches du caban, les oreilles du bonnet rabattues et nouées sous le menton, toute la masse grise se dandine en tous sens, piétinant sur place, essayant de conserver la chaleur.

Et par-devant, de l'autre côté du portail, se dessinent en silhouettes indécises les petits cubes des ateliers, la cheminée de la chaufferie et quelque part une scie électrique glapit à vous soulever le cœur, quelque « laboureur » s'est déjà rué jusqu'à son établi. Une pensée, une seule, vrille votre cervelle somnolente : où vous tailler, dans quel atelier, où vous planquer pour que le chef d'équipe ne vous déniche pas avant la soupe ?

Mais, ça y est, il vous a découvert quelque part au chaud sous les tuyaux du chauffage et vous voilà tous les deux à vous égosiller en jurons, pleins de haine l'un pour l'autre, mais haïssant ensemble quelque chose d'autre encore, tandis que vous vous traînez vers votre atelier. Les doigts gourds, vous tournez des écrous, vous réglez la maudite machine, mais rien ne marche, tout vous glisse des mains. Une heure passe, une deuxième. Ronflement monotone du moteur, rythme uniforme des mouvements : les doigts retrouvent leur agilité coutumière, le tas de pièces achevées grossit de plus en plus.

« Hé, va pas si vite, vous crie le voisin à travers le vacarme de l'atelier. On va en fumer une.

— Attends, je vais avoir fini. Il n'en reste pas beaucoup. »

Et soudain vous découvrez avec dégoût la satisfaction que vous donne votre habileté, le travail bien fait et le désir de l'achever sans manquer. C'est sans doute ce que doit sentir la femme violée : elle crie, elle frappe, elle griffe et puis s'apaise et, soudain, pleine d'écœurement et de honte, elle ressent le plaisir physique.

Y aura-t-il un seul zek pour pardonner, pour oublier ce « je-n'en-peux-plus » transi, cette aversion insoutenable pour les machines, les ateliers, les normes, les chefs d'équipe et pour soi-même ? Vous prenez en grippe pour toute la vie jusqu'à ce mot-là : « travail ».

Une fabrique de meubles, ce n'est pas le travail le plus pénible, sauf peut-être pour les débardeurs, au séchoir ou au dépôt de bois. Ce n'est pas une question de peine, mais d'abaissement.

J'ai vu des gens se casser bras et jambes rien que pour échapper quelques jours au travail. C'est difficile de se le faire à soi-même et il y avait au camp un spécialiste-casseur-d'os : un grand gaillard maigre qui travaillait au dépôt de bois. Il plaçait la jambe ou le bras en travers de deux poutres et cognait au milieu avec une bûche enfilée dans une botte de feutre. Il pouvait réaliser à la demande une fracture ouverte ou une fracture simple.

D'autres se tranchaient les doigts à la hache, avalaient

des clous, se faisaient des brûlures aux mains. Si l'on peut dégotter du sucre en poudre et en inhaler un certain temps, on peut attraper une authentique tuberculose. Et il existait un nombre incalculable de manières de faire monter la température. La plus sûre : une injection intraveineuse d'huile de foie de morue (les drogués avaient toujours des seringues). La température grimpait au-dessus de 40°.

Tout cela portait le nom de « trucs » et, bien entendu, était sévèrement châtié. L'infirmerie avait pour règle de refuser ses soins aux « truquards » et les chefs les fourraient au cachot. Là, privés de toute assistance médicale, ils soignaient leurs blessures comme font les chiens. Ils s'ouvraient les veines, avalaient des cuillères, rien que pour faire venir le médecin.

Il n'est pas toujours facile de dépister le « truc » et l'infirmerie préférait suspecter de simulation tous ceux qui se faisaient porter malades. Parfois, vous n'arrivez pas à faire prendre votre température, vous n'obtenez pas un comprimé.

« Allez, file ! C'est le travail qu'il te faut ! »

Cela, à tout le monde, par routine, sans faire le détail. Seuls ceux qui « avaient pris le chemin de l'amendement » se trouvaient dans une meilleure position. Il y avait des cas où les zeks mouraient faute de soins. Un brave type, à peine la cinquantaine, revenait sans cesse demander un comprimé de validol[1] : qu'est-ce que t'en as à faire ! L'affaire est claire, un simulateur. Et c'est ainsi qu'il mourut sur le seuil de l'infirmerie.

Partout une crasse épouvantable. La gale est coriace. Cela, l'infirmerie en avait peur, c'est une maladie contagieuse, malgré tout. Dans les débuts, on essaya d'isoler

1. Calmant à base de menthol et d'acide valérique ; se vend sans ordonnance en U.R.S.S. (N.D.T.)

les galeux à l'hôpital. Mais cela devint vite impossible, tant la gale se propageait. Celui qui n'arrivait pas à l'attraper pour de bon s'injectait sous la peau, à l'aide d'une aiguille, dans l'aine ou entre les doigts, de la colle de poix prise à l'usine : allez faire la différence !

Il faut dire aussi qu'il n'était pas facile d'y mettre les pieds, dans cette infirmerie. Elle était située dans la zone de travail, là où était la fabrique. Par conséquent, pour s'y traîner, il fallait aller au travail. Et, ma foi, puisque tu as pu partir au travail, tu n'es pas à la mort. Tu es en état de travailler. En un mot, rien n'existait que pour l'exécution du plan. Et pour quoi d'autre encore les détenus existent-ils donc ?

Un camp de « droit commun », ce n'est rien d'autre qu'une coupe transversale de la société ; c'est tout le pays en miniature et dans la vie du camp se reflètent, comme dans une goutte d'eau, et la conscience juridique et la situation sociale du peuple. Dans nos camps de « droit commun », les hommes, dans leur majorité, ne sont ni des dégénérés ni des professionnels du crime. D'après nos calculs les plus affinés, le nombre des détenus n'est pas inférieur à 2,5 millions : 1 p. 100 de la population, un habitant sur cent. Habituellement, c'est même davantage. En comptant que le temps moyen de détention est d'environ cinq ans et que le pourcentage de récidivistes ne dépasse pas 20 à 25 p. 100, au total c'est près du tiers du pays qui est passé dans les camps.

Ce pourcentage si élevé de criminalité est entretenu artificiellement par l'État, avant tout pour des considérations économiques.

Le détenu est une main-d'œuvre bon marché (presque gratuite), que les autorités peuvent déplacer à leur discrétion d'une branche de l'économie à une autre, envoyer aux travaux les plus pénibles et les plus mal payés, dans des secteurs encore inexploités, au rude climat, vers lesquels on ne peut attirer la main-d'œuvre libre que moyennant de très hauts salaires. Ce n'est pas un hasard si dans la région de Voronej, au temps où j'y étais, on ne comptait en tout que dix camps (une direction). Par contre, dans la région de Perm, beaucoup plus au nord et plus près de l'Oural, où je séjournai en 1973-1974, il y avait environ 50 camps (5 directions). A peu près autant dans chacune des régions de Kirov, Tioumen, Sverdlovsk et dans la République socialiste soviétique autonome des Komi.

C'est ainsi que furent mis en œuvre tous les grands chantiers du communisme : bagarres, canaux, routes, villes polaires. Travail forcé, principalement manuel, peu mécanisé (vu notre retard technologique, c'est parfaitement rentable). Le salaire moyen d'un détenu est de 60 à 80 roubles par mois (pour un travailleur libre affecté à des besognes analogues : 140 roubles). Sur ce salaire une retenue de 50 p. 100 est effectuée au profit de l'État et la moitié du reste revient à l'administration pour la nourriture, le vêtement et l'entretien. Ainsi le salaire réel d'un détenu est de 15 à 20 roubles par mois. De cette somme, il peut dépenser à la boutique de 3 à 7 roubles par mois, selon le régime de détention. La stimulation au travail est négative, en ce sens qu'elle recourt non pas à des mesures d'incitation, mais à des punitions variées pour refus de travail ou inexécution des normes. En outre, ces millions de personnes sont soustraites au circuit normal de la consommation, ce qui, dans le contexte de pénurie chronique de marchandises, est extrêmement commode pour la régulation de la demande. Et les biens de consommation (surtout les produits de mauvaise qualité) qui ne trouvent pas de demande dans la population reviennent aux détenus, qui n'ont pas le choix. Les détenus n'ont pas besoin d'appartements : ils se construisent eux-mêmes leurs baraques.

Autrement dit, si brusquement on décrétait l'amnistie générale, cela déclencherait une catastrophe économique. C'est pour cela que depuis l'époque de la mort de Staline, il n'y a pratiquement pas eu d'amnisties. On a promulgué des décrets en vertu desquels presque personne ne sortait : les condamnés qui relevaient de tous les articles les plus massifs en étaient exclus. Au temps de Khrouchtchev, à la place de l'amnistie on inventa la libération anticipée (et, ces dernières années, la condamnation avec sursis) avec envoi d'office « aux chantiers nationaux » ou, comme on dit « à la chimie ». Cette catégorie de détenus se dérobe à toute statistique. On envoie en général là-bas les condamnés à des peines mineures (moins de trois ans) et on les affecte aux travaux les plus pénibles et les plus mal rétribués. Si, avant la fin de son temps de sursis le « chimiste » commet quelque infraction, on l'expédie au camp purger la totalité de sa peine (le temps passé « à la chimie » n'entre pas en compte). Une forme de libération bien commode.

Il est difficile de dire si le Gosplan donne des consignes directes au ministère de l'Intérieur touchant le nombre de délinquants qu'il convient d'attraper mensuellement, pour que l'économie nationale n'accuse pas de fléchissement. Avec notre système de planification centralisée, c'est parfaitement concevable. Je pense pourtant que les choses se passent d'une manière quelque peu différente. De quelque part au sommet, des plus hautes instances du Parti descend soudain la consigne : renforcer la lutte — disons contre le hooliganisme. Ce n'est pas que les hooligans soient devenus plus nombreux que d'ordinaire. Simplement, pour quelque raison, à la phase où l'on en est de la construction du communisme, c'est précisément cela qui est devenu particulièrement inadmissible. Et c'est le début d'une campagne nationale pour la lutte contre le hooliganisme. Le praesidium du Soviet suprême publie un décret spécial, le public est mobilisé pour venir en aide à une police débordée, on donne aux tribunaux des indications sur la marche à suivre, et partout, des slogans : « PAS DE PITIÉ POUR LES HOOLIGANS », « QUE LA TERRE BRULE SOUS LES PAS DES HOOLIGANS ». Chaque région, chaque district doit mettre sous les verrous plus de hooligans qu'avant le « renforcement de la lutte ». Comment voulez-vous, autrement, faire rapport en haut lieu sur le travail accompli ?

Et au moment où afflue toute cette comptabilité, l'on découvre avec désappointement qu'à la suite de la campagne le nombre des hooligans s'est accru brutalement dans le pays. Quel cabochard que ce hooligan ! Il ne veut pas se rendre ! Alors, nouveau décret sur le renforcement accru de la lutte contre le hooliganisme. Nouvelles instructions à la police, nouvelles orientations à l'usage des organes locaux du pouvoir, nouvelles explications aux juges, et le concept de hooliganisme commence à s'étirer comme du caoutchouc. Tel a proféré des injures dans un moment de colère : hooliganisme. Le mari a eu des mots avec sa femme : hooliganisme. Deux écoliers se sont bagarrés : hooliganisme. Condamnations époustouflantes : jusqu'à cinq ans ! Mais comment faire autrement la preuve de son zèle, mettre en évidence le renforcement de la lutte ?

La courbe du hooliganisme monte irrésistiblement, les prisons regorgent, les tribunaux sont à bout de forces tandis que l'on expédie par convois les jeunes hooligans moqueurs construire le barrage électrique de Bratsk ou le B.A.M.[1]. Dieu vous garde de tomber sur une nouvelle

1. La ligne de chemin de fer Baïkal-Amour. (N.D.T.)

campagne, on vous dirigera sans faute sur les lointains chantiers du communisme ; car la fatalité veut que ces campagnes coïncident toujours avec celles qu'on organise en vue de recruter des volontaires pour quelque nouveau chantier grandiose.

Suivant la règle de la proportion inverse, cette campagne devrait s'amplifier à l'infini, impossible d'y mettre fin tant que la délinquance s'accroît. Et jamais n'arrive l'instruction : « Atténuer la lutte » ; non, on se contente de porter soudain son choix sur une autre infraction à la légalité et les hautes instances du Parti décrètent : « Renforcer la lutte — par exemple — contre les dilapidateurs de la propriété socialiste ! » Et tout le monde pousse un soupir de soulagement : on peut enfin laisser en paix les hooligans. Leur nombre tombe en flèche et en haut lieu l'on prend acte de la victoire sur le hooliganisme. Tandis que la nouvelle campagne se met en train, le nombre des détenus baisse un tantinet, après quoi il remonte brutalement.

C'est à peu près de la même manière que se déroulaient au temps de Staline les purges et les campagnes contre les ennemis du peuple. Mais voilà, c'est gênant, de nos jours, d'avoir des millions de détenus politiques. Il est autrement plus reposant de coffrer les hooligans ou les dilapidateurs.

C'est ainsi que ceux qui atterrissent dans les camps de « droit commun » sont la plupart du temps des Soviétiques tout à fait ordinaires et l'on est parfaitement fondé à se baser sur eux pour porter un jugement d'ensemble sur l'état de la société.

Tu tiens à vivre : apprends à te débrouiller. Soudoie le surveillant, fais main basse sur n'importe quoi, vole toi-même ou mets-toi bien avec ceux qui sont le plus près de la nourriture. Sinon tu partiras les pieds devant.

L'administration détourne du camp tout ce qu'elle peut. La corruption est générale ; moyennant pots-de-vin, ils autorisent une visite et libèrent avant terme. A notre combinat, ils se commandent du mobilier, par ensembles complets, et ils les sortent comme rebut de scierie. Nul d'entre eux n'achète de bois de chauffage, pas plus que de matériaux de construction. Ils volent même les denrées. Du magasin à l'écuelle du détenu, les denrées fondent en route. Mieux encore, les chefs les fauchent avant qu'elles n'arrivent au camp. Aux cuisines, c'est le vol à grande échelle, les cuisiniers, mais aussi les planqués — ceux qui sont « sur la voie de l'amendement ». Et pas seulement pour soi, pour les petits copains aussi. Celui qui distribue les rations s'en met également un peu plus. Pour le simple zek, qui a cru loyalement que le travail loyal c'est le chemin du foyer, il ne reste qu'une quelconque lavasse.

Presque tout le temps du détenu passe à chercher de quoi manger. C'est le pivot de la vie au camp, c'est le facteur qui détermine les relations entre individus. Donnant, donnant. Par l'intermédiaire des surveillants, des travailleurs libres, des chauffeurs de camions venant chercher les meubles, on pouvait tout acheter : vodka, thé, drogue.

Si l'on se prend à considérer que des millions d'hommes passent par ce hachoir à viande, qu'on le veuille ou non, la question surgit : mais qu'est-ce que le pouvoir veut de son peuple ? Quel type d'hommes essaie-t-il de faire de ses citoyens ?

A en juger par les critères reçus de l'« amendement », le modèle de l'homme soviétique est celui qui est prêt à se courber du côté où on le courbe. Dénoncer, accomplir des fonctions policières, dire ce qu'on vous commande et avec tout cela, rayonner de joie.

Est-ce que par hasard dans les camps on vous apprendrait à mener une vie honnête ? Tout au contraire : un homme honnête y mourra de faim. On vous apprend à voler, sans vous faire prendre surtout. Voici un fait typique. L'officier de jour s'entend avec un zek pour qu'il vole à son intention un foret électrique sur un appareil de l'atelier. Il promet d'apporter dix paquets de thé (au tarif du camp, c'est dix roubles). Le détenu exécute sa part de la convention : il vole le foret et, à l'insu du contremaître, il le dépose au poste. L'autre franchit le point de contrôle avec son foret et l'emporte à la maison, mais il ne rapporte pas le thé. Scandale : le zek exige son thé et, pour finir, dévoile toute l'affaire à la direction. Et alors ? Alors l'officier reçoit un blâme « pour s'être procuré un instrument d'une manière non autorisée » ; le détenu, quinze jours de cachot « pour vol ».

On assiste à une entreprise de démoralisation consciente et planifiée de la population.

Et voilà soixante ans que l'élément le plus honnête du peuple est soumis à l'extermination physique, tandis qu'on encourage la démoralisation. En fait, la même chose se produit chez ceux qui sont en liberté. Les salaires sont misérables et au travail chacun vole ce qu'il peut. Mais quoi — les autorités ne le savent pas ? Elles le savent. Et elles y trouvent même leur compte. Celui qui vole ne se sent pas en droit d'*exiger*. Et s'il en a l'audace, rien de plus facile que de le coffrer pour vol. Tous sont coupables.

J'ai essayé maintes fois d'expliquer cette vérité nullement sorcière à mes compagnons de camp, mais jamais je n'eus de succès. Ils nourrissent tous une extrême hostilité à l'égard du pouvoir en place et le mot de « communiste » est la pire injure ; pour pareille insulte, on en vient aux mains. Ils me traitaient avec un grand respect, en tant qu'adversaire déclaré du pouvoir, mais ils n'arrivaient pas à saisir que c'était eux qui, en pillant l'État, en lui causant des dommages, se trouvaient être néanmoins son soutien fondamental. Il y en avait même pour s'imaginer sérieusement qu'ils combattaient le régime.

L'un d'eux alla jusqu'à se vexer de ce que je ne le considérais pas comme quelqu'un de mon bord. Il avait mis à sac un bureau de vote à la veille des élections et il en était très fier. Toute l'affaire tient en ceci : tant que les gens n'auront pas appris à exiger ce qui leur revient de droit, aucune révolution ne les libérera. Et quand ils l'auront appris, plus ne sera besoin de révolution. Non, je ne crois pas aux révolutions, je ne crois pas au salut imposé par la force.

Il est aisé d'imaginer ce qui se produirait dans ce pays en cas de révolution : pillage généralisé, débâcle, carnage. Chaque canton aurait sa bande, son « caïd ». Et la majorité passive, terrorisée se soumettrait de grand cœur à la première autorité ferme qui se présenterait, c'est-à-dire à une nouvelle dictature.

L'arbitraire prenait au camp des proportions monstrueuses. On forçait les gens à travailler pratiquement sans jours de congé : c'était très beau quand on donnait un jour de repos par mois. Presque tous les samedis, au rapport, on donnait lecture d'un ordre déclarant le dimanche jour ouvrable, en raison de l'inexécution du plan. Les dispositifs de sécurité n'existaient que sur le papier ; aussi, en plus des « truquards » qui se mutilaient délibérément, nombreux étaient ceux qui, de ce fait, y laissaient un bras. A ma machine, en l'espace de quelques mois, trois hommes furent estropiés et personne ne voulait aller y travailler.

On m'avait envoyé là en guise de châtiment, pour avoir ma peau. Jouant de ma réputation de « lettré », je m'étais mis assez vite à apprendre à tout le monde comment rédiger une plainte. Au début on accueillit la chose avec incrédulité : « Les loups ne se mordent pas entre eux. » Mais d'une manière absolument inattendue je marquai un point extrêmement important pour tous : le droit de recevoir des visites.

D'après la loi, nous avions droit par an à deux visites prolongées (jusqu'à trois jours et trois nuits) ; en fait les chefs ne considéraient pas cela comme un droit, mais comme une prime d'encouragement. Pratiquement ne recevaient de visite que ceux qui « avaient pris le chemin de l'amendement ». Aux autres, on répondait qu'ils se conduisaient mal et qu'ils n'avaient pas mérité de visite. Ayant rassemblé une vingtaine de cas de ce genre, j'entrepris d'écrire de tous les côtés — sans succès au début, évidemment. Je réussis pourtant à convaincre quelque deux cents personnes à écrire des plaintes identiques et tout d'un coup, cela démarra : survint un colonel de la direction centrale, qui prescrivit d'autoriser les visites. Mais seuls y eurent droit ceux qui s'étaient plaints. Du coup on se mit à faire la queue pour venir me trouver et je n'arrivais pas à écrire pour chacun ; je me mis tout simplement à faire circuler un modèle de main en main.

Une autre fois, les surveillants passèrent un gars à tabac en présence d'un officier ivre. Par chance, il se trouva quelques témoins lors de l'incident et le gars trouva le moyen, sans se faire voir, de maculer de sang le mandat en vertu duquel on le traînait au cachot. L'affaire prit peut-être deux mois, mais l'officier fut tout de même puni : on lui décerna un blâme. Pour punir un autre gars de ne pas s'être fait tondre — il s'était laissé pousser les cheveux, attendant une visite de sa femme — on lui coupa les cheveux au rassemblement pour le tourner en dérision, on en tondit une bande au milieu. Je lui conseillai de ne pas couper le reste et de rester avec cette tête ne fût-ce qu'un mois. Et de fait, au bout de trois semaines, suite à sa plainte, on vit venir quelque gradé de la direction : convaincu du bien-fondé de la plainte, celui-ci fit également punir le coupable. Et combien d'affaires étonnantes passèrent encore entre mes mains jusqu'à ce que, pour finir, la direction réalisât d'où venait le vent.

La machine sur laquelle on m'envoya travailler en représailles de mes plaintes, se trouvait dans un atelier froid, sans chauffage. En hiver, rien que d'en approcher était terrible tant il exhalait le froid ; et les mains, au moindre contact, collaient sous l'effet du gel et on ne pouvait les arracher qu'en même temps que la peau. Les couteaux nus, que rien ne protégeait, tournaient pendant le travail à une vitesse infernale juste au ras des mains, et si l'on tombait sur une planche fendue ou sur un nœud, le bras droit glissait immédiatement sous les couteaux. Par-dessus le marché, les normes étaient artificiellement gonflées et vous aviez beau souquer toute la journée, vous ne les faisiez pas.

Le calcul des chefs était simple : je refuse de travailler, ils vont commencer à m'envoyer crever de cachot en cachot pour insoumission ; je me mets au travail : ce sera pour inexécution de la norme. Après avoir travaillé ainsi durant un mois et voyant qu'il n'y avait pas d'issue, j'entamai une grève de la faim. La direction décida d'ignorer ma grève de la faim ; moi, je la poursuivis vingt-six jours. Chaque jour on exigeait de moi : « File au travail ! Nous autres, nous ne voulons pas savoir si tu jeûnes ou pas. » Moi, évidemment, je refusais. Au dix-septième jour, ils me mirent au cachot pour refus de travailler.

Il faisait un froid atroce ; on était en novembre. Au cachot, il n'y a pratiquement pas de chauffage et les murs de la cellule étaient couverts de glace. Nous nous trouvions à onze dans la cellule. Ainsi, nous nous chauffions mutuellement, en nous serrant en tas. On ne pouvait se réchauffer un peu que pendant la nuit : ils nous donnaient pour dormir des panneaux de bois et des vestes matelassées. Nous nous casions tout juste sur le panneau, en nous étendant sur le flanc et nous nous retournions tous d'un bloc, au commandement. Encore bien qu'on arrivât à se procurer de la makhorka. Chez les « droit commun », c'est une affaire bien réglée : on peut y compter. Si ton ami est collé au cachot, débrouille-toi comme tu veux, mais fais-lui passer de quoi fumer, parfois de quoi manger.

Il faut leur rendre hommage, ce sont des risque-tout. Le cachot est situé dans la zone interdite, ceinturé de barbelés et de systèmes d'alerte ; n'empêche que chaque soir, avant le couvre-feu, quelqu'un se glissait hors de la zone, arrachait le fil de fer sans qu'on s'en rendît compte, se frayait un chemin jusqu'à la fenêtre et par une fente entre les barreaux faisait passer le tabac. S'il se faisait pincer, on le collait au bloc lui aussi, séance tenante, et le suivant entreprenait l'escapade. Par la suite, une fois sorti du cachot, je pris part également à ces raids et je dois dire que c'est chose très dangereuse. Du haut du mirador, le tireur peut penser que vous tentez de vous évader du camp et ouvrir le feu. Et tout faire sans attirer l'attention est terriblement difficile : la zone interdite est éclairée par des projecteurs ; alentour, toutes sortes de fils pour donner l'alarme, fins comme toile d'araignée, et les barbelés s'agrippent aux vêtements.

Parfois, c'est vrai, on arrivait à soudoyer le gardien ou le distributeur de vivres et cela facilitait les choses. Mais sans makhorka, ç'aurait été la fin de tout, particulièrement pour moi, avec cette grève de la faim si longtemps prolongée. Une vraie malédiction, j'avais un organisme solide ; pas une fois je ne perdis connaissance, ce qui eut permis de demander un médecin.

Au vingt-sixième jour de grève, mon temps de cachot vint à expiration (ils m'en avaient donné huit jours) ; je sortis sur le seuil, mais sans doute sous le coup de l'air frais, je fus pris d'un vertige, mon regard s'obscurcit et, glissant contre le mur, je m'affaissai sur le sol du corridor.

Les chefs discutèrent longuement : que faire de moi ? Le médecin refusa net de me prendre à l'hôpital ; je n'étais pas un malade, enfin ! J'étais un gréviste de la faim, pas de différence avec un mutilé volontaire. Mais l'officier de jour du camp ne voulait pas non plus m'admettre dans la zone : et si brusquement j'allais crever ? Ils se tenaient là, au-dessus de moi, à se prendre le bec. J'étais déjà complètement revenu à moi, j'aurais pu me mettre sur mes pieds mais je décidai de ne me relever pour rien au monde. J'étais étendu sur le seuil et me disais : « Qu'ils se disputent à leur aise. Il ne peut rien m'arriver de pire. » Mais que devais-je faire, combien de temps encore faire la grève de la faim ? Pour finir, c'est l'officier de jour qui emporta le morceau dans la discussion et l'on me transporta à l'infirmerie.

Cet officier était d'ailleurs assez bien disposé envers moi ; une chose l'étonnait : comment pouvais-je avoir l'audace de lutter contre le pouvoir ? Le soir, quand il était de service, habituellement un peu gris, il me rejoignait quelque part dans la zone et m'importunait par ses mises en garde :

« Écoute, Boukovsky, qu'est-ce que tu fais en compagnie de ces gens-là ? Tu as trouvé avec qui te battre ! Mais ils vont tout simplement te tuer. Qu'as-tu inventé, d'aller contre le pouvoir. Ils vont te descendre au coin d'un bois, et voilà tout. Ce sont des bandits, tu sais. »

Et là-dessus, il entreprenait de me raconter comment il

avait combattu au front et quelles atrocités il y avait vues.

Il disait tout cela sans la moindre arrière-pensée, pas du tout pour me faire peur ou me « rééduquer », mais par simple bonté d'âme. Et aussi parce qu'il n'en revenait pas : j'étais le premier détenu politique qu'il voyait et je lui faisais l'effet d'une bête curieuse.

C'était, me semble-t-il, la même stupéfaction qu'éprouvaient tous nos chefs, de même que mes compagnons de camp. Vols, brigandage, meurtre, tout cela était banal pour eux. Encore, si cela avait été pour de l'argent ; mais comme cela, tout simplement, sans rime ni raison, ils avaient du mal à le comprendre. C'est sans doute pour cela qu'ils ne me réexpédièrent pas à mon ancien travail : le diable sait ce qu'il a dans le ventre, ce politique. Sans crier gare, il va encore se laisser crever de faim. Le commandant en second du camp vint à l'infirmerie et nous marchandâmes longtemps ensemble : à quel travail j'accepterais d'aller et à quel autre, non ? Nous conclûmes le marché pour un travail dans un atelier chauffé, je plaquerais le chant à des plateaux de table. C'était un travail pour « amendés », à peine quatre heures et la norme est faite. Cela lui faisait mal, mais il céda.

Dès lors, ils me laissèrent en paix, bien que je continuasse à rédiger des plaintes comme devant. Sauf que vers la fin de mon temps des gens arrivèrent de la direction pour me faire entendre raison :

« Laisse tomber ; ne rédige plus de plaintes pour eux. Qu'est-ce que tu en as à faire ? Toi, tu es un politique et eux, des « droit commun ». Et puis, tu ne vas pas tarder à être libéré. »

A l'époque, j'avais parmi les « droit commun » une solide équipe de « plaignants » permanents. Chacun d'eux me trouvait encore une dizaine de types, parfois plus, et, l'un dans l'autre, c'est 400 plaintes qui partaient chaque jour du camp. Peu à peu mes petits gars se piquèrent si bien au jeu qu'ils apprirent à disputer sur les lois non moins bien que Essénine-Volpine. Ils écrivaient presque sans que je les aide. Avec le temps, nous obtînmes également les jours de repos auxquels nous avions droit, non plus cette fois en rédigeant des plaintes, mais en faisant grève. Nous cessâmes simplement d'aller au travail ces jours-là, et voilà tout. Pour la peine, au début ils nous mirent au cachot, menacèrent de nous faire passer en jugement pour sabotage, puis ils se firent une raison. Et s'il advenait qu'on travaillât le dimanche, ils prirent l'habitude de nous faire récupérer en fin de mois.

Il n'y avait que le K.G.B. à ne pas baisser les bras. Toutes ces histoires de plaintes ne les intéressaient que fort peu ; ils cherchaient à me coincer pour quelque propos imprudent et à rallonger ma peine. Il n'arrêtaient pas de m'envoyer des gens à eux incognito. La plupart d'entre eux me l'avouaient et me proposaient leurs services, mais il y en avait aussi qui travaillaient de toutes leurs forces pour leurs patrons. A peu près une fois par mois apparaissait un certain Nicolaï Ivanovitch, curateur au K.G.B. ; il faisait venir sa clique au poste de garde, soi-disant pour voir le censeur à propos des lettres. Au camp, c'est tout à fait comme à la cuisine d'un appartement communautaire ; tu peux te camoufler comme tu veux, tout se voit. Et chacun les connaissait, ces types.

« Le voilà revenu, ton gars du K.G.B., me communiquait-on sous le sceau du secret. Il a fait venir Untel et Untel. »

Une fois j'en vins à penser que tout était perdu. Je ne m'en tirerais pas. On découvre soudain qu'une nouvelle mutinerie se prépare au camp contre l'arbitraire de ceux qui « ont pris le chemin de l'amendement ». On procède à une perquisition générale dans les baraques et sur le lieu de travail, on trouve une masse de couteaux de fabrication maison, de barres de métal et autres accessoires. On embarque une cinquantaine de truands pour la prison, aux fins d'interrogatoire. Personne ne sait qui sera déclaré instigateur de l'affaire. C'est là que le K.G.B. tente son coup : il déniche deux canailles qui, sur ses instructions, commencent à déposer contre moi, comme étant le principal organisateur. Pour ma part, j'ignore tout et il ne me vient même pas à l'esprit qu'ils puissent me soupçonner d'une telle sottise.

L'affaire se produisit un soir ; j'étais assis dans la baraque, je lisais, lorsque soudain on me convoque au poste. Ne flairant rien de mauvais, je m'y rends, mais en chemin je croise quelques groupes de truands en train d'épiloguer sur le déroulement de l'enquête.

« Alors quoi ; toi aussi chez le juge d'instruction ? m'interrogent-ils.

— Je ne sais pas. On m'a dit : au poste. Mais non, c'est sûrement encore pour une bricole quelconque. »

Mais c'était bel et bien le juge d'instruction qui me faisait venir. A côté de lui siègent déjà les deux canailles et, sur-le-champ, me regardant effrontément droit dans les yeux, ils commencent à témoigner contre moi. Qu'est-ce qu'ils n'allèrent pas inventer ! J'étais soi-disant venu dans leur baraque et ils m'avaient entendu exposer tout le plan de la mutinerie à certains individus, qui se trouvaient déjà en prison à l'heure présente, en cours d'interrogatoire sur l'affaire. Il ressortait de leurs dires que c'était moi l'instigateur et l'organisateur principal du complot. J'avais beau démontrer que jamais je n'avais été dans la baraque en question, que je ne connaissais pas ces gens-là, que je voyais ces deux-là pour la première fois, rien à faire. Ils étaient deux, et moi, tout seul. Or, deux témoins, c'est plus qu'il n'en faut pour faire coller quelqu'un au poteau. Enfin, au minimum, cela va chercher quinze ans de camp à régime spécial.

Je sors de chez l'instructeur plus mort que vif. Terminé, le couvercle retombe. C'est signé du K.G.B., clair comme le jour. Ils n'avaient pas pu me régler mon compte à Moscou, ils s'étaient promis d'y parvenir ici. Quinze ans : toute la vie qui s'en allait au diable, sans rime ni raison.

Sur le chemin de la baraque, je retrouve les truands.

« Alors ? Le juge d'instruction ? »

Je raconte comment tout s'est passé. J'expose mes présomptions touchant le K.G.B.

« Attends, qu'est-ce que c'est que ces deux-là ? Oui, de la baraque 6...

— Allez, ne te fais pas de bile ; nous allons combiner quelque chose. »

Que pouvaient-ils bien combiner ? Toute cette histoire avait été pour moi comme un coup de matraque sur la tête. A demi prostré, je regagne la baraque et m'étends sur les planches. Brouhaha de voix, frottement de pieds sur le sol, tout cela comme dans un brouillard. Qu'est-ce que je leur ai fait, à ces canailles ? Je ne les ai pas seulement vues. Ce fut la dernière chose qui me traversa l'esprit et je dégringolai je ne sais où, comme dans un souterrain.

Je ne me réveillai qu'au matin, avec le mal de tête, comme après une cuite. Je m'habille machinalement, je pars pour l'inspection, le réfectoire, le travail. Je ne vois personne à la ronde, comme s'il faisait nuit. Mais, dans ma tête, il y a comme un grillon qui trille.

Au soir, en rentrant du travail, je me retrouve avec mes gars de la veille, ceux qui m'avaient interrogé après le juge d'instruction.

« Ah ! salut. Pourquoi tu fais grise mine ? T'as vu comment tes témoins ont foncé au poste ce matin pour désavouer leurs dépositions ? Comme des sangliers ! »

Voilà ce qui s'était passé : les truands les avaient chopés dans un coin de l'usine, pendant que travaillait l'équipe de nuit. Qu'est-ce qu'ils avaient bien pu leur faire, je ne sais. Qu'est-ce qu'on peut faire à un homme pour que, dès poltron-minet, il fonce, tête baissée, pour retirer toutes ses dépositions ?

Ainsi pour moi cette histoire resta-t-elle sans suite. Le coup passa à côté. Six mois plus tard un procès se tint dans la zone. Quatre gars furent condamnés : l'un à quatorze ans, deux autres à douze, le quatrième à dix ans de régime spécial.

Au bout d'un an et demi, alors que l'un de mes faux témoins avait déjà été libéré, la nouvelle arriva qu'il avait été assassiné. La chose était fréquente : on libérait quelque individu qui « s'était amendé » en un rien de temps. Un peu plus tard le juge d'instruction arrive sans crier gare et cherche à savoir avec qui il avait eu maille à partir et qui méditait de lui rendre la monnaie de sa pièce. Allez-y voir, quand le bonhomme a vendu la moitié du camp ! D'ordinaire, lors du contrôle du soir, on faisait savoir : ceux qui ont connu un tel, vous passerez demain matin à la section de commandement. La plupart du temps, c'était au sortir du camp, sur le chemin du retour, qu'on lui faisait son affaire, on le jetait sous le train ou lui coupait la gorge. Et s'il avait fait assaisonner quelqu'un un peu trop fort, on allait le retrouver dans ses foyers.

Le second devait être libéré le même jour que moi. Cela ne pouvait pas rater, cette coïncidence ! Et plus la date approchait, plus languissants étaient les regards qu'il me lançait de loin. Il n'aspirait pas après sa libération, il ne se réjouissait pas de la voir venir. Allons, ne me regarde pas comme ça, je ne te toucherai pas. Tu en as ton compte après ce que tu viens de passer.

Le Russe ne se laisse pas facilement étonner par l'ivrognerie : depuis des temps immémoriaux la terre russe a connu le « joyeux boire » ; comment pouvait-on vivre sans cela ? Mais ce que l'on voit de nos jours, on ne peut même plus l'appeler ivrognerie, c'est l'alcoolisme généralisé. La vodka se fait chère et il est devenu courant d'utiliser l'eau de Cologne, l'alcool dénaturé, toutes sortes de lotions et l'eau de toilette. Mais il y a mieux : tous sont passés maîtres en chimie. Ils ont des combines pour faire de la gnôle à partir de n'importe quelle denrée ; mais cela ne leur suffit pas. En ajoutant certains réactifs, en mélangeant, brassant ou chauffant, ils réussissent à fabriquer de l'alcool à partir de liquide de frein, de colle de résines phénoliques, de vernis, de peinture, de gouttes pour l'estomac, de poudre dentifrice, etc. On m'a même raconté qu'en Extrême-Orient, les soldats avaient inventé une manière de se soûler avec du cirage : ils en tartinent sur du pain et l'exposent au soleil. Quand le pain est bien imbibé, ils enlèvent le cirage et mangent le pain. Quelle espèce de liquide le cirage peut-il laisser échapper dans cette opération, c'est difficile à imaginer. On sait seulement que les gens s'enivrent à manger ce pain.

L'alcoolisme se développe en progression géométrique et l'État y voit à juste titre un péril, il s'ensuit d'énormes dommages pour l'économie. On a créé pour les alcooliques des milliers de réserves dont le régime ne le cède guère à celui des camps : travail forcé, privation de nourriture, et autres ressources de l'arsenal « éducatif », avec, par-dessus le marché, le traitement forcé. Naturellement, dans ces « établissements prophylactiques », on arrive à se procurer de l'alcool par tous les moyens, en soudoyant les gardiens ou en recourant à la « chimie ».

En fin de compte, il n'y a guère que les briques dont on ne puisse tirer de la gnôle.

Mais tout cela pâlit, quand on le compare à l'ivrognerie au camp. Deux mille âmes, enserrées par des barbelés sur un lambeau de terrain d'un demi-kilomètre carré, meurent d'envie de se défoncer. Bien entendu, peinture, vernis, couleurs disparaissent irrésistiblement des entrepôts. Mais cela, c'est du luxe. On boit de l'acétone. Ensuite, on est malade, mais on en boit quand même. On boit de la couleur non diluée, on avale n'importe quels comprimés.

« Pour nous, vodka ou mitrailleuse, c'est pareil. Pourvu que ça vous foute par terre ! »

Un original trouva moyen d'avaler un remède contre les cors. Il en eût la langue et le gosier emportés, il en arrachait la peau par lambeaux entiers, mais il était heureux.

Celui qui fume de la « came » ou qui se pique avec de la drogue, qu'on peut de loin en loin se procurer par l'intermédiaire de la garde, n'est pas considéré comme toxicomane, d'après les idées reçues au camp. Le drogué, c'est celui qui ne peut pas vivre sans sa seringue. Faute de vrais narcotiques, on calcine je ne sais trop quelles gouttes pour l'estomac, une substance noire horrible, et l'on s'injecte dans les veines le liquide obtenu. Mais cela, c'est pour les chanceux. En désespoir de cause on s'injecte tout bonnement de l'eau, voire de l'air. Je ne l'aurais jamais cru, si je n'avais vu de mes yeux qu'un homme peut s'envoyer dans une veine un centimètre cube d'air et rester vivant.

Le plus curieux, c'est que, vue du camp, la chose n'a rien de répréhensible. Au contraire, se piquer et avaler toutes ces saloperies passait pour un exploit ; c'était le grand chic. Il arrivait que ce grand chic envoyât quelqu'un de l'autre côté et l'on disait alors de lui avec respect : « Il est mort à la pointe de la seringue. »

Mais, bien entendu, l'excitant le plus répandu au camp reste le *tchifir*[1]. Le commerce clandestin du thé a pris dans les camps des proportions fantastiques et il constituait une part substantielle des revenus des surveillants. Tarif courant, un rouble le paquet (prix imposé par l'État : 38 kopecks). Dix paquets, 10 roubles ; 6,20 roubles de bénéfice pour un voyage. Parfois davantage, en fonction des circonstances. A la prison de Vladimir, le prix du paquet était de 3 roubles : 26,20 roubles de bénéfice à chaque coup. Quel surveillant résisterait ?

Trente ans les autorités luttèrent contre ce commerce du thé. Les surveillants qui s'y faisaient prendre étaient licenciés de leur poste, frappés d'amende ; on songea à les traduire en jugement ; quant aux détenus trouvés en possession de thé, on les mettait au cachot ou au local disciplinaire, on les transférait en prison : en vain. Les mêmes soldats d'escorte, qui, avec leurs chiens et leurs mitraillettes, conduisent si solennellement la colonne des zeks, n'ont rien de plus pressé, après les avoir bouclés dans le panier à salade, le wagon ou la cellule, que de leur demander :

« Du thé ? » Et le commerce s'engage, contre de l'argent, un bon vêtement ou quelque autre service.

S'agit-il de voler un instrument, de fabriquer sur commande un beau meuble pour le chef : thé, vodka, drogue. Un bon chef de camp, un bon « patron » le sait : s'il lui faut dépasser le plan, réparer d'urgence une machine détériorée, bref, obtenir des zeks quelque effort héroïque, coercition, passage à tabac, cachot, tout cela restera sans effet. Il n'y a qu'un moyen, le thé.

1. C'est le nom caucasien d'une boisson fabriquée à partir du moût de raisin. Dans le langage des camps, c'est un substitut de drogue obtenu en faisant infuser plusieurs paquets de thé pour une « dose ». (N.D.T.)

Mais dès qu'il y a commerce, c'est tout de suite un certain type de relations : dépendance, chantage. Car s'ils se font pincer, pour le zek, c'est le cachot ; pour le surveillant, la prison. Il a apporté du thé, il expédiera bien une lettre. Grâce à la lettre, la famille du zek enverra de l'argent à la bonne adresse, moitié pour le surveillant, moitié pour le zek. Et ce manège fonctionne à l'échelle du pays tout entier.

Dans la taïga, quand ils sont à l'abattage, les zeks font le thé sur un feu de bois ; dans la baraque ils se servent d'une bouilloire faite avec les moyens du bord et qu'ils branchent sur les fils, ou plus simple encore, ils prennent un culot d'ampoule électrique et le fourrent dans une boîte à conserve remplie d'eau. Les surveillants s'envoient tranquillement du tchifir chez eux, dans le corps de garde bien chauffé. Et aussi du thé. C'est eux qui l'ont apporté aux zeks, c'est encore eux qui le confisquent lors des fouilles : « pas autorisé ».

D'ailleurs, pour tout dire, il n'y a pas de différence entre « droit commun » et surveillants. Juste l'uniforme ; mais faites échanger les tenues, vous ne les distinguerez plus. Le même jargon ; les manières, les idées, la psychologie : toutes pareilles. C'est un seul et même monde du crime, tout entier lié par une chaîne infrangible.

« Chef, lâche-moi une petite minute, que j'aille voir ces « caves » là-bas — c'est un truand quelconque qui s'adresse à un soldat de l'escorte dans le wagon à détenus — je sors de taule, je n'ai plus que la peau sur les os, et eux autres, ils ont de la bouffe à gogo. »

Et l'autre laisse le truand passer dans le compartiment voisin et piller les bleus ; il sait qu'une part du butin tombera dans son sac.

Dans notre camp, au combinat de meubles, il y avait toute une industrie clandestine. Quatre détenus, travaillant à différentes machines, fabriquaient en cachette toutes sortes d'objets introuvables sur le marché ; ils tournaient des pièces d'échecs, des rouleaux de stores, etc., et deux surveillants sortaient tout cela et le vendaient au marché noir. Pour les zeks, du thé, de la vodka, de la nourriture ; pour les surveillants, de l'argent.

Il n'y avait pas que les surveillants ; les travailleurs libres — contremaîtres de l'usine, infirmières, professeurs de l'école du camp — participaient eux aussi à ces opérations commerciales.

L'école au camp, un phénomène assez plaisant. D'après les lois soviétiques, l'enseignement moyen est obligatoire et ceux des détenus qui ne l'ont pas suivi, quel que soit leur âge, sont astreints à étudier dans les temps laissés libres par le travail. Les moyens de coercition sont, comme à l'ordinaire, le cachot, la privation de colis ou de visite. Évidemment, les études qu'on peut faire dans une école pareille, c'est plutôt une formalité, l'accomplissement d'une corvée plutôt que l'acquisition d'un savoir. Surtout pour les hommes âgés qui, fatigués par le travail, somnolent tout bonnement aux cours.

Les jeunes gars vont en classe pour prendre du bon temps, regarder les professeurs, habituellement des femmes. Ils se masturbent en pleine leçon, assis derrière leur pupitre, pratiquement sous les yeux de l'institutrice. Vous ne verrez pas d'autres femmes au camp et chacun rêve de nouer un roman avec une institutrice, la plupart du temps une femme d'officier. Dans le contexte du camp, cela ne peut pas aller jusqu'au concubinage ; mais par contre le veinard a droit d'un coup à tous les plaisirs. Les femmes d'officiers, débordantes d'amour, apportent elles aussi du thé en secret, et puis de la vodka et elles posteront toujours une lettre. Elles aussi se morfondent dans l'étroite garnison des officiers, généralement installée juste à côté du camp, loin des grands centres. Pas la moindre distraction, même pas de cinéma. Toujours le même cercle de connaissances, les collègues du mari, chez lesquels on n'a guère envie de se faire inviter, on ne peut plus se voir en peinture. Un seul espoir, s'embarquer dans une idylle au camp, avec un zek un peu jeune. Comme bien l'on pense, l'élu suscite l'envie de tout le camp et se pavane : c'est le coq du village. Les maris, eux, ne cachent pas leur jalousie et persécutent cruellement leurs « rivaux », les envoient moisir dans les cachots et ne répugnent même pas à se faire justice de leurs propres mains.

L'adjoint politique du chef de camp, Sazonov — le modèle du genre : borné, molasse, un cou de taureau rubicond, les yeux à fleur de tête — était particulièrement chatouilleux. Il estimait sans aucun doute que la femme d'un adjoint politique, c'était exactement comme la femme de César : elle devait être au-dessus de tout soupçon. Il l'accompagnait à l'école et l'en ramenait chaque jour. Il passait plusieurs fois par heure de cours jeter un coup d'œil dans la classe et, durant les pauses, il arpentait le corridor d'un air important. Avec elle, toute jeunette, frêle, élégante, ils faisaient un couple vraiment mal assorti et c'était un étrange spectacle de les voir traverser tout le camp en se donnant le bras. On avait l'impression qu'il percevait dans son dos les regards concupiscents de deux milliers de zeks sur leur faim et il jetait à droite et à gauche des regards haineux. La population pénitentiaire au grand complet déboulait des baraquements pour la voir et saluait leur passage de crachats et de plaisanteries graveleuses. Comment voulez-vous leur interdire de regarder ? Vous ne pouvez pas coller au cachot tout le camp, même si vous êtes adjoint politique.

La femme de Sazonov était, comme bien l'on pense,

l'objet des convoitises de tout le camp. Soixante élèves étaient inscrits à son cours, les plus jeunes et les plus enragés. La place manquait, on dut clore les admissions ; il y avait même des empoignades entre prétendants. Un jeune gars se procura un foret à l'usine, se glissa en rampant sous le sol de l'école et, après avoir pratiqué un trou dans le plancher de la salle de classe, il se délectait du panorama qui s'offrait à lui. Un autre imagina de poser un petit miroir sur le dessus de sa chaussure ; quand elle se déplaçait dans la salle, il avançait le pied dans le passage. Elle savait, naturellement, quel émoi elle éveillait dans le camp, elle était gênée, elle rougissait à chaque instant, mais elle n'accordait à personne une attention particulière. Le trophée resta en jeu jusqu'à ce qu'un jeune voleur, un rougeaud effronté, répondant au surnom de Foma, fît son apparition sur la scène. Tout le camp suivait leur idylle, retenant son souffle, des centaines de volontaires surveillaient les allées et venues de Sazonov et alertaient les amoureux à l'approche du danger. Tout le monde attendait : qu'allait-il se passer ?

Bah ! Il se trouva des « bonnes âmes » pour mettre Sazonov au courant. Il convoqua Foma dans son bureau, le fixa longuement de ses yeux blafards, mais il ne le fourra pas au cachot, comme chacun s'y attendait ; il se contenta de lui dire :

« Ne t'avise plus de mettre les pieds à l'école ! »

Et, depuis lors, il surveilla sa femme avec plus d'attention encore.

« Foma ! criaient les zeks, chaque fois qu'ils le voyaient passer, sa femme au bras. On enlève ta fiancée !

— Eh bien, à leur aise... », faisait Foma, riant jaune. Le cou de Sazonov s'injectait de sang, s'enflait, comme le capuchon du cobra.

Finalement, Sazonov les prit la main dans le sac. Lors d'une pause entre deux cours, ils bavardaient tranquillement, assis gentiment côte à côte devant un manuel de mathématiques ouvert. Comment diable échappa-t-il aux regards des sentinelles volontaires, je ne sais.

« Je vais t'envoyer pourrir ! Je vais te faire crever ! Trois mois de P.I.[1]. »

Tout au long de ces trois mois, Sazonov passa le soir à la P.I. contempler son offenseur. Il ouvrait la première porte, laissait fermée la seconde, munie de barreaux, et scrutait la pénombre de la cellule.

« Tu vois, Foma, je vais te faire pourrir. Tu n'en sortiras pas vivant.

— Je trouverai quand même moyen de la baiser ton Ada ; on me lâchera, et je la baiserai », répondait gaillardement Foma, qui n'avait pourtant déjà plus l'air tellement fringant. Disparues, ses belles couleurs ; son teint avait jauni, son visage s'était creusé. Seule la voix sonnait encore insolemment. Et s'il était encore en vie, c'est que la nuit les copains se faufilaient sous sa fenêtre et lui faisaient passer de la nourriture, autant qu'ils pouvaient le faire.

Ce qui le sauva, c'est qu'il ne lui restait que peu de temps à purger ; il connut sa libération. Et longtemps survécurent au camp les légendes sur Foma l'effronté. La rumeur publique concentrationnaire affirmait qu'il avait quand même baisé la femme de Sazonov. Il se trouva même des témoins oculaires.

Ainsi, à part les institutrices, il n'y avait pas de femmes au camp. L'homosexualité fleurissait et les pédérastes passifs portaient des petits noms de femmes : Machka, Lioubka, Katjka. Sous ce rapport, la tradition des « droit

1. Le sigle russe correspondant signifie « local de type cellulaire ». Il faut entendre la Prison intérieure du camp. Mesure de répression contre les détenus coupables de quelque « faute ». Le régime de la P.I. est plus sévère que celui du camp. Mais le cachot (officiellement « Isolateur disciplinaire » — en russe « Chizo ») est encore plus rigoureux. (N.D.T.)

commun » était d'un illogisme déconcertant. Le pédéraste actif passait pour un brave, mais ceux qui s'y prêtaient passivement se couvraient d'infamie. Il n'était pas d'usage de manger à table à côté d'eux et d'ailleurs, au réfectoire, ils s'asseyaient généralement dans un coin à part. Et puis ils avaient une vaisselle spéciale — qu'on n'aille pas, misère, faire des mélanges ! — on perçait un petit trou tout en haut du rebord de l'écuelle. De même, prendre quelque chose de leurs mains : cela ne se faisait pas.

La majeure partie de ces réprouvés n'en était nullement venue là de gaieté de cœur. La plupart du temps, pour avoir perdu aux cartes, ils avaient été forcés de payer la mise en nature et ensuite, le premier à qui ça chantait pouvait les contraindre à l'acte : la loi du camp ne les protégeait plus. Combien de braves petits gars ont été démolis de cette façon-là, il est difficile d'en faire le compte. Dans la zone, il y en avait peut-être 10 sur 100.

Et puis, la belle affaire que la pédérastie ! Un beau jour, une chèvre s'aventura dans le camp. Comment diable franchit-elle le poste, mystère. Sans doute derrière un camion qui entrait. Les zeks la traînèrent je ne sais où, dans une cave de l'usine, et se l'offrirent en compagnie. Après quoi, ils lui plantèrent sur une corne une ration de pain en guise d'honoraires et la pourchassèrent jusqu'au portail. Les propriétaires de la chèvre — un solide péquenot à la trogne rouge, ancien zek, lui aussi, qui s'était installé après sa libération à deux pas du camp, et sa femme — aperçurent leur nourricière affublée d'une manière aussi indécente, quand les soldats lui firent passer le portail. Éclats de rire, obscénités, hurlements. Les zeks grimpaient sur les toits des ateliers, les gardes se ruaient hors du poste...

« Ivan ! cria la femme au paysan, des larmes dans la

voix. Égorge la chèvre ! Regarde, les zeks l'ont humiliée.

— Ferme-la, bourrique ! répond Ivan. Non mais, qu'est-ce que t'as pas inventé : lui couper le cou ! Toi, ça fait dix ans que je te baise, je ne t'égorge pas ! »

Se faire convoquer chez le parrain, c'est toujours mauvais. On ne vous convoque pas pour vous féliciter. Il va vous fourrer au cachot, ou vous menacer, vous faire peur. Ou encore il mijote une affaire entièrement nouvelle, une nouvelle peine.

« Vous avez de la famille à l'étranger ? » m'interroge le parrain qui m'a fait venir à son bureau.

Impossible de savoir où il veut en venir. Qu'a-t-il à faire avec ma famille ?

« Non, je n'en ai pas. Des amis, j'en ai.

— Des amis ? Ce ne serait pas ceux avec lesquels vous vous livrez à des activités antisoviétiques ? »

Il ne manquait plus que cela : le parrain du camp qui m'entraîne dans des conversations politiques. Qu'essaie-t-il de me soutirer ?

« Je ne suis pas accusé d'activité antisoviétique. »

Il se révéla en fait que la raison pour laquelle j'étais convoqué était un colis, arrivé inopinément d'Amérique à mon nom. L'expéditrice était une certaine Anna Danis, de Californie. Ce nom m'était parfaitement inconnu.

« Dites, vous refusez d'accepter le colis ? »

Pas si mal tournée, la question. Et pour quelle raison devrais-je refuser ? Et ensuite : qu'y a-t-il dans le colis ?

« Pour le moment, le colis, nous n'allons pas vous le montrer. Répondez d'abord : vous le refusez, oui ou non ?

— Non, je ne le refuse pas.

— Ah ! c'est comme ça. Enfin, bon, je suis tenu de vous le remettre, mais je vais être dans l'obligation de déclarer au camp devant tous que vous êtes un agent à la solde de l'impérialisme. De plus, nous ne pouvons pas vous remettre le colis en mains propres pour l'instant, car on vous envoie des effets civils. Il restera au magasin jusqu'à la fin de la peine. Mais il comptera comme colis réglementaire, de sorte que pour les six mois présents vous n'avez plus droit d'en recevoir d'autres. »

C'est ainsi que me parvint le premier message du monde libre : des vêtements chauds envoyés par une Anna Danis inconnue de moi. Eh bien, soit : va pour l'agent de l'impérialisme, et que ces vêtements restent donc au magasin, sans profit pour personne ; pour moi, jamais je n'offenserai par un refus une personne qui m'aura symboliquement manifesté sa sympathie. Et le parrain du camp inscrivit sur une fiche : « Colis contenant des effets d'un modèle non admis, expédié de Californie par Anna Danissovna[1]. »

Au reste, à strictement parler, ce n'était pas le premier signe que me faisait le monde libre. Car j'avais un poste de radio, le plus merveilleux des postes, tel que vous n'en achèterez dans aucun magasin de Moscou.

Pierre Iakovlevitch était de trois ans mon cadet, mais personne au camp ne le connaissait autrement que sous son prénom et son patronyme. Avant son arrestation, il était connu dans son Voronej natal comme un pickpocket « en or » ; des légendes couraient sur ses prouesses de voleur. Avec une précision stupéfiante, il pouvait vous dire, en montant dans l'autobus ou simplement dans la

1. Le « parrain » prend le nom de famille Danis pour un « patronyme » à la russe : Anne fille de Danis. (N.D.T.)

rue, en pleine foule, qui avait de l'argent, à peu près combien et où il se cachait. Et il n'y avait pas d'exemple qu'il n'ait pas réussi à le subtiliser. Il se fit coincer une première fois et écopa de quatre ans.

Extérieurement, il n'avait pourtant en rien la mine d'un voleur à la tire. D'un sérieux extraordinaire, tout à fait comme il faut, des lunettes à la monture épaisse, il évoquait plutôt l'un de ces roturiers du siècle passé, un peu Dobrolioubov ou Pissarev[1] si vous voulez. Je l'aurais rencontré quelque part, au grand air, que je l'aurais pris pour un jeune scientifique absorbé dans sa recherche. Il était posé, réfléchi et si par hasard il disait quelque chose, c'était définitif, bien pesé ; cela ne tombait pas à côté de la plaque. Outre sa profession principale, la science des poches, c'était un technicien radio remarquable et il songeait, une fois libéré, à se rabattre entièrement sur cette seconde spécialité.

« Eh bien, et la poche, alors ? s'étonnaient les filous. Tu cales, c'est ça ?

— Fini. Je ne m'occupe plus de ça, répondait fermement notre Pierre Iakovlevitch. On peut s'amuser à ces choses-là jusqu'à la première arrestation. Après, c'est insensé ; les poulets vous connaissent, ils vous ont à l'œil, ils essaient de vous coller sur le dos n'importe quelle affaire et au bout de deux, trois semaines, ils vous remettent à l'ombre. Ça ne vaut pas le coup. »

C'est à lui que je demandai de me fabriquer ce poste à ondes courtes. On réussit à commander toutes les pièces

1. Nicolas Alexandrovitch Dobrolioubov (1836-1861) : critique très influent, partisan des Occidentalistes et professant des idées démocratiques assez révolutionnaires.

Dmitri Ivanovitch Pissarev (1840-1868) naquit en réalité dans une famille de l'aristocratie. Journaliste et critique littéraire. Un pamphlet rédigé en 1862 et appelant à renverser le régime lui valut quatre ans d'emprisonnement à la forteresse Pierre et Paul de Saint-Pétersbourg. (N.D.T.)

à un type du dehors, un « coursier », qui faisait passer du thé dans la zone. L'affaire fut réglée en quinze jours. Je pressais Pierre Iakovlevitch, je le tarabustais et lui fronçait le sourcil, mécontent. Se hâter n'était pas dans son tempérament. Quand on fait quelque chose, on le fait. À fond.

Effectivement, le poste fut un chef-d'œuvre. Il prenait tout : et la B.B.C. et « La voix de l'Amérique », et « Radio-Liberté », « Deutsche Welle » et même radio Monte-Carlo. Il n'y avait que Moscou qu'il n'attrapait pas. Comment diable Pierre Iakovlevitch avait-il réussi son coup pour exclure Moscou, je n'arrive pas à le comprendre.

Le récepteur restait dans le bâtiment de l'école, dans l'une des pièces où l'on rangeait le matériel scolaire, camouflé en appareil de physique, pour prévenir une perquisition. L'intendant de l'école, un détenu, m'introduisait subrepticement le soir dans cette pièce et là, c'est une vie tout autre qui commençait pour moi. Je me retrouvais avec mes amis, je vivais leurs arrestations, j'étais à leurs côtés sur la place Rouge, manifestant contre l'occupation de la Tchécoslovaquie, j'écrivais avec eux des lettres de protestation.

1968 marqua le point culminant. Encore un peu, semblait-il, et les autorités battaient en retraite, renonçaient à leur obstination suicidaire. Elle devenait par trop dangereuse ; à la manière d'une réaction en chaîne, la répression entraînait dans le mouvement de plus en plus de gens. Des peuples entiers menaçaient de se mettre en branle, ce qui mettait en cause l'existence même du dernier empire colonial. Étions-nous des citoyens ou des sujets, cette question cruciale s'étendait maintenant au problème des nationalités.

Le citoyen détient ses droits de par sa naissance. Le sujet en est gratifié par le bon plaisir d'en haut. Mais, enfin, être ukrainien, russe ou juif, c'est aussi un droit de nature. L'État est une réalité intérieure aux citoyens ; lui seul décide ce que sera l'État pour l'extérieur.

Les autorités soviétiques n'avaient pas d'échappatoire. Aussi sotte, dangereuse et même suicidaire que fût leur obstination, reconnaître la souveraineté de ces États intérieurs à l'homme eût marqué la fin du système socialiste, et reconnaître la souveraineté des diverses nationalités, c'était la fin de l'Empire. Les autorités comprenaient trop bien qu'un socialisme à visage humain n'était pas viable. Lançant leurs blindés sur Prague, elles avaient en fait envoyé leurs tanks sur Kiev et Vilnius, sur le Caucase et l'Asie centrale. Plus encore : sur Moscou.

On avait envoyé les troupes du bloc de Varsovie détruire mon château et elles avaient été taillées en pièces par sept personnes sur la place Rouge[1]. Au Lieu du Crâne, où l'on suppliciait les bandits au temps jadis, se déroulait l'exécution publique du socialisme et j'en avais gros sur le cœur de n'avoir pas eu la chance d'y prendre part ; j'en aurais pleuré. Je me réjouissais en revanche que Vadim Delaunay s'y fût trouvé. Il s'était quand même remis sur ses pieds, le gaillard, après notre procès ; il s'était ressaisi.

Le soir, quand allait sonner le couvre-feu, et qu'après avoir écouté les nouvelles, je me retrouvais à nouveau dans mon camp, à errer le long des rangées de barbelés éclairées par les projecteurs, je ne pouvais me défaire d'un étonnant sentiment de liberté, de légèreté et de force.

1. Le 25 août 1968, pour protester contre l'invasion de la Tchécoslovaquie, sept dissidents manifestèrent sur la place Rouge : Constantin Babitzky, Larissa Bogoraz, Vadim Delaunay, Vladimir Dremliuga, Victor Fainberg, Nathalia Gorbanevskaïa, Pavel Litvinov. Litvinov a été condamné à cinq ans de déportation intérieure et Gorbanesvskaïa a été internée dans un asile psychiatrique. Elle a raconté la manifestation et ses suites judiciaires dans *Midi, Place Rouge* (Ed. Robert Laffont). Elle vit actuellement en France.

Ils se taisaient peureusement, les premiers ministres et les présidents, préférant dîner dans une atmosphère de chaude cordialité avec Brejnev et Husak ; elle se taisait honteusement, l'O.N.U., malgré les flots de suppliques que lui adressaient mes amis ; elle préférait disserter sur la Rhodésie.

« Ils les écraseront, disait sentencieusement Pierre Iakovlevitch en réajustant ses lunettes. Qu'est-ce qu'ils peuvent, en face d'une force pareille ? Ils auraient mieux fait de se tenir cois, de ne pas faire parler d'eux.

— Hein, tu vois, me disait en me croisant le capitaine, un peu éméché. Enfin, est-ce qu'on peut tenir tête au pouvoir ? Ils te tueront, tout simplement, rappelle-toi mes paroles. Ils t'abattront, et voilà tout. »

Pendant ce temps-là, dans les usines et les fabriques, c'étaient les inévitables meetings de travailleurs approuvant à l'unanimité l'entrée des troupes en Tchécoslovaquie. Les journaux reproduisaient des lettres de vachères, d'éleveurs de rennes, de maîtres d'école et de fondeurs, d'écrivains et d'académiciens. Et tous — du président des U.S.A. et du secrétaire général de l'O.N.U. jusqu'au dernier surveillant de camp — courbaient la nuque devant la violence grossière.

Non, ce n'était pas moi qui me trouvais en camp de concentration, mais bien eux, qui avaient signé de plein gré la clause de non-liberté.

J'avais été tiré de mon cachot. Après l'histoire du colis, l'adjoint politique Sazonov se prit pour moi d'une haine farouche. De toute la durée de ma peine, pas une fois je n'avais été aux séances d'instruction politique ; tout le monde s'y était fait, comme si la chose allait de soi. Sazonov le savait aussi ; mais alors qu'il ne me restait plus guère que trois mois avant d'être libéré, il se mit soudain en tête de me contraindre à assister à ces cours. Plus exactement, il décida tout simplement de recourir à ce prétexte pour m'infliger des punitions.

Je fis ma tête de mule, naturellement : au nom de quoi devrais-je fréquenter votre église si je ne crois pas en votre Dieu ? D'ailleurs, aux termes de la loi, les séances d'instruction politique ne sont pas obligatoires.

Et les cachots commencèrent à défiler l'un après l'autre ; j'en avais le tournis.

« J'arriverai bien à te faire crever à la dernière minute », me promit Sazonov. Il comptait ferme que je n'en avais plus pour longtemps et que je ne trouverais pas le moyen de décevoir son attente.

Juste avant la fin, il me colla quinze jours, alors qu'il ne me restait en tout que sept jours à purger ; il en fut grandement ulcéré. Si bien que je dois encore huit jours au patron. Eh bien, soit, je ferai le reste la prochaine fois.

J'eus beaucoup de mal à convaincre l'officier de jour de m'autoriser à remonter à la zone, ne fût-ce que pour une petite heure, le temps de me laver au sortir du cachot et puis de faire mes adieux aux copains.

La pire des punitions, c'est de vous expédier au large en sortant directement du trou. Dans les cachots, la crasse est telle que les vêtements ne sont plus bons qu'à jeter ; impossible de les nettoyer. On n'arrivait pour ainsi dire jamais à obtenir de passer aux bains au sortir du cachot. On faisait même la grève de la faim pour décrocher un bain. C'était un sacré tintouin pour les chefs de faire traverser aux gens toute la zone, sans compter qu'en revenant ils s'égayaient dans toutes les baraques : allez les rattraper après cela !

A un moment, les filous trouvèrent un système. Ils firent passer en douce dans le cachot une boîte d'allumettes remplie de poux ; ils les avaient récoltés sur le plus pouilleux de la zone, un vieux clochard. Les poux ne le lâchaient pas ; on l'aurait tenu dans l'eau bouillante en permanence, cela n'aurait rien changé.

Après quoi, ils firent durer la boîte, tant bien que mal, pour avoir à peu près deux mois de réserves. Une fois par semaine, ils se mettaient à crier :

« Chef, envoie le docteur ! Rien à faire pour avoir un bain ! Résultat, les poux ont fait des petits. Tout le monde en a attrapé. »

Et ils fourraient sous le nez du chef, deux ou trois poux énormes, incontestables.

Deux heures de cris, de jurons, de menaces ; force était bien aux chefs de conduire tout le monde aux bains ; ils redoutaient le typhus exanthématique et je ne sais quelle autre épidémie que propagent les poux. D'ailleurs, il suffisait d'une semaine pour vous changer en nègre dans la crasse du cachot.

Pour saluer les adieux, mes filous préparèrent un thé corsé et tous ou presque, me tirant un peu à l'écart, me dirent, tout émus :

« Enfin, quoi, tu sais, hein... Si tu avais besoin de quelque chose ; dans ma ville, tout le monde me connaît. Tu n'as qu'à demander, tu trouveras toujours. Mettons que tu sois obligé de mettre les voiles ou bien que vous autres, les politiques, il vous faille une arme. Ou bien qu'il y ait besoin, je ne sais pas où, de se faufiler dans un appartement. Bref, on le fera. »

Certains même insinuaient prudemment qu'on pouvait régler son compte au type voulu. Pas de problème.

Voilà quels vœux m'accompagnèrent quand je franchis le portail. Rien à faire, je n'avais pas réussi à les convaincre que la délinquance faisait le jeu du pouvoir soviétique. J'en avais décidé quelques-uns à étudier, c'est vrai, mais en m'y prenant d'une façon fort peu banale : en leur démontrant que même en matière de crime, un homme instruit pouvait faire mieux les choses, plus proprement.

« Allez, passe un diplôme ; après cela, ma foi, vole si ça te chante. Jamais tu ne te feras pincer. »

Cela, ils y croyaient. L'instruction leur faisait un peu l'effet de la magie noire. Et puis les livres ; je les forçais à lire. Dostoïevski, en particulier, devint très en vogue parmi eux.

Que voulez-vous, je m'étais habitué à eux. J'avais même le cœur gros de les quitter. Surtout les gars les plus jeunes. Qui sait combien d'entre eux jamais plus ne sortiraient des camps ? Les jeunes gars sont ardents comme le feu. Pour un rien, ils sortent le couteau. On ne les retient pas à temps et c'est une nouvelle peine. Cela fait mal. Beaucoup d'entre eux, à mon avis, étaient des gars très doués. A quatre ou cinq, j'appris même l'anglais, simplement pour tromper l'ennui, tandis que nous étions bouclés au cachot.

Il y aura peut-être des gens pour trouver cela bizarre : des criminels, des voleurs et des assassins ; des clochards, des drogués et des ivrognes au fond de la déchéance, et vous avez le cœur gros de vous séparer d'eux. Les gens comme il faut hocheront la tête, la presse soviétique va s'emparer de ces citations en jubilant. Quelle aubaine pour la propagande du Parti ! Mais c'est bel et bien notre peuple et il n'y en a pas d'autre chez nous. Voilà ce que vous avez fait de lui en soixante ans.

J'ai dormi avec eux sur les mêmes planches, sous le même caban, j'ai partagé mon morceau de pain avec eux, ensemble nous crevions dans les cachots. Et j'ai rampé sur le ventre dans la zone interdite, j'ai arraché les barbelés, m'écorchant les mains, m'attendant chaque seconde à recevoir une balle dans le dos, rien que pour leur refiler un paquet de markhorka. Comme ils le faisaient pour moi. Et je ne le regrette pas. D'ailleurs, que savez-vous de votre peuple ? Qu'avez-vous à voir avec lui ? Quel droit avez-vous de parler en son nom ?

Je ne leur faisais pas la morale, je ne tenais pas de séminaires politiques, je ne fondais pas de partis clandestins et je ne leur apprenais pas à dénoncer leurs camarades pour « s'amender ». Je leur ai appris à rédiger des plaintes dans l'espoir qu'ayant pris l'habitude d'élever la voix pour défendre la loi, ils commenceraient à la respecter. Et ce n'est pas ma faute, si cela n'a pas abouti. C'est la vôtre. Vous vous rappellerez ce que vous répondiez à leurs plaintes, vous vous rappellerez comment, cet hiver où il gelait à pierre fendre, vous arrosiez avec des lances à incendie les mutins du baraquement à régime renforcé et comment vous passiez les gens à la fouille dans la neige, après les avoir mis nus comme des vers. Vous vous rappellerez ceux qui crevèrent sur le seuil de votre infirmerie et ceux qui se tranchèrent les doigts à la hache : vous vous en souviendrez le jour où les foules, déchaînées par la vue du sang, feront irruption dans vos bureaux, vous traîneront dans la rue et vous piétineront sur la chaussée. Le jour où, par les rues dévastées, aux relents d'incendie, le vent chassera des tonnes de papier ; tout ce qui restera de votre empire. Et il n'y aura pour vous ni loi ni jugement en règle.

Il en sera ainsi, car vous ne reconnaissez pas *la souveraineté de la conscience humaine.* Mais personne n'y gagnera rien de plus. Vous ne leur laissez pas d'autre issue.

Qu'est-ce que la vie pourra faire d'eux désormais, on frémit rien qu'à se le demander. Je devais rencontrer plus tard dans les convois, dans les prisons de transfert, de vieux zeks qui avaient tiré toute leur vie dans les prisons. Des trente ans, des quarante ans. J'ai gardé particulièrement le souvenir de Liokha Tarassov. Je fis sa connaissance lors d'une expertise à l'Institut Serbski en 1971. A peine entré dans la cellule, je tombai en arrêt devant un homme frisant la soixantaine, édenté et maigre comme un squelette. Le visage entièrement tatoué. Sur le front : « LÉNINE CANNIBALE. » Sur une joue : « MORT AU COMITÉ CENTRAL », sur l'autre : « ESCLAVE DU P.C.U.S. »

Il était plus jeune qu'il ne m'avait paru. Pendant la guerre, en 1944, il n'était qu'un gamin de seize ans quand il se fit mettre en prison pour vol et depuis lors il n'en était jamais sorti. A la colonie pour mineurs, il déclencha une mutinerie et, avec ses amis, égorgea onze types à brassard. C'est ainsi qu'il écopa de sa première peine de camp. Ensuite, à Kolyma, pour tentative d'évasion, de sa seconde. Le vent avait balayé depuis longtemps pour lui le romantisme du vol, mais il avait toujours devant lui son immuable quart de rouble[1]. En 1953, pour avoir assassiné le parrain, il eut droit au peloton, mais la peine fut commuée, une fois encore, en quarteron, dont quinze de taule.

Il tira ses quinze ans d'affilée, jour pour jour, à la prison de Vladimir. Il ne lui resta rien : ni dents, ni cheveux, ni santé. Il avala des cuillers, il se cousit des boutons après la peau, il se coupa les veines, rien que pour se retrouver une petite semaine à l'hôpital. Ensuite, il commença à se faire sur le visage des tatouages antisoviétiques. C'était le chemin le plus court pour l'hôpital : on découpait les tatouages séance tenante, sans anesthésie, à vif. Mais, à chaque fois, on rallongeait soigneusement la peine. Plus tard sortit une ordonnance secrète : le peloton d'exécution pour les tatouages antisoviétiques, en tant que « désorganisation de l'activité des établissements de redressement par le travail ». La

1. Vingt-cinq ans. (N.D.T.)

race des « esclaves du P.C.U.S. » était trop prolifique. A l'époque, mon homme était déjà au camp, mais, pour avoir commis quelque faute, il se vit à nouveau gratifier de trois ans à Vladimir. Il ne pouvait se faire à cette idée ; il avait pris Vladimir en haine au long de ces quinze ans ; il en connaissait le moindre caillou. Et pendant son transfert, à une étape, il se fit de nouveaux tatouages.

« S'ils ne veulent pas me fusiller, je me jetterai sur l'escorte. J'en embarquerai avec moi dans l'autre monde autant que je pourrai. »

Ils le fusillèrent en 1972. Il n'eut pas à se jeter sur l'escorte.

Roulant ma bosse par les prisons d'étapes, j'entendais parfois sur le soir, venue d'une fenêtre, une voix de gamin s'écrier :

« Prison, prison ! Donne un petit nom ! »

C'est un filou fraîchement converti qui demande à la geôle de le baptiser pour la vie. Alors je me rappelle Liokha Tarassov. Son petit nom était « Barbelé ».

8

CETTE année-là, je décidai de ne plus me faire coller en prison. Suffit. Bientôt trente ans, et je n'ai pas encore vécu. Je n'ai pas vécu un seul jour d'une vie humaine. Ni métier ni famille. Et lorsqu'on vous présente à un tiers, vous attendez la question, le cœur serré :

« Dites un peu, qu'est-ce que vous faites ? »

Habituellement, je racontais des histoires. Je me disais géologue. J'étais tout le temps parti en expédition. Il était plus facile d'expliquer de la sorte pourquoi je n'avais pas vu le film que tout le monde était allé voir, pourquoi je n'avais pas eu le temps de lire le livre en vogue, pourquoi j'ignorais tel détail, tel événement de la vie de tous les jours.

« Je me suis ensauvagé, voyez-vous, au long de ces expéditions. Toujours dans la taïga. »

Retrouver la liberté, cela doit être tout à fait comme d'émigrer en pays étranger. Tout est bizarre, tout est nouveau et vous êtes aussi désarmé qu'un petit enfant. Au milieu de la foule, vous repérez seulement les anciens zeks, comme on retrouve ses pays en terre étrangère, à quelques indices insaisissables, à la démarche, à un geste, parfois à un mot familier.

Non, je n'en veux plus. De cette langueur du camp, de ces parlotes interminables, de ces étapes folles, de ces grossièretés, ni de la makhorka. Suffit.

Les gens vont par les rues avec des visages vivants, pas des têtes de cadavres. Ils retournent chez eux, à la maison, à leur foyer. Car ils vivent malgré tout. Chichement, mais ils vivent. Ils peuvent au moins faire un tour dans les bois le dimanche. Et involontairement, vous commencez à les haïr à cause de cela. Par jalousie.

Une fois, quand j'étais enfant, nos voisins reçurent un lointain parent de Sibérie, un officier du ministère de l'Intérieur. Quelque chefaillon de camp. Lui non plus ne pouvait voir les gens marcher dans la rue. Il buvait. L'air sombre, il cirait ses bottes à la cuisine et disait haineusement, sans s'adresser à personne :

« Ils se promènent, là, ils sont gais, ils rient... On devrait me les envoyer. Ils riraient bien, chez moi... »

Et j'avais peur d'en venir, avec le temps, à détester tous ceux qui n'avaient pas été à l'ombre, qui ne savaient pas ce que je savais, moi. J'avais peur de boire, car un verre de trop et soudain la rancœur et la haine se mettaient à bouillonner en moi. Je m'étais quand même tapé près de six ans. Ça suffisait.

Ma mère était gravement malade et le jour de ma libération, elle subit une opération. On ne me laissa pas entrer à l'hôpital : quarantaine, à cause d'une grippe virale. On me fit seulement passer un billet. Elle me demandait de lui procurer d'une manière ou de l'autre de l'eau minérale de Borjomi : comme d'habitude, on n'en trouvait pas dans le commerce. Elle me priait aussi de changer de l'argent en billets d'un rouble, pour payer les filles de salle. Pour qu'on lui passe le bassin, qu'on lui change ses draps, qu'on l'aide à se lever, qu'on lui apporte quelque chose : à chaque fois, un rouble. Autrement, vous aurez beau vous échiner, elles ne lèveront pas le petit doigt. Elles ne gagnent pas lourd ; il faut trouver moyen de se faire des suppléments.

Ah ! c'est comme ça ! Compris ! Ça y est, moi aussi j'ai trouvé un métier ! Six ans durant, un citoyen chefaillon me l'a inculquée, cette science. A quoi bon le magasin, les comptoirs, les queues ? Où est donc la porte de service ? Il me suffit d'un regard sur le manutentionnaire, c'est un frère, un natif de l'Archipel. Et je tiens déjà mon Borjomi. La quarantaine ? Quelle quarantaine ? Trois roubles à l'infirmière, pas de cérémonies, et je me retrouve jeune externe, je passe en blouse blanche à travers des sous-sols, des morgues, des laboratoires ; je grimpe l'escalier. Autour de moi, des collègues médecins, tout pareils à moi.

Ma mère faisait grand effort pour sourire et je saisis soudain clairement que j'aurais pu ne pas la revoir. La prochaine fois, c'était sûr, je ne la reverrais pas. Et je n'avais plus personne que j'eusse hâte de revoir.

Non, il n'y aura pas de prochaine fois. Cela suffit. Au fond, quelle différence entre ici et là-bas ? Même vie, mêmes lois. Je trouverai un moyen d'existence. C'est ma dernière chance de vivre. Je n'ai plus le temps.

En février nous partîmes ensemble pour un sanatorium des environs de Moscou ; elle avait besoin de repos et de bon air. Il faisait un temps splendide, printanier, et nous flânions longuement par la forêt, suivant les traces des traîneaux, faisant souvent la pause. Tandis qu'elle se chauffait au soleil, je fis un Faune de neige : un vieux pépé aux chairs flasques, faisant effort pour se remettre debout, les mains agrippées à des branches de sapin. Le visage avait pris un air las, comme s'il en eût assez de vivre, assez de la forêt, et du soleil, et de la neige éternelle dont on l'avait modelé.

Nous allions sans hâte jusqu'à la « clairière aux lièvres », un petit pré en plein bois, où la neige était partout labourée d'empreintes de lièvres, et nous revenions pour le déjeuner. Pour sûr, les lièvres dansaient ici la nuit, au clair de lune.

A la salle à manger, on jetait sur nous des coups d'œil intrigués : l'étrange couple ! Et dans leurs regards, je saisissais la question maudite :

« Et vous, qu'est-ce que vous faites ? Vous êtes sculpteur, hein ? »

Mais, par bonheur, personne ne liait conversation.

Le sanatorium appartenait au Comité central des komsomols (ma mère avait obtenu par hasard à son travail un bon de séjour pour venir ici) ; aussi la plupart des curistes étaient-ils des vieux du Parti, des komsomols des années 20. En traversant la terrasse on pouvait les entendre se raconter leur jeunesse, assis dans des chaises longues, en train de se dorer au soleil.

« Eh bien moi, en 1922 j'étais au TCHON[1], j'avais déjà cinq ans d'ancienneté au Parti. Et vous ? »

Des mémés et des pépés du Parti, grisonnants et décatis. Ils n'arriveront jamais à s'en défaire : ils rêvent encore de breaks armés de mitrailleuses.

Je façonnai un crâne de neige immaculée et le posai avec précaution sur le branchage d'un sapin, à hauteur de tête, juste au tournant du chemin de traîneaux où ils flânaient l'après-midi, se dandinant lourdement, tels des canards. Ils sursautaient d'une peur nullement affectée, comme si, à chaque fois, ils avaient oublié le crâne.

« Quelle sombre fantaisie. Que vous êtes cruel », me dit l'une d'elles en nous croisant sur le chemin.

1. « Unité à destination spéciale » : détachement militaire de répression. (N.D.T.)

Je ne répondis rien. Elle, par contre, en 1922, était d'une fantaisie radieuse.

Parfois, un brave paysan passait en traîneau, il apportait du bois au sanatorium, et nous échangions toujours un salut. Il avait un visage avenant et un clair sourire caressant. Un paisible sourire...

« Tu n'as plus envie d'aller en prison, n'est-ce pas ? interrogeait prudemment ma mère. (Puis, après un silence, elle ajoutait :) Tu ferais mieux de partir d'ici, d'aller à l'étranger. Ici, ils te feront une vie impossible. »

Cela fait drôle, après une longue absence, de revenir dans le cercle de ses connaissances de jadis, d'y rencontrer soudain des gens nouveaux, de nouveaux visages, d'entendre parler de faits dont vous ne savez rien. Ou, posant une question inconsidérée sur des amis d'autrefois, entendre brusquement un silence embarrassé.

Moscou s'était accoutumée aux arrestations, aux perquisitions, aux procès et aux interrogatoires ; c'était devenu le sujet des plaisanteries et des papotages mondains, comme d'autres parlent de mariages, de baptêmes et de nouvelles toilettes. On vit paraître un nouveau type de relations : aller aux perquisitions les uns des autres.

Quand on se retrouve sans cesse avec les amis, il est facile de détecter le moment où se produit dans leur appartement quelque chose de suspect : leur téléphone ne répond pas, mais les fenêtres sont éclairées. Ou bien on s'est donné simplement rendez-vous, et les voilà disparus, ils n'arrivent pas : pourquoi ? Mystère. Et immédiatement, les coups de téléphone à travers tout Moscou : perquisition chez les Untel ! Taxi, en vitesse ; les invités arrivent de toutes parts rapidement. Exact, perquisition. On laisse entrer tout le monde, mais laisser sortir, interdit. L'appartement regorge de monde ; tapage, rires. Pas moyen de se retourner. L'un arrive avec une bouteille de vin, l'autre avec une pastèque. On en fait les honneurs à chacun, en se payant la tête des tchékistes. Dans le va-et-vient, des papiers vont s'égarer dans les poches des invités : du samizdat encombrant, des lettres imprudemment conservées et autres pièces à conviction. Allez donc prendre en filature une foule pareille !

Les tchékistes, ruisselant de sueur, tentent de chasser les intrus : qu'est-ce que vous faites là ! Mais tous connaissent leur affaire : la loi interdit d'expulser les personnes présentes, tant que dure la perquisition. Prenez patience. Sur la table, le Code pénal, à la disposition de quiconque veut le consulter.

« Pas si fort, citoyens !

— Et où est-il dit qu'il est défendu de faire du vacarme pendant une perquisition ? Montrez l'article ! »

Il y a juste les responsables de l'immeuble, requis comme témoins, pour regarder avec effroi ces impies.

C'était devenu une tradition que de fêter l'anniversaire des détenus. L'invariable « toast numéro deux » fit son apparition : à la santé de ceux qui ne sont pas avec nous. Et l'arrestation ? Eh bien, quoi, l'arrestation ? C'est le pain quotidien.

« Encore un, encor'deux, encore, encore et toujours
Encore Pachka et Natachka[1] et Larissa Bogoraz[2] ! »

Et immédiatement on recueille des signatures au bas d'une protestation. Dans les maisons qui se respectent on avait même agencé une petite table spéciale pour le

1. Pachka pour Paul (Litvinov) et Natachka pour Nathalie (Gorbanevskaïa). (N.D.T.)

2. Un des sept manifestants de la place Rouge. A été la femme de l'écrivain dissident Iouli Daniel. Condamnée à quatre ans de relégation, elle est devenue très active dans le mouvement des Droits de l'Homme.

samizdat. La *Chronique des événements en cours*, tarif : trois ans. Avtorkhanov : sept ans[1].

« Que désirez-vous prendre pour le thé ?

— Julious, tu froufroutes et te multiplies... »

Mais, attention, si c'est pour parler de choses sérieuses : tenez, voilà le guide de conversation russo-russe. Une feuille de papier et un crayon. N'oubliez pas, s'il vous plaît, de brûler ensuite derrière vous votre conversation.

On ne chôme pas. De tous les coins du pays, c'est par Moscou que passent les familles pour aller voir leur zek, en Mordovie ou à Vladimir. Ils ont tous besoin d'un gîte pour la nuit ; il leur faut acheter des provisions. Les attendre, les reconduire. Retour de Mordovie, avec des nouvelles. Cachots, Chizo, P.I., régimes de détention : sujet habituel des conversations dans les appartements moscovites, comme au camp.

Tantôt des Ukrainiens, tantôt des Lituaniens et parfois une invasion de Tatars de Crimée ou de Meskhes sur Moscou. A chaque nouvelle manifestation, c'est presque par trains entiers que les Tatars se déplacent. On les rattrape en route, on les refoule. Et ceux qui réussissent quand même à passer entre les mailles, on les rafle une fois arrivés à Moscou.

Pendant la durée de mon absence, les mouvements nationalistes avaient pris une ampleur étonnante. Ils sont très divers ; extérieurement, ils ont même des objectifs différents. Les Meskhes et les Tatars de Crimée, déportés de force, à l'époque stalinienne, de leurs terres

1. A. Avtorkhanov, ancien membre de l'appareil du Parti, détenu de 1937 à 1942 comme ennemi du peuple, émigre en Occident en 1943. Il est l'auteur d'une série de travaux critiques sur le parti communiste d'U.R.S.S. Vladimir Boukovsky songe sans doute à l'ouvrage paru en 1973 à Francfort, *Genèse de la partocratie* T. I *Lénine et le Comité central,* T. II. *Staline et le Comité central.*

natales en Asie centrale, réclament le droit de rentrer au pays. Les Juifs, le droit d'émigrer en Israël ; les Allemands de la Volga et de la Baltique, d'aller en Allemagne. Les Ukrainiens, les Baltes, les Caucasiens veulent l'indépendance nationale, la sécession, le droit à une culture nationale. Il y a néanmoins quelque chose de commun qui les unit tous : leur conscience nationale s'est éveillée. Il y a encore cinq ans, le simple fait de discuter d'indépendance nationale ou de droit à faire sécession suffisait à vous faire écoper vos quinze ans comme « traître à la patrie ». De même qu'est toujours considéré comme trahison le fait de partir pour l'étranger. Mais déjà des citoyens, résolus à se laisser guider par leur conscience et non point par leur carte du Parti, commencent à contraindre l'État à compter avec leur réalité.

Ce n'est pas un combat politique, ni une prouesse, ni de l'héroïsme. C'est comme un « club des sains d'esprit » dans une maison de fous. Il s'agit simplement d'être un homme normal.

« Alors, quels cosmonautes seront donc les premiers sur la Lune ? »

Ici, pas de droites, ni de gauches, ni de centres. Le camp de concentration soviétique les a faits tous égaux. Comme par le passé, il n'y a, de même que dans une ruche, ni dirigeants ni dirigés, ni racoleurs ni racolés, ni règlements ni structures ; simplement cela va mieux, beaucoup mieux qu'il y a cinq ans. Davantage de monde, davantage de publicité et puis c'est du monde plus conséquent qui s'est mis en branle — professeurs, académiciens, écrivains — rien à voir avec les gamins que nous étions, au début des années 60. On use de ses droits au grand jour et le « défendu » d'hier est aujourd'hui monnaie courante.

Qu'il était difficile, naguère, d'assurer cette publicité. Les correspondants étrangers en poste à Moscou, un peu parce qu'ils tremblaient à l'idée de se faire expulser et de perdre une place avantageuse, un peu parce qu'ils se laissaient amadouer et n'y comprenaient goutte, n'acceptaient qu'avec la plus grande peine de faire état des répressions dans leurs journaux. Il leur était tellement plus simple et profitable de retaper les communiqués de l'agence Tass et des journaux soviétiques. Les choses restaient toujours complexes : les autorités expulsaient quiconque entrait en rapport avec nous. Mais il y avait à présent nettement plus d'audacieux. Nos problèmes suscitaient dans le monde un intérêt grandissant ; et tandis que naguère un correspondant reconduit aux frontières passait à la rédaction de son journal pour un raté, un collaborateur maladroit, à présent l'on considérait l'expulsion comme une chose normale, voire comme un honneur.

« Ce n'est pas en Sibérie, malgré tout, qu'ils nous exilent, c'est en Occident », plaisantaient les correspondants.

Peut-on parler d'absence de la liberté d'information dans un pays où des dizaines de millions de gens écoutent la radio occidentale, où il existe un samizdat qui passe régulièrement à l'étranger et dans lequel ce qui a été dit aujourd'hui tombe demain dans le domaine public. Assurément, pour obtenir cette publicité, nous avons dû payer fort cher ; mais c'est là un autre sujet.

On vit même paraître un jeu radiophonique original. Des coins les plus reculés, des gens venaient à Moscou nous faire part de leurs misères ; après quoi ils se dépêchaient de repartir chez eux pour les entendre raconter sur la B.B.C., « Radio-Liberté », « Deutsche Welle », et après cela, pantois de stupéfaction, aller dire aux voisins :

« Diables de gens ! Comment se fait-il qu'ils sachent

tout, dans leur Londres (ou leur Munich, leur Cologne). »

Cela impressionnait davantage que les plaintes adressées à Brejnev. De braves mémères me coinçaient dans l'entrée de l'immeuble, insistant pour que je les aide à obtenir la réfection de leur toit.

« Faudrait tâcher que le Bébécée leur passe un savon ; ils se remueraient aussi sec. Sans ça, il faudra poireauter trois ans ! »

On avait l'impression que rien en pourrait plus arrêter le processus et les pronostics d'Andréi Amalrik[1] pour 1984 paraissaient réalistes.

Mais les autorités ne dormaient pas, elles non plus. Bien sûr, des centaines de gens se retrouvaient derrière les barreaux, perdaient leur emploi et leurs moyens de subsistance : mais là n'était pas le point. Cette méthode bien classique grossissait plutôt le nombre des adeptes du mouvement, acculant les amis, les familles, les collègues les plus proches à élever des protestations. Pour ceux qui se trouvaient dans un pressant besoin, pour les familles des détenus politiques, on faisait des collectes, une espèce de « Croix-Rouge » avait été mise sur pied. Des agrégés, des ingénieurs, se casaient comme concierges, débardeurs, manœuvres. Et dans les camps, où les choses allaient pourtant très mal, le mouvement de lutte s'amplifiait aussi : grèves de la faim, lettres de protestation. Au bout du compte, on finissait par en sortir, des camps, lorsque la peine expirait. Non, ce n'était pas là le plus terrible.

Les procès de 1968-1969 avaient levé tant de voiles, ils

1. Auteur de *L'Union soviétique survivra-t-elle en 1984 ?* Éditions Gallimard. Il a été condamné en 1970, à trois ans de travaux forcés, puis, en 1973, à trois ans de déportation. Après sa libération en 1976, il a émigré et vit actuellement en Angleterre.

avaient trouvé de par le monde un écho si formidable, que les autorités ne pouvaient plus s'offrir ce luxe. Elles essayaient de tranférer les procès de Moscou vers quelque coin perdu, où il n'y eût ni la presse étrangère ni la foule des sympathisants. Elles commencèrent à retirer à nos avocats le « droit d'accès » ou à les radier purement et simplement du barreau, enfin, chose inouïe jusque-là, à prononcer des peines de relégation en vertu de l'article 190, bien que celui-ci ne prévît pas cette mesure. Bref, elles firent tout pour bâillonner la publicité. Peine perdue. C'est alors que fit sa réapparition sur la scène mon vieil ami, Daniel Romanovitch Lountz, l'orfèvre. On s'était enfin ressouvenu de lui ; il avait su attendre.

En fait, les membres du mouvement, par la façon pointilleuse dont ils formulaient leur position de champions du droit et par leur refus d'admettre la réalité soviétique, étaient extraordinairement vulnérables devant les poursuites psychiatriques.

Je me représentais aisément Lountz se frottant les mains et coassant de sa grande bouche :

« Et, dites-moi, pourquoi vous ne vous reconnaissez pas coupable ? »

Et toutes les élaborations juridiques, les renvois aux articles, les libertés constitutionnelles, l'absence de préméditation, bref, tout ce qui constitue la position juridique du citoyen, arme meurtrière lors de l'instruction, se retourne en un instant contre vous. Elle donne un ensemble de symptômes irréfutable.

Vous ne vous reconnaissez pas coupable, donc vous ne comprenez pas le caractère délictueux de vos actes, donc vous ne pouvez pas en répondre.

Vous discutez constitution, lois : mais enfin, quel homme normal prend au sérieux les lois soviétiques ? Vous vivez dans un monde irréel, inventé, vous réagissez d'une manière inadéquate à la vie environnante.

Et le conflit entre la société et vous, vous le mettez à l'actif de la société ? Alors quoi, c'est la société dans son ensemble qui a tort ? Typique de la logique de l'aliéné.

Vous avez agi sans préméditation ? Conclusion, vous n'êtes pas en mesure de saisir où vous mènent vos actes. Vous ne comprenez même pas qu'on soit obligé de vous arrêter.

« Bon, très bien, continue de coasser Lountz, mais si vous estimez que vous êtes dans votre droit, alors pourquoi refuser de déposer à l'instruction ? »

Et là encore, vous êtes bec dans l'eau : hypocondrie, suspicion caractérisées.

« Dans quel but avez-vous donc fait tout cela ? Qu'espériez-vous atteindre ? »

Nul d'entre nous n'attendait de résultats pratiques, là n'était pas le sens de nos actions et, du point de vue du bon sens, notre conduite était démente.

Comme par le passé, ils avaient la partie belle avec les marxistes : chez eux le délire réformiste crevait les yeux, et l'idée surévaluée de sauver l'humanité. C'était encore plus simple avec les croyants. Avec eux aussi, cela avait toujours été facile, comme avec les poètes : schizophrénie patente.

La base théorique « scientifique » était au point depuis longtemps, déjà au temps de Khrouchtchev. Dans le contexte du socialisme, affirmaient les sommités psychiatriques de chez nous, les causes sociales de la criminalité font défaut et par suite tout acte qui va contre les règles est déjà une anomalie psychique. En régime socialiste, il n'y a pas de contradiction entre les prises de position de la société et la conscience de l'individu. L'existence détermine la conscience ; par conséquent il ne peut pas y avoir de conscience non socialiste. Ce n'est pas comme en régime capitaliste.

Mais au cours de ces dernières années, la méthode

psychiatrique avait bénéficié de mises au point de détail. Au premier chef, ce vieux diagnostic, solidement éprouvé : *le développement paranoïde de la personnalité.*

« Dans la majorité des cas, les idées de " lutte pour la vérité et la justice " se trouvent formulées par des personnalités de complexion paranoïde. »

« Les états de paranoïa chicanière apparaissent à la suite de circonstances traumatisantes affectant les intérêts du patient et sont marqués par une exacerbation de la sensibilité de l'individu dans ses prises de position en matière de droit. »

« Le trait caractéristique des idées surévaluées, c'est la conviction d'être dans son bon droit, l'obsession de défendre les droits " bafoués ", l'importancc que revêtent les états d'âme pour la personnalité du malade. Ils utilisent les audiences judiciaires comme une tribune pour leurs discours et leurs appels. »

(Signé : Professeurs Pétchernikov et Kossatchev, de l'Institut Serbski.)

Et puis, bien sûr, récriminations contre les poursuites auxquelles les soumet le K.G.B., contre les perquisitions, les filatures, l'écoute téléphonique, la censure postale, les licenciements : c'est purement et simplement du délire de persécution. Plus franche et déclarée se fait votre attitude, plus votre folie apparaît évidente.

Mais il y avait aussi du neuf. Vers la fin des années 60, l'école de Snejnevski prit solidement en main les leviers de commande de la psychiatrie. La théorie de la « schizophrénie larvée » — cette maladie tout à fait mystique, qui ne s'accompagne d'aucun symptôme, n'affaiblit nullement l'intellect, ne modifie pas le comportement extérieur — était désormais universellement admise, avait force de loi.

« L'hétérodoxie peut être conditionnée par une maladie du cerveau, écrivait le professeur Timoféiev, lorsque le processus pathologique se développe lentement, doucement (schizophrénie larvée), tandis que ses autres symptômes, jusqu'à un certain stade (pouvant parfois aller jusqu'à l'accomplissement d'actes criminels), restent indécelables. »

« Cette tranche d'âge bien déterminée (vingt — vingt-neuf ans — V.B.), dans la mesure où elle se caractérise par la majoration des attitudes conflictuelles, la tendance à s'affirmer, le rejet des traditions, des opinions, des normes, etc., constitue un terrain propice à l'élaboration de ce mythe selon lequel des jeunes gens, qui sont réellement atteints de schizophrénie, se verraient placés sans raison dans des hôpitaux psychiatriques et qu'ils y seraient censément détenus pour ce motif qu'ils « ne pensent pas comme tout le monde ».

Dans un de nos entretiens, en 1966, Lountz m'avait déjà dit, sans mâcher ses mots :

« Vos amis de l'étranger perdent leur temps à faire du tapage autour de nos diagnostics. Dans le cas de développement paranoïde de la personnalité, le traitement ne s'impose pas en toute rigueur. Mais à quoi allez-vous aboutir ? Plus il y aura de protestations, plus vite on fera tout passer dans les mains de Snejnevski : c'est une sommité mondiale, il est reconnu à l'étranger. Mais la schizophrénie reste la schizophrénie. Elle requiert un traitement et un traitement très énergique. Nous essayons de combattre l'influence de l'école de Snejnevski et vous nous mettez des bâtons dans les roues. »

Effectivement, la schizophrénie pouvait se développer mollement, mais pour la traiter, on s'y prenait gaillardement. Au nom du salut du malade. On commença à soumettre presque tous les patients au supplice de l'halopéridol administré à des doses de cheval. Mais, en l'occurrence, les protestations n'avaient rien à voir à l'affaire. Les théories de Snejnevski n'arrangeaient que trop bien les autorités. Et en 1970, Lountz lui-même établissait à tour de bras des diagnostics de « schizophrénie larvée ».

C'était pour le mouvement une menace mortelle. En un bref laps de temps, des dizaines de personnes furent déclarées irresponsables, et c'était régulièrement les plus opiniâtres et les plus conséquentes. Ce que n'avaient pu faire les troupes du pacte de Varsovie, les prisons ni les camps, les interrogatoires, les perquisitions, les licenciements, le chantage et l'intimidation — tout cela devint réalité grâce à la psychiatrie. Tous n'étaient pas disposés à perdre la raison, à rester bouclés leur vie entière dans une maison de fous, soumis à un traitement barbare. Du même coup, les autorités pouvaient de cette manière s'éviter des procès qui trahissaient leur jeu : les aliénés sont jugés par contumace, à huis clos, et en pratique l'affaire n'est pas examinée sur le fond. Quant à la lutte pour la remise en liberté des personnes déclarées irresponsables, elle devenait presque impossible. Même chez l'individu le plus objectif, mais qui ne connaît pas ce « malade », un doute subsiste toujours quant à l'intégrité psychique de l'intéressé. Allez savoir ? N'importe qui peut devenir fou. Et les autorités, devant toutes les questions et requêtes, disaient leur affliction impuissante :

« C'est un malade. Que pouvons-nous y faire ? Adressez-vous aux médecins. »

Et, sous-entendu, ce sont tous des malades, ces « hétérodoxes ».

Et au K.G.B., les juges d'instruction menaçaient ouvertement ceux qui ne voulaient pas faire de dépositions, qui refusaient de se repentir :

« T'as envie d'aller chez les dingues ? »

Parfois, la simple menace de l'envoyer à l'expertise

suffisait pour obtenir du détenu une attitude de compromis.

Les avantages de la méthode psychiatrique en matière de poursuite judiciaire étaient à ce point évidents, que l'on ne pouvait espérer contraindre les autorités à y renoncer simplement par des pétitions ou des protestations. Il fallait s'attendre à une lutte longue et acharnée et, bien entendu, à la prison en guise de récompense, — cette prison, justement, où je ne voulais plus me retrouver. Et la cause semblait absolument désespérée : qui donc, alors qu'il ne connaît pas la personne, se décidera à soutenir qu'elle est psychiquement saine ? Et contre l'avis des experts psychiatriques, pour comble. On ne pouvait compter sur un large appui.

Mais quelle douleur insoutenable de voir anéantir sous vos yeux tout ce qui avait été conquis à un prix aussi incroyable. C'était insupportable de rester à l'écart tandis qu'on expédiait vos amis dans les maisons de fous. Je savais trop bien ce que c'était qu'un « hôpital psychiatrique de type spécial », une prison psychiatrique.

Vers la trentaine, vous commencez à comprendre que votre bien le plus précieux, ce sont vos amis. Vous n'avez pas d'autres trésors. Et vous n'en aurez pas. En fin de compte, est-ce bien de vous que dépend la tournure prise par votre vie ? Tel vivra longtemps et paisiblement, tel autre aura une vie brève et incohérente. Quant à parler de situation désespérée, y a-t-il eu jamais chez nous le moindre espoir ? Faire tout ce qui dépend de vous ; ne plus mettre son espoir en rien.

J'errais à travers Moscou, choisissant les étroites ruelles de l'Arbat, où la neige n'avait pas encore fondu et où le grondement des sons venait s'éparpiller dans l'air printanier. C'était mars.

Encore sur ma faim, après la grise monotonie du camp, je me repaissais des couleurs, des sons, du mouvement enfiévré de la ville ; je contemplais longuement quelque corniche, ou la grille bizarrement ouvragée d'un hôtel particulier. Mes cheveux n'avaient pas retrouvé la longueur convenable et je m'efforçais d'ôter ma chapka le moins souvent possible, mais mes doigts restaient toujours aussi jaunes de makhorka. Passe encore quand l'avenir recèle en lui ne fut-ce qu'une goutte d'inconnu : il fait meilleur vivre. Pour moi, je connaissais tout d'avance : les murs verts de Léfortovo, les étapes, les discussions infinies à propos de généralissimes et l'ignoble rassemblement au camp, lorsque, ayant avalé une lavasse faite d'arêtes gluantes de poisson, vous attendez devant le portail, vous dandinant d'un pied sur l'autre, que le garde-chiourme en touloupe ait fini de compter tout son monde cinq par cinq.

Que voulez-vous, considérons que je n'ai pas eu de chance, voilà tout. Je n'aurai pas de famille, je n'aurai pas de métier et, à l'approche de la vieillesse, quand des gens inconnus me demanderont qui je suis, ce que je fais, je raconterai que je suis géologue.

« Je me suis ensauvagé, voyez-vous, au long de ces expéditions. La taïga, toujours dans la taïga.

Quand même, cette année-là, je n'avais vraiment pas envie de retourner en prison.

En mai, je donnai une première interview au correspondant de l'Associated Press, Holger Junsen. Je parlais des prisons, des camps. Je concentrais l'effort sur la description des maisons de fous : c'était à cause de cela, à vrai dire, que je m'étais mêlé à la bagarre. Puis, un tout petit peu plus tard, une grande interview télévisée avec notre ami Bill Cowl, correspondant de la C.B.S. à Moscou, et là, uniquement sur les asiles.

Ce fut toute une expédition. Une vingtaine de correspondants étrangers et des Russes partirent avec femmes et enfants pour un pique-nique en forêt aux environs de la ville. Le K.G.B. se tenait à l'écart, observant de loin, surtout préoccupé de ne pas manquer le moment de notre départ. Aussi nous fut-il relativement facile, à Bill et à moi, de nous arranger de telle sorte que les tchékistes ne voient pas qu'il filmait notre entretien. A dire vrai, le tournage ne présenta pas de difficultés ; mais expédier ensuite le film par-dessus la frontière, c'était pour le coup autrement compliqué. Bill réalisa encore deux interviews, avec Amalrik et avec Iakir ; et je lui remis encore une bande magnétique, parvenue d'un camp de Mordovie et contenant une déclaration de Guinzbourg. Bref, toute une cargaison. Elle mit trois mois pour arriver en Amérique.

Après mes interviews, il se produisit encore un événement qui attira l'attention sur le problème des poursuites psychiatriques : on interna de force le savant bien connu Jaurès Medvedev. Le monde académique fut pris d'une frousse générale : les répressions commençaient à les serrer de près. Les plus grands savants du pays prirent la direction d'une campagne pour sa libération.

Ni Jaurès Medvedev ni son frère Roy Medvedev ne pensaient à ce moment qu'une campagne tapageuse nuisait à la cause, qu'elle servait les « faucons » de l'équipe dirigeante soviétique et dérangeait les « colombes ». Atteints par le malheur, ils comprenaient parfaitement en revanche que seule une vaste publicité les sauverait. Chaque jour, Roy Medvedev faisait paraître un bulletin d'information sur la situation. Usant de ses relations dans le monde des gens bien en place, il arrivait à persuader même des hommes qui d'ordinaire ne se joignaient pas à nos protestations, d'écrire ou de signer des lettres de soutien à son frère. L'événement eut un retentissement considérable dans le monde entier et, encore que les autorités eussent rendu les armes assez vite — au bout de dix-neuf jours — nos déclarations sur la méthode psychiatrique en matière de poursuite trouvèrent une nouvelle confirmation. L'espoir se fit jour qu'une campagne suffisamment énergique puisse contraindre les autorités à renoncer définitivement à utiliser la psychiatrie à des fins répressives.

Très bien pour Jaurès Medvedev, il était assez connu dans le monde savant. Mais que faire pour l'ouvrier Borissov ou le maçon Guerchouni, les étudiantes Novodvorskaïa et Yofé, le maquettiste Victor Kouznetzov ? Pour leurs beaux yeux, les académiciens n'iront pas faire du scandale au Comité central et la confrérie mondiale des savants ne brandira pas la menace du boycott scientifique. D'après les données dont nous disposions, des centaines de personnes peu connues étaient détenues dans des prisons psychiatriques pour des motifs politiques. Qui combattrait pour elles ?

J'arrivai à la conclusion qu'il fallait absolument rassembler une vaste documentation, dépositions de témoins, rapports d'expertises, car c'était bien cela que redoutaient les autorités, c'était cela qui pouvait renverser le mythe de la « calomnie ».

L'argument fondamental des autorités se ramenait à dire que les non-spécialistes ne pouvaient mettre en cause les conclusions des spécialistes. Pareille tentative serait taxée de calomnie par les autorités. Qu'à cela ne tienne, essayons de trouver des spécialistes honnêtes.

On rassemblait la documentation tous en chœur, comme on dit, chacun versait son obole. La partie essentielle vint naturellement de nos avocats, qui assuraient la défense des « irresponsables » et avaient accès à leurs dossiers. C'était le seul moyen d'obtenir les conclusions authentiques des experts. L'autre partie de la documentation était constituée par les témoignages des anciens « irresponsables » — cela permettait d'étudier l'historique de la question. Ensuite les lettres et les témoignages des personnes actuellement détenues dans les prisons psychiatriques ainsi que ceux de leurs familles sur le régime en vigueur dans ces prisons. A en juger par ces témoignages, peu de choses avaient changé depuis l'époque où j'y étais. Sauf qu'on s'était mis à « traiter » les patients plus énergiquement, plus cruellement. On recueillait également des informations sur les hôpitaux spéciaux récemment ouverts, photos à l'appui, et le nom des médecins responsables du recours abusif à la psychiatrie.

L'affaire la plus fameuse à l'époque était celle du général Grigorenko. Son journal de prison de l'année 69, avec les descriptions détaillées sur l'instruction et l'expertise, paraissait déjà dans la presse occidentale. Mais bien peu savaient que la première expertise, effectuée à Tachkent sous la direction du professeur Detengof, ne s'était pas contentée de le déclarer parfaitement sain d'esprit ; elle avait recommandé avec insistance de ne pas procéder à de nouvelles expertises à l'avenir[1].

« Lors de la consultation externe nul doute n'est apparu sur la santé psychique de Grigorenko. A l'heure actuelle, un examen en milieu hospitalier n'éclairera pas plus largement son cas ; bien au contraire, compte tenu de son âge, de la vive répulsion qu'il éprouve à séjourner en établissement psychiatrique, de sa vulnérabilité

1. Le général Pierre Grigorievitch Grigorenko est entré dans la dissidence en 1961. Arrêté en 1964, interné à l'hôpital psychiatrique de Leningrad pour quinze mois, il est devenu l'un des principaux leaders du mouvement pour les Droits de l'Homme. Arrêté de nouveau à Tachkent à l'occasion d'un procès de nationalistes de Crimée, il a encore été interné deux fois ; libéré en 1974, il a été autorisé en 1978 à se rendre aux États-Unis pour voir son fils, puis a été déchu de la nationalité soviétique.

accrue, cet examen compliquera l'expertise », écrivaient les experts de Tachkent.

Mais, juste après cela, le K.G.B. l'expédia en toute diligence à Moscou, à l'Institut Serbski, pour une contre-expertise au cours de laquelle Lountz n'eut pas à se fatiguer pour porter sur cette « vulnérabilité » et cette « répulsion à séjourner dans les établissements psychiatriques » le diagnostic de paranoïa « accompagnée d'idées réformatrices ».

J'ai personnellement bien connu Pierre Grigoriévitch Grigorenko, j'ai connu de près toute sa famille et je dois dire que dans ma vie j'ai rarement rencontré homme plus circonspect dans ses jugements, plus critique à l'égard de lui-même, plus modeste que lui. Mais voilà, mes « spécialistes honnêtes » — si j'en trouve — ne l'auront pas connu personnellement. Restait à espérer que les rapports parleraient avec assez d'évidence par eux-mêmes.

Cette contradiction flagrante entre les avis des divers experts se retrouvait dans l'affaire Gorbanevskaïa. Elle était restée près de dix ans sous la surveillance d'un dispensaire d'hygiène mentale à la suite d'un état névrotique dans son adolescence. Juste avant son arrestation, une commission civile de médecins-psychiatres l'examina une fois de plus et la radia des contrôles du dispensaire. « Il ressort de l'étude des antécédents de la maladie, de l'analyse catamnestique poursuivie pendant plus de dix ans ainsi que de notre examen, qu'il n'y a pas d'éléments permettant de conclure à la schizophrénie. A l'heure présente, le cas ne requiert pas l'envoi en hôpital psychiatrique. » Ces conclusions furent déposées le 19 novembre 1969. Or, le 6 avril 1970, Lountz et compagnie lui trouvent de la schizophrénie. Sous sa forme « larvée » justement, que Lountz, pour sa part, n'admettait pas, la chose m'était connue. Dans les conclusions de l'Institut

Serbski, il y avait, là encore, un mensonge patent, délibéré et facile à démontrer. Pour étayer leur diagnostic, les experts de l'Institut Serbski se référaient à « ses dispositions malveillantes à l'égard de sa mère et à son indifférence au sort de ses enfants » — symptômes de tassement de l'émotivité. Alors que justement pendant que se déroulaient l'instruction et l'expertise, elle écrivait à ses enfants et à sa mère des lettres pleines de préoccupation et d'inquiétude, que les experts préférèrent ne pas remarquer. On réussit à se procurer quelques-unes de ces lettres et à les joindre aux conclusions.

Le rapport des experts de Riga dans l'affaire Iakhimovitch tenait littéralement du roman. Président d'un grand kolkhoze de Lettonie, communiste convaincu, Iakhimovitch adressa en 1968 au Comité central une lettre ouverte, préoccupé à l'idée que nos procès qui se déroulaient alors à Moscou, puissent nuire gravement à la cause du communisme dans le monde entier. Il fut exclu du Parti, démis de ses fonctions, arriva tout juste à se caser comme préposé aux chaudières, mais il ne mit pas fin à ses protestations. S'appuyant toujours sur ses convictions communistes, il condamna l'occupation de la Tchécoslovaquie et fut bientôt arrêté.

Toute la partie descriptive du rapport de l'expertise n'était faite que d'épithètes louangeuses. N'eût été le titre, on aurait cru lire la notice biographique d'un homme que l'on proposait pour une distinction officielle.

« Déclare que jamais, et dans aucune circonstance il ne reniera l'idée de la lutte pour le système communiste, pour le socialisme... Sur la base de ce qui vient d'être exposé, la commission aboutit à la conclusion que Iakhimovitch présente les symptômes de développement paranoïde d'une personnalité psychopathique. L'état du malade doit être assimilé à une maladie psychique ; c'est pourquoi, par rapport aux actes qui lui sont incriminés,

Iakhimovitch I.A. doit être considéré comme irresponsable. A besoin d'être soumis à un traitement forcé dans un hôpital de type spécial. »

Bref, à peu de chose près, l'histoire du brave soldat Chveik. De la part des médecins de Riga c'était, de toute évidence, un acte de résistance passive : « Les conclusions, nous les déposons comme on nous l'a commandé, mais — permettez — nous décrivons les choses comme elles sont. » C'est au point que le tribunal fut obligé d'envoyer Iakhimovitch à l'Institut Serbski, pour une contre-expertise : on voyait quand même trop le bout de l'oreille. Lountz mit la dernière main à l'ouvrage : il arrangea tout dans les règles.

Nous ne pûmes réunir en tout et pour tout que six « dossiers médicaux » fondés sur documents, mais chacun d'eux était clair comme le jour, même pour un non-spécialiste. Quant aux autres pièces — souvenirs, témoignages, renseignements sur les hôpitaux spéciaux — on eut presque de quoi en remplir une valise.

Nous partîmes à la quête de « spécialistes honnêtes » et là, nous nous heurtâmes à des obstacles insurmontables. Les grands psychiatres, les professeurs et les chefs de clinique reconnaissaient en privé que nos documents ne laissaient subsister aucun doute sur le caractère criminel des agissements du pouvoir. Ils suggéraient même certaines idées, des coups à tenter, expliquaient ce que pouvait être le mécanisme des relations entre le K.G.B. et les psychiatres, ils acceptaient de rédiger sous l'anonymat leurs propres conclusions sur les dossiers présentés, mais ils refusaient catégoriquement d'intervenir à visage découvert.

« Parmi nous, il n'y a pas d'académicien Sakharov, disaient-ils. Lui, pour s'adonner à sa science, n'a besoin que de papier et d'un crayon. Nous, il nous faut des cliniques. Si on nous prive de nos cliniques, nous ne sommes plus des psychiatres ; et si nous intervenons ouvertement, c'est bien évident, ils nous chasseront tous de nos postes. Au bas mot. »

Ce fut le point final. On découvrit, bien sûr, de jeunes psychiatres, sans galons et sans notoriété, prêts à intervenir publiquement, mais cela ne rimait à rien. Quel poids avait leur opinion, comparée à celle d'éminents professeurs ou académiciens ? Surtout une opinion formée à distance, sur la base de papiers et de récits. Ils les enfermeraient sans façon, comme ils avaient fait pour moi. Je ne désirais pas pareil sacrifice de leur part. (Un jeune psychiatre de Kiev, S. Glouzman, rédigea quand même un rapport d'expertise sur le cas Grigorenko et en 1972 il écopa sept ans de camp et trois ans de déportation.)

Restait une dernière chance : les psychiatres occidentaux. Cela inspirait peu d'espoir : allez donc entamer toute cette carapace d'excroissances idéologiques, d'*a priori*, de doctrines. Je ne croyais guère au succès, mais j'envoyai néanmoins de la documentation aux psychiatres occidentaux, surtout dans l'espoir d'attirer une nouvelle fois l'attention de la presse. A vrai dire, David Markham, venu de la part d'Amnesty International et avec lequel nous avions étudié ces questions, m'assurait qu'en Angleterre il y avait du moins quelques psychiatres de sa connaissance qui étaient prêts à examiner la documentation et à se prononcer. Eh bien, plaise à Dieu ! Un congrès mondial de psychiatrie était prévu pour la fin de 1971. Une perspective s'ouvrait pour obtenir que notre problème fasse l'objet d'un débat au congrès et le soutien de chaque psychiatre valait son pesant d'or. Ne fût-ce que pour flanquer un peu la frousse aux autorités soviétiques devant l'éventualité d'un tel débat. Aussi bien, le simple fait que notre question fût posée au niveau international était déjà d'une portée considérable.

Et puis là-bas : le diable a plus d'un tour dans son sac ! Peut-être y a-t-il, de par le monde, plus de gens honnêtes que je ne le crois.

Dans mon adresse aux psychiatres occidentaux, je m'efforçai d'être d'une extrême retenue. Je ne voulais exiger de quiconque un geste politique, ni entraîner personne dans la politique : je demandais seulement l'aide des professionnels, l'avis des spécialistes. Limitant délibérément ma question aux six dossiers, je demandais : les rapports d'expertise indiqués contiennent-ils en eux-mêmes des données suffisantes, scientifiquement fondées, pour conclure non seulement à l'existence des maladies psychiques mentionnées dans les rapports, mais encore à la nécessité de tenir ces personnes strictement isolées de la société ?

En elle-même, cette idée de réunir de la documentation avait surgi en moi sans que je l'aie voulu, presque fortuitement, dès le début de l'été, dans le bureau du procureur de Moscou. Les autorités avaient réagi nerveusement dès la première interview sur les maisons de fous que j'avais donnée à Holger Jansen. Le procureur me convoqua, essaya de me faire peur, me menaça de prison. Comme si j'avais eu besoin de lui pour savoir qu'au plus tard dans un an j'irais m'asseoir à l'ombre. Notre télécargaison n'en était encore à ce moment-là qu'à voguer vers l'Amérique.

L'entretien fut idiot : l'habituelle empoignade. Il soutenait que tout ce que j'avais dit dans l'interview était calomnie et moi, je lui proposais de lui présenter les preuves, de réunir les témoins. En quoi au juste consistait la calomnie, il ne put me le montrer ; les preuves et les témoins que je lui proposais, il n'en avait que faire.

« Enfin, vous savez bien que nous démontrerons toujours votre culpabilité. »

Comment ils le « démontrent », je le savais. Par conséquent, il fallait réunir des preuves par soi-même.

C'est alors que pour la première fois il m'advint d'avoir avec les autorités un entretien à propos d'émigration.

« A quoi bon vivre ici, avec les conceptions qui sont les vôtres ? Partez pour l'Amérique. »

Des milliers de gens sous mes yeux demandaient, exigeaient, suppliaient qu'on les laissât quitter l'U.R.S.S. On le leur refusait, on les licenciait, on les accusait de trahison. Et là, sans crier gare, tout simplement, comme s'il se fut agi de déménager pour Tchérémouchki[1] :

« Partez pour l'Amérique ! »

Quel hypocrite ! Au reste, quand bien même c'eût été effectivement facile, je ne m'apprêtais à partir pour nulle part.

Dans le même temps les persécutions commençaient également pour Holger Jansen. Lui aussi fut convoqué au Parquet pour s'entendre déclarer qu'il ne conduisait pas correctement : ayant freiné brutalement, il aurait effrayé le citoyen Ivanov, qui serait maintenant à l'hôpital. Les deux semaines qui suivirent, quelqu'un crevait régulièrement les pneus de sa voiture, si bien que nous ne pouvions aller avec lui à nos affaires. Les voitures des correspondants étrangers stationnent d'ordinaire dans les cours des immeubles réservés où ils logent tous. La cour et les maisons sont gardées par la police et les personnes étrangères à l'immeuble ne peuvent même pas entrer. Alors, qui donc crève les pneus ?

Jetant par hasard un coup d'œil par la fenêtre, au petit matin, Holger vit un milicien sortir de sa guérite, après

1. Ancien village, aujourd'hui inclus dans l'agglomération de Moscou. (N.D.T.)

avoir soigneusement inspecté les alentours et se diriger vers les voitures. Arrivé à celle de Holger, il tira de sa poche un canif et à plusieurs reprises larda consciencieusement les pneus arrière. Puis il passa à l'avant et creva les deux autres pneus.

A un mois de là, ils retirèrent à Holger son permis pour « imprudence dans la conduite ». Là-dessus, comme sur commande, Washington commença à s'alarmer :

« Qu'avons-nous besoin à Moscou d'un correspondant de presse sans automobile ? »

Et on lui interdit d'envoyer de Moscou le moindre article : à croire qu'on avait besoin pour cela d'une voiture. Les « citoyens-chefs » de Washington n'avaient pas apprécié, eux non plus, notre interview : elle détériorait les relations entre l'U.R.S.S. et les U.S.A. Ma foi, ce ne fut pas un choc pour moi : jamais je n'avais idéalisé ce monde-là. Il était parfaitement compréhensible qu'au cours de ces décennies se soient accumulés autour de l'U.R.S.S. comme autour d'un furoncle induré, tant de bobos et de tissus parasites, qu'on eût bâti tant de théories, de doctrines et d'autojustifications inspirées par la frousse et selon lesquelles il y avait beau temps qu'il n'existait plus de nette démarcation « nous-eux », « les nôtres-les vôtres ». Et pour faire sortir le pus, il faut traverser bien des couches de ce que l'on appelle « le tissu sain ».

Une année entière, le K.G.B. ne me lâcha pas d'une semelle. Ils avaient tout bonnement affecté à ma surveillance un groupe opérationnel : une voiture et quatre hommes. Toutes les six heures le groupe était changé, une autre équipe se présentait. Ils ne se cachaient pas. Au contraire, il faisait apparemment partie de la consigne de bien montrer qu'on était là. Quand j'allais à pied, il y en avait deux sur mes talons, les autres roulaient lentement derrière nous en voiture. Ils avaient des émetteurs de poche et, de temps à autre, l'un d'entre eux parlait dans sa manche, il contactait la voiture. Je me mis à choisir exprès un itinéraire tel que la voiture ne puisse pas nous suivre : les sens interdits, ou bien les carrefours où il est interdit de tourner, ou encore les feux rouges. Et c'était le début de la panique, comme sur un navire en train de sombrer. Quels trucs n'inventais-je pas ! Les cours à deux issues, les traboules, les escaliers de secours.

« Fonce, fonce donc ! Casse-toi la jambe ! » me sifflaient-ils dans la nuque.

Vu de l'extérieur, cela faisait comique.

C'est dans le métro surtout qu'ils avaient la partie rude. Là, ils étaient trois à me suivre. Je marchais à toute allure, je courais presque dans les couloirs et les escaliers roulants. Dans le wagon, je ne leur laissais pas le loisir de s'asseoir, je les tenais dans une attente crispée, je sautais à la dernière seconde, quand les portes déjà se refermaient.

« Tu vas voir, tu vas te casser le cou. Nous allons te jeter sous la rame... »

Ils l'avaient particulièrement saumâtre quand, à la sortie du métro, quelque copain m'attendait dans sa voiture.

Chaque fois que j'arrivais à les semer, ils recevaient un blâme de leurs chefs. Deux ou trois blâmes de ce genre et on pouvait les mettre à pied. Raison de plus pour eux, vraisemblablement, de se montrer si effrontés.

Un jour d'automne, je rentrais tranquillement chez moi lorsque, traversant une cour, de la rue Kropotkine, je fus rejoint par l'un d'entre eux. Il était déchaîné, provocant ; il me couvrit d'obscénités, comptant à l'évidence me prouver qu'il en avait ras le bol. Il me menaça de me tuer une nuit, dans l'entrée de l'immeuble, de m'abattre d'un coup de feu un jour où je rentrerais tard à la maison. Il mit les points sur les *i* : lui, ce n'était pas comme les autres ; il n'admettrait pas d'avoir des ennuis à cause de moi.

« Tu penses qu'il pourrait m'en cuire ? Au contraire, on me dira merci. Et qu'est-ce que je dis : une nuit ! Tiens, je vais en finir tout de suite et personne n'aura l'idée de tourner la tête. Essaie seulement de nous semer encore une fois, comme hier. »

Et pour appuyer ses propos, il tira un pistolet de la poche intérieure de son manteau. Mais sur le chapitre obscénités, il était faiblard, il faisait cela en amateur ; il n'avait pas fait ses classes au camp ; alors moi, pour alimenter la conversation, je commençai par lui servir un de ces échafaudages du genre gratte-ciel new-yorkais moyen. Et lui cherchait fébrilement comment donner une leçon à ce blanc-bec. Lui arracher son pistolet, c'était au-dessus de mes forces : le gaillard était entraîné et solide. Je n'aurais rien gagné à me bagarrer. Alors, passant progressivement à l'aboiement le plus ignoble, le plus immonde que connaisse un bagnard — tel qu'à l'entendre, même Iachka, le cheval du camp, qui transportait les denrées jusqu'au réfectoire, se rabattait les oreilles et se cabrait — j'attirai mon homme dans la rue et fis lentement mouvement vers la maison. Mon calcul était simple : rencontrer une connaissance, me trouver un témoin. Cette espèce d'âne marchait à mes côtés, espérant toujours m'impressionner, tandis que son équipe suivait lentement en voiture. Et juste à cet instant ma mère sortit de la maison pour ses courses. Pris au dépourvu, ils se serrèrent la main lorsque j'eus fait les « présentations ».

« Tiens, maman, dis-je, souviens-toi de cet homme. S'il m'arrive quelque chose, tu connaîtrais le coupable. Il menace de me tuer. Et là, par-derrière, c'est leur voiture. Retiens le numéro. »

Je ne m'attendais pas à ce que ma mère entrât en pareille fureur. Je craignis même qu'elle ne se mît à le frapper.

« Qu'est-ce que vous vous permettez là ! cria-t-elle, et toute la rue pouvait l'entendre. Vous avez mission de le filer ?

— De le filer, répondit le tchékiste, d'un ton morne.

— Eh bien, filez-le. Mais ce qu'il faut faire de lui, ce sont les chefs qui le décident. C'est trop fort pour vous. Il ne manquait plus que cela : que la première canaille venue décide qui tuer et qui ne pas tuer.

— Mais qu'est-ce qu'il a à nous faire des feintes, essaya mollement de se justifier le tchékiste ; il n'a qu'à marcher comme tout le monde. »

Une foule de curieux avait commencé à faire cercle. Les tchékistes attendaient dans leur voiture, rageant comme des chiens : ils auraient droit à un blâme. Ma mère continuait à crier, qu'elle irait trouver le procureur, qu'elle se plaindrait au Comité central, mais que cela ne se passerait pas comme ça. Ma présence n'était plus nécessaire et j'allai mon chemin, les laissant poursuivre entre eux leur discussion. Je ne vis plus ce commando ; on ne me les affecta plus.

Avec certaines autres équipes, les relations prirent une meilleure tournure et l'hiver, quand il gelait dur, s'il m'arrivait de sortir de la maison en courant chercher du pain à la boulangerie du coin, un des tchékistes prenait mon tour dans la queue devant la caisse, un autre se plantait devant l'étalage, pour se débarrasser au plus vite de la chose et retourner à la chaleur de la voiture. Parfois le soir, quand on avait fini son paquet et que les kiosques à tabac étaient déjà fermés, il arrivait à l'un de taper l'autre d'une cigarette.

« Alors, tu vas bientôt rentrer chez toi, non ?

— Tout de suite : attendez. Il faut encore que je fasse

un saut dans deux ou trois coins. J'aurai bouclé vers deux heures du matin. »

En fait, nous nous étions tous tellement habitués à eux, que nous ne prêtions plus attention à leur présence. Nous faisions nos petites affaires, nous rencontrions les correspondants étrangers, nous recueillions des informations pour la *Chronique*, nous faisions partir du samizdat pour l'étranger presque sous leurs yeux. Et puis, qu'avions-nous à cacher ? Je signalais aux correspondants les nouvelles arrestations, les dernières perquisitions, les derniers procès en leur téléphonant directement de chez moi. Et l'on m'appelait aussi, comme on s'adresse à un bureau d'information. Bien entendu, l'expédition du courrier pour l'étranger est chose plus secrète, qui ne souffre pas d'être vue par des tiers. Il y avait pour cela des filières spéciales : épiez tant que vous voulez, vous ne les éventerez pas. L'instant le plus risqué est relativement bref et le temps que le K.G.B. réalise de quoi il retourne, qu'il donne un ordre et que l'ordre soit exécuté, il ne reste plus la moindre trace.

Les étrangers qui venaient de la part des divers organismes occidentaux, je les recevais tout simplement à la maison. Notre immeuble était grand et, en regardant de l'extérieur, on ne saisit pas d'emblée chez qui va le visiteur. Et puis les gens du K.G.B. ne s'attendaient pas à ce qu'on eût l'impudence, juste sous leur nez, de faire passer des papiers du samizdat à destination de l'étranger. Comme au bon vieux temps, ils cherchaient je ne sais quels lieux de rendez-vous, quels mots de passe, quelles cachettes : et nous, nous faisions tout au grand jour.

Holger fut rappelé à la fin de l'année et envoyé comme correspondant au Viet-nam. Auparavant, les autorités soviétiques avaient déjà chassé Bill Cowl « pour agissements incompatibles avec le statut de correspondant de presse ». Notre bombe avait fini par éclater.

J'avais le cœur gros de me séparer d'eux, comme d'avec les amis du camp de concentration : je savais que je ne les reverrais jamais plus. Bill avait l'air renfrogné, mais il gardait le moral : il pensait que tout irait O.K.

« Je ne tenais pas à rester ici, dit-il; un homme respectable se fait fatalement mettre dehors. »

Holger laissa davantage paraître ce qu'il ressentait. Il aimait la culture russe, il avait appris la langue et espérait bien séjourner ici au moins quatre ou cinq ans. C'était un mordu de la chasse et de la pêche. Alors qu'il venait juste d'arriver, on avait envoyé chez lui comme par hasard, certains « collègues » de l'agence de presse « Novosti », lesquels avaient organisé pour lui une chasse royale dans une réserve située au-delà de la zone permise aux étrangers. On insinua prudemment que s'il se conduisait bien, il pouvait y avoir encore mieux. Tout fut terminé dès qu'il fut entré en contact avec nous. Et voilà à présent qu'il s'en allait pour toujours. Selon l'usage à l'A.P., c'était à lui de se trouver un remplaçant.

« D'accord, je vais leur en trouver, un remplaçant. Je vais vous trouver un de ces gaillards qui n'aura pas peur d'eux. »

Il amena un jeune gars qui pouvait avoir trois ans de moins que moi, Roger Leddington. Il se révéla de fait que Roger n'était pas du genre peureux : on lui démolit complètement sa voiture, on brisait les glaces, on arrachait les portières, on lui glissait des billets de menaces. Il alla même une fois jusqu'à se colleter avec les tchékistes, qui essayaient de l'empêcher de se rendre chez moi en lui barrant le passage en bas, dans l'entrée de l'immeuble. A deux avec lui, nous échappions la nuit aux poursuivants grâce à la technique américaine : les voitures soviétiques ne peuvent pas prendre les virages à grande vitessc, elles doivent réduire les gaz.

Vint un temps où il devint impossible de rencontrer de jour les correspondants de presse : les tchékistes montaient des provocations, déclenchaient des bagarres. Une fois, nous étions convenus avec un autre correspondant de l'A.P., Jim Pipert, de nous retrouver avenue Kalinine, en plein centre de Moscou. Nous avions pris rendez-vous pour minuit et demi, mais j'arrivai quatre ou cinq minutes d'avance pour inspecter les alentours. Mon regard fut immédiatement frappé par un groupe de gens qui allaient et venaient, l'air indifférent, autour du lieu de notre rendez-vous. « Et puis après, me dis-je, qu'ils nous filent donc, l'affaire n'est pas nouvelle. » Jim arriva de l'autre côté de la chaussée, laissa là sa voiture et traversa la rue pour me rejoindre. Mais il lui suffit de s'approcher et ces gens tout à fait indifférents se jetèrent sur nous ; jouant fort maladroitement les hooligans, ils se mirent en devoir de nous rosser.

« Qu'est-ce que t'as à traîner par ici, charogne ! »

Je reconnus l'un d'entre eux : il m'avait déjà filé, à un moment donné. Je ne craignais qu'une chose : voir arriver sur-le-champ la police, avec des instructions reçues à l'avance. On nous embarquerait et nous « collerait sur le dos » une affaire de hooliganisme. Essayez de prouver après coup que c'est eux qui nous ont attaqués et non l'inverse. Aussi, pour avoir au moins quelque témoignage matériel, je me mis à crier à toute force, à appeler au secours. Apparemment, Jim comprit où je voulais en venir et commença à crier lui aussi. Des gens approchèrent, des chauffeurs de taxis sortirent de leurs voitures stationnées devant un restaurant. Pas un d'entre eux ne leva le petit doigt ; ils n'étaient là que pour le spectacle. Mais c'était déjà un soulagement : il y avait quand même des témoins. Ils confirmeraient que nous avions appelé à l'aide.

Nous parvînmes tant bien que mal à nous dégager et courir jusqu'à la voiture, mais ils nous rattrapèrent. Jim n'arrivait pas à fourrer sa clef dans la serrure de la portière. Ce fut alors un pugilat en règle qui commença et je compris qu'il fallait se défendre pour de bon.

« Ivan Nikolaïévitch, passez par-derrière ! »

Bien comme il faut, ces hooligans, ils se donnent du prénom et du patronyme. Mais ce n'était pas le moment de philosopher. Il y en avait deux à me tordre les bras. Quelqu'un m'avait assailli par-derrière, il m'étranglait et me courbait la tête vers le bas, un autre me frappait du pied et du poing à toute force. De l'autre côté, près de la voiture, Jim bougonnait, repoussant les tchékistes qui le pressaient de toutes parts, et n'arrivait toujours pas à trouver le trou de la serrure. Un petit bout d'homme en toque d'astrakan fonça en avant et je saisis clairement qu'il allait à l'instant même m'envoyer un grand coup de pied dans la figure, pendant qu'on me maintenait la tête courbée. A la dernière seconde, je m'élançai et, esquivant son coup, j'expédiai mon pied dans sa trogne qui piquait sur moi. Il s'effondra. Il y eut un moment de panique ; les tchékistes se précipitèrent vers lui, leur chef, vraisemblablement. La pause nous suffit : Jim ouvrit — enfin — la portière, nous plongeâmes dans la voiture et décampâmes en trombe. De la voiture nous aperçûmes, à vingt pas de là, planté sous le réverbère du coin, un agent de police qui fumait tranquillement.

Les autorités s'acharnaient à nous couper tout contact avec le monde extérieur. Pendant un certain temps, je fus pratiquement le seul à avoir conservé encore un lien. Aussi tous les problèmes me dégringolaient sur la tête : perquisitions, arrestations, procès, asiles de fous, camps, Tatars, Juifs, Meskhes, Ukrainiens, Lituaniens... Roger arrivait en pleine nuit, parfois même au petit matin, ramassait toute l'information qui avait afflué chez moi au cours de la journée et se retirait dans son bureau pour rédiger ses communiqués. De loin en loin quelqu'un d'autre réussissait à forcer le barrage, mais pour l'essentiel, c'était invariablement Roger. Guilleret et joyeux. Il n'avait plus le temps d'écrire lui-même ; il arrivait juste à transmettre aux autres son butin de samizdat. Il insistait auprès de ses collègues pour qu'au moins ils n'aient pas peur de faire passer l'information.

Vers la fin, je ne sortais pour ainsi dire plus de chez moi : tout mon temps, vingt-quatre heures sur vingt-quatre, était programmé. Qui devait venir et quand ; qu'apporter, que ramasser. Nous nous comprenions à un demi-clin d'œil ; il n'y avait même presque pas besoin d'écrire. Tout se déroulait littéralement comme par enchantement. Personne ne commandait, n'élaborait de plans, ne distribuait les rôles. Chacun savait ce qu'il avait de mieux à faire, où il était le plus utile, ce qu'on attendait de lui. Et au contact de cette boule d'énergie, des gens absolument étrangers recevaient soudain une telle décharge, une telle impulsion, qu'ensuite, pendant bien des années, ils continuaient de vivre à notre rythme. D'Angleterre, vint David Markham ; d'Allemagne, Irina Gerstenmeier ; de Hollande, Henk Volsak ; de France, Dina Vierny. Ils passaient avec nous des temps variables, l'un quelques heures, l'autre, quelques jours. C'étaient des gens très divers, mais nul d'entre eux ne put ensuite demeurer en marge. Moi aussi, d'ailleurs, bien des années plus tard, en prison, aux moindres insinuations venues du large, je sentais ce qui se passait, ce qui était nécessaire, ce qu'on attendait de moi. Depuis ce temps-là, nous ressentions tous, assurément, la même nostalgie.

Ce fut une année cauchemardesque, au terme de laquelle la vague d'indignation humaine soulevée par le procès de l'avion de Leningrad[1], alla enfin frapper de plein fouet le Kremlin. Devant la menace réelle d'un complet isolement, les autorités furent contraintes de céder et de permettre l'émigration. Pour la première fois, elles nous reconnaissaient ce droit de l'homme : le droit de quitter son pays pour toujours. L'abcès vieux de cinquante-trois années avait crevé, parce que, pour la première fois, le monde avait trouvé en lui la force d'exiger des nabots du Kremlin, ce que le monde entier reconnaissait comme un droit de la personne ; de l'exiger sans rabais ni réserves. Allez donc nous parler après cela de diplomatie secrète !

Jamais je n'oublierai pour ma part la tragédie de l'exode, quand des hommes d'un certain âge, fort rangés, couverts de titres et de décorations, perdaient soudain leur respectabilité et qu'une carapace vieille d'un demi-siècle semblait se détacher d'eux. Où était-elle passée, leur fibre soviétique, tous ces grands mots proférés dans les meetings ? Ils couraient accompagner les partants, chantaient les chansons, depuis longtemps oubliées, de ce peuple auquel, toute leur vie, ils avaient feint de ne pas appartenir. Ils disaient adieu à des postes longuement occupés, à des biens lentement amassés, à des relations avantageuses nouées à grand-peine. D'où venait leur audace ? Ils assiégeaient les antichambres des hau-

1. Le 15 juin 1970, onze citoyens soviétiques, dont neuf juifs, tentèrent, les armes à la main, de s'emparer d'un avion civil sur l'aéroport de Leningrad, en vue de quitter le territoire de l'U.R.S.S. Au terme du procès intenté contre eux, Édouard Kouznetzov et Marc Dymchitz furent condamnés à mort le 24 décembre. La sentence souleva une immense émotion dans le monde, à l'heure où les démarches se multipliaient en faveur des six séparatistes basques frappés de la même peine par le tribunal militaire de Burgos. Le 30 décembre, Franco gracia les six condamnés. Le 31, la Cour suprême de la République de Russie commua la peine de Kouznetzov et de Dymchitz en 15 ans de détention dans les camps. (N.D.T.)

tes instances, y entamaient des grèves collectives de la faim et EXIGEAIENT, pour la première fois, peut-être, de leur vie. Et, maussades, les fonctionnaires soviétiques se pliaient à ces exigences — sans doute, eux aussi, pour la première fois — et passaient mentalement en revue leur arbre généalogique[1] : sait-on jamais ?

Ils nous inondaient de pétitions, de documents, de requêtes. On les lâchait si vite qu'ils n'avaient pas le temps de se trouver des contacts, des canaux et nous mettions volontiers les nôtres à leur disposition. Leur problème était depuis longtemps notre problème, l'un de nos problèmes. Et il nous en restait encore beaucoup, de ces problèmes. Et lorsque certains amis sur le départ me disaient qu'au cours de conversations avec les autorités, celles-ci les avaient priés de me transmettre la proposition de m'en aller, je ne pouvais que hausser les épaules. Il me restait encore un problème personnel : celui à cause duquel j'étais d'accord pour me retrouver une fois de plus en prison.

Désormais, il me restait bien peu à vivre ; les jours étaient comptés. Un seul point restait obscur : me prendraient-ils avant le congrès du Parti ou après. Plutôt avant, quand même. Mars était revenu, plein de sons grondeurs, les toits coulaient, les glaçons brisés crissaient sous les pas, mais ce n'était pas le moment de flâner par les ruelles de l'Arbat. Dans Moscou en état de siège, à la veille du congrès, ni jour ni nuit n'existaient plus. Chaque document, chaque information envoyés en ces jours-là pouvaient bien être les derniers, et que ne restait-il pas à achever encore ! C'était l'ultime combat, où l'on n'a plus pitié de rien ni de personne, comme si tout, à l'intérieur, avait flambé. L'avenir attendait pour clore les bouches.

1. N'auraient-ils pas un peu de sang juif, ce qui leur permettrait de solliciter un visa d'émigration ? (N.D.T.)

Et quand, enfin, ils m'arrêtèrent, je ressentis un soulagement incroyable, comme si on m'enlevait un lourd fardeau. A Léfortovo, je dormis tout mon soûl, longuement, béatement, toute une semaine, je crois bien. Seigneur, comme cela semble bon tout de même, quand plus rien ne dépend de vous !

Et puis je me réjouissais d'avoir trouvé le temps d'offrir aux miens un chien, un petit chiot duveteux de la race des bergers du Caucase. Auprès d'eux, avec le temps, il deviendrait énorme et hirsute.

9

« ATTENDS, attends : je te calcule tout le devis en un tournemain. La brique, 40 roubles le mille ; le ciment, première qualité, 30 roubles les 50 kilos. Combien as-tu de mètres cubes de maçonnerie ? Oui, puis, au fait il faut encore calculer les travaux de fouille. Bon, mettons qu'on refile 30 roubles au conducteur de l'excavatrice, il fera cela sans une bavure. Non, ça ne marche pas comme ça, c'est trop cher. Le mieux, c'est d'acheter du matériel au noir, cela revient meilleur marché. Surtout à une unité du génie militaire. Ils ne s'embarrassent pas de comptes, ils font du commerce à droite et à gauche. »

Alors là, je commençai à protester. Au noir, pour moi, pas question : le K.G.B. s'en mêlera immédiatement. Vu ma situation, tout doit être légal, il ne faut pas que cela fasse un pli.

Mon compagnon, Ivan Ivanovitch Trofimov, ci-devant directeur d'un service de travaux publics et pour l'heure mouton de cellule, languit après son métier de bâtisseur. Le brassage des affaires, les conférences, les études de devis et de projets, tout cela lui manque. Il est mal à l'aise dès le matin ; tantôt il fait grincer sa prothèse, allant et venant à travers la cellule, tantôt il entreprend de m'expliquer des histoires de poutres en béton armé. Hier, il a repéré que je dessinais mon château-fort, des escaliers en colimaçon, des tourelles, des passages, il m'a demandé si on pouvait regarder et, la moitié de la nuit, il a fait des calculs sur des bouts de papier. Il faisait le devis. A présent, il s'oriente dans le château pas plus mal que moi, il calcule la poussée sur les points d'appui de la construction et le matin, nous discutons pour savoir quelle marque de ciment je dois me procurer.

« Bah ! en cinq mois j'aurai tout construit, peut-être même moins », faisait-il, nostalgique.

La plupart du temps, je lisais. A Léfortovo, il y a une bibliothèque étonnante : tous les livres confisqués aux « ennemis du peuple » en l'espace d'un demi-siècle ont afflué ici. A travers tout le pays on a « purgé » les bibliothèques, détruit les ouvrages « nocifs », tandis qu'ici, tout a été conservé, comme dans une oasis. Il n'est venu à l'esprit de personne de « purger » la bibliothèque de la prison du K.G.B. : il ne faut pas être plus royaliste que le roi ! Pouchkine et Gogol, A.K. Tolstoï et Lermontov dans les éditions académiques d'avant la révolution. Hamsun et Maeterlinck, Marcel Proust et Zamiatine. Demandez plutôt ce qu'on ne trouve pas ici.

Les livres étaient admirablement conservés, sauf les coups de tampon presque à chaque page. « Prison intérieure du GOuGB[1] », c'est le tampon d'avant-guerre. « Isolateur préventif du K.G.B. près le Conseil des ministres d'U.R.S.S. », le tampon actuel. Et, en gros caractères, comme une colonne du haut en bas de la page « toute détérioration, toute marque faite dans le texte avec un

1. Direction centrale de la Sûreté d'État. (N.D.T.)

crayon, une allumette ou avec l'ongle, etc., entraînera la suppression du droit à recevoir des livres ».

Ma ligne de conduite à l'instruction était extrêmement simple : je refusai absolument d'y prendre part. Je ne signai pas un procès-verbal, pas un mandat ; je me contentais de rédiger des plaintes, pour donner un peu de travail aux juges d'instruction. J'en avais trois. Ils me convoquaient rarement. Nos relations prirent d'emblée une mauvaise tournure ; en guise d'interrogatoire, nous échangions mollement des injures, pour tuer le temps. Celui qui me déplaisait le plus, c'était le second des trois, le capitaine Korkatch. Il avait une étonnante gueule de lâche et des procédés d'une rare bassesse, ce dont je lui faisais part à chaque fois avec une totale franchise. Les juges d'instruction n'estimaient pas nécessaire non plus de faire mystère de leurs sentiments et se montraient d'un cynisme extrême. Il n'y a qu'avec les novices, n'est-ce pas ? qu'on essaie diverses méthodes : on tente de persuader, de flatter, de terroriser et de faire de la propagande pour le pouvoir soviétique. Avec moi, on pouvait se dispenser de gaspiller ses forces.

Dès le début, je fis une déclaration écrite dans laquelle je récusais la compétence du K.G.B. pour mener l'instruction de mon dossier. Quelque trois mois avant mon arrestation avait paru dans la *Pravda* un long article « Indigence de l'anticommunisme », dans lequel on affirmait que je me livrais à des activités antisoviétiques. La même affirmation se retrouvait dans un article de Tzvigoun, l'adjoint d'Andropov, publié dans la revue *Autoformation politique*, en février 1971. Il en ressortait que la question de ma culpabilité avait été tranchée à l'avance, par les organes du Parti et la direction du K.G.B. En rigueur de droit, aucun fonctionnaire du K.G.B., ni aucun membre du Parti n'avaient le droit d'instruire mon affaire, ce dont je fis mention dans mes innombrables plaintes. Plus que cela, le procureur, qui supervisait l'instruction, n'avait pas le droit, lui non plus, de contrôler le déroulement de mon affaire, puisque c'était justement ce procureur qui m'avait convoqué auparavant pour un entretien. Ce jour-là, en sortant de chez lui, j'avais immédiatement noté notre conversation et l'avais passée à Holger. Celui-ci à son tour expédia mes notes au journal *Frankfurter Rundschau* qui le publia dans ses colonnes. A présent, on me faisait également grief de cette publication, comme de toutes les interviews. En conséquence, le procureur devait être interrogé sur mon affaire, en qualité de témoin ; or, un témoin ne peut être en même temps procureur.

Bref, un vrai manège juridique. J'en avais besoin, tout simplement comme prétexte à rédiger des plaintes.

« Tant pis ; au tribunal, je dirai tout ce qui me sera nécessaire », dis-je aux juges d'instruction, qui n'apprécièrent pas du tout.

J'exigeai en outre une enquête sur l'incident au cours duquel le tchékiste m'avait menacé de son arme. J'invoquai le témoignage de ma mère et indiquai le numéro de la voiture. Bref, je m'employais à faire obstruction à l'enquête et tous ces gribouillages me prenaient deux ou trois heures par jour. Le reste du temps, je lisais, je dessinais mon château et j'écoutais les dissertations d'Ivan Ivanovitch sur les problèmes du bâtiment.

Et la nuit, je rêvais de poursuites : Roger et moi, nous échappions aux tchékistes dans une voiture américaine étincelante, par les rues ensommeillées de Moscou. Parfois j'étais seul ; je fuyais par des cours, des greniers et des couloirs de métro qui n'en finissaient pas, mais j'avais beau faire, invariablement les tchékistes étaient sur mes talons. J'arrivais tout juste à garder un peu d'avance sur eux.

D'ordinaire, je réussissais quand même à m'engouffrer dans une grande pièce vivement éclairée et là j'essayais d'expliquer en anglais quelque chose d'extrêmement important aux personnages qui s'y trouvaient réunis. Polis, ils hochaient la tête d'un air compatissant et s'écriaient de temps en temps : « Tiens ! », comme s'ils venaient juste de saisir la portée de mes propos. Mais je voyais bien à leurs visages, qu'ils n'avaient rien compris. Je reprenais tout par le commencement et derechef, ils faisaient « Tiens ! », mais entre nous se dressait une véritable muraille de verre.

Quand vint le mois d'août, l'enquête s'enlisa complètement. A part les coupures des journaux occidentaux reproduisant mes interviews et une copie du film de Cowl, ils n'avaient rien du tout. Ils entreprirent même de racoler de leurs agents pour servir de témoins, mais cela ne leur fut encore que d'un mince secours. Finalement Ivan Ivanovitch me communiqua la nouvelle que j'attendais depuis longtemps : ils s'apprêtaient à m'envoyer pour expertise à l'Institut Serbski et à me faire déclarer irresponsable. C'est mon juge d'instruction qui le lui avait dit, ne s'imaginant naturellement pas que je viendrais à l'apprendre.

Mon arrestation m'avait interrompu au beau milieu de mon travail, elle m'avait ôté la possibilité de recueillir d'autres pièces à conviction, d'établir la méthode psychiatrique d'une manière définitive et voilà qu'à présent, par une ironie du destin, je devenais en personne le cas le plus lumineux et le plus dramatique peut-être de tous ceux que j'avais rassemblés. Peu de temps avant mon arrestation, notre documentation psychiatrique avait fait l'objet d'une conférence de presse à Paris. L'interview télévisée avec Bill Cowl avait été diffusée dans six pays du monde. L'adresse aux psychiatres occidentaux avait été publiée par le *Times* de Londres et un congrès mondial de psychiatrie était prévu pour l'automne. Eh bien, qu'ils essaient donc de me déclarer fou à la face du monde. Nous verrons un peu ce qu'il en est de leur toute-puissance.

Je me retrouvais assis dans le bureau de Lountz, sous le tableau montrant l'humaniste Pinel en train d'ôter leurs chaînes à des malades mentaux et, comme cinq ans plus tôt, nous nous entretenions de Bergson, de Nietzsche, de Freud. A ceci près qu'à présent, quand l'entretien touchait à sa fin, Lountz ne demandait plus ce qu'il allait en advenir de moi.

Le premier mois à l'Institut Serbski se déroula paisiblement ; on n'avait pas encore eu le temps, apparemment, de donner à Lountz des lignes directrices. Une fois ou deux, le jeune médecin qui m'était affecté passa me voir, mais la conversation s'en tint aux généralités. Nous bavardions, nous plaisantions, sans plus. Lountz ne se montrait pas. Mais, à la mi-septembre, le délai d'expertise venait à expiration. On réunit à la hâte une commission, qui décida de proroger ce délai, « le tableau clinique ne présentant pas assez de clarté ».

Je sentis le changement physiquement, c'est bien simple. En faisant leur ronde, certains médecins détournaient le regard et passaient leur chemin. D'autres se mirent brusquement à me regarder avec cette expression « psychiatrique » impossible à rendre, cette supériorité à demi méprisante avec laquelle nous considérons d'ordinaire les fourmis. Mon médecin ne plaisantait plus et ne riait plus.

« Comment, c'est vous ? Vous revoilà chez nous ? Et moi qui pensais que nous ne nous retrouverions plus ! » coassait Lountz d'un ton bonhomme, ouvrant sa large bouche. Mais derrière cette bonhomie se cachait une question : la raison de ce conflit perpétuel avec la société.

« A votre âge, voyez-vous, il serait temps de devenir raisonnable, de vous pourvoir d'une famille. Vous n'êtes pas encore marié ? Comment ça se fait ?

— Que voulez-vous, je n'ai pas eu le temps...

— Vous n'avez pas eu le temps ? Vous étiez si occupé ? »

Je sentais de toute ma peau qu'il consignait dans son cahier « Indifférent à sa vie personnelle. Ses idées surévaluées l'obsédaient à un point tel, qu'il ne prit pas le temps de fonder une famille... »

J'avais lu tant de rapports d'expertise rédigés par Lountz sur le compte de mes amis que je pouvais à présent déposer ses conclusions à sa place.

Non, Lountz ne faisait jamais du « bricolage ». Jamais il ne choisissait la solution de facilité. Il n'irait pas écrire, par exemple, comme l'avaient fait pour Borissov les experts de Leningrad :

« L'état psychique et le comportement se caractérisent... par une altération du sens de l'orientation et une perception incorrecte de l'environnement. C'est ainsi qu'il prend l'hôpital pour un camp de concentration et les médecins pour des sadiques... »

Ou bien, comme l'écrivait à propos de Kouznetzov le professeur Nadjarov pour étayer son diagnostic de « schizophrénie » :

« Nie l'existence d'un quelconque code moral des bâtisseurs du communisme et affirme que le mérite d'en avoir créé un revient à la bible. »

Non, Lountz a trop de respect pour lui-même et pour sa réputation d'orfèvre en la matière. Lentement, à la manière d'une araignée, il va entortiller sa victime dans sa toile. La moindre faille dans le caractère d'un homme, la moindre ébréchure dans son passé, et il vous tisse un symptôme de si bonne étoffe qu'aucune commission n'y trouvera à redire.

« Docteur, et pourquoi as-tu une si grande bouche ?

— Mais c'est pour mieux t'attraper, Chaperon Rouge. »

Le piquant de la situation tenait en ceci : nous avions à parler des abus en psychiatrie, puisque j'étais accusé de calomnier la psychiatrie soviétique. Lountz escomptait trouver là un abîme de symptômes. Primo, surestimation de sa personnalité : un profane s'avise de contester les spécialistes ; secundo, suspicion, hostilité envers les psychiatres, très typique chez le paranoïaque ; ensuite l'interview dans laquelle je décris l'hôpital psychiatrique, ce sont à l'évidence les impressions déformées d'un malade mental. Bref, un champ d'action illimité.

Il fit exprès de commencer par souligner mon ignorance, ma totale incompétence en matière de psychiatrie, espérant me piquer au vif et déclencher une réaction émotionnelle. Mais j'avais prévu le coup.

« Je vous demande pardon, mais je me suis adressé à des spécialistes, des psychiatres occidentaux. Je leur ai adressé vos conclusions d'expertise, d'autres documents. »

Aussi étrange que cela paraisse, ce fut pour lui une surprise ; quels documents, quels rapports j'avais envoyés, il l'ignorait. Nous disputâmes longuement sur différents dossiers, mais je me tenais sur mes gardes, je ne m'énervais pas, je me gardais d'affirmer quoi que ce fût. Sauf pour l'affaire Gorbanevskaïa : là je le mis au pied du mur. En psychiatrie, la priorité revient aux médecins qui ont examiné le patient auparavant, dans la phase aiguë et plus longtemps que les autres. Les médecins qui avaient suivi Gorbanevskaïa pendant dix ans n'avaient pas trouvé de schizophrénie dans son cas. Lountz en avait trouvé. Et puis, surtout, jamais par le passé Lountz n'avait voulu admettre l'existence de la schizophrénie larvée.

« Ainsi vous estimez tout de même que vous êtes capable de juger mieux que les spécialistes ? se défendit-il.

— Enfin, vous n'y pensez pas... Je m'adresse justement à vous, en tant que spécialiste, pour avoir des éclaircissements.

— Au fait, pourquoi donc vous êtes-vous effectivement adressé aux psychiatres occidentaux et pas aux soviétiques ?

— Je l'ai fait. Ils m'ont dit qu'il n'y avait pas parmi eux d'académicien Sakharov. Mais en tête à tête beaucoup déblatéraient sur vous et contestaient vos conclusions.

— Et alors, que disaient-ils ? fit Lountz, vivement intéressé.

— Que vous étiez un mauvais clinicien, que jamais vous n'observiez la dynamique de la maladie et que votre diagnostic était de la devinette pure et simple.

— Ah ! c'est comme ça ! fit Lountz, vexé ; et qui disait cela ? »

J'éclatai de rire pour toute réponse. Il était blessé au vif. Malgré tous mes propos offensants, rien ne pouvait l'humilier davantage que l'opinion de collègues avec lesquels il avait siégé, de longues années durant, aux mêmes congrès, aux mêmes symposiums. Il avait certainement déjà eu à se justifier ici ou là, car il tira sur-le-champ je ne sais quel samizdat psychiatrique à lui et entreprit de me démontrer, l'air pincé, qu'elles ne dataient pas d'hier, les calomnies contre les psychiatres. Déjà, au XIXe siècle, l'un des pères de la psychiatrie russe avait publiquement condamné les insinuations visant les psychiatres, alors que jamais, au grand jamais, les psychiatres n'avaient fait mauvais usage de leur profession.

« Alors, et Tchaadaev[1] ? m'étonnai-je.

— Tenez, vous voyez : vous vous aventurez encore à juger de ce que vous ne connaissez pas. Tchaadaev ne fut jamais examiné par un psychiatre. C'est un médecin de Sa Majesté qui l'examina. Il n'y avait pas encore de psychiatres à l'époque. »

Et pour sûr, Tchaadaev avait eu de la chance. Il n'y avait, de ce temps-là, ni psychiatres, ni hôpitaux spéciaux, ni sulfazine, ni hallopéridol, ni enveloppements. Nicolas Ier n'avait pas son Lountz au palais. Aujourd'hui, par contre, vous comprenez aussi bien que moi que Tchaadaev souffrait d'authentique schizophrénie. Larvée.

Je savais que cette fois-ci, ils ne me lâcheraient pas vivant de l'hôpital spécial ; toute cette bande était trop montée contre moi. A la rigueur, d'ici à dix ans, ils me laisseraient repartir idiot, effrayer les bonnes gens. Bah ! Je ne tiendrais pas jusque-là.

Ils m'avaient mis à part des autres détenus, dans l'isolateur spécial d'en bas. Ils ne voulaient pas me mettre avec tous ceux qui passaient l'expertise, de peur qu'ils n'aillent ensuite tout me raconter. Ils craignaient de plus que je ne trouve une astuce pour communiquer avec le dehors — j'étais venu ici trop souvent, je connaissais toutes les infirmières, toutes les filles de salle, tous les surveillants et ils me traitaient bien.

Et pour que je ne m'ennuie pas, ils enfermèrent avec moi un autre condamné à mort : André Kozlov. Un jeune

1. Pierre Tchaadaev (1794-1856), penseur russe surtout connu par sa *Lettre philosophique*, publiée en 1836 dans la revue *Télescope*, et qui devait être suivie de sept autres. Mais elle souleva une telle tempête par la vigueur des critiques portées contre la Russie que l'auteur fut déclaré fou et qu'aucune des autres Lettres ne fut publiée de son vivant. (Cf. l'édition intégrale : *Lettres philosophiques adressées à une dame*, présentées par F. Rouleau, Librairie des Cinq Continents, Paris, 1970.) (N.D.T.)

gaillard, vingt-deux ans, ouvrier d'une grosse usine de Leningrad. Une fois, au foyer de l'usine, il s'engagea dans une discussion avec ses amis : avec une carabine de petit calibre, il ferait mouche à cent mètres. Ils avaient une carabine. De la fenêtre, il atteignit une lanterne, distante effectivement d'une centaine de mètres et qui pendait dans le périmètre de l'usine. Le foyer se trouvait en face, de l'autre côté de la clôture.

Et je peux tirer encore plus loin, se vantait André. Tenez, là-bas, où il y a l'allée qui va à la direction. Je peux faire un carton sur le directeur, quand il arrive au travail le matin.

Leur directeur était une grosse légume : député au Soviet suprême et même membre du Comité central, semble-t-il.

Or, quelques jours plus tard, ils étaient tous arrêtés. Et André eut beau s'évertuer à leur démontrer ensuite qu'il ne songeait pas à tuer le directeur, qu'il n'avait fait que plaisanter, qu'il s'était vanté de son adresse, rien n'y fit. Dans la lanterne on trouva des traces de balles, la carabine fut saisie lors de la perquisition : toutes les pièces à conviction étaient là. Préparatifs en vue d'un acte de terrorisme. Et les juges d'instruction exhumèrent encore ce fait : il avait une fois adressé à Moscou une plainte contre ce directeur, parce qu'on ne lui avait pas payé des heures supplémentaires. Ainsi donc, il y avait en plus une aversion personnelle.

« Nom d'un chien ! (André n'en pouvait plus de dépit.) Si j'avais su ça, il y a beau temps que je l'aurais descendu pour de bon ! Prison pour prison, cela n'aurait rien changé. »

Et le juge d'instruction posa sur lui un regard pesant et bizarre ; on eût dit qu'il remarquait en lui quelque chose de spécial. Et il se contenta de dire :

« Tu ne le verras plus jamais. »

André ne saisit pas ce que cela voulait dire. Ils allaient le fusiller, ou quoi ?

Je ne m'avisai pas de le lui expliquer ; j'étais moi-même au trente-sixième dessous. Alors je lui débitai toutes sortes de balivernes sur les camps, les évasions. Bref, je cherchais un moyen de le distraire. Nous dénichâmes par quelque miracle une carte de la planète. Elle était en vérité minuscule, la carte, mais enfin, on pouvait voyager.

Naturellement, nous partîmes tout d'abord pour l'Italie, pour Venise, voguer sur les gondoles. Ensuite à Naples, via Rome. Le temps était toujours splendide. Nous y veillions soigneusement. Dans les trattorias, au bord de la route, nous buvions du vin qui ne nous coûtait pas cher, en grignotant du fromage de chèvre et des oignons. Nous discutions vendanges avec des paysans hâlés. A Rome, je lui montrai tous les monuments : le Colisée, les Thermes, la basilique Saint-Pierre ; mais il se lassa vite.

Nous discutâmes un moment : irions-nous en Espagne ou non ? Malgré tout, il y a Franco. Il n'avait pas envie. Va-t'en savoir avec Franco, ni une, ni deux ; en taule ! Nous sommes de Russie, n'est-ce pas ? Et puis nous ne savons pas la langue. Allez le prouver, après.

C'est pourquoi nous allâmes en Grèce, puis en Israël, c'est à voir, on en parle tellement. Et puis en Inde, à Singapour (rudement joli comme nom), à Hong-kong, au Japon où toutes les rues sont pavoisées de hiéroglyphes, on dirait des guirlandes de fleurs. Et nous achevâmes en Californie.

De temps en temps, l'inquiétude s'emparait de lui : enfin qu'est-ce qu'il avait en tête, le juge d'instruction ?

« Que le diable l'emporte, ce directeur ! Qu'est-ce que j'en ai à faire ? Si j'avais su ce que c'était, il y a longtemps que j'aurais pu le zigouiller. (Et il me regardait, méfiant :

Peut-être que, moi non plus, je ne le croyais pas ?)

— Eh oui, cause toujours, maintenant, dis-je, jouant l'incrédulité, qui donc ira te croire ? »

Et il eut un sourire soulagé. J'avais très bien attrapé le style de son juge d'instruction.

Et la nuit, je continuais à rêver d'une salle vivement éclairée et j'essayais d'expliquer en anglais *notre moyen*, celui que nous avions à l'hôpital spécial de Leningrad dans les années 60. Ils hochaient la tête avec compassion et s'écriaient : « Tiens », comme s'ils venaient juste de saisir. Mais je voyais qu'ils ne comprenaient rien.

A André finalement, je ne dis rien de *notre moyen* : ma langue s'y refusait.

Je ne sais toujours pas ce qui se passa à l'époque, au début d'octobre 1971. Mes amis rédigeaient des protestations, bien sûr ; mais on en écrit constamment et elles ne servent jamais à rien. On raconte d'obscures légendes sur un petit plat cassé à Paris par Mme Brejnev et sur une intercession de Mme Pompidou ; moi, je n'y crois pas. On parle d'une indignation générale en Occident, mais je n'y crois guère plus. Dans le meilleur des cas, ils auraient pu dire leur sempiternel :

« Tiens ! »

Bref, c'est simple : je ne sais pas.

Mon médecin accourut soudain en toute hâte et me traîna littéralement dans la grande salle du haut, où se tenaient d'ordinaire les séances de la Commission. Avant même d'avoir ouvert la porte j'entendis les bribes d'une discussion ou d'une dispute :

« Vous vous imaginez ce que cela va être ! Vous y avez songé ? Vous comprenez ce que vous faites ? »

Ils n'étaient que deux à siéger derrière la table : Lountz — un Lountz voûté, au teint de cendre, les joues tremblantes — et, tremblant pareillement de tout son corps, gris de terreur, Morozov, le directeur de l'Institut Serbski.

Sans presque me regarder, comme s'il poursuivait une conversation déjà entamée, Morozov m'interrogea d'un ton mauvais : « Qu'est-ce qui vous occupait donc tellement, que vous n'ayez pas trouvé le temps de vous marier ? »

Je ne compris même pas tout de suite qu'on s'adressait à moi.

« Eh bien, je faisais mes études, je projetais d'entrer en faculté, je me préparais ; ensuite je gagnais un peu ma vie en faisant des traductions de l'anglais, j'ai travaillé comme secrétaire chez l'écrivain Maximov[1] ; et puis après, justement, je m'apprêtais à me marier, l'amour, vous savez bien, c'est parfois une affaire qui prend du temps... en gros, c'est rare que ça se fasse vite... enfin, quoi, je n'y suis pas arrivé, voyez-vous... »

Je mentais éperdument, stupéfait moi-même de mon culot. J'avais deviné par pur instinct ce que Morozov souhaitait entendre de ma bouche.

« Hein, vous voyez », dit-il d'un ton sec, en se tournant vers Lountz. Et de nouveau à mon adresse : « Et alors vous, vous ne compreniez pas qu'on vous arrêterait ?

— Comment cela, je ne comprenais pas ? Dans ma première interview, en mai 1970, je disais déjà qu'on m'arrêterait au plus tard dans un an. »

Mon dossier s'étalait devant eux sur la table, tout en lambeaux. Mais ils n'y jetaient même pas un regard.

« Hein, vous voyez ! » fit encore Morozov à Lountz.

Mais ce n'était pas le spectacle d'un chef qui demanderait des comptes à son subordonné. C'étaient plutôt

1. Auteur de trois belles œuvres : *Les sept jours de la création, La quarantaine* et *Adieu de nulle part.* Vit à Paris.

deux conjurés pris sur le lieu du crime ; aussi donnaient-ils libre cours à leur frayeur, nullement gênés par ma présence.

Soudain, comme se ressaisissant, Morozov fit un geste de la main dans ma direction, tout a fait comme s'il balayait des miettes de pain sur la table, et le médecin m'entraîna à nouveau par les escaliers jusqu'à l'isolateur, en bas.

« Alors, c'est vous qui avez mis Daniel Romanovitch dans ces beaux draps ? » me dit-il chemin faisant.

Mais je ne compris pas en quoi c'était ma faute.

« Simplement, n'allez pas croire que c'était la Commission, me dit-il en bas ; autrement vous feriez encore passer à l'extérieur je ne sais quelle calembredaine. »

Et là encore, je ne le compris pas. Il mettait tout, je ne sais pourquoi, au compte de mes manigances.

Début novembre, la Commission se réunit enfin. A noter que les experts de l'Institut Serbski n'en faisaient point partie. Ils se contentaient d'y assister, mais les membres désignés étaient les professeurs Melekhov, Loukomski et Jarikov, qui n'avaient jamais exercé la psychiatrie judiciaire dans le passé. Ils avaient grand mal à comprendre ce qui se passait, car tous les médecins de l'Institut Serbski se décarcassaient à leur démontrer que je n'étais pas responsable de mes actes. A les entendre, jamais ils n'en avaient tant soit peu douté.

Cela avait commencé juste après l'entretien avec Morozov. Ceux qui, naguère, détournaient les yeux, affichaient à présent un sourire radieux. D'autres me regardaient avec une haine non dissimulée, mais comme on regarde un être humain, malgré tout. On me transféra en haut chez les autres candidats à l'expertise : le siège était levé. Juste avant la Commission, mon médecin vint me trouver et me demanda sans détours de lui donner des directives pour expliquer le mieux possible divers éléments complexes de ma biographie embrouillée, afin que je présente les signes d'un homme parfaitement sain. Il était encore jeune médecin et la commission qui allait se tenir, au cours de laquelle il lui reviendrait d'exposer mon dossier, lui faisait un peu l'effet d'un examen. Il allait devoir, malgré tout, intervenir en présence des psychiatres les plus éminents du pays.

Ce fut, je crois, la Commission la plus plaisante de toute ma vie. Le jeu se déroula pratiquement tout entier devant les buts. Essayez donc de saisir qui roulait l'autre. Tous ceux qui étaient réunis là ne désiraient qu'une seule et même chose, mais pour finir, c'étaient les médecins de l'Institut Serbski qui prenaient ma défense devant la Commission. Où étaient passés toutes leurs doctrines, leurs symptômes et leurs critères ! Et quand les membres de la Commission demandèrent timidement quel besoin j'avais de mettre en jeu ma liberté pour des inconnus (entendez l'éternelle question sur les causes du conflit avec la société) tout le chœur des experts de l'Institut Serbski se mit à hurler :

« Mais enfin, ce sont ses amis ! Il les connaît tous ! »

Comme si, pour des psychiatres, c'était une explication suffisante.

Lountz se tenait assis quelque part sur la touche, vieilli, chagrin et ne prit aucune part aux débats.

De débats, à vrai dire, il n'y en aurait pas eu l'ombre — il n'y avait pas matière à discuter — n'eût été le professeur Jarikov. Unique représentant de l'école de Snejnevski, il s'efforçait de démontrer qu'en 1963 et 1965, j'avais présenté des signes de schizophrénie, larvée, bien entendu. L'Institut Serbski s'était battu jusqu'à la mort pour la psychopathie paranoïde. Ni les uns ni les autres ne contestaient à présent que je fusse responsable de mes actes. Mais alors, la nature de l'affection, les racines gnoséologiques ?...

C'était la bataille de deux maffias : pour les postes-clefs, pour la direction des cliniques, pour des thèses de doctorat, pour des traitements plantureux, des titres, des voitures personnelles et des pensions à titre individuel. D'ordinaire, les juges en ce débat étaient les autorités du Parti, c'est elles qui dispensaient les biens suprêmes de la vie et celui qui donnait la forme la meilleure, la plus scientifique à leurs volontés avait le dessus. Et alors là, ce qu'ils commanderaient : déclarer quelqu'un responsable ou le contraire, aucune importance.

Ils avaient tous une crainte panique devant Melekhov, arrivé ici avec l'évidente intention de les écraser. Mais en fait, il n'y avait rien à écraser et il en était quelque peu découragé. Il ne pouvait pas comprendre pourquoi je ne contestais pas le diagnostic porté sur moi en 1963, pourquoi je me montrais si disposé à faire ma *critique* et pourquoi, enfin, l'Institut Serbski se comportait si étrangement, à croire que son propre destin dépendait de la reconnaissance de ma santé psychique. Il se faisait de moi, je le crains, une opinion sévère et pour tout dire, il regrettait de s'être empêtré dans cette histoire. Pourtant, vers la fin, il commença sans doute à flairer quelque chose, car, en prenant congé, il se leva et me serra ostensiblement la main. Force fut bien aux autres experts d'en faire autant.

Diable, que n'ai-je connu ce Melekhov avant mon arrestation : on aurait peut-être trouvé un académicien Sakharov parmi les psychiatres !

Immédiatement après la réunion de la Commission quand les professeurs furent partis, Lountz me fit soudain venir.

« D'ordinaire, chez nous, il n'est pas d'usage de communiquer aux sujets soumis à l'expertise les résultats de la Commission ; mais, pour éviter les faux bruits, je ferai pour vous exception. »

Ils en étaient toujours à penser que j'avais un contact secret avec le dehors, ils redoutaient les « faux-bruits ».

« Mais au fait, que pensez-vous vous-même ? »

Il ne tenait plus d'impatience.

« Je pense que *nous* avons perdu », répondis-je. Mais il ne comprit pas, apparemment, le double sens, car, regardant distraitement par la fenêtre, il coassa dans le vide :

« Il pense qu'il a perdu. Eh oui... Vous avez été reconnu parfaitement sain d'esprit, responsable de vos actes.

— Mais alors, comment a-t-on résolu la question de l'épisode de 1963 ? Les racines gnoséologiques ?

— Ils ont établi que cela avait été un accès de nature schizophrénique n'ayant pas eu de développement ultérieur.

— Mais enfin, il ne peut en être ainsi, Daniel Romanovitch ! Vous le savez vous-même, de deux choses l'une : s'il y a schizophrénie, il y a nécessairement évolution ; sinon, ce n'est pas de la schizophrénie. Cela ne s'est jamais vu.

— Non, cela ne s'est jamais vu », accorda Lountz, dans un geste d'impuissance, solution de compromis !

Je ne le vis plus jamais.

En attendant, pour l'instruction, c'était la catastrophe : ils étaient trop convaincus, au K.G.B., qu'on me déclarerait irresponsable. Ils n'escomptaient plus me revoir et ils soupçonnaient encore moins qu'ils allaient devoir mettre au point le dossier en vue du procès. Il était trop tard pour redresser la situation : le délai d'instruction expirait à la fin novembre. Le K.G.B. ne disposait plus que de vingt jours en tout pour fabriquer le dossier.

A l'instruction, comme aux échecs, il est très important de savoir mettre l'adversaire en *Zeitnot*, de l'embarquer dans une impasse, sur une fausse piste ou de faire obstruction à coups de plaintes. Mais là, c'est eux-mêmes qui se prirent de court : ils avaient espéré me coller chez les dingues.

Au reste, ils ne se cassèrent pas trop la tête. Ils cousirent simplement ensemble tous les papiers qui s'étaient entassés entre-temps.

« Tant pis, ça ira comme ça. Cela se présente même mieux que nous ne pensions », fit le capitaine Kortchak, avec un lugubre ricanement de satisfaction.

Ces gaillards-là perdaient difficilement contenance. Mais je tenais en réserve encore un plan, auquel même eux ne s'attendaient pas.

Ces dernières années les autorités privaient de « l'accès » à nos dossiers presque tous les avocats intègres. Dans un procès politique, il suffisait à l'avocat de demander l'acquittement de son client pour se voir rayer séance tenante de la liste de ceux qui « avaient accès ». La situation était menaçante : nous n'avions pratiquement plus qui prendre comme défenseur. Nous examinions fréquemment ce problème, mais nous n'arrivions pas à trouver la solution. Nulle loi ne prévoit d'« accès » ; aussi les autorités, comme toujours en pareil cas, inventèrent je ne sais quelle instruction secrète, que personne n'avait vue de ses yeux. En tout cas, les bureaux de consultation juridique refusent à l'avocat d'entériner son contrat pour la prise en charge d'une affaire politique, s'il n'a pas cet « accès » mythique. Il n'est même pas question de protester : en rigueur de forme, il faut au moins un document quelconque sur lequel cet « accès » soit mentionné.

Les choses se compliquaient encore du fait que les détenus et leurs proches, butant sur des obstacles insurmontables, cèdent d'ordinaire et engagent un autre avocat parmi ceux qu'on leur propose. Et se retrouver sans avocat du tout leur semble risqué. Et puis au fond, quelle différence : qu'ils vous donnent sept ans avec un avocat honnête ou avec un qui « ait accès » ? Le rôle de l'avocat dans un procès soviétique revient pratiquement à zéro. Pure formalité. Les avocats eux-mêmes n'arrivaient pas davantage à lutter contre ce fléau. Il ne restait qu'un seul moyen de faire une brèche dans cette muraille : que le détenu refuse net de prendre un avocat « ayant accès » et qu'il exige le sien, « n'ayant pas accès ». Que restera-t-il alors à faire aux autorités ? D'après la loi, le tribunal n'a pas le droit de s'opposer à cette requête. De toute façon, cela aurait créé un précédent : une raison pour protester.

« Que le premier d'entre nous qui se fera coffrer fasse donc ce coup-là », plaisantions-nous.

J'avais toutes les raisons de supposer que le premier, ce serait moi. Mon avocate dans l'affaire de la manifestation de 1967, Dina Issakovna Kaminskaïa, avait été privée depuis longtemps de l'« accès ». Je n'avais pas besoin de meilleur candidat. Je n'eus pas de peine à la retrouver et je fis le voyage pour m'entendre avec elle : j'avais besoin de savoir ferme si, personnellement, elle ne refuserait pas, ne céderait pas aux pressions et si, quoi qu'il arrivât, fût-elle sur son lit de mort, elle déclarerait publiquement qu'elle acceptait d'assurer ma défense. Pour plus de sûreté, néanmoins, je tenais en réserve deux autres avocats privés de l'« accès » : Kallistratova et Chveiski.

Et voici qu'à présent s'offrait à moi une occasion superbe de mettre en application notre plan.

Mon juge d'instruction ne flaira aucunement le piège lorsque j'introduisis ma requête en vue d'obtenir que soit habilitée à assurer ma défense l'avocate Kaminskaïa.Mais dès le lendemain, il accourait, quelque peu alarmé. Il apportait la réponse du président du Praesidium du Collège des avocats de la ville de Moscou, Apraxine.

« L'avocate Kaminskaïa ne peut être commise à la défense, étant donné qu'elle n'a pas accès aux écritures secrètes. »

Voilà justement ce qu'il me fallait : un document portant mention de l'« accès ». Désormais, tout était réglé comme du papier à musique.

« Quel accès ? Quelles écritures secrètes ? m'étonnai-je. Première nouvelle. Pas prévu par la loi. »

Et je me mis aussitôt à adresser des plaintes de tous les côtés : au Comité central, au ministère de la Justice, au Conseil des ministres, etc.

Le délai d'instruction touchait à expiration, il fallait prendre connaissance du dossier, signer l'article 201, mais je ne voulais rien entendre : aux termes de la loi, j'avais le droit de prendre connaissance du dossier en présence d'un avocat.

Le juge d'instruction n'avait pas d'échappatoire : si l'affaire n'était pas close dans le délai imparti, le détenu devait être relaxé. Il opta pour une autre voie ; il recourut à la fraude et inscrivit au procès-verbal que je refusais purement et simplement de prendre connaissance du dossier. Sur l'avocat, pas un mot.

J'entamai aussitôt la grève de la faim. Au fond, la situation ainsi créée m'arrangeait : l'acte d'accusation était un faux, on ne m'avait pas communiqué le dossier, on me laissait sans avocat. Eh bien, allez-y : transportez-moi au tribunal sur une civière, crevant de faim, si cela vous chante. Le beau spectacle que ce sera ! Je vais me préparer un cent de requêtes identiques, demandant qu'on fasse venir l'avocate Kaminskaïa et, toutes les cinq minutes, sans mot dire, j'en ferai passer une au juge. Je m'en porte garant, nulle part au monde jamais on n'aura vu procès pareil.

Oh ! là ! là ! Où est-ce qu'on s'embarquait là !... Les autorités se déchaînèrent littéralement ; elles entrent toujours en fureur quand on les met au pied du mur. Mais, justement, c'est dans ces instants-là qu'il faut leur casser les reins. Sinon, jamais nous ne sortirons de la merde.

On me boucla dans l'isolateur, on me retira tout : livres, papier, crayon, tabac. Ils ne me passaient pas les journaux, ne me conduisaient pas à la promenade, ni aux bains. Ils ne me donnaient même pas de comprimés contre le mal de tête. Le directeur adjoint de la prison, Stépanov, vint me trouver et déclara qu'on ne fournissait pas d'assistance médicale aux grévistes de la faim.

« Vous êtes dans la situation d'un suicidaire, dit-il avec son accent provincial habituel. Or, les suicidaires n'ont pas droit à l'assistance médicale. Cessez votre grève. »

Le jour même, ils commencèrent à m'alimenter artificiellement. Et de quelle manière : par le nez ! Une dizaine de surveillants me conduisirent de ma cellule à l'infirmerie. Là, ils me passèrent la camisole de force, et par-dessus le marché, ils s'assirent sur mes jambes pour m'empêcher de gigoter. D'autres me maintenaient les épaules et la tête. J'ai le nez légèrement déplacé de côté ; j'ai fait de la boxe, étant jeune, je me le suis abîmé. Et le tuyau est gros, il n'entrait pas dans ma narine : nom d'un chien, ça n'entrera pas. Le sang sortait du nez à gros bouillons et, des yeux, les larmes à flots. Je dois dire que le nez est un petit machin très sensible. Il n'y a peut-être qu'un autre organe chez l'homme qui soit aussi sensible.

Mais là, aïe, les cartilages craquent, quelque chose se rompt, tu peux bien hurler comme un loup. D'ailleurs, allez donc hurler quand le tuyau s'est coincé dans le gosier : inspirer, expirer, impossible. Je râle comme celui qu'on étrangle ; tout à l'heure les poumons vont éclater. La femme-toubib, à me regarder, va se mettre à chialer, elle aussi, mais elle continue quand même à enfoncer et enfoncer encore le tuyau. Ensuite, avec un entonnoir elle fait couler dans le tuyau une espèce de lavasse ; vous vous étranglez quand ça remonte. Ils me maintiennent une demi-heure, pour que cela passe dans l'estomac et qu'il n'y ait pas moyen de le rendre. Après quoi, ils commencent à ressortir lentement le tuyau. Impression qu'on vous coupe ce que je pense avec un vieux couteau.

Dans l'espace de la nuit, les plaies auront tout juste le temps de se refermer, le sang va cesser de couler, mais voilà qu'ils reviennent, les monstres. Tout recommence à zéro. Et chaque jour, cela devient plus pénible. Tout est tuméfié, rien que d'y toucher, c'est atroce. Et constamment, une odeur tenace de viande crue.

Et ainsi chaque jour. Vers le dixième jour, les surveillants n'y tinrent plus. C'était justement un dimanche, pas de chefs. Ils entourèrent la doctoresse.

« Donne-lui donc comme ça : qu'il boive directement à l'écuelle. Tu en auras plus vite fini, grosse bête. »

Elle faillit piquer une crise.

« Mais alors, il ne va jamais arrêter cette diable de grève, si on lui donne directement. Vous voudriez peut-être que j'aille en prison à cause de vous ? A partir de demain, je commence à l'alimenter deux fois par jour. »

Une seule chose me réconfortait. Je savais que c'était approximativement le temps où ma mère devait me porter un colis. Sans ma signature, ils ne prendront pas le colis et ma mère devinera sûrement ce qui se passe. Et à ce moment-là les copains imagineront quelque chose.

Douze jours, ils m'arrachèrent les narines, comme à Salavat Ioulaïev[1], et moi aussi, je commençais à devenir fou furieux. Je ne pouvais plus penser à autre chose qu'à mon nez et à mon pharynx. J'arpente la cellule à longueur de journée, je glougloute du nez. Ah ! ça, par exemple, j'ai roulé ma bosse, mais je n'avais jamais pensé qu'il existait un lien entre mon nez et le Collège des avocats de Moscou.

Au soir du douzième jour, les autorités rendirent les armes : on vit arriver Ilioukhine, l'assesseur du procureur général.

« C'est par hasard, voyez-vous, que je passais. Et brusquement, j'apprends ceci : il y a quelqu'un qui fait la grève de la faim ! Qu'est-ce que cette histoire d'« accès » ; qui vous a dit une telle sottise ? Il n'y a pas le moindre accès, je vous le garantis.

— Mais alors, pour ce qui concerne Kaminskaïa ? dis-je avec un fort accent français : les sons ne peuvent pas passer par le nez, il est plein de caillots.

— Eh bien quoi, Kaminskaïa, Kaminskaïa, fait le procureur, fébrile. Bonne avocate. Je la connais personnellement, nous nous rencontrions au tribunal. Nous n'avons rien contre elle. Seulement, voyez-vous, cela va être compliqué à l'heure où nous sommes. Mais pourquoi, à vrai dire, vous êtes-vous ainsi braqué sur Kaminskaïa ? Ce n'est pas le bout du monde, chez nous, de trouver un bon avocat.

1. Héros bachkir (1752-1800). Se joignit au soulèvement de Pougatchev. Fait prisonnier en 1774, il fut condamné à la détention perpétuelle, après avoir été marqué par arrachement des narines (N.D.T.)

— Je ne suis pas braqué. Tenez, à votre choix : Kaminskaïa, Kallistratova, Chveiski. N'importe quel avocat fera l'affaire, parmi ceux à qui vous avez retiré l'accès.

— Ah ! vous, alors, avec vos accès ! »

Nous marchandâmes longtemps tous les deux. Nous tombâmes d'accord pour Chveiski.

« Grand bien lui fasse, dit le procureur, avec un grand geste de la main. Va pour Chveiski ! Il a au moins cela d'être membre du Parti. »

Avant de prendre ma défense, Chveiski avait déjà été l'avocat d'Amalrik et la décision était prise, au ministère de la Justice de le chasser purement et simplement du barreau.

Le procès eut lieu le 5 janvier 1972 ; ou pour mieux dire, la mise en scène judiciaire. Jusqu'au verdict, dont j'avais eu connaissance à l'avance ! A notre dernière entrevue le capitaine Korkatch, juge d'instruction, avait dit avec satisfaction :

« Ouf, terminé ! Nous voilà débarrassés de toi pour douze ans. »

La décision du Parti était déjà arrêtée ; le reste n'était plus que formalités.

Pour le procès on avait choisi un quartier retiré de Moscou, pour qu'il fût plus facile de cerner le bâtiment, d'interdire l'accès aux amis et aux correspondants étrangers. Dans la salle, comme à l'ordinaire, on avait fait asseoir des hommes du K.G.B. et des fonctionnaires du Parti, pour donner les dehors d'un procès public.

Ce fut une précipitation épouvantable. Dieu sait pourquoi, il leur fallait tout terminer en une journée. L'acte d'accusation avait été rédigé en des termes si vagues que même les fonctionnaires du Parti qui se trouvaient dans la salle ne pouvaient comprendre de quoi il retournait. Il y était seulement dit que je « faisais systématiquement passer à l'étranger des inventions antisoviétiques calomnieuses ». Suivait l'énumération des journaux occidentaux dans lesquels ces « inventions » avaient été publiées. Le juge — une femme — tirait du dossier des coupures de ces journaux, les brandissait en l'air et les remettait ensuite en place. De même pour le film de Bill Cowl : on le projeta ici même, dans la salle d'audience, sur le mur du fond en guise d'écran. Le film était en anglais et personne de l'assistance, pas plus que les juges ni le procureur, ne put saisir le contenu.

Je fis passer neuf requêtes : je demandais que l'on concrétisât l'acte d'accusation et qu'on fît voir en quoi consistait la calomnie ; je demandais qu'on donnât lecture en russe du texte de mes interviews, qu'on fit venir dix témoins, qui pourraient confirmer l'exactitude des faits communiqués par moi dans les interviews, je demandais qu'on laissât entrer mes amis, etc.

Tout fut écarté. Le tribunal ne voulait établir qu'un seul fait : avais-je eu, oui ou non, des interviews, des contacts avec des correspondants de presse et avec des étrangers ? Quel était précisément le contenu des interviews, la chose ne les intéressait pas et, lorsque je tentais de le raconter moi-même, ils m'interrompaient.

« Accusé Boukovsky, il est inutile de s'étendre ainsi sur tous ces exemples, à quoi bon ces détails ? Vous reconnaissez avoir donné une interview à Holger Jansen, correspondant d'Associated Press ?

— Oui, je reconnais.

— C'est bien vous qui êtes représenté sur la pellicule du film ? Vous saviez que cette communication serait publiée en Occident et que le film serait montré là-bas sur les écrans de télévision ?

— Oui, je le savais.

— Et vous n'avez pas protesté là contre ?

— Non, je n'ai pas protesté. C'est même moi qui le leur ai demandé. »

Ils s'efforçaient obstinément de laisser de côté l'examen du fond du problème et moi, je revenais au sujet avec la même obstination.

Ils voulaient rester proprets, ils n'avaient pas envie d'entendre parler de tous ces gens bafoués, de tous ces assassinats, de ce sang, de cette boue. En quoi cela les regarde-t-il ? Car enfin ce ne sont pas eux qui tuent, qui étouffent dans des *enveloppements,* qui brisent l'échine aux gens ou les piétinent de leurs bottes. Ils ne font que mettre en ordre des papiers, apposer des signatures et des coups de tampon. Qu'est-ce qu'il en sort ? Ce n'est pas leur affaire. Ils sont bien casés, ils dorment paisiblement la nuit. Eh bien tant pis, vous allez tout entendre de ma bouche à présent. Alors, sur la salle soudain muette et qui respirait la haine, je déversai toute la sanie des hôpitaux spéciaux, tous les détails nauséeux des séances de torture. A vous donc de prendre mal au cœur, ne fût-ce que pour une minute. Mme le juge faisait la grimace.

« Vous avez fait des études de médecine ? » jeta le procureur — encore une femme — comme s'il était nécessaire d'être académicien pour s'indigner quand on estropie quelqu'un sous vos yeux.

Ils refusèrent, comme de juste, de faire comparaître mes témoins, ils les déclarèrent tous en bloc irresponsables, inaptes à déposer. J'avais prévu cette éventualité et pour cette raison j'avais inclus dans la liste plusieurs personnes qui n'avaient jamais mis les pieds par le passé dans une maison de fous : la femme de Grigorenko et la femme de Fainberg[1]. Mais les juges mettaient une telle hâte à récuser les témoins qu'ils ne prêtèrent pas attention à la chose. J'avais encore porté sur la liste Serge Petrovitch Pissarev, qui avait jadis obtenu la récusation de son diagnostic et voilà qu'ils le déclaraient fou lui aussi.

A la place des miens, l'accusation traîna ses « témoins » à la barre : un officier du K.G.B. qu'ils avaient essayé d'introduire discrètement auprès de moi quand je courais encore ; un type quelconque, mourant de peur, que j'avais vu deux ou trois fois dans ma vie. Et puis deux petits gars, qui faisaient leur service militaire : au hasard d'une conversation dans un café, parlant des événements de Szczecin[2], je leur avais conseillé de ne pas tirer sur une foule désarmée. Que pouvaient-ils dire ? Que je n'étais pas satisfait du régime existant ? Que je me plaignais de l'absence de démocratie en U.R.S.S. ? Ils faisaient pâle figure.

Soudain, le procureur posa une question :

« Vous avez dit que, pour le malade, la condition *sine qua non* pour être rayé des contrôles de l'hôpital spécial était de renoncer à ses vues. Alors vous aussi, quand on vous a rayé des contrôles, vous avez renoncé à vos vues ? »

Elle s'imaginait m'avoir porté le coup de grâce avec sa question. Si tu n'as pas fait amende honorable, alors tu

1. Pour avoir participé, le 25 août 1968 sur la place Rouge, à la manifestation contre l'occupation de la Tchécoslovaquie, Victor Fainberg fut placé dans un hôpital psychiatrique spécial où il resta jusqu'à la fin de 1973. Le 15 avril 1974, il rédigea une déclaration protestant contre le régime de détention des camps de Perm où Vladimir Boukovsky se trouvait alors. Le 30 avril il était arrêté et interné de nouveau dans un hôpital psychiatrique. (N.D.T.)

2. La flambée de révolte de décembre 1970, qui entraîna la chute de Gomulka. Au cours des affrontements, la troupe reçut l'ordre de tirer sur la foule. (N.D.T.)

es en train de calomnier : on peut malgré tout sortir d'une maison de fous sans se repentir. Et si tu t'es repenti, c'est encore mieux. Comment croire un homme qui est prêt à renoncer à ses vues dans une passe difficile ? Pouvait-on vraiment leur expliquer à cette heure par quelle chance insensée je n'avais pas eu à me repentir ? Pouvait-on bien leur dire combien de centaines ils étaient, qui jamais ne viendraient plus faire part au monde des crimes de la psychiatrie ? Voyez-les travailler : les uns torturent les gens, leur arrachant des aveux par les sévices, les autres jouent les moralistes, posent des questions pleines de bassesse. Et c'est le grand silence. Car ceux qui se sont repentis n'ont plus droit à la parole ; et ceux qui ne se sont pas repentis se tairont éternellement. Il ne viendra pas, Samsonov, qu'ils ont torturé huit années durant : il est mort d'un infarctus. Ils ne viendront pas, les Fainberg, les Borissov, les Grigorenko : il y a peu de chances qu'on les laisse sortir vivants. Et pourquoi auraient-ils à rougir, ceux qui n'ont pas tenu ? Qu'ils rougissent plutôt, ceux qui torturent !

« Oui, dis-je avec fermeté ; j'ai été contraint de me renier, pour qu'on me lâche. Autrement, je ne me tiendrais pas devant vous à l'heure qu'il est. »

La salle se trémoussa, s'ébroua, un murmure de joie mauvaise courut à travers les rangs : ah ! ah ! il en a démordu, quand même, il a reconnu ses torts... Mais je n'éprouvai nulle honte, ni de ce mensonge ni de ce repentir inventé ; je ressentais seulement la douleur des autres.

Voilà de quelle manière il m'advint de repartir traîner d'étapes en étapes et en prisons de transfert, échanger des injures avec le « citoyen-chef » et entendre les sempiternelles disputes de la prison. Ils m'avaient administré douze ans : douze ans de rassemblement de camp, de fouilles, de cachots glacials et de cette faim épuisante, dont on finit, avec le temps, par n'avoir plus conscience, comme il en est du mal de dents. Il n'y a que pour dormir que l'on n'est pas à l'aise. Les os vous gênent.

Non, je ne regrettais pas ce qui s'était passé. Je ne regrettais qu'une chose : d'avoir réussi à n'en faire que trop peu en cette année, ces deux mois et ces trois jours que j'avais passés en liberté. Et c'est ce que je leur dis au tribunal, dans ma dernière déclaration.

D'ordinaire, quand on part pour « là-bas », on emporte avec soi les derniers échos, les dernières voix, les dernières impressions du monde que l'on quitte. Tantôt, c'est le visage de ma mère qui soudain surgit et une foule, une foule d'images de toutes sortes qui sont liées à lui ; tantôt, c'est Moscou sous la neige, les ruelles tortueuses de l'Arbat ; et parfois simplement des bribes d'une mélodie et vous ne parvenez pas à vous rappeler où vous l'avez entendue, ni à quoi elle se rattache.

Le procès vous revient invariablement à la mémoire ; leurs questions et vos réponses. Des centaines de fois vous tournez et retournez ces images dans votre mémoire et chaque fois vous trouvez qu'on pouvait dire mieux.

Mon avocat Chveiski était terrifié à en tomber en pâmoison. La veille, ils le chassaient de l'Ordre — la question était déjà réglée — et soudain tout changea. Non seulement ils ne le chassèrent pas, mais ils lui redonnèrent encore l'« accès ». Il vint me trouver le lendemain du jour où je cessai ma grève de la faim et contempla longuement, d'un regard significatif, les murs du bureau qu'on nous avait donné pour l'entretien. Cela devait être chez lui un tic nerveux, car il avait de temps à autre un bizarre mouvement de tête, comme si sa cravate l'étranglait ou qu'un invisible nœud coulant lui tirait sur la gorge.

« Moi, en tant que membre du Parti, je ne puis approuver vos actes », dit-il, jetant un coup d'œil sur les murs.

Je dus dépenser beaucoup d'efforts pour l'obliger à s'en tenir strictement à la position du droit.

Pourtant, au tribunal, il fit preuve de cran. Et malgré la corde invisible qui lui fouaillait la gorge sans arrêt, il demanda quand même une sentence d'acquittement. Et c'est la seule chose pour laquelle j'avais besoin de lui.

En principe l'avocat est un peu le haut-parleur de son client. C'est à lui d'exprimer ce que l'accusé ne peut dire. Chez nous, dans les procès politiques, c'est tout le contraire. Eh oui, à vrai dire, c'est nous qui défendons les avocats et non pas eux qui nous défendent.

Cette fois-ci je fis ma déclaration plus courte, plus énergique. Après avoir énuméré toutes les illégalités commises par le K.G.B. dans mon affaire, je déclarai :

« Pourquoi donc fallait-il toutes ces provocations, ces atteintes grossières à la légalité, ce torrent de calomnies et d'accusations mensongères et privées de tout fondement ? Pourquoi fallait-il ce procès ? Était-ce seulement pour ôter la liberté à un homme ?

« Non, il y a ici un « principe », quelque chose comme une « philosophie ». L'accusation formulée en cache une ature, non formulée, et par ce procès l'on veut dire qu'il faut « laver son linge sale en famille », on s'efforce de masquer la réalité des crimes, la justice sommaire exercée par voie psychiatrique contre ceux qui pensent autrement, la réalité des prisons et des camps. On tente de réduire au silence ceux qui racontent ces crimes au monde entier, pour garder dans l'arène internationale la fameuse image d'irréprochables défenseurs des opprimés. Trop tard !

« Notre société est encore malade. Elle est malade de la terreur qui nous vient des temps de l'« aventure « stalinienne ». Mais le processus d'émancipation spirituelle est engagé et nulle répression n'est en mesure de l'arrêter. La société comprend désormais que le criminel n'est pas celui qui sort de la maison le linge sale, mais bien celui qui souille la maison. »

On aurait pu mieux dire, évidemment. Après coup, il vous vient toujours à l'esprit de meilleures formules. Là n'est pas l'essentiel. Mais, enfin, tout cela valait-il douze ans, à vrai dire toute une vie ? Je ne parle pas du procès, de mon intervention, mais de ce mouvement lui-même, qui désormais ne s'arrêterait plus ? Cela valait la peine, je pense. En tout cas, par la suite, jamais je n'ai regretté ce qui s'était passé.

Nuit et jour, sans relâche, les convois de détenus vont vers l'est. Les prisons de transfert regorgent de monde : de 60 à 80 hommes par cellule. On dort sur les planches, et sous les planches, et simplement sur le sol, par rangées, et même sur la table. Pas d'air à respirer. On bourre les wagons à tel point qu'on n'arrive pas à fermer la porte : l'escorte tasse les gens à coups de botte. Des mères avec des enfants à la mamelle, des vieilles édentées, des adolescents, des invalides, des paysans renfrognés, des gaillards pas bileux... Sur chacun d'eux, l'« affaire » dans une enveloppe marron. Sur le dessus, la photo et la biographie ; autrement, comment l'escorte s'y retrouverait-elle.

« Nom ?

— Prénom, patronyme ?

— Article ?

— Durée de la peine ? ... Avance !
— Nom ?
— Prénom, patronyme ?
— Article ?
— Durée de la peine ? »

On est un peu sonné, après la monotonie de la prison. L'impression que tout le pays s'est mis en branle. Hé, les gars ! Y a-t-il encore quelqu'un dehors, ou bien s'ils ont ratissé tout le monde ? Cris, jurons, piétinement, pleurs exténués d'un enfant et quelque part on s'est déjà bagarré.

« Plus vite, plus vite ! » presse l'escorte.

L'un tient un balluchon, l'autre un sac, une valise râpée et celui-là n'a que le hareng de l'intendance, qui émerge sans façon de sa poche, et puis du pain dans sa main. Et en route !

« Où çààà, où çààà..., hurle éperdument une locomotive.

— A l'Eèèst, à l'Eèèst ! » répond l'autre.

Le petit hareng, ne crache pas dessus, mon pote. Peut-être qu'il est couvert de rouille et qu'il pue, mais on ne t'en donnera pas d'autre. La route est longue, tu le mâcheras jusqu'au bout. En deux jours et deux nuits, tout ce qui t'entoure s'imprégnera de ce hareng, tout en sera graisseux. Tu n'obtiendras pas d'eau ensuite, comment veux-tu que l'escorte arrive à abreuver une horde pareille ? Tu en deviendras enragé, tu t'en casseras la voix. Et mettons que tu aies bu tout ton soûl : tu pourras toujours demander d'aller aux toilettes. Allez planque-le, ton hareng ; fourre-le au besoin dans ta poche. Crois-en un vieux zek. Sur le soir, quand tout sera couché, que le bébé sera calmé, quand le concert de jurons s'apaisera et que, dans le compartiment d'à côté, les bonnes femmes entonneront une plaintive chanson, tu le mâcheras de bon cœur, et les arêtes avec. Tu en es tout barbouillé, mais tu t'en fous, tu t'es quand même envoyé quelque chose dans le bidon. Il y a même moyen de somnoler un peu.

On repère toujours le vieux zek. Pendant que vous essayiez de vous y retrouver, et que vous lanterniez aux portières, il s'est adjugé la meilleure place : la planche de droite au deuxième niveau. De là on peut même jeter un coup d'œil sur le large, si on a la chance de décider le chef à entrouvrir la lucarne qui donne sur le couloir. Et puis son balluchon n'est pas gros — on dirait qu'il se rend aux bains — mais, là-dedans, il y a tout ce qu'il faut pour la route. Une chemise, un chandail à refiler à l'escorte contre un paquet de thé ; un peu à croûter, un peu de quoi fumer. Planquée quelque part une lame à rasoir, un petit bout de canif, un fume-cigarette orné d'incrustations, fabriqué au camp : ça aussi, c'est à fourguer à quelque sauvage à galons. Il y a aussi un gobelet propre ; d'ordinaire, c'est vrai, on transporte les tuberculeux dans des compartiments à part, mais le gobelet, c'est le même pour tout le monde. Et puis il y a un peu de fric, mais là, vous pouvez toujours fouiller, vous ne le trouverez pas.

Vous n'arriverez pas à le feinter à présent, à lui faire perdre son calme. A quoi cela rime de parler en l'air ? Tenez, ce qu'on peut, c'est dénicher du thé. Et tandis que des gars un peu plus jeunes se débrouillent pour faire infuser ce thé dans un torchon propre enroulé en cornet et que d'autres se tiennent contre les portes pour dérober les premiers aux regards de l'escorte, lui, sans se presser, commence à raconter ses aventures : ouvrez grand vos oreilles. Mais les histoires les meilleures, c'est pour tout à l'heure, quand le gobelet passera de main en main.

Parfois, vous ne saisissez pas où il veut en venir. Il échafaude tout un roman, tout un traité philosophique, pour dire, sans crier gare, au moment le plus palpitant :

« Allez, mon petit pote, on s'en grille une ; ce serait le moment ! »

Il y a toute une série d'indices qui permettent infailliblement de repérer le zek authentique. Premièrement, s'il est à l'ombre, c'est toujours pour des prunes. Par négligence, comme cela, il a volé une vache, mais a laissé le veau. Deuxièmement, il a toujours quelque maladie chronique, incurable. Une hernie, par exemple. Une bonne maladie, c'est toute une fortune, et le zek avisé choie sa maladie, il la garde en réserve. Pour le cas où on lui ferait la vie si dure, qu'il n'y aurait plus qu'à s'évader. Le type moins malin se casse un bras ou se tranche un doigt, mais pour le zek prévoyant, c'est l'infirmerie.

« Je n'y peux rien, camarade chef ; j'ai une hernie, je ne peux pas travailler. »

Parfois, n'est-ce pas ? une semaine de planque, c'est une année de vie.

Ensuite, un zek qui se respecte doit obligatoirement avoir une vieille chicane avec le commandement : quelque argent qu'on lui doit encore, des bottes qu'on ne lui a pas délivrées, un colis barboté. Des années durant, il va écrire des plaintes assommantes, grimpant de plus en plus haut dans la voie hiérarchique. La chicane bourgeonne de papiers, de décisions, d'instructions et pour finir, personne ne se rappelle plus ce dont il s'agit. Mais que le chef se mette à lui serrer un peu plus la vis, scribouillards, à vos plumes ! On ne sait pas où cela finit et où cela commence ; ni points, ni virgules, ni autres signes de ponctuation, toute la plainte tient en une seule ligne. Et qu'il est enfermé pour rien depuis dix-sept ans, et qu'il est gravement malade, et que le chef ne le fait pas soigner — il l'envoie à des travaux nocifs — et qu'on lui a piqué ses bottes... Mais, là où il est le plus facile d'identifier le zek authentique, c'est lorsque quelqu'un vient brusquement de le vexer : cette virtuosité fantastique dans l'obscène, ce chatoiement, ces festons, ces figures, vous ne retrouverez jamais cela dans la bouche de quiconque. Tous font silence et prêtent respectueusement l'oreille. Les bleus avec envie, les connaisseurs, avec approbation. A cette musique, quelqu'un d'averti déterminera d'emblée toute la biographie pénitentiaire du bonhomme.

« Et toi, frérot, t'es de Kolyma, c'est ça ? »

Et si, par un coup de chance, on a réussi à acheter à un soldat de l'escorte de la vodka, ou ne serait-ce que de l'eau de Cologne, là, pour le coup, on n'a pas envie de dormir. Ce sont de tout autres histoires qui vont se mettre à courir : on regrette seulement de ne pouvoir les noter. Et votre peine commence à vous sembler trop courte, et la vie est belle, et ils ont eu raison de vous coffrer...

Les roues cognent, le wagon titube sur les aiguillages, les bonnes femmes chantent avec mélancolie et, dans le couloir, le garde va et vient, jette un coup d'œil sur les zeks à travers le grillage.

« A l'Eèèst, à l'Eèèst ! hurle la locomotive.

— Où donc nous trimbalent-ils ? A Komi, Tioumen, Kirov ou Perm ? Et puis, qu'est-ce que cela change ! »

Mon adresse n'est pas « rue..., numéro... »

Mon adresse est « Union soviétique ».

Vers l'ouest, ce sont des wagons entièrement vides qui roulent. A quoi bon nous emmener vers l'ouest ?

Étrange impression que de me retrouver subitement au milieu de gens que je connaissais depuis longtemps sans les avoir vus. Comme si je me retrouvais dans l'autre monde. Toute l'information touchant les arrestations, les procès, les circonstances des affaires, était passée entre mes mains. Ensuite, plus tard, des nouvelles d'eux arrivèrent des camps : protestations, déclarations et grèves de la faim. Mais, voilà, on n'avait pas eu l'occasion de se voir et à présent je les considérais avec curiosité.

Voici les « gens de l'avion », condamnés au terme du procès de l'avion de Leningrad. Mon Dieu, comme c'est loin !

En ce mois de décembre 1970, dément, glacial, où les autorités avaient complètement coupé nos communications avec Leningrad — débranchant nos téléphones, faisant descendre nos gars des trains — seul Vovka Telnikov parvint à faire une percée jusqu'à Moscou, apportant le texte du jugement et le compte rendu sténographique du procès. Ce fut ensuite une course folle à travers Moscou ; les cours, les bouches du métro, les voitures... Nous eûmes quand même la chance de fausser compagnie aux tchékistes et quelque part, place Pouchkine, dans l'appartement d'un de mes amis, nous recopiâmes fiévreusement le texte à la machine. Il me fallait encore foncer en pleine nuit chez le correspondant.

Le 30 décembre, c'était mon anniversaire ; pour la première fois depuis bien des années, je le fêtais en liberté. Eh bien, toute cette journée-là nous fîmes le piquet devant le tribunal suprême à attendre les résultats du pourvoi en cassation de l'affaire de l'avion. Ce n'est que tard dans la soirée que Sakharov sortit pour nous apprendre que la peine de mort avait été suspendue.

« Eh bien alors, quoi ? fais-je en riant, vous avez manqué votre coup avec votre avion et maintenant, vous vous tournez les pouces. En attendant, qu'est-ce que vous avez pu nous donner comme tintouin à nous tous ! »

Les Ukrainiens Svetlitchny, Antoniouk, Kalinetz s'étaient fait mettre à l'ombre après moi, mais je les connaissais quand même par le samizdat.

Mais qui est-ce là, si maigre, une vraie victime d'Auschwitz ? Iosif Mechener ? Mais comment donc, je me rappelle. Deux instituteurs, Souslenski et Mechener, de Moldavie. Sept et six ans pour avoir protesté contre l'intervention en Tchécoslovaquie.

Pavlenkov : c'est pour l'affaire de Gorki[1]. Gavrilov : l'affaire des officiers de sous-marins de la flotte de la Baltique. Ma parole, ici, c'est la vivante « chronique des événements en cours ».

« Les gars, et du thé, chez vous, dans la zone, on en boit ?

— Faut voir comme !

— Eh bien, en avant, on s'en fait un. »

Avant mon arrestation, tous les camps politiques se trouvaient en Mordovie. En fait, la Mordovie était d'un bout à l'autre quadrillée de barbelés. Même d'après le recensement officiel de la population, on voyait ressortir pour la Mordovie plus d'hommes que de femmes, alors que dans les autres parties du pays, c'est l'inverse. Les camps politiques y ont existé pour ainsi dire dès le début du pouvoir soviétique. D'abord Temniki, puis Doubrovlag ; présentement Iavas, Potma, Barachévo. Impossible de calculer combien de gens y ont péri et si l'on vient à creuser la terre, on tombe immanquablement sur des

1. Il s'agit de la ville de Gorki, où se dessina au printemps 1968, dans les milieux universitaires, un courant de sympathie pour l'expérience de Prague. En avril des tracts appelant à suivre l'exemple tchécoslovaque circulèrent dans plusieurs instituts et facultés de la ville. V. Pavlenkov fut au nombre des enseignants frappés par les représailles. (N.D.T.)

ossements humains. Il n'y en avait qu'un, racontait-on, à être resté enfermé depuis cette époque jusqu'à nos jours, un marin qui avait encore pris part à la mutinerie de Kronstadt. Vieillard sans âge, malade et peu communicatif, il errait par la zone en chaloupant, comme sur le pont d'un croiseur par gros temps.

Bien entendu, un si long voisinage avec les camps n'était pas allé sans laisser de traces chez les habitants de la contrée. Ils étaient plusieurs générations à avoir travaillé comme surveillants, se passant la place de père en fils. Ils s'étaient habitués à considérer les camps comme leur vache à lait. Pour un fuyard attrapé, trente-deux livres de farine.

« Papa, vous avez eu une fouille, aujourd'hui ? demandait le fiston à son père. Tu m'as rapporté quelque chose ? »

Avec le temps, les relations commerciales entre zeks et surveillants étaient allées si loin qu'avec de l'argent il devint possible de faire littéralement n'importe quoi. Protestations, déclarations, communiqués sur les grèves de la faim et les mesures arbitraires passaient librement au-dehors. Jusqu'à une bande magnétique avec l'enregistrement d'une intervention de Guinzbourg, qui nous parvint en 1970.

Les autorités commencèrent à s'émouvoir et, durant l'été de 1972, ils expédièrent les détenus politiques les plus « dangereux » par convoi spécial dans la région de Perm, un peu plus loin de Moscou.

L'opération fut entourée du secret le plus rigoureux et afin que les zeks n'aillent pas inventer quelque astuce pour faire passer à ceux du dehors des renseignements sur leur itinéraire, on boucha hermétiquement les fenêtres des wagons. C'était la chaleur incroyable de l'été 1972, ces jours où même la forêt brûlait et où les gisements de tourbe prenaient feu tout seuls. Les wagons, tout en métal, étaient chauffés au rouge et se transformaient en chambres de la mort. Les gens étouffaient, perdaient connaissance et un détenu mourut.

Dans la région de Perm on avait fait deux nouveaux camps, le 35e et le 36e (et, plus tard encore un troisième, le 37e). Un isolement absolu, des surveillants spécialement choisis, auxquels on donnait d'entrée de jeu le grade d'enseigne, pour qu'ils servent avec plus de fidélité, et un climat septentrional très pénible.

J'atterris directement dans la région de Perm, dans le 35e camp, près de la gare de Vsesviatskaïa. La première année qui suivit le procès, je l'avais purgée à la prison de Vladimir : le jugement prévoyait pour moi deux ans de prison, cinq années de camp et cinq de relégation. Au printemps 1973, au moment où j'allais devoir partir pour le camp, l'« expérience de Perm » était déjà au point et je n'aboutis pas en Mordovie.

Notre camp n'était pas grand : trois cents, trois cent cinquante détenus. Et la majeure partie de la population, comme dans les autres camps, était constituée de vieillards — des Ukrainiens, des Lituaniens — qui avaient pris part à la lutte pour l'émancipation nationale des années 40. Nombre d'entre eux n'avaient jamais vécu en liberté sous le pouvoir soviétique : tout jeunes, ils avaient pris les armes, lors de l'invasion des troupes soviétiques, et ils avaient séjourné dans les camps jusqu'à leur vieillesse. Ils avaient été condamnés comme traîtres à la patrie, c'est un fait. Mais quelle patrie le tribunal militaire stalinien avait en vue, on a du mal à le saisir. Leur conception de la vie, les traditions, les usages qu'ils avaient gardés étaient ceux d'autrefois ; chez eux, au pays, il n'en restait plus rien. C'était stupéfiant de voir comment ils travaillaient, même au camp, pour une briquette de pain ; quelle application, quel acharnement, quel amour de la besogne ! Ainsi travaillaient jadis les paysans sur leurs terres. On percevait en eux une foi obstinée dans le travail humain, envers et contre tout. Au-dehors, plus personne ne travaille de la sorte : le pouvoir soviétique en a fait passer l'habitude. On disait parmi nous en plaisantant que si l'électricité venait à sauter, n'importe lequel de ces petits vieux remplacerait parfaitement trois machines-outils.

Le camp, d'une certaine manière « conserve » les gens. Les cheveux grisonnent, les dents tombent, les visages se couvrent de rides, mais intérieurement, l'homme ne devient pas plus vieux, plus installé. C'était bizarre de voir ces paysans de cinquante-cinq ans chahuter ensemble, comme des adolescents, s'envoyer des bourrades dans les côtes ; seule la force leur manquait pour se disputer à la course. Eh oui, leur vie s'était arrêtée quand ils avaient vingt ans. Des gars de la campagne, tout simples ; mais voilà, ils n'avaient pas eu le temps de devenir pères de famille.

Les dimanches d'été ils se glissaient au soleil avec des accordéons, ils jouaient des mélodies, des chansons dont personne ne se souvient plus chez eux, au pays. C'était un spectacle étrange et poignant. Vrai, on se serait cru plongé au royaume d'outre-tombe.

C'étaient les restes d'une génération totalement sacrifiée : dans la seule Lituanie, les « libérateurs » avaient exercé leur répression sur 350 000 âmes et en Ukraine, l'addition, pour le coup, montait à des millions.

Ils vivaient encore tous dans la mentalité des années 40, la mentalité de la guerre. Et si une telle masse de peuple n'était pas parvenue à conquérir sa liberté en prenant les armes, à quoi diable cela rimait-il d'écrire des bouts de papier ? Et, de toute façon, pour nombre d'entre eux, il était inacceptable d'adresser des plaintes aux autorités, car ils ne reconnaissaient pas leur légitimité.

Parmi les Lituaniens, Ionas Matouzevitchous était peut-être celui dont les vues se rapprochaient le plus des nôtres. Lui-même était parti rejoindre les « frères de la forêt » au début des années 50 : la partie était désormais predue sans retour, la lutte, désespérée. Peut-être est-ce pour cela qu'il nous comprenait mieux. Quand on le captura, il tira jusqu'à sa dernière cartouche, ne voulant pas se faire prendre vivant. On le traîna, déchiqueté par les balles, on rassembla littéralement les morceaux : on avait besoin de lui vivant, pour le soumettre ensuite à la torture. J'étais frappé de voir qu'après tout cela — plus vingt-cinq années de camp ou presque — il gardait une étonnante joie de vivre, le sens de l'humour et je ne sais quelle pureté intérieure. Je ne vois pas comment appeler cela, mais d'après moi, c'est ainsi que doivent être les moines. Cela venait sans doute chez lui d'un pessimisme poussé jusqu'aux limites de l'absolu. On nous distribuait le sucre dans de petits paquets, pour dix jours à la fois, et chacun tirait de son mieux pour le faire durer plus longtemps. Ionas, lui se le versait d'un seul coup dans la bouche et plissant langoureusement les paupières, l'avalait.

« Ionas, lui disait-on sur le ton de la réprimande, mais qu'est-ce que tu fais ! Enfin, c'est pour dix jours !

— Que le diable l'emporte, disait Ionas ; des fois que je crèverais demain ? Qu'au moins il ne reste pas aux mains de l'ennemi ! »

Un jour, nous travaillions avec Iosif Mechener, à trier des vieilleries dans la salle des chaudières, lorsque soudain nous découvrîmes une vieille botte en simili-cuir toute froissée ; il s'en jetait pas mal au rancart à la ronde. Il me vint tout de suite à l'esprit une idée saugrenue. J'allai trouver les copains occupés à gâcher du béton et je versai à l'intérieur de la botte du mortier liquide. Ensuite, quand il eut pris, nous découpâmes soigneusement la botte au couteau. Il en sortit un parfait moulage en ciment. Après quoi nous trouvâmes une grosse pierre ronde, un morceau de fil de fer barbelé et nous mîmes en devoir de bricoler un monument à la botte en simili. Tout le monde participa activement à l'entreprise. Avec du mortier, nous fîmes sur la pierre quelque chose qui ressemblait à une carte du monde, nous fourrâmes l'un des bouts du fil de fer barbelé sous la botte et nous entortillâmes le reste autour de sa tige. Tout ce bazar se figea et nous nous apprêtâmes à inaugurer solennellement le monument, à prononcer à tour de rôle, histoire de plaisanter, des discours pathétiques, etc. Car la botte en simili, ce n'est pas seulement la botte du surveillant, du soldat, c'est aussi la botte du détenu. On invita à l'inauguration les Lituaniens, les Ukrainiens, bref, tous ceux qui en avaient envie.

Mais cela ne donna rien, cela ne déclencha nulle gaieté. Personne ne se décida à ouvrir la bouche. Nous restâmes un moment plantés, mélancoliques, autour de cette botte et nous nous dispersâmes. Les surveillants la trouvèrent ensuite et mirent longtemps à la briser : elle avait trouvé le temps de durcir fameusement.

Aucun de ces paysans n'avait seulement vu de ses yeux sa sentence de condamnation. A l'époque, on leur avait simplement déclaré : Vingt-cinq ans. Point final.

Il est rare d'ailleurs qu'on remette à quelqu'un son jugement en main propre, même de nos jours. D'ordinaire on le donne seulement à lire et on le reprend ensuite. On considère que la sentence est secrète, alors que, d'après les lois soviétiques, il ne peut en être ainsi. En pratique, les seuls à avoir reçu leur jugement en main propre sont ceux dont l'affaire avait été suffisamment mise en lumière dans le samizdat ou dans la presse étrangère. Aussi l'un de nos objectifs au camp était-il de nous procurer et d'expédier à l'extérieur les copies de ces sentences.

Avant ma dernière arrestation, j'étais moi-même assez mal informé : j'estimais que de nos jours, il n'y avait pratiquement plus d'affaires politiques « fortuites », je veux dire de ces cas où le condamné ne soupçonnait même pas que ses agissements pouvaient l'envoyer choir en prison. Je pensais qu'aujourd'hui la répression politique visait les membres du Mouvement pour les Droits de l'Homme, ou des divers mouvements nationalistes ou religieux, autrement dit des gens qui, pour n'avoir commis aucun crime, n'en étaient pas moins conscients de ce que, dans le contexte d'un arbitraire totalitaire, ils pouvaient être arrêtés à tout moment. En réalité, j'avais tort. Le pourcentage d'affaires « fortuites » est assez élevé.

Il faut d'abord ranger sous cette rubrique les auteurs de plaintes et les anonymes. Il arrive souvent qu'une personne, indignée par quelque injustice, entreprenne d'adresser des plaintes aux hautes instances et s'imagine sincèrement qu'il est possible de porter remède au mal de cette manière. Recevant des réponses impudentes, l'homme commence peu à peu à faire part de ses résultats, ses plaintes prennent l'allure d'accusations ; le K.G.B. le convoque sur-le-champ et, s'il cède à l'intimidation, on l'enferme.

En 1976, par exemple, dans la prison de Vladimir, était bouclé avec moi un stomatologue D.M. Aïrapétov, quarante-sept ans, de Bakou. Ayant découvert sur son lieu de travail des cas de dilapidation et de concussion, il commença à écrire au Comité central, mais il ne put rien obtenir et arriva progressivement à la conclusion que le Comité central couvrait consciemment la corruption. Il écrivit plusieurs fois à Brejnev, démasquant les machinations de personnalités haut placées de Bakou et, pour finir, il fut arrêté. Au K.G.B., il refusa de se reconnaître coupable et fut condamné en 1975 à sept ans de réclusion, dont trois de prison pour « agitation antisoviétique ». Il n'arrivait pas à comprendre en quoi il était coupable.

« Mais qui donc ai-je agité ? demanda-t-il au tribunal, ce n'est pas Brejnev, des fois ?

— Voyez-vous, Brejnev a beaucoup de secrétaires, de collaborateurs, etc., lui répondit-on. Eh bien voilà, c'est eux que vous avez agités. »

D'autres considèrent bien que les plaintes peuvent leur attirer des désagréments dans le service, amener des tiraillements avec la direction ; aussi écrivent-ils sous l'anonymat. Mais qu'on les arrête, eux non plus n'en reviennent pas.

Intéressante catégorie que celle des individus condamnés pour inscriptions sur les bulletins de vote. D'après les lois soviétiques, aux élections le vote est secret, c'est-à-dire que nul n'a le droit de chercher à savoir qui a mis tel ou tel bulletin. Plus encore, il existe dans le Code pénal un article spécial qui prévoit des peines de prison pour les fonctionnaires qui auraient violé le secret du vote. Mais cela n'empêche pas le K.G.B. de mettre en prison les gens qui portent des inscriptions sur leur bulletin.

Ces cas m'intéressaient fort ; je ne croyais pas trop, il faut l'avouer, que les choses s'étaient passées exactement comme le racontaient les victimes. Finalement, je parvins à me procurer le jugement rendu sur une affaire de ce genre, pendant que je me trouvais au camp de Perm. Ce jugement était tenu pour secret et il fallut dépenser beaucoup d'efforts pour le tenir en main l'espace d'une demi-heure en vue de le « recopier » ; pratiquement, nous le dérobâmes à la section spéciale. Le voici :

Jugement.

Affaire n° 6-74 *Secret.*

Au nom de la République socialiste soviétique d'Ukraine, le 15 juin 1971, le tribunal régional de Vorochilovgrad, composé de Iaresko V.A., président; Baranova K.A. et Drojjina M.F., assesseurs populaires; Goloubnitchaia T.M. assumant la fonction de greffier; avec le concours du procureur Zimarine V.I. et celui de l'avocate Sokolikova N.M.; ayant examiné en séance à huis clos en la ville de Vorochilovgrad le dossier d'accusation de Tchekaline Alexandre Nikolaiévitch, né le 19. 12. 1938 à Slioud-Roudnik, district d'Ouderensk, région de Krasnoiarsk, Russe, citoyen de l'U.R.S.S. sans parti, études secondaires de dix ans, sans condamnation antérieure, marié, ayant à charge un fils né en 1962 demeurant dans la ville de Lissitchansk, région de Vorochilovgrad, rue K. Marx 136/5 travaillant comme monteur-ajusteur à l'usine « Stroïmachina » de Lissitchansk, détenu depuis le 27 mai 1971, déféré au tribunal en vertu de l'article 62 § 1 du Code pénal de la R.S.S. d'Ukraine, a statué :

Le 14 juin 1970, lors des élections, l'accusé Tchekaline A.N. sur les bulletins de vote pour l'élection au Soviet de l'Union et au Soviet des Nationalités dans la 440ᵉ circonscription, celle de Lissitchansk, a perpétré des inscriptions appelant à renverser le pouvoir soviétique et avançant également des élucubrations sciemment mensongères et calomnieuses qui dénigrent le système gouvernemental et social soviétique, se rendant coupable, par le fait même, du délit visé par l'article 62 § 1 du Code pénal de la R.S.S. d'Ukraine. L'accusé Tchekaline s'est déclaré coupable du délit précité et a expliqué qu'il s'était rendu au bureau de vote au jour des élections et qu'après avoir reçu ses bulletins, il avait fait des inscriptions de caractère antisoviétique perpétrées par système électoral soviétique; les dépositions du témoin Veretennikov N.I. ont confirmé la faute délictuelle de l'accusé. Lors des élections, le témoin était vice-président de la Commission électorale du bureau de vote et au moment du décompte des voix il remarqua deux bulletins portant des inscriptions antisoviétiques. Il expliqua qu'il avait ressenti ces inscriptions comme une incitation à renverser le pouvoir soviétique et une calomnie à l'égard de notre système électoral. Le témoin Tchekalina E.R., épouse de l'accusé, expliqua que, une fois passé le jour des élections, son mari lui avait parlé des inscriptions de caractère antisoviétique perpétrées par lui ; elle expliqua également que son mari écoutait les émissions des radios étrangères ; il écoutait en particulier la « Voix de l'Amérique ». Le témoin Jitny V.D., chef de l'équipe dans laquelle travaillait l'accusé, expliqua au tribunal que Tchekaline était indigné par les pratiques en usage dans notre pays et qu'il émettait l'idée de quitter notre pays. Suite à la déposition du témoin Tchernikov S.P., il ressort que Tchekaline s'est laissé aller en sa présence à des expressions injurieuses à l'adresse des communistes. L'accusé n'a pas nié avoir exprimé son indignation devant les pratiques en usage dans notre pays, ni avoir manifesté son désir de partir pour un autre pays. Il a reconnu qu'il écoutait périodiquement les émissions des radios étrangères et que dans les inscriptions portées sur les bulletins, il avait pour une part reproduit les paroles d'émissions radiophoniques qu'il avait écoutées. La culpabilité de l'accusé est prouvée par l'examen des preuves matérielles, sur lesquelles, comme on peut le voir dans les conclusions de l'expertise criminologique, les inscriptions ont été effectuées par une seule personne, savoir Tchekaline.

Considérant à son tour les inscriptions portées sur les bulletins, l'accusé a compris qu'il répandait des idées antisoviétiques. En effet, les inscriptions des bulletins ont été lues à haute voix lors du décompte des suffrages et il souhaitait qu'elles le fussent. Il agissait avec une évidente préméditation lorsqu'il répandait des fables calomnieuses pour notre système électoral, lui-même ne l'a pas nié, par conséquent il a commis le délit mentionné avec pleine préméditation, à la poursuite de buts antisoviétiques, ce dont témoignent les circonstances ci-dessus mentionnées. La teneur même des inscriptions portées sur les bulletins manifeste que Tchekaline avait des visées antisoviétiques en propageant ses idées. Les arguments selon lesquels il aurait commis ce délit parce qu'il en voulait à l'administration de son atelier de ne pas avoir placé son congé en période d'été, sont inconséquents. Pour avoir manqué les réunions syndicales du 12-3-70, il a été privé du droit de prendre son congé en été par l'assemblée syndicale de l'atelier. C'est le 14 juin 1970 qu'il a commis son délit (feuillet 96 du dossier). De plus, il n'a pris aucune disposition pour faire appel de la décision de l'assemblée et dès le début, voulant expliquer les raisons pour lesquelles il avait commis ce délit, il a fait allusion aux circonstances mentionnées. A l'appui de ces preuves, le Tribunal régional considère pleinement confirmée la culpabilité de l'accusé Tchekaline du fait qu'il s'est livré à de l'agitation antisoviétique. Ses agissements criminels tombent légalement sous le coup de l'article 62 § 1.

Examinant la question de la mesure pénale à appliquer, le Tribunal régional prend en considération le fait que Tchekaline a commis un crime particulièrement dangereux pour l'État — qu'il exerce une profession utile à la société — qu'il a un enfant à sa charge — qu'il a reconnu sa faute — qu'il a fait amende honorable. Il doit purger sa peine dans une Colonie de Redressement par le Travail à régime sévère ; compte tenu des faits antérieurs et du caractère de sa personne, le Tribunal régional ne juge pas utile l'application d'une peine supplémentaire de déportation. Se conformant aux arrêtés des articles 323, 324 du Code pénal de la R.S.S. d'Ukraine, le Tribunal régional a prononcé :

Tchekaline A.N. est déclaré coupable en vertu de l'article 62 § 1 du Code pénal de la R.S.S. d'Ukraine et est soumis à une peine de privation de liberté d'une durée de 5 (cinq) ans, sans déportation, la peine devant être purgée dans une C.R.T. à régime sévère. Le temps de détention de Tchekaline A.N. à compter du 27 mai 1971 est à imputer sur la durée de la peine et ne modifie pas la mesure répressive de détention prise à son encontre. Les frais de justice aux dépens de Tchekaline, à savoir 11 roubles et 88 kopecks, à verser au Trésor public. Les preuves matérielles sont à renfermer dans le dossier. Il peut être fait appel de la sentence auprès du Tribunal suprême de la R.S.S. d'Ukraine dans l'intervalle des sept jours entiers qui suivent le présent jugement ; en ce qui concerne le condamné, appel peut être fait dans un même délai à compter de la réception de la copie de la sentence.

Le président (signature).
Les assesseurs populaires (signatures).

Par la suite, Tchékaline fut également détenu à la prison de Vladimir en même temps que nous. Il fut relaxé en mai 1976, au terme de sa peine. Il devint presque complètement sourd au cours de sa détention, car il souffrait d'une grave affection des oreilles, de caractère évolutif, et, cela va sans dire, ne recevait aucun traitement.

L'affaire de V. Bogdanov, avec lequel je fis connaissance au camp de Perm, tenait littéralement du roman. Il travaillait dans la région de Moscou, à Elektrostal, comme ouvrier d'une entreprise secrète d'enrichissement du minerai d'uranium. Pendant des années il n'eut pour gîte, avec sa mère et sa femme, qu'une seule chambrette ; il fit le tour de toutes les instances, frappa à toutes les portes, sans pouvoir obtenir un appartement. Finalement, poussé à bout, il faucha une pièce radioactive secrète : d'après ses descriptions cela devait être une barre de plutonium destinée à la chaudière à uranium. Il s'attendait à ce que la surveillance découvrît la disparition, déclenchât un scandale : à ce moment-là, il exigerait qu'on lui attribue un appartement en échange de la barre. Mais personne ne songea même à broncher, à croire que rien n'avait disparu. La barre en question resta trois mois chez lui, sous son lit. Puis, un jour qu'il avait un peu bu avec les amis, il décida d'apporter la barre tout droit au ministre de la Construction des machines semi-légères[1]. Ils roulèrent à travers tout Moscou transportant la barre sous un manteau. Chemin faisant, ils burent encore un coup et arrivèrent au ministère complètement pompettes. La garde ne les laissa pas pénétrer. Ils eurent beau faire du tapage, aucun fonctionnaire du ministère ne les reçut. Démoralisés, ils firent un tour dans un magasin, prirent un supplément, puis un autre. Plusieurs fois, ils perdirent leur barre de plutonium ; ils l'oubliaient tantôt au kiosque d'un square, tantôt dans un magasin. Pour finir, ils décidèrent de la vendre à quelque étranger : c'était une pièce secrète, malgré tout. Dans la mentalité d'un Soviétique, tout étranger est un espion, qui fouine toujours pour éventer les secrets soviétiques. Ils cherchèrent longtemps dans les quartiers du centre l'étranger idoine et finalement, quelque part près du Métropol, ils tombèrent sur un Américain. Comment s'expliquèrent-ils avec cet Américain, Bogdanov ne s'en souvenait plus, il était sérieusement ivre. Il se rappelle seulement que l'Américain fut saisi d'une peur bleue, qu'il prit ses jambes à son cou et qu'eux le poursuivirent longtemps avant de le perdre dans la foule. Puis, de désespoir cette fois-ci, ils

1. Euphémisme officiel désignant à l'époque l'industrie atomique. (N.D.T.)

tentèrent de refiler la barre secrète à un Polonais. Et ils n'en demandaient pas cher : juste le prix d'une bouteille ; mais l'autre n'en voulut pas. Après le Polonais, ils burent de la bière et furent complètement rétamés. Le prix de la barre chuta à un bock. Quant à la suite des événements, Bogdanov ne s'en souvenait plus : comment ils étaient arrivés à Elektrostal, comment ils s'étaient trimbalés jusque chez lui et surtout où avait atterri la maudite barre, tout s'était effacé de sa mémoire.

Mais les amis ne s'étaient pas plus tôt réveillés le lendemain matin, qu'ils couraient déjà au K.G.B. C'est avec le plus grand mal qu'une fois arrivé à Léfortovo, il parvint à se ressouvenir au cours de l'instruction de l'endroit où il avait caché la barre diabolique et il l'avoua au juge. En 1968, Bogdanov écopa dix ans comme traître à la patrie. De sorte qu'il est toujours sous les verrous à l'heure qu'il est.

On peut sans doute mettre également au nombre des affaires « fortuites » celles de Nicolas Alexandrovitch Boudoulak-Charyguine. Il n'était qu'un gamin de quinze ans lorsque, au début de la guerre, les Allemands l'emmenèrent d'Ukraine en Allemagne. Il y fit des études, prit un emploi. Lorsque l'Allemagne fut occupée par les Alliés, il se retrouva en zone anglaise. Par la suite, il partit pour l'Angleterre, y passa une vingtaine d'années, acheva ses études, se maria et, dans les derniers temps, il travaillait comme représentant d'une grosse firme londonienne d'équipement électronique. Il fut envoyé à Moscou pour le compte de cette firme, afin de conclure des marchés commerciaux. Il mena des conversations avec le Comité de coordination des recherches scientifiques près le Conseil des ministres d'U.R.S.S., avec le ministère de l'Industrie, mais soudain, alors que les tractations battaient leur plein, il fut arrêté. Les gens du K.G.B. espérèrent longtemps s'en faire un espion, tantôt l'intimidant, tantôt lui promettant monts et merveilles ; mais Nicolas Alexandrovitch ne céda pas. L'affaire prenait fâcheuse tournure : comment le lâcher à présent ? Des communiqués touchant cette étrange arrestation avaient déjà paru dans la presse anglaise. D'un autre côté, on n'avait pas de motifs pour l'incarcérer. D'après les dires de Boudoulak-Charyguine, c'est Andropov qui, en sa présence, trancha personnellement la question. Il examina longuement le passeport et les autres documents.

« Qu'est-ce que vous avez à nous répéter tout le temps : Anglais, Anglais... Enfin, il est né chez nous, en U.R.S.S., disait Andropov à ses adjoints, montrant du doigt le passeport de Charyguine. Allez, allez ! la reine d'Angleterre ne nous déclarera pas la guerre à cause de lui. »

Ils condamnèrent Charyguine en 1968 à dix ans, comme traître à la patrie. Pour n'être pas retourné au pays après la guerre. Bien entendu, ils ne lui remirent pas le texte de la sentence : « secret ».

Mais c'est un cas plus fantastique encore que nous rencontrâmes en 1974 à la prison de Vladimir. On nous amena un Chinois tout ce qu'il y a d'authentique, Ma-Khoun. Terrorisé, il a peur de tout, il ne sait que trois mots de russe, mais c'est un gars débrouillard, plein de ressources. Dans un pays inconnu, un milieu tout neuf pour lui, la prison, il trouva moyen, dès le premier jour, de faucher une housse à matelas supplémentaire. Il se présenta ainsi chez nous avec deux housses à matelas. Il commença à faire son trou chez nous, il se dégela un rien. Les copains lui demandent :

« Alors, Ma-Khoun, tu te plais ici ?

— Tiès bien, fait-il, tiès tiès bien.

— Qu'est-ce qu'il y a donc de si bien ? C'est la prison, ici, la famine.

— Comment, la famine ? » s'étonna Ma-Khoun ; et

il montra du doigt les mouches qui volaient par la cellule.

Entendez : si c'était vraiment la famine, il y a longtemps que ces bestioles auraient disparu. Les copains en eurent un sacré frisson. Alors, les malheureux, qu'est-ce qu'ils appellent donc la famine, chez eux, en Chine ?

Avec le temps, Ma-Khoun en vint à nous parler de la famine chinoise, lorsque les gens mangeaient jusqu'à la dernière feuille d'arbre, jusqu'au dernier brin d'herbe. Vous pouviez faire cent kilomètres sans trouver un bousier sur votre chemin.

Son nom véritable n'était pas Ma-Khoun, mais You Chin-lin. Il était né en 1941 dans la province d'An-hui, dans la famille d'un fonctionnaire. Mais, au bout de quelques années, à l'arrivée des armées communistes, son père s'enfuit à Taïwan. Sa famille resta sans ressources et, qui plus est, en butte à des persécutions sans fin à cause de son origine non prolétarienne. Plus il nous parlait de la Chine, plus nous nous rappelions les années 20 et 30, celles du « stalinisme », comme on dit. A ceci près, sans doute, que c'était encore un peu plus rude en Chine. Davantage encore de cruauté, de cynisme, d'hypocrisie. Pas besoin d'îles Solovki, là-bas : ceux qui ne faisaient pas l'affaire, on les tuait sans façon. Ainsi tous les volontaires chinois faits prisonniers en Corée et rapatriés par les Américains après le cessez-le-feu furent exterminés jusqu'au dernier. Et croyez-vous qu'ils furent les seuls ? Et les éléments « socialement étrangers », et les « saboteurs » et les « opportunistes » ! En priorité, comme il se doit, les intellectuels. On expédia les autres dans les fermes d'État et les communes, pour qu'ils se « rééduquent par le travail ».

L'armée ne voulut pas incorporer Ma-Khoun — venant d'un tel milieu. Or, si on n'a pas fait son service, impossible, à ce qu'il paraît, d'obtenir en Chine un bon métier, ni le droit de faire des études. Pour être ne serait-ce que conducteur de tracteur, il faut d'abord être passé par l'armée. A la ferme d'État militarisée, près de la frontière soviétique, où on l'envoya au boulot, il était berger. Sa mère mourut ; on ne le laissa pas aller lui faire ses adieux. Et, en Chine, on n'a pas le droit de voyager sans autorisation spéciale. Il ne lui restait qu'un petit frère cadet ; mais où était-il ? mystère.

Au plus chaud de la « révolution culturelle », il y eut un moment où beaucoup crurent comme lui qu'on allait pouvoir régler ses comptes avec le pouvoir. Mais cela ne dura guère. L'armée intervint. Pour échapper à une mort certaine, en 1968, il prit la fuite et passa la frontière soviétique. Il emportait avec lui son unique bien, un poste de radio. En Chine, cela vaut son pesant d'or.

Ici, en Union soviétique, on commença par l'arrêter ; on prétendait le faire passer en jugement pour avoir illégalement franchi la frontière ; mais c'était pour la forme. En fait, on le menaça de le reconduire à la frontière s'il ne consentait pas à devenir espion soviétique. Pareils cas étaient fréquents et les gardes-frontières chinois abattaient les fuyards sur place, dès qu'on les leur remettait. Il n'y avait pas le choix. Vous acceptiez : on vous envoyait espionner en Chine. Vous ne vouliez pas : on vous extradait. De toute façon, c'était la mort. Il refusa. Alors, n'ayant pas réussi à faire de lui un espion, on lui offrit sa dernière chance : entrer dans l'organisation clandestine des Chinois réfugiés sur le territoire soviétique. Le K.G.B. se représentait évidemment la chose comme le noyau d'une future « armée de libération » chinoise.

Et c'est à ce moment-là qu'il devint Ma-Khoun ; on l'obligea à changer de nom. Il obtint un permis de séjour, se casa dans une usine, où il travaillait comme ajusteur. En tant qu'apatride, il ne pouvait circuler dans le pays, mais la vie soviétique ne lui faisait pas moins l'effet d'un paradis : pour son travail, il touchait de l'argent, grâce auquel il pouvait acheter des denrées, des vêtements. Et tout cela, sans limitation. Ce n'était pas comme en Chine : neuf mètres de tissu par personne et par an. Quant à l'hypocrisie, ce n'était pas nouveau pour lui. L'hypocrisie soviétique lui paraissait un jeu d'enfant, comparée à celle des Chinois.

Jadis, dans son enfance, il avait pris des leçons de violon et toute sa vie, depuis lors, il se remémorait cette époque comme un conte de fées. Le violon était pour lui le symbole de la réussite dans la vie. Rien d'étonnant à ce qu'il s'en soit alors acheté un. Il en jouait parfois le soir, mais le plus souvent, il écoutait son poste de radio. Il attrapait le Japon, Taïwan et même l'Australie.

Il entendit un jour des annonces à la radio australienne. On faisait part de l'existence d'un centre qui aidait les Chinois à retrouver les membres de leur famille dont ils avaient perdu la trace. Alors Ma-Khoun leur écrivit, leur demandant de rechercher son père à Taïwan. On l'arrêta sur-le-champ.

L'instruction se prolongea près de deux ans. On accusait Ma-Khoun d'espionnage. Il serait venu en U.R.S.S. dans ce dessein, sur les instructions des services de renseignements chinois. A plusieurs reprises, on fit examiner son poste de radio par des experts : n'y avait-il pas un émetteur là-dedans ? On le démonta en pièces détachées, on ne trouva pas. Puis on s'en prit au violon. Qu'est-ce qu'un Chinois peut faire d'un violon ? Suspect. On le brisa en menus copeaux, mais l'on ne trouva rien non plus. On s'en prit alors à Ma-Khoun.

« Avoue, et tu écoperas cinq ans. Si tu n'avoues pas, ce sera dix. »

Des gens qui avaient ainsi avoué, il y en avait beaucoup à Alma-Ata, dans l'isolateur d'instruction du K.G.B. Certains écopaient des deux et trois ans pour espionnage et on les employait aux travaux d'intérieur. C'est parmi eux que l'instruction recruta des témoins pour déposer contre Ma-Khoun. Ces témoins établirent qu'ils avaient vu Ma-Khoun dans les écoles de leurs services de renseignements et qu'il était là-bas grand patron.

Le 30 novembre 1973, la Cour martiale de la circonscription militaire d'Asie centrale le condamna à quinze ans (cinq de prison, cinq de camp et cinq de déportation) et à la confiscation de ses biens, pour « tentative d'espionnage ». Mais il ne se reconnut pas coupable pour autant.

Nous nous attachâmes tous beaucoup à Ma-Khoun ; nous l'aidions à apprendre le russe, nous le questionnions sur la Chine. Toute la prison le connaissait et même les « droit commun », en passant devant nos portes pour se rendre à la promenade, jetaient un coup d'œil par le judas.

« Alors, où est-il passé, votre Chinois ? »

Ma-Khoun étudiait avec acharnement, du lever au couvre-feu et, au bout de six mois, il parlait un russe très convenable. A ceci près qu'il n'arrivait pas à se faire à nos consonnes ; le *b*, le *g*, le *d* lui échappaient et, au lieu de « boulot », il disait toujours « au poulot ». Il ne pouvait imaginer ce mot sans la préposition. C'est ainsi que la vie l'avait éduqué.

Il faisait la grève de la faim en même temps que nous et connut le régime de la ration réduite. Au Nouvel An, nous confectionnâmes avec lui un sapin dans des couvertures vertes de cahier d'écolier ; armés d'une aiguille nous découpâmes des rameaux de conifères. Et on lui fabriqua encore une lanterne chinoise : il entrelaça des brindilles de balai et colla du papier tout autour. Il n'y a qu'en Chine — c'est un fait — que cette lanterne ne s'appelle pas chinoise.

Ma-Khoun racontait que les habitants de chaque province chinoise se distinguaient par quelque trait de caractère. Dans une province, ce n'étaient que bagarreurs, chamailleurs, koun-khoudzés ; dans l'autre, rien que des commerçants ; dans la troisième, c'étaient de si beaux gredins que personne ne se frottait à eux.

« Et ta province à toi, par quoi est-elle célèbre ? », lui demanda-t-on.

Il finassa longtemps, évitant de répondre, un peu gêné ; enfin il avoua quand même : c'était par l'opiniâtreté. De toute évidence, pareilles subtilités échappaient au K.G.B. ; autrement ils ne se seraient pas embarqués dans cette affaire. Et c'est également par ce trait qu'il nous était sans doute si proche ; nous sommes tous un petit peu de la province d'An-hui, pas vrai ? Notre grand-maître ès plaintes, Michel Ianovitch Makarenko, rédigea pour lui une requête contre sa sentence et Ma-Khoun la recopiait du matin jusqu'à la nuit. En guise d'exercices de russe. Pendant plus de six mois, il en expédia dans toutes les directions, à toutes les instances. Dans le même temps, nous menacions le K.G.B. de livrer l'affaire Ma-Khoun à la publicité, si la sentence n'était pas rapportée.

Finalement, quelque chose craqua ; on emmena Ma-Khoun pour la révision de son procès. Les Chinois produits comme témoins avouèrent qu'ils avaient déposé sous la contrainte du K.G.B. Mais on ne le relâcha qu'au bout d'un an, le 9 août 1976. Mettre en prison, cela va tout seul ; c'est de relâcher ensuite qui est difficile.

En ai-je assez vu d'affaires « fortuites », toutes ces années ! A vrai dire, toute affaire est fortuite ; c'est le jeu du hasard. Il n'y avait que les *polizei* à n'être pas fortuits. Ces criminels de guerre qui avaient collaboré avec les nazis. Eux, ils étaient programmés.

Il fut un temps, après la guerre, où la section du K.G.B.

pour la lutte contre les criminels de guerre était la principale ou presque : la moitié du pays, à l'époque, figurait sur les listes des criminels de guerre. Tous ceux qui s'étaient trouvés en captivité ou en territoire occupé. Des peuples entiers parfois. Mais trente années avaient passé. Ils s'étaient presque tous évanouis dans les camps, ceux qui avaient vu de près un soldat allemand en chair et en os, et la section se trouva au bord de la faillite : on pouvait d'une minute à l'autre la fermer pour cause d'inutilité. A partir de ce moment les ex-collabos valurent leur pesant d'or. On ne se pressait pas de les coffrer, on se contentait de les avoir à l'œil : qu'ils vivent et se repaissent jusqu'au moment voulu. De loin en loin on les convoque au K.G.B., on cause un peu et on les relâche. Leur tour n'est pas encore venu. Régulièrement on monte des procès spectaculaires de criminels de guerre, environ une fois l'an. Les journaux en parlent à satiété, on savoure les détails ; après quoi, on en condamne un ou deux à mort, le reste, à quinze ans. Chaque fois, bien entendu, on fait comme si l'on venait juste de les attraper, au prix d'incroyables efforts. La méthode fait aussi l'affaire des autorités du Parti : on a besoin de ces procès, n'est-ce pas ? pour la propagande patriotico-militaire. Les criminels de guerre, pour leur part, attendent leur tour sans murmurer ; ils peinent, dépassent les plans, prennent part aux compétitions socialistes. En réalité, ce sont des Soviétiques tout ce qu'il y a de plus ordinaires, habitués à se courber dans le sens où on les courbe. Pendant la guerre, nombre d'entre eux séjournèrent à plusieurs reprises tantôt chez Staline, tantôt chez Hitler, ils gagnèrent ici comme là des médailles et des galons et souvent achevèrent leur guerre en prenant Berlin. Après la guerre, ils devinrent des gens importants, des présidents de kolkhozes. Tel ou tel atterrit même dans les rangs des députés locaux.

Au camp, comme par enchantement, ils se retrouvaient avec des galons : brigadiers, activistes « membres du soviet de la collectivité » — en un mot « engagés sur la voie de l'amendement », espoir et soutien du parrain du camp. Parfois, vous n'avez pas eu le temps d'ouvrir la bouche que le type file déjà au poste vous dénoncer. Ce vieux birbe, il n'a plus qu'un souffle, mais c'est plus fort que lui. La vie ne lui a pas encore permis de vendre tout le monde. C'est pourtant piquant de prêter l'oreille lorsque l'été, sur le soir, ils s'agglutinent à quelques-uns, ces vétérans de la seconde guerre mondiale, pour discuter le coup, se rappeler leur jeunesse.

« Nous autres, donc, nous sommes d'un côté de la rivière, derrière le pont. Et eux, les voilà qui foncent de là-bas : ils ne nous attendaient pas, quoi. Et alors nous, là, on leur a collé une de ces frousses...

— Mais toi, pépé, t'étais avec qui, à ce moment-là, glisse quelqu'un inopinément, avec les Rouges ou avec les Allemands ?

— Avec les Allemands... non, avec les Soviétiques. Attends, ça devait être avec les Allemands, quand même... Et puis dis donc, toi, ne m'embête pas ! Laisse-moi finir ! »

Je ne séjournai pas longtemps au camp : un petit peu moins d'un an. Dès les premiers jours, on commença à me faire la chasse : pourquoi ne te lèves-tu pas quand le chef entre ? Pourquoi n'ôtes-tu pas ton bonnet ? Tu ne t'es pas levé à tel endroit, pas assis à tel autre, tu n'es pas allé là-bas, pourquoi ? L'autre, qui se tient debout à côté de toi, pour lui, tout ira bien. Mais pour toi, les punitions : privation de boutique, de parloir, isolateur, etc. Avant de me mettre dans le convoi qui partait de Vladimir pour le camp au printemps 1973, on m'amena une fois de plus à Moscou, à la prison Léfortovo. Théoriquement, pour m'interroger en qualité de témoin dans l'affaire Iakir ; en réalité, pour me persuader de faire amende honorable. C'est égal, mon procès et les révélations que j'avais faites touchant les abus de la psychiatrie avaient trouvé un large écho dans le monde. Pas assez large, hélas, pour mettre fin une bonne fois aux règlements de comptes par voie psychiatrique et contraindre les autorités à me rendre la liberté (le Congrès psychiatrique mondial de Mexico s'était lâchement dérobé à l'examen de notre documentation), mais suffisant quand même pour les obliger à chercher une porte de sortie. Comme toujours, ils comptaient se tirer d'affaire à nos dépens. Les fonctionnaires du K.G.B. reconnaissaient à présent que mon procès n'avait pas été intenté régulièrement ; il ne s'imposait pas. Et ils étaient prêts à réparer sur-le-champ cette erreur, à me relâcher. Mais moi, figurez-vous, il fallait que je les aide, que je fasse amende honorable par écrit, que je demande ma grâce. L'effet était des plus grotesques : c'est notre faute, mais à toi de t'excuser.

S'étant convaincus que cette solution était pour moi inacceptable, ils rabattirent encore de leurs exigences. A les entendre, il me suffisait de renoncer par écrit à toute activité publique à l'avenir, sans dire le moindre mot du passé, ni de mes convictions, et je n'aurais pas à partir pour le camp.

« Tenez, si le mot « gracier » vous déplaît tant que cela, écrivez : « Je demande à être libéré. »

Et sur-le-champ, ils me laissèrent entendre qu'ils ne mettraient pas obstacle à mon départ pour l'étranger. Et, là-bas, tu feras ce que tu voudras. Mais moi, derechef, je refusai. Cette question, je l'avais, pour ma part, réglée une bonne fois en 1970 et je n'avais pas l'intention d'y revenir.

Pour le coup, ils perdirent patience. Qu'est-ce qu'il vous faut donc ? Est-il si agréable de rester en prison ?

J'expliquai que la situation qui m'était faite m'arrangeait parfaitement. Je fais mon temps, peinard ; je bouquine. Et pendant ce temps-là, c'est une avalanche sur leur tête : et des protestations, et des manifestations, et des résolutions. A parler franc, je doute fort que je puisse leur causer autant de désagréments si j'étais à l'air libre, que par ma simple présence en prison.

« Je ne vous ai pas demandé d'entrer en pourparlers, notez bien. C'est vous qui m'avez fait amener. Autrement dit, vous avez plus d'intérêt à me relâcher que moi à me faire libérer. Au reste, je consens à accepter votre proposition ; à renoncer à mes activités et à m'en aller. Mais auparavant vous renoncerez, quant à vous, à recourir à la psychiatrie pour persécuter ceux qui pensent différemment, vous condamnerez publiquement cette méthode, vous châtierez les coupables et vous libérerez des asiles de fous les gens sains d'esprit.

« En fin de compte, tout ce qu'on a appelé mes « activités » tenait pour l'essentiel dans le combat contre les abus de la psychiatrie ; et si vous y renoncez maintenant, je n'ai effectivement plus besoin de faire quoi que ce soit. Et pas besoin d'une grâce. Faites appel de ma sentence, comme la loi l'exige. »

Cette déclaration les mit au comble de l'indignation.

« Voilà que vous prétendez nous dicter vos ordres à présent ! Parler avec nous « en position de force » ? Il n'en sortira rien. Vous verrez, c'est encore vous qui ferez le premier pas ! La voie du recours en grâce vous sera toujours ouverte. Pensez-y, réfléchissez : vous avez assez de temps devant vous. Pour nous, nous vous aiderons à ne pas oublier notre offre. »

Tels furent les vœux qui accompagnèrent mon départ pour le camp. La dernière phrase était d'assez mauvais augure ; elle me promettait fort peu de plaisir.

Au camp, sans parler de cela, l'atmosphère était déjà

tendue. En pratique, les patrons, c'étaient les officiers du K.G.B. ; l'administration n'avait qu'à exécuter leurs volontés. Isolement total, pas la moindre filière pour communiquer avec l'extérieur, le pénible climat de l'Oural du Nord. Ajoutez-y l'arbitraire avoué, l'absence de secours médicaux effectifs, et vous comprendrez ce que signifiait cette « expérience de Perm ».

Parmi les vieillards transférés de Mordovie en ces lieux, il y avait bon nombre de grands malades, des gens arrivés au bout du rouleau. Même ceux qui étaient un peu plus jeunes n'étaient pas en brillante santé. En un mot, on nous avait amenés ici, nous les réfractaires impénitents, pour en finir sans bruit.

Peu après mon arrivée, au cours de l'été, une commission médicale spéciale venue de Perm examina presque tous les détenus et les déclara tous en bonne santé, aptes au travail. Elle alla jusqu'à retirer leur titre d'invalidité à des hommes qui l'avaient depuis leur naissance, tel le bossu Vassili Pidgorodetzki, et à déclarer aptes au travail deux unijambistes. Quant aux malades atteints d'ulcères, aux cardiaques, aux tuberculeux, inutile d'en parler.

Les résultats ne tardèrent pas à se faire sentir et, au mois d'août, le détenu Kourkis, un « 25 ans », mourut d'un ulcère perforé. Après l'avoir privé de son titre d'invalidité, on l'envoya aux travaux de force ; au bout de quinze jours, il était à point. Il resta vingt-quatre heures alité dans le méchant hôpital qui se trouvait juste à côté du camp, perdant son sang. Il n'y avait dans l'hôpital ni réserves de sang, ni équipement idoine, ni même un chirurgien. Un pur hasard nous permit de faire passer cette information à l'extérieur en toute diligence, si bien que trois jours plus tard nos amis de Moscou savaient déjà ce qui s'était passé. En même temps, nous lançâmes une campagne de protestation ; il fallait faire vite. De notre savoir-faire et de notre promptitude dépendait le nombre de ceux qui survivraient. Mais ce n'était qu'un début.

En un certain sens, 1973 fut décisif pour tout l'ensemble du mouvement. Ayant obtenu un indéniable succès dans l'affaire Iakir-Krassine[1], les autorités cherchaient à paralyser le mouvement. Des dizaines de gens étaient soumis à un chantage ouvert : s'ils ne mettaient pas fin à leur action pour la défense des droits, leurs amis et leurs proches pourraient se retrouver en prison. La *Chronique des événements en cours* cessa de paraître. Le K.G.B. avait promis de répondre à chaque livraison par de nouvelles arrestations. Le système des otages jouait à plein. Entre-temps, une campagne enragée de harcèlement s'était déchaînée contre Soljénitsyne et Sakharov, selon la recette bien connue : des académiciens jusqu'aux éleveurs de rennes et aux trayeuses de vaches.

Il en est toujours ainsi : il suffit qu'un seul faiblisse pour que la pression s'accentue sur tous. Et dix hommes qui ont cédé au chantage peuvent faire naître la panique chez des dizaines de milliers d'autres. La vie au camp, c'est comme un baromètre ; dans les camps aussi le régime se durcit, on perd les positions emportées au prix d'années de grève de la faim, et autour de vous, tous se retrouvent à deux doigts de la mort. Il faut un effort plus qu'humain pour défendre sa vie, ses droits.

Nous fûmes les premiers à riposter et, à la fin de l'année, la médecine du camp était hors de combat. Pas

1. Accusés de collaborer avec le N.T.S., organisation politique de l'émigration russe, et notamment de lui faire parvenir aux fins de publication la *Chronique des événements en cours*, Pierre Iakir, historien, et Victor Krassine, économiste, furent jugés ensemble en août-septembre 1973. Ils furent condamnés l'un et l'autre à trois ans de relégation, sentence assez clémente qu'expliquerait leur attitude « positive » lors du procès. (N.D.T.)

de jour où l'on ne vît arriver quelque commission, aller et venir dans la zone d'imposants généraux avec leur suite, des colonels alertes coiffés de la papakha, des personnages en civil devant lesquels tout l'encadrement se courbait en point d'interrogation. Par décision spéciale de Moscou un chirurgien fut envoyé de Perm pour prendre la direction de notre hôpital. On restitua les titres d'invalidité, on prescrivit des traitements aux malades et un détenu gravement atteint parvint à se faire transférer de la Prison Intérieure à l'hôpital, ce qui ne s'était jamais vu jusque-là.

Au-dehors, le tournant ne se produisit que plus tard, lors du bannissement de Soljénitsyne. L'événement mit tout le monde en branle et, comme il arrive aux moments vraiment critiques, inspira à tous de la détermination. La *Chronique* reprit sa parution, mais les autorités ne tentaient plus de recourir au système des otages ; il ne s'ensuivit pas de nouvelles arrestations, le chantage prit fin dès qu'on cessa d'y céder. Pour nous, nous avions à mener encore un long et rude combat pour reprendre tout ce qu'on nous avait arraché dans l'intervalle.

Il n'avait évidemment pas échappé aux autorités que j'avais contribué à faire sauter le « blocus de Perm » ; de toute façon, l'heure était venue pour eux de tenir leur promesse, de me remettre en mémoire le fameux entretien de Léfortovo sur le recours en grâce.

Le major Piménov, chef du camp, ne me cacha pas que la décision venait d'en haut et qu'elle était indépendante de sa volonté. Il n'aimait pas les gens du K.G.B., pour la principale raison, évidemment, qu'ils avaient fait de son autorité une fiction ; chaque fois qu'une occasion favorable se présentait, il tâchait de leur rendre la monnaie par quelque menue crasse. Il voulait être le vrai « patron », le seul maître dans son petit univers, et lorsqu'il exécutait un ordre du K.G.B., il s'efforçait toujours de s'y prendre de telle sorte que la sottise de cet ordre apparût plus flagrante encore.

Ordre de coller quinze jours ? Mais comment donc ! Et il me mit au trou sous le prétexte que j'avais abandonné mon poste de travail le 3 février, alors que c'était un dimanche et que personne à la ronde ne travaillait.

« Après cela, c'est trois mois de P.I. ; et ensuite, tu le sais mieux que moi, hein !... », dit-il en guise d'adieu.

C'est à la prison de Vladimir qu'il faisait allusion.

D'entrée de jeu, je refusai de travailler. Il ne manquait plus que cela : travailler au cachot pour une bouchée de pain. De plus, on fixe sciemment des normes impossibles à exécuter. Tarauder des boulons à la main, à raison de 120 pièces par jour, alors qu'on n'a pas assez de force pour en faire un seul.

Décret nº 0225 du ministère de l'Intérieur de l'U.R.S.S., en date du 25 avril 1972 (pris en accord avec le Parquet de l'U.R.S.S. et le Conseil des ministres de l'U.R.S.S.) :

« Les condamnés placés au Bloc d'isolement disciplinaire — que ce soit sans sortie pour le travail ou avec sortie pour le travail — mais qui refusent par principe de travailler ou qui, de propos délibéré, n'exécutent pas la norme de production, sont mis à la ration alimentaire 9 b avec distribution de nourriture chaude un jour sur deux. Le jour de privation de repas chaud, ils touchent 450 g de pain, du sel et de l'eau bouillante. »

Ration alimentaire quotidienne 9 b : pain de seigle, 450 g ; poisson, 60 g ; farine, 10 g ; graisse, 6 g ; pommes de terre, 250 g ; légumes, 200 g ; gruau (millet, avoine), 50 g ; sel, 20 g. Ainsi donc, travaillez ou ne travaillez pas, de toute façon on ne vous nourrira qu'un jour sur deux.

Trois mois et quinze jours, ils me nourrirent de la manière que voilà ; et, par-dessus le marché, ils me transféraient régulièrement au cachot pour refus de travailler. Un homme en bonne santé y crève déjà ; mais pour moi, c'est juste alors qu'un ulcère se déclara. Ils avaient littéralement tout calculé. Et si je n'ai pas effectivement crevé à ce moment-là, je le dois exclusivement à mon entêtement. Je ne pouvais tout de même pas leur faire pareil plaisir !

« Là ! Aujourd'hui, c'est le jour de privation de repas chaud, annonce joyeusement le garde-chiourme dès le matin. (Et il pose la briquette sur le guichet.) Tu prendras l'eau bouillante ? »

Et comment ! L'eau bouillante, mais c'est mon seul espoir ! Ça tient lieu de potage.

« Donne le sel ! J'ai droit à 20 grammes. »

Qu'est-ce qu'on en a à faire, de ce sel ! De toute façon, impossible de l'avaler ! Mais il faut l'exiger, pour le principe. J'y ai droit : envoie ! 450 g de pain, c'est beaucoup ou c'est peu ? Si cela vous dit, vous le mangerez en une fois. Là, c'est beaucoup. Si vous voulez, partagez-le en trois : déjeuner, dîner, souper. Mais là, ça fait peu. Ou si vous préférez, ne le mangez pas du tout, pour ne pas vous exaspérer vainement. On dit que des gens se torturent, ne sachant comment faire pour maigrir. Ils inventent des régimes, ils vous font des 10 km de course à pied par jour. Voilà du moins un problème que je n'avais pas.

Au bout d'une quinzaine de jours, il faut déjà prendre des précautions pour se lever ; la tête vous tourne. Au bout d'un mois, la peau des bras et des jambes commence à se détacher. Passé deux mois, il devient impossible de lire : rien à faire vous n'y comprenez goutte. Les autorités, certes, ne m'oubliaient pas. Des fonctionnaires pleins d'importance se déplaçaient pour voir, pour palper.

« Pourquoi ne vous levez-vous pas quand un chef entre ?

— J'économise mes forces. »

Sept jours de cachot pour la peine.

« Pourquoi ne voulez-vous pas travailler ?

— Avec 450 g de pain, on n'abat pas beaucoup de besogne.

— Rappelle-toi que pendant la guerre, au temps du blocus, les habitants de Leningrad touchaient 200 g par jour ; et pourtant ils travaillaient. »

Ils se comparaient d'eux-mêmes aux fascistes.

En avril, les congères commencèrent à fondre par en dessous et soudain apparut une multitude de trous de souris ; tout l'hiver, là, sous la neige, elles avaient mené une vie fort mondaine. A présent, il leur fallait longuement inspecter les alentours avant de bondir d'un trou à l'autre. Le soleil chauffait déjà si fort qu'on pouvait se bronzer à la lucarne.

« Aujourd'hui, c'est le jour de privation de nourriture chaude, dit le surveillant, que le printemps rendait guilleret. Prenez votre pain. »

A la fin d'avril arriva Chveiski, mon avocat. Il n'avait guère changé et sa tête gardait son tic de naguère, comme si une boucle invisible venait lui cingler la gorge. Louchant vers les murs d'un regard lourd de sens, il dit :

« Croyez-moi. Je ne parle pas sur les instructions de quiconque ; personne ne m'en a prié. Mais enfin, il faut bien trouver un compromis. Cela ne peut pas continuer ainsi. J'ai comme l'impression que si vous introduisiez maintenant un recours en grâce... »

Moi non plus, personne ne m'avait prié, personne ne m'avait donné d'instructions ; mais je savais que lorsqu'un seul faiblit les choses deviennent cent fois plus graves pour tous les autres. Après tout, pendant le blocus de Leningrad, les gens ne touchaient que 200 grammes.

Comme de bien entendu, les copains faisaient tout ce qu'ils pouvaient ; il y avait beau temps qu'à Moscou on était au courant de ma situation. Les contacts avec le dehors étaient d'ores et déjà si bien réglés qu'on faisait sortir lettres, déclarations, copies de sentence, recueils de vers. Nous avions même commencé à faire passer au large notre propre Chronique : la *Chronique de l'archipel Goulag*. En mai, nous fîmes pendant trois jours la grève de la faim, à titre d'avertissement. Le commandement sentait que des incidents sérieux étaient prêts à éclore. Au-dehors aussi, la campagne de soutien en notre faveur allait s'amplifiant ; je n'appris que par la suite quelles proportions elle avait prises. Désormais les autorités ne pouvaient plus me maintenir à la Prison Intérieure. Le 9 mai au matin, Piménov se présenta, plissant les paupières d'un air rusé, inspecta ma cellule et dit :

« Oui... L'agencement de la P.I. n'est pas réglementaire, pas comme le prévoit l'instruction. Il va falloir démolir cela, remettre cela en état. »

Pour faire plus convaincant, on envoya des détenus de l'équipe du bâtiment, armés d'une masse, qui démolirent le lit de planches. C'est ainsi que je fus « amnistié » avec onze jours d'avance, alors qu'il est interdit de libérer avant terme ceux qui se trouvent à la P.I.

Mais cette force qui m'avait éjecté de la P.I. au mépris de toutes les lois nous emportait déjà irrésistiblement plus loin : notre tour était venu de frapper. La vis consciencieusement serrée durant tant de mois avait fini par foirer et tous comprenaient que si nous ne portions pas le coup d'arrêt à l'arbitraire immédiatement, si nous ne reprenions pas les positions perdues, jamais plus nous ne pourrions le faire.

Trois jours plus tard, quarante hommes entamaient la grève de la faim et ceux qui ne pouvaient en faire autant cessèrent le travail. La garnison fut mise en état d'alerte.

On renforça la garde aux miradors. Le commandement tâta de la persuasion, de l'intimidation, du chantage, peine perdue.

On faisait venir les Ukrainiens :

« Qu'est-ce que vous allez vous acoquiner avec ces youpins, ces moscaillons ? »

On faisait venir les juifs :

« Qu'est-ce que vous allez vous acoquiner avec ces antisémites ? Vous faites vos valises pour Israël, non ? »

La grève se prolongea un mois. Ceux qui ne tenaient pas le coup — qui tombaient en syncope d'une crise cardiaque ou d'un accès aigu d'une autre maladie — étaient transportés à l'hôpital. Quand ils avaient repris souffle, ils recommençaient la grève de la faim. Même des vieux, des « 25 ans », rejoignaient les rangs ; ils cessaient le travail, certains se portaient grévistes de la faim pour une journée.

« C'est une époque intéressante qui commence, me dit un Ukrainien, un « 25 ans » ; c'est même dommage de se faire relâcher. »

Il était à quelques mois de sa libération.

Juste un peu plus tard le camp voisin, le 36e, entama la grève. La revendication était partout la même : cessation de l'arbitraire. Les autorités ne savaient quelles mesures prendre ; elles commencèrent à fourrer au cachot les grévistes de la faim. Alors nous refusâmes de sortir pour l'appel. Piménov accourut, gris de rage.

« Vous comprenez ce que cela signifie ? Vous vous rendez compte ? Tout le monde dehors pour l'appel et que ça saute ! »

Personne ne bougea. L'autre moitié du camp, qui ne participait pas à la grève, attendait dehors, sans mot dire.

« Défense de rompre les rangs ! Tous les autres n'ont qu'à vous attendre ! » lança Piménov, comme un ordre.

Mais il se mit à pleuvoir des cordes et tous, jusqu'aux mouchards, s'égaillèrent vers leurs baraques. Le régime s'était écroulé.

De nouveaux détenus ne cessent de se joindre à nous ; qui pour un jour, qui pour une semaine, selon son état de santé. Les autres s'en tiennent à adresser des protestations.

Le commandement est complètement déboussolé. L'adjoint politique hurle qu'il va faire donner la troupe dans la zone. Le parrain menace de faire passer tout le monde en jugement pour désorganisation du travail du camp. Dans le même temps, on promet à tous jusqu'au dernier de les autoriser à recevoir un colis de chez eux et même une visite supplémentaire, s'ils arrêtent leur grève de la faim. Rien n'y fait. Il n'y a plus de place au cachot ; tout est bondé, on n'a plus où boucler les gens.

On convoqua en toute hâte le fameux « soviet de la collectivité », composé de collabos. Même eux pourtant refusèrent de nous condamner. C'était vraiment le comble. Pendant ce temps-là, toutes les stations de radio qui couvrent l'U.R.S.S. diffusaient la chronique de notre grève de la faim, la *Chronique de l'archipel Goulag*. Et les surveillants, ceux-là mêmes qu'on avait triés sur le volet, bombardés enseignes d'entrée de jeu pour qu'ils gardent le secret, nous racontaient entre leurs dents les détails des émissions. Les bras leur en tombaient : d'où vient donc qu'ils sachent tout cela là-bas ! L'expérience de Perm avait raté.

Je ne vis pas la fin de cette épopée. Le 27 mai, au quinzième jour de la grève de la faim, ils me transférèrent à Vladimir. Si bien que, ce printemps-là, je n'eus pas une seule fois la chance de manger tout mon soûl : tantôt la P.I., tantôt la grève, puis un mois au régime restreint à la prison de Vladimir. Et puis, la belle affaire ! Pourvu qu'il y ait les os, la viande repoussera.

10

Et les jours s'étirèrent à la prison de Vladimir, l'éternelle guerre des régimes de détention ; sans arrêt ces grammes, ces degrés, ces centimètres auxquels le profane ne comprend jamais goutte. Engloutissement monotone et sans fin dans l'abîme, pas d'autre salut que de s'astreindre jour après jour à étudier avec acharnement.

Elles n'étaient pas gaies, les nouvelles qui parvenaient du large. Ce que les autorités n'avaient pas réussi à atteindre par les arrestations, le chantage, le système des otages et même les prisons psychiatriques, l'émigration l'accomplit. Ils disparaissaient pour toujours, comme au tombeau, les hommes auxquels toute ma vie avait été liée. Les uns s'en allaient d'eux-mêmes, à bout de patience, les autres étaient jetés dehors, mais le résultat était le même. Moscou se faisait désert.

Chacun emportait en Occident un morceau de ma vie, de mes souvenirs et il me devenait malaisé de dire où je me trouvais moi-même.

Le capitaine Doïnikov venait débiter ses sempiternelles sornettes. Mais il remettait sur le tapis de plus en plus souvent, avec toujours plus d'insistance, le thème de l'étranger. Il se sentait mal à l'aise dans ce rôle : à côté de moi, dans la cellule, se trouvaient des détenus qu'il avait charge d'« éduquer » dans un tout autre esprit, leur démontrant combien il était doux de vivre au pays soviétique. Il dansait d'un pied sur l'autre, tout décontenancé et se laissait par moments entraîner jusqu'à des affirmations parfaitement antisoviétiques. Mes compagnons de cellule en étaient abasourdis.

Non, je ne désirais pas partir. Les juifs vont en Israël, les Allemands, en Allemagne. C'est leur droit, comme c'est le droit de tout homme d'aller où bon lui semble. Mais où nous enfuir, nous, les Russes ? Car il n'y a pas d'autre Russie. Et pourquoi, enfin, serait-ce à nous de partir ? Qu'ils émigrent donc, les Brejnev et compagnie ! Ainsi, bien qu'il ne me restât que très peu de temps à tirer, à peine plus d'un an, si l'on ne comptait pas la relégation, ma vie, en fin de compte, était déjà toute tracée d'avance. Je pouvais avoir encore deux fois la chance de me retrouver au grand air, mais il me faudrait retourner mourir en prison.

Je ne m'aperçus pas que la nuit s'était écoulée. Mes voisins dormaient, leur manteau jeté par-dessus la couverture. La cellule était bleue de tabac ; j'avais fumé toute la nuit sans interruption. Qu'as-tu à t'affoler, imbécile ? Tu te dis : ils m'ont amené à Léfortovo, ils m'ont donné un costume. Et alors ? Dans un instant l'interrogatoire va commencer et moi, comme un idiot, je n'ai pas dormi de la nuit. Je vais peut-être avoir encore le temps d'attraper une petite heure ? Mais — à croire qu'il était aux écoutes — le surveillant ouvrit le guichet :

« Debout ! »

L'hiver, vous ne distinguez pas si c'est le matin, si c'est la nuit. Derrière la fenêtre, c'est le noir. Pendant que nous nous lavions et que nous déjeunions, un brin de lueur se fit.

« Préparez-vous pour la balade ! »

Ils avaient rudement avancé l'heure de la promenade, par ici. Ce n'était jamais comme ça autrefois. Mes voisins bâillent de sommeil ; ils n'ont pas eu leur content.

« Vas-y si tu veux, disent-ils. Nous, on n'y va pas. Vaut mieux faire un somme. »

Roupiller un petit coup, moi non plus, je n'aurais pas dit non : qui savait ce qui m'attendait ? Mais la porte s'ouvrait déjà.

« Prêts ? Sortez !

— Il n'y aurait pas un bout de manteau, dis-je ; ma veste matelassée, on me l'a raflée. Je vais geler à me promener comme ça, en costume.

— Tout de suite, tout de suite, s'affaira le chef de bloc ; venez, vous allez en avoir un, un bon petit manteau. »

Il me conduisit je ne sais où en traversant les bains et nous nous retrouvâmes aux boxes.

« C'est pas un joli manteau, ça ? »

Sur la table d'un petit box étaient posés un pardessus neuf, un chapeau et quelque chose d'autre, d'indéfinissable. Et le surveillant de se démener, de se tortiller dans tous les sens, avec une de ces gueules tout sucre, tout miel. Mais qu'est-ce qu'il a à me tourner autour comme ça ?

J'avais juste enfilé le manteau, je n'avais pas eu le temps de le boutonner — clic ! Bonne mère, les menottes ! Et il ne me les a pas collées par-devant, mais par-derrière. Ils vont cogner, ou quoi ? C'est ainsi que les surveillants faisaient toujours, quand ils frappaient ; ils vous passaient des menottes américaines qui serrent encore plus fort au moindre mouvement des bras, et ils cognaient dessus à coups de pied, de toutes leurs forces, pour qu'elles serrent au maximum. Cela fait un mal à hurler ! L'homme est impuissant à se défendre : vous pouvez lui faire ce que vous voulez.

J'eus un sursaut instinctif, je m'écartai d'un bond, pour qu'il ne pût me frapper.

« Du calme, du calme... Là, bougez pas ; comme ça !... »

Une trogne abjecte, ce surveillant ; comme on en voit rarement. Arborant un sourire obséquieux, il m'affubla du chapeau, de la cravate, boutonna mon manteau.

« Là, bougez pas ; comme ça !... Si c'est beau !... C'est superbe ! »

S'il n'y avait pas eu les menottes, pour rien au monde je ne l'aurais laissé m'attacher cette saloperie autour du cou ; jamais de ma vie je n'en ai porté.

Au bas du perron stationnait le minibus de la veille,

rideaux tirés. Un peu à l'écart, une voiture de police. Les mêmes tchékistes qu'hier faisaient le piquet tout autour. Nous roulâmes assez longtemps, une heure et demie peut-être. Devant nous, cette fois encore, une voiture de police avec son phare tournant, ouvrait le passage. Impossible de me faire la moindre idée de l'endroit où nous allions. Surtout lorsque nous eûmes laissé l'agglomération de Moscou.

« Les menottes ne vous serrent pas ? s'enquérait de temps à autre l'un des tchékistes. Si elles se resserrent, dites-le. »

On est horriblement mal assis, les mains dans le dos.

Enfin on eut l'air d'être arrivé. Au-dehors, il faisait grand jour ; il devait être dans les neuf heures. Les tchékistes tantôt descendaient de voiture et tantôt revenaient se réchauffer un peu. Ils attendaient quelqu'un. Des voitures approchaient et repartaient. On entendait des voix, des grondements de moteurs. Un aéroport, ou quoi ?

« Voilà. Nous allons maintenant vous mettre dans un avion. En même temps que vous vont s'envoler votre mère, votre sœur et votre neveu. »

Chose étrange, la nouvelle ne me causa pas de choc. Comme si, au fond de mon cœur, j'avais su depuis longtemps qu'il en serait précisément ainsi. Je le savais et je me le cachais : je ne voulais pas me leurrer. Mais, à vrai dire, comment cela pouvait-il finir autrement : n'est-ce pas cela qu'ils avaient sans cesse visé ? Il y a pourtant quelque chose de bizarre : pas le moindre papier. Ils ne me produisent pas le moindre décret. Je suis pourtant un détenu, j'ai encore près de six ans devant moi !

Après la prison, il y a quelque chose d'insolite à pouvoir regarder à gauche et à droite. Tourner la tête et voir quelque chose de neuf. Mais rien ne se fixe dans le souvenir, les yeux sont déshabitués. J'escaladai à grand-peine la passerelle d'embarquement : c'est rudement malcommode, quand on a les mains derrière le dos. Je jetai un regard alentour : des voitures, un petit bois, un champ couvert de neige. L'aéroport m'est inconnu ; en tout cas, ce n'est pas Chérémétiévo. (Il se révéla plus tard que c'était un terrain d'aviation militaire.)

L'appareil est vide ; à part moi et les tchékistes, personne. Cela refaisait une espèce de prison — avec des petites ailes, cette fois.

« Les menottes, vous allez peut-être me les ôter maintenant ?

— Interdit pour le moment. »

Leur grand chef à tous avait quelque chose qui faisait penser à un lévrier. Des yeux marron à fleur de tête. Il fume cigarette sur cigarette.

« Allez, détachez-moi au moins un moment ; il faut que je fume.

— Faites-le fumer. »

Un des tchékistes me fourra une cigarette entre les dents. Il la retirait ensuite de temps à autre pour secouer la cendre.

« Nous allons maintenant vous conduire jusqu'à la trappe, faire voir à votre mère que vous êtes à l'intérieur. Autrement, elle refuse de monter dans l'avion. »

Une fois encore j'aperçus dans un éclair le petit bois, quelques voitures, des personnages quelconques, et parmi eux, ma mère. Et demi-tour. On avait déjà transporté à bord le petit Michka, porté sur une civière. J'eus peine à le reconnaître : cela faisait tout de même six ans que je ne l'avais pas vu. Il avait grandi le gamin !

Qu'on est mal à son aise, assis les mains derrière le dos. Les menottes se sont resserrées, elles font sentir leur pression. Si encore c'était par-devant, cela irait mieux. Le garde de droite m'amuse de ses bavardages ; il me raconte des histoires d'avions. Il me renseigne sur le nombre d'accidents qui se produisent en une année et sur quelles lignes. Il boucle ma ceinture avec sollicitude. Pour moi, je regarde à travers le hublot par-dessus l'épaule de l'autre, muet comme un sphinx.

C'est peut-être la dernière fois de ma vie que je vois cette terre. Dois-je me réjouir ou m'attrister ? Ici, sur cette terre, depuis mon enfance, on s'est mis en quatre pour me refaire, pour me changer, comme si le gouvernement n'avait pas d'autre souci. Où ne m'avaient-ils pas enfermé, que n'avaient-ils pas inventé pour me bafouer ! Mais, chose étrange, délivré pour toujours de cette incessante persécution, je n'éprouvais en cet instant ni colère ni haine.

Je pourrai me retrouver n'importe où, vivre en n'importe quel lieu, mes souvenirs seront indissolublement liés à cette terre, et la mémoire est réglée de telle sorte, qu'elle ne retient pas le mal ; seules y demeurent les images de lumière. Alors quoi, finalement ? S'attrister ? Mais j'avais beau fixer cette terre qui s'éloignait, couverte de neige, je ne pouvais faire naître la tristesse en moi. Bien sûr, j'aurai la nostalgie de mes amis restés ici et, sans doute, des ruelles de l'Arbat, des accents familiers de la langue russe. Mais n'avais-je pas langui pareillement, loin des amis qui s'en étaient allés. Et n'avais-je pas rêvé toute ma vie de faire un séjour à Londres ? Non, rien de tout cela ne s'associait en moi à la notion de TERRE ! Mais alors, ne devais-je pas ressentir du moins quelque joie ? La joie de la victoire. Qu'on dise ce qu'on voudra, nous avions mené un combat acharné contre ce pouvoir de fripouilles. Nous étions une poignée d'hommes désarmés en face d'un État puissant qui disposait de la machine à écraser la plus colossale du monde. Et nous avions gagné. Cette machine n'avait rien pu nous faire. Elle avait été obligée de céder. Et même dans les prisons, nous nous sommes révélés trop dangereux pour elle. En fin de compte, devais-je vraiment éprouver la joie de la libération ?

J'ai honte à l'avouer, mais je ne ressentais pas de joie non plus : rien qu'une incroyable lassitude. Il en avait toujours été ainsi de moi, à la veille d'être libéré. Je n'avais envie de rien, sinon de tranquillité et de solitude. Mais cela, justement, je ne l'avais jamais eu. Et je ne l'aurais pas davantage à présent.

Ma mère fit une scène aux tchékistes ; elle exigeait une entrevue avec moi. Elle avait appris, je ne sais trop comment, qu'on m'avait passé les menottes.

Le grand chef aux yeux de lévrier réapparut et, de fort mauvaise grâce, autorisa l'entrevue.

Ma mère était littéralement hors d'elle.

« Vous êtes des criminels, vous êtes tout simplement des scélérats ! criait-elle. Même ici, dans l'avion, vous continuez à le bafouer. Cela ne vous suffit pas de l'avoir bafoué pendant tant d'années !

— Allons, Nina Ivanovna, calmez-vous », fit le chef, fronçant les sourcils de mécontentement.

Toutes ces années ma mère avait désespérément lutté contre les autorités. Elle les submergeait de protestations. Elle envoyait en Occident des lettres ouvertes. Bref, elle ne les laissait pas reprendre haleine. Les derniers temps, elle faisait pratiquement tout ce que naguère je faisais moi-même, et je pouvais paisiblement tirer ma peine en prison.

C'est alors seulement que j'appris de sa bouche que l'on m'échangeait. Maquignonnage cocasse et sans précédent ! L'histoire avait connu des cas où deux pays en conflit échangeaient des espions démasqués ou des prisonniers de guerre. Mais faire l'échange de ses ressortissants, cela ne s'était jamais produit.

Enfin, cela faisait deux prisonniers politiques de moins sur terre. Amusant, malgré tout, de voir le régime soviétique mis à la même enseigne aux yeux du monde que le régime de Pinochet. C'était un signe des temps.

Et puis, voyez-vous, les menottes, vous ne les enlèverez pas par vos cris, de même qu'on ne peut se libérer par la violence. Car vous avez beau tirer sur les menottes, elles ne font que serrer davantage. Seraient-ce par hasard ces fonctionnaires poltrons qui nous passent les menottes ? C'est nous, tout simplement, qui n'avons pas encore appris à nous passer d'elles. Nous ne comprenons pas qu'il n'y a plus trace de menottes depuis longtemps.

Je fixe du regard les yeux canins de ce chef et immédiatement il les détourne. Les chiens et les tchékistes ne soutiennent pas un regard direct ; je l'ai vérifié plus d'une fois. Que craint-il le plus au monde ? Son chef, celui qui est un peu plus haut sur l'échelle.

« Mais enfin, pourquoi me conduisez-vous menottes aux mains ?

— Bon, eh bien, je vais vous le dire. (Il se trémousse et évite mon regard.) Vous êtes toujours détenu.

— Ah ! c'est donc cela. Mais dites, qu'allez-vous faire quand nous aurons franchi la frontière soviétique ? Cela devrait être dans une vingtaine de minutes. Au-dessus de l'Autriche, par exemple, je suis toujours un détenu ? »

Il ne sait que répondre. Et ce qui le préoccupe, ce n'est pas la vérité, ce n'est pas le droit international ; c'est bien de recevoir un blâme de son chef. Aussi se rend-il dans la cabine pour contacter Moscou. Prendre les ordres.

« Otez les menottes, dit-il en revenant ; seulement, s'il vous plaît, conduisez-vous correctement. »

Que veut-il dire ? Que je ne tente pas de sauter de l'appareil ?

Enfin ! On peut se dégourdir les bras, fumer à son aise. N'est-ce pas mieux comme ça ? Cependant, le tchékiste qui m'a ôté les menottes fait remarquer, pour mon édification :

« Ces menottes, à propos, elles sont américaines. »

Et il me montre l'estampille.

Comme si je l'avais attendu pour savoir que l'Occident, depuis les débuts du pouvoir soviétique ou peu s'en faut, nous approvisionne en menottes, au sens propre comme au figuré. A quoi songeait-il ? A me faire déchanter ?

Je n'ai jamais nourri d'illusions sur le compte de l'Occident. Des centaines de pétitions désespérées, adressées par exemple à l'O.N.U., n'ont jamais reçu de réponse. La chose n'est-elle pas à elle seule assez probante ? Même des instances soviétiques, la réponse arrive. Absurde, peut-être, mais elle arrive. Tandis que là, c'est comme dans un puits.

Et la prétendue « politique de détente », les accords d'Helsinki ? Nous, en tout cas, dans la prison de Vladimir, nous avons senti dans notre peau qui d'entre eux avait gagné.

Ce n'est pas d'aujourd'hui qu'on bâtit sur nos ossements les « relations d'amitié » avec l'Union soviétique. Mais le plus répugnant, c'est que l'Occident s'est toujours efforcé de se justifier par toutes sortes de théories et de doctrines abstruses. Exactement de même que le Soviétique s'est forgé une multitude innombrable d'autojustifications pour supporter plus facilement d'être le complice de cette entreprise de violence généralisée, l'Occident, lui aussi, cherche à apaiser sa conscience. Et les autojustifications sont parfois rigoureusement les mêmes. Mais la violence se venge sans pitié sur ceux qui lui prêtent leur appui. Et ceux qui pensent que la ligne de démarcation entre liberté et non-liberté coïncide avec les frontières territoriales de l'U.R.S.S., se méprennent cruellement.

Le chef réapparut.

« Nous avons franchi la frontière soviétique et j'ai ordre de vous faire savoir officiellement que vous êtes expulsé du territoire de l'U.R.S.S.

— Vous avez un décret, un arrêté ?

— Non, rien.

— Et alors, ma sentence ? Est-elle annulée ?

— Non, elle reste en vigueur.

— Alors, quoi ? je suis une espèce de détenu en vacances, en congé ?

— Quelque chose comme ça. (Il eut un rire en biais.) Vous allez recevoir un passeport soviétique valable cinq ans. Vous n'êtes pas déchu de la citoyenneté soviétique. »

Étrange décision, qui faisait litière de toutes les lois soviétiques ! Et ils voudraient après cela qu'on prenne leurs lois au sérieux. Ils sont incapables de s'en tenir à la loi, qu'ils emprisonnent ou qu'ils libèrent. Le joyeux État que voilà !

L'appareil amorçait sa descente et les tchékistes contemplaient d'en haut la Suisse, avec curiosité.

« Des bois, il y en a un peu moins que chez nous.

— Et toutes ces parcelles, regarde. Ils sont tous à leur compte, tu comprends.

— Ici, ils ont chacun leur maison, leur terre. »

C'est bien qu'il y ait des frontières, de par le monde, et qu'on puisse, en rentrant de mission, rapporter à sa femme quelque chiffon de l'étranger. N'est-ce pas le bien suprême ?

Et plus nous approchions de cet « étranger », plus sensible était leur métamorphose. Elle fondait, l'impénétrabilité, la mutité énigmatique du tchékiste. Restait le Soviétique. Ils jetaient sur moi des regards où se mêlait déjà un peu d'envie : sous leurs yeux, je me muais en étranger.

Nous virâmes sur l'aéroport. A cet instant, des voitures de transport blindées débouchèrent soudain sur le terrain, une nuée de soldats se répandirent. Ils encerclèrent l'appareil.

« Ouais !... dit un tchékiste d'un ton chagrin. Terminé. On ne sortira même pas jusqu'à l'aérogare. »

C'était maintenant leur tour d'être en prison, sous bonne garde.

Une ambulance vint se ranger ; on transportait Michka à l'hôpital. On nous fit ensuite descendre, ma mère et moi, et prendre place dans une voiture de l'ambassade soviétique. Puis celle de Davis, l'ambassadeur des États-Unis, s'approcha et nous changeâmes de voiture. Voilà tout ce que fut le cérémonial de l'échange. Comment Corvalan monta-t-il dans l'avion, nous ne le vîmes pas.

Ni fouille ni contrôle des papiers. Miracle ! Tout mon bazar, tout mon inestimable magot de prisonnier étaient là, à même la housse à matelas de la prison, tels que je les avais ramassés dans la cellule. Bouquins, cahiers, canifs et lames à rasoir bien planqués, stylos à bille et recharges... De quoi vivre bien des semaines, pour tel ou tel. Rien de tout cela n'avait plus le moindre prix ; en un éclair, les valeurs accoutumées avaient été bouleversées.

Et tandis que nous roulions vers l'aérogare, j'étais poursuivi par une étrange impression ; comme si quelque impair des tchékistes m'avait permis de passer une chose très précieuse, une chose prohibée, qu'il était rigoureusement interdit de faire sortir du pays. Une chose, à vrai dire, qu'aucune fouille n'aurait su découvrir.

Composition réalisée par C.M.L. - MONTROUGE

IMPRIMÉ EN FRANCE PAR BRODARD ET TAUPIN
7, bd Romain-Rolland - Montrouge - Usine de La Flèche.
LE LIVRE DE POCHE -
ISBN : 2 - 253 - 02510 - 0

30/5430/1